三國演義 (1)

三國演義 (1)

초판 1쇄 발행 ▪ 2014년 11월 26일
초판 2쇄 발행 ▪ 2014년 6월 26일

저 자 ▪ 나관중 원저, 모종강 평론 개정
역 자 ▪ 박기봉
펴낸곳 ▪ 비봉출판사
주 소 ▪ 서울 금천구 가산디지털2로 98. 2동 808호(롯데IT캐슬)
전 화 ▪ (02)2082-7444
팩 스 ▪ (02)2082-7449
E-mail ▪ bbongbooks@hanmail.net
등록번호 ▪ 2007-43 (1980년 5월 23일)
ISBN ▪ 978-89-376-0409-6 04820
        978-89-376-0408-9 04820 (전12권)

값 13,500원

모종강본 원문대역

三國演義

桃園結義 / 도원결의

(I)

나관중 원저
모종강 평론·개정
박기봉 역주

비봉출판사

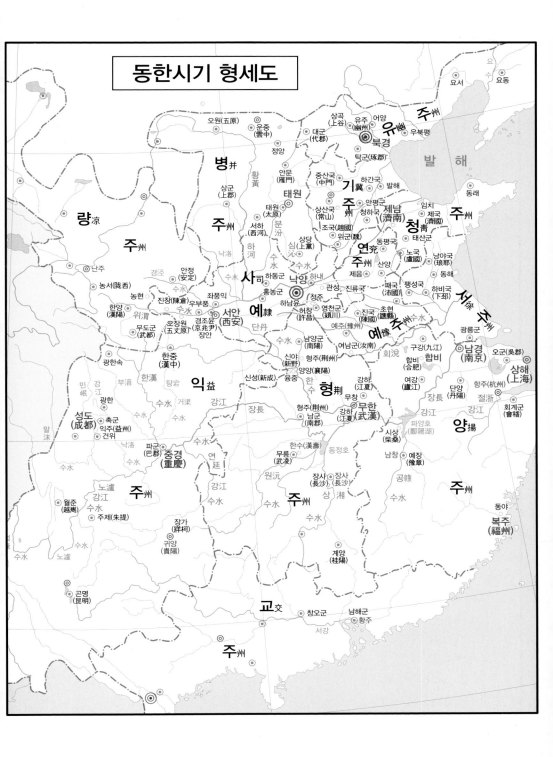

동한시기 형세도

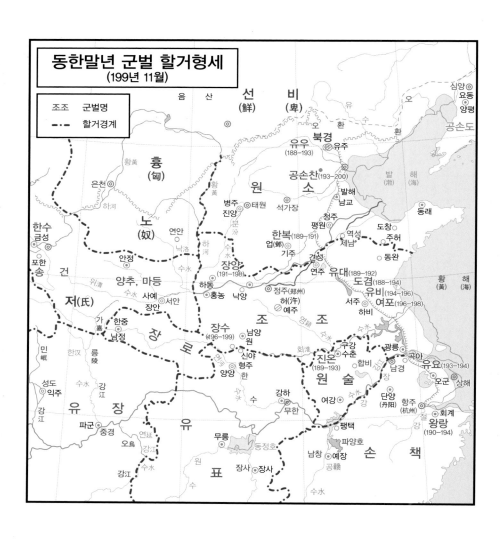

〈역자 서문〉

　무릇 모든 일은 크게 시작했다가 중간에 중동무이되거나 작은 결실로 끝나기도 하고, 작게 시작했다가 갈수록 커지면서 생각 밖의 큰 결말을 가져오기도 한다. 〈모종강본 삼국연의〉의 번역작업을 끝내놓고 역자 서문을 쓰려고 하면서 드는 생각이다. 이 책의 경우는 후자에 속한다.

　3년 전 기업의 CEO를 지내고 퇴임한 친구들과의 망년회 자리에서 근황들을 얘기하다가, 친구들이 팀을 이루어 한문 공부를 위해 〈맹자〉를 배우고 있다고 하였다.

　그 자리에서, 한문 공부가 목적이라면 경서經書보다도 〈삼국연의〉 같은 한문 소설책을 읽는 것도 좋은 방법이라고 내가 말하자, 친구들은, 그러면 좋겠지만 어려워서 엄두를 내지 못한다고 말했다. 그래서 내가 제안했다. 한두 달 시간을 들여서 〈삼국연의〉에 나오는 재미있는 부분과 명문장들을 추려서 원문에 주를 달아 대역본 한 권을 만들어 주겠다고.

　이리하여 한문 공부를 하고 있는 친구들을 위해 한두 달 시간을 들일 계획으로 〈삼국연의〉의 일부를 가려 뽑아 원문을 입력하고 주를 달아 대역본을 만드는 작업에 착수했다.

　작업을 하는 도중에, 지금까지 우리나라에 〈삼국지〉 번역서라고 나와 있는 것들 중에 내 마음에 딱 드는 번역서가 없다는 평소 나의 불만이 생각났고, 차제에 내 마음에 드는 완전한 번역서 한 번 만들어 보는 것도 괜찮을 것이란 생각이 들었다.

이때에는, 〈삼국연의〉의 전체 분량이 120회이니 2~3일에 한 회씩 한다면 1년 남짓이면 충분히 번역 작업을 마칠 수 있을 것이라고 가볍게 생각했었다.

그러나 원문을 입력한 후 여러 판본들과 대조하면서 오자를 수정하여 원문을 확정지은 다음, 원문에 상세한 주를 달고 나니 1년이 다 지나갔다. 그 후 번역 작업에 착수했는데, 번역 작업을 마치고 나니 또 1년이 다 지나가 버렸다.

금년 초에 원문 입력과 번역 작업을 끝낸 후 교정 작업에 들어갔는데, 여섯 달이면 충분할 것으로 생각했던 것이 또 10개월이나 소요되어, 시작한 지 3년이 다 되어 가는 지금에서야 모든 작업을 마치고 이 〈역자 서문〉을 쓰게 되었다.

당송唐宋 팔대가八大家 중의 한 사람인 소순蘇洵은 말했다: "무릇 공功이 이루어지는 것은 그것이 이루어진 날에 이루어지는 것이 아니고 반드시 시작되는 바가 있다(夫功之成, 非成於成之日, 蓋必有所由起)"라고.

모종강은 〈삼국연의〉의 본문 중간 중간에 〈협평夾評〉을 추가해 놓았는데, 협평에서 제일 많이 나오는 단어가 복필伏筆, 복선伏線이다.

이렇게 보면, 내가 〈삼국연의〉의 번역 작업을 마친 것은 지금이지만, 나로 하여금 〈삼국연의〉를 번역하도록 만든 복필伏筆들이 과거에 여러 차례 있었음을 느낀다.

30년도 더 이전에 어느 출판사의 번역본을 읽다가 관우가 둔토산屯土山에 포위되어 있을 때 그를 잡기 위해 정욱程昱이 계책을 올리면서 말하기를 "운장은 만인을 대적할 힘이 있는 자이므로 지모智謀로써 하지 않고는 그를 잡을 수 없다"고 해야 할 것을 "운장은 만인을 대적할 힘이 있는 자이므로 지모로써는 그를 취할 수 없다"고 한 부분에서 어찌 부정否定의 부정否定조차 모르는 사람이 번역을 하고 교정을 본단 말인가, 하고 혀를 찼던 일이 있었고, 20여 년 전에 사마천의 〈사기(史記)〉와 진수陳壽의 〈삼국지(三國志)〉 완역본을 내기 위해 번역 계약까지 체결했으나 뜻하지 않은 일로 결국 한 권도 내지 못하고 말았던 일도 있었고, 중국이나 일본 등지를 여행할 때 서점에 들러 책을 사올 때 그 중에는 반드시 〈삼국연의〉의 또 다른 판본 및 관련 책이 들어 있었고, 국내에서 출간되는 소위 〈삼국지〉 번역서들은 거의 다 사서 번역 수준을 검토해 보았던 일들도 있었다. 지금 되돌아 보면, 이 모두가 내가 직접 〈삼국연의〉를 완역하도록 만든 여러 차례의 복필伏筆들이 아니었나 싶다.

따라서 나의 〈삼국연의〉 번역 작업은, 소노천(蘇老泉: 소순)의 말에 의하면, 이미 30년 전에 시작되었다고 말할 수도 있을 것이다.

이제 복필伏筆이 현필顯筆로 되었은즉, 지난 30년간 지속되어온 〈삼국연의〉 번역 작업은 일단 마무리된 셈이다. 그러므로 이제부터는 최근 나의 머릿속에 새로운 과제로 대두된 일에 전념해 보려고 한다.

아무쪼록 이 책이 많은 독자들의 호평을 받게 되기를 마음속으로 빌면서 본서의 특징을 좀 길게, 자세하게, 설명하려고 한다.

1. 왜 〈삼국지(三國志)〉가 아니고 〈삼국연의(三國演義)〉인가?

무릇 모든 이름(名)은 그것이 나타내고자 하는 실제 내용(實)과 일치할 때 비로소 바른 이름, 즉 정명(正名)이 될 수 있다. 이름과 실제 내용이 괴리되어 그 이름이 바르지 못할(名不正) 때에는 인식과 사고에 큰 혼란이 야기되는데, 그로 인한 폐단은 일반적으로 생각하는 것보다 훨씬 크다. 그래서 공자孔子도 이름(名)을 바로잡는 것, 즉 정명正名의 중요성을 여러 차례 강조했던 것이다.

그 이름이 실제 내용과 부합되지 않는 명부정名不正의 한 가지 구체적인 사례로 흔히들 〈삼국지三國志〉라는 이름으로 부르고 있는 중국 역사 소설책 이름을 들 수 있다.

〈삼국지三國志〉란 원래 중국 삼국시대(서기 220~280년)의 역사를 기록한 사서史書를 지칭하는 고유명사이다. 중국에서는 사마천司馬遷의 〈사기史記〉, 반고班固의 〈한서漢書〉, 범엽范曄의 〈후한서後漢書〉와 더불어 진수陳壽가 편찬한 이 〈삼국지〉를 네 개의 대표적인 정사(正史)로 꼽고 있다.

이에 반해 〈삼국지통속연의(三國志通俗演義)〉, 〈삼국지연의(三國志演義)〉, 〈삼국연의(三國演義)〉 또는 줄여서 간단히 〈삼국(三國)〉이라고 불리는 책은 사서史書가 아니라 〈소설小說〉임이 그 책 이름에 분명히 나타나 있다. 〈연의演義〉라는 단어 자체가 어떤 사서史書의 내용이나 역사적 사건 등에 작가의 상상想像과 허구虛構를 보태서 독자들이 쉽고 재미있게 읽을 수 있도록 〈풀어 쓴 이야기〉라는 뜻이다.

〈삼국지(三國志)〉와 같은 사서史書는 어디까지나 있었던 사실을 그대로 충실하게 기록한 〈실록(實錄)〉이어야 하고, 허위 사실의 기록이나 사실의 은폐, 과장, 왜곡은 용납되지 않는다.

이와는 반대로, 〈삼국연의(三國演義)〉는 어디까지나 역사소설이므로, 삼국시대의 역사적 사실들을 충실하게 기록할 필요도 없고, 그것이 다루고 있는 내용이 진실한 것이어야 할 의무도 없다. 작가가 소설의 자료들을 여러 분야로부터 임의로 취사선택한 다음 그것들을 엮어서 가공架空하고, 허구와 진실을 적절히 버무리거나 진실과 거짓을 완전히 뒤바꿀 수도 있다.

은폐와 과장, 왜곡 등을 어느 정도로 할 것인지는 오로지 작가의 상상력과 그의 예술적 표현력에 위임되는 사항이므로, 문제가 되는 것은 어디까지나 작가의 자유로운 예술적 표현기법과 수완, 즉 그 소설의 예술성뿐이다. 따라서 문학작품인 역사소설에 대한 평가는 그것이 갖는 문학적 가치나 예술성, 작가의 사상 등에 국한시켜야 하고, 그 내용의 역사적 진실성 여부는 전혀 문제 삼지 않는다.

그런데 이러한 속성을 가진 소설에다 그 특성이 소설과는 반대로 엄격한 〈실록(實錄)〉일 것이 요구되는 사서史書의 이름을 붙이면, 그것은 정명正名이 될 수 없고, 따라서 독자들로 하여금 그릇된 인식을 갖게 할 위험이 있다.

만약 역사 소설인 〈연의(演義)〉를 단순히 번역하거나 자기 마음대로 개작한 후, 그 번역 또는 번안飜案된 소설의 이름으로 정식 사서史書의 이름을 붙이면, 대부분의 독자들은 사실과 허구가 뒤섞여 있는 소설을 읽으면서도 그것을 역사적 사실로 착각하게 된다. 역자 자신도 학생 시절에 일본인 작가 요시카와 에이지(吉川英治)가 번안한 〈삼국지〉를 읽고 한동안 그 소설의 내용과 삼국시대의 역사적 사실들을 혼동한 적이 있다.

예컨대 우리나라의 모某 작가가 쓴 〈조선왕조 오백년〉이란 역사 소설을 일본의 어느 작가가 일어로 번역한 후 그 책명을 〈조선왕조실록〉으로 하거나, 또는 〈실록〉에 없는 재료들이나 자신의 창작 소설 일부를 임의로 삽입하는 등 번안한 소설의 이름을 〈조선왕조실록〉이라 하고, 거기다가 우리나라 작가의 이름을 〈저자〉로 표시한 여러 가지 판본의 〈조선왕조실록〉이 일본의 서점가에 전시되어 판매되고 있는 현상을 가정해 보라. 그러면 이 문제의 핵심을 쉽게 알 수 있을 것이다.

혹자는 이렇게 말할지도 모른다. 비록 소설책인 〈삼국연의〉에다 사서史書의 이름인 〈삼국지〉를 붙인 것이 옳지 않다고 하더라도, 이미 우리나라 사람들에게는 익숙한 관용어慣用語가 되어 있는데, 그것을 바꿔야 할 필요가 어디 있느냐고.

물론 소설책이 아닌 다른 정치, 외교, 군사, 기업, 게임 등에서 〈삼국지〉란 명칭을 사용하는 것은 전혀 문제가 되지 않는다. 그러나 책의 형태로 이루어진 문학작품인 소설에다 같은 책의 형태로 이루어진 사서史書의 이름을 붙이는 것은 옳지 않다는 것이다.

따라서 혹자의 주장에 대한 역자의 대답은 논어論語의 다음 말로 대신하려고 한다. "잘못인 줄 알았으면 고치기를 꺼려하지 말라(過則勿憚改)!"

2. 왜 현재 〈삼국연의〉의 정본正本으로 인정되고 있는 것은 나관중본(羅貫中本)이 아니라 모종강본(毛宗崗本)인가?

이에 대한 대답을 하기 전에 먼저 〈삼국연의〉가 세상에 나오게 된 역사적 배경부터 잠시 알아보도록 하자.

중국 역사에서 삼국시대란 위魏 문제(文帝: 조비) 황초黃初 원년(서기 220년)에서 진晉 무제(武帝: 사마염) 태강太康 원년(서기 280년)까지 60년간 위魏·촉蜀·오吳 세 나라가 정립鼎立하고 있던 시기를 말한다.

이 60년간의 역사를 전면적으로 기록한 사서가 바로 진수陳壽가 쓴 〈삼국지(三國志)〉이다. 진수는 본래 삼국이 진晉으로 통일되기 이전에는 촉蜀 사람이었다. 〈삼국연의〉에서 제갈량의 의견에 매번 토를 달고 나오는 촉의 태사太師 초주譙周는 바로 진수의 스승이다.

진晉이 삼국을 통일하기 이전에 이미 위魏에는 왕침王沈의 〈위서(魏書)〉, 오吳에는 위소韋昭의 〈오서(吳書)〉가 완성되어 있었고, 어환魚豢이 개인적으로 편찬한 〈위략(魏略)〉 등도 완성되어 있었다. 여기에다 진수 자신이 수집한 촉蜀의 자료들을 바탕으로 〈촉서(蜀書)〉를 쓴 다음, 이 셋을 합쳐서 〈삼국지(三國志)〉라고 하게 된 것이다. 이 책이 완성된 정확한 연대는 알 수 없지만, 그가 서기 297년에 죽었으므로, 이

책은 대략 서기 290~297년 사이에 완성되었을 것으로 추정된다.

이처럼 〈삼국지〉는 〈위서(魏書)〉, 〈오서(吳書)〉, 〈촉서(蜀書)〉로 이루어져 있는데, 이 중에서도 〈위서〉는 우리 고대사에 관한 중요한 사실들을 기록한 〈동이전(東夷傳)〉 때문에 우리에게 널리 알려져 있다.

그러나 진수가 편찬한 〈삼국지〉의 내용이 너무 소략疏略하다고 해서 송宋 문제文帝가 배송지裴松之에게 주注를 달도록 했는데, 배송지의 주注 작업은 진수가 죽은 지 130여 년 후인 송 문제 원가元嘉 6년(서기 429년)에 완성되었다.

배송지는 〈삼국지〉에 주를 달기 위해 무려 210종에 이르는 위魏·진晋 시대의 자료들을 수집, 인용함으로써 원문의 분량과 거의 같은 분량의 주注가 붙게 되었다.(*진수의 정문 36만여 자·배송지 주문 약 32만여 자) 현재의 〈삼국지(三國志)〉는 바로 이렇게 해서 태어난 것인데, 이 〈삼국지〉가 완성됨으로써 비로소 삼국시대에 관한 수많은 역사 자료들이 풍부하게 전해지게 되었다.

한편 수隋, 당唐, 송宋을 거치는 동안 삼국시대에 관한 수많은 민간 전설과, 화본(話本: 이야기 책자), 희곡戱曲들이 생겨났는데, 거기에다 다시 진수의 〈삼국지〉와 배송지의 주注, 남조 송宋 때에 유의경劉義慶의 〈세설신어(世說新語)〉, 〈후한서(後漢書)〉, 〈진서(晋書)〉, 동진東晋의 습착치習鑿齒가 쓴 〈한진춘추(漢晋春秋)〉 등의 사서들로부터 다양한 역사적 재료들을 추가로 흡수하여 송·원元 대에 들어와서는 〈설화說話〉(옛날 여러 가지 이야기를 구어口語로 기술한 것으로 당唐나라 말기와 오대五代 때 출현하여 송·원 시대에 성행한 민간예술의 한 장르)의 한 과목으로 "설삼분(說三分)"(→ 삼국시대의 일을 이야기한다는 뜻)이 생겨나게 되었다.

그리고 원(元: 서기 1271~1368) 초기인 지원至元 31년(서기 1294년)에 이르러 삼국의 일을 다룬 〈삼분사략(三分事略)〉이라는 책이 출간되어 거리의 이야기꾼(說話人)들의 설화 대본으로 사용되었고, 원 말末 지치至

治 년간(서기 1321~1323년)에는 신안新安 우씨虞氏가 〈전상 삼국지평화(全相 三國志評話)〉라는, 매 페이지마다 상단에 삽화가 있는 삼국지 이야기 책을 간행하였는데, 이 책은 분량은 비록 현재의 〈삼국연의〉의 10분지 1 정도밖에 되지 않으나 이미 그 전체적인 체제와 이야기 구도는 〈삼국연의〉와 거의 비슷하다.

이렇듯이 원 말末, 명(明: 서기 1368~1644년) 초에 이르면 사서史書들뿐만 아니라 민간 전설과 설화說話, 희곡, 〈삼분사략(三分事略)〉, 〈전상 삼국지평화(全相 三國志評話)〉 등을 바탕으로 역사소설 〈삼국연의(三國演義)〉가 탄생할 수 있는 토대가 마련되어 있었다.

지금까지 발견된 최초의 〈삼국연의〉 판본은 명나라 중기인 명明 가정嘉靖 임오년(壬午年: 서기 1522년)에 간행된 〈삼국지통속연의(三國志通俗演義)〉인데 (*이하에서는 〈통속연의〉라고 칭한다.) 이 책의 표지에는 "晉 平陽侯(진평양후) 陳壽史傳(진수사전), 後學羅本貫中編次(후학나본관중편차)"(*이를 번역하면: "진晉의 평양후平陽侯 진수陳壽가 쓴 역사(史)와 전기(傳)를 성은 나羅, 이름은 본本, 자를 관중貫中이라고 하는 후학後學이 차례로 엮었다"이다.)라고 표시되어 있을 뿐, 책의 다른 어디에도 나관중이 썼다는 말도, 언제 썼다는 말도 없다. 저자에 관한 정보라고는 단지 이 한 구절뿐이다.

나관중이란 인물에 대한 소개는 다른 어느 사적史籍에도 나오지 않고, 다만 가중명賈仲明이란 사람이 쓴 〈녹귀부(錄鬼簿) 속편(續編)〉에서 그의 생몰生沒 연대를 추정할 수 있는 한 마디 회고懷古의 문장이 나오는데, 그것을 근거로 추산하면, 그는 대략 원나라 말기에서 명나라 초까지(서기 1330~1400년 사이) 살았던 사람으로 추정된다.

이 〈통속연의〉는 진수의 〈삼국지〉를 일반인들이 알기 쉽게 "차례로 엮었다(編次)"는 뜻에서 책의 이름을 〈삼국지통속연의〉라고 하였지만, 사실 이 책의 내용은 진수의 〈삼국지〉에 없는 얘기들이 대부분일 뿐만 아니라 무엇보다 진수의 〈삼국지〉는 삼국 중에서 위魏에 정통성을 부여하고 있는데 반해 〈통속연의〉는 〈촉蜀〉에 정통성을 부여하고 있다는 점에서 〈삼국지통속연의〉라는 이름은 올바른 명칭(正名)이라 하기 어렵다.

한편, 나관중이 편차編次한 〈통속연의〉가 최초로 발간된 명나라 중엽(1522년)에는 이미 삼국시대에 관한 이야기가 설화나 희곡 등의 민간 예술 분야에서 크게 유행하고 이야기책까지 발간되어 있었다. 그런 상황에서 죽은 지 이미 130년이나 된 사람의 이름으로 된 〈통속연의〉가 발간되었음에도 불구하고 편차한 사람에 대한 소개가 거의 없다시피 하자 원 저자에 관한 의문이 제기될 수밖에 없었다. 이 책의 실제 저자는 따로 있는데 그가 자신의 신분을 감추고 원元 말에 활동했던 극작가 나관중의 이름을 가탁假託한 것이라는 주장까지 나오는 등, 실제 저자에 관한 논란은 꾸준히 이어져 왔다.

한편, 〈통속연의〉의 실제 저자가 불분명한 상황이므로, 〈통속연의〉는 그 후 여러 사람들이 각기 평評을 붙이거나 문장을 수정하여 〈나관중 지음〉으로 표시한 판본들이 무려 20여 가지나 유행하였다.

〈나관중 지음〉으로 되어 있는 〈삼국지통속연의〉는 이야기의 범위를 정사 〈삼국지〉보다 더 늘려서 동한東漢 영제靈帝 중평中平 원년(서기 184년)부터 진晉의 삼국통일(서기 280년) 때까지 다루고, 다양한 사적史籍들로부터 이야기 재료를 취한 중국 최초의 역사 장편소설이란 장점에도 불구하고, 문장이 느슨하고 번잡하며, 요지를 제대로 전달하지 못하고, 또 이야기가 많이 중복되기도 하여 문학작품으로서의 예술성은 그리 높게 평가받지 못하였다.

이러한 상황에서, 청淸 나라 초기 강희康熙 연간(서기 1661~1722년)에 모종강毛宗崗과 그의 부친 모륜毛綸은 〈통속연의〉를 대폭 손질해서 240회로 나뉘어 있던 것을 120회로 만들고, 문장을 대폭 수정하고, 논찬論贊 부분은 아예 빼버리고, 사소한 사실들은 더하기도 하고 삭제하기도 하고, 소설에 소개되는 시문詩文을 당송唐宋 시대의 유명 시인들의 시로 바꾸는 등, 본문에 대한 대대적인 수정작업을 가했는데, 그 결과 원본의 느슨하고 번잡한 부분들이 크게 개변改變됨으로써 책 전체의 가독성이 크게 높아지고 문학작품으로서의 예술성도 크게 제고提高되었다.

뿐만 아니라 매 회마다 앞에 모종강 자신의 자(字: 序始)를 따서 〈서시씨 평(序始氏 評)〉을 추가하고 (*번역문에서는 이것을 매회 끝에 놓았다), 본문 안에서도 필요한 곳에 협평(夾評: 간평間評)을 추가했다. 그리고는 원래의 제목 〈삼국지통속연의〉에서 〈통속〉이란 말을 빼버리고 그냥 〈삼국지연의(三國志演義)〉라고 했는데, 이 책을 〈모종강본(毛宗崗本)〉 또는 줄여서 〈모본(毛本)〉이라고 부른다.

일단 〈모종강본 삼국지연의〉가 나오자 그때까지 나와 있던 다른 모든 〈통속연의〉 판본들은 세상에서 자취를 감추고, 그 후 300년이 넘는 지금까지 세상에 전해져 오고 있는 것은 이 〈모종강본 삼국지연의〉뿐이다.

오늘날 중국을 비롯한 모든 한자 문화권에서 읽혀지고 있는 것도, 그리고 외국어로 번역 소개되고 있는 것도 모두 이 〈모종강본 삼국지연의〉이다. 나관중이 쓴 것으로 되어 있는 〈삼국지통속연의〉 판본은 현재 북경대학 도서관에 가야만 구경할 수 있는 실정이다.

그 후 〈삼국연의〉는 두 가지 명칭, 즉 〈삼국지연의〉와 〈삼국연의〉로 불리다가 20세기 후반에 들어와서 중국에서는 책의 내용과 책 이름을 일치시키기 위하여 〈삼국지연의(三國志演義)〉에서 〈지志〉 자를 빼고 그냥 〈삼국연의(三國演義)〉로 통일시켜 부른다. 이 책의 내용이 진수의 〈삼국지〉를 〈연의(演義)〉한 것이라기보다는, 삼국의 역사 인물과 사건들을 〈연의(演義)〉한 것이란 점을 반영한 이름이다. 역자는 이런 견해를 지지하므로 본 역서의 이름도 〈삼국연의〉로 하였다.

3. 〈좌언우사(左言右事)〉: 말(言)과 사실(事)의 기록이 역사의 양대 축이다.

역자는 평소 시간이 나면 중국의 사서史書들을 즐겨 읽는데, 그 중에서도 〈상서(尙書)〉, 〈춘추좌전(春秋左傳)〉, 〈전국책(戰國策)〉, 〈사기(史記)〉, 〈자치통감(資治通鑑)〉과 〈사서오경(四書五經)〉들은 손만 뻗으면 잡을 수 있도록 사무실과 집 두 곳에 항상 비치해 놓고 있다.

기억력이 좋지 않아 방금 읽은 역사적 사건들과 인명, 지명 등도 쉽게 잊어버리고 기억하지 못하지만, 그런데도 계속 즐겨 읽는 이유는, 사서에 나오는 말(言)과 문장(文)을 읽고 생각하는 즐거움 때문이다.

중국에서는 옛날부터 왕의 좌우에 두 사람의 사관史官이 항상 따라다니면서 기록하도록 하였는데, 한 사람은 신하와 왕 사이의 대화 내용이나 상소문 등의 글을 기록하는 역할을, 다른 한 사람은 왕의 거동이나 당시 나라 안에서 일어나는 일들을 기록하는 역할을 분담하였는데, 이를 가리켜 〈좌언우사(左言右事)〉 또는 〈우언좌사(右言左事)〉라고 한다.(*〈漢書·예문지〉에서는 "左史記言, 右史記事"라 하였고, 〈禮記·옥조〉 편에서는 "動則左史書之, 言則右史書之."라고 하였다.)

그런데 눈으로 볼 수 있는 사실(事)의 기록은 후대의 사람들이 읽어도 이해하기 어렵지 않지만, 옛 사람들의 말(言)과 글(文)은 그렇지 않다. 말이나 글은 그 사람의 인식이나 생각, 지식, 사상 등을 표현하는 것인데, 그 내용의 범위는 먼 과거부터 미래까지, 가까운 곳부터 먼 곳까지의 시간적, 공간적 제약이 없기 때문에 그 내용을 제대로 이해하기가 어려운 것이다. 그러나 이해하기 쉽지 않은 대신, 말과 글의 기록은 신빙성이 높고, 반대로 눈으로 보이는 것을 기록해 놓은 사실史

實은, 동일한 사물이라도 보는 관점에 따라 또는 보는 사람에 따라 달라질 수 있듯이, 진실일 가능성이 낮다.

다시 말해, 사서에 기록된 말이나 글은 당시 실제로 그런 말이나 글이 있었다고 믿어도 무방하다. 그러므로 우리는 그 말과 글을 사실로서 믿고, 그를 통해서 옛 사람들의 인식과 생각, 사상과 지식과 지혜 등까지 알아볼 수 있는 것이다. 우리가 옛 사람들로부터 지혜나 교훈을 배울 수 있는 것은 그 사실(事)의 기록보다도 그 말과 글(言)의 기록을 통해서이다.

〈삼국연의〉 역시 많은 부분이 등장인물들의 대화와 글, 사실들의 서술로 이루어져 있다. 그리고 눈에 보이는 사실이나 사건들은 이해하기 쉬운 문장으로 되어 있어서 우리말로 옮기기도 쉽고 또 웬만큼 오역이 있어도 책을 읽어나가는 데 큰 방해가 되지 않는다.

그러나 책에 등장하는 서신이나 방문榜文, 격문檄文, 표문表文 등은 대부분 수준 높은 고문체古文體로 되어 있어서 이해하기 쉽지 않을 뿐만 아니라, 약간의 오역에도 문장의 의미가 달라진다. 이러한 부분을 잘못 번역하면, 마치 소리가 자주 끊어지거나 잡음이 많은 음향기기를 통해 훌륭한 영상 화면을 보는 것과 같아진다.

이러한 생각에서, 〈삼국연의〉에 나오는 유세遊說의 말이나 인물을 천거하는 추천서, 격문檄文이나 방문榜文, 전후前後 출사표出師表 등의 표문表文, 기타 서신 등을 번역할 때에는 특별히 주의하여 최대한 오역이 없도록 하였다.

4. 번역의 품질은 실사實詞가 아니라 허사虛詞가 좌우한다.

기존에 나와 있는 소위 〈삼국지〉 번역서들을 비롯하여 대부분의 한문 번역서들을 읽다보면 말이 논리적으로 통하지 않아 중간 중간 막히

거나 원문의 뜻이 무엇일지 생각해 보아야만 하는 경우가 많다. 그런데 그 이유를 찾아보면 대부분 실사(實詞: 명사, 대명사, 형용사, 동사)의 오역 때문이 아니라 허사(虛詞: 접속사, 부사, 전치사, 의문사 등)의 오역 때문이다.

예를 들어 〈복숭아밭에서 의형제를 맺다〉로 할 것을 〈살구나무 밭에서 의형제를 맺다〉로 하거나, 〈그 크기가 북두성(斗)만한 장수별이 떨어졌다〉를 〈그 크기가 말(斗)만한 장수별이 떨어졌다〉로 번역하더라도 소설책을 읽어나가는 데는 큰 지장이 없다. 명백한 오역에도 불구하고 그것은 실사(實詞: 이때는 명사) 하나의 오역이기 때문이다.

이와는 반대로, 두 개의 문장을 연결하면서 문맥에 따라 〈그러나(而)〉로 번역해야 할 것을 〈그리고(而)〉로 번역하거나, 〈~한 후에(却)〉로 번역해야 할 것을 〈도리어(却)〉로 번역하는 경우, 문장 전체가 오역이 되어 버린다. 다시 말해, 실사 하나의 오역은 그 실사(명사) 하나의 오역으로 끝나지만, 허사 하나의 오역은 한 문장 전체의 뜻을 바꾸어 버린다.

본 역서는 이처럼 우리나라 한문 번역서들이 일반적으로 범하는 오류와 틀리기 쉬운 부분들을 세심하게 구별하여 번역함으로써 말의 흐름이 매끄럽도록 하였고, 또 원문의 주注에서는 특히 이런 허사의 용법과 뜻에 대하여 상세한 설명을 해놓았다.

뿐만 아니라, 기억해둘 만한 짧은 한문 명문名文이나 성어成語들은 번역문에서도 괄호 속에 넣어 참고할 수 있도록 해놓았다.

5. 〈모종강본 삼국지연의〉를 최초로, 정직하게, 완역하였다.

우리나라에서 발간된 〈삼국연의〉(*책의 제목은 거의 다 〈삼국지〉로 되어 있다.)의 다양한 판본들 중에 역자가 소장하고 있는 가장 오래된 것은 1916년 회동匯東 서관에서 발행한 〈언토諺吐 삼국지三國志〉이다. 이 책은 〈모종강본 삼국지연의〉의 한문 원문에 "話說天下大勢는 分久必合ㅎ고 合久必分ㅎ나니…"처럼 한문의 각 구절마다 우리말 토吐를 달아 놓은 것이다.

또 다른 〈언토 삼국지〉 판본이 그 이전에도 있었는지는 모르겠으나, 어쨌든 약 100년 전부터 〈모종강본 삼국지연의〉는 우리말 토吐가 붙은 한문본으로 소개되기 시작하여, 해방 이후 지금까지 수십 종이나 되는 번역서들이 〈삼국지〉라는 이름으로 출간되었다.

그러나 초기에는 일본인 요시카와 에이지(吉川英治)가 번안한 〈삼국지〉를 번역한 것이거나, 그를 모방하여 번안한 작품들이 〈나관중 지음〉이란 저자 표기를 달고 나온 것들이므로 더 이상 언급할 필요도 없고, 다른 번역서들의 경우에도 일본어판 중역이거나 책 이름도 하나같이 〈삼국지〉(나관중 지음)로 되어 있다. 사실, 나관중은 그런 〈삼국지〉를 쓴 일이 없는데도 말이다.

우리나라에서 〈삼국지연의〉라는 바른 이름으로 출판된 책은 〈삼국지연의〉(나관중 지음/김구용 옮김)가 유일한데, 이 역시 〈나관중본〉이 아니라 〈모종강본〉의 번역이며, 또한 〈완역 결정본〉이라고 주장하고 있으나 〈모종강본 삼국지연의〉의 완역본이 아니다.

모종강본 〈삼국연의(三國演義)〉의 장점은, 나관중의 〈통속연의〉의 본문을 개정하고 수정한 것뿐만 아니라, 앞에서도 언급했듯이, 매 회 본문이 시작되기 전에 그 회를 이해하는 데 도움이 되는 다양한 평들이 〈서시씨 평(序始氏 評)〉이란 이름으로 실려 있고, (*본서에서는 이를 각 회의 끝에 〈모종강 서시평序始評〉이란 이름으로 번역해 놓았다.) 또 본문 중간 중간에 짤막한 평들이 많이 삽입되어 있는데 (*이를 〈협평夾評〉 또는 〈간평間評〉이라고 하는데 본서에서는 별색으로 인쇄해 놓았다.) 이들 전체가 〈모종강본 삼국지연의〉를 구성하는 것이다. 따라서 이들과 모종강의 서문序文과 그가 쓴 유명한 평론인 〈독삼국지법(讀三國志法)〉까지 전부 번역해야만 〈완역〉이라 할 수 있다. 그런 점에서 본 역서야말로 국내 최초의 완역본이라 할 수 있다.

그리고 미술관에 가서 명화를 감상할 때 혼자서 감상하기보다는 그 그림을 그린 화가로부터 직접 설명을 들어가면서 감상하는 편이 작품 이해에 훨씬 도움이 되듯이, 모종강의 협평夾評과 서시평序始評은 이전에 이미 소위 〈삼국지〉를 읽어본 독자들에게도, 그림에 대한 화가 자신의 설명처럼, 전혀 새롭고 깊이 있는 이해와 재미를 제공할 것이다.

본서는 독자들에게 읽는 재미를 더해주기 위해 원문의 내용을 과장하거나 왜곡하지 않았고, 원문의 뜻을 정직하고 충실하게 전달하는 데 가장 큰 역점을 두었다. 〈삼국연의〉는 이야기 자체가 한 번 손에 들면 놓기 싫을 정도로 재미있으므로 구태여 과장이나 왜곡을 할 필요가 없다. 그래서 〈정직하게 번역하는 것〉만으로 충분하다. 정직한 번역이라야 그로부터 모든 〈고전古典〉이 독자에게 제공하는 유익한 것들을 올바로 섭취할 수 있고, 나아가 그를 통해 올바른 평론도 나올 수 있으며, 한문이나 중문학을 배우려는 사람들에게도 도움이 될 수 있다고 생각했기 때문이다.

그리고 원문을 수월하게 읽을 수 없는 독자라도 해당 원문의 아래에 있는 주注를 읽어봄으로써 〈삼국연의〉에 나오는 고사故事나 인용된 옛 사람의 말들을 더 완전하게 이해할 수 있게 해놓았다.

6. 이런 분들에게 〈삼국연의〉 원문 대역본을 권한다.

〈삼국연의〉 자체가 흥미진진한 역사소설이므로 처음 읽는 독자들은 각 회의 끝에 나오는 〈다음 회를 읽어보라〉란 권유를 거절하기가 어렵다. 따라서 사실(事)의 서술 부분에서는 어지간한 오역이 있어도, 그리고 말(言)이나 글(文), 즉 서신이나 표表 등에 중대한 오역이 있어도, 한껏 고조된 재미를 크게 떨어뜨리지 못하는 경우가 대부분일 것이고, 이런 독자들은 이 책의 특징을 알아차리기 어려울 것이다.

역자는 번역 작업을 숲이나 산 등으로 가로막혀서 왕래가 전혀 없던 두 지역 간에 길을 내는 토목공사에 비유한 적이 있다.

두 지역 간에 인적, 물적 교류가 없을 때에는, 꼭 찾아가 봐야 할 필요가 생긴 사람은 직접 숲을 헤치거나 산 고개를 넘어서 가는 수밖에 없다. 그러다가 왕래하는 회수가 잦아지거나 왕래하는 사람들이 늘어나면 오솔길이 생겨나고, 또 더 늘어나면 꾸불꾸불하나마 우마차가 다닐 수 있을 정도로 더 편리해진 길이 만들어진다.

그러다가 인적, 물적 교류가 한층 더 빈번해지면 자동차가 다닐 수 있는 길이 닦여지고, 교류가 더욱 늘어나면 고속도로가 생긴다. 그 다음에는 다시 고속도로 옆으로 자전거 전용도로도 생겨날 것이다. 즉, 교류의 필요에 따라 다양한 형태의 길들이 만들어진다는 것이다.

〈삼국연의〉 번역의 경우를 예로 들자면, 지금까지 닦여져 있는 수많은 종류의 길(번역서)에도 불구하고, 어떤 사람에게는 여전히 만족스럽지 못하고 불편하여 새로운 길이 필요할 것이고, 그런 필요를 충족시켜 줄 새로운 길의 건설이 필요할 것이다. 그렇다면, 그러한 필요를 느끼고 있는 사람들은 누구인가?

그들은 곧 이야기 줄거리를 아는 것만으로는 만족하지 못하고 더욱 많은 지식, 정보, 교훈, 교양 등을 〈삼국연의〉라는 책 속에서 맘껏 취할 수 있기를 바라는 사람들이다. 특히 한문을 배우거나 중문학을 배워서 고전 중의 고전이라는 〈삼국연의〉를 원문으로 읽어보려고 하는 독자들에게는 그들의 필요를 만족시켜 줄 수 있는 번역본이나 주석서가 아직 없는 실정이다.

역자는 본인의 경험에 비춰서 이러한 사람들이 필요로 하는 〈삼국연의〉 번역 및 주석 작업을 하기로 작정하고 한 일이므로, 최소한 이러한 필요를 느끼는 사람들에게는 이 책이 최선의 선택지選擇肢가 될 수 있을 것으로 자부한다.

끝으로, 이 책을 번역하느라 지난 3년 동안 집에서는 가장으로서의 의무를 다하지 못했고, 회사에서는 사장으로서의 일을 내팽개치고 자판기만 두드리고, 수많은 활자들과 눈싸움이나 하고 있었는데도 불구하고 혹시 〈삼국연의〉 번역 작업에 방해가 될까봐 한 마디 불평도 하지 않고 너그럽게 이해해 준 아내와 출판사의 총무부장 이수경 양에게 감사드린다.

요즈음 젊은 세대답지 않게 한자투성이인 〈삼국연의〉의 마지막 교정지를 처음부터 끝까지 꼼꼼하게 읽어봐 준 두 사람, 즉 소설작가로서의 꿈을 키워 가고 있는 허제인(許綈闉) 양과, 젊은 수학자인 박혜진(朴慧眞) 양에게 감사를 드린다. 두 사람은 각자의 특기를 살려 한 사람은 문장을 매끄럽게 하는데, 다른 한 사람은 오자誤字와 오역誤譯을 찾아내는 데 큰 기여를 하였다. 이 책에 오자나 오역이 적다면 그것은 이 두 사람의 덕택이다.

또한 번역 원고를 읽고 〈삼국연의 읽는 법〉 부분에서 역자 주注를 달아야 할 필요가 있는 곳을 지적해 준 친구 김경덕(金京德)에게도 감사드린다. 그리고 불편한 몸으로 편집 작업을 해준 편집부장 박은진 양과 지도 그래픽 작업을 해준 문현영 양에게도 감사드린다. 마지막으로, 본서의 표지 디자인에 대해 수없이 변덕을 부리는 나의 요구에도 불구하고 불평 한 마디 없이 최선을 다해 준 오유숙 양에게 진심으로 감사드린다.

2014년 11월 11일

역 자

〈일러두기〉

1. 이 책의 번역작업은 먼저 원문을 입력한 후 여러 판본의 책들을 서로 교차 대조하여 원문 및 주석을 확정한 후 번역작업에 착수하였다.

2. 이 책의 번역 대본의 중심으로 삼은 책은 上海鴻文書局에서 光緒 14년(서기 1885년)에 중간重刊하고, 북경시중국서점北京市中國書店에서 1985년에 석인石印한 〈增像全圖三國演義(上·中·下)〉이다.

3. 위의 책을 기본 대본으로 삼고 원문 전체를 〈三國演義會評本(上·下)〉(陳曦鍾·宋祥瑞 輯校. 북경대학출판사), 〈三國演義〉(劉世德·鄭 銘 點校. 중화서국), 〈三國演義〉(何 磊 主編. 인민문학출판사), 〈三國演義(全三冊)〉(曹光甫 責任編輯. 상해고적출판사), 〈三國演義〉(吳小林 校注. 四川文藝出版社)와 대조하여 각 판본마다 달리 발견되는 오자들을 교차 대조하여 전부 바로잡았다.(*모든 판본들마다 상당한 수의 오자들이 발견되었다.) 이 판본들 중에서 모종강의 〈서시씨평序始氏 評〉과 〈독삼국지법(讀三國志法)〉이 들어있는 판본은 〈增像全圖三國 演義〉, 〈三國演義會評本(上·下)〉, 〈三國演義(全三冊)〉(上海古籍出版 社)이다.

4. 원문의 표점부호標點符號는 북경대학출판사北京大學出版社의 〈會評 本〉을 참고하면서 역자가 번역문의 문세文勢를 감안하여 하였다.

5. 본서의 가장 큰 특징은 원문에 충실한 〈정직한 번역〉이라는 점 외에
   도 모종강본 〈삼국연의〉를 구성하는 서시 평(序始 評)과 협평夾評, 그
   의 평론인 〈讀三國志法(삼국연의 읽는 법)〉 등을 전부 번역한 것이다.
   원서에서는 서시평序始評이 매회 앞에 있으나 본서에서는 매 회 끝부
   분에 놓았다.
   〈삼국연의 읽는 법〉은 앞부분에 두었지만, 본서를 다 읽고 나서 읽
   어도 무방할 것이다. 본문 가운데 삽입해 놓은 협평夾評은 본문 괄호
   안에 표와 함께(*) 작은 글자로 하여 별색別色 인쇄를 하였다.
   기타 괄호 안에 있는 검은 색의 작은 활자는 역자가 첨부해 놓은
   것이다. 원문 중 흔히 인용되는 구절이나 성어成語는 한문 원문을 괄
   호 속에 넣어 독해가 가능한 독자들에게 참고가 되게 하였다.

6. 원문 대역對譯을 위해 역자가 임의로 각 회를 10~20개의 문단으로 나
   눈 후 각각에 번호를 붙임으로써 번역문과 원문을 대조하기 쉽게 하
   였고, 정사 〈삼국지〉에 나오는 인물 이름이 〈삼국연의〉에서 다르게
   나온 경우 〈삼국지〉에 따라 고쳤다.(*예: 오신吳臣→오거吳㠀 등.)

7. 본문 중에 나오는 삼국시대의 지명에는 전부 현재의 지명을 괄호 안
   에 설명해 두었는데, 이 지명 작업은 주로 〈三國演義辭典〉(沈伯俊·
   譚良嘯 編著巴蜀書社)에 의존하였다.

8. 본서의 번역 작업을 위해 주로 사용한 사전辭典은 〈漢語大詞典(전
   12권)〉(上海辭書出版社), 〈辭源〉(商務印書館)이다.

9. 이 책을 번역할 때 참고하고 대조한 주요 사서史書는 〈三國志(全五
   卷)〉(晋 陳壽 撰, 宋 裴松之 注. 中華書局), 〈資治通鑑(全十卷)〉(司馬光 編著.

中華書局), 〈後漢書〉(宋 范曄 撰, 唐 李賢 等注. 中華書局) 등이다.

10. 지도 작업은 〈中國史稿地圖集〉(郭沫若 主編. 中國地圖出版社), 〈簡明中國歷史地圖集〉(譚其驤 主編. 中國地圖出版社) 및 〈中國地圖集〉(中國地圖出版社)에 따랐다.

三國演義

차 례

三國演義

▌제 5 권 ▌ 玄德爲漢王 현덕위한왕

▌제 6 권 ▌ 七擒孟獲 칠금맹획

三國演義

三國演義

_ 추천사 _

삼국지연의서三國志演義序

인서人瑞 김성탄金聖嘆 씀題

〖 1 〗 나는 일찍이 재자서才子書 여섯 권을 모은 적이 있는데, 그 목록은 장주莊周의 〈장자莊子〉·굴원屈原의 〈이소離騷〉·사마천司馬遷의 〈사기史記〉·두보杜甫의 율시律詩·시내암施耐庵의 〈수호전水滸傳〉·왕실보王實甫의 〈서상기西廂記〉 등으로, 내가 이들에 대해 평정評訂을 가해 놓았더니 세상의 식자識者들은 모두 나를 식견 있는 사람으로 인정해 주었다.

근래에 또 〈삼국지三國志〉를 구해서 읽어보았는데, 사실에 근거하여 서술하고 있고 억지로 조작한 것이 아니어서 경사經史와 더불어 표리表裏를 이루고 있는 것이라 할 수 있다. 이렇게 본다면, 기이奇異하기로는 〈삼국三國〉보다 더 기이한 것은 없다.

혹자가 말했다: "무릇 주周·진秦 이전에 대해서는, 그리고 한漢·당唐 이후에 대해서는, 사서史書에 의거하여 연의演義를 쓴 것으로서 〈삼국三國〉과 비슷하지 않은 것이 없는데 왜 유독 〈삼국三國〉만 기이하다고 말하는가?"

내가 말했다: "삼국三國시대는 옛날이나 고금에 천하를 서로 다투었던 일대 특이한 형국形局이므로 그런 〈삼국三國〉을 주제로 소설(演義)을 쓴다는 것은 예나 지금이나 소설을 쓰는 일대 특이한 솜씨가 있어야만 가능한 일이다. 다른 시대에 천하를 다툰 일들은 그 사건들이 비교적 평범하고, 그 당시의 일들을 가지고 소설(傳)을 쓰는 사람의 솜씨도 비교적 평범하므로, 그것들을 〈삼국三國〉과 동렬에 놓고 보기에는 턱없이 부족하다."

〚 2 〛 나는 일찍이 삼국三國이 천하를 다투는 형국을 보면서 천운天運의 변화는 참으로 헤아리기 어렵다고 탄식한 적이 있다. 한漢 헌제獻帝가 권력을 잃고 동탁董卓이 권력을 제멋대로 휘두르자 군웅群雄이 동시에 일어나서 사해四海는 마치 솥의 물이 끓듯 끓어오르는 것 같았다.

만약 그때 유황숙劉皇叔이 일찌감치 고기가 물을 만나는 것처럼 제갈공명을 만나서 먼저 형양荊襄의 땅을 차지한 후 군사들을 대거 휘몰아 하북河北으로 쳐들어가고, 한편으로는 강남江南의 동오로 격문을 띄워 강동江東 · 한중(秦) · 옹주(雍)의 땅들을 차례로 쳐서 평정했더라면 광무제光武帝 유수劉秀가 한 황실을 중흥시킨 듯한 형국을 만들 수 있었을 텐데, 끝내 그런 좋은 천운天運은 볼 수 없었다.

동탁은 한漢을 찬탈하려는 야망을 이루지 못하고 주살誅殺당했고, 조조 또한 천자를 끼고 제후들을 호령했으나 한漢 나라의 명맥은, 비록 허울뿐인 이름과 지위에 불과했으나, 그래도 완전히 끊어지지는 않았다. 당시 황숙皇叔 유비는 난을 피해 이리저리 전전하느라 일찌감치 대의大義를 천하에 세우지 못했고, 장강長江의 남쪽과 북쪽 땅은 이미 동오와 위魏에게 빼앗겨 버렸으나, 그래도 서남쪽 한 모퉁이 땅(益州)은 남아서 유씨가 발붙일 수 있는 터전이 되었다.

그러나 만약 공명이 동쪽으로 나가서 적벽赤壁에서의 싸움을 도와줄 수 없었더라면 서쪽은 한중(漢中: 張魯)에 의해 꺾여버렸을 것이며, 그렇게 되었더라면 익주益州 역시 거의 꺾여서 조조의 손에 들어갔을 것이며, 동오 역시 독립할 수 없었을 것이다. 그리 되었더라면 또 다시 왕망王莽이 한漢을 찬탈했던 것과 같은 형국이 이루어졌을 것이고, 천운은 여전히 좋게 변하지 못했을 것이다. 그런데 조조가 화용華容에서 달아나고, 그가 계륵鷄肋처럼 여겼던 한중 땅이 유비에게 돌아가서 정족지세鼎足之勢를 이루어 머물 곳이 생김으로써, 권력과 힘이 비슷해져서 천하삼분天下三分의 형세가 마침내 이루어졌던 것이다.

〖 3 〗 조조의 일생을 살펴보면, 그가 저지른 죄악은 하늘과 땅에 가득차서 신神과 사람들이 함께 노여워할 정도였다. 그리하여 격문을 띄워 그를 성토하고 그의 면전에서 매도하였으며(檄之罵之), 그를 칼로 찌르려 했고 독살하려고 했고(刺之藥之), 불태우고 기습하였으며(燒之劫之), 그 역시 스스로 수염을 자르고 도망치고 이빨이 부러지고(割鬚切齒), 말에서 떨어지고 참호에 떨어져서(墮馬落塹) 거의 죽을 뻔한 일이 여러 번 있었으나 그는 끝내 죽지 않고 살아남았는데, 그 이유는 그를 적대하는 자들도 많았으나 그를 도와주는 자들 역시 많았기 때문이다. 이 또한 하늘이 천하를 셋으로 나누려는 의도에서 이 간웅을 남겨두어 한漢의 모적(蟊賊: 국민이나 국가에 해가 되는 사람)이 되도록 했던 것 같다.
　이 하늘은 주유周瑜를 낳아서 제갈량의 상대가 되도록 하고, 또 사마의司馬懿를 낳아서 조조의 뒤를 잇도록 하였는바, 이는 모두 솥의 세 발이 중도에 부러질까봐 염려되어 그 인재들을 잇달아 내보내서 서로 대치하도록 한 것으로 보인다.

〖 4 〗 옛날부터 한 지역의 땅을 차지하고 행세해 온 자들도 있었으며, 따로 나라를 세워서 왕이 된 자들도 있었다. 그리하여 12국國이 되

기도 하고, 7국이 되기도 하고, 16국이 되기도 하고, 남조南朝와 북조北朝가 되기도 하고, 동위東魏와 서위西魏가 되기도 하고, 전한前漢과 후한後漢이 되기도 했는데, 그 사이에 문득 왕위를 차지했다가 문득 잃어버리기도 하고, 혹은 망하기도 하고 혹은 존속하기도 했는데, 길게는 일기(一紀: 100년)를 유지하지 못했고 짧게는 해(歲)와 달(月)을 넘기지 못했다. 여태껏 삼국이 천하를 다투었던 기이한 형국처럼 60년 안에 흥하면 다 같이 흥하고 망하면 다 같이 망한 그런 일은 없었다.

지금 이 책의 기이함을 보면, 배운 사람(學士)들이 이 책을 읽으면 속이 시원할 것이고, 누항陋巷의 배우지 못한 사람들도 이 책의 이야기를 들으면 역시 통쾌할 것이며, 영웅호걸들이 이 책을 읽으면 그들 역시 속이 시원하고, 범부와 속인들도 이 책을 읽으면 역시 속이 통쾌해질 것이다.

옛날 한漢나라 초창기에 이미 괴통蒯通이 한신韓信에게 천하를 솥발 세 개처럼 삼분하라고 설득한 적이 있는데, 그때 한신은 이미 한漢의 신하였으므로 의리상 그는 한을 배반하고 따로 독립할 수가 없었다. 항우項羽는 거칠고 포악하고 지모가 없었으므로 범증范增이란 모신謀臣한 사람이 있었으나 그를 제대로 쓸 줄 몰랐다. 그래서 대세는 부득이 수많은 책사와 힘센 장수들을 거느린 유방劉邦의 한漢으로 통일될 수밖에 없었다.

천하삼분天下三分의 기미는, 그 가짜 조짐(虛兆)이 한 황실이 바야흐로 일어나려고 할 때 한 번 있었으나, 한 황실이 쇠미해질 때에야 마침내 이루어지게 되었다. 그리고 한 고조高祖 유방은 한漢의 왕이 됨으로써 흥했으나, 선주先主 유비는 한漢의 왕이 되었으나 망했다. 한 사람은 셋으로 갈라져 있던 진秦을 통일할 수 있었으나 한 사람은 중원中原의 땅을 조금도(尺寸) 차지하지 못했다.

만약 저 하늘이 한漢나라를 만들면서 이처럼 일으키고 이처럼 끝나도록 하면서도 일찌감치 그 완성된 형국을 깊숙한 속에 숨겨두고 있었다면, 그러면서 끝내 당시 사람들로 하여금 그 하는 일과 재주와 지모를 각각 다르게 하고, 그들 간의 경계를 다르게 하고, 천고 후세와도 완전히 다르게 하였다면, 이야말로 하늘이 한 일들 중에서도 가장 기이한 것이 아니겠는가?

〖 5 〗 이 소설(演義)을 쓴 사람은 기이한 문장文章으로 그 기이한 사건들을 전해주고 있지만 천착(穿鑿: 억지로 꾸며서 이치에 닿지 않는 말을 하는 것)하지 않고 다만 있었던 사실들을 하나로 꿰어서 연결하고 그 시작과 끝을 이리저리 뒤섞었을 뿐인데도 기이하지 않은 것이 없으니, 이 또한 사람이 한 일로서는 일찍이 본 적이 없었던 것이다.

그러나 이런 일이 기이하고 이런 문장이 기이하다고 하더라도, 만약이를 소개해주고 평評을 해주는 사람이 없다면, 그리고 만약 그 마음이 비단 같이 부드럽지 않고 그 입이 수를 놓은 것처럼 아름답지 않아서 일일이 옛 사람을 대신하여 그 속내를 전해주지 않는다면, 이 책 역시 마침내 주周·진秦 이전이나 한漢·당唐 이후의 여러 가지 소설(演義) 등과 같은 처지가 되었을 것인즉, 사람들 역시 그 기이함을 어찌 알 수 있을 것이며 그 기이함을 믿어주겠는가!

〖 6 〗 나는 일찍이 나관중羅貫中의 〈삼국지통속연의三國志通俗演義〉의 기이한 점을 찾고 틀린 부분을 바로잡아 세상에 내놓으려고 했었으나 그만 병이 들어 하지 못하고 말았다. 그런데 어느 날 문득 한 친구의 책상 위에서 모자(毛子: 모종강)가 평한 〈삼국지三國志〉 원고를 보고 그 문장의 명쾌함과 그 사고思考의 영민함이 내 마음에 쏙 들어서 거듭 쾌재를 불렀다. 그 이후 내가 종래 모아 놓았던 재자서才子書의 목록 가운데서 그 첫 번째 자리를 차지해야 할 것은 바로 〈삼국三

國〉임을 알게 되었다.

그래서 나는 이 몇 마디 말을 써서 모자(毛子)에게 보내주어 책을 출간하는 날 책의 한쪽 끝에 새겨 넣도록 함으로써 후에 이 책을 읽는 사람들로 하여금 나와 모자(毛子)가 같은 생각임을 알도록 하려는 것이다.

순치(順治: 청 세조世祖 연호) 갑신년(甲申年: 1664년) 가평삭일(嘉平朔日: 음력 12월 1일)

인서人瑞 김성탄金聖嘆 쓰다.

(上海鴻文書局石印本影印: 北京市中國書店)

(*모종강이 개평改評한 〈삼국지연의三國志演義〉 통행본의 첫머리에는 다 이 서문이 실려 있었으나, 후에 개자원芥子園 간행본에서 이것이 빠져버렸으므로, 그것을 바탕으로 한 욱욱당郁郁堂, 욱문당郁文堂 간행본의 첫머리에서도 이 서문이 빠지게 되었다. 이제 통행본에 근거하여 다시 싣는다.)

*김성탄金聖嘆: 명말明末 청초淸初 때 강남江南 오현吳縣 사람. 원래 이름은 채采, 자는 약채若采이다. 청나라에 들어 이름을 인서人瑞로 고쳤고, 자를 성탄이라고 했다. 명나라 때 제생諸生이 되었다. 평생 관직에 오르지 않고 관리들의 폭정에 항의하다가 처형되었는데, 당시 나이는 50~60살로 추정된다. 『이소離騷』와 『장자莊子』, 『사기史記』, 『두시杜詩』, 『수호전水滸傳』, 『서상기西廂記』 등에 대해 각각 비평을 하여 성탄육재자서聖嘆六才子書로 내놓음으로써 문학으로 간주되지 않았던 희곡과 소설을 정통문학과 구별하지 않고 다루었다. 당시唐詩와 고문古文에 대한 선본選本도 남겼다.

삼국지연의서三國志演義序

모종강毛宗崗

〖 1 〗 대저 사서史書란 역대의 사실事實들을 기록할 뿐만 아니라 대개 지난 옛날의 흥망성쇠興亡盛衰의 원인을 밝히고, 임금과 신하들의 선악善惡을 비춰보며, 정사政事의 득실得失을 기재하고, 인재人才의 길흉吉凶을 살펴보고, 나라의 화복禍福을 알게 하고, 나아가 날씨의 추위와 더위, 기타 재이災異와 상서로운 현상들, 칭찬할 일과 비난받을 일(褒貶), 관직 등의 수여와 박탈(與奪)에 이르기까지 기록하지 않는 것이 없으며, 의義로운 일이 있으면 이를 기록하여 보존해 온 것이다.

공자孔子는 사냥에서 기린麒麟이 잡힌 후 〈춘추春秋〉를 썼는데, 〈춘추〉는 노魯나라의 사서이다. 공자는 이를 편수編修하면서 심지어 한 글자를 허여許與함으로써 칭찬하고, 한 글자를 부정否定하심으로써 비난하였다. 그러나 그 한 글자 안에서 당시의 임금과 신하(君臣), 아비와 자식(父子)간의 도리를 드러내 보였고, 후세에 귀감龜鑑을 드리워줌으로써 모씨某氏의 선함과 모씨某氏의 악함을 알 수 있도록 하였는바, 이는 사람들에게 선한 일을 하도록 권하고 악한 일을 하지 말도록 징계하고(勸善懲惡), 잘못을 범하는 것을 경계하고 두려워하게 함으로써(警懼) 앞서간 자들의 잘못을 되풀이하지 않도록 하기 위해서였다(不致有

前車之覆).

공자가 세운바 이 만세萬歲에 걸쳐 지극히 공변되고 지극히 올바른 큰 법(大法)은 천리天理에 부합되고, 인륜(彝倫)을 바르게 하고, 난신적자 亂臣賊子들로 하여금 두려워 떨게 하였다. 그래서 공자는 말하기를 "나를 알아주는 자는 오직 〈춘추〉를 통해서일 것이고, 나에게 죄를 주는 자들 역시 오직 〈춘추〉를 통해서일 것이다"라고 하였는데, 이는 부득이한 일이다.

맹자孟子는 양혜왕梁惠王을 만나서 인仁과 의義에 대해서만 말하고 이 利에 대해서는 말하지 않았으며, 당시의 왕들에게 아뢸 때에는 반드시 요堯·순舜임금, 은殷의 탕湯임금, 주周의 문왕文王·무왕武王에 대해 말해 주었고, 왕이 묻는 말에 대답할 때에는 반드시 은殷의 이윤伊尹·부열傳說, 주周의 주공周公·소공召公에 대해 말해 주었다.

주자朱子의 〈강목綱目〉 역시 이와 같은바, 어찌 단지 역대의 일을 기록하는 것으로 그쳤겠는가?

〖 2 〗 그런데 만약 사서史書의 문장들이 그 이치의 은미함과 그 의리의 심오함(理微義奧)이 이와 같지 못하다면 어떻게 후세 사람들을 밝혀 줄 수 있겠는가? 〈논어論語〉에서는: "그 바탕(質)이 그 문채文彩보다 뛰어난 것을 '野야'라 하고, 문채가 그 바탕보다 뛰어난 것을 '史사'라고 한다(質勝文則野, 文勝質則史)"고 하였다. 이는 곧 사가史家들이 붓을 들어 역사를 기록하는 방법을 말한 것이다. 그런데 이것이 일반 대중들에게는 역시 너무 어려워서 이해하기 어렵다는 병폐가 있는 것으로 인식되어 왕왕 그런 방법을 버리고 돌아보지 않는 일이 있다. 그리하여 그것이 대중에게 전달되지 않게 됨으로써 역대의 일들은 세월이 오래 지날수록 제대로 전해지지 못하게 되었다.

이전 시대에는 일찍이 야사野史를 평화(評話: 민간 문예의 한 가지로 한

사람이 그 지방의 사투리로 古史 따위를 이야기하는 것인데 唱은 하지 않는다)로
만들어 맹인들로 하여금 풀어서 얘기하도록 한 적이 있었다. 그러는
동안 사용된 언어가 상스럽게 변하여 심지어 민간에서조차 외면당하
게 되었고, 식자識者들 대부분은 그것을 혐오하게 되었다.

〖 3 〗 동원東原 사람 나관중羅貫中은 진晉의 평양후平陽侯 진수陳壽가
쓴 〈삼국지三國志〉를 바탕으로 여러 나라의 사서들을 참고하여 한漢 영
제靈帝 중평中平 원년(서기 184년)부터 시작하여 진晉 태강太康 원년(서기
280년)에 이르기까지의 일들에 대하여 조심스럽게 빼기도 하고 더하기
도 해서 〈삼국지통속연의三國志通俗演義〉라는 책을 썼는데, 그것을 기
록한 문장이 매우 어렵지도 않고, 그 사용된 언어가 몹시 저속하지 않
으면서도 역사적 사건들을 사실대로 기록함으로써 이 또한 거의 사서
史書에 가깝도록 해놓았다. 이 책을 읽어보고자 하는 사람은 누구나 구
해서 읽어보고 그 역사적 사실들을 알 수 있도록 해놓았으며, 여기에
소개된 시詩들은 소위 여항閭巷에서 불려지는 가요歌謠와 같은 종류의
것이었다.
책이 완성되자, 사군자士君子들 가운데 호사가好事家들은 서로 다투
어 그것을 베껴서 읽어 보기에 편하도록 했다. 그리하여 삼국三國의 흥
망성쇠와 치란治亂에 대하여, 그리고 인물들의 유래(出處)와 그 선악(臧
否)에 대하여, 일단 책을 펴기만 하면, 수천 수백 가지의 역사적 사실
들을 속 시원히 알 수 있게 되었다. 그 가운데는 역시 한두 가지 지나
치거나 미치지 못하는 것들도 없을 수 없지만, 자기 생각을 고집하지
않고 남의 이야기에 귀를 기울이면서(俯而就之) 이 책을 읽어보고자 하
는 사람에게는 학식과 품행에 있어서 도움되는 바가 있을 것이다.

〖 4 〗 나는 여기서 "그의 시詩를 암송하고 그가 쓴 책을 읽으면서도

그 사람을 모른다는 것이 가능한 일인가?"(*〈孟子·萬章下〉)라고 한 맹자孟子의 말을 생각해 보게 된다. 독서讀書를 예로 들어 말한다면, 책을 읽다가 옛 사람이 충성을 다한 부분에 이르면 곧바로 나 자신도 충성을 다했는지 여부를 생각해 보게 되고, 책을 읽다가 옛 사람이 효성을 다한 부분에 이르면 곧바로 나 자신도 부모에게 효도를 다했는지 여부를 생각해보게 된다. 심지어 선악善惡과 시비是非와 가부可否 등에 이르러서도 전부 이와 같이 할 때 비로소 독서의 유익함이 있는 것이다. 만약에 단지 읽기만 하고 몸소 힘껏 실천하지 않는다면, 그것은 책을 읽은 적이 없는 것과 마찬가지일 것이다.

〖 5 〗 나는 일찍이 〈삼국지三國志〉를 읽으면서 한漢나라가 삼국三國으로 갈라지게 된 원인을 탐구해 본 적이 있는데, 그것은 아마도 태부太傅 진번陳蕃과 대장군 두무竇武가 조정에 들어간 지 오래 되지 않아서 그들의 뜻을 실행에 옮길 수 없었고, 마침내 악당의 무리들에게 죽임을 당하게 되고, 국가 권력을 악당들에게 도둑맞아서 그들이 조정을 좌지우지하게 되었고, 그런 상황이 날로 심해지자 군자들은 그들을 떠나가고 소인들이 그들에게 빌붙어서 나라 정치가 혼란해지자 간사한 인간들이 그 틈을 타게 되었기 때문일 것이다. 당시 국가의 기강紀綱과 법도法度가 무너지고 어지러워짐이 극도에 달했으니, 아, 어찌 안타깝지 아니한가!

하물며 하진何進은 식견이 짧았으므로 그 틈을 타고 동탁董卓이 조정에 들어가게 됨으로써 대권大權은 황제의 손으로부터 그에게로 옮겨지게 되었고, 그 해독害毒이 안팎으로 흘러가서 스스로 멸망하기에 이르렀는바, 그렇게 되는 것은 이치상 당연한 일이었다.

조조曹操는 비록 원대한 뜻을 품고 있었으나 그 뜻이 사직社稷을 보존하는 것에 있지 않고 충신忠臣을 가장하여 세상을 속임으로써 마침내 자기 자신이 황제가 되려는 것에 있었으니, 비록 한때 그 뜻을 얻었다 하더라도 반드시 잃어버리게 될 것이었다. 만고의 간사한 역적 조조는 겨우 그 자신이 황제를 죽였다는 오명汚名만 피할 수 있었을 뿐, 애초부터 그에 대해서는 자세히 논할 가치조차 없다.

손권孫權 부자는 강동江東 땅을 호시탐탐 노리면서 처음부터 천하를 취할 뜻을 품었으나, 그리고 쓸 만한 사람들을 얻어서 뜻을 세우고 행동을 조심스레 했으므로, 그를 조조와 같은 시각에서 논할 수는 없다.

오직 촉한의 소열제昭烈帝 유비劉備만이 한漢 황실의 후예로서 도원桃園에서 관우關羽 장비張飛와 의형제를 맺었고, 공명孔明의 초려草廬를 세 번이나 찾아가서 군신君臣 간에 뜻을 같이 했으며, 공명은 그를 도와서 대업大業을 이루었는바, 이 역시 이치상 당연한 것이었다.

이들 중에서 가장 훌륭한 것은 공명의 충성심忠誠心으로, 그의 충성심은 마치 해와 별처럼 밝게 빛나서 고금古今의 사람들이 다 같이 우러러보고 있다. 그리고 관우와 장비의 의리義理 역시 더욱 숭고한 것이다.

기타의 득실得失들도 분명하게 고찰해 볼 수 있는바, 후세에 향기를 남기느냐 혹은 악취를 남기느냐(遺芳遺臭) 하는 것은 모두 그 사람이 어진가 어질지 못한가(賢與不賢)에 달려 있고, 그가 군자君子인가 소인小人인가에 달려 있으며, 그의 행동이 의로움(義)을 추구하느냐 이익(利)을 추구하느냐에 달려 있을 뿐이다.

이 소설(演義)을 읽는 독자들은 마땅히 이 점을 깊이 생각해야 할 것이다.

삼국연의 읽는 법(讀三國志法)

모종강毛宗崗

〖 1 〗〈삼국지三國志〉의 독자들은 마땅히 정통正統, 윤운閏運, 참국(僭國: 왕위를 찬탈하거나 제멋대로 황제를 칭하는 것)의 차이를 알아야 한다. 정통正統은 누구를 말하는가? 촉한蜀漢이 정통이다. 참국僭國은 누구를 말하는가? 오吳와 위魏가 그것이다. 윤운閏運은 누구를 말하는가? 진晉이 그것이다.[1]

위魏가 정통이 될 수 없는 이유는 무엇인가? 땅으로 논하자면 중원中原을 위주로 해야 하고, 도리道理로 논하자면 한 황실의 유씨劉氏를 위주로 해야 하는데, 땅을 위주로 논하는 것은 도리를 위주로 논하는 것보다 못하다. 그러므로 정통을 위魏에 부여한 것은 사마광司馬光의 〈통감(資治通鑑)〉의 잘못이다. 이와는 달리 주자朱子는 〈자양강목紫陽綱目〉

---

1) 閏에는 '偏(편: 치우치다)', '副(부: 부차적인)', '餘(여: 여분의)', '僞(위: 가짜)' 등의 뜻이 있다. 양계초梁啓超는 그의 〈신사학新史學·논기년論紀年〉에서 "閏"을 이렇게 설명했다: "무릇 역사에는 반드시 기년紀年, 즉 연도를 적어야 하는데, 그 기년은 반드시 왕의 연호年號를 빌려서 하므로 부득이한 왕을 위주로 할 수밖에 없다. 그러므로 여러 나라가 난립되어 있을 때 그 왕을 제외한 나머지 왕들을 〈閏〉, 〈閏位〉, 〈閏統〉이라고 한다." 달력에서 윤달은 정월에서 동짓달까지의 정상적인 12달 이외에 여분으로 한 달이 추가되어 있는 달이므로 윤달이라고 하는 것과 비슷하다.

(紫陽: 주자의 號)에서 정통을 촉蜀나라에 부여하고 있는데, 주자의 견해가 옳다.2)

〈강목綱目〉에서는 한 헌제獻帝 건안(建安: 서기 196년~219년)의 끝에 후한後漢 소열황제(昭烈皇帝: 유비) 장무章武 원년이라고 크게 쓰고 그 아래에다 오吳와 위魏를 나누어 주注를 달았다. 이는 대개 촉蜀은 황실의 후예이므로 당연히 그에게 정통을 부여해야 한다고 생각하고, 위魏는 나라를 찬탈한 역적이므로 정통의 지위를 빼앗아야 한다고 생각했기 때문이다. 그러므로 앞부분에서는 유비가 서주徐州에서 군사를 일으켜 조조를 친 것을 썼고, 뒷부분에서는 한 승상 제갈량諸葛亮이 군사를 출병시켜 위魏를 친 것을 썼던 것이다. 이리하여 대의大義가 천고千古에 밝게 드러나게 된 것이다.

유씨의 촉한이 망하기 전에는 위魏가 나라를 통일하지 못했으므로 위魏는 당연히 정통이 될 수 없다. 그러나 유씨의 촉한이 이미 망했을 때에는 진晋이 이미 나라를 통일하였는데, 그런데도 진 역시 정통이 될 수 없는 것은 무슨 까닭인가? 그것은, 진은 신하의 신분으로 임금을 시해했으므로 위魏와 다를 바 없으며, 대권을 후손에게 물려준 후 제위를 오래 유지하지 못했으므로3) 윤운閏運이라고 말할 수는 있어도 정통이라고 말할 수는 없다.

〖 2 〗 동진(東晋: 서기 317~419년. 사마염이 진晋 왕조를 세운 서기 265년부터 316년까지를 서진西晋이라고 한다.)에 이르러서는 중원의 땅을 빼앗기고 남

---

2) 주자(朱子: 朱熹)는 역사를 논함에 있어서 매사에 사마광의 〈자치통감〉과 견해가 달리했다. 사람들은 주자의 견해를 일괄하여 〈자양강목紫陽綱目〉이라 부른다. 자양紫陽은 주희의 호이다.
3) 무제武帝 사마염司馬炎의 둘째 아들 혜제惠帝 사마충司馬衷이 서기 290년에 제위를 이어받은 지 14년 후인 서기 304년부터 바로 오대五代의 시대로 접어들어 서기 439년까지 계속된다.

방 한 쪽에 안주했으므로 이는 소를 말로 바꾸듯이 이전과 별로 달라진 것이 없으므로 더욱 이에 정통을 부여할 수 없다. 그러므로 삼국이 진晉으로 합병된 것은 전국戰國시대 때 여섯 나라가 진秦으로 통일된 것과, 오대(五代)4)가 수隋로 통일된 것과 같다.

　진秦은 한漢의 건국을 위해 장애물들을 제거한 것에 불과하고, 수隋는 당唐의 건국을 위해 장애물들을 제거한 것에 불과하다. 그러므로 앞 시대의 정통은 한漢을 위주로 해야 하고 진秦·위魏·진晉은 정통이 될 수 없는바, 이는 마치 한漢 이후 시대의 정통은 당唐·송宋을 위주로 해야 하고 그 사이에 단기간 존속했던 송宋·제齊·량梁·진陳·수隋·량梁·당唐·진晉·한漢·주周 등 전후 오대五代의 여러 나라들은 정통으로 인정될 수 없는 것과 같다.

　그리고 단지 위魏와 진晉만이 한漢과 같은 정통으로 될 수 없을 뿐만 아니라 당唐과 송宋 역시 한漢과 같은 정통으로 될 수는 없다. 수양제隋煬帝가 무도하여 당唐이 그를 대체하였지만 이에 그쳤을 뿐, 애석하게도 주周가 상商을 대체한 것만큼 분명하게 그 치적을 드러내 보여주지 못했다. 게다가 수隋로부터 당공唐公이란 칭호를 받고 구석九錫을 더해 받아 위魏와 진晉의 비루한 전철前轍을 밟았으므로, 천하를 정통으로 물려받았다는 점에서는 한漢만 못하다.

〖 3 〗 송宋으로 말하자면, 충실하고 온후한 방법으로 나라를 세웠으며, 또한 명신名臣들과 거유巨儒들이 그 사이에 많이 나왔으므로 이를 높게 평가하는 자들은 송에게 정통을 부여하고 있다. 그러나 송은 끝날 때까지 연燕·운雲 지역의 16개 주州5)를 그 판도版圖 안에 넣지 못해

---

4) 오대五代: 당唐이 수隋를 멸망시키기 전의 다섯 왕조(朝代), 즉 양梁, 진陳, 제齊, 주周, 수隋를 오대五代라고 부른다.

5) 16개 주州: 석경당石敬瑭이 거란契丹에 16개 주를 뇌물로 바치고 거란의 힘을 빌어 후진後晉 왕조를 세웠다(서기 936년). (*16개 주는 유幽, 영瀛, 막

서 그 규모가 당唐보다 줄어들었으며, 진교陳橋에서의 병변兵變6)을 통하여 황제의 자리에 오르기는 했으나 천하를 고아와 과부의 손에서 빼앗은 것과 같았으므로 천하를 얻은 것의 정당성 측면에서 보면 역시 한漢보다 못하다.

당唐과 송宋조차 한漢보다 못한데 어찌 위魏와 진晉을 논한단 말인가? 고조高祖 유방劉邦은 폭정을 일삼는 진秦을 제거하고 의제義帝를 죽인 항우項羽의 초楚를 격파하고 한漢나라를 세웠으며, 광무제光武帝 유수劉秀는 왕망王莽을 베어죽이고 한漢을 회복했으며, 소열제昭烈帝 유비는 조조를 쳐서 서천西川에서 한漢 황실을 존속시켰다. 그 조상들이 나라를 세운 것이 정당했고, 그 자손들이 제위帝位를 계승한 것 역시 정당했는데, 광무제가 천하를 다시 통일했다는 이유로 그만을 정통으로 보고 소열제는 나라 한쪽 구석에 머물러 있었다는 이유로 정통이 아니라고 볼 수는 없는 것이다.

소열제昭烈帝 유비劉備를 정통으로 보면서, 유유(劉裕: 남조南朝 송宋을 세운 무제武帝: 서기 363~422년)와 유지원(劉知遠: 후한後漢의 고조高祖: 서기 895~948)도 같은 유씨劉氏의 자손들인데, 그들을 정통으로 볼 수 없는 이유는 무엇인가?

그 이유는: 유유劉裕와 유지원劉知遠은 한의 후예後裔라고 해도 촌수가 먼 데다 또 후예라는 증거도 없으므로 중산정왕中山靖王의 후손으로 촌수도 가깝고 증거도 있는 소열제 유비와는 같지 않다. 게다가 유유

莫, 탁록, 단檀, 순順, 신新, 계蓟, 유儒, 무武, 운雲, 환寰, 삭朔, 위蔚 등으로 지금 중국의 하북성, 산서성의 북부에 해당된다.)

6) 진교병변陳橋兵變: 후주 현덕顯德 7년(서기 960)에 북한北漢과 결탁한 거란契 丹이 침입하자 조광윤趙匡胤이 군사를 거느리고 방어하러 가서 진교역陳橋 驛에 주둔하고 있다가 정변을 일으켰다. 정변에 성공한 후 조광윤은 황제가 되어 국호를 송宋이라고 했다.

와 유지원은 모두 임금을 시해하고 나라를 찬탈하였으므로 소열과 동렬에 나란히 설 수는 없는 것이다.

그리고 후당後唐의 이존욱李存勖을 정통으로 인정할 수 없는 이유는 무엇인가?

그 이유는: 존욱存勖의 성씨는 본래 이씨李氏가 아니다. 그것은 하사받은 성씨다. 그는 여진呂秦, 우진牛晉[7]의 경우와 크게 다를 게 없으므로 역시 소열과 동렬에 나란히 설 수는 없다.

그리고 남당南唐의 이승李昇[8] 역시 당唐을 이은 정통으로 볼 수 없는 이유는 무엇인가?

그 이유는: 세대가 서로 멀리 떨어져 있는 것이 유유와 유지원의 경우와 비슷하다. 그러므로 역시 소열과 동렬에 나란히 설 수는 없다.

그렇다면, 남당의 이승李昇은 당唐을 이은 정통으로 볼 수 없다고 하면서 유독 남송南宋의 고종高宗만은 송宋을 이은 정통으로 볼 수 있는 이유는 무엇인가? 고종은 태조의 후손을 후계자로 세웠고 송宋의 종묘의 제사를 끊어지지 않도록 하였으므로 그에게 정통을 부여하는 것이다.

남송南宋의 고종은 악비岳飛를 죽이고 진회秦檜를 중용하면서 공자와

---

7) 여진呂秦: 진시황 영정贏正은 그의 모친이 여불위呂不韋와 야합하여 낳은 사생아이다. 그래서 진시황을 여진呂秦이라 불렀는데, 진秦은 벌써 여씨呂氏에게 망했다는 뜻이 있다.
   우진牛晉: 진원제晉元帝는 그의 모친과 말단 관리 우씨牛氏가 야합하여 낳은 사생아다. 그래서 우진牛晉이라 불렀는데, 진晉은 벌써 우씨牛氏에게 망했다는 뜻이 있다.
8) 이승李昇: 어려서 고아가 되었다가 전란 중에 행밀대장行密大將 서온徐溫의 양자로 들어가서 이름을 서지고徐知誥라고 하였다. 후에 권력을 잡고 칭제稱帝하면서 스스로 당 현종玄宗의 아들 영왕永王 이린李璘의 후손이라고 하면서 성을 이李, 이름을 승昇으로 바꾸고 국호國號를 대당大唐이라 하였는데, 역사에서는 이를 남당南唐이라 부른다. 서기 888년~943년.

맹자 두 성인의 가르침을 전혀 따르지 않았지만, 역사가들은 여전히 그가 송의 사직을 연장했기 때문에 정통으로 인정하였던 것이다. 하물며 소열제 유비의 경우에는 임금과 신하가 한 마음으로 한漢의 역적을 토벌하기로 맹서하였으니 더 이상 말할 나위가 있겠는가! 그러므로 소열제가 정통이라는 것은 더욱 의심할 여지가 없다.

진수陳壽의 〈삼국지〉는 이러한 것들을 제대로 분별하지 못했으므로 나는 〈자양강목紫陽綱目〉과 절충하여 특별히 이 〈연의演義〉에 덧붙여 이를 바로잡아 두는 것이다.

〖 4 〗 옛 역사가 매우 많은데도 사람들이 유독 〈삼국지三國志〉만을 탐독하는 이유는 고금의 인재가 〈삼국〉보다 더 많이 모여 있는 것이 없기 때문이다.

재능 있는 자(才)와 재능 없는 자(不才)가 대적하는 것을 보는 것은 흥미로울 게 없으나, 재능 있는 자와 재능 있는 자가 대적하는 것을 보는 것은 흥미롭다. 재능 있는 자와 재능 있는 자가 대적하는데, 한 사람의 재능 있는 자와 재능 있는 자 여럿이서 무리를 지어 대적하는 것을 보는 것은 흥미로울 게 없다. 그러나 재능 있는 자와 재능 있는 자가 대적하는데, 재능 있는 자들 여럿이서 한 사람의 재능 있는 자에게 패하는 것을 보는 것은 한층 더 흥미롭다.

나는 삼국三國에는 '세 사람의 절륜(絕倫)', 즉 '삼절(三絕)'이라 부를 수 있는 기이한 사람 셋이 있다고 생각한다. 그 삼절의 하나는 곧 제갈공명諸葛孔明이고, 또 하나는 관운장關雲長이며, 또 하나는 조조曹操이다.

〖 5 〗 사책史冊을 두루 살펴보면, 현명한 재상들은 숲의 나무처럼 수없이 많았지만 만고에 명성이 높은 자로서 공명만한 사람은 아무도 없

었다.

　그는 쉴 때에는 무릎 위에 거문고를 놓고 탔는데, 그 모습은 분명히 은사隱士의 풍류였다. 밖으로 나갈 때에는 손에 우선羽扇을 들고 머리에는 윤건(綸巾: 검은 실로 짠 띠를 두른 두건. 제갈량이 이런 모자를 쓴 것으로 이름이 났으므로 이를 제갈건이라고도 한다.)을 썼는데, 그 때문에 그의 우아한 풍취가 없어지지는 않았다.

　초려草廬에 있을 때에 이미 천하가 셋으로 나뉠 것을 알았으니 이는 그가 천시天時를 훤히 알고 있었음이며, 선제先帝가 운명할 때 막중한 고명顧命을 받고서 기산祁山으로 여섯 번이나 나가기에 이르렀으니, 이는 그가 인사人事를 극진히 하였음이다.

　만왕蠻王 맹획孟獲을 일곱 번 사로잡았다가 일곱 번 놓아준 일(七擒七縱)이며, 돌로 팔진八陣을 만들어 동오 장수 육손陸遜을 두려워 떨게 한 일이며, 나무로 만든 소와 말(木牛流馬)로 군량을 운반하도록 한 일 등만 해도 이미 귀신이 아니고서는 해낼 수 없는 헤아리기 힘든 일들이었다.

　나라를 위해 온 힘을 다했고(鞠躬盡瘁), 뜻을 정한 후에는 자기 몸까지 바쳤으니(志決身殲), 이는 남의 신하된 자와 남의 자식 된 자가 지녀야 하는 마음가짐이었다. 장수로서의 그는 춘추전국 시대의 명장인 관중管仲·악의樂毅와 견주어도 더 뛰어났고, 재상으로서의 그는 고대의 명재상인 은殷의 이윤伊尹·주周의 강태공 여상呂尙에 견주어도 전혀 손색이 없었다. 그는 고금古今을 통틀어 현명한 재상들 중에서 으뜸가는 기인奇人이었다.

　사책史冊을 두루 살펴보면, 유명한 장수들은 구름처럼 많았지만 인류 가운데 다시 없을 정도로 뛰어나고(絶倫) 무리들 가운데 뛰어나게 훌륭한(超群) 자로서는 관운장關雲長만한 사람이 없었다.

청등靑燈을 밝혀놓고 청사靑史를 읽고 있는(*제27회) 그의 자태에서는 완전히 대학자다운 풍모를 볼 수 있고, 그의 거짓 없고 참된 마음(赤心)과 검붉은 얼굴(赤面)에서는 한없이 신령스러움을 느낄 수 있다.

손에 촛불을 들고 형수들이 자는 문밖에 서서 날이 새기를 기다린 일(*제25회)을 가지고 사람들은 그의 큰 절개(大節)를 전하고, 혼자 칼을 들고 연회에 참석한(單刀赴會) 일(*제66회)로 세상 사람들은 그의 신비한 위엄에 탄복한다. 홀로 천리 먼 길을 가서 주인에게 보답한 것은 그의 굳은 의지를 보여주고(*제28회), 조조를 화용도華容道에서 놓아준 그의 의로운 행동은 은혜를 갚으려는 그의 정의情誼의 무거움을 보여준다. (*제50회)

그는 일을 함에 있어 맑은 하늘의 태양처럼 공명정대했고, 사람을 대함에 있어서는 밝은 달빛과 시원한 바람처럼 온화했다. 그의 마음은 송宋의 명신 조변趙抃이 낮의 일을 마치고는 밤에 향불을 피워놓고 황제에게 고했던 것과 같은 그런 마음이었는데, 도량이 넓고 공명정대하기는(磊落) 그보다 더했다.

그리고 그의 호방한 뜻은 완적阮籍9)이 거만하게 세상 사람들을 깔보는 듯했으며, 엄정하기는 그보다 더했다. 그는 고금을 통틀어 명장들 중에서 으뜸가는 기인奇人이었다.

사책史冊을 두루 살펴보면, 간웅奸雄들이 연달아 나왔으나 그 지혜가 훌륭한 인재들을 끌어안고 천하를 속이기에 족했던 자로서는 조조曹操만한 자가 없다.

순욱荀彧이 권하는 근왕이론(勤王之說: 왕실을 위하여 충성을 다해야 한다는 말)을 듣고 자신을 주周나라 문왕文王에 견줄 때에는 마치 임금에 대

---

9) 완적阮籍: 삼국시대 위魏의 사람으로 자는 사종嗣宗. 술을 좋아했고, 박식했으며, 거문고와 시를 잘 지었다.

한 충성심이 있는 것처럼 하였고, 원술袁術이 멋대로 황제를 칭하는 잘못을 답습하기를 거부하고 자신은 조후曹侯가 되기를 원한다고 했을 때에는(*제56회) 마치 천시天時와 민의民意에 순종하는 것처럼 했다.

진림陳琳이 조조를 욕하는 격문을 썼다가 잡혀왔으나 그를 죽이지 않고 살려주면서 그의 재능을 아낀다고 말했을 때에는(*제32회) 마치 자신이 관대한 사람인 것처럼 행동했다.

자기 주인을 찾아간다면서 떠나가는 관공關公을 쫓아가 붙잡지 않고 그 뜻을 온전히 펼 수 있도록 해줄 때에는(*제27회) 마치 의로운 사람인 것처럼 행동했다.

동진東晉의 대장군 왕돈(王敦: 서기 266~324)은 동진의 뛰어난 학자인 곽박郭璞을 쓸 줄 몰랐으나, 조조는 인재들을 거두어들임이 그보다 나았다. 당시 최고 권력을 휘두르고 있던 동진의 대신 환온(桓溫: 서기 312~373)은 당시 병법에 통달한 전략가 왕맹王猛을 알아보지 못했으나, 조조는 사람을 알아보는 능력이 그를 능가하였다.

당唐의 대신 이림보李林甫는 비록 안록산安祿山의 난을 진압할 수 있었으나 조조가 국경 밖으로 나가서 오환烏桓을 격파한 것에는 미치지 못한다. 송宋의 한차주韓侂胄가 비록 간신 진회秦檜를 폄직貶職시켰다고는 하나 조조가 동탁을 생전에 토벌한 것보다는 못하다.

나라의 권력을 훔치고서도 잠시 국호國號를 그대로 사용한 점에서 왕망王莽이 공공연하게 군주를 죽이고 국호를 바꾼 것과는 달랐다. 혁명의 대사大事를 아들에게 맡겼다는 점에서 남조南朝 송宋을 세운 유유(劉裕: 서기 363~422년)가 급히 진晉을 찬탈하려고 한 것보다 뛰어났다. 그야말로 고금을 통틀어 간웅들 중에서 으뜸가는 기인奇人이었다.

이 세 사람의 기인들이 있음으로 해서 삼국시대 전후의 역사상 그들보다 뛰어난 자들이 없었고, 그러므로 역사서를 두루 읽어보고 나면 〈삼국지三國志〉를 더욱 즐겨 읽을 수밖에 없게 된다.

〖 6 〗 물론 삼국에 세 사람의 절륜絕倫, 즉 삼절三絕이 있지만, 나는 삼절 외에 다시 삼국의 전후前後를 두루 살펴보고 나서 이렇게 물어보려고 한다:

막사 안에 가만히 앉아서 계책을 수립하는 능력에 있어서 서서徐庶와 방통龐統 같은 자들이 있는가?

군사를 지휘하고 용병하는 데 있어 주유周瑜·육손陸遜·사마의司馬懿 같은 자들이 있는가?

사람을 헤아리고 사건을 예견함에 있어 곽가郭嘉·정욱程昱·순욱荀彧·가후賈詡·보즐步騭·우번虞飜·고옹顧雍·장소張昭 같은 자들이 있는가?

무공武功과 장략將略이 월등히 남들보다 뛰어나다는 점에 있어서 장비張飛·조운趙雲·황충黃忠·엄안嚴顏·장료張遼·서황徐晃·서성徐盛·주환朱桓 같은 자들이 있는가?

적진 속으로 짓쳐 들어가서 용맹무쌍하게 싸움에 있어 당해낼 자가 없었다는 점에서 마초馬超·마대馬岱·관흥關興·장포張苞·허저許褚·전위典韋·장합張郃·하후돈夏侯惇·황개黃蓋·주태周泰·감녕甘寧·태사자太史慈·정봉丁奉 같은 자들이 있는가?

재능 있는 두 사람이 서로 대적하고 현명한 두 사람이 서로 만난다는 점에서 강유姜維·등애鄧艾처럼 지략과 용맹이 둘 다 서로 대등하고, 양호羊祜·육항陸抗처럼 싸우지 않고 조용히 서로 지킨 자들이 있는가?

도학道學에 있어서는 마융馬融·정현鄭玄이 있고, 문학에 있어서는 채옹蔡邕·왕찬王粲이 있으며, 영리함과 재치에 있어서는 조식曹植·양수楊修가 있고, 조숙早熟함에 있어서는 제갈각諸葛恪·종회鍾會가 있으며, 묻는 말에 거침없이 대답함에 있어서는 진복秦宓·장송張松이 있고, 말솜씨에 있어서는 이회李恢·감택闞澤이 있으며, 사신으로 가서 임금의 명을 욕보이지 않았다는 점에 있어서는 조자趙諮·등지鄧芝가 있고, 격문을 마치 붓이 날아가는 듯 휘갈겨 씀에 있어서는 진림陳琳·완우阮瑀가 있으며, 번잡하고 복잡한 일들을 잘 처리함에 있어서는 장완蔣琬·동윤董允이 있고, 명성을 날림에 있어서는 마량馬良·순상荀爽이 있으며, 옛 일을 좋아함(好古)에 있어서는 두예杜預가 있고, 박식함에 있어서는 장화張華 등이 있는데, 다른 책에서는 이런 인재들을 찾아보려고 해도 일일이 찾아보기가 쉽지 않다.

〖 7 〗 그리고 현인을 알아봄에 있어서는 사마휘司馬徽와 같은 현철賢哲이 있고, 지조志操를 격려함에 있어서는 관녕管寧과 같은 고매한 사람이 있으며, 은거隱居하는 사람으로는 최주평崔州平·석광원石廣元·맹공위孟公威와 같은 은사隱士들이 있다.

간웅奸雄의 뜻을 거스른 자로는 공융孔融과 같이 정직한 자가 있으며, 사악한 자의 마음을 건드린 예로는 조언趙彦의 직언直言이 있고, 악한 자를 배척함에는 예형禰衡과 같이 호탕한 자가 있으며, 역적을 매도함에 있어서는 길평吉平과 같이 장한 자가 있고, 나라를 위해 죽기로는 동승董承·복완伏完과 같은 현자들이 있으며, 자기 목숨을 내버리기로는 경기耿紀·위황韋晃과 같은 자의 절개가 있다.

자식으로서 부친을 위해 죽음에 있어서는 유심劉諶·관평關平과 같은 효자가 있고, 신하로서 임금을 위해 죽기로는 제갈첨諸葛瞻·제갈상諸葛尙과 같은 충신이 있으며, 부하로서 주장主將을 위해 죽은 예로는 조루趙累·주창周倉과 같은 의사義士가 있다.

그 밖에도 사전에 일찌감치 계책을 세우기로는 전풍田豊과 같은 자가 있고, 거듭 충고하고 극력 간하기로는 왕루王累와 같은 자가 있으며, 뜻을 세워 굳게 지키고 바꾸지 않기로는 저수沮授와 같은 자가 있고, 굽히지 않기로는 장임張任과 같은 자가 있으며, 재물을 가볍게 보고 우정을 돈독히 하기로는 노숙魯肅과 같은 자가 있고, 주인을 섬기되 두 마음을 품지 않기로는 제갈근諸葛瑾과 같은 자가 있으며, 강한 적을 두려워하지 않기로는 진태陳泰와 같은 자가 있고, 죽는 것을 마치 집으로 돌아가는 듯이 생각한 자로는 왕경王經이 있으며, 홀로 강직한 성품을 보존한 자로는 사마부司馬孚 등이 있다.

이들은 모두 찬란히 빛나면서 사책史冊을 비추고 있는 자들이다. 이전의 패군沛郡 풍읍의 세 영웅(豊沛三傑)10)·상산의 사호(商山四皓)11)·운대의 여러 장수들(雲臺諸將)12)·부춘의 객성(富春客星)13) 등이 있으며, 후세에는 영주학사(瀛洲學士)14)·인각공신(麟閣功臣)15)·배주절도(杯酒節

---

10) 세 영웅: 소하蕭何·주발周勃·번쾌樊噲. 이들은 한고조 유방劉邦과 한 고향인 패군 풍읍 사람들로 한漢나라 건국에 혁혁한 공로를 세웠다.

11) 상산사호商山四皓: 진秦 말의 4명의 동원공東園公·하황공夏黃公·기리계綺里季·각리선생角里先生. 이들은 난리를 피해 상산에 은거하고 있었는데 80세가 넘어 눈썹과 수염이 하얀 백발이 되었으므로 당시 사람들은 그들을 '상산사호'라 불렀다. 한고조가 그들을 불렀으나 응하지 않다가 후에 한고조가 태자를 폐하려고 하자 여후呂后가 장량張良이 알려준 계책을 써서 이들을 불러서 태자를 보좌하도록 하자 마침내 고조는 태자를 폐하려던 뜻을 철회했다. 〈사기·유후세가留侯世家〉에 나오는 얘기이다.

12) 운대제장雲臺諸將: 한 광무제光武帝 유수劉秀가 동한을 세울 때 공이 가장 컸던 등우鄧禹·마성馬成 등 28명의 장령. 후에 명제明帝가 이 28명 장군들의 초상화를 그려서 공신각에 모셨음.

13) 부춘객성富春客星: 동한의 은사隱士인 엄광嚴光, 자는 자릉子陵.

14) 영주학사瀛洲學士: 당나라 초기의 18명의 학사. 당 태종은 진왕秦王의 신분으로 있을 때부터 문학관을 만들어 인재를 모았는데 출중한 학사들로는 방현령房玄齡·두여회杜如晦 등 18명이나 있다. 후에 당태종은 화가 염립본閻立本에게 명하여 이 18명 학사의 초상화를 그려 모셨다. 당시 사람들은 이 18명의 학사가 '영주瀛洲에 올랐다'고 불렀다. *영주瀛洲: 본래는 신선이 살고 있는 산이란 뜻이지만, 여기서는 당 태종太宗 때 궁성 서쪽에 문학관을 지어 두여회, 방현령, 육덕명陸德明, 공영달孔穎達, 우세남虞世南 등 18명이 세 팀으로 나뉘어 돌아가면서 그곳에서 숙직을 했다. 휴가 때에는 황제의 정사 자문에 응하고 전적典籍 등에 대한 토론도 했다. 당시 이곳에서 일할 수 있도록 뽑히는 사람들을 "登瀛州"라고 불렀다.

15) 인각공신麟閣功臣: 흉노가 완전히 투항한 이후 한 선제宣帝는 옛날 흉노를 물리친 전쟁에 큰 공로가 있는 곽광霍光·장안세張安世 등 11명 장군의 초상화를 그려서 기린각麒麟閣에 모셨다. 후세에 그들을 '인각공신'이라고 불렀다.

度)16)·채시 재상(砦市宰相)17) 등과 같은 인물들이 있는데, 이들은 각 왕조에서 천년, 백년에 걸쳐서 나뉘어 나타났지만, 삼국에서는 한 때에 폭주하듯이 모였으니 어찌 인재의 대 도회都會가 아니겠는가!

등림(鄧林)18)에 들어가서 이름난 훌륭한 재목들을 고르고, 현포(玄圃)19)를 거닐면서 수많은 옥돌이 쌓여 있는 것을 보면서 거두려고 해도 미처 다 거둘 수 없고 만져보려고 해도 다 만져볼 수 없는 그런 상황에서 한없이 나오는 감탄사를 나는 〈삼국〉에서 실감하지 않을 수 없다.

〖 8 〗 〈삼국연의〉는 그 문장 구성(文章)에서 볼 때도 가장 훌륭한 책이다.

이 책은 삼국의 일을 이야기하면서도 삼국三國으로부터 시작하지 않는다. 삼국은 반드시 시작되는 바가 있어야 하므로 삼국의 이야기 시작을 한漢의 황제皇帝로부터 한다. 삼국을 이야기하면서 삼국으로 끝을 맺지 않는다. 삼국은 반드시 스스로 끝나는 바가 있어야 하므로 그 이야기의 끝맺음을 진晉나라로써 한다.

이 뿐만이 아니다. 유비劉備는 황제의 후예로서 대통을 잇고 있으므로 황실의 종친들인 유표劉表·유장劉璋·유요劉繇·유벽劉辟 등으로 하여

---

16) 배주절도杯酒節度: 송宋나라 초기에 재상 조보趙普의 건의를 받아들여 고급 장령(절도사 포함)들에게 술대접을 하면서 그들이 자발적으로 병권을 내놓도록 하는 정책을 썼는데 그들의 쿠데타나 지방할거 정권을 막기 위해서였다. 이를 배주석병권杯酒釋兵權 또는 배주절도杯酒節度라고 한다.

17) 채시재상砦市宰相: 송 태조 조광윤趙匡胤의 재상 조보趙普. 그는 학벌이나 족벌이 없는 천민출신이었다. 砦(채): 나무 울타리. 작은 성. 보루.

18) 등림鄧林: 신화전설에 나오는 숲으로, 좋은 것들이 한 곳에 집결되어 있는 곳이라는 뜻으로 쓰인다.

19) 현포玄圃: 전설에 나오는 곤륜산崑崙山 정상의 신선들이 사는 곳, 그곳에는 기이한 화초와 옥석玉石이 많다고 함.

금 그를 배석陪席하도록 하고 있다.

조조曹操는 그 권력이 임금을 능가하는 신하로서 자기 멋대로 나라를 좌지우지하였으므로, 황제를 폐위시키고 세우기를 제멋대로 한 동탁董卓 같은 자와, 나라를 혼란에 빠뜨렸던 이각李催과 곽사郭汜와 같은 자들로 하여금 그를 배석하도록 하고 있다.

손권孫權은 일개 지방의 제후로서 세 솥발들 중의 하나처럼 삼국의 하나를 세웠으므로 스스로 황제를 참칭했던 원술袁術과 같은 자와, 스스로 영웅을 자처했던 원소袁紹 같은 자와, 한 지역을 갈라서 지배했던 여포呂布 · 공손찬公孫瓚 · 장양張揚 · 장막張邈 · 장로張魯 · 장수張繡 등과 같은 자들로 하여금 그를 배석하도록 하고 있다.

유비와 조조는 제1회에서 이름이 나오지만 손권은 제7회에 가서야 비로소 이름이 나온다. 조씨曹氏가 허창許昌에 수도를 정하는 것은 제11회에서이고, 손씨孫氏가 강동에 자리를 잡는 것은 제12회에서이지만, 유씨劉氏가 서천西川을 취하는 것은 제60회 후에 가서이다.

가령 지금의 소설가가 터무니없이 삼국 일을 쓴다면, 그 문장은 틀림없이 첫머리부터 세 사람에 대해 이야기하고, 세 사람은 곧바로 각기 한 나라씩 차지하도록 할 것이지 이 책처럼 그 앞으로 돌아갔다가 그 뒤로 돌아 나오도록 하면서 여러 방면에 걸쳐 그 왼쪽으로 오른쪽으로 빙빙 돌아가면서 쓸 수 있겠는가?

전해오는 옛 이야기가 천연적으로 이렇듯 파란만장하고, 천연적으로 이렇듯 층차層次와 굴절屈折이 있으므로 절세의 훌륭한 문장이 이루어지게 된 것이다. 그러므로 〈삼국연의〉를 읽는 것은 정말이지 소설가들이 쓴 소설책 수만 권을 읽는 것보다 낫다.

〖 9 〗 만약 삼국의 기업基業을 닦은 주인을 논한다면 사람들은 모두 유비, 손권, 조조가 그들인 줄 알지만, 그들 사이에도 각기 다름이 있

는 줄은 모른다. 유비와 조조는 둘 다 자신이 몸소 창업했지만 손권은 부친과 형의 힘을 빌려 창업했다. 이것이 그 첫 번째 다른 점이다.

유비와 손권은 둘 다 자신이 살아 있을 때 황제가 되었지만 조조는 자신이 살아있을 때 황제가 된 것이 아니라 자기 자손의 대에 가서 황제가 되었다. 이것이 두 번째 다른 점이다.

삼국이 황제를 칭함에 있어서는 위魏가 가장 빨리 했고, 촉이 황제를 칭한 것은 조조가 죽고 조비曹丕가 즉위한 후이며, 동오가 황제를 칭한 것은 촉의 유비가 죽고 유선劉禪이 즉위한 후이다. 이것이 세 번째 다른 점이다.

삼국이 서로 대치함에 있어서, 동오는 촉과 이웃 사이였으나 위魏는 촉의 원수였다. 촉과 동오는 사이좋게 지낼 때가 싸울 때보다 많았다. 그러나 촉과 위魏는 싸우기만 했고 사이좋게 지낼 때는 없었으며, 동오와 위魏는 싸울 때가 사이좋게 지낼 때보다 더 많았다. 이것이 그 네 번째 다른 점이다.

삼국이 황제의 자리를 다음 사람에게 물려준 것을 보면, 촉은 2세까지밖에 못 물려주었고, 위魏는 조비曹丕부터 조환曹奐까지 무릇 다섯 주인에게 물려주었으며, 동오는 손권부터 손호孫皓까지 네 주인에게 물려주었다. 이것이 다섯 번째 다른 점이다.

삼국이 멸망한 것은, 촉이 맨 먼저이고 위魏가 그 다음이며, 동오가 맨 나중이다. 위魏는 그 자리를 자기 신하에게 빼앗겼고, 동오와 촉은 적국에게 합병당했는데, 이것이 여섯 번째 다른 점이다.

비단 이뿐만이 아니다. 손책孫策과 손권의 경우는 형이 죽어서 제위가 동생에게 주어졌고, 조비와 조식의 경우는 동생을 버리고 형을 세운 것이며, 유비와 유선의 경우는 부친은 황제였으나 자식은 포로가 되었으며, 조조와 조비의 경우는 부친은 신하였으나 아들은 임금이었으니, 그야말로 들쑥날쑥하고 변화무쌍하다고 할 수 있다.

지금 그림을 잘 그리지 못하는 사람에게 비록 서로 다른 두 사람을 그리도록 시키더라도 역시 틀림없이 피차 비슷한 모습으로 그릴 것이다. 지금 노래를 잘 부르지 못하는 사람에게 비록 서로 다른 두 곡의 노래를 부르도록 시키더라도 역시 틀림없이 앞뒤로 같은 소리를 낼 것이다. 문장의 대구對句 역시 왕왕 이와 유사하다. 옛 사람들은 본래 부화뇌동附和雷同하는 일이 없었으나 지금 사람들은 부화뇌동하여 비슷한 글을 즐겨 쓴다. 이런 사람들은 왜 내가 평한 〈삼국연의〉를 읽어보지 않는 것인가?

〖 10 〗〈삼국연의〉에는 전체의 시작과 전체의 결말 사이에 또 여섯 가지의 시작과 여섯 가지의 결말이 들어 있다.

한漢 헌제獻帝의 이야기를 하면서 동탁董卓이 황제를 폐위시키고 새로 세우는 것으로 시작하여 조비曹丕가 제위帝位를 찬탈하는 것으로 한 번 결말을 맺는다.

서촉西蜀을 이야기하면서 성도成都에서 칭제稱帝하는 것으로 시작하여 면죽綿竹으로 가서 투항하는 것으로 한 번 결말을 맺는다.

유비·관우·장비 세 사람 이야기를 하면서 셋이서 도원에서 의형제를 맺는 것(桃園結義)으로 시작으로 하여 유비가 백제성白帝城에서 어린 자식의 후사를 부탁하는 것(托孤)으로 한 번 결말을 맺는다.

제갈량諸葛亮 이야기를 하면서 삼고초려三顧草廬로 시작하여 여섯 번 기산祁山으로 나가는 것으로 한 번 결말을 맺는다.

위魏나라를 이야기하면서 연호를 황초黃初로 고치는 것으로 시작하여 사마소司馬昭가 선위禪位받는 것으로 한 번 결말을 맺는다.

동오를 이야기하면서 손견孫堅이 전국새傳國璽를 감추는 것으로 시작하여 손호孫皓가 투항하는 것으로 한 번 결말을 맺는다.

무릇 이런 여러 단락의 문장들이 그 사이에서 서로 연결되면서 혹

이쪽에서 시작할 때 저쪽에서는 이미 결말을 맺거나, 혹은 이쪽에서 아직 결말을 맺기 전에 저쪽에서 시작하기도 함으로써 읽을 때 문단의 끊어지고 이어지는 흔적을 보지 못하게 되는데, 이를 잘 살펴보면 문장의 구도(章法)가 별도로 있음을 알 수 있다.

〘 11 〙〈삼국연의〉에는 매사를 그 뿌리까지, 그 근원까지 추궁해 들어가는 오묘함(追本窮源之妙)이 있다.

삼국으로 갈라진 것은 할거割據하고 있는 여러 제후(藩鎭)들이 대치하고 있었기 때문이고, 제후들이 대치하고 있었던 것은 동탁이 나라를 혼란에 빠트렸기 때문이며, 동탁이 나라를 혼란에 빠트렸던 것은 하진何進이 지방의 군사들을 불러들였기 때문이고, 하진이 군사를 불러들이게 된 것은 십상시十常侍들이 나라 정치를 전단했기 때문이다. 그러므로 삼국의 이야기를 하기 위해서는 반드시 십상시로부터 시작해야 한다.

그러나 유비가 처음 일어날 때 그는 여러 제후(藩鎭)들 중의 하나에 들어 있지 못하고 아직은 민간인으로 초야草野에 있을 때였다. 초야에 영웅들이 의병으로 모일 수 있었던 까닭과 여러 제후들이 무장을 갖추게 된 까닭은 황건적黃巾賊이 난을 일으켰기 때문이다. 그러므로 삼국을 이야기하려면 또한 반드시 황건적으로부터 시작해야 한다.

그리고 황건적이 난을 일으키기 전에 하늘은 재이災異 현상을 내려서 이를 경계하였으며, 다시 충신忠臣 모사謀士들과 지략 있는 인사들이 이를 예견하고 직언으로 극력 간하였다. 만약 당시 임금된 자가 백성들을 아끼고 사랑하는 하늘의 마음(天心之仁愛)을 알아차리고 어진 신하들의 곧은 말을 받아들였더라면 단호히 십상시들을 배격했을 것이다. 그랬더라면 황건적의 난은 일어나지 않았을 것이고, 초야의 영웅들이 일어나지 않아도 되었을 것이며, 여러 제후들은 무기를 정비하지 않아도 되었을 것이며, 그리하여 삼국으로 갈라지지 않을 수 있었을 것이다. 그러므로 삼국을 이야기함에 있어서 그 뿌리를 환제桓帝와 영제靈帝까지 파고들어가야 하는바, 이는 마치 황하의 발원지가 청해성(星宿海: 지명. 지금의 청해성靑海省을 말함. 황하의 발원지가 그곳에 있다.)에 있음을 알아내는 것과 같다.

〖 12 〗 〈삼국연의〉에는 교묘하게 거두고 환상적으로 매듭짓는 절묘함(巧收幻結之妙)이 있다.

인심이 몹시 원했던 것은 위魏가 촉蜀에 의해 병탄되는 것이었고, 인심이 크게 불평했던 것은 촉이 망하고 위가 통일하는 것이었다. 그러나 하늘의 뜻은 인심이 몹시 원하는 것을 따르지도 않았고, 또한 인심이 크게 불평하는 것을 따르지도 않으면서 특별히 진晉의 손을 빌어 삼국을 통일했는데, 이는 조물주의 환상적인 수법이다.

그러나 하늘이 기왕에 한漢을 도와주지도 않고 또한 천하를 위魏에게 주지도 않겠다면, 왜 동오의 손을 빌리지 않고 진晉의 손을 빌렸을까?

그 이유는: 위魏는 본래 한漢의 역적이지만, 동오는 일찍이 관공關公을 죽이고 형주荊州를 빼앗고 위魏를 도와서 촉을 공격한 적이 있으므로 역시 한漢의 역적이다. 진晉이 위魏를 빼앗은 것은 한漢을 위하여 복수한 것과 흡사하므로, 동오가 삼국을 통일하도록 하기보다는 차라리 진晉이 삼국을 통일하도록 하는 것이 더 나았던 것이다.

그리고 또 동오는 위魏의 적敵이고, 진晉은 위魏의 신하(臣)인데, 위魏는 신하로서 자기 임금을 시해했으므로, 진晉은 위魏가 했던 일을 그대로 본받아 보복함으로써 천하 후세가 경계하도록 했다. 그러므로 위魏로 하여금 자신의 적敵에게 병탄되도록 하는 것은 위魏로 하여금 자기의 신하(臣)에게 병탄되도록 하는 것보다 통쾌하지 못한 일이다. 이 역시 조물주의 교묘한 수법이다.

환상적이라 함은 사람의 생각을 벗어나는 것이고(幻出人意外), 교묘함이라 함은 다시 사람의 생각 범위 내에 있는 것이다(巧復在人意中). 이렇게 보면, 조물주는 작문作文을 극히 잘 한다고 말할 수 있다. 지금 사람의 필력筆力으로는 이렇듯 환상적으로 쓸 수도 없고 이렇듯 교묘하게 쓸 수도 없다. 그러므로 조물주가 지은 자연스런 문장을 읽을 것이지 지금 사람들이 억지로 꾸며낸 문장을 읽을 필요가 어디 있겠는가!

〖 13 〗〈삼국연의〉에는 '이빈츤주以賓衬主'의 문장기법, 즉 손(賓)으로써 주인(主)을 더욱 돋보이게 하는 교묘한 문장기법이 많이 사용되고 있다.

예를 들면, 도원桃園에서 의형제를 맺는 세 사람을 이야기하려고 하면서 그에 앞서 먼저 황건적 형제 세 사람을 이야기하는데, 도원의 세 사람이 그 주인(主)이고 황건적 세 사람은 그 손(賓)이다.

중산정왕中山靖王의 후손을 이야기하려고 하면서 그에 앞서 먼저 노공왕魯恭王의 후손을 이야기하는데, 중산정왕이 그 주인(主)이고 노공왕은 그 손(賓)이다. 하진을 이야기하려고 하면서 그에 앞서 먼저 진번陳蕃과 두무竇武에 대해 이야기하는데, 하진이 그 주인(主)이고 진번과 두무는 그 손(賓)이다.

유비·관우·장비 및 조조·손견이 뛰어난 인물들임을 이야기하면서 아울러 각 제후들은 모두 쓸모없는 자들임을 이야기하는데, 유비·조조·손견이 그 주인(主)이고 각 제후들은 그 손(賓)이다. 유비가 제갈량諸葛亮을 만나려고 할 때 그에 앞서 먼저 사마휘司馬徽·최주평崔州平·석광원石廣元·맹공위孟公威 등 여러 사람들을 만나는데, 제갈량이 그 주인(主)이고 사마휘 등 여러 사람들은 그 손(賓)이다.

제갈량은 두 임금을 모셨는데, 오히려 제갈량보다 먼저 왔다가 즉시 떠나가 버린 서서徐庶, 늦게 왔다가 먼저 죽은 방통龐統이 있으니, 제갈량이 그 주인(主)이고 서서와 방통은 그 손(賓)이다.

조운趙雲은 먼저 공손찬公孫瓚을 섬겼고, 황충黃忠은 먼저 한현韓玄을 섬겼으며, 마초馬超는 먼저 장로張魯를 섬겼고, 법정法正·엄안嚴顏은 먼저 유장劉璋을 섬겼으나 후에 가서는 다들 유비를 섬겼는데, 유비가 그 주인(主)이고 공손찬·한현·장로·유장은 그 손(賓)이다.

태사자太史慈는 먼저 유요劉繇를 섬기다가 후에 손책孫策에게 귀의하였고, 감녕甘寧은 먼저 황조黃祖를 섬기다가 후에 손권孫權에게 귀의하였다. 장료張遼는 먼저 여포를 섬겼고, 서황徐晃은 먼저 양봉楊奉을 섬겼으며, 장합張郃은 먼저 원소袁紹를 섬겼고, 가후賈詡는 먼저 이각李催·장수張繡를 섬겼으나 후에 모두 조조에게 귀의하였는데, 손책·손권·조조가 그 주인(主)이고 유요·황조·여포·양봉 등 여러 사람들은 그 손(賓)이다.

한漢을 대신하게 되는 것은 도고(途高)라고 말한 참언(代漢當涂之讖)은 본래 위魏에 해당하는 것이었는데 원술袁術은 이를 잘못 이해하고 자신을 가리키는 것으로 오해하였는데, 여기서는 위魏가 그 주인(主)이고 원술은 그 손(賓)이다.

조조가 꿈꾸었던, 같은 구유에서 꼴을 먹고 있는 세 마리의 말(三馬同槽之夢)은 본래 사마씨司馬氏에 대한 것이었는데, 조조는 이를 잘못 이해하여 마등馬騰 부자로 오해했으니, 여기서는 사마씨가 그 주인(主)이고 마등 부자는 그 손(賓)이다.

〖 14 〗 사람에게만 그 주인(主)과 손(賓)이 있는 것이 아니라 땅에도 역시 그 주인(主)과 손(賓)이 있다.

헌제獻帝가 낙양洛陽으로부터 장안長安으로 옮기고 다시 장안으로부터 낙양으로 옮겼으나 결국에는 허창許昌으로 옮겼는데, 허창이 그 주인(主)이고 장안과 낙양은 그 손(賓)이다. 유비는 서주徐州를 잃고 형주荊州를 얻었는데, 형주가 그 주인(主)이고 서주는 그 손(賓)이다. 후에 와서는 서천과 동천(兩川)을 얻고 형주를 잃었는데, 서천과 동천이 그 주인(主)이고 형주는 그 손(賓)이다. 제갈량은 북으로 가서 중원中原을 치기 위해 먼저 남으로 가서 남만 지방을 평정하였는데, 그의 뜻은 남만 땅에 있었던 것이 아니라 중원에 있었으니, 이때에는 중원이 그 주인(主)이고 남만 땅은 그 손(賓)이다.

또한 땅(地)에만 손(賓)과 주인이 있는 것이 아니라 사물(物)에도 역시 손(賓)과 주인이 있다. 이유李儒는 황제 유변劉辨에게 독주(鴆酒)와 단도短刀와 흰 명주(白練)를 주었는데, 독주가 그 주인(主)이고 단도와 흰 명주는 그 손(賓)이다.

허전許田에서 사냥할 때 조조가 사슴을 쏜 것을 이야기하려고 하면서 먼저 유비가 토끼를 쏜 것을 이야기하는데, 이때에는 사슴이 그 주인(主)이고 토끼는 그 손(賓)이다.

적벽赤壁 대전에서 공명이 바람을 빌리는 것을 이야기하려고 하면서 먼저 공명이 화살을 빌리는 이야기를 하는데, 이때 바람이 그 주인(主)이고 화살은 그 손(賓)이다.

동승董承이 옥대玉帶를 받을 때 비단두루마기(錦袍)도 같이 받았는데, 이때 옥대가 그 주인(主)이고 비단두루마기는 그 손(賓)이다.

관우가 조조로부터 적토마赤兎馬를 받을 때 황금도장, 붉은 전포(紅袍)도 같이 받았는데, 이때 적토마가 그 주인(主)이고 황금도장 등은 그 손(賓)이다.

조조가 땅을 파서 구리로 만든 참새, 즉 동작銅雀을 얻었는데, 이때 옥으로 만든 용(玉龍), 황금으로 만든 봉황(鳳凰)도 같이 얻었다. 이때에는 동작銅雀이 그 주인(主)이고 용과 봉황은 그 손(賓)이다.

이러한 종류의 것들은 전부 다 헤아릴 수 없을 정도로 많다. 이 책의 독자들은 여기 문장에서 쓰인 그 주인(主)과 손(賓)의 기법을 잘 깨달을 수 있을 것이다.

〖 15 〗〈삼국연의〉에는 한 나무에서 뻗어 나온 가지들이 서로 다르고, 한 가지에 달린 잎들이 서로 다르며, 잎은 같은데 서로 다른 꽃들이 피고, 꽃은 같은데 서로 다른 열매들이 맺는 것과 같은 절묘함(同樹異枝 · 同枝異葉 · 同葉異花 · 同花異果之妙)이 있다.

글을 쓰는 사람은 앞에서 쓴 것을 잘 피하는 것을 유능하다고 여기기도 하고 또 잘 겹쳐서 중복이 되도록 하는 것을 유능하다고 여기기도 한다. 그것을 겹치도록 하지 않고 피하기만 하면, 그것이 피하는 것인 줄도 모르게 된다. 그것을 겹치도록 한 후에 피해야만 그가 피할 줄 안다는 것을 보여줄 수 있다.

예컨대 궁중의 여인들에 대하여 기록할 때, 하태후何太后에 대하여 쓰면서 또 동태후董太后에 대해서도 쓰고, 복황후伏皇后에 대하여 쓰면서 또 조황후曹皇后에 대해서도 쓰고, 당귀비唐貴妃에 대하여 쓰면서 또 동귀인董貴人에 대해서도 쓰고, 감甘 · 미麋 두 부인에 대하여 쓰면서 또 손부인孫夫人 · 북지왕비北地王妃에 대해서도 썼으며, 위魏의 견후甄后 · 모후毛后에 대하여 쓰면서 또 장후張后에 대해서도 썼다. 그렇게 하면서도 그들 사이에 서로 같은 문자로 겹치도록 쓴 것은 하나도 없다.

외척外戚에 대하여 기록할 때에는, 하진何進 다음에 동승董承에 대하여 쓰고, 동승 다음에는 또 복완伏完에 대하여 썼으며, 위魏의 장집張緝에 대하여 썼고 또 동오의 전상錢尙에 대하여 썼다. 그렇게 하면서도 그들 사이에 서로 같은 문자로 중복되도록 쓴 것은 하나도 없다.

권력을 휘두르는 신하(權臣)를 쓰면서는, 동탁董卓에 대하여 쓴 다음에는 또 이각李傕 · 곽사郭汜에 대하여 쓰고, 이각 · 곽사 다음에는 또 조조曹操에 대하여 썼으며, 조조 다음에는 또 조비曹丕에 대하여 썼고, 조비 다음에는 또 사마의司馬懿에 대하여 썼으며, 사마의 다음에는 또 나란히 사마사司馬師 · 사마소司馬昭 형제에 대하여 썼고, 사마사 · 사마소 다음에는 또 계속하여 사마염司馬炎에 대하여 썼으며, 그 한 옆으로는 동오의 손침孫綝에 대하여 썼다. 그렇게 하면서도 그들 사이에 서로 같은 문자로 겹치도록 쓴 것은 하나도 없다.

〖 16 〗 그 외 다른 형제의 일을 이야기하면서는: 원담袁譚과 원상袁尙은 서로 화목하지 못했고, 유기劉琦와 유종劉琮도 서로 화목하지 못했으며, 조비曹丕와 조식曹植 역시 서로 화목하지 못했다. 그러나 원담과 원상은 둘 다 죽었고, 유기와 유종은 하나는 죽고 하나는 죽지 않았으며, 조비와 조식은 둘 다 죽지 않았으니 크게 다르지 아니한가!

혼인의 일을 이야기하면서는: 동탁은 손견孫堅에게 혼인을 하자고 청했고, 원술袁術은 여포와 혼인을 약속했으며, 조조는 원담袁譚과 혼인을 약속했고, 손권은 유비와 혼인을 맺고 또 관운장에게도 구혼했다. 그러나 혹은 거절하면서 혼인을 허락하지 않았고, 혹은 혼인을 허락했다가 다시 거절하기도 하고, 혹은 거짓으로 혼인을 약속했다가 도리어 혼인이 성사되기도 하고, 혹은 진심으로 혼인을 약속했지만 혼인이 성사되지 못하기도 했으니, 이 또한 각각 크게 다르지 아니한가!

심지어 왕윤王允도 미인계美人計를 썼고 주유周瑜 역시 미인계를 썼으나 한 사람은 효과를 보았고 한 사람은 효과를 보지 못했으니 서로 다르다. 미인계를 쓴 결과 동탁과 여포는 서로 미워하게 되었고, 이각과 곽사도 서로 미워하게 되었으나, 하나는 상대를 제거했고 하나는 제거하지 못했으니 서로 다르다.

헌제獻帝는 비밀조서를 두 번 내렸는데, 먼저 것은 비밀이 지켜졌고 나중의 것은 비밀이 탄로 났다. 마등馬騰 역시 역적을 두 번 쳤는데, 먼저는 공개적으로 했고 나중에는 은밀히 했다. 이런 것도 서로 다른 것이다.

여포는 두 번 부친(義父)을 시해했는데, 먼저는 재물 때문이었고 나중은 여색 때문이었다. 먼저 일은 사적인 욕심으로 공적인 명분을 저버린 경우이고(以私滅公), 나중의 일은 공적인 명분을 빌려서 사적인 욕심을 채운 경우이다(假公濟私). 이 또한 서로 다른 것이다.

조운趙雲은 주인을 두 번 구했는데, 앞서는 육지에서 구했고 나중에는 강에서 구했다. 앞서는 주공의 부인 손에서 받아왔고 나중에는 주공의 부인의 품안에서 빼앗아 왔다. 이 또한 서로 다른 것이다.

수공水攻에 대하여 묘사한 것도 한두 번이 아니고, 화공火攻에 대하여 묘사한 것도 한두 번이 아니다. 조조의 경우에는 하비성下邳城에서의 수공水攻과 기주성冀州城에서의 수공이 있었고, 관공關公의 경우에는 백하白河에서의 수공(*제40회)과 증구천曾口川에서의 수공(*제74회)이 있었다.

화공火攻의 경우: 여포의 경우에는 복양濮陽에서의 화공火攻이 있었고, 조조의 경우에는 오소烏巢에서의 화공이 있었으며, 주유周瑜의 경우에는 적벽赤壁에서의 화공이 있었고, 육손陸遜의 경우에는 효정猇亭에서의 화공이 있었으며, 서성徐盛의 경우에는 남서南徐에서의 화공이 있었고, 공명의 경우에는 박망博望과 신야新野에서의 화공이 있었고, 또한 반사곡盤蛇谷과 상방곡上方谷에서의 화공이 있었다. 이러한 수공과 화공의 경우 앞뒤로 추호라도 서로 중복되도록 쓴 것이 있는가?

심지어 제갈량이 맹획孟獲을 일곱 번 사로잡고, 기산祁山으로 여섯 번 나가고, 강유姜維가 중원中原을 치러 아홉 번 나간 것에서 한 글자라도 서로 겹치도록 쓴 것을 찾아보려고 해도 찾아볼 수가 없다.

절묘하도다, 문장들이여! 비유하자면, 나무라면 같은 나무이고, 가지라면 같은 가지이며, 잎이라면 같은 잎이고, 꽃이라면 같은 꽃이지만, 그것이 뿌리를 내리고 꽃받침을 달고 향기를 뿜으며 열매를 맺는 모습들은 가지각색으로 다르고 저마다 이채異彩를 띠고 있다. 독자가 이 책에서 문장에는 앞에서 쓴 것을 피하는 기법이 있고 또한 서로 겹치도록 하는 기법이 있음을 깨달을 수 있을 것이다.

〖 17 〗〈삼국연의〉에는 시간이 지나면서 온갖 것들이 변화무쌍하게 바뀌어가는 것과 같은 교묘함(星移斗轉, 雨覆風翻之妙)이 있다.

두소릉(杜少陵: 杜甫)의 시詩에: "하늘에 떠다니는 구름 흰옷과 같더니, 순식간에 하늘의 개로 변하는구나(天上浮雲如白衣, 斯須改變成蒼狗)"라는 구절이 있는데,[20] 이 말은 세상의 일은 예측할 수 없다는 뜻이다. 〈삼국연의〉의 내용 역시 이와 같다.

본래 하진은 환관들을 죽이려고 모의했었는데 도리어 환관들이 하진을 죽이는 것으로 일변한다. 본래 여포는 정원丁原을 돕고 있었으나 도리어 여포가 정원을 죽이는 것으로 일변한다. 본래는 동탁이 여포와 손을 잡았던 것인데 도리어 여포가 동탁을 죽이는 것으로 일변한다.

본래 진궁陳宮은 조조를 놓아주려고 했었는데 도리어 진궁이 조조를 죽이려는 것으로 일변한다. 그리고 또 진궁이 조조를 죽이지 못하고 도리어 조조가 진궁을 죽이는 것으로 일변한다. 본래 왕윤王允은 이각李催·곽사郭汜를 용서해 주지 않았는데 반대로 이각·곽사가 왕윤을 죽이는 것으로 일변한다. 본래 손견孫堅과 원술袁術은 서로 사이가 나빴는데 반대로 원술이 손견에게 편지를 보내는 것으로 일변한다. 본래는 유표가 원소에게 구원을 청했는데 반대로 유표가 손견을 죽이는 것으로 일변한다.

본래 유비는 원소를 따라서 동탁을 치려고 했는데 도리어 공손찬公

---

20) 두보의 〈가탄可嘆〉이란 시에 나온다. 후세에 와서 '白衣蒼狗'라는 말로 세상의 일이 변화무상하다는 뜻으로 쓰인다. 〈蒼狗(창구)〉: 푸른 개, 즉 하늘의 개.

孫瓚을 도와서 원소를 공격하는 것으로 일변한다. 본래 유비는 서주徐州를 구해주려고 했는데 도리어 유비가 서주를 취하는 것으로 일변한다. 본래 여포는 서주에 기탁하려고 했는데 여포가 서주를 취하는 것으로 일변한다. 본래 여포는 유비를 공격하려고 했는데 도리어 여포가 유비를 영접하는 것으로 일변한다. 본래 여포는 원술과 단절하려고 했는데 오히려 여포가 원술에게 구원을 청하는 것으로 일변한다.

본래 유비는 여포를 도와서 원술을 치려고 했는데 도리어 조조를 도와서 여포를 죽이는 것으로 일변한다. 본래 유비는 조조를 도우려고 했었는데 도리어 유비가 조조를 치는 것으로 일변한다. 본래 유비는 원소를 공격하려고 했는데 도리어 유비가 원소에게 찾아가는 것으로 일변한다. 본래 유비는 원소를 도와서 조조를 공격하려고 했는데 도리어 관공이 조조를 도와서 원소를 공격하는 것으로 일변한다.

본래 관공은 유비를 찾고 있었는데 도리어 장비가 관공을 죽이려 하는 것으로 일변한다. 본래는 관공이 허전許田의 사냥터에서 조조를 죽이려고 했는데, 도리어 화용도華容道에서 조조를 놓아주는 것으로 일변한다. 본래는 조조가 유비를 추격하고 있었는데 도리어 유비가 동오를 찾아가서 조조를 깨뜨리는 것으로 일변한다. 본래 손권과 유표劉表는 서로 원수지간이었는데 도리어 노숙魯肅이 유표를 조문弔問하고 또 유기劉琦를 조문하는 것으로 일변한다.

본래 공명은 주유周瑜를 도와주었는데 반대로 주유는 공명을 죽이려는 것으로 일변한다. 본래 주유는 유비를 살해하려고 했는데 반대로 손권이 유비와 혼인 관계를 맺는 것으로 일변한다. 본래는 손 부인으로 유비를 견제하려고 했는데 도리어 손 부인이 유비를 도와주는 것으로 일변한다. 본래 제갈량은 주유를 화를 돋워서 죽였던 것인데 도리어 공명이 주유를 위해 곡을 하는 것으로 일변한다. 본래 유비는 유표의 형주를 받지 않으려고 했는데 도리어 유비가 형주를 빌리는 것으로 일변한다.

본래 유장劉璋은 조조와 결탁하려고 했는데 반대로 유장이 유비를 영접하는 것으로 일변한다. 본래는 유장이 유비를 영접했었는데 반대로 유비가 유장의 서천을 빼앗는 것으로 일변한다. 본래 유비는 형주를 분할하려고 했는데 도리어 여몽呂蒙이 형주를 습격하는 것으로 일변한다. 본래 유비는 동오를 격파하려고 했는데 도리어 육손陸遜이 유비를 패배시키는 것으로 일변한다.

본래 손권은 조비의 구원을 바랐었는데 도리어 조비가 손권을 습격하려는 것으로 일변한다. 본래 유비는 동오를 원수로 생각했는데 공명이 동오와 우호관계를 맺는 것으로 일변한다. 본래는 유봉劉封이 맹달孟達의 지시를 들었는데 반대로 유봉이 맹달을 공격하는 것으로 일변한다. 본래 맹달은 유비를 배반하려고 했는데 도리어 맹달이 공명에게 귀의하는 것으로 일변한다.

본래 마등馬騰은 유비와 같이 일을 했는데 오히려 마초馬超가 유비를 공격하는 것으로 일변한다. 본래 마초는 유장劉璋을 구해주려고 했는데 도리어 마초가 유비에게 귀의하는 것으로 일변한다.

본래 강유姜維는 공명을 적으로 대했는데 반대로 강유가 공명을 돕는 것으로 일변한다. 본래 하후패夏侯霸는 사마의를 돕고 있었는데 도리어 하후패가 강유를 돕는 것으로 일변한다. 본래는 종회鍾會가 등애鄧艾를 시기했는데 반대로 위관衛瓘이 등애를 죽이는 것으로 일변한다. 본래는 강유가 종회를 끌어들이려고 했는데 도리어 여러 장군들이 종회를 죽이는 것으로 일변한다.

본래 양호羊祜와 육항陸抗은 서로 사이가 좋았는데 도리어 양호가 육항의 주인 손호孫皓를 치려는 것으로 일변한다. 본래는 양호가 동오를 치자고 요구했는데 도리어 두예杜預가 나타나고 또 왕준王濬이 나타나는 것으로 일변한다.

앞뒤 내용이 서로 호응하는데 일정한 규칙이 있다는 점으로 말하자면, 앞의 이야기를 읽으면 반드시 뒤의 이야기를 미리 알 수 있다. 변화무쌍하다는 점으로 말하자면, 앞의 이야기를 읽고도 뒤의 이야기를 미리 헤아릴 수가 없다. 뒤의 이야기를 미리 알 수 있다는 점에 있어서는 〈삼국연의〉의 문장의 정밀함을 보게 되고, 미리 헤아릴 수 없다는 점에 있어서는 〈삼국연의〉의 문장의 변화무쌍함을 보게 된다.

〖 18 〗 〈삼국연의〉에는 산중턱에 걸려 있는 누운 구름(橫雲)이 높은 산봉우리를 중간에서 가로로 자르고, 가로 놓인 다리가 냇물을 가두는 것과 같은 절묘함(橫雲斷嶺, 橫橋鎖溪之妙)이 있다.

문장은 서로 이어져야 하는 것도 있고 서로 끊어져야 하는 것도 있다. 예컨대 관공이 다섯 관문을 지나면서 관문을 지키는 장수들을 베어죽인 오관참장五關斬將의 이야기(*제27회), 유비가 공명의 초가를 세 번이나 찾아간 삼고초려三顧草廬의 이야기(*제37회), 제갈량이 남만의 왕 맹획을 일곱 번 사로잡은 칠금맹획七擒孟獲의 이야기(*제90회) 등은 서로 이어져 있는 데에 그 묘함이 있는 것이다.

예컨대 제갈량이 주유를 세 번 화나게 한 일이나(*제56회), 제갈량이 기산祁山으로 여섯 번 나간 일(*제102회), 강유姜維가 중원을 아홉 번 치러 나갔던 일 등은 서로 끊어져 있는 데에 그 묘함이 있는 것이다.

대개 짧은 문장은 연결해서 서술하지 않으면 하나로 꿰어지지 않고, 긴 문장은 연결해서 서술하면 문장이 난삽해지고 지루해질 염려가 있다. 그러므로 반드시 그 사이에 다른 사건을 끼워 넣어 서술해야만 문장의 흐름이 복잡하게 얽히면서도 변화무쌍하여 지루하지 않게 된다. 후세의 소설가들로서 이렇게 할 수 있는 자들은 드물다.

〖 19 〗 〈삼국연의〉에는 눈이 오려고 할 때에는 먼저 싸락눈이 보이

고, 비가 오려고 할 때에는 먼저 천둥소리가 들리는 것과 같은 절묘함(將雪見霰, 將雨聞雷之妙)이 있다.

뒷부분에서 한 단락의 본문(正文)을 제시하려고 할 때에는 먼저 한 단락의 요긴하지 않은 글, 즉 한문(閑文)이 있어서 그것을 이끌어낸다. 뒷부분에서 한 단락의 장문長文이 있기 전에 반드시 먼저 한 단락의 단문短文이 그 단초端初를 열고 있다.

예컨대, 조조가 복양성濮陽城에서 화공火攻을 당하는 일을 이야기하기에 앞서 먼저 미축麋竺의 집에 불이 나는 한 단락의 한문閑文으로써 그 단초端初를 열고 있다.

공융孔融이 유비의 구원을 청하는 일(*제11회)을 이야기하기에 앞서 먼저 공융이 이홍李弘에게 명함을 보내는 한 단락의 한문(閑文)으로써 그 단초를 열고 있다.

적벽대전赤壁大戰에서 펼치는 화공火攻에 대한 긴 이야기를 하기에 앞서 먼저 박망博望과 신야新野에서의 화공에 관한 두 단락의 짧은 이야기(*제39회와 40회)로 그 단초를 열고 있다.

기산祁山으로 여섯 번 나가는 긴 이야기를 하기에 앞서 먼저 칠금맹획七擒孟獲에 관한(*제90회) 한 단락의 짧은 이야기로 그 단초를 열고 있다.

"노魯나라 사람들은 무슨 일이 생기면 상제上帝에게 고하기 전에 반드시 먼저 반궁泮宮21)에 알린다(魯人將有事于上帝, 必先有事于泮宮)"고 했는데, 문장의 절묘함이 이와 유사하다.

〖 20 〗〈삼국연의〉에는 물결이 친 다음에는 파문波紋이 일고, 비가 온 뒤에는 가랑비가 내리는 것과 같은 교묘함(浪後波文, 雨後霹霂之妙)

---

21) 泮宮(반궁): 주周나라 때 제후국의 서울에 설립한 대학. 무슨 일이 생기면 먼저 이곳에서 의논했다.

이 있다. 무릇 기이한 문장은 그 앞에 반드시 전조前兆가 있고 그 뒤에도 역시 여세餘勢가 있게 마련이다.

예컨대 동탁董卓이 죽고 난 뒤에도 그를 따르던 자들이 그를 이었고, 황건적이 토벌되고 난 후에도 또 그 여당餘黨이 널리 퍼져 있었으며, 유비가 제갈량을 삼고초려한 뒤에 또 유기劉琦가 제갈량에게 세 번 가르침을 청하는 한 단락의 문장으로 그 일을 비추고 있는 것이 그것이다. 제갈량의 〈출사표出師表〉라는 일단의 큰 문장 뒤에는 또 강유가 위魏 정벌을 청하는 한 단락의 문장으로써 계속 파문이 일도록 한 것이 그것이다. 이러한 종류의 문장들은 모두 다른 책에는 없는 것들이다.

〖 21 〗〈삼국연의〉에는 찬 얼음이 더위를 식히고 시원한 바람이 먼지를 쓸어가 버리는 것과 같은 절묘함(寒氷破熱, 凉風掃塵之妙)이 있다.

예컨대, 관우가 다섯 관문을 지나면서 관문을 지키는 장수들의 목을 베었을 때 홀연히 진국사鎭國寺 안에서 보정普靜 장로를 만나는 한 단락의 문장이 있다. 유비가 말을 타고 단계檀溪를 뛰어 건널 때 문득 수경장水鏡莊에서 사마휘司馬徽 선생을 만나는 한 단락의 문장이 있다. 손책孫策이 강동에 범처럼 떡 버티고 있을 때 갑자기 도사 우길于吉을 만나는 한 단락의 문장이 있다. 조조가 위왕魏王으로 벼슬이 올라갈 때 홀연히 신선 좌자左慈를 만나는 한 단락의 문장이 있다.

유비가 삼고초려를 할 때 문득 최주평崔州平과 만나서 땅에 앉아 한담을 나누는 한 단락의 문장이 있다. 전군이 물에 빠져죽는 참패를 당한 후 관공의 영혼이 옥천산玉泉山에 올라갔을 때 홀연히 보정普靜 장로를 만나서 달 아래에서 설법說法을 듣는 한 단락의 문장이 있다. 무후武侯가 남만을 정벌할 때 갑자기 맹절孟節을 만나고, 육손陸遜이 촉병을 추격하다가 팔진도에 갇혔을 때 갑자기 무후의 장인인 황승언黃承彦을 만나고, 장임張任이 적과 대적하러 나갈 때 문득 자허장인紫虛丈人에게 그 운수를 물었고, 무후는 동오를 치러 가면서 문득 청성노수靑城老叟에게 물었다.

혹은 스님, 혹은 도사道士, 혹은 은사隱士, 혹은 고인高人을 만나서 물었는데, 모두들 마음이 극도로 답답하고 머리가 복잡할 때 만나서 물어보았으므로 참으로 사람들로 하여금 초조하던 마음이 갑자기 차분해지고 답답하던 가슴이 시원히 씻겨지는 것처럼 해줄 수 있었다.

〖 22 〗〈삼국연의〉에는 생황과 퉁소(笙簫) 소리에 북소리가 섞여 있고 거문고와 가야금(琴瑟) 소리에 종소리가 섞여 있는 것과 같은 절묘함(笙簫夾鼓, 琴瑟間鐘之妙)이 있다.

예컨대 황건적의 난으로 어지러운 상황을 한창 이야기하던 중에 갑자기 하후何后와 동후董后 두 황후가 논쟁을 벌이는 일단의 문장이 나온다. 동탁이 제멋대로 권력을 휘두르는 상황을 한창 이야기하던 중에 갑자기 초선貂蟬이 봉의정鳳儀亭에서 여포와 밀애를 나누는 한 단락의 문장이 나온다.(*제8회) 이각李催과 곽사郭汜가 미친 듯이 날뛰고 있는 상황을 한창 이야기하던 중에 갑자기 양표楊彪의 부인과 곽사의 처가 왕래하는 한 단락의 문장이 나온다.(*제9회)

하비성下邳城에서의 싸움을 한창 이야기하던 중에 갑자기 여포가 딸을 시집보내고 엄씨嚴氏가 남편에 대해 연연해하는 한 단락의 문장이 나온다.(*제19회)

기주冀州에서의 싸움을 한창 이야기하던 중에 갑자기 원담袁譚이 처를 잃고 조비曹丕가 아내를 맞아들이는 한 단락의 문장이 나온다.(*제33회) 형주荊州의 사태를 한창 이야기하는 중에 갑자기 채蔡 부인이 유비를 죽일 일을 상의하는 한 단락의 문장이 나온다.(*제34회) 적벽赤壁 대전을 한창 이야기하는 중에 갑자기 조조가 이교二喬를 취하고 싶어 한다는 한 단락의 문장이 나온다.(*제44회) 완성宛城에서의 공방을 한창 이야기하는 중에 갑자기 장제張濟의 처와 조조가 만나는 한 단락의 문장이 나온다.(*제16회) 조자룡이 계양桂陽을 취한 일을 한창 이야기하는 중에 갑자기 조범趙範의 과부 형수가 술을 권하는 한 단락의 문장이 나온다.(*제52회) 유비가 형주를 두고 다투는 일을 한창 이야기하는 중에 갑자기 유비가 손권의 친여동생과 동방洞房에 화촉花燭을 밝히는 한 단락의 문장이 나온다.(*제54회) 손권과 황조黃祖와의 싸움을 한창 이야기하는 중에 갑자기 손익孫翊의 처가 남편을 위해 복수하는 한 단락의 문장이 나온다.(*제38회) 사마의司馬懿가 조상曹爽을 죽이는 것을 한창 이야기하는 중에 갑자기 신헌영辛憲英이 동생을 위해 계책을 세우는 한 단락의 문장이 나온다.(*제107회)

심지어 원소가 조조를 치는 것을 이야기하는 중에 갑자기 정강성(鄭康成: 鄭玄)의 여종에 대한 이야기를 곁들여 하고,(*제22회) 조조가 한중漢中을 구하려는 일을 한창 이야기하는 중에 갑자기 채중랑蔡中郎의 딸에 대한 이야기를 곁들여 하고 있다.

이러한 예들은 너무 많아서 일일이 다 열거할 수가 없다. 사람들은 다만 〈삼국연의〉의 내용은 용과 호랑이가 싸우는 일을 이야기하고 있는 줄로만 알지 봉황·난새·원앙·제비에 대한 이야기 등, 이 글에서는 일일이 다 소개할 여가가 없을 정도로 많은 것들이 사람들로 하여금 총칼이 번쩍이는 가운데서 때로는 기녀妓女들을 볼 수 있도록 하고, 깃발들이 휘날리는 가운데서도 항상 곱게 단장한 미인들을 볼 수 있도록 함으로써, 이 책은 거의 영웅호걸전英雄豪傑傳과 미인전美人傳을 한 권의 책으로 합쳐놓은 것과 같은 것인 줄은 모른다.

〖 23 〗〈삼국연의〉에는 한 해 먼저 씨앗을 뿌려놓고, 바둑에서처럼 몇 수 앞서 한 수를 숨겨놓는 것과 같은 교묘함(隔年下種, 先時伏着之

妙)이 있다.

농사를 잘 짓는 사람은 땅에 씨앗을 뿌려놓고 싹이 틀 때를 기다린다. 바둑의 고수高手는 수십 수數 전에 한가한 수 하나를 슬쩍 두어 놓는데, 그것의 효과는 수십 수 후에 나타난다.

문장에서 어떤 사건을 서술하는 방법 역시 이와 같다. 예컨대 서촉西蜀의 유장劉璋은 유언劉焉의 아들인데, 첫 회回에서 유비를 이야기할 때 먼저 유언을 이야기함으로써 일찌감치 유비가 서천을 취하는 일을 이야기하기 위해 복필伏筆해 둔다. 또 유비가 황건을 깨뜨릴 때 아울러 조조를 이야기하고 곁들여 동탁도 이야기함으로써 일찌감치 동탁이 나라를 어지럽히고 조조가 권력을 전단專斷하는 것을 이야기하기 위한 복필伏筆을 둔다.

조운趙雲이 현덕에게 귀의하는 것은 고성古城에서 여러 장수들이 모일 때이지만,(*제28회) 현덕이 조운을 처음 만난 것은 일찍이 반하盤河에서 공손찬公孫瓚과 싸울 때로,(*제11회) 이때 이미 복필伏筆해 두었다. 마초馬超가 현덕에게 귀의하는 것은 가맹관葭萌關에서 장비와 싸우고 난 후이지만, 유비가 마초의 부친 마등馬騰과 더불어 같은 일을 도모한 것은 일찌감치 천자로부터 의대조衣帶詔를 받을 때로서 이때 이미 복필을 숨겨두었다.

방통龐統이 유비에게 귀의하는 것은 주유周瑜가 죽고 난 후지만, 사마휘의 동자童子가 방통의 성명을 말해 줌으로써 일찌감치 수경장水鏡莊 앞에서 이미 복필해 두었다. 제갈량이 "일을 도모하는 것은 인간이지만, 그 일을 이루는 것은 하늘에 달려 있다(謀事在人, 成事在天)"고 탄식한 것은 상방곡上方谷에서 타오르던 불길이 갑자기 쏟아지는 비로 꺼져버린 후이다.(*제103회) 그러나 사마휘司馬徽가 "그 때를 만나지 못했다(未遇其時)"라고 말하고 최주평崔州平이 "하늘의 뜻은 억지로 할 수 없다(天不可强)"라고 말함으로써 삼고초려三顧草廬를 하기 전에 일찌감치 이미 복필해 두었다.

유선劉禪은 촉의 황제로서 40여년 제위에 있다가 나라를 잃었는데, 이 일은 훗날 제110회에 가서 일어나는 일이다. 그러나 학鶴이 날아와 울어서 그가 황제가 될 조짐을 보인 것은 일찌감치 신야新野에서 출생할 때로서(*제34회) 이때 이미 복필해 두었다. 강유姜維가 중원을 아홉 번 치러 나간 것은 제105회 이후의 일이지만, 제갈량이 강유를 받아들인 것은 일찍이 처음 기산祁山으로 나갈 때의 일로 이때 이미 복필해 두었다. 강유가 등애鄧艾와 만난 것은 세 번째 중원을 치러 나갔던 이후의 일이고, 강유가 종회鍾會와 만나는 것은 아홉 번째 중원을 치러나간 이후의 일이다. 그러나 하후패夏侯覇가 이 두 사람의 이름을 말해준 것은 일찍이 중원을 치러 나가기 전으로(*제107회), 이때 이미 복필해 두었다.

조비曹丕가 한漢 황제의 자리를 찬탈한 것은 제80회에서의 일이지만 푸른 구름(靑雲)과 자색 구름(紫雲)의 길상吉祥이 나타난 것은 제33회에서의 일로서, 일찌감치 먼저 복필해 두었다.

손권孫權이 제멋대로 황제를 자칭한 것은 제85회 이후의 일이지만, 오吳 부인이 꿈에 해를 본 것은 일찌감치 제38회의 일로서, 이때 이미 복필해 두었다.

사마소司馬昭가 위魏를 찬탈한 것은 제119회에서의 일이지만, 조조가 말 세 마리가 같은 구유에서 꼴을 먹고 있는(三馬同槽) 꿈을 꾼 것은 제57회에서의 일로서, 이때 이미 복필해 두었다.

이런 것들 외에도, 복필해 놓은 곳들은 이루 다 손꼽을 수 없을 정도로 많다. 근세의 소설가들이 아무리 머리를 짜내도 얘기가 잘 전개되지 않을 때에는 생뚱맞게 한 사람을 만들어내고, 이유도 없이 어떤 한 가지 일을 만들어 내는 것을 보게 되는데, 그럴 때마다 뒤의 글과 앞의 글이 서로 연결되지 않을 뿐만 아니라 서로 아무런 관련도 없는 사건임을 깨닫게 된다. 그런 자들에게 〈삼국연의〉의 글을 읽도록 해보라. 얼굴에 땀을 흘리지 않을 수 있겠는가!

〖 24 〗〈삼국연의〉에는 실을 더해서 비단을 기우고, 바느질로 수를 고르게 놓는 것과 같은 교묘함(添絲補錦, 移針均繡之妙)이 있다.

무릇 어떤 사건을 서술하는 방법으로는 이 편篇에서 결여된 것을 저 편篇에서 보충하고, 상권上卷에서 많은 것을 하권下卷에서 줄여서 고르게 함으로써 앞의 글이 번잡하지 않도록 할 뿐만 아니라 뒤의 글도 적막하지 않게 하는 방법이 있다.

앞의 사건을 서술함에 누락된 것이 없도록 할 뿐만 아니라 뒤의 사건의 서술을 늘려서 과장하기도 한다. 이는 사가史家들이 흔히 쓰는 절묘한 수법이기도 하다.

예컨대 여포가 조표曹豹의 딸을 취한 것은 본래 서주를 빼앗기 전의 일인데도 도리어 하비성下邳城에서 곤경에 처해 있을 때 이 일을 서술하고 있다. 조조가 매실을 생각하며 갈증을 해소시킨 것은 본래 장수張繡를 칠 때의 일이지만 도리어 유비와 같이 매실을 안주로 해서 덥힌 술을 마실(靑梅煮酒) 때 이를 서술하고 있다.(*제21회) 관녕管寧이 화흠華歆과 자리를 갈라 나뉘어 따로 앉았던 것은 본래 화흠이 벼슬길에 오르기 전의 일이지만 도리어 화흠이 벽을 허물어 복왕후伏王后를 끄집어 낼 때에 이를 서술하고 있다(*제66회). 오吳 부인이 달(月)이 자기 품 안으로 들어오는 꿈을 꾼 것은 본래 손책孫策을 낳기 전의 일이지만 오히려 죽기 직전에 유언을 남길 때 이를 서술하고 있다.(*제38회) 제갈량이 황씨를 배우자로 삼은 것은 본래 초려草廬를 나서기 전의 일이지만 도리어 첫째 아들 제갈첨諸葛瞻이 국난을 맞아 죽을 때 이를 서술하고 있다.(*제117회)

이런 종류의 일들 또한 이루 다 손꼽을 수 없을 정도로 많다. 앞의 것은 발걸음을 멈추고 뒤에서 오는 것을 기다릴 수 있고, 뒤의 것은 그것을 보고 앞의 것에 호응할 수 있으므로 사람들로 하여금 그것을 읽을 때 정말로 한 편의 글을 마치 한 구절을 읽는 것처럼 느끼도록 한다.

〖 25 〗〈삼국연의〉에는 가까이 있는 산은 짙게 칠하고 먼 곳에 있는 나무는 대충 묘사하는 것과 같은 교묘함(近山濃抹, 遠樹輕描之妙)이 있다.

화가가 그림을 그리는 기법은 가까이 있는 산과 나무는 짙게 칠하고 두텁게 그리지만 멀리 있는 산과 나무는 대충 그리고 옅게 칠한다. 그렇게 하지 않는다면 어떻게 아득히 멀리 있는 산기슭의 숲과, 이내(嵐 (람): 해가 질 무렵 멀리 산 위로 보이는 푸르스름하고 흐릿한 기운) 낀 산봉우리들이 충충으로 겹쳐져 있는 모습들을 폭이 한 자밖에 안 되는 그림 속에 일일이 다 자세히 그려넣을 수 있겠는가?

작문作文의 경우에도 이와 같이 한다. 예컨대 황보숭皇甫嵩이 황건적을 격파한 일은 다만 주준朱儁 쪽으로부터 듣는 것으로 끝낸다. 원소가 공손찬을 죽인 일은 다만 조조 쪽으로부터 듣는 것으로 서술한다. 조운趙雲이 남군南郡을 습격한 일과 관우·장비가 두 군郡을 습격한 일은 다만 주유가 눈으로 보고 귀로 들어서 알게 된다. 유비가 양봉楊奉과 한섬韓暹을 죽인 일은 유비의 입으로만 말해진다.(*제17회) 장비가 고성古城을 빼앗은 일은 관우의 귀로 듣게 된다. 간옹簡雍이 원소를 찾아간 일은 유비의 입으로 말해진다.

심지어 조비가 세 방면으로 동오를 치러 갔다가 모두 패배한 일은 한 방면은 실사實寫 기법을 사용하고 두 방면은 허사虛寫 기법을 사용한다. 제갈량이 다섯 방면으로 쳐들어오는 조비의 군사를 격퇴시킨 일은 다만 동오에 사신使臣을 보내는 일만 실사實寫 기법을 사용하고 나

머지 네 방면의 군사를 격퇴시킨 일은 허사虛寫 기법을 사용한다.(*제
85회)

이와 같은 종류의 일들은 다 손꼽을 수 없을 정도로 많다. 한두 구절
의 말이 바로 얼마나 많은 사정事情들을 포괄하고 얼마나 많은 필묵筆
墨을 절약하는지 모른다.

〖 26 〗〈삼국연의〉에는 기이하게 생긴 산봉우리들이 서로 마주보고
꽂힌 듯이 솟아 있거나, 비단 병풍이 서로 대치하고 있는 것과 같은
기묘함(奇峰對揷, 錦屛對峙之妙)이 있다.

그 대치하고 있는 방법으로는 서로 마주 바라보고 대치하고 있는 것
(正對)과 서로 반대방향을 바라보고 대치하고 있는 것(反對)이 있으며,
한 회 안에서 서로 대칭을 이루고 있는 것이 있는가 하면, 수십 회를
건너뛰어 멀찍이 대칭을 이루고 있는 것도 있다.

예컨대 현덕은 어려서부터 이미 대인大人의 풍모가 있었으나 조조는
어려서부터 이미 간웅奸雄이었다. 장비는 줄곧 성미가 급했으나 하진何
進은 줄곧 성질이 느렸다. 온명원溫明園에서 황제의 폐립 문제를 논의
한 것은 동탁의 안중에 임금이 없었기 때문이고, 정원丁原을 죽인 것은
여포의 안중에 아비가 없었기 때문이다. 원소의 반하盤河에서의 싸움
은 승패가 무상했었고, 손권의 현산峴山에서의 싸움은 생사를 예측할
수 없었다.

마등馬騰은 왕실을 구하려고 했으나 공을 세우지 못했는데, 그렇다
고 그 때문에 그를 충신이 아니라고 할 수는 없다. 그러나 조조는 부친
의 원수를 갚으려고 했으나 갚지 못했는데, 그 때문에 그를 효자라고
할 수는 없다. 원소는 기병과 보병 전군을 일으켜 싸우러 갔다가 되돌
아 왔는데, 이는 싸울 힘은 있었지만 결단을 내리지 못했기 때문이다.
그러나 유비는 왕충王忠·유대劉岱 두 장수들을 사로잡았다가 다시 놓아

주었는데, 이는 힘으로 적과 맞붙어 싸울 처지가 못 되는 것을 알고 임기응변을 했기 때문이다.

공융孔融이 예형禰衡을 천거했던 이유는 그가 벼슬이나 신분을 따지지 않고 현인賢人을 좋아했기(緇衣之好) 때문이고, 예형이 조조를 욕했던 이유는 자신은 아무런 잘못도 없는데 억울하게 수모를 당했기(巷伯之心) 때문이다.

현덕이 덕조德操 사마휘司馬徽를 만난 것은 뜻하지 않게 만난 것이지만, 선복單福이 신야新野를 지나갔던 것은 의도적으로 찾아가서 만난 것이다. 조비가 조식曹植을 극력 핍박한 것은 친형제에 대한 미움 때문이었고, 현덕이 죽은 관공을 위해 통곡한 것은 이성異姓 형제에 대한 우애 때문이었다. 상방곡上方谷에서의 화공이 폭우로 꺼져버렸던 것은 사마의司馬懿의 운수가 마땅히 살 운수였기 때문이고, 오장원五丈原에서 등잔불이 꺼졌던 것은 제갈량의 운명이 마땅히 죽어야 할 운명이었기 때문이다.

이와 같은 종류의 모든 것들은 혹은 서로 마주 바라보는 대칭(正對)이거나 혹은 반대방향을 바라보는 대칭(反對)으로서, 모두 같은 회回의 이야기 안에서 각기 대칭을 이루고 있는 것들이다.

〖 27 〗 예컨대, 외척外戚이 외척을 죽인 예로는 하진何進이 있으며, 외척이 외척을 천거한 예로는 복완伏完이 있다. 이숙李肅이 여포를 설득함에 있어서는 총명함으로 자신의 사악한 뜻을 성사시켰고, 왕윤王允이 여포를 설득함에 있어서는 교묘한 방법으로 자신의 충성심을 행동으로 옮겼던 것이다.

장비가 서주徐州를 잃은 까닭은 술을 마셨다가 일을 그르쳤기 때문이고, 여포가 하비성下邳城을 잃은 까닭은 금주령禁酒令을 내렸다가 그것을 어긴 신하들로부터 도리어 앙갚음을 당했기 때문이다.

관우가 노숙魯肅이 권하는 술을 마신 것은 신위神威를 보인 것이며, 양호羊祜가 육항陸抗이 보내준 술을 마신 것은 서로 화목한 사이를 유지하려는 생각에서였다. 공명이 맹획을 죽이지 않은 것은 어진 자(仁者)의 관대함이고, 사마의가 공손연公孫淵을 반드시 죽이려고 한 것은 간웅奸雄의 각박刻薄함이다. 관공이 의기義氣에서 조조를 놓아준 것은 전에 입었던 은덕을 갚은 것이고, 장비가 의기에서 엄안嚴顏을 풀어준 것은 나중에 그를 이용하기 위해서였다.

무후武侯가 위연魏延이 건의한 자오곡子午谷으로 진출하자는 계책을 쓰지 않은 것은 만전을 기하려는 신중함에서였고, 등애鄧艾가 음평령陰平嶺을 넘어가는 위험을 겁내지 않았던 것은 위험을 무릅쓰면서 요행을 바랐던 것이다. 조조는 병이 있었으나 진림陳琳이 한 번 욕을 퍼붓자 곧바로 나았고, 왕랑王郎은 병이 없었는데도 공명이 한 번 욕을 퍼붓자 곧바로 죽어버렸다. 손孫 부인이 갑옷과 병장기를 좋아했던 것은 그녀가 여장부였기 때문이고, 사마의가 제갈량이 보내준 여자 옷을 받았던 것은 그가 남자 중의 여자였기 때문이다.

8일 만에 상용上庸을 취한 것은 신비할 정도로 빠른 것이었고, 1백일 만에 양평襄平을 취한 것은 지연작전으로 이긴 것이다. 공명이 위수渭水 강변에서 둔전을 경영한 것은 장차 앞으로 나아가 취하려는 계책에서였고, 강유가 답중沓中에서 둔전을 경영한 것은 적을 피해 뒤로 물러나려는 계책에서였다.

조조가 한漢의 구석九錫을 받은 것은 신하의 본분을 잃은 것이고, 손권이 위魏의 구석을 받은 것은 손권이 임금답지 못했기 때문이다. 조조는 사슴을 쏘면서 군신君臣 간에 지켜야 할 의리를 어겼고, 조비는 사슴을 쏘면서 모자母子 간의 정의에 감동되었다. 양의楊儀와 위연魏延은 군사들을 철수할 날짜를 두고 서로 다투었고, 등애鄧艾와 종회鍾會는 용병할 시기를 두고 서로 미워하였다. 강유가 제갈량의 뜻을 계승하려고 했던 것은 인사人事가 천심天心을 거역하는 것이었고, 두예杜預가 양호의 계략을 이어받을 수 있었던 것은 천시天時가 인력人力에 호응해준 것이다.

이러한 종류의 모든 것들은 혹은 서로 마주 바라보는 대칭(正對)이거나 혹은 서로 반대방향을 바라보는 대칭(反對)이지만, 모두 같은 회回의 이야기 안에서 일어난 것이 아니라 멀찍이에서 서로 대칭을 이루고 있는 것이다. 정말이지, 이런 점에서 비교하고 견주어 가면서 살펴본다면, 어찌 옛이야기를 읽는 마음을 상쾌하게 해주고 또 옛일을 의론하는 식견을 자라나도록 하기에 부족하겠는가?

〖 28 〗〈삼국연의〉에는 머리와 꼬리가 서로 크게 호응하는(大照應) 곳과 중간에 큰 자물쇠로 잠가놓은 것처럼 서로 단절된(大關鎖) 곳이 있다(首尾大照應, 中間大關鎖處).

예컨대, 머리에 해당하는 첫 회回는 십상시十常侍로부터 이야기를 시작해서 마지막 회는 유선劉禪이 환관들을 총애하는 것으로 결말을 짓고, 또 손호孫皓가 환관들을 총애하는 것으로 쌍을 이루도록 결말을 짓고 있는데, 이는 하나의 큰 호응(大照應)이다.

또한 예컨대 첫 회에서는 황건적이 요술을 부리는 것으로 시작하여 마지막 회에서는 유선이 무당을 믿는 것으로 결말을 짓고 있고, 또 손호가 술사術士를 믿는 것이 있어서 하나의 쌍을 이루도록 결말을 짓고 있는데, 이 또한 하나의 큰 호응이다. 이러한 호응이 기왕에 머리와 꼬리, 즉 첫 회와 마지막 회에 있는데, 그 중간에 있는 백여 회回의 이야기들 중에 만약 서로 연관되어 앞뒤로 서로 호응하는 것이 없다면 곧 글의 구도(章法)가 완성되지 못한다.

그러므로 복완伏完이 환관에게 부탁하여 편지를 부친 일과 손량孫亮이 어렸을 때 환관이 꿀을 훔친 일을 밝혀낸 일을 서로 연관시켜 앞뒤가 호응하도록 했으며, 또한 이각李傕이 무당을 좋아하고 장로張魯가 사교邪教를 이용한 것을 서로 연관시켜 앞뒤가 호응하도록 했다. 무릇 이런 것들은 모두 더 이상 다듬을 필요가 없을 정도로 자연스럽게 책 전체의 구조를 이루고 있다.

그러나 이것만이 아니다. 작가의 뜻은 환관과 요술妖術을 소개하는 이외에 바로 난신적자亂臣賊子들을 엄히 주살誅殺함으로써 스스로 〈춘추春秋〉의 대의에 부합되도록 하는 것에 중점을 두고 있다. 그러므로 이 책에는 역적을 토벌하려는 충성심과 임금을 시해한 죄악罪惡을 많이 기록해 놓았다. 그리하여 첫 회의 끝을 장비가 크게 화를 내면서 동탁을 죽이려 하는 것으로 결말을 지었고, 마지막 회의 끝도 손호孫皓가 은밀히 가충賈充을 죽이려고 하는 것으로 결말을 지었다.

이런 점으로 볼 때, 비록 책의 이름은 〈연의演義〉, 즉 소설이라고 하였지만, 이 책은 바로 〈인경麟經〉, 즉 공자의 〈춘추春秋〉를 계승한 것이라고 해도 부끄러울 게 없다.

〖 29 〗〈삼국연의〉의 뛰어난 서사敍事 솜씨는 그야말로 〈사기史記〉의 서사 솜씨와 방불하지만, 그 서사의 어려움은 〈사기〉보다 두 배나 된다. 〈사기〉는 각 나라별로 나누어 쓰고, 각 사람별로 나누어 기록하였는데, 그리하여 〈본기本紀〉, 〈세가世家〉, 〈열전列傳〉 등의 구별이 있게 된 것이다. 그러나 지금의 〈삼국연의〉는 그렇게 하지 않았다. 본기·세가·열전을 통틀어 한 편으로 썼다. 나누면 글도 짧아지고 쓰기도 쉽지만, 합치면 글도 길어지고 잘 쓰기가 어렵다.

〖 30 〗〈삼국연의〉를 읽는 것은 춘추春秋 시대의 여러 나라 얘기를 다룬 〈열국지列國志〉를 읽는 것보다 낫다. 〈춘추좌전春秋左傳〉과 〈국어國語〉란 책은 그 문장文章으로 말하자면 최고로 훌륭한 책이지만, 그러

나 〈춘추좌전〉은 〈춘추〉라는 〈경經經〉에 의거하여 〈전傳〉을 쓴 것인데, 〈춘추〉의 경문經文은 각 단락마다 각기 다른 문장을 이루고 있고, 〈전傳〉 역시 각 단락마다 각기 다른 문장을 이루고 있으므로 서로 연관이 없다.

〈국어國語〉는 춘추의 경문과는 별도로 그 자체로 한 권의 책이 되어 서로 연관될 수 있다. 그러나 결국 주어周語, 노어魯語, 진어晉語, 정어鄭語, 제어齊語, 초어楚語, 오어吳語, 월어越語 등 8개 나라의 이야기로 구분되어 각기 다른 8편으로 이루어져 있으며, 역시 서로 연관되어 있지 않은 것이다. 후세 사람이 〈좌전〉과 〈국어〉를 합쳐서 〈열국지〉를 만들었지만, 각 나라의 일들이 매우 복잡다단하므로 각 나라의 얘기가 끝나는 곳에서는 결국 다른 나라의 얘기와 하나로 꿸 수가 없다. 그러나 지금의 〈삼국연의三國演義〉는, 처음부터 끝까지 읽으면, 어느 한 곳도 단락을 지을 수 있는 곳이 없으므로 이 책은 또한 〈열국지〉보다 뛰어난 책이라 할 수 있다.

〚 31 〛 〈삼국연의〉를 읽는 것은 〈서유기西遊記〉를 읽는 것보다 낫다. 〈서유기〉는 요귀妖鬼의 일을 날조捏造해낸 것이므로 허황하고 근거도 없는 것들이다. 따라서 제왕帝王의 일들을 역사적 사실에 근거하여 쓴 것으로 거짓 없고 고증도 할 수 있는 〈삼국연의〉를 읽는 것만 못하다.

그리고 또 〈서유기〉의 좋은 점들은 〈삼국연의〉에도 이미 다 들어있다. 예컨대 아천啞泉·흑천黑泉과 같은 종류들은 〈서유기〉에 나오는 자모하子母河·낙태천落胎泉 등의 기이함과 무엇이 다른가?

타사대왕朶思大王·목록대왕木鹿大王과 같은 종류들은 〈서유기〉에 나오는 우마牛魔·녹력鹿力·금각金角·은각銀角이라 불리는 것들과 무엇이 다른가? 복파伏波장군 마원馬援이 귀신으로 나타나서 산신山神으로 하여금 길을 안내해 주도록 하는 것은(*제89회) 〈서유기〉에 나오는 남해

관음南海觀音이 나타나서 길을 잃고 헤매는 사람을 구해 주는 것과 무엇이 다른가? 제갈량이 남만왕南蠻王 맹획孟獲을 사로잡은 이야기 한 편만으로도(*제87~91회) 곧 〈서유기〉 책 한 권과 맞먹을 것이다.

심지어 앞부분에 나오는 관공이 진국사鎭國寺에서 화상 보정普靜을 만난 이야기(*제27회)와, 뒷부분에 나오는 옥천산玉泉山에서 그를 만난 이야기(*제77회)와, 〈서유기〉에 나오는 눈으로 계도戒刀를 보면서 불길을 피하거나 허공을 향해 말을 하는 것은, 똑같이 미망迷妄을 깨우쳐주는 봉갈棒喝과 같은 점이 있다. 그런데 어찌 〈서유기〉를 읽어야만 참선으로 도달한 마음의 경지를 깨달을 수 있게 된다는 것인가?

〖 32 〗〈삼국연의〉를 읽는 것은 〈수호전水滸傳〉을 읽는 것보다 낫다. 〈수호전〉의 내용은 사실에 근거를 둔 것으로 환상적인 〈서유기〉보다는 그래도 비교적 낫지만, 그러나 아무것도 없는 가운데 무엇이 생겨나고, 또 멋대로 생겨났다가 갑자기 사라져버리기도 하는데, 그런 식으로 이야기를 만들어내는 것은 어려운 일이 아니다.

그에 반해 〈삼국연의〉는 일정한 사건을 서술함에 있어서 고치거나 바꿀 수 있는 여지가 없으므로 끝내 창안해 내기가 어렵다. 이런 점에서 〈수호전〉은 〈삼국연의〉보다 못하다.

그리고 또 〈삼국연의〉에는 수많은 인재들이 등장하는데도 그들 각각의 특색을 잘 묘사하고 있는바, 〈수호전〉의 오용吳用이나 공손승公孫勝 등보다는 천 배 만 배나 낫다.

나는 재자서(才子書)22)의 목록에서 〈삼국연의三國演義〉를 첫 번째로 놓아야 마땅하다고 생각한다.

---

22) 청淸의 김성탄金聖歎이 재자才子의 작품으로 뽑은 6권의 책. 즉 〈이소離騷〉, 〈남화진경(南華眞經: 즉 莊子)〉, 〈사기史記〉, 〈두시杜詩〉, 〈서상기西廂記〉, 〈수호전水滸傳〉

三國演義

서 사(序詞)

장강 물 콸콸 동으로 흘러갈 때   滾滾長江東逝水

일어나는 거품처럼 영웅들 스러져 갔네   浪花淘盡英雄

시비 성패 돌아보니 부질없어라   是非成敗轉頭空

청산은 옛 모습 그대로인데   靑山依舊在

그동안 저녁노을 몇 번이나 붉었을까   幾度夕陽紅

강가에서 고기 잡고 나무하는 백발노인들   白髮漁樵江渚上

가을 달 봄바람에는 무덤덤하나   慣看秋月春風

서로 만나 반가이 탁주 한 병 앞에 놓고   一壺濁酒喜相逢

이런저런 고금의 일들   古今多少事

흥에 겨워 얘기하네.   都付笑談中

(*출처: 명明의 양신楊愼의 〈임강선臨江仙〉이란 제목의 시. 청초淸初 모종강
毛宗崗 부자가 〈삼국지연의〉 책머리에 실음으로써 널리 알려지고 유명해졌
다.)

제 1 회

세 영웅, 도원에서 의형제 맺고
황건적 무찔러 처음으로 공을 세우다

〚 1 〛 무릇 천하대세天下大勢란 갈라진 지 오래되면 반드시 합쳐지고, 합쳐진 지 오래되면 반드시 갈라지는 법(天下大勢, 分久必合, 合久必分). 주周 말기에 일곱 나라로 갈라져 서로 싸우다가 진秦으로 합쳐지고, 진이 멸망한 후에는 초楚와 한漢으로 갈라져 싸우다가 또 한으로 합쳐졌다. 한 나라는 고조高祖 유방劉邦이 흰 뱀을 베어 죽이고 봉기하여 천하를 하나로 합쳤는데, 그 후 광무제光武帝가 중흥시켜 헌제獻帝까지 전해졌으나, 마침내 세 나라로 갈라지고 말았다.

한漢나라의 정치가 어지러워진 까닭을 찾아보면 환제桓帝와 영제靈帝 두 황제로부터 시작되었다고 할 수 있다. (*제갈량의 〈출사표〉에서 말하기를: "환제와 영제를 생각하면 탄식이 나오고 통한痛恨하게 된다."고 하였다. 그래서 환제와 영제 때부터 이야기를 시작하는 것이다. 환제와 영제가 환관 십상시十常侍를 쓰지 않았다면 동한東漢은 삼국으로 갈라지지 않았을 것이다. 그리고 촉한의 유선劉禪이 환관 황호黃皓를 쓰지 않았다면 촉한은 진晉으로 병탄되지 않았을 것이다. 이 책의 전후가 서로 호응하는 곳이다.)

환제는 환관들의 말만 믿고 그 반대파 인사들을 잡아 가두었다. 환제가 죽고 영제가 즉위하자 대장군 두무竇武와 태부太傅 진번陳蕃이 함께 황제를 보좌했다. 그때 환관 조절曹節 등이 권력을 멋대로 휘둘렀으므로 두무와 진번은 그들을 죽여 없애려고 계획을 꾸몄으나, 일을 엉성하게 추진하여 그만 계획이 누설되는 바람에 반대로 그들의 손에 죽고 말았다. 환관들은 이 일이 있은 후로 더욱 날뛰었다.

〖 2 〗 건녕建寧 2년(서기 169년) 4월 보름날, 황제가 온덕전溫德殿에 나와 막 옥좌玉座에 앉으려고 할 때 전각 모퉁이로부터 광풍狂風이 일더니 푸른 구렁이(青蛇) 한 마리가 대들보 위에서 스르르 내려와서 옥좌 위에 똬리를 틀고 앉았다. (*백사白蛇를 베어죽인 후 한 나라가 일어났는데, 청사青蛇가 나타나자 한 나라가 위태로워진다. 청사와 백사가 멀찍이서 서로 대對를 이루고 있다.) 황제가 놀라 자빠지자 좌우에서 모시고 있던 자들이 급히 부축해 일으켜서 궁 안으로 모셔가고 문무백관들은 모두 달아나서 몸을 피했다.

잠시 후 보니 구렁이는 사라지고 보이지 않았다. 그때 갑자기 천둥소리가 크게 울리고 비가 억수로 쏟아지면서 우박까지 퍼부었는데 한밤중이 되어서야 겨우 그쳤다. 그 바람에 무너진 가옥들이 수없이 많았다.

건녕 4년(서기 171년) 2월에는 낙양洛陽에 지진이 일어나고, 또 바닷물이 넘쳐서 바닷가에 살던 백성들은 모조리 큰 물결(海溢)에 휩쓸려서 바다 속으로 끌려 들어갔다.

광화光和 원년(서기 178년)에는 암탉이 수탉으로 변하는 일이 있었다.

(*이 징조는 더욱 환관들에게 들어맞는 것이다. 남자가 거세를 당하는 것은 곧 수컷이 암컷으로 변하는 것(雄化爲雌)이다. 환관들이 정사에 관여하는 것은 곧 암컷이 또 수컷으로 변하는 것(雌化爲雄)이다.)

이해 6월 초하루에는 검은 기운이 열 길 넘게 날아서 온덕전 안으로 들어왔다. 가을 7월에는 무지개가 옥당(玉堂: 낙양궁)에 서고, 오원산(五原山: 내몽고자치구 포두시包頭市 서북)의 기슭이 전부 무너져 내렸다.

이처럼 상서롭지 못한 여러 가지 일들이 끊이지 않고 일어나자 (*먼저 천재지변 현상을 말하여 도적 이야기를 이끌어내고 있다.) 황제는 조서詔書를 내려 여러 신하들에게 이처럼 천재지변이 끊이지 않고 일어나는 이유를 물었다.

의랑議郎 채옹蔡邕이 상소를 올려서, 무지개가 서고 암탉이 수탉으로 변하는 까닭은 궁중의 부인들과 내시들이 정사政事에 간여하기 때문이라고 했는데, 그 말은 매우 적절하고 직설적이었다. (*첫 회는 채옹蔡邕으로 시작해서 동탁董卓으로 끝맺는다. 채옹은 본래 당대의 유명한 문인文人이었기 때문에 만약 그가 동탁 때문에 몸을 버리지 않았더라면 후에 〈삼국지三國志〉란 사서史書는 당연히 채옹의 손에 의해 이루어졌을 것이지 어찌 진수陳壽의 손에 의해 이루어졌겠는가! 이 소설의 작자는 아마도 중랑 채옹을 애석히 여긴 것 같다.)

황제는 그 상소를 보고 나서 탄식을 하면서 일어나 화장실(更衣)로 갔다. 환관 조절曹節이 황제의 뒤에서 그 상소를 몰래 훔쳐보고는 그 내용 전부를 자신과 가까운 사람들에게 두루 알렸다. 그리하여 마침내 다른 일을 구실로 채옹에게 죄를 덮어 씌워 시골로 쫓아내 버렸다.

그 후로 장양張讓, 조충趙忠, 봉서封諝, 단규段珪, 조절曹節, 후람侯覽, 건석蹇碩, 정광程曠, 하운夏惲, 곽승郭勝 등 열 사람이 패거리를 지어 온갖 간특한 짓들을 해댔는데, 당시 사람들은 그들을 '십상시十常侍'라고 불렀다. 황제는 일개 환관에 지나지 않는 장양을 높여서 아버지阿父

라고 부르기까지 했다. (*이러한 장씨 아비(張父)가 있으므로 자연히 장각張角 등 장씨 형제 세 사람이 등장하게 되는 것이다.)

조정의 정사政事는 나날이 그릇되어 가서 천하 인심은 장차 난리가 일어날 것으로 생각했는데, 마침내 도적들이 사방에서 벌떼처럼 일어났다.

〚 3 〛이때 거록군(鉅鹿郡: 하북성 평향현平鄉縣 서남)에 형제 세 사람이 있었는데, (*이들 형제 세 사람으로 도원桃園의 형제 세 사람을 이끌어낸다.) 그들의 이름은 장각張角과 장보張寶, 장량張梁이었다. 이 장각은 본래 과거에 급제하지 못한 수재秀才였는데, 그가 하루는 산속에 들어가서 약초를 캐다가 한 노인을 만났는데, 그 노인은 푸른 눈에 동안童顔을 하고 있었고 손에는 푸른 명아주 줄기로 만든 지팡이, 즉 청려장(青藜杖)을 잡고 있었다.

그 노인은 장각을 부르더니 한 동굴 속으로 데리고 들어가서 천서天書 세 권을 주면서 말했다: "이 책 이름은 태평요술太平要術이라고 한다. 네가 이 책을 얻었으니 마땅히 하늘을 대신하여 교화敎化를 베풀어 널리 세상 사람들을 구해 주어야 한다. 그러지 않고 만약 딴 마음을 품는다면 반드시 좋지 못한 업보業報를 받을 것이다."

장각이 절을 하고 그의 이름을 물어보자 그 노인이 말했다: "나는 바로 남화노선(南華老仙: 즉, 장자莊子)이니라."

말을 마치자 노인은 한 줄기 시원한 바람으로 변하여 어디론지 사라져버렸다. (*이 일을 누가 보았는가? 이는 장각 자신이 말한 것인데 사람들은 마침내 그 말을 믿었던 것으로, 이는 마치 진秦 나라 말에 진섭陳涉이 군중들을 선동하여 봉기를 일으키기 위해 대나무 바구니 속에 불을 넣어 흔들고 여우 우는 소리를 흉내 내면서(篝火狐鳴:구화호명) 자신은 여우 귀신으로부터 천서天書를 받았다고 거짓말을 한 것과 흡사하다. 이후 '구화호명篝火狐鳴'은 봉기를 일으키기 위한 '거짓선동'의 뜻으로 쓰이게 되었다.) 장각은 그 책을 얻은 후 밤을 새워가며 공부해서 마침내 바람과 비를 불러올 수 있게 되었는데, 그러자 스스로를 태평도인太平道人이라고 불렀다.

〘 4 〙 중평中平 원년(서기 184년) 정월에 돌림병(疫病)이 유행하자 장각은 부수(符水: 부적을 태운 재를 물에 탄 것)를 널리 나눠주어 사람들의 병을 고쳐주면서 스스로를 "대현량사大賢良師"라고 불렀다. 장각에게는 5백여 명이나 되는 제자들이 있었는데 그들은 구름처럼 사방으로 떠돌아 다니면서 부적을 쓰고 주문을 외울 줄 알았다. 그 후로 따르는 제자들이 나날이 늘어나자 장각은 이에 그들을 36방方으로 나누었는데, 대방大方은 1만여 명, 소방小方은 6~7천 명으로 이루어졌고, 각 방方마다 우두머리를 두어 그를 장군將軍이라고 불렀다.

그리고는 세상에 이런 거짓말을 퍼뜨렸다: "푸른 하늘, 즉 창천蒼天은 이미 죽었으니 마땅히 누런 하늘, 즉 황천黃天이 서야 한다(蒼天已死, 黃天當立)."

그리고 또 말했다: "갑자년甲子年에는 천하가 크게 길(大吉)할 것이다."

그리고 자기를 따르는 사람들에게 각자 자기 집 대문 위에다 흰 흙으로 "甲子(갑자)" 두 글자를 써놓도록 했다. 이리하여 청주靑州, 유주幽州, 서주徐州, 기주冀州, 형주荊州, 양주楊州, 연주兗州, 예주豫州 등 여덟 주州의 사람들은 집집마다 대현량사 장각의 이름을 받들어 모시게 되었다.

〘 5 〙 장각은 자신을 따르는 무리 중에서 마원의馬元義란 자를 시켜 몰래 황금과 비단을 가지고 서울로 올라가서 십상시十常侍의 한 사람인 환관 봉서封諝와 친교를 맺어 내통하도록 했다. (*바깥의 도적은 반드시

안에 있는 도적과 손을 잡는다.)

장각은 두 아우와 상의했다: "지극히 얻기 어려운 것은 민심이다. 지금 민심이 이미 우리를 따르고 있는데 만약 이 기회를 틈타서 천하를 취하지 않는다면, 그야말로 애석한 일일 것이다."

이리하여 한편으로는 은밀히 황색 깃발(黃旗)을 만들고 날짜를 정하여 거사하기로 하고, 다른 한편으로는 당주唐周란 제자로 하여금 서신을 가지고 서울로 가서 봉서에게 거사 계획을 알리도록 했다. 그런데 당주는 곧장 궁중으로 가서 거사계획을 고해 바쳤다. (*환관은 반대로 첩자가 되고, 첩자는 반대로 자수를 하는데, 이를 통해 내부의 도적이 바깥의 도적보다 더 나쁘다는 것을 알 수 있다.)

〖 6 〗황제는 대장군 하진何進을 불러서 군사를 동원하여 마원의를 잡아다가 목을 베도록 했다. 그 다음에는 봉서 등 관련된 자들을 모조리 잡아들여 하옥시키도록 했다. (*왜 즉시 죽여 버리지 않는가?)

장각은 일이 탄로난 것을 알고 그날 밤 안으로 군사를 일으키고 자신은 "천공장군天公將軍"이라 부르고, 장보張寶는 "지공장군地公將軍", 장량張梁은 "인공장군人公將軍"이라 부르도록 했다. (*은연중에 솥의 세 발처럼 함으로써 뒤에 삼국三國을 이끌어내는 서론(引子)이 되고 있다.)

그리고 무리들에게 설명했다: "지금 한漢의 운세가 끝나가고 있다. 그래서 대성인大聖人이 나타나셨으니, 너희들은 모두 하늘의 뜻에 순종하고 정의를 따름으로써 태평세월을 즐기도록 하라."

사방에서 누런 수건(黃巾)으로 머리를 싸매고 장각을 따라 반란에 참가한 백성의 무리가 사오십만 명에 이르렀다. (*황천黃天을 받든다면서 머리를 황건黃巾으로 싸매고 있다.) 적들의 세력이 거대하여 관군官軍은 그들이 가까이 왔다는 소문만 듣고도 겁을 먹고 달아났다.

하진은 황제에게, 화급히 조서를 내려서 전국 각처로 하여금 방비를 엄히 하고 도적들을 토벌하여 공을 세우도록 명하는 한편, 중랑장中郎將 노식盧植, 황보숭皇甫嵩, 주준朱儁을 보내서 각기 정예병들을 이끌고 세 방면으로 나뉘어 가서 적들을 토벌하도록 명하는 조서를 내리시라고 주청했다.

〖 7 〗 한편 장각의 한 부대는 앞서 이미 유주幽州 경계까지 침범해 왔다. 유주 태수太守 유언劉焉은 강하 경릉(江夏竟陵: 호북성 잠강현潛江縣) 사람으로 한漢 노공왕魯恭王의 후손이다. (*노 공왕의 후손이 중산정왕中山靖王의 후손(유현덕)을 이끌어낸다.) 그는 당시 도적의 군사들이 쳐들어오고 있다는 말을 듣고 교위校尉 추정鄒靖을 불러서 대책을 의논했다.

추정이 말했다: "도적의 군사는 많고 우리의 군사는 적으니 태수 나리께서는 속히 군사를 모집하여 적의 공격에 대응해야 합니다."

유언이 그의 말을 옳게 여겨 즉시 의병義兵을 모집한다는 방문榜文을 내다 붙이도록 했다.

〖 8 〗 이 방문이 탁현(涿縣: 하북성 탁주涿州)에 도달함으로써 탁현 안의 한 영웅을 세상 밖으로 끌어낸다. (*비로소 제1회 이야기의 본문이 시작되는데, 먼저 한 영웅 얘기로 시작한다.)

그의 사람됨은 글 읽기를 몹시 좋아하지는 않았으나(*곧 과거시험에 떨어진 수재 장각과는 달랐다.) 천성이 너그럽고 온화했으며, 말 수가 적었고, 기뻐하거나 노여워하거나 슬퍼하거나 즐거워하는 감정, 즉 희로애락喜怒哀樂의 감정을 얼굴에 드러내지 않았다. 평소 큰 뜻을 품고 천하의 호걸들과 사귀기를 좋아했다.

그의 외모는 키가 여덟 자(八尺)나 되었고, 두 귀는 어깨까지 드리워졌고, 두 손을 뻗으면 무릎 아래까지 내려왔으며, 눈은 고개를 돌리면 자신의 귀를 볼 수 있었고, 얼굴은 관모冠帽에 다는 옥처럼 희었고, 입술은 연지를 바른 것처럼 붉었다.

그는 중산정왕中山靖王 유승劉勝의 후예이자 한漢 경제景帝 각하閣下의 현손玄孫으로서 (*이로써 촉한蜀漢이 정통임을 알 수 있다.) 성姓은 유劉, 이름은 비備, 자字는 현덕玄德이다.

옛날 한漢 무제武帝 때 유승의 아들 유정劉貞이 탁록정후涿鹿亭侯로 봉해졌으나 후에 주금酎金을 바치지 못한 죄로 벼슬을 잃었는데,(*한 무제武帝 때 종묘 제사를 위해 종족인 제후들에게 제사를 돕기 위해 황금을 바치도록 했는데, ― 이를 주금酎金이라고 한다. ― 황금 색깔이 좋지 못하면 곧바로 그 봉작을 박탈했다.) 그런 연유로 그의 지손枝孫 하나가 이 탁현에 남아있게 된 것이다.

현덕의 조부는 유웅劉雄이고, 부친은 유홍劉弘이다. 유홍은 일찍이 효성과 어진 성품을 가진 사람을 관리로 특채하는 효렴孝廉으로 추천되어 하급 관리가 되었으나 일찍이 세상을 떠났다. 현덕은 어려서 부친을 여의고 모친을 지극한 효성으로 섬겼다. 집이 가난하여 돗자리와 미투리(履)를 짜서 파는 것으로 생업을 삼았다.

그의 집은 탁현의 누상촌樓桑村에 있었다. 그 집의 동남쪽에 큰 뽕나무 한 그루가 있었는데, 그 높이는 다섯 길(丈)이 넘어서 멀리서 바라보면 무성하게 우거진 모습이 마치 수레 덮개 같았다.

한 관상쟁이가 그것을 보고 말했다: "이 집에서는 반드시 귀인貴人이 날 것이다."

현덕이 어렸을 때, 동네 아이들과 이 나무 아래서 놀다가 말했다: "나는 천자가 되어 이런 덮개가 있는 수레를 타야지."

그의 숙부 유원기劉元起는 그 말을 듣고 기특하게 여기며 말했다: "이 아이는 보통 사람이 아니다."

그래서 그는 현덕의 집이 가난한 것을 보고 늘 물자를 보내주곤 했다. (*좋은 숙부였다.)

현덕이 15살 때, 그의 모친은 그를 다른 지방으로 유학을 보냈다. 그는 일찍이 정현鄭玄과 노식盧植을 스승으로 모셨고, 공손찬公孫瓚 등과 벗이 되었다. (*이상은 현덕에 관한 한 편의 작은 전기(小傳)이다.) 유언이 방榜을 내걸어 군사를 모집할 때 현덕의 나이는 이미 스물여덟이나 되었다.

〖 9 〗그날 현덕이 방문榜文을 읽어보고 의분을 느껴 개연慨然히 길게 한숨을 쉬었다. (*이 한 번의 탄식이 무수히 많은 큰일들을 불러오게 된다.)

그때 바로 뒤에 있던 한 사람이 성난 목소리로 말했다: "대장부가 나라를 위해 힘을 쓰려고 하지 않고 어찌하여 길게 한숨만 쉰단 말이오?"

현덕이 고개를 돌려 그 사람을 보니 신장은 8척이나 되고, 표범 머리에 고리눈(環眼)이요, 제비턱(燕頷)에 범의 나룻(虎鬚)으로, 그 목소리는 큰 천둥소리 같았고 그 기세는 달리는 말과 같았다. (*또 한 사람의 영웅을 이끌어낸다.)

현덕은 그의 얼굴 생김새가 범상치 않은 것을 보고 그의 성명을 물었다.

그 사람이 말했다: "내 성은 장張, 이름은 비飛, 자는 익덕翼德이라고 하오. 대대로 탁군涿郡에서 살면서 논밭도 꽤 가지고 있고, 술을 팔고 돼지를 잡아 살아가면서 오로지 천하 호걸들과 사귀기를 좋아하오. (*현덕과 좋아하는 것이 같은 게 있다.) 마침 공이 방문을 보고 탄식하는 것을 보았기에 한마디 물어본 것이오."

현덕曰: "나는 본래 한漢 황실의 종친宗親으로 성은 유劉, 이름은 비備라고 하오. 지금 들으니 황건적이 난을 일으키고 있다는데, 도적들을 깨트려서 백성들을 편안하게 해주고 싶은 뜻은 있으나 다만 내게 힘이 없어서 할 수 없는 것이 한스러워서 길게 탄식을 했던 것이오."

장비曰: "나에게 어느 정도 재산이 있으니 고을 안의 용사들을 불러 모아 공과 함께 큰일을 도모해 보는 게 어떻겠소?"(*결국 재산이 있는 사람은 큰일을 하기가 쉽다.)

현덕은 매우 기뻐하면서 곧바로 장비와 함께 마을 주막 안으로 들어가서 술을 마셨다.

〖 10 〗 둘이서 한창 술을 마시고 있을 때 거구巨軀의 사내 하나가 수레를 밀고 가다가 주막집 문 앞에서 잠시 멈춰 쉬더니 주막 안으로 들어와 자리에 앉아 심부름하는 아이를 불렀다: "빨리 술 좀 가져 오너라! 나는 막 성안으로 들어가서 의병 모집에 응하려던 참이다."

현덕이 그 사람을 보니 키는 아홉 자(尺)나 되고, 수염도 두 자 정도로 길었으며, 얼굴색은 무르익어 검붉은 대추(重棗) 같았고, 입술은 연지를 바른 것처럼 붉었다. 그의 눈은 봉황의 붉은 눈(丹鳳眼)과 같았고, 굵은 눈썹은 마치 잠자는 누에(臥蠶眉)와 같았으며, 용모는 당당했고 위풍도 늠름했다. (*또 한 사람의 영웅을 이끌어낸다.) 현덕은 곧 그에게 동석同席하자고 권한 후 그의 성명을 물었다.

그 사람이 말했다: "나의 성은 관關, 이름은 우羽이고, 자字는 본래는 수장壽長이었는데 나중에 운장雲長으로 고쳤소. 하동河東 해량(解良: 산서성 운성현運城縣) 출신이오. 그곳 토호土豪 놈이 세력을 믿고 사람을 깔보기에 내가 그놈을 죽여 버렸소. 그리고는 강호江湖 이곳저곳으로 몸을 피하고 다닌 지 5~6년이나 되었소. 지금 듣자니 이곳에서 도적을 치기 위해 군사를 모집하고 있다기에 거기에 응모하려고 일부러 찾아왔소."

현덕이 즉시 자기의 뜻을 얘기해 주자 운장은 크게 기뻐했다. 셋은 같이 장비의 집으로 가서 함께 대사를 의논했다.

장비曰: "우리 집 뒤에 복숭아밭이 하나 있는데 지금 꽃이 한창이오. 내일 그곳에서 하늘과 땅에 제사를 지내고 우리 세 사람이 의형제義兄弟를 맺고 한마음으로 힘을 합친 후 대사를 도모하도록 합시다."

현덕과 운장은 이구동성異口同聲으로 대답했다: "그렇게 하는 것이 참으로 좋겠소."

〖 11 〗 다음날, 복숭아밭에서 검은 소(烏牛)와 백마白馬를 잡아 제물로 차려놓고 세 사람은 향을 피우고 두 번 절한 다음 맹세를 했다: "유비와 관우와 장비는 비록 성姓은 서로 다르오나 형제의 의를 맺고 마음과 힘을 합쳐서 곤경에 처한 자를 돕고 위험에 처한 자를 부축하여, 위로는 나라에 보답하고 아래로는 백성들을 편안케 하려고 하옵니다. 저희 셋은 비록 같은 해, 같은 달, 같은 날에 태어나지는 못했지만 다만 같은 해, 같은 달, 같은 날에 죽기를 원하나이다. (*천고千古의 맹서盟書들 중에서 첫째가는 기특한 말이다.) 황천후토(皇天后土: 하늘과 땅의 신령)께서는 우리의 이런 마음을 굽어 살피시어 의리를 배반하고 은혜를 잊어버리는 자가 있거든 하늘과 사람들이 함께 죽여주시옵소서."

하늘과 땅에 맹세하기를 마친 후 현덕을 맏형으로 모시고, 관우는 둘째, 장비는 셋째가 되었다. 천지신명께 바치는 제사가 끝난 후 다시 소를 잡고 술을 내어 와서 고을 안의 용사들을 불러 모으니 3백여 명이 되었다. 그들은 모두 복숭아밭으로 가서 실컷 취하도록 술을 마셨다.

다음날 병장기를 준비했는데 탈 말이 없는 것이 유감이었다. 어떻게 할지 한창 고민하고 있을 때 어떤 사람이, 손님 둘이 한 패의 사람들과 한 떼의 말들을 몰고 집으로 오고 있다고 알려왔다.

현덕曰: "이는 하늘이 우리를 도와주는 것이다."

셋은 나가서 그들을 맞이했다.

알고 보니 두 손님들은 중산국中山國의 대상인(大商)들로 한 사람의 이름은 장세평張世平이고, 또 한 사람의 이름은 소쌍蘇雙이었다. 그들은 매년 북방에 가서 말(馬)을 팔아 왔는데, 근래에 도적떼가 일어나서 중간에 되돌아오는 길이었다. 현덕은 두 사람을 집으로 청해 들여 술 대접을 한 다음 도적들을 토벌하여 백성들을 편안하게 하려는 자기의 뜻을 설명해 주었다.

두 사람은 크게 기뻐하며 좋은 말 50필을 드리겠다고 하고 또 금은 5백 냥과 강철 1천 근을 드릴 테니 병장기를 마련하는 데 쓰라고 했다.

현덕은 두 사람에게 고맙다는 인사를 하여 보낸 다음 곧바로 솜씨 좋은 대장장이를 불러서 쌍고검雙股劍을 만들도록 했다. 그리고 운장이 사용할 무기로는 무게가 82근이나 되는 청룡언월도(靑龍偃月刀: 긴 자루가 있는 반달 모양의 큰 칼)를 만들도록 했는데, 이것을 다른 이름으로는 냉염거冷艷鋸라고도 불렀다. 그리고 장비가 사용할 무기로는 길이가 1장 8척이나 되는 자루 끝에 뱀처럼 구불구불한 창날을 붙인 장팔점강모丈八點鋼矛를 만들도록 했다. 그리고 각기 온몸을 덮을 투구와 갑옷을 장만했다.

세 사람은 고을 안의 용사 5백여 명을 모아 유주幽州의 교위校尉 추정雛靖을 만나러 갔다. 추정은 그들을 안내해 가서 태수 유언劉焉을 만나보게 해주었다. 세 사람은 태수 유언을 알현한 다음 각자의 성명姓名을 말했다. 현덕이 자신이 속한 종파宗派를 말하기 시작하자 유언은 크게 기뻐하며 곧바로 현덕을 자신의 조카로 인정했다. (*방금 전에 관우와 장비의 형이 되었는데 또 유언의 조카가 되었다.)

〖 12 〗 며칠 지나지 않아, 황건적 장수 정원지程遠志가 군사 5만 명을 거느리고 탁군涿郡을 침범하러 온다고 보고해 왔다. 유언은 추정에게 현덕 등 세 사람을 이끌고 군사 5백 명을 거느리고 앞으로 나가서 황건적을 치라고 명했다. (*그가 5백 명의 군사들로 5만 명의 적을 대적하도

록 한 것을 보라.)

현덕 등은 흔쾌히 군사들을 거느리고 앞으로 곧장 나아가서 대흥산 大興山 아래에 이르렀을 때 적과 마주치게 되었다. 적의 무리들은 모두 머리를 풀어헤치고 누런 수건으로 이마를 동여매고 있었다. 곧이어 양쪽 군사들이 서로 대치하자 현덕이 말을 타고 나갔는데 왼편에는 운장 雲長이, 오른편엔 익덕翼德이 있었다.

현덕은 채찍을 높이 들어 적을 가리키며 큰소리로 꾸짖었다: "나라를 배반한 이 역적 놈들아, 어째서 빨리 항복하지 않는 것이냐!"

정원지는 크게 화가 나서 부장副將 등무鄧茂를 싸우도록 내보냈다. 이쪽에서는 장비가 장팔사모丈八蛇矛를 꼬나들고 곧바로 나가서 손을 번쩍 쳐들어 등무의 명치를 찌르자 그는 뒤로 벌렁 나자빠지며 말에서 떨어졌다. 정원지는 등무가 죽는 것을 보고는 말에 박차를 가하고 칼을 휘두르며 곧바로 장비에게 달려들었다. 운장도 큰 칼을 휘두르며 말을 달려 나가 그를 맞았다. 정원지는 그를 보자마자 크게 놀라서 미처 손을 써보지도 못하고 운장이 휘두르는 칼에 몸이 두 동강 나고 말았다.

후세 사람이 두 사람을 칭송하는 시를 지었으니:

영웅들의 뛰어난 재주 이날에야 드러났네.　　　英雄露穎在今朝
한 사람은 창을 쓰고 한 사람은 칼을 쓰네.　　　一試矛兮一試刀
처음 출전해서 곧바로 위력 떨쳐 보이니　　　　初出便將威力展
천하를 삼분함에 그 이름 매우 드날렸네.　　　　三分好把姓名標

도적의 무리들은 정원지의 목이 달아나는 것을 보고는 모두 무기를 버리고 달아났다. 현덕이 군사를 휘몰아 그 뒤를 쫓아가자 투항해 오는 자가 셀 수 없이 많았다. 현덕이 대승大勝하고 돌아오자 유언이 몸소 나가서 영접하고 군사들에게 상을 내려주며 위로했다.

〖 13 〗 다음날, 청주靑州 태수 공경龔景의 공문(牒文)을 받았는데, 그 내용은 황건적에게 성이 포위되어 함락될 위기에 처해 있으니 제발 구원해 달라고 사정하는 것이었다. 유언은 현덕과 상의했다.

현덕曰: "제가 가서 구해주고 싶습니다."

유언은 추정鄒靖에게 군사 5천 명을 데리고 현덕, 관우, 장비와 함께 청주로 달려가라고 명했다. 도적의 무리는 구원군이 온 것을 보고 군사를 나누어 혼전을 벌였다. 현덕은 군사 수가 적어서 이기지 못하고 30리 뒤로 물러나 영채를 세웠다. (*전번에는 5백 명으로 대승을 거두었는데 이번에는 5천 명으로 조금 후퇴함으로써 정세의 변화를 묘사하고 있다. 만약 싸울 때마다 반드시 이기는 것으로 묘사해서는 글이 되지 않는다.)

현덕은 관우와 장비에게 말했다: "도적의 무리는 많고 우리 군사 수는 적으니 반드시 기습奇襲을 해야만 이길 수 있다."

그리고는 관우에게 군사 1천 명을 나누어 주면서 그들을 이끌고 가서 산 왼편에 매복해 있도록 하고, 장비에게는 군사 1천 명을 이끌고 가서 산 오른편에 매복해 있도록 했다. 그리고 징소리가 울리는 것을 신호로 일제히 뛰쳐나가 같이 싸우도록 했다.

〖 14 〗 다음날 현덕은 추정과 같이 군사들을 이끌고 북을 치고 고함을 지르며 앞으로 나아갔다. 도적의 무리도 마주 싸우러 나왔다. 현덕이 군사들을 이끌고 곧바로 뒤로 물러나자 적들은 이긴 기세를 몰아 추격해 왔다. 추격해 오는 적들이 바야흐로 산언덕을 지날 때, 현덕의 군 안에서 징소리가 울리면서 좌우 양쪽의 군사들이 일제히 뛰쳐나왔다. 현덕이 군사를 지휘하여 돌아서서 다시 들이쳤다. 세 방면에서 협공을 당하게 되자 적의 무리는 크게 무너졌다.

현덕의 군사들은 곧장 그들을 추격하여 청주성(靑州城: 산동성 치박시淄博市 임치臨淄 북) 아래에 이르니 태수 공경龔景 역시 민병民兵들을 거느리고 성에서 나와서 싸움을 도왔다. 적들은 대패했고 죽임을 당한 자들의 수도 극히 많았다. 마침내 청주성은 포위에서 풀려났다.

후세 사람이 현덕을 칭송하는 시를 지었으니:

훌륭한 계책 내어 신비한 공 세우니	運籌決算有神功
범 두 마리 아무래도 용 하나만 못하다.	二虎還須遜一龍
처음 출전해서 큰 공로 세울 수 있었으니	初出便能垂偉績
삼국 창업은 외롭고 어려울 때 시작되었네.	自應分鼎在孤窮

공경이 군사들에게 음식을 주어 위로하고 나자 추정이 돌아가려고 했다.

현덕曰: "근자에 들으니 중랑장 노식盧植이 도적의 우두머리 장각과 광종(廣宗: 하북성 위현威縣 동쪽)에서 싸우고 있다던데, 저는 예전에 노식을 스승으로 섬긴 적이 있습니다. 그곳으로 가서 도와드리고자 합니다."

이리하여 추정은 따로 군사를 이끌고 돌아가고 현덕은 관우, 장비와 함께 휘하의 5백 명을 이끌고 광종으로 갔다.

현덕이 노식의 군중에 도착하여 막사 안으로 들어가서 인사를 하고 자기가 찾아온 뜻을 자세히 말하자 노식은 크게 기뻐하면서 그에게 자기 휘하에 있으면서 출병 지시를 기다리도록 했다.

〖 15 〗 이때 장각의 도적 무리는 15만 명, 노식의 병사는 5만 명이었는데, 광종에서 서로 버티고서 승부勝負를 가리지 못하고 있었다.

노식이 현덕에게 말했다: "나는 지금 여기서 적들을 포위하고 있지만 도적의 아우 장량張梁과 장보張寶는 영천(潁川: 하남성 우현禹縣)에서 황보숭과 주준의 군사와 대치하고 있네. 내가 자네에게 관군 1천 명을 줄 테니, 자네는 휘하 군사들을 이끌고 영천으로 가서 그곳 소식을 자세히 알아본 다음 기한을 정해서 도적들을 다 초포(剿捕: 잡아 죽이거나 체포함)하도록 하게."

현덕은 그의 명을 받고 군사를 이끌고 밤새 영천으로 갔다. (*본래는 노식을 도우려고 했으나 도리어 황보숭과 주준을 돕게 되었다.) 이때 황보숭과 주준은 군사를 거느리고 적을 막고 있었는데, 적들은 전세가 불리해지자 물러나 장사(長社: 하남성 장갈현長葛縣 경내. 본래 이름은 영음潁陰이었는데 동한 때 장사로 바꾸었음.)로 들어가서 풀밭에다 영채를 세웠다.

황보숭이 주준에게 계책을 말했다: "적들이 풀밭에다 영채를 세우고 있으니 화공火攻을 써야만 하겠소."

곧바로 군사들로 하여금 매 사람마다 풀단(束草)을 하나씩 준비해 가지고 몰래 매복해 있도록 했다. 그날 밤 갑자기 큰 바람이 불어서 밤 이경(二更: 밤 9시에서 11시 사이) 이후에 매복해 있던 군사들이 일제히 불을 지르고 황보숭과 주준도 각자 휘하 군사들을 이끌고 가서 적의 영채를 공격하니 불길이 하늘 높이 치솟았다. 도적의 무리는 놀라고 당황한 나머지 말에 안장을 얹거나 몸에 갑옷을 걸칠 정신도 없이 사방으로 흩어져 달아났다.

〖 16 〗 날이 막 밝아올 무렵, 장양과 장보는 남은 패잔병들을 이끌고 간신히 길을 찾아서 달아났다. 그때 갑자기 한 떼의 군사들이 모두들 붉은 기를 휘날리며 적의 눈앞으로 달려들어 그들이 도망가는 길을 가로막았다. 앞으로 번개처럼 뛰어나온 장수는 신장이 7척에다 가는 눈에 긴 수염을 하고 있었는데, 그는 바로 관직이 기도위(騎都尉: 근위 기병 대장)인 패국沛國 초군(譙郡: 안휘성 박현亳縣) 사람으로 성은 조曹, 이름은 조操, 자字는 맹덕孟德이라고 했다.

조조의 부친 조숭曹嵩은 본래의 성姓은 하후씨夏侯氏였는데, 그가 중상시中常侍 조등曹騰의 양자로 들어갔기 때문에 그의 성이 하후씨에서 조씨曹氏로 바뀌게 된 것이다.

조숭은 조조를 낳았는데, 그의 어릴 때 이름은 아만阿瞞이었고, 또 다른 이름은 길리吉利였다. (*조조의 세계世系는 이와 같은데, 그를 어찌 정왕靖王의 후예이자 경제景帝의 현손玄孫인 유현덕과 같은 선상에서 논할 수 있겠는가?) 조조는 어릴 때 놀고 사냥하기를 좋아했고 가무歌舞를 즐겼으며, 꾀가 많았고 임기응변에 뛰어났다.

조조에게는 숙부가 하나 있었는데, 그는 조조가 놀기를 좋아하고 행동에 절도가 없는 것을 보고 일찍이 그에 대해 노여워하는 마음을 품고, (*현덕의 숙부는 그 조카를 기특하게 여겼으나 조조의 숙부는 그 조카에 대해 노여워하는 마음을 품었는데, 둘 다 좋은 숙부이다.) 그 일을 조조의 아비 조숭에게 일러바치자 조숭은 조조를 불러서 책망했다.

다른 날, 조조는 문득 속으로 한 가지 꾀를 생각해 내서 숙부가 오는 것을 멀찍이에서 보고는 거짓으로 땅에 나자빠져서 풍風을 맞았을 때의 모습을 연출했다. 이를 본 삼촌이 놀라서 조숭에게 알리자, 조숭이 급히 와서 보니 조조는 본래 아무런 탈도 없이 멀쩡했다.

조숭曰: "네 숙부는 네가 풍風을 맞았다고 하던데, 지금은 다 나았느냐?"

조조曰: "저는 원래 그런 병을 앓은 적이 없습니다. 다만 숙부님의 사랑을 잃어서 억울한 일을 당하고 있습니다."(*자기 아비를 속이고 자기 숙부를 속이는데 훗날 어찌 자기 임금을 속이지 않겠는가? 현덕은 자기 모친에게 효도했으나 조조는 자기 부친과 숙부를 속였는바, 정正과 사邪가 확연히 나뉜다.)

조숭은 그의 말을 믿었다. 그 뒤로 숙부가 조조의 잘못을 말하더라도 조숭은 전혀 들으려고 하지 않았다. 그 일이 있은 후로 조조는 더욱 제멋대로 행동하고 방탕했다.

〖 17 〗 그 당시 교현橋玄이라는 사람이 있었는데, 그가 조조에게 말했다: "천하는 장차 혼란에 빠질 텐데 세상에 그 이름을 떨칠 만한 뛰어난 인재가 아니고는 이를 구제할 수 없을 것이야. 천하를 안정시킬 수 있는 사람은 바로 자네일 것이야."

한편, 남양(南陽: 하남성 남양시) 사람 하옹何顒도 조조를 보고 말했다: "한漢 황실은 장차 망할 텐데, 천하를 안정시킬 사람은 틀림없이 이 사람일 것이다."(*두 사람 다 조조를 잘 알지 못했다. 조조는 그들의 말을 듣고도 즐거워하지 않았다.)

또한 여남(汝南: 하남성 평여현平與縣 북쪽) 사람 허소許邵는 사람의 운명을 잘 알아맞히기로 유명했다. 조조가 그를 찾아가 보고 물었다: "저는 어떤 사람입니까?"

허소는 대답하지 않았다. 조조가 또 묻자 허소가 말했다: "자네는 치세治世에는 유능한 신하가 될 테지만, 난세亂世에는 간사한 영웅이 될 것이다(治世之能臣, 亂世之奸雄.)"

조조는 그 말을 듣고 크게 기뻐했다. (*그를 간웅이라 불러주자 크게 기뻐했는데, 크게 기뻐한 것은 그가 진정한 간웅이기 때문이다.)

그의 나이 스무 살 때 효렴孝廉으로 추천되어 궁전 시종관侍從官인 랑郞이 되어 낙양성 북부의 치안을 담당하는 낙양 북부위洛陽北部尉란 벼슬을 제수받았다.

그는 처음 부임하자마자 오색의 곤봉(五色棒) 10여 개를 만들어 현縣의 성문 네 곳에 비치해 두고 법을 범하는 자가 있으면 그가 아무리 권세가 있고 신분이 높은 자라 하더라도 사정을 봐주지 않고 모조리 처벌했다. 한 번은 중상시 건석蹇碩의 숙부가 칼을 들고 밤중에 다니다가 마침 순찰을 돌고 있던 조조에게 붙잡혀서 곤봉으로 맞았다. 이 일로 인해 성 안에서나 밖에서나 감히 법을 범하는 자가 없어졌으며, 조조의 위엄과 명성이 크게 떨쳤다.

후에 그는 돈구(頓丘: 하남성 청풍현淸豊縣 서남)의 현령縣令이 되었다. (*극히 바쁜 중에도 조조에 대한 한 편의 소전小傳을 서술하여 끼워 넣고 있다.) 황건적이 난을 일으키자 기도위騎都尉에 임명되어 마보군馬步軍 5천 명을 이끌고 영천潁川으로 싸움을 도우러 가는 중에 마침 패주하던 장양과 장보의 군사들과 마주쳤다. 조조는 그들을 가로막고 한바탕 크게 싸워 적의 머리를 1만 여 개나 베었고, 깃발과 징과 북, 말 등을 무수히 빼앗았으나 장양과 장보는 죽기로 싸워서 간신히 달아났다.

조조는 황보숭과 주준을 잠깐 만나보고는 곧바로 군사들을 이끌고 장양과 장보의 뒤를 쫓아갔다.

〖 18 〗 한편 현덕은 관우와 장비를 이끌고 영천潁川으로 가고 있었는데, 큰 함성 소리가 들려와서 멀리 바라보니 불빛이 하늘까지 뻗쳐 있었다. 급히 군사들을 이끌고 달려가 보니 적들은 이미 패해서 다 흩어진 후였다. 현덕은 황보숭과 주준을 만나보고 노식盧植의 뜻을 전부 전했다.

황보숭曰: "장양과 장보의 세력은 다 흩어지고 힘도 바닥이 났으므로 그들은 반드시 광종廣宗으로 찾아가서 장각에게 의지하려 할 것이다. 현덕은 곧바로 밤을 새워 달려가서 그를 돕는 게 좋겠소."

현덕은 명령을 받고 곧바로 군사들을 이끌고 다시 돌아갔다. (*노식은 황보숭과 주준을 도와주라고 보냈는데, 황보숭과 주준은 또 노식을 도와주라고 보내고 있다.) 길을 반 정도 되돌아갔을 때 갑자기 한 떼의 군사들이 죄수를 태운 수레 함거檻車 한 대를 호송해 오고 있는 것이 보였다. 그 속에 갇혀 있는 죄수는 바로 노식이었다. 현덕은 크게 놀라 말에서 구르듯 뛰어내려 어찌된 영문인지 물어보았다.

노식曰: "내가 장각을 포위해서 쳐부수려고 할 때 장각이 요술妖術을 부리는 바람에 곧바로 쳐부수지 못했네. 조정에서는 황문黃門 좌풍

左豊을 보내서 현지 사정을 살펴보도록 했는데, 그자는 나에게 뇌물을 요구하더군. 그래서 내가 대답했지: '군량도 모자라는 판에 천자의 사자(天使)에게 바칠 여윳돈이 어디 있겠습니까?' 라고.

좌풍은 내 말에 원한을 품고 돌아가서 조정에다, 내가 보루를 높이 쌓아놓고는 싸우지 않아서 군사들의 사기가 느슨해졌다고 보고했다네. 이 보고를 듣고 조정에서는 진노震怒하면서 중랑장 동탁董卓을 내려 보내서 나를 대신하여 내 군사를 통솔하도록 하고는 나를 잡아 서울로 끌고 가서 죄를 물으려 하는 것일세."

장비는 이 말을 듣고 나서 크게 화를 내며 함거를 호송해 가는 군인들을 죽여 버리고 노식을 구출해 내자고 했다.

현덕이 급히 그를 말리며 말했다: "조정에는 별도로 공론公論이란 게 있는데, 네 어찌 이리도 서두른단 말이냐?"

그러는 사이 군사들은 노식이 탄 함거를 에워싸고 떠나가 버렸다.

관공이 말했다: "노 중랑(盧中郞: 노식)이 이미 잡혀 가버리고 다른 사람이 와서 군사를 통솔한다면 우리가 찾아가더라도 의지할 데가 없습니다. 차라리 일단 탁군涿郡으로 돌아가는 게 좋겠습니다."

현덕은 그 말을 좇아서 마침내 군사를 이끌고 북쪽으로 갔다.

〖 19 〗길을 떠난 지 이틀이 못 되어 산 뒤에서 갑자기 함성이 크게 울렸다. 현덕이 관우와 장비를 이끌고 말을 달려 높은 언덕 위로 올라가서 멀리 바라보니, 관군官軍은 대패하여 달아나느라 뒤편의 산과 들을 가득 메웠고, 황건적들은 새까맣게 땅을 뒤덮으며 오고 있었는데 깃발에는 "천공장군天公將軍"이라고 크게 씌어 있었다.

현덕曰: "저것은 장각이다. 빨리 가서 싸우자." (*현덕은 두 번이나 왕래하면서 싸움을 도와주려고 했으나 도리어 싸워보지도 못했다. 그런데 지금은 군사들을 이끌고 돌아가려고 하고 싸울 생각은 하지도 않았는데 도리어 한 번 싸우게 된다.)

세 사람은 말을 달려 군사를 이끌고 나갔다. 이때 장각은 한창 동탁을 쳐부수고 이긴 기세를 타고 그 뒤를 추격해 오다가 갑자기 세 사람을 만나서 크게 싸우게 되자 장각의 군사들은 큰 혼란에 빠져 50여 리나 패주했다. 세 사람은 동탁을 구하여 함께 영채로 돌아갔다. (*본래는 노식을 도와주려는 것이었으나 도리어 동탁을 구해주게 되었다.)

동탁은 세 사람에게 현재 어떤 관직에 있는지 물었다.

현덕曰: "아무런 관직도 없소이다."

그 대답에 동탁은 그들을 몹시 깔보고 무례하게 나왔다.

현덕이 밖으로 나오자 장비가 몹시 화를 내며 말했다: "우리는 직접 달려 나가서 피흘려가며 싸워 저 새끼를 구해주었는데, 저 새끼는 반대로 이처럼 무례하게 구니, 내 저놈을 죽여 버리지 않고는 분을 삭이지 못하겠소."

그리고는 곧장 칼을 빼들고 동탁을 죽이러 막사 안으로 들어가려고 했다. (*노식이 굴욕을 당하는 것을 보고 곧바로 구해주려고 하고, 동탁이 무례하게 구는 것을 보고는 곧바로 죽이려고 덤비는데, 털끝만큼도 계산을 하지 않는 듯한 모습으로, 장익덕을 당시 가장 통쾌한 인물로 묘사하고 있다.)

이야말로:

인정과 세태는 예나 지금이나 매 한가지	人情勢利古猶今
관직 없는 영웅을 그 누가 알아주랴.	誰識英雄是白身
어찌하면 장비처럼 통쾌한 인물 얻어	安得快人如翼德
은혜 모르는 인간들 전부 베어 버릴까.	盡誅世上負心人

결국 동탁의 목숨은 어찌될 것인가? 일단 다음 회를 읽어보라.

(1). 사람들은 말하기를, 위魏는 천시天時를 얻었으며, 동오는 지리地利를 얻었으며, 촉은 인화人和를 얻었는데, 큰 나라 셋이 장차 일어나려고 할 때 먼저 천공(天公: 장각), 지공(地公: 장보), 인공(人公: 장량) 이 있어서 세 명의 작은 도적들이 위魏, 오吳, 촉蜀을 이끌어냈다고 말한다. 이는 마치 한漢 고조 유방劉邦이 장차 천자가 되려고 할 때에 오광吳廣·진섭陳涉이 그에 앞서 일어나고, 동한의 광무제光武帝 유수劉秀가 장차 천자가 되려고 할 때에는 적미赤眉·동마銅馬와 같은 도적들이 그에 앞서 일어났던 것과 같다. 세 도적으로써 삼국을 이끌어내는 것이 이 책 전체에서의 객(賓)과 주인(主)이며, 장각 형제 세 사람이 도원결의를 맺은 형제 세 사람을 이끌어내는 것은 또한 제1회 안에서의 객(賓)과 주인(主)이다.

(2). 요즘 사람들은 동맹이나 맹약을 맺을 때 반드시 관제묘關帝廟에 가서 절을 하지만, 유비·관우·장비 세 사람이 복숭아밭에서 의형제를 맺을 당시 어떤 귀신(神)에게 절을 했는지는 알지 못한다. 이로부터 알 수 있는 것은, 맹세하는 사람은 자신의 마음속에 맹세해야지 어떤 귀신에게 맹세해서는 안 된다는 점이다.

요즘 사람들은 족보族譜 따지기를 좋아하는데 왕왕 같은 종족이 아닌 사람을 동족으로 착각하기도 한다. 도원桃園에서 의형제를 맺은 세 사람의 성이 각각 달랐던 것을 보면, 형제의 의를 맺는 것은 같은 마음(同心), 같은 덕(同德)을 취하는 것이지 동성이나 동족을 취하는 것이 아님을 알 수 있다. 만약 믿는 것이 상대의 마음이 아니라 귀신(神)이며, 논하는 것이 서로의 덕德이 아니라 타고난 성姓이라면, 이는 신을 믿는 종교를 갖는다는 점에 있어서 장각張角의 세

형제보다 나을 게 없고, 친 형제자매 사이(同氣連枝)라는 점에 있어서도 장각의 세 형제보다 나을 게 없다. 그리되면 저 장각의 세 형제들은 도원에서 의형제를 맺은 사람들을 어떻게 보겠는가?

(3). 사람들을 웃기는 근거 없는 말들은 단지 어리석은 사람들을 현혹시키기에 족할 뿐이다. 예를 들면 "창천은 이미 죽었으니 황천이 서야 한다(蒼天已死, 黃天當立)"는 말이 그것이다. 또한 남화노선南華老仙이 천서天書 세 권을 주었다는 것은 장각이 거짓말한 것인데도 대중들이 그것을 멋대로 믿어버린 것이 아닌 줄 어떻게 알 수 있는가? 내 생각에는, 누런 수건으로 머리를 동여매고 황천黃天을 칭탁했던 것은, 그때 이전의 관점에서 보면, 환관들이 권력을 농락한 것으로 그 조짐이 들어맞았고, 그때 이후의 관점에서 보면 한漢을 멸망시킨 후 위魏가 들어서서 연호를 황초黃初로 고친 것으로 그 조짐이 들어맞았던 것이다.

(4). 허소許邵는 말했다: "치세治世에는 유능한 신하가 되겠지만, 난세亂世에는 간교한 영웅이 될 것이다(治世之能臣, 亂世之奸雄)"라고. 이때가 어찌 치세일 수 있는가. 허소의 뜻은 뒷부분, 즉 난세에 있었다. 조조가 기뻐했던 것 역시 뒤의 말이다. 그가 기뻐했던 것은 악한 것(惡), 위험한 것(險), 거침없는 것(直), 무례한 것(無禮), 비정상적인 것(不平常), 남에 대하여 호의 따위는 품지 않는 것(不懷好意) 등이었다. 단지 이런 것들만 기뻐하는 것, 이것이 바로 간웅(奸雄)의 본색이다.

제**2**회

장비, 화나서 독우를 매질하고
하진, 환관들을 죽이려고 모의하다

〚 1 〛 동탁董卓은 자字가 중영仲潁으로 농서隴西 임조(臨洮: 감숙성 농서
군 임조현臨洮縣) 사람이다. 당시 그의 관직은 하동(河東: 산서성 하현夏縣
서북) 태수였는데, 그는 천성이 오만방자했다. (*단지 오만방자하기만 해
서는 간웅이 될 수 없다. 그래서 동탁은 조조에 미치지 못한 것이다.) 이날
현덕을 업신여기고 만만히 대했으므로 장비가 화를 내면서 곧바로 그
를 죽여 버리려고 했다.

현덕과 관우가 급히 말리며 말했다: "그는 조정에서 임명한 관리인
데 어떻게 함부로 죽일 수 있느냐?"

장비曰: "만약 저 새끼를 죽여 버리지 않으면 도리어 저놈 밑에서
그가 시키는 대로 해야 되는데, 나는 그런 짓은 절대로 못 하겠소. 두
형님께서 이곳에 남아 있겠다고 한다면 나 혼자라도 딴 데로 가야겠

소."(*화가 나서 내뱉은 말임이 분명하다. 그렇지 않다면 세 사람이 생사를 같이 하기로 맹세한 후에 어찌 이런 말을 할 수 있겠는가?)

현덕曰: "우리 세 사람이 생사生死를 같이 하기로 의義를 맺었는데 어떻게 서로 헤어진단 말이냐? 차라리 우리 다 같이 다른 데로 찾아가면 될 것 아니냐!"

장비曰: "그렇게 한다면 나의 화가 조금은 풀어지겠소."

이렇게 해서 세 사람은 밤사이 군사를 이끌고 주준朱雋을 찾아갔다. 주준은 그들을 매우 후대厚待한 후 군사들을 하나로 합쳐서 장보張寶를 치러 갔다.

〔 2 〕 이때 조조는 직접 황보숭皇甫嵩을 따라 장양을 치러 가서 하곡양(下曲陽: 하북성 진현晉縣 서쪽)에서 크게 싸우고 있었다. 이쪽에서는 주준이 장보를 치러 나갔는데, 장보는 도적의 무리 8~9만 명을 이끌고 산 뒤에 주둔하고 있었다.

주준은 현덕으로 하여금 선봉이 되어 도적들과 대적하도록 했다. 장보가 자기 부장副將 고승高昇에게 말을 타고 나가서 싸움을 걸도록 하자 현덕은 장비로 하여금 그를 치도록 했다.

장비가 말을 달려 나가 창을 꼬나들고 고승과 싸웠는데, 몇 합 싸우지도 않아 고승을 찔러서 말에서 떨어뜨렸다. 현덕은 군사들을 지휘하여 곧장 쳐들어갔다.

장보는 말 위에서 머리를 풀어헤친 채 칼을 잡고 요술을 부리기 시작했다. 그러자 바람이 세게 불고 천둥소리가 진동하더니 한 줄기 검은 기운이 하늘에서 내려왔는데, 그 검은 기운 속에서 무수히 많은 군사들이 쏟아져 나오는 것처럼 보였다. (*전에 장각의 요술은 그저 노식盧植의 입을 통해 한 마디로 묘사되었으나 — 이를 문장기법상 '허서虛敍'라고 부른다 — , 지금 장보의 요술은 반대로 실제대로 묘사하고 있다— 이를 문장기법상 '실서實敍'라고 부른다 ―.) 현덕이 황급히 군사를 되돌리자 군중이 몹시 어지러워져 그만 싸움에 패하고 말았다. 그들은 돌아와서 주준과 적을 쳐부술 계책을 상의했다.

주준曰: "저놈들이 요술을 부리는데, 우리는 내일 돼지와 양과 개를 잡아서 피를 준비하고, 군사들을 산꼭대기에 매복시켜 놓았다가 도적들이 뒤를 쫓아올 때 높은 언덕 위에서 그 피를 뿌리도록 하자. 그리하면 저들의 요술을 풀어버릴 수 있을 것이다."

현덕은 지시를 받고 관우와 장비를 보내면서 각기 군사 1천 명씩 이끌고 가서 산 뒤 높은 언덕 위에 매복해 있도록 하면서 돼지, 양, 개의 피와 그 밖의 오물汚物들을 넉넉히 준비해 가도록 했다.

〖 3 〗 다음날 장보가 깃발을 흔들고 북을 치며 군사들을 이끌고 나와서 싸움을 걸었다. 현덕은 그들을 맞아 싸우러 나갔다. 양편 군사들이 한창 싸우고 있을 때 장보가 요술을 부리자 갑자기 바람이 세게 불고 천둥이 울리면서 모래가 날리고 돌들이 굴러갔다. 검은 기운이 하늘을 뒤덮으며 군사들이 하늘에서 마구 쏟아져 나왔다.

현덕이 말머리를 돌려 곧장 달아나자 장보는 군사들을 휘몰아 그 뒤를 쫓아 왔다. 장보의 군사들이 막 산 꼭대기를 지나려고 할 때 관우와 장비의 복병들이 신호 포(號砲)를 발사하고 준비해 둔 오물들을 일제히 뿌려댔다. 그러자 공중에서 종이로 만든 사람과 짚으로 만든 말들이 어지러이 땅에 떨어지면서 바람과 천둥이 뚝 그쳤고 모래와 돌들도 더 이상 날지 않았다.

장보는 자기 요술이 풀어져버린 것을 보고 급히 군사들을 뒤로 물리려고 했다. 그때 좌우에서 관우와 장비의 군사들이 전부 뛰쳐나오고 등 뒤에서는 현덕과 주준의 군사들이 일제히 추격해 와서 도적의 군사들은 크게 패했다. 현덕은 멀리 "지공장군地公將軍"이라고 쓰인 깃발을 보고 나는 듯이 말을 달려 쫓아갔다.

장보는 큰 길을 포기하고 풀숲으로 달아났다. 그것을 본 현덕이 화살을 쏘아 그의 왼팔을 맞혔다. 장보는 팔에 화살이 박힌 채 그대로 달아나 양성(陽城: 하남성 상수현商水縣 서남)으로 들어가서 굳게 지키면서 싸우러 나오지 않았다. 주준은 군사를 이끌고 가서 양성을 포위하여 공격하는 한편, 사람을 보내서 황보숭의 소식을 알아보도록 했다.

정탐병이 돌아와서 보고했다: "황보숭은 적과 싸워 크게 이겼으나 동탁은 번번이 패했으므로, 조정에서는 황보숭에게 동탁을 대신하여 관군을 통솔하라고 명했습니다.

황보숭이 관군을 이끌고 도착했을 때엔 장각은 이미 죽어서 (*장각 문제는 해결됐다.) 장양이 그 대신 도적의 무리들을 거느리고 아군我軍에 대항했습니다. 황보숭은 일곱 번 싸움에서 연전연승하여 곡양(曲陽: 즉 하곡양下曲陽)에서 장양의 목을 베었습니다. (*장양 문제도 해결됐다.) 황보숭은 장각의 관 뚜껑을 열어 그 시체에 참형慘刑을 가하고, 그 머리를 베어서 서울로 올려 보내 높이 매달아 사람들에게 구경을 시키자 남은 무리들은 모두 항복했습니다.

조정에서는 황보숭의 벼슬을 높여서 거기장군車騎將軍으로 삼고 기주목사冀州牧使를 겸하도록 했습니다. 황보숭은 또 표문을 올려 노식에게는 공功만 있을 뿐 죄는 없다고 주청하자, 조정에서는 노식에게 원래의 관직을 회복시켜 주었습니다. 조조 또한 공로가 있으므로 제남상濟南相을 제수하여 그날로 군대를 철수시키고 임지로 부임하도록 했습니다."

주준은 보고를 듣고 나서 군사를 재촉하여 전력으로 양성을 공격했다. 도적들은 형세가 위급해지자 도적의 장수 엄정嚴政이 장보를 찔러 죽이고 그 수급을 바치며 항복해 왔다. (*장보 문제도 해결됐다. 삼국을 이끌어 내오는데 세 도적을 썼는데, 천공(天公: 장각)이 먼저 망하고 인공(人公:

장량)이 그 다음으로 망하고, 지공(地公: 장보)이 그 다음으로 망했다. 이는 바로 위魏가 먼저 망하고, 촉蜀이 그 다음으로 망하고, 동오가 그 다음으로 망한 것과 일치하는데, 하나의 천연天然의 작은 견본이다.) 주준은 마침내 여러 군郡들을 평정하고, 조정에 승전 보고를 올렸다.

〖 4 〗 이때 또 황건적의 잔당인 조홍趙弘, 한충韓忠, 손중孫仲 세 사람은 수만 명의 무리를 모아 가지고 장각의 원수를 갚는다면서 관군의 동정을 살피며 불을 지르고 약탈했다. (*세 사람이 죽고 나자 또 세 사람이 나와서 그 여파餘波를 이룬다.)

조정에서는 주준에게 이전 전투에서 승리한 군사들을 이끌고 가서 그들을 치라고 명했다. 주준은 조서를 받들어 군사를 거느리고 앞으로 나아갔다. 이때 도적들은 완성(宛城: 하남성 남양시南陽市)을 점거하고 있었는데, 주준이 군사를 이끌고 가서 공격하자 조홍은 한충을 내보내 싸우게 했다. 주준이 현덕과 관우, 장비를 보내서 완성의 서남쪽을 치도록 하자, 한충은 정예병들을 전부 거느리고 서남쪽으로 와서 적을 막았다.

주준은 직접 철기병鐵騎兵 2천 명을 데리고 가서 곧장 성의 동쪽과 북쪽을 쳤다. 적들은 성이 함락될까봐 겁이 나서 서둘러 서쪽과 남쪽을 포기하고 돌아왔다. 현덕이 배후에서 습격하자 적의 무리는 크게 패하여 완성 안으로 달아나 버렸다. 주준은 군사를 나누어 성을 사면으로 포위했다. 성 안에 양식이 떨어지자 한충은 사자를 성 밖으로 보내서 투항하겠다고 했으나 주준은 허락하지 않았다.

현덕曰: "옛날 한漢 고조高祖께서 천하를 얻으신 것은 대개 항복을 권유하면서 투항해 오는 자들을 받아주셨기 때문인데, 공公은 어찌하여 한충의 투항을 거부하십니까?"

주준曰: "그때는 그때이고 지금은 지금이오(彼一時, 此一時也). 옛날 진秦 말기에 항우項羽가 들고 일어났을 때에는 천하가 크게 어지러워 백성들에게 일정한 주인이 없었기 때문에 항복하라고 부르고 또 항복해 오면 상을 주면서 투항해 오기를 권했던 것이오. 그러나 지금은 천하가 하나로 통일되어 있는데 황건적들만이 반란을 일으켰소. 저들의 항복을 받아준다면 사람들에게 선행善行을 권유할 방도가 없소. 그리되면 도적들은 형세가 이로울 때엔 제멋대로 약탈을 하다가 형세가 불리해지면 곧바로 항복하려고 들 것이오. 이야말로 도적질할 생각을 길러주는 것이므로 결코 좋은 계책이 아니오." (*이 말이 정론正論이다.)

현덕曰: "도적들의 항복을 받아주지 않는 것은 좋습니다. 그러나 지금은 우리가 성의 사면을 철통같이 포위하고 있으므로, 도적들은 항복하겠다고 사정하다가 안 되면 틀림없이 죽기를 각오하고 싸우려 들 것입니다. 1만 명이 한마음이 되어도 오히려 대적하기 어려운데, 하물며 지금 성 안에는 죽기를 각오한 자들이 수만 명이나 있지 않습니까? 아무래도 동쪽과 남쪽은 틔워 주고 서쪽과 북쪽만 치는 것이 좋을 것 같습니다. 그렇게 한다면 도적들은 반드시 성을 버리고 달아날 것이고, 그들이 전의를 상실하면 즉시 그들을 사로잡을 수 있습니다." (*두 가지 계책 모두 옳다.)

주준은 현덕의 말에 동의하고 곧이어 동쪽과 남쪽 두 곳의 군사들을 철수시키고 일제히 서쪽과 북쪽을 들이쳤다. 한충은 과연 군사들을 이끌고 성을 버리고 달아났다. 주준은 현덕과 관우, 장비와 함께 전군을 거느리고 그 뒤를 몰아쳐서 한충을 활로 쏘아 죽였다. 남은 무리들은 사면으로 흩어져 달아났다.

관군이 그들의 뒤를 한창 추격하고 있을 때 조홍趙弘과 손중孫仲이 주준과 맞붙어 싸우려고 도적의 무리를 이끌고 왔다. 주준은 조홍의 세력이 큰 것을 보고 군사를 이끌고 잠시 뒤로 물러갔는데, 조홍은 그 틈을 타서 완성을 다시 탈환했다. 주준은 10리 밖으로 물러나 진을 쳤다.

〖 5 〗 주준이 성을 막 치려고 할 때 갑자기 동쪽으로부터 한 떼의 군사들이 당도했다. 우두머리 장수는 그 생김새가 넓은 이마에 얼굴은 넓적하고 범의 몸통에 허리는 곰 같았다. 그는 오군吳郡 부춘(富春: 지금의 절강성 동려현桐廬縣) 사람으로 성은 손孫, 이름은 견堅, 자字는 문대文臺로 손무자(孫武子: 손자)의 후손이다.

그는 나이 열일곱 살 때 부친을 따라 전당(錢塘: 절강성 항주시杭州市)에 갔다가 해적 10여 명이 상인의 재물을 겁탈하여 강기슭 위에서 빼앗은 물건들을 나누고 있는 것을 보았다.

손견은 부친에게 말했다: "이 도적놈들을 사로잡아야겠습니다."

그러고는 곧바로 칼을 들고 언덕으로 성큼 뛰어올라 이쪽저쪽을 가리키면서 큰소리로 마치 사람들을 부르는 것처럼 했다. 그러자 해적들은 관병官兵이 온 줄 알고 재물을 전부 버리고 달아났다. 손견은 뒤쫓아 가서 그 중 한 놈을 죽였다. 이 일로 인해 그의 이름이 고을에 알려지게 되어 교위校尉로 천거되었다.

후에 회계(會稽: 절강성 소흥시紹興市) 땅의 요망한 도적 허창許昌이 반란을 일으키면서 스스로 "양명황제陽明皇帝"라 칭하면서 수만 명의 무리들을 모았다. 손견은 군郡의 사마司馬와 함께 용사 1천여 명을 불러 모아 그 지방의 관군들과 합세하여 적을 쳐부수고 허창과 그의 아들 허소許韶의 목을 베었다. 양주자사揚州刺史 장민臧旻이 그의 공을 위에다 보고하여 조정에서는 손견에게 염독현(鹽瀆縣: 강소성 염성현鹽城縣)의 현승(縣丞: 부현령) 벼슬을 제수하고, 또 우이(盱眙: 안휘성 우이盱眙 북쪽)·하비(下邳: 강소성 비현邳縣 남)의 부 현령(丞) 벼슬을 제수했다. (*이런 큰 공을 세웠는데도 겨우 현승을 제수하다니, 웃기는 일이다.)

〖 6 〗 이때 황건적이 일어난 것을 본 손견은 고을의 소년들과 행상行商들을 불러 모아 회하淮河·사수泗水 일대의 정예병 1천5백여 명과 함

께 주준을 지원하러 왔던 것이다. (*손견은 동오의 손권의 부친이므로 바쁜 중에서도 특별히 하나의 소전小傳을 두고 있는 것이다.)

주준은 크게 기뻐하면서 곧바로 손견에게는 남문을 치라고 명하고, 현덕에게는 북문을 치도록 명하고, 주준 자신은 서문을 치기로 하고, 동문은 남겨두어 도적들이 달아날 수 있도록 했다. 손견은 앞장서서 성 위로 올라가서 도적 20여 명을 베어 죽였다. 도적의 무리가 흩어져 달아나자 조홍趙弘이 말을 날듯이 몰아 긴 창을 뻗으면서 곧장 손견에게 달려들었다. 손견이 성 위에서 몸을 날려 조홍의 긴 창을 빼앗아 들고 조홍을 찔러서 말에서 떨어뜨린 다음 조홍의 말을 타고 나는 듯이 이리저리 내달리며 닥치는 대로 적을 죽였다.

한편 손중孫仲은 도적의 무리들을 이끌고 북문 밖으로 뛰어나가다가 마침 현덕을 만났다. 그는 싸울 마음이 없어 오로지 달아나려고만 했다. 현덕이 활을 당겨 화살을 쏘아 그를 명중시키자 그는 뒤로 벌렁 나자빠지면서 말에서 떨어졌다. 주준의 대군이 그 뒤를 바로 쳐들어갔는데, 적의 머리를 벤 것이 수만 급이나 되었고, 항복한 자들은 이루 다 셀 수도 없었다. 이리하여 남양(南陽: 지금의 하남성 남양) 일대의 십여 군郡이 모두 평정되었다.

주준이 군사를 철수하여 서울로 돌아오자, 황제는 조서를 내려 주준을 거기장군車騎將軍에 봉하고 하남윤河南尹을 겸직하도록 했다. 주준은 표문을 올려 손견과 유비 등의 공로를 보고했다. 손견은 조정에 친분 있는 고위 인사가 있어서 별군사마別軍司馬라는 관직을 제수받고 임지로 떠나갔다. (*그가 아무리 재주가 있을지라도 결국 소위 힘이 되어줄 배경 인맥이 있어야만 하니, 한탄스럽다.) 그러나 현덕은 여러 날 동안 무슨 소식이 있기를 기다렸으나 끝내 아무런 관직도 제수받지 못했다.

〖 7 〗 세 사람은 울적한 심사를 이기지 못하여 거리로 나가 한가하게

거닐었다. 그때 마침 낭중郞中 장균張鈞의 행차와 마주쳤다. 현덕은 그를 보고 자신들이 세운 군공軍功을 자세히 설명했다. 장균은 크게 놀라서 그 길로 조정에 들어가서 황제를 뵙고 아뢰었다:

"지난 날 황건적이 모반했던 것은 그 원인이 모두 십상시十常侍들이 매관매직賣官賣職을 일삼으며 저희와 친하지 않은 자는 등용하지 않고, 저희 원수가 아닌 한 죽이지 않아서, 마침내 천하가 크게 어지러워진 데 있습니다. 이제 십상시들의 머리를 베시어 그것을 남문 밖에 내다 높이 걸게 하시고, 사자使者를 보내서 천하에 널리 알리시어 공로가 있는 자들을 찾아 그들에게 후한 상을 내리신다면 천하는 저절로 맑고 태평해질 것으로 아옵니다."(*유현덕의 이름을 직접 거명하지 않은 것은 십상시를 욕하여 발본색원拔本塞源 하려는 뜻에서이다.)

십상시들이 황제께 아뢰었다: "장균은 주상主上을 기만하고 있사옵니다."

황제는 무사武士에게 장균을 쫓아내라고 했다.

십상시들은 함께 상의했다: "이는 틀림없이 황건적을 치는 데 공을 세운 자가 벼슬을 제수 받지 못해서 원망의 말이 나왔기 때문일 것이다. 일단 인사담당 부서에 지시하여 저들의 공적을 평가하여 낮은 미관말직이라도 한 자리씩 주도록 한 후 나중에 가서 다시 처리하더라도 늦지 않을 것이다."

이 일로 인하여 현덕은 정주(定州) 중산부中山府 안희현(安喜縣: 하북성 정현定縣 동남)의 현위(縣尉: 현의 치안책임자. 경찰서장)를 제수 받고 날짜를 택하여 부임하게 되었다. 현덕은 군사들을 해산시켜 고향으로 돌려보내고 다만 항상 가까이 따라다니던 사람 20여 명만 데리고는 관우, 장비와 함께 안희현으로 가서 현위에 취임했다. 그가 현의 업무를 맡아 처리하기 시작한 후 한 달 동안 백성들의 재물을 침범한 것이 털끝만큼도 없자 백성들은 모두 그의 덕에 감화를 받았다.

현위로 부임한 후 현덕은 항상 관우, 장비와 더불어 먹을 때에는 반드시 한 밥상에서 같이 먹었고, 잠잘 때에는 반드시 한 침상에서 같이 잤다. 그리고 현덕이 많은 사람들이 모인 자리에 앉아 있을 때에는 관우와 장비가 그 곁에서 모시고 서 있었는데, 하루 종일 서 있으면서도 피곤해 하지 않았다.

　　〖 8 〗 현덕이 현위縣尉로 부임해온 지 넉 달이 못 되었을 때 조정에서 조서를 내려 보냈는데, 그 내용인즉슨, 군공軍功이 있어서 지방관의 우두머리가 된 자들 중에 그 공적이 의심스러운 자들을 재심사하여 가려내어 그들을 쫓아내겠다는 것이었다. 현덕은 자신도 혹시 그 대상자 명단에 들어 있을까봐 불안했다. (*조정에 뒤를 봐 줄 고관이 없으면 이처럼 손해를 보게 된다. 개탄스러운 일이다.)

　　그때 마침 군郡 태수의 보좌관인 독우督郵가 관할 지방의 관원들의 근무성적을 평가하기 위해서라는 명목(行部)으로 안희현에 왔다. 현덕은 그를 영접하러 성 밖으로 나가서 독우를 보고 인사를 했다. 그러나 독우는 말 위에 앉은 채 채찍만 까딱 흔들어 보이는 것으로 현덕의 인사에 대답했다. 이를 보고 관우와 장비는 화가 났다. 역참(館驛)에 이르러서도 독우는 남쪽을 향해 높이 앉고 현덕은 계단 아래에서 그를 모시고 서 있도록 했다.

　　한참 지나서야 독우가 물었다: "유劉 현위는 어디 출신인가?"(*묻는 말이 동탁과 마치 한 입에서 나온 것처럼 같다. 권세나 재물에 빌붙는 인간은 대부분 이와 같다.)

　　현덕이 말했다: "저는 중산정왕中山靖王의 후예로 탁군涿郡에서 황건적을 섬멸할 때부터 시작해서 크고 작은 싸움을 서른 여 차례나 치루면서 작은 공을 자못 세웠으므로 그 때문에 지금의 직위를 제수 받았습니다."

독우가 큰소리를 버럭 지르며 말했다: "네가 황제의 종친宗親을 사칭하면서 공적을 거짓으로 보고하는가? 이번에 조정에서 조서를 내린 것도 바로 너 같은 엉터리 관리들을 가려내서 퇴출시키려는 것이다."

현덕은 그저 "네, 네," 하고 연성으로 대답하고는 그 자리를 물러나왔다. 그리고 현아縣衙로 돌아와서 현의 아전(縣吏)들과 상의했다.

아전이 말했다: "독우가 저렇게 위세를 부리는 것은 딴 게 아니라 뇌물을 달라는 것입니다."(*이런 기관의 일에 대해서는 역시 현리가 정통하다.)

현덕이 말했다: "나는 백성들의 재물을 추호도 **빼앗은** 일이 없는데, 그에게 줄 재물이 어디 있단 말이냐?"

다음날 독우는 먼저 역참으로 현의 아전들부터 불러가서 현위가 백성들을 해친 일들을 사실대로 고하라고 윽박질렀다. 현덕은 몇 번이나 직접 독우를 찾아가서 현의 아전들을 풀어달라고 하려 했으나 매번 문지기가 가로막고 들여보내 주지 않아서 결국 독우를 만나지 못했다.

〖 9 〗 한편 장비는 홧김에 술을 몇 잔 마시고 말을 타고 역참 앞으로 지나가다가, (*왔구나! 독우가 위세를 부릴 때 장비가 있다는 것을 어찌 알았겠는가.) 늙은이들 5,60명이 역참 문 앞에서 통곡하고 있는 것을 보았다. 장비는 왜 울고 있는지 물었다.

여러 노인들이 대답했다: "독우가 현리를 잡아다가 족치면서 유공劉公을 해치려 하고 있습니다. 우리들은 모두 사실대로 말씀드리고자 일부러 찾아왔는데, 문 안으로 들여보내 주기는커녕 도리어 문지기한테 매만 맞았습니다."

장비는 크게 화가 나서 고리눈을 부릅뜨고 이를 부드득 갈면서 말에서 굴러내려 곧장 역참으로 들어가는데, 문지기들이 무슨 수로 그를 못 들어가도록 막을 수 있겠는가! 곧바로 후당後堂으로 뛰어 들어가서 보니 독우는 대청 위에 앉아 있었고 현리는 밧줄로 꽁꽁 묶여서 땅에 넘어져 있었다.

장비가 큰소리로 호통쳤다: "이 백성을 해치는 도적놈아! 내가 누군 지 알아보겠느냐?"

독우가 미처 입을 열기도 전에 장비가 달려들어 그의 머리채를 움켜 잡고 역참 밖으로 끌고 나가서 곧바로 현청 앞에 있는 말뚝에다 붙들 어 매놓고는, (*전날에는 말 위에 있다가 오늘에는 말을 매어 놓는 말뚝 위 에 묶여 있으니, 참으로 우습다.) 버드나무 가지를 잡아당겨 꺾어 가지고 그의 두 다리를 힘껏 후려쳤다. 연달아 후려쳐서 부러뜨린 버드나무 가지만도 열 개가 넘었다.

현덕이 답답해하고 있을 때 문득 현청 앞에서 시끄러운 소리가 들려 서 곁에 있는 사람에게 무슨 일이냐고 물어보자 그가 대답했다: "장張 장군께서 현청 앞에서 사람 하나를 꽁꽁 묶어놓고 매질을 하고 있습니 다."

현덕이 급히 나가서 보니 묶여 있는 사람은 바로 독우였다. 현덕이 깜짝 놀라서 어찌된 영문인지 물어보았다.

장비가 말했다: "백성들을 해치는 이따위 놈들을 때려죽이지 않고 뭘 하겠습니까!"

독우가 사정했다: "현덕공, 제발 날 좀 살려주시오!" (*내가 어찌 감 히! 나는 본래 황제를 사칭하고 공적을 거짓 보고했던 사람인데 어찌 감히 공 을 구해줄 수 있겠는가?)

현덕은 본시 마음이 인자한 사람인지라 급히 장비를 꾸짖어 매질하 는 손을 멈추도록 했다.

이때 관공이 곁으로 와서 말했다: "형님께서 큰 공을 수없이 많이 세우고도 겨우 얻은 게 현위 벼슬 한 자리인데, 이번에 도리어 독우한 테 모욕만 당했습니다. 내 생각에는, 가시덤불 속은 난새나 봉황이 깃들 곳이 못 됩니다(枳棘叢中, 非棲鸞鳳之所). 차라리 독우를 죽여 버리고 관직을 버리고 고향으로 돌아가서 달리 원대한 계획을 세우는 게 나을 것 같습니다."

현덕은 관인官印과 그것에 매달린 끈, 즉 인수印綬를 가져와서 독우의 목에다 걸어놓고 그를 꾸짖었다: "네놈이 백성들을 해친 것을 생각하면 본래 죽여 버려야 마땅하지만, 이번엔 잠시 네 목숨을 살려주겠다. 나는 인수를 돌려주고 이 길로 떠나갈 것이다."(*이런 식으로 인수를 돌려주고 관직을 사임하는 방법이 참으로 기이하고 재미있다.)

독우는 돌아가서 정주(定州: 지금의 하북성 정현定縣 동남) 태수에게 보고했다. 태수는 즉시 공문을 작성하여 조정에 보고한 다음 사람을 보내서 잡아오도록 했다. 현덕과 관우, 장비 세 사람은 대주(代州: 산서성 대현代縣 서북)로 가서 유회劉恢에게 몸을 의탁했다. 유회는 현덕이 한의 황실 종친이라는 것을 알고 나서 자기 집에다 숨겨주고 입을 굳게 다물었다.

〖 10 〗 한편 십상시들은 국가 권력을 장악하고 나서 서로 상의하기를, 누구든지 자기들한테 복종하지 않는 자가 있으면 죄를 덮어 씌워 죽여 버리자고 했다. 조충과 장양은 사람을 보내서 황건적을 깨트린 장수들에게서 황금과 비단을 받아오도록 했고, 요구에 응하지 않는 자들은 상주上奏하여 파직시켰다. 황보숭과 주준朱儁은 뇌물을 바치려고 하지 않았으므로 조충 등은 이들의 관직을 박탈하도록 상주했다.

황제는 또 조충 등을 거기장군車騎將軍에 봉하고, 장양 등 13명을 모두 열후列侯에 봉했다. 나라의 정사政事는 갈수록 무너져서 백성들의 원성이 높아갔다.

이리하여 장사(長沙: 호남성 장사시長沙市) 땅에서는 구성區星이란 도적이 난을 일으키고,(*이 또한 황건적의 여파이다.) 어양(漁陽: 북경시 밀운현

密雲縣 서남)에서는 장거張擧와 장순張純이란 자들이 반란을 일으켰는데, 장거는 스스로 천자天子라 칭하고 장순은 대장군이라 칭했다. (*이들 두 사람도 장씨張氏이다.)

　난리가 일어났음을 알리는 상주문上奏文들이 눈송이처럼 연달아 날아들면서 형세가 위급함을 알려 왔지만, 십상시들은 그것들을 전부 감추어 놓고 황제에겐 보고조차 하지 않았다.

〖 11 〗 하루는 황제가 후원에서 십상시들과 술을 마시고 있었는데, 간의대부諫議大夫 유도劉陶가 곧장 황제 앞으로 가서 대성통곡을 했다. 황제가 그 이유를 묻자, 유도가 말했다: "천하의 위급함이 바로 눈앞에 와 있는데도 폐하께서는 오히려 환관들과 더불어 술이나 마시고 계시옵니까?"

　황제曰: "나라가 이처럼 태평한데 무슨 위급한 일이 있다는 것이오?"

　유도曰: "지금 사방에서는 도적들이 동시에 일어나서 주州와 군郡을 침략하고 있습니다. 이런 화가 생긴 원인은 모두 십상시들이 벼슬을 팔고, 백성들을 해치며, 주상을 기망欺罔했기 때문입니다. 올바른 인사들은 조정에서 모두 떠나가 버림으로써 그 화가 지금 바로 눈앞에 이르렀습니다."

　그의 말이 떨어지자 십상시들은 모두 머리에 썼던 관을 벗고 황제 앞에 꿇어 엎드려 말했다: "대신들이 서로 용납하지 않는다면 신 등은 살아갈 수가 없사옵니다. 원컨대 신 등의 목숨만 살려주신다면 저희들은 고향으로 돌아가 가산家産을 전부 처분하여 군자금軍資金에 보태도록 하겠습니다."

　그들은 말을 마치고는 통곡했다.

　황제는 화가 나서 유도에게 말했다: "너희 집안에도 역시 가까이에서 너를 모시는 사람이 있을 텐데, 어찌하여 유독 짐만 근신近臣들을 두어서는 안 된다는 것인가!"

그리고는 무사를 불러 그를 밖으로 끌고 나가 목을 베도록 했다.

유도가 큰소리로 외쳤다: "신이 죽는 것은 애석하지 않으나 다만 한 漢나라가 4백여 년 이어져 오다가 지금에 와서 하루아침에 망하는 것이 안타깝습니다."

무사들이 그를 꽉 붙잡고 나가서 막 그의 목을 치려고 하는데, 한 대신이 멈추라고 소리치며 말했다: "손을 대지 마라! 내가 들어가서 황제께 간諫할 테니 기다려라!"

모두들 바라보니 바로 사도司徒 진탐陳耽이었다. 그는 곧장 궁으로 들어가서 황제에게 간했다: "유 간의劉諫議에게 무슨 죄가 있다고 참형을 당해야 합니까?"

황제曰: "짐의 근신近臣들을 비방하고 짐을 모독하였소."

진탐曰: "지금 천하 백성들은 모두 십상시의 살을 씹어 먹고 싶어 하는데 폐하께서는 도리어 저들을 부모처럼 공경하고 계십니다. 저들에게는 한 치의 공로도 없는데 모두 열후列侯에 봉해 주셨습니다. 더군다나 봉서封諝 등은 황건적과 결탁하여 내란까지 일으키려고 했습니다. 폐하께서는 지금도 스스로를 살피시지 않으시는데, 이렇게 하신다면 사직社稷은 당장 무너져버릴 것입니다."

황제曰: "봉서가 내란을 일으키려 했다는 것은 그 사실이 분명하지 않다. 십상시 중에도 어찌 한두 명의 충신이 없겠는가?"(*그의 시호諡號를 "영제靈帝"라고 한 것은 이름과 실체가 부합된다.)

진탐이 자기 머리를 계단에 부딪치며 간하자 황제는 화를 내면서 그를 끌고 나가 유도와 함께 하옥시키라고 명했다.

그날 밤, 십상시는 그들을 옥중에서 모살謀殺해 버렸다. 그리고는 황제의 조서를 거짓으로 꾸며서 손견孫堅을 장사長沙 태수로 임명하여 구성구星을 토벌하도록 했다.

50일도 안 돼서 손견은 강하(江夏: 호북성 무창武昌 서남)를 평정한 후 승전 소식을 보고했다. 조정에서는 그를 오정후烏程侯에 봉했다. 그리고 유우劉虞를 유주목(幽州牧: 북경시 대흥현大興縣 서남)에 봉하여 군사를 거느리고 어양漁陽으로 가서 장거와 장순을 토벌하도록 했다.

이때 대주代州의 유회劉恢가 현덕을 추천하는 글을 써서 유우를 만나 보도록 했다. 유우는 매우 기뻐하며 현덕을 도위都尉로 임명하여 군사를 이끌고 가서 곧바로 도적의 소굴을 치도록 했는데, 현덕은 적들과 수일간 크게 싸워서 적의 예기를 꺾어버렸다.

이때 적진 내부에서는 장순이 한결같이 흉포하게 구는 바람에 군사들의 마음이 변하여 휘하 두목이 장순을 찔러 죽이고는 무리들을 거느리고 와서 장순의 머리를 바치며 항복했다. 장거는 형세가 틀려버린 것을 보고 스스로 목을 매어 죽고 말았다. 이리하여 어양 일대는 모두 평정되었다.

유우는 표문을 올려 유비가 큰 공을 세웠음을 아뢰었고, 조정에서는 현덕이 독우督郵를 매질했던 죄를 용서해 주고 하밀현(下密縣: 산동성 창읍현昌邑縣 동쪽)의 부현령(縣丞)을 제수했다가 다시 고당(高唐: 산동성 우성현禹城縣 서남)의 현위縣尉로 자리를 옮겨주었다.

공손찬公孫瓚도 현덕이 이전에 세운 군공을 위에 보고하면서 그를 천거하여 별부사마別部司馬를 제수 받도록 해 주고, 평원현(平原縣: 산동성 평원현 서남) 현령을 임시로 겸하도록 해주었다. 현덕은 평원에 있으면서 군사물자와 군량(錢粮), 군마軍馬를 상당히 보유하게 되어 지난날의 기상氣象을 다시 회복했다. 또한 유우는 도적을 평정한 공이 있어서 태위太尉로 봉해졌다. (*전문前文은 여기에 이르러 일단락된다.)

〖 12 〗 중평 6년(서기 189년) 4월, 영제靈帝의 병이 위독해지자 대장군

하진何進에게 뒷일을 상의하려고 하니 궁중으로 들어오라고 불렀다.

이 하진이란 자는 본래 백정(屠家) 출신으로, 누이가 궁중에 들어와 귀인貴人이 되어 황자 변辨을 낳았으므로 드디어 황후로 책봉되었는데, 하진도 자기 누이 덕에 권세를 잡고 나라의 중임을 맡게 된 것이다. 영제는 또 왕미인王美人을 총애하여 황자 협協을 낳았는데, 하何 황후가 이를 질투하여 왕王 미인을 독살(鴆殺)해 버렸다. 그래서 황자 협은 동 태후董太后의 궁중에서 자라나게 되었다.

동 태후는 곧 영제의 생모로서 해독정후解瀆亭侯 유장劉萇의 처이다. 본래 환제桓帝에게는 뒤를 이을 아들이 없었으므로 해독정후의 아들을 맞아들여 황제로 세웠는데, 그가 바로 영제이다. 영제가 영입되어 들어가 대통大統을 잇게 되자 마침내 자기 어머니를 궁중으로 맞아들여 부양하면서 태후太后로 높였던 것이다. (*동 태후에 관한 서술을 끼워 넣은 것은 후문의 복선이다. 생모를 궁 안으로 맞아들여 봉양하는 것은 괜찮으나 그를 높여서 태후로 삼은 것은 예禮가 아니다. 만약 동씨를 태후로 높인다면, 역시 해독정후도 태상황太上皇으로 높일 것인가? 당시 이를 지적한 자가 없었던 것은 간사한 무리들이 권력을 멋대로 전단하고 언로가 막혀 있었기 때문이다.)

〔 13 〕 동태후는 전에 황제에게 황자 협協을 황태자로 책봉하라고 권한 적이 있고, 황제 역시 황자 협을 편애해서 그를 황태자로 삼으려고 했다.

당시 병세가 위독해지자 중상시 건석蹇碩이 건의했다: "만약 협 황자를 세우고자 하신다면 반드시 먼저 하진을 죽여 후환을 없애야 하옵니다."

황제도 그 말을 옳게 여겨 하진을 궁으로 불러들이도록 한 것이다. 하진이 궁문 앞에 이르렀을 때 사마司馬 반은潘隱이 하진에게 말했

다: "궁 안에 들어가서는 안 됩니다. 건석이 공을 모살謀殺하려고 합니다."

하진은 크게 놀라서 급히 집으로 돌아가서 여러 대신들을 모아놓고 환관들을 모조리 죽여 없애려고 했다.

이때 자리에 있던 한 사람이 앞으로 나서서 말했다: "환관들의 세력은 충제沖帝와 질제質帝 때부터 일어나기 시작해서 조정에 온통 널리 퍼져 있는데 그들을 어떻게 다 잡아 죽일 수 있겠습니까. 만약 일처리를 엉성하게 했다가는 틀림없이 멸족지화滅族之禍를 당할 테니 잘 생각해서 하십시오."

하진이 보니 전군교위典軍校尉 조조曹操였다.

하진이 꾸짖었다: "자네 같은 젊은이가 조정의 대사를 어찌 알겠느냐!"(*후에 가서 조정의 대사가 모두 이 젊은이들의 손에서 처리될 줄 알지 못했다.)

결단을 못 내리고 주저하고 있을 때 마침 반은潘隱이 와서 말했다: "황제께선 이미 돌아가셨습니다. 지금 건석이 십상시와 상의하여 국상國喪을 비밀에 부쳐놓고, 거짓 조서를 꾸며 하 국구(何國舅: 하진)를 궁중으로 불러들여 후환을 없애버린 다음 협協 황자를 황제로 세우려고 하고 있습니다."

말이 채 끝나기도 전에 황제의 사자가 와서 하진에게 속히 궁궐로 들어와서 후사를 정하라고 전했다.

조조日: "오늘의 계책은 먼저 황위皇位부터 바로잡아 놓고, 도적들은 그 다음에 도모해야 합니다."(*핵심을 찌른 말이다.)

하진日: "감히 나와 같이 황위를 바로잡고 도적을 칠 사람이 있는가?"

한 사람이 선뜻 앞으로 나서며 말했다: "제게 정예병 5천 명만 내어주시면 궁궐 문을 깨부수고 들어가서 환관들을 모조리 죽여 버려 조정을 깨끗이 청소하고 새 황제를 책립冊立하여 천하를 편안하게 하겠습니다."

하진이 보니 사도司徒 원봉袁逢의 아들이자 원외袁隗의 조카로 그 이름은 소紹, 자는 본초本初, 현재 관직은 사예교위司隸校尉였다. 하진은 매우 기뻐하며 황제의 근위군(御林軍) 5천 명을 점고하여 내어주었다. 원소는 갑옷과 투구를 쓰고 나섰다. 하진은 하옹何顒, 순유荀攸, 정태鄭泰 등 대신 30여 명을 이끌고 줄지어 들어가서 영제의 영구靈柩 앞으로 나아가 태자 변辯을 부축하여 황제의 자리로 나아가 앉도록 했다.

모든 관원들이 만세를 부르고 절을 하고 난 다음 원소는 궁으로 들어가서 건석을 체포하려고 했다. 건석은 황급히 어원御園으로 달려 들어가서 꽃나무 그늘 아래에 숨었으나 중상시 곽승郭勝에게 발각되어 죽임을 당했다. (*환관이 환관을 죽인 것이다.) 건석이 통솔하던 금군禁軍들은 전부 다 투항했다.

〖 14 〗 원소가 하진에게 말했다: "환관들은 도당徒黨을 짓고 있으니 오늘 이 기회를 이용하여 다 죽여 버리는 게 좋습니다."

장양張讓 등은 사태가 위급해지자 황급히 하태후何太后에게 달려가서 고했다: "애초에 대장군을 해치려고 음모를 꾸몄던 자는 건석 한 사람 뿐이고 저희들과는 전혀 아무런 상관도 없는 일입니다. 그런데도 지금 대장군께서는 원소의 말만 듣고 저희들을 전부 죽이려고 합니다. 태후 마마께서는 제발 저희들을 불쌍히 여겨 주십시오."

하태후가 말했다: "너희들은 아무런 염려 하지 말거라. 내 마땅히 너희들을 보호해 줄 테니."

그리고는 하진을 궁으로 불러들였다. 태후가 하진에게 은밀히 말했다: "나와 너는 본래 출신이 한미寒微했는데, 장양 등이 아니었다면 우리가 어떻게 이런 부귀를 누릴 수 있었겠느냐? 이번에 건석이 나쁜 마음을 먹었다가 이미 주살誅殺을 당했는데, 너는 어찌하여 남의 말만 듣고 환관들을 모조리 죽여 버리려고 하느냐?"(*흔히 여자들이 일을 그르친다.)

하진은 말을 다 듣고 밖으로 나와서 여러 관원들에게 말했다: "건석이 나를 해치려고 음모를 꾸몄으니 그놈의 집안은 멸족滅族시켜도 좋다. 그러나 나머지 사람들은 함부로 죽이거나 해칠 필요 없다."(*하진은 이처럼 쓸모없는 자이므로 죽어도 싸다.)

원소가 말했다: "만약 풀을 베면서 그 뿌리까지 뽑아버리지 않으면 그로 인해 반드시 목숨을 잃게 될 것입니다(若不斬草除根, 必爲喪身之本)."

하진이 말했다: "내 뜻은 이미 결정되었으니 자네는 여러 말 하지 말게!"

여러 관원들은 모두 물러갔다.

〖 15 〗 다음날 하태후는 하진을 녹상서사(錄尙書事: 현대의 총리에 해당한다.)에 임명하여 조정의 모든 일들을 총람總攬하도록 하고, 그 외의 사람들에게도 전부 관직을 주었다.

동태후董太后가 장양 등을 궁으로 불러들여 상의했다: "하진의 누이는 애초에 내가 발탁해서 밀어주었는데, 오늘 그 아들이 황제의 자리에 오르고 내외의 신료들이 전부 그의 심복으로 채워지니 그 위엄과 권세가 너무 크다. 나는 앞으로 어떻게 해야 되겠나?"

장양이 대답했다: "태후마마께서 수렴청정을 하시어 나라 정사에 직접 참여하시면서 황자 협協을 왕王으로 봉하시고, 국구國舅이신 동중董重의 벼슬을 더 높이어 군권軍權을 장악하게 하시고, 또 저희들을 중용하신다면 대사大事를 충분히 도모할 수 있습니다."(*장양의 의중에서 비중을 차지하는 것은 다만 이 마지막 구절뿐이다.)

그 말을 들은 동 태후는 크게 기뻤다.

다음날 조회朝會를 열어 동 태후 자신의 뜻을 내려 황자 협을 진류왕陳留王으로 봉하고, 동중을 표기장군驃騎將軍으로 삼고, 장양 등을 같이 나라 정사에 참여하도록 했다.

하태후는 동태후가 이렇게 권력을 전단하는 것을 보고 궁중에 연석을 마련하여 동태후를 초청했다.

술이 거나하게 취했을 때 하 태후는 자리에서 일어나 동태후에게 술잔을 올리고 두 번 절을 한 다음 말했다: "우리는 전부 부인들입니다. 부인으로서 나라 정사에 참여하는 것은 좋지 않은 것 같습니다. 옛날 여후呂后가 대권을 잡았다가 결국 여씨 종족 1천 명이 모조리 죽임을 당한 일이 있습니다. 이제 우리는 마땅히 궁궐 속에 깊숙이 들어앉아 있고 조정의 대사는 대신과 원로들에게 맡겨서 그들이 서로 상의해서 처리하도록 하는 것이 나라를 위해 다행이라 생각됩니다. 아무쪼록 제 말을 들어주시기 바라옵니다."(*말은 옳다. 말은 옳은데 행동이 그른 것이 애석하다.)

동태후가 크게 화를 내며 말했다: "자네가 왕王 미인美人을 독살한 것은 질투하는 마음 때문이었다. 이제 자네 아들이 황제가 되고 또 네 오라비 하진이 세력 있음을 믿고서 감히 방자한 소리를 함부로 해대고 있구나. 내가 표기장군에게 명해서 네 오라비의 목을 베는 것쯤은 손바닥 뒤집듯이 쉬운 일이니라!"

하태후 역시 화를 내며 말했다: "나는 좋은 말로 충고했는데 어찌 도리어 화를 내십니까?"

동태후日: "너희 집안은 본래 돼지 잡고 술을 팔던 백정이었으니 무슨 식견이 있겠느냐!"(*체통이 완전히 허물어졌다.)

두 태후들이 서로 다투자, 장양 등은 태후들에게 각자 궁으로 돌아가도록 권했다.

〖 16 〗 하태후는 그날 밤 하진을 궁으로 불러들여 앞의 일을 이야기했다. 하진은 궁에서 나와 삼공三公을 불러서 함께 대책을 상의했다.

다음날 아침 조회를 열어 조정의 신하들로 하여금, 동 태후는 본래 번비藩妃이므로 궁중에 오래 머물러 있어서는 안 되니 마땅히 하간(河間: 하북성 헌현獻縣 동남)으로 내보내서 그곳에 안치安置시켜야 하며, 그것도 당일 중으로 동 태후를 도성문 밖으로 내보내야 한다고 주청을 드리도록 했다.

그리고 한편으로는 사람을 보내어 동 태후를 호송하게 하고, 한편으로는 금군禁軍을 보내어 표기장군 동중董重의 집을 에워싸고 그의 장군 인수印綬를 찾아내서 회수하도록 했다. 동중은 일이 위급하게 된 것을 알고 후당後堂으로 가서 자결했다. 집안사람들이 곡을 하는 소리를 듣고 나서야 비로소 군사들은 물러갔다. (*외척이 외척을 죽인 것이다.)

장양과 단규段珪는 동 태후 집안이 이미 망한 것을 알고 곧바로 모두들 금과 옥구슬, 정교한 노리개 등을 들고 하진의 아우 하묘何苗와 그 모친 무양군舞陽君을 찾아가서 뇌물을 바치면서 그들에게 아침저녁으로 하태후의 처소로 들어가서 자신들을 잘 비호해 주도록 좋은 말을 해 달라고 부탁했다. 그래서 십상시들은 또다시 총애를 받게 되었다.

〖 17 〗 6월, 하진은 몰래 사람을 시켜서 동태후를 하간역河間驛 뜰에서 독살해 버리고, (*동태후라 부르는 것은 안 되지만 그를 궁중으로 맞아들여 봉양하는 것은 영제가 자식으로서의 정을 다하는 방법이다. 그를 외지로 쫓아내고 또 독살한 것은 하진의 큰 죄이다. 오늘은 하씨何氏 성이 동후를 죽이고, 다른 날은 동씨董氏 성이 하후를 죽이게 되는데, 하늘의 보복은 참으로 교묘하다.) 그 영구를 서울로 가져와서 문릉(文陵: 하남성 낙양시 서북)에 장사지내도록 했다. 그러면서 하진 자신은 병을 핑계대고 나가지도 않았다.

사예교위司隸校尉 원소袁紹가 들어와서 하진을 보고 말했다: "지금 장양과 단규 등이, 공께서 동태후를 독살하고 반란을 일으키려고 한다는 유언비어를 퍼뜨리고 있습니다. 이 기회를 이용해서 환관들을 죽여 없애지 않으면 후에 반드시 큰 화를 당할 것입니다. (*옳은 말이다.) 전에 두무竇武가 내시들을 죽이려다 거사계획이 엉성해서 도리어 큰 화를 당했습니다. 지금 공의 형제분의 부하 장수들과 관리들은 모두 영특하고 빼어난 사람들이므로 (*형제들은 도리어 그렇지 못하다.) 만약 그들이 전력을 다하도록 한다면 일을 성공시킬 수 있을 것입니다. 하늘이 도와주고 있는데 이때를 놓쳐서는 안 됩니다."

하진이 말했다: "차차 상의하도록 하세."

하진의 주위에 있던 자가 몰래 이런 사실을 장양에게 알려주자, (*집안사람들과 형제들이 제각각 외부를 향하고 있으니, 하진의 사람됨을 알 수 있다.) 장양 등은 이 말을 다시 하묘에게 전해 주면서 또 많은 뇌물을 갖다 바쳤다.

하묘는 궁중에 들어가서 하태후에게 일러바쳤다: "대장군은 새 임금을 보좌하는 사람인데, 인자한 일은 하지 않고 오직 사람 죽이는 일만 하고 있습니다. 이번에도 아무런 까닭도 없이 또 십상시를 죽이려고 하니, 이야말로 나라를 혼란에 빠뜨리는 길입니다."

하후도 그 말을 받아들였다. 잠시 후 하진이 들어와서 태후에게 환관들을 죽여 버리겠다고 말했다. (*하진은 정말로 꿈속에 있었다.)

하후曰: "내시들이 궁궐 안을 통솔하는 것은 이 나라 황실의 오래된 관행이다. 선제先帝께서 세상을 떠나신 지 얼마 되지도 않았는데 너는 옛 신하들을 죽이려고 하니, 이는 종묘사직을 중히 여기는 처사가 아니다."

하진은 본래 결단성이 없는 사람인지라, (*결단성이 없는 사람이 무슨 일을 할 수 있단 말인가?) 태후의 말을 듣고는 그저 "예, 예!" 하고 물러

갔다.

원소가 그를 맞으며 물었다: "대사大事는 어찌되었습니까?"

하진曰: "태후께서 윤허하지 않으시니 어찌하지?"

원소曰: "그렇다면 사방의 영웅들에게 군사를 데리고 낙양으로 올라오라고 불러서 환관의 무리들을 모조리 주살토록 하십시오. 그때엔 일이 다급해서 태후께서도 따르지 않을 수 없을 것입니다."

하진曰: "그 계책이 참으로 절묘하군!"(*공교롭게도 이 계책은 묘하지도 않은데 그 혼자서만 절묘하다고 한다. 하진의 머릿속이 캄캄함을 알 수 있다.)

하진은 곧바로 각 진鎭으로 격문을 띄워 그들을 낙양으로 올라오라고 불렀다.

주부主薄 진림陳琳이 말했다: "안됩니다. 속담에 이르기를: '눈을 가리고 참새를 잡는다(掩目而捕燕雀: 掩目捕雀)'고 했는데, 이는 자기 스스로를 속이는 짓입니다. 미물微物조차 속여서는 뜻을 이룰 수 없는데 하물며 국가 대사이겠습니까. 지금 장군께서는 천자의 위엄을 등에 업으시고 군권을 장악하고 계시니 참으로 위풍당당하시어(龍驤虎步) 무슨 일인들 뜻대로 하실 수 있습니다. 만약에 환관을 죽여 없애려고 하신다면 그런 일쯤이야 큰 화로의 불을 헤쳐 머리카락을 태우는 것과 마찬가지입니다(如鼓洪爐燎毛髮耳). 다만 속히 결심하시어 권력을 행사하기로 즉시 단안을 내리신다면 하늘도 사람도 다 따를 것입니다. 그런데 반대로 멀리 외부에 있는 대신들을 불러다가 도성의 궁궐을 범하려고 하신다면, 그리하여 영웅들이 한자리에 모이게 된다면, 각기 딴마음을 품게 될 것입니다. 이것이야말로 소위 자신은 칼날을 잡고 남에게는 칼자루를 내맡기는 격(倒持干戈, 授人以柄)이 되어 틀림없이 공을 이루지 못하고 반대로 나라만 혼란에 빠뜨리고 말 것입니다."

하진이 웃으며 말했다: "그것은 겁쟁이들의 소견이야."

곁에 있던 한 사람이 손뼉을 치고 크게 웃으며 말했다: "이 일은 손바닥 뒤집듯이 쉬운 일인데 길게 의논할 필요가 어디 있소이까?"

하진이 보니 조조였다. 이야말로:

임금 곁의 소인배의 난을 제거하려면	欲除君側宵人亂
조정안 지사智士의 계책을 따라야지.	須聽朝中智士謀

조조가 무슨 말을 할지 모르겠거든 다음 회를 읽어보기 바란다.

제2회 모종강 서시평序始評

(1). 장비는 노식盧植을 구하려고 했으나 구할 수 없었으며, 동탁을 죽이려고 했으나 죽일 수 없었다. 이번에는 독우督郵를 만나서 더 이상 참을 수가 없었다. 독우는 나라를 좀먹고 백성들을 해치는 자로서 이 또한 하나의 황건적이다. 그를 버드나무 가지로 한 바탕 친 것은 황건적을 깨뜨린 제2의 공로라 할 만하다.

(2). 장비를 성미가 몹시 급한 사람으로 묘사한 다음, 이어서 하진을 몹시 느려터진 사람으로 묘사하고 있다. 성미가 급해서는 일을 그르친 적이 없으나 성미가 느려서는 적잖이 일을 그르친다. 사람들은, 항우項羽가 참을 수 없었던 것은 성미가 급해서이고, 고조가 참을 수 있었던 것은 성미가 느려서라고 말한다. 그러나 이 말은 옳지 않다.

항우는 장차 부하들에게 관직을 봉해주려고 도장을 새겨놓고도 도장이 떨어져나갈 때까지 아까워서 차마 주지 못했다. 유방과 만나던 홍문회鴻門會에서는 범증范增이 세 번이나 결단을 촉구하는 신호로 결玦을 들어 보였는데도 차마 칼을 빼들지 못했는데, 머뭇거리면서 결단을 내리지 못했기 때문이다. 그가 성미 급하게 행동했던 적이 언제 있었는가?

이에 반해 한漢 고조高祖 유방劉邦은 4만 근의 황금도 버려야할 때엔 버렸고, 삼제三齊·구강九江·대량大梁의 땅도 떼어주어야 할 때엔 떼어주었으며, 여섯 나라의 제후들을 봉하면서 나눠 줄 인장도 새겨야할 때엔 새겼으며, 홍구鴻溝의 맹약도 어겨야 할 때엔 어겼으니, 참으로 묘한 것은 과단성果斷性이 남아돌 정도였다는 점이다. 그가 성질이 느려터지게 행동했던 적이 언제 있는가?

(3). 서한西漢 때는 외척外戚의 세력이 환관宦官 세력보다 성했으나 동한 때는 환관 세력이 외척보다 성했다. 외척의 세력이 성했기 때문에 초기에는 외척 여산呂産과 여록呂祿이 한 왕조를 거의 망하기 직전까지 몰고 갔고, 후기에는 외척 왕망王莽이 황위를 찬탈하여 신新 왕조를 세우게 된 것이다. 홍공弘恭이나 석현石顯 등의 환관들은 비록 권력을 장악했으나 동한 때처럼 전횡하지는 못했다. 그래서 서한이 망한 것은 외척에 의해 망했다고 하는 것이다.

그러나 동한의 경우에는 그렇지 않았다. 외척과 환관 세력이 교대로 권력을 차지했지만, 환관 세력이 외척 세력을 제거하려고 할 때에는 항상 이겼다. 정중(鄭衆: 동한 화제和帝 때의 환관)이 두헌(竇憲: 화제和帝의 모친이자 두태후竇太后의 동생)을 죽이고 단초(單超: 동한 환제桓帝 때의 환관)가 양기梁冀를 죽인 것이 그 예이다.

그러나 외척이 환관을 제거하려고 할 때에는 언제나 이기지 못했다. 먼저는 두무(竇武: 동한 환제桓帝 황후皇后의 부친. 진번陳蕃 등과 환관들을 죽이려다가 도리어 죽임을 당했다.)가 죽임을 당했고, 나중에는 하진何進이 죽임을 당한 것이 그 예이다. 그래서 동한이 망한 것은 환관들에 의해 망했다고 하는 것이다.

그러나 두무가 이기지 못했을 때에는 두무 혼자 죽는 데 그쳤지만, 하진이 패하자 마침내 나라까지 망하게 된 것은 무엇 때문인가? 그 이유는 외부의 병력을 불러들였기 때문이다. 외척 세력은 환관 세력 척결을 도모했으나 실패하자 외부의 병력을 불러들여 척결하려고 했다. 그러나 이는 앞문으로는 호랑이를 막으면서 뒷문으로는 이리를 불러들인 격이 되어(前門拒虎, 後門進狼) 그 결과 나라는 그 임금의 것이 아니게 되었던 것이다.

한漢 나라를 어지럽혔던 것은 환관들이지만, 한 나라를 망하게 한 것은 외진外鎭, 즉 국경 수비군이었다. 그러나 그들을 불러들인 것이 외척이었으므로 동한이 망한 것 역시 외척에 의해 망했다고 할 수 있다.

(4). 앞에서는 현덕의 이야기를 하는 중에 갑자기 조조曹操 이야기를 끼워 넣더니, 여기서는 현덕의 이야기를 하는 중에 갑자기 손견孫堅의 이야기를 곁들이고 있다. 한 사람은 후에 위魏 태조太祖가 되었고, 한 사람은 후에 오吳 태조가 되었다. 삼국이 정립鼎立하게 되는 단초는 이로부터 비롯된다. 비록 삼국으로 정립되는 것은 손권孫權에 의해서지만, 삼국 성립의 복선은 이미 이때부터 있었던 것이다. 따라서 이 부분은 이 책 전체에서 하나의 큰 마디(大關節)에 해당하는 곳이다.

제3회

동탁, 온명전 모임에서 정원을 꾸짖고
이숙, 황금과 명주로 여포를 꾀다

〖 1 〗 한편 조조는 그날 하진에게 말했다: "환관들의 화禍는 예나 지금에나 다 있었습니다. 그러나 군주가 이런 자들에게 총애와 권세를 빌려주지 말아서 이런 지경에 이르도록 하지 말았어야 합니다. 만약 이들의 죄를 다스리고자 한다면 그 원흉을 잡아 없애기만 하면 되고, 그런 일이야 옥리獄吏 하나에게 맡겨도 충분합니다. 소란스럽게 바깥의 군사들까지 서울로 불러올릴 필요가 어디 있습니까? 그들을 모조리 죽여 없애려다가는 반드시 일이 탄로날 것이고, 그렇게 되면 계획은 반드시 실패할 것이라 생각합니다."(*그의 소견이 원소보다 훨씬 낫다. 두 사람의 우열優劣이 여기에서 다 드러나고 있다.)

하진이 화를 내며 말했다: "맹덕孟德 역시 사심을 품고 있나?"

조조는 물러나오며 말했다: "천하를 어지럽게 할 자는 틀림없이 하진일 것이다!"

하진은 이에 은밀히 사자를 시켜서 비밀조서를 가지고 밤낮 없이 각 진鎭으로 달려가서 전하도록 했다.

〖 2 〗 한편 전장군前將軍·오향후鰲鄕侯·서량자사西凉刺史 동탁董卓은 앞서 황건적을 치는 데 아무런 공도 세우지 못하여 조정에서 그의 죄를 다스리려고 했었는데, 그는 십상시에게 뇌물을 바쳐 요행히 처벌을 면했다. (*십상시에게 뇌물을 바쳤던 자가 어떻게 십상시를 죽일 수 있겠는가?) 후에 다시 조정의 권신權臣들과 결탁해서 마침내 높은 벼슬에 올라 서주西州 대군 20만 명을 통솔하게 되었다.

그는 항상 속에 역심逆心을 품고 있었는데, 이때 하진이 보낸 조서를 받게 되자 크게 기뻐하며 군사들을 점검해서 속속 떠나도록 했다. 그는 사위인 중랑장中郞將 우보牛輔에게 섬서陝西 지역을 지키도록 하고, 자기는 이각李催·곽사郭氾·장제張濟·번조樊稠 등을 데리고 대군을 인솔하여 낙양洛陽을 향해 출발했다.

이때 동탁의 사위이자 그의 모사謀士로 있던 이유李儒가 말했다: "지금 비록 조서를 받고 출발하기는 하지만 그 내용에는 분명하지 못한 점이 많습니다. 사람을 보내서 황제께 표문을 올리는 것이 어떻겠습니까? 명분이 정당해야 그 말이 이치에 맞아(名正言順) 대사를 도모할 수 있습니다." (*하진은 몰래 비밀조서를 보냈으나 이유는 공공연히 표문을 올림으로써 내란을 일으키려는 의도를 분명히 하고 있다.)

동탁은 그 말을 듣고 크게 기뻐하며 곧 표문을 올렸는데, 대체로 이런 내용이었다:

"신이 듣기로는, 천하에 화란禍亂과 반역叛逆이 끊이지 않는 것은 모두 황문상시黃門常侍 장양張讓의 무리들이 군신간의 떳떳한 도리를 무시하고 태만히 하기 때문이라고 합니다.

신이 듣기로는, 끓는 물을 멈추기 위해 탕기를 들어 올리는 것은 장작을 치우는 것만 못하고(揚湯止沸, 不如去薪), 종기를 터뜨리면 비록 잠시 아프기는 해도 계속 몸속에서 독毒을 기르는 것보다 낫다(潰癰雖痛, 勝於養毒)고 하였나이다.

이제 신은 감히 징을 울리고 북을 치면서 낙양으로 들어가서 장양의 무리들을 제거하기를 청하옵니다. 이렇게 하는 것이 종묘사직과 천하에 큰 다행이 될 것이옵니다."

하진은 표문을 받고 대신들에게 내보여 주었다.

시어사侍御史 정태鄭泰가 간했다: "동탁은 말하자면 시랑豺狼과 같은 자입니다. 그런 자를 서울로 끌어들였다가는 반드시 사람들을 잡아먹게 될 것입니다."(*여우를 몰아내려고 시랑豺狼을 불러들이는 격이다. 정확한 말이다.)

하진曰: "자네는 의심이 너무 많아서 더불어 대사를 도모하기엔 부족해!"

노식 역시 간했다: "저도 평소 동탁의 사람됨을 잘 알고 있습니다. 그는 겉은 선량해 보여도 속마음은 사납기 짝이 없는 자입니다. 일단 궁궐 안으로 들어오게 되면 반드시 큰 화가 생길 테니, 그를 멈추고 오지 말도록 해서 난리가 일어나지 않게 하십시오."

그러나 하진은 듣지 않았다. 그러자 정태와 노식은 모두 벼슬을 버리고 떠나가 버렸다. 조정 대신들 가운데 떠나간 사람이 태반이나 되었다. 하진은 사람을 보내서 민지(澠池: 지금의 하남성에 있다)에서 동탁을 영접하도록 했다. 동탁은 그곳에다 군사를 주둔시켜 놓고 움직이지 않았다. (*먼저 표문을 올려 위세를 보이고 다시 군사를 주둔시켜 놓고 움직이지 않으면서 사태의 추이를 살펴보려는 것은 모두 이유李儒의 꾀이다.)

〖 3 〗 한편 장양 등은 외부의 군사가 이른 것을 알고는 함께 상의했

다: "이것은 하진이 꾸민 일이다. 먼저 손을 쓰지 않았다가는 우리 모두 멸문지화滅門之禍를 당하고 말 것이다."

그리하여 먼저 도부수刀斧手 50명을 장락궁長樂宮 가덕문嘉德門 안쪽에 매복시켜 놓고 궁으로 들어가서 하 태후에게 고했다: "지금 대장군께서 황제의 조서를 위조하여 외부 병사를 서울로 불러 올려 신 등을 죽이려고 합니다. 태후마마께서는 저희를 불쌍히 여기시어 살려 주소서!"

태후曰: "너희가 대장군부府로 찾아가서 사죄를 드리는 게 좋겠다."

장양曰: "대장군의 상부相府에 갔다가는 저희들의 뼈와 살은 가루가 되고 맙니다. 바라옵건대 태후마마께서 대장군을 궁으로 불러들이시어 그러지 말라고 타일러 주십시오. 만약 그가 태후마마의 타이름도 듣지 않는다면 신들은 태후마마 앞에서 죽는 수밖에 없습니다."

이리하여 태후가 조서를 내려 하진을 궁으로 들어오라고 불렀다. (*이런 식으로 부인들은 일을 그르친다.) 하진이 조서를 받고 곧바로 궁으로 들어가려고 하자 주부主簿 진림陳琳이 가지 말라고 말렸다: "태후의 이 조서는 틀림없이 십상시가 꾸며낸 꾀일 것이니 절대로 가서는 안 됩니다. 가시면 반드시 화를 당하게 될 것입니다."(*진림은 지혜롭구나.)

하진曰: "태후께서 나를 부르시는데 무슨 화를 당한단 말이냐!"

원소曰: "지금 저들을 제거하려던 계획(謀事)이 이미 새나가서 일이 탄로가 났는데도 장군께선 여전히 궁중에 들어가려고 하십니까?"

조조曰: "먼저 십상시를 밖으로 불러낸 다음에 들어가시는 게 좋습니다."(*올바른 임기응변 계책이다.)

하진이 비웃으며 말했다: "그건 어린애 같은 소견이야. 내가 천하의 대권을 장악하고 있는데 십상시가 감히 어찌한단 말이냐?"

원소曰: "장군께서 꼭 들어가려 하신다면 저희가 무장한 군사들을 이끌고 호위해서 따라가 만일의 사태에 대비하도록 하겠습니다."

이리하여 원소와 조조는 각기 정예병 5백 명을 선발하여 원소의 아우 원술袁術이 통솔하도록 맡겼다. 원술은 전신무장을 하고 군사들을 이끌고 가서 청쇄문靑瑣門 밖에다 배치해 놓았다. 원소와 조조가 함께 칼을 차고 하진을 호송하여 장락궁長樂宮 앞에 이르렀다.

내시가 나와서 태후의 뜻을 전한다면서 말했다: "태후께서는 특히 대장군 혼자만 들어오라 하시고 다른 사람들은 함부로 들여보내지 말라고 하셨습니다."

원소와 조조 등은 모두 제지당하여 들어가지 못하고 궁문 밖에 남았다. 하진은 의기양양해서 혼자 안으로 뚜벅뚜벅 걸어 들어갔다. 그가 막 가덕전嘉德殿 문을 들어서자 장양과 단규段珪가 마중 나와서 좌우로 그를 에워쌌다. 하진은 깜짝 놀랐다.

그러자 장양이 언성을 높여 하진을 꾸짖었다: "동 태후께 무슨 죄가 있다고 네놈이 함부로 독살을 한단 말이냐! 그리고 국모國母의 상중에 병을 핑계로 나오지도 않다니! 네놈은 본래 돼지 잡고 술 팔던 미천한 소인배 놈이었지만 우리가 천자께 천거해서 영화와 부귀를 누리게 해주었다. 그런데도 은혜 갚을 생각은 하지 않고 도리어 우리를 해치려고 하다니! 네놈은 우리 모두가 탁하다고 말하는데, 그렇다면 맑은 놈은 누구란 말이냐?"(*〈춘추좌전〉에서는 말했다: "허물없는 자만이 사람을 죽일 수 있다(惟無瑕者可以戮人)." 하진은 동후를 모살했으니 그 죄 역시 십상시와 같다.)

하진은 당황해서 급히 도망갈 길을 찾으려고 했다. (*이에 이르러 비로소 도망갈 길을 찾으려 하다니, 참으로 어린애의 소견이다.) 그러나 궁문들은 전부 다 닫혀 있는데다 매복해 있던 도부수들이 일제히 뛰어나와 하진의 몸을 두 동강 내고 말았다. 후세 사람이 이를 탄식하여 지은 시가 있으니:

한 왕실 기울어 천수 끝나려 할 때	漢室傾危天數終
어리석은 하진이 삼공이 되었구나.	無謀何進作三公
충신의 간하는 말 몇 번이나 듣지 않다가	幾番不聽忠臣諫
궁중에서 환관들의 칼끝 피할 수 없었네.	難免宮中受劍鋒

〖 4 〗 하진은 이미 장양의 무리에 의해 죽었는데, 원소는 오랫동안 하진을 기다리다가 그가 나오지 않자 마침내 궁문 밖에서 큰소리로 불렀다: "장군께선 빨리 나오셔서 수레에 오르십시오!"

장양 등은 담 너머로 하진의 수급을 내던지며 말했다:(*그의 몸뚱이는 수레에 오를 수 없었지만 머리는 담장 너머로 나올 수 있었으니 결국 반은 도망 나온 셈이다.) "하진은 모반을 하였기에 이미 그 목을 베었지만, 그 나머지 그를 도와 따랐던 자들은 모두 용서해 주겠다."

원소가 언성을 높여 크게 외쳤다: "환관들이 대신을 모살했다! 악당의 목을 베고자 하는 자들은 앞으로 나와서 같이 싸워라!"

하진의 부장副將 오광吳匡이 곧바로 청쇄문 밖에다 불을 질렀다. 원술은 군사들을 이끌고 궁정 안으로 돌입해서 노소老小를 막론하고 눈에 띄는 대로 환관들을 모조리 죽였다. (*사세가 이런 지경에 이를 수밖에 없었다면 외부의 병사들을 불러들일 필요가 어디 있었는가?)

원소와 조조도 궁궐 문을 부수고 안으로 쳐들어갔다.

조충趙忠·정광程曠·하운夏惲·곽승郭勝 등 네 사람은 쫓겨서 취화루翠花樓 앞에 이르러 난도질을 당해 죽었다. 궁중에는 화염이 하늘 높이 치솟았다. 장양·단규·조절曹節·후람侯覽 등은 태후와 태자 및 진류왕陳留王을 협박해서 궁중 안으로 들어가서 뒷길을 따라 북궁北宮으로 달아나려고 했다. 노식盧植은 이때 벼슬은 버렸으나 아직 궁을 떠나지 않고 있었는데, 그는 궁 안에 사변이 일어난 것을 보고 갑옷을 걸치고 창을 들고서 전각 아래에 서 있다가 멀리서 단규가 하태후를 협박하여 지나가는 것을 보고 큰소리로 외쳤다: "단규 이 역적놈아! 어디 감히 태후를 겁박하느냐!"

단규는 몸을 돌려서 곧바로 달아났다. 태후는 창밖으로 뛰어나왔는데 노식이 급히 구해서 화를 면할 수 있었다.

한편, 오광이 궁궐 안마당으로 뛰어 들어가니 하진의 아우 하묘何苗가 손에 칼을 들고 나오는 것이 보였다.

오광이 큰소리로 외쳤다: "하묘는 공모해서 제 형을 해친 놈이다. 다 같이 저놈을 죽이자!"

여러 사람들이 말했다: "공모해서 형을 해친 도적놈을 죽이자!"

하묘는 달아나려고 했으나 군사들이 사방으로 에워싸고 칼로 몸을 난도질하여 짓이겨 버렸다. 원소는 다시 군사들에게 나눠 가서 십상시의 가족들을 노소 불문하고 모조리 잡아 죽이도록 했다. 이 통에 수염이 없는 자들 다수가 잘못 걸려들어 죽임을 당했다. (*이때 수염은 환관 가족인지 아닌지를 구별하는 매우 중요한 역할을 했다.) 조조는 한편으로는 군사들을 시켜서 궁중의 불을 끄도록 하고, 한편으로는 하태후에게 청하여 조정 대사를 임시로 대리하도록 하고, 또 군사를 보내서 장양의 무리를 추격하여 어린 황제를 찾아오도록 했다.

〖 5 〗 한편 장양과 단규는 어린 황제와 진류왕을 협박하여 같이 연기를 무릅쓰며 불속을 뚫고 나가 밤새도록 달아나 북망산北邙山에 이르렀다. 약 삼경(三更: 밤 11시~새벽 1시 사이. 한밤중)무렵이 되었을 때 뒤에서 함성이 크게 일어나더니 말을 탄 사람들이 쫓아왔다. 앞장을 선 하남중부河南中部의 연사掾史 민공閔貢이 큰소리로 외쳤다: "역적놈은 도망치지 말라!"

장양은 사세事勢가 위급한 것을 보고 곧바로 강물에 몸을 던져 죽었다. 황제와 진류왕은 정확한 사정을 몰라서 감히 큰소리도 내지 못하고 강가의 어지러운 풀 속에 엎드려 있었다. 말을 탄 군사들이 사방으로 흩어져 황제를 찾았으나 어디 있는지 알지 못했다. 황제와 진류왕은 밤 사경(四更: 새벽 1시~3시 사이)까지 그대로 엎드려 있었다. 이슬은 축축하게 내리고 배는 고파 와서 서로 부둥켜안고 울다가 또 남들에게 들킬까봐 겁이 나서 풀 속에서 소리를 삼키고 있었다.

진류왕曰: "이곳은 오래 머물러 있을 데가 못 되니 달리 살길을 찾아 봐야겠습니다."

그래서 두 사람은 옷을 서로 붙잡아 매고 강기슭 위로 기어 올라갔다. 땅은 온통 가시덤불뿐인데다 캄캄해서 길이 보이지 않았다. 어떻게 해야 좋을지 모르고 있을 때 갑자기 반딧불이가 수천 수백 마리 떼를 지어 와서는 환히 비추는데, 오직 황제 앞에서만 빙빙 날아다녔다.

진류왕이 말했다: "이는 하늘이 우리 형제를 도와주는 것입니다."

마침내 둘이서 반딧불을 따라 가다보니 차츰차츰 길이 보였다. 오경(五更: 새벽 3~5시 사이) 때까지 계속 걸어가자 다리가 아파서 더 이상 걸을 수 없었다. 그때 산언덕 옆에 건초더미가 있는 것을 보고 황제와 진류왕은 그 건초더미 속에 몸을 눕혔다.

건초더미 앞에는 집이 하나 있었는데, 그 집 주인은 이날 밤 두 개의 붉은 해가 집 뒤쪽에 떨어지는 꿈을 꾸었다. (*두 개의 붉은 해는 진류왕 역시 황제가 될 조짐이다.) 깜짝 놀라 깨어나서 옷을 걸쳐 입고 밖으로 나가 사방을 살펴보았는데, 집 뒤 건초더미 위로 붉은 빛이 하늘 높이 뻗치고 있었다. 급히 가서 보니 두 사람이 건초더미 옆에 누워 있었다.

집주인이 물었다: "두 소년은 뉘 집 아들인가?"

황제는 감히 대답을 못 했다.

진류왕이 황제를 가리키며 말했다: "이분은 지금의 황제이시오. 십상시의 난을 피해 달아나다가 여기에 이르셨소. 나는 황제의 아우인 진류왕이오."

집주인은 깜짝 놀라서 두 번 절을 하고 말했다: "신은 앞선 황제 때의 사도司徒였던 최열崔烈의 아우 최의崔毅라 하옵니다. 십상시들이 매관매직賣官賣職을 일삼으면서 현자들을 미워하고 질투하는 것을 보고는 이곳에 숨어서 살고 있사옵니다."

곧바로 그는 황제를 부축하여 집안으로 들어가서 술과 밥을 차려내와서 무릎을 꿇고 바쳤다.

〖 6 〗 한편 민공閔貢은 단규를 쫓아가서 붙잡아 물었다: "천자께서는 어디에 계시냐?"

단규가 말했다: "중간에 그만 서로 떨어져 어디로 가셨는지 모릅니다."

민공은 곧바로 단규를 죽여 버리고 그 목을 베어 말의 목에 매단 다음 군사를 풀어 사방으로 천자를 찾아보라고 지시하고, 자신은 혼자 말을 타고 길을 따라가며 천자를 찾았다. 우연히 최의의 집 앞에 이르렀는데 최의가 말의 목에 매달린 수급을 보고 그에게 무슨 일인지 물어보자 민공이 자세히 설명해 주었다. 최의가 민공을 이끌고 가서 황제를 뵙게 하자, 군주와 신하 모두 통곡했다.

민공이 말했다: "나라에는 하루도 군왕이 안 계셔서는 아니 되오니 폐하께서는 곧 환도還都하소서."

이때 최의의 집에는 삐쩍 마른 말 한 마리밖에 없었으므로 거기다가 안장과 고삐를 갖추어 황제가 타도록 하고, 민공과 진류왕은 다른 말한 마리에 같이 탔다. (*황제를 만승萬乘, 왕을 천승千乘, 대부 역시 백승百乘이라 부르는데, 지금은 황제와 왕과 신하 세 사람 모두 겨우 말 두 마리를 타고 가게 되니, 참으로 처량하다.) 그 집을 떠나서 3마장(里: 1마장은 약 400미터)도 채 못 가서 사도司徒 왕윤王允·태위太尉 양표楊彪·좌군교위左軍校尉 순우경淳于瓊·우군교위 조맹趙萌·후군교위 포신鮑信·중군교위 원소 일행의 사람들과 수백 명의 군사들이 어가御駕를 영접하러 와서 황제와 신하들은 모두 통곡했다. 그들은 먼저 사람을 시켜서 단규의 수급을 가지고 서울로 가서 도성 문 위에 높이 매달아 많은 사람들에게 보이도록 하고, 다른 한편으로 말을 좋은 것으로 바꾸어 황제와 진류왕을 타도록 했다. 그들은 황제를 옹위하여 함께 서울로 돌아갔다.

이전에 낙양의 아이들이 노래 부르기를: "황제는 황제가 아니고 왕은 왕이 아니네, 수많은 수레와 말탄 사람들이 북망산으로 달려가네 (帝非帝, 王非王, 千乘萬騎走北邙)"라고 하였다. 이때 와서 그 참언讖言은 과연 그대로 들어맞았다. (*후에 황제는 폐위되어 왕이 되고, 진류왕은 반대로 황제가 되는데, 이것이 소위 황제는 황제가 아니고 왕은 왕이 아니라는 것인가? 이때는 아직 마지막 한 마디만 맞았고, 후에 가서 앞의 두 마디 말도 맞을 줄이야 어떻게 알겠는가?)

〖 7 〗 어가御駕가 미처 몇 마장(里) 가지 못했을 때, 문득 깃발이 해를 가리고 먼지가 하늘을 뒤덮으며 한 떼의 군사들이 달려왔다. 백관들은 모두 얼굴이 하얘졌고 황제 역시 크게 놀랐다.

원소가 말을 달려 앞으로 나가면서 물었다: "너는 누구냐?"

그러자 상대편의 수놓은 깃발(繡旗) 아래로부터 한 장수가 말을 달려 나오면서 언성을 높여 되물었다: "천자는 어디 계시냐?"(*원소가 묻는 말에는 대답하지 않고 끝내 천자에 대해서만 묻는데, 그 나오는 기세가 영 좋지 못하다.)

황제는 몸을 벌벌 떨면서 말을 하지 못했다.

그때 진류왕이 말을 몰아 앞으로 나서면서 꾸짖었다: "지금 온 자는 누구인가?"

동탁曰: "서량자사西凉刺史 동탁董卓이오."(*동탁은 여기에 이르러 비로소 나타나는데, 이 모두가 이유의 계책이다.)

진류왕曰: "너는 어가를 호위하러 왔느냐, 아니면 어가를 겁박하러 왔느냐?"

동탁曰: "어가를 호위하려고 일부러 왔소."

진류왕曰: "어가를 호위하러 왔다면서 천자께서 여기 계시는데 어찌하여 말에서 내리지 않는 게냐?"

동탁은 크게 놀라서 황급히 말에서 내려 길가에 엎드려 절을 했다. 진류왕이 말로써 동탁을 위무慰撫하는데, 처음부터 끝까지 한 마디 말실수도 없었다. 동탁은 속으로 기특하게 여기면서 벌써 지금의 황제를 폐하고 진류왕을 황제의 자리에 세울 뜻을 품었다.

이날 환궁하여 하태후를 만나보고 모두들 통곡했다. 그런 다음 궁중을 점검해 보니 여러 왕조에 걸쳐 전해 내려온 전국옥새傳國玉璽가 보이지 않았다. (*뒤에 가서 손견孫堅이 옥새를 얻게 되는 것의 복선이다.)

〚 8 〛 동탁은 성 밖에 군사를 주둔시켜 놓고 매일 철갑마군鐵甲馬軍을 데리고 성 안으로 들어가서 거리를 제멋대로 휘젓고 다니는 바람에 백성들은 불안해서 어쩔 줄 몰랐다. 동탁은 궁중에 드나들면서도 전혀 거리낌이 없었다.

후군교위 포신鮑信이 원소를 찾아와서, 동탁은 틀림없이 딴 마음을 품고 있으니 속히 제거해 버려야 한다고 말했다. (*만약 제거해 버리려 한다면 애초에 불러들이지 말았어야지. 이미 불러들였으니 제거해 버리기는 쉽지 않다.)

원소가 말했다: "조정이 이제야 겨우 안정되었는데 경솔히 움직여선 안 되오."

포신은 왕윤을 찾아가서 만나보고 역시 같은 말을 했다.

왕윤이 말했다: "나중에 상의합시다."

포신은 스스로 자기 부하 군사들을 이끌고는 태산泰山으로 가버렸다.

동탁은 하진 형제의 부하 군사들을 불러와서 전부 자기 휘하로 편입시켜 버렸다.

동탁이 은밀히 이유李儒에게 말했다: "나는 황제를 폐하고 진류왕을 황제로 세울까 하는데, 자네 생각은 어떤가?"(*황제 폐립을 이용하여 자기 위세를 떨쳐 보이려는 것일 뿐 그가 정말로 진류왕을 좋아해서가 아니다.)

이유曰: "지금 조정에는 주인이 없는데, 이 기회에 일을 결행해야 합니다. 뒤로 미루고 있다가는 반드시 사변이 생길 것입니다. 내일 온명원溫明園 안에 백관들을 모아놓고 황제를 폐립하고자 하는 뜻을 밝히십시오. 만약 따르지 않는 자가 나오거든 곧바로 목을 베어 버리십시오. 위엄과 권세를 행사하실 때는 바로 지금입니다."

그의 말을 듣고 동탁은 기뻐했다.

〖 9 〗 다음날, 동탁은 온명원에다 큰 연회를 베풀고 조정의 대신들을 두루 초청했다. 대신들은 다 동탁을 겁내고 있었는데 누가 감히 오지 않겠는가. 동탁은 백관들이 다 오기를 기다렸다가, 다 온 후에야 천천히 온명원 문 앞에서 말에서 내려 칼을 찬 채로 자리로 들어갔다. 술이 서너 순배 돌자 동탁은 술잔 돌리기를 멈추고 음악 연주를 그치게 한 다음 언성을 높여 말했다: "내 할 말이 있으니 모두들 조용히 들으시오."

많은 관원들이 귀를 기울였다.

동탁曰: "천자는 만백성의 주인이오. 위의威儀가 없고서는 종묘사직을 받들 수가 없소. 그런데 지금의 주상(今上)께서는 나약하여, 총명하고 학문을 좋아하는 진류왕만 못하오. 진류왕이야말로 대위大位를 이을 수 있는 분이오. 그래서 나는 지금의 황제를 폐하고 진류왕을 대신 황제로 세우고자 하는데, 대신 여러분들의 생각은 어떠하시오?"(*징을 치고 북을 울리면서 군사를 이끌고 낙양에 들어온 것은 십상시를 죽이려는 것이 아니라 단지 황제를 폐하려는 것이었다.)

여러 관원들은 다 듣고 나서도 감히 아무 소리도 못했다.

그때 좌중의 한 사람이 주안상을 밀치고 곧바로 뛰쳐나와 연회석 앞에 서서 큰소리로 외쳤다: "안 된다! 그건 안 돼! 네가 도대체 누구라고 감히 그런 엄청난 말을 하는가? 지금의 천자는 돌아가신 황제의 적자嫡子이시고 아직 아무런 과오도 없으신데 어떻게 함부로 폐립을 논한단 말이냐? 너는 황제의 자리를 빼앗으려고 하느냐?"(*이럴 때 이런 사람이 없어서는 안 된다.)

동탁이 보니 형주자사荊州刺史 정원丁原이었다.

동탁이 화를 내며 꾸짖었다: "내 말에 따르는 자는 살고 나를 거역하는 자는 죽는다!"

곧바로 허리에 차고 있던 칼을 빼서 정원의 목을 치려고 했다.

〖 10 〗 이때 이유는 정원의 배후에 한 사람이 서 있는 것을 보았는데, 풍채가 늠름하고 위풍이 당당했으며, 손으로는 방천화극方天畵戟을 잡고 성난 눈으로 동탁을 노려보고 있었다.

이유가 급히 앞으로 나아가 말했다: "오늘 같은 이런 잔치 자리에서 국정國政을 얘기해서는 안 됩니다. 내일 도당都堂에서 공식적으로 의논하더라도 늦지 않습니다."

여러 사람들은 모두 정원에게 말을 타고 그 자리를 떠나도록 권했다.

동탁이 다시 백관들에게 물었다: "내가 한 말이 공도公道에 맞지 않소?"

노식日: "명공明公이 틀렸소이다. 옛날에 은殷의 태갑太甲이 사리에 어긋난 정치를 하자 대신大臣 이윤伊尹이 그를 동궁桐宮으로 내쳤고, 한

漢의 창읍왕昌邑王이 황제 자리에 오른 지 겨우 27일 동안 온갖 악한 짓을 삼천여 가지나 저지르자 대장군 곽광霍光이 태묘太廟에 아뢰고 그를 폐위시킨 일은 있었소. 그러나 지금의 주상께서는 비록 어리시지만 총명하고 어지시고 지혜로우시며 또 털끝만큼의 잘못이나 실책도 없소. 그러나 공으로 말할 것 같으면 변경 군(外郡)의 일개 자사刺史로서 평소 국정에 참여하지도 않았고, 또한 이윤이나 곽광과 같은 큰 뜻을 지닌 인재도 못 되면서 어떻게 황제의 폐립을 강력 주장할 수 있단 말이오? 성인(聖人: 맹자)께서도 말씀하시기를 '이윤과 같은 뜻이 있다면 그럴 수 있지만, 이윤과 같은 뜻이 없다면 그것은 찬역簒逆이다(有伊尹之志則可, 無伊尹之志則簒也)'고 하셨소."(*정정당당한 정론正論이다. 현덕의 스승 되기에 부끄러울 게 없다.)

동탁은 크게 화를 내며 칼을 빼어들고 앞으로 나아가 노식을 죽이려고 했다.

그러나 이때 의랑議郎 팽백彭伯이 말리며 말했다: "노盧 상서(尙書: 노식)는 해내海內에 인망人望이 높으신 분인데 지금 먼저 그분을 해친다면 천하 사람들은 모두 두려워서 떨 것입니다."

그러자 동탁은 칼을 도로 칼집에 꽂았다.

사도 왕윤이 말했다: "황제의 폐립廢立과 같은 일을 술자리에서 논의해서는 안 되오. 다른 날 다시 모여 논의하기로 합시다."

이리하여 백관들은 모두 흩어졌다.

〖 11 〗동탁이 칼을 잡고 온명원 문 앞에 서 있는데 문득 한 사람이 손에 쌍지창(雙支槍: 戟)을 잡은 채 말을 타고 원문園門 밖에서 왔다 갔다 하고 있는 게 보였다.

동탁이 이유에게 물었다: "저 사람은 누구인가?"

이유曰: "저 사람은 정원의 의붓아들(義子)로서 성은 여呂, 이름은 포

布이며 자字는 봉선奉先이라고 하는 자입니다. 주공께서는 잠시 그를 피하셔야 합니다."

동탁은 이에 온명원 안으로 들어가서 몸을 숨겨 피했다.

다음날, 정원이 군사를 이끌고 성 밖에 와서 싸움을 걸고 있다고 알려왔다. 동탁은 화가 나서 군사를 이끌고 이유와 함께 맞으러 나갔다. 양군이 서로 대치하고 있을 때, 언뜻 보니 여포가 머리 위에는 머리카락을 묶기 위한 금관金冠을 쓰고, 몸에는 온갖 꽃을 수놓은 전포(百花戰袍)를 걸치고, 두껍고 강한 갑옷(唐猊鎧甲)을 입고, 허리에는 사자와 만왕蠻王의 모양을 장식한 보대寶帶를 띠고, 손에는 쌍지창을 들고 말을 달려서 정건양丁建陽을 따라 진 앞으로 나오고 있었다.

건양은 손을 들어 동탁을 가리키며 욕을 했다: "나라가 불행하여 환관들이 권세를 농락하며 백성들을 도탄에 빠뜨렸을 때 네놈은 한 치의 공로도 세운 게 없으면서 어찌 감히 함부로 황제 폐립廢立의 일을 입에 담아 조정을 어지럽히려 든단 말이냐!"

동탁이 미처 대꾸할 틈도 없이 여포가 곧바로 말을 달려 쳐들어 왔다. 동탁이 당황해서 달아나자 건양은 군사를 거느리고 그 뒤를 들이쳤다.

동탁은 크게 패하여 30여 리를 물러가 진을 치고는 여러 사람들을 모아놓고 상의했다: "내가 보니 여포는 비상한 사람이야. 내가 만약 이 사람만 얻는다면 천하에 염려할 게 뭐 있겠나?"

휘하에 있던 한 사람이 나서며 말했다: "주공께서는 염려하지 마십시오. 저는 여포와 동향이어서 잘 아는데, 그는 용맹하기는 하나 꾀가 없고, 이익을 보면 의리를 잊어버리는(勇而無謀, 見利忘義) 자입니다. (*이 두 마디 말이 여포의 정체를 완전히 다 말해주고 있다.) 제가 이 세 치 혀로 여포를 설득해서 그가 두 손을 공손히 모으고 항복해 오도록 만들겠습니다. 그러면 되겠습니까?"

동탁이 크게 기뻐하며 그 사람을 보니 다름 아닌 호분중랑장虎賁中郎將 이숙李肅이었다.

동탁曰: "자네는 여포를 어떻게 설득할 텐가?"

이숙曰: "제가 듣기로는, 주공께는 적토마赤兎馬라고 하는 명마名馬 한 필이 있는데 하루에 천리를 갈 수 있다고 들었습니다. 그 말과 함께 황금과 명주明珠를 주어 이利로써 그의 마음을 사로잡은 다음, 제가 다시 말로 설득한다면 여포는 틀림없이 정원을 배반하고 주공께 투항해 올 것입니다."

동탁이 이유에게 물었다: "이 말이 그럴듯한가?"

이유曰: "주공께서는 천하를 취하려 하시면서 어찌 말 한 필을 아까워하십니까?"

동탁은 흔쾌히 적토마를 내어주고 또 황금 1천 냥과 명주 수십 개와 옥대玉帶 하나를 내어주었다.

〖 12 〗 이숙은 예물을 가지고 여포의 영채로 찾아갔다. 길에 매복하고 있던 군사들이 나와서 그를 에워싸자 이숙이 말했다: "빨리 가서 여呂장군께 보고하게! 옛 친구가 만나보려고 찾아왔다고."

군사가 그대로 보고하자 여포는 그를 데려오라고 지시했다.

이숙은 여포를 보고 말했다: "아우님께선 그간 별고 없으셨는가?"

여포가 읍揖을 하며 말했다: "오랫동안 서로 만나보지 못했습니다. 지금은 어디에 계신가요?"

이숙曰: "현재 호분중랑장의 직책을 맡고 있다오. 아우님이 사직社稷을 바로잡으려 한다는 소식을 듣고 기쁜 마음을 이기지 못했다오. 좋은 말 한 필이 있어서 가지고 왔는데, 이 말은 하루에 천리를 갈 수 있고, 물을 건너고 산에 오르기를 마치 평지를 걷듯이 하는데 이름을 '적토마赤兎馬'라고 한다오. 내 특별히 아우님께 드려서 범 같은 아우님의 위세를 도와주려고 하오."(*우선 동탁의 말馬이라고 말하지 않는 점이 몹시 묘하다.)

여포는 곧바로 끌어오라고 해서 보았다. 과연 그 말은 온몸이 이글이글 타는 숯불처럼 벌겋고, 잡 털은 반 오라기도 섞여 있지 않았다. 머리에서 꼬리까지 길이는 한 길(丈)이요, 발굽에서 목까지의 높이는 8자(尺)이며, 머리를 치켜들고 히힝! 하고 큰소리로 울자 마치 하늘로 날아오르고 바다로 뛰어들 듯한 기세였다. 후세 사람이 적토마에 대해 읊은 시가 있으니:

천리를 내달리니 말굽 아래 먼지 자욱하고　　奔騰千里蕩塵埃
물 건너고 산 오르니 자줏빛 안개 걷힌다.　　渡水登山紫霧開
말고삐 당겨 끊고 옥 재갈 흔드는 모습　　　掣斷絲繮搖玉轡
붉은 용이 하늘에서 날아 내려오는 듯하구나.　火龍飛下九天來

〖 13 〗 여포는 그 말을 보고 크게 기뻐하며 이숙에게 사례하여 말했다: "형이 이런 좋은 말을 주셨는데, 이 은혜를 어떻게 갚지요?"

이숙曰: "나는 오로지 의기義氣 하나를 위해 찾아왔는데, 어찌 보답을 바라겠나!"

여포는 술을 내어 대접했다.

술이 거나해지자 이숙이 말했다: "내가 아우님은 오래간 만에 보지만 자네 영존(令尊: 남의 부친의 존칭)은 평소 자주 뵙는다네."(*동향인의 입에서 부친이라고 말하니 틀림없이 성이 여씨呂氏인 부친을 말하는 것인 줄로 알 것이다.)

여포曰: "형은 취했구려. 제 선친께서 세상을 버리신 지 이미 여러해 되었는데 어떻게 형이 만나본다는 말이오?"

이숙이 큰소리로 웃으면서 말했다: "그게 아니라, 나는 지금의 정자사丁刺史를 두고 하는 말이라오."

여포는 당황해 하면서 말했다: "제가 정건양에게 붙어 있는 것은 어쩔 수 없어서 그런 것입니다."

이숙曰: "아우님은 하늘을 떠받들고 바다를 부릴 만한 엄청난 재주(擎天駕海之才)를 가지고 있으니 세상에서 누군들 아우님을 공경하지 않겠소? 공명과 부귀를 마치 주머니 속의 물건 잡듯이 얻을 수 있을 텐데(功名富貴, 如探囊取物) 어쩔 수 없어서 남의 밑에 있다는 게 도대체 무슨 말이오?"

여포曰: "제대로 된 주인을 만나지 못한 게 한이오."

이숙이 웃으며 말했다: "옛말에도 '좋은 새는 나무를 가려서 깃들고, 훌륭한 신하는 주인을 가려서 섬긴다(良禽擇木而棲, 賢臣擇主而事)'고 했다오. 기회를 알아보고 바로 잡지 못하면 후회해도 늦는 법이라오."

여포曰: "형은 조정에 계시니 여쭈어 보겠는데, 누가 당세의 영웅이라고 보시오?"

이숙曰: "내가 많은 신하들을 두루 다 살펴보았지만 모두 동탁만 못해요. 동탁의 사람됨은 현명한 사람을 공경하고 유능한 인사들을 예우하고 상벌이 분명하지요. 끝내 대업을 이루실 거요."

여포曰: "나도 그분을 따르고 싶지만 나를 그분께 소개시켜 줄 사람이 없는 게 한이오."

바로 그때 이숙이 황금과 명주, 옥대를 가져다가 여포 앞에 죽 벌여 놓았다. (*말과 황금, 명주, 옥대를 두 번으로 나누어서 내놓으면서 그 선후 차례를 교묘히 하고 있다.)

여포가 깜짝 놀라서 말했다: "왜 이것들을 여기에 놓소?"

이숙은 좌우 사람들을 물러나라고 하고는 여포에게 말했다: "이것들은 동탁 공께서 오래 전부터 아우님의 명성을 흠모하시어 특별히 나더러 아우님께 갖다 드리라고 하신 것들이라오. 좀 전의 그 적토마 역시 동탁 공께서 주신 것이라오."

여포曰: "동탁 공께서 나를 이처럼 생각해 주시는데, 나는 장차 이 은혜를 무슨 수로 갚지요?"

이숙曰: "나처럼 아무런 재주 없는 사람도 오히려 호분중랑장虎賁中郎將을 하고 있는데, 만약 아우님이 동탁 공께 온다면 이루 말할 수 없을 정도로 귀한 대접을 받을 거요."

여포曰: "내가 처음 찾아뵐 때 드릴 예물이라고 할만한, 동탁 공을 위해 세운 공로가 티끌만큼도 없는 것이 유감이오."

이숙曰: "그런 공이야 아우님이 하려고만 한다면 손바닥 한 번 뒤집는 사이에 세울 수 있는 것이지요."

여포가 한참 동안 망설이다가 말했다: "제가 정원丁原을 죽인 후 군사들을 이끌고 동탁 공께로 갈까 하는데, 어떻겠소?"(*이 말 역시 그가 스스로 말할 때까지 기다렸다. 극히 악하고, 극히 교묘하다.)

이숙曰: "아우님이 만약 그렇게만 할 수 있다면야, 정말이지 그보다 더 큰 공은 없을 거요. 그러나 이 일은 절대로 지체해서는 안 되고 속히 결단해야 하오."

여포는 이숙에게 내일 항복하러 가겠다고 약속했고, 이숙은 작별하고 돌아갔다.

〖 14 〗 그날 밤 이경(二更: 밤 9시~11시) 무렵 여포는 손에 칼을 들고 곧바로 정원의 막사 안으로 들어갔다. 정원은 마침 촛불을 밝혀놓고 책을 읽고 있었는데, 여포가 들어오는 것을 보고 말했다: "우리 아이가 온 걸 보니 무슨 일이 있는 모양이지?"

여포曰: "나는 당당한 장부인데 어찌 네 아들이 되려 하겠느냐!"

(*당당한 장부여서 정원의 아들이 되려고 하지 않으면서 어찌하여 당당한 장부가 유독 동탁의 아들은 되려고 하는가? 이는 결국 황금과 명주, 적토마가

그리 하도록 시킨 것이다.)

정원曰: "봉선아, 왜 마음이 변했느냐?"(*곧바로 더 이상 감히 "내 아이" 라고 말하지 못한다.)

여포는 앞으로 나서며 단칼에 정원의 목을 베어버리고 좌우에 있던 사람들을 향해 큰소리로 외쳤다: "정원이 어질지 못하기에 내가 벌써 죽여 버렸다. 나를 따르고 싶은 자는 여기에 남고 따르고 싶지 않은 자들은 따로 가거라."

군사들 중 흩어져 떠나간 자들이 태반이나 되었다.

다음날, 여포는 정원의 수급을 가지고 이숙에게 가서 만나보았다. 이숙은 곧바로 여포를 데리고 들어가서 동탁에게 소개시켰다. 동탁은 크게 기뻐하며 술을 내와서 대접했다.

동탁이 먼저 자리에서 내려와 절을 하며 말했다: "동탁이 이제 장군을 얻은 것은 마치 가뭄에 어린 싹이 단비를 만난 것과 같소이다."

여포는 동탁을 일으켜 자리에다 앉힌 다음 그에게 절을 하며 말했다: "공께서 만약 저를 버리시지 않는다면, 저는 공을 의부義父로 모시고 싶습니다."(*방금 한 의부義父를 죽여 놓고는 또 한 사람을 의부로 삼고 있다. 의부를 죽이는 것도 쉽고 의부로 삼는 것도 쉽구나.)

동탁은 여포에게 황금 갑옷과 비단 전포를 내리고 즐겁게 술을 실컷 마신 후 헤어졌다. 동탁의 위세는 이로부터 갈수록 더욱 커졌다. 그는 스스로 전장군前將軍의 일을 맡고, 자기 동생 동민董旻은 좌장군·호후鄂侯에 봉하고, 여포는 기도위騎都尉·중랑장·도정후都亭侯에 봉했다.

〖 15 〗 이유는 동탁에게 황제 폐립廢立의 계책을 빨리 세우라고 권했다. 그래서 동탁은 성省 안에 연회석을 배설하여 공경대신들을 집합시키고 여포에게는 무장병사 1천여 명을 데리고 좌우에서 시위侍衛하도록 했다. 이날, 태부太傅 원외袁隗와 백관들이 전부 다 왔다.

술이 몇 순배 돌자 동탁은 손으로 칼을 잡고 말했다: "지금의 주상께서는 사리에 어둡고 나약하시어 종묘사직을 받들 수 없소. 그래서 나는 이윤伊尹과 곽광霍光의 옛 일을 본받아 (*특별히 두 가지 고사故事를 인용하고 있는데, 그러나 이는 전에 노식盧植이 한 말에서 배운 것일 뿐, 그의 속에 든 것이 아무것도 없음을 보여주기에 충분하다.) 황제를 폐하여 홍농왕弘農王으로 삼고 진류왕陳留王을 황제로 세우고자 하오. 내 말에 따르지 않는 자는 목을 벨 것이오!"

모든 신하들은 두려워서 감히 대답을 하는 사람이 아무도 없었다.

그때 중군교위中軍校尉 원소袁紹가 앞으로 썩 나서며 말했다: "지금의 주상께서는 즉위하신 지가 얼마 되지도 않고, 또 실덕失德하신 일도 전혀 없는데도 네가 이제 적자嫡子를 폐하고 서자庶子를 세우려 하는데, 이게 반역이 아니고 무엇이냐?"(*외부 군사들을 불러들이자고 권한 것은 바로 원소였다. 오늘 동탁을 욕해 봐야 이미 때가 늦었다.)

동탁이 화를 내며 말했다: "천하의 일은 모두 나에게 달렸다. 내가 지금 하려는데 어느 누가 감히 따르지 않는단 말인가. 네 눈에는 나의 이 칼이 예리하지 않아 보이느냐?"

원소 역시 칼을 빼면서 말했다: "네 칼이 예리하다면 내 칼도 예리하지 않은 적이 없다!"

두 사람은 연석에서 대적했다. 이야말로:

정원이 의義를 위해 먼저 목숨 잃었는데　　　丁原仗義身先喪
원소도 칼날 다투느라 그 형세 위태롭다.　　　袁紹爭鋒勢又危

끝내 원소의 목숨은 어찌될까? 일단 다음 회를 읽어보라.

(1). 천자天子는 해와 같다. 해가 되어서 반딧불(螢光)로부터 빛을 빌린다고 해서야 해가 될 수가 없다. 후세 사람들은 공명孔明이 촉蜀에 있을 때 마치 금성(長庚)이 한 지방을 비추듯이 밝았다고 생각했다. 금성은 반딧불보다 백배도 더 밝다.

(2). 무릇 사람에게 배반을 하도록 권하거나 시역弑逆을 하도록 권하는 일은 처음 입을 열기가 가장 어려운 것이다. 이때 이숙李肅은 자신은 일부러 말을 꺼내지 않고 기어코 여포로 하여금 스스로 말을 하도록 유도하고 있는데, 이숙의 교묘한 설득력은 이루 다 말할 수 없을 정도이다.

(3). 군왕 곁에 있는 간신배를 제거할 때는 은밀하게, 그리고 신속하게 하는 것이 중요하다. 동탁이 표문을 올려 그 위엄을 드러낸 것은 은밀하지 못한 행동이었고, 군사들을 도성 밖에 주둔시켜 놓고 형세의 변화를 지켜본 것은 신속하지 못한 행동이었다.

하진은 은밀히 해야 한다는 것을 알지 못했고, 동탁은 그것을 알면서도 일부러 은밀하게 하지 않았다. 하진은 신속하게 해야 한다는 것을 알지 못했고, 동탁은 그것을 알면서도 일부러 신속하게 하지 않았다. 동탁은 이렇게 함으로써 하진은 틀림없이 죽을 것이고 내란도 틀림없이 일어날 것으로 생각했던 것이다. 그런 후에 틈을 타서 조정에 들어간다면 자신이 하고 싶은 대로 할 수 있다고 생각했던 것이다. 이는 모두 이유李儒의 지모에서 나온 것이니, 이유 역시 지모가 있는 자였다. 그런데도 그는 동탁에게 여포를 심복으로 거두라고 권했으니, 어찌 이처럼 어리석게 계책을 잘못 쓴단 말인

가. 한 의부義父를 죽이고 다른 한 사람을 의부로 삼는다면, 그의 새로 의부된 자 역시 위험하지 않겠는가? 동탁은 여포를 의심하지 않았고, 여포 역시 동탁이 자기를 의심한다고 생각하지 않았으니, 지모가 없는 자들이야 이렇게 하더라도 본래 이상할 게 없으나, 이유는 스스로 지모가 있다고 여기고서도 생각이 이에 미치지 못했으니, 애석한 일이다!

(4). 현덕은 성이 다른 두 아우와 의형제를 맺고 그들의 사력死力을 다한 섬김을 받았다. 그러나 정원丁原은 성이 다른 아들 하나와 부자지간의 의를 맺었으나 그에 의해 죽임을 당했다. 그 이유가 무엇인가?

하나는 그 아우로 삼을 만한 자를 가려서 아우로 삼았고, 아우는 마땅히 아우가 되어야 할 사람의 아우가 되었으나, 하나는 그 아들로 삼을 만한 자인지 가리지 않고 아들로 삼았고, 그 아들은 아들이 되어서는 안 될 자의 아들이 되었기 때문이다. 여포를 보면 관우와 장비의 두터운 의로움에 더욱 탄복하게 되고, 정원을 보면 현덕의 사람 볼 줄 아는 안목에 더욱 감탄하게 된다.

(*참고: 이지李贄의 평)

(1). 동탁은 바보천치였음이 틀림없다. 여포가 정원을 아비로 섬기다가 그의 머리를 베어 가지고 와서 이제 나를 아비로 섬기겠다고 하면, 그가 다른 날 나의 머리를 베어 가지고 떠나지 않는다고 어찌 보증할 수 있겠는가? 크게 두려워하기도 바쁠 때에 크게 기뻐하다니! 그는 바보 천치였던 것이다.

제4회

동탁, 황제를 폐하고 진류왕을 황제로 세우고
조조, 동탁을 죽이려다 보도만 바치다

〖 1 〗한편 동탁은 원소를 죽이고자 했으나 이유가 말리며 말했다: "대사가 아직 결정되지도 않았는데 사람을 함부로 죽여서는 안 됩니다."

원소는 손에 보도寶刀를 든 채 백관들에게 인사를 하고 물러나와 관직 증명서인 부절符節을 동문東門에다 걸어놓고 말을 달려 기주冀州로 떠나가 버렸다.

동탁이 태부 원외袁隗를 보고 말했다: "당신 조카가 무례하지만 당신 체면을 보아서 일단 용서해 주겠소. 황제 폐립의 일은 어떻게 생각하시오?"

원외曰: "태위太尉의 견해가 옳습니다."

동탁曰: "감히 조정의 의론을 막으려는 자가 있으면 군법으로 다스리겠다.”

모든 신하들이 무서워 벌벌 떨면서 이구동성으로 말했다: “시키는 대로 따르겠습니다.”

연석이 끝나자 동탁은 시중侍中 주비周毖와 교위校尉 오경伍瓊에게 물었다: “원소가 떠나갔으니 앞으로 일이 어찌될 것 같은가?”

주비曰: “원소가 단단히 화를 내며 떠나갔으니, 만약 그를 급히 붙잡으려 하다가는 틀림없이 변고가 생기게 될 것입니다. 더군다나 원씨 집안은 사대四代에 걸쳐 널리 은혜를 베풀어서 그 문하생들과 부하 관리들이 천하에 널리 퍼져 있으므로, 그가 만약 호걸들을 거두고 무리들을 모은다면 영웅들도 이때를 틈타 들고 일어날 것이고, 그리 되면 산동山東 지방은 공公의 소유가 아니게 될 것입니다. 차라리 그를 용서해 주고 군수郡守로 임명해 주는 게 낫습니다. 그렇게 하면 원소는 죄를 면하게 된 것을 기뻐할 것이고, 따라서 틀림없이 아무런 우환憂患도 없을 것입니다.”

오경曰: “원소는 일을 꾀하기는 잘 하지만 결단력이 없는 사람이므로 (*이 말이 원소에 대한 정평定評이다.) 전혀 염려하실 게 못 됩니다. 정말이지, 그에게 어디든 군수 자리 하나 주시고 민심을 수습하도록 하는 게 좋겠습니다.”

동탁은 두 사람의 권고에 따라 그날로 사람을 보내어 원소를 발해渤海 태수로 임명했다.

〖 2 〗 9월 초하룻날, 동탁은 황제를 청하여 가덕전嘉德殿에 오르도록 하고 문무백관을 다 모은 다음 칼을 빼서 손에 들고 모든 사람들에게 말했다: “지금의 천자는 우둔하고 나약하여 천하의 군주가 되기에 부족하오. 여기 황제의 폐립에 관한 책문(策文)이 있으니 낭독하도록 하겠소.”

그리고는 이유에게 책문을 읽도록 했는데, 그 내용은 다음과 같다:

"효령황제(孝靈皇帝: 靈帝)께서 일찍이 신하와 백성을 버리시자 지금의 황제께서 대통大統을 이으시매 천하가 다 우러러 바라보면서 훌륭한 다스림을 기대했으나, 황제의 타고난 자질이 경박하여 황제로서의 위의威儀를 삼가 지키지 못하고 상중喪中에 몸가짐을 태만히 함으로써 그 부덕不德함이 이미 드러나서 보위寶位를 크게 욕되게 하였도다. 황태후의 가르침 또한 국모로서의 위의가 없어서 어린 황제를 교화하지 못하고 국정을 통합함에 어지럽기 그지없었도다. 영락永樂 태후께서 갑자기 붕어하시자 천하의 공론이 분분하니 삼강三綱의 도리와 천지의 기강紀綱에 빠진 바가 있지 않았는가?

진류왕陳留王 협協은 성덕聖德이 크고 장하시어 법도가 숙연하시고, 상중에 몸가짐이 애척哀戚하시며, 말씀에 옳지 않은 바 없으시고, 그 아름다운 소문은 천하가 다 들어서 아는 바인지라 마땅히 황제의 홍업洪業을 이어받아 만세의 대통을 계승하실 분이로다. 이에 지금의 황제를 폐하여 홍농왕弘農王으로 삼고 황태후로 하여금 국가 정사를 반환(還政)하도록 할 것이다. 이제 진류왕을 받들어 황제로 모시고 하늘의 뜻에 순응하고 민의民意에 따라서 만백성의 바라는 바를 이루어주려 하는 바이다."

〖 3 〗 이유가 책문을 다 읽고 나자 동탁이 큰소리로 좌우에 지시하여 황제를 전각 아래로 끌어내리고 옥새玉璽의 인수印綬를 풀도록 한 후 북쪽을 향해 무릎을 꿇고 스스로 신하라 부르면서 명령을 듣도록 했다. 또한 태후를 불러서 조복朝服을 벗게 한 다음 황제의 칙명을 기다리도록 하니, 황제와 황태후 모두 통곡을 했다. 모든 신하들은 이 광경을 보고 마음속으로 비참하게 여기지 않는 자가 없었다.

그때 계단 아래 있던 한 대신이 격분을 못 이겨 큰소리로 외쳤다:

"이 역적 동탁아, 어디 감히 하늘을 속이려고 하는 거냐! 내 마땅히 내 목의 피를 네게 뿌릴 것이다!"

그리고는 손에 들고 있던 상아 패쪽(象簡)을 휘둘러서 곧바로 동탁을 내리쳤다. 동탁이 크게 화를 내며 무사들에게 그를 잡아 끌어내라고 지시했는데, 그는 곧 상서尙書 정관丁管이었다. 동탁은 그를 끌고 나가 목을 베라고 명했다. 그러나 정관의 입에서는 욕설이 그치지 않았으며, 죽기 직전까지 얼굴색 하나 변하지 않았다. (*이럴 때 어찌 이런 사람이 하나도 없을 수 있겠는가?)

후세 사람이 시를 지어 이를 탄식하였으니:

역적 동탁이 속으로 황제 폐립 도모하자	董賊潛懷廢立圖
한나라 종사 구릉 위의 폐허로 변했네.	漢家宗社委邱墟
만조 대신들 전부 입 다물고 있을 때	滿朝臣宰皆囊括
장부는 오직 정공丁公 하나뿐이었도다.	惟有丁公是丈夫

〖 4 〗 동탁은 진류왕에게 전상殿上에 오르도록 청했다. 문무백관들의 조하朝賀를 마치자 동탁은 하何 태후와 홍농왕 및 황후 당씨(唐氏: 당비)를 영안궁永安宮으로 부축해 가서 그곳에서 한가하게 지내도록 하고 궁문을 봉쇄한 다음 모든 신하들의 무단출입을 엄금했다. (*옛날 환제와 영제는 당인黨人들을 가두었는데, 지금은 동탁이 천자를 가두고 있다.) 가여운 어린 황제는 4월에 즉위하여 9월에 쫓겨나고 말았다.

동탁이 황제로 세운 진류왕 협協의 별명은 백화伯和로서 영제靈帝의 둘째 아들 곧 헌제獻帝인데, 이때 그의 나이 겨우 아홉 살이었다. 헌제 즉위 후 연호를 고쳐서 초평(初平: 서기 190년)이라고 했다.

동탁은 상국相國이 되어 황제에게 인사를 할 때 그 이름을 부르지 않았고, 조회에 들어갈 때에도 총총걸음을 걷지 않아도 되었으며, 칼을 차고 신발을 신은 채 황제가 앉아 있는 전상殿上에 올라갈 수 있었으니, 그 권세와 위풍은 비할 데가 없었다.

이유는 동탁에게 명망 있는 인사들을 발탁해 씀으로써 인망人望을 거두라고 권하면서 (*종래에도 권신權臣들은 대부분 이렇게 했다.) 먼저 채옹蔡邕을 천거했다. 동탁은 곧 그를 불러들이도록 했으나 채옹은 부름에 응하지 않았다.

동탁이 화를 내며 사람을 시켜서 채옹에게 말을 전하도록 했다: "만약 오지 않는다면 네 집안을 몰살시키고 말 것이다."(*현자賢者를 구하는 방법 치고는 너무 가혹하다.)

채옹은 겁이 나서 부득이 부름에 응해 갔다. 동탁은 그를 만나보고 크게 기뻐했다. 그리고 한 달 사이에 그의 벼슬을 세 번이나 올려 시중侍中 벼슬을 제수하고 매우 친하고 후하게 대우했다.

〖 5 〗 한편 어린 황제와 하 태후, 황후 당비唐妃는 함께 영안궁 안에 갇혀 있었는데 의복과 음식이 점점 부족해 갔다. 어린 황제는 눈물이 마를 날이 없었다. 하루는 우연히 궁전 뜰에 한 쌍의 제비가 날아다니는 것을 보고 시 한 수를 읊었다. 그 시는 이러했다:

땅엔 푸른 새싹 위로 안개 어리고	嫩草綠凝烟
하늘엔 제비 한 쌍 훨훨 날아다니네.	裊裊雙飛燕
저 멀리 낙수 물은 푸른 띠처럼 뻗어 있고	洛水一條靑
논밭 사이 길로 오가는 사람들, 부럽구나.	陌上人稱羨
저 멀리 푸른 구름 속 깊숙이 보이는 게	遠望碧雲深
바로 내가 옛날 살던 궁전이구나.	是吾舊宮殿
그 누가 충성과 의리 내세워서	何人仗忠義
내 마음 속 원한을 풀어줄 텐가.	洩我心中怨

〖 6 〗 동탁은 항상 사람을 시켜서 어린 황제 등의 동정을 살피도록

했는데, 이날 마침 이 시를 구해다가 동탁에게 바쳤다.

동탁曰: "나를 원망하면서 이 시를 지었으니 이제 죽일 명분이 생겼다."

그리고는 즉시 이유에게 무사 10명을 데리고 영안궁으로 들어가서 어린 황제를 죽이라고 명했다. 이때 황제는 마침 태후와 당비와 함께 누각 위에 있었는데, 궁녀가 와서 보고하기를 이유李儒가 왔다고 하자 황제는 크게 놀랐다. 이유가 들어와서 황제에게 독주를 바치자 황제는 무슨 일이냐고 물었다.

이유曰: "봄날이 화창하기로 (*이때는 제비가 쌍을 지어 정원에서 날아다니는 시절이었다.) 동董 상국相國께서 특별히 올리시는, 장수하시기를 비는 수주壽酒입니다."

태후曰: "수주라고 했는데, 그렇다면 자네가 먼저 마셔 보도록 하라!"

이유가 화를 내며 말했다: "너는 마시지 않겠다는 거냐?"

그리고는 좌우 사람들을 불러서 단도와 흰 헝겊을 앞으로 가져오라고 하면서 말했다: "수주를 마시지 않겠다면 이 두 가지 물건은 받을 수 있겠지."

당비가 무릎을 꿇고 사정했다: "첩이 황제 폐하를 대신해서 이 술을 마시겠으니 공께선 제발 두 모자분의 목숨만은 보전토록 해주시오."
(*조정에 가득한 문무 관료들은 이 한 여자만도 못하다.)

이유가 꾸짖으며 말했다: "네가 누구라고 왕을 대신하여 죽겠다는 거냐?"

그리고는 술을 들어 하 태후에게 주면서 말했다: "네가 먼저 마셔라."

태후는 큰소리로 욕을 했다: "하진何進 이 바보멍청이 같은 자식! 네가 도적놈들을 서울로 끌어들이는 바람에 오늘 같은 화禍가 닥친 것이다."(*이때 와서야 비로소 하진이 일을 그르친 것을 깨달았으나, 자신이 동董 태후와 왕미인王美人을 죽였던 일은 생각지 못하고 있다.)

이유가 어린 황제에게 빨리 마시라고 몰아치자, 황제가 말했다: "어마마마께 작별인사나 할 수 있게 해 주게."

그리고는 대성통곡을 하면서 노래를 지었다. 그 노랫말에 이르기를:

하늘과 땅 바뀌자 해와 달도 뒤집어져　　　　天地易兮日月翻
황제 자리 버리고 울타리 신하로 물러났네.　　棄萬乘兮退守藩
신하에게 핍박당하니 목숨 오래 못 갈 터　　　爲臣逼兮命不久
대세 지나갔으니 눈물 흘린들 무슨 소용이랴.　大勢去兮空淚潸

당비唐妃 또한 노래를 지어 읊었다:

하늘이 무너지려 하니 땅이 먼저 꺼지고　　　皇天將崩兮后土頹
황후가 되었으나 끝내 못 모심이 한이로다.　　身爲帝姬兮恨不隨
생사의 길 서로 달라 여기서 헤어지려니　　　生死異路兮從此別
어이하랴 이 외로움을, 마음이 슬프도다.　　　奈何煢速兮心中悲

〖 7 〗 노래가 끝나자 서로 안고 통곡했다. 이유가 꾸짖으며 말했다: "상국께서는 회보回報를 기다리고 계시는데 너희는 이렇듯 시간만 끌고 있으니, 누가 구해주기라도 바라는 것이냐?"

태후가 큰소리로 욕을 했다: "동탁 이 역적놈이 우리 모자를 핍박하는데, 황천皇天께선 결코 그놈을 도와주시지 않을 게다. 네놈들은 악한 자를 돕고 있으니 반드시 멸족지화를 당하게 될 것이다."

이유는 크게 화를 내며 두 손으로 태후를 잡아당겨 곧바로 누각 아래로 집어던졌다. 그리고는 무사들에게 당비를 목매 죽이고 또 독주를 어린 황제의 입에 들이부어 죽이라고 지시했다. (*처참하기 그지없다. 이유의 죄는 동탁보다 더 심하다.) 그리고는 돌아가서 동탁에게 보고하자, 동탁은 그들을 성 밖으로 내어가서 장사지내라고 명했다. 그후부터 동탁은 매일 밤 궁중에 들어가서 궁녀들을 간음하고 밤에는 용상龍床에서 잠을 잤다. (*이는 곧 강도들이나 하는 짓으로 참으로 꼴사나운 모양새다.)

동탁이 한번은 군사를 이끌고 성 밖으로 나가서 양성陽城 지방으로 갔는데 때는 마침 2월이어서 촌민들은 당굿(社賽) 판을 벌이고 있었고, 그 마을의 남녀들이 다 모여 있었다. 동탁은 군사들에게 명하여 그들을 사면으로 둘러싸서 모조리 죽이도록 한 후, 부녀자들과 재물을 약탈해서 수레에 싣고, 죽인 사람의 머리 1천여 개를 수레 아래에 매달았다. 그리고 수레들을 길게 연달아 도성으로 돌아오면서 큰소리로 도적떼를 쳐서 크게 이기고 돌아오는 길이라고 떠벌렸다. 성문 아래에 이르러서 죽인 사람들의 머리를 불태우고 부녀자와 재물은 군사들에게 나누어 주었다. (*말세의 관군이나 포도청 관리들은 왕왕 이런 짓을 하는데, 위풍당당한 재상 역시 이런 짓을 하는가?)

〖 8 〗 월기교위越騎校尉 오부伍孚는 자字가 덕유德瑜인데, 그는 동탁이 이처럼 잔인하고 포악한 짓을 하는 것을 보고 분개하면서 마음이 편치 않았다. 그는 늘 조복朝服 속에 작은 갑옷을 입고 품안에는 단도短刀를 감추고 동탁을 죽일 기회를 노리고 있었다.

하루는 동탁이 조회에 들어가는데 오부가 그를 맞이하여 전각 아래에 이르자 갑자기 단도를 빼서 곧바로 동탁을 찔렀다. (*장차 조조가 동탁을 찌르는 일을 이야기하기에 앞서 먼저 오부가 동탁을 찌르는 얘기로 그것을 이끌어내고 있다.) 그러나 동탁은 기운이 세서 두 손으로 그를 꽉 부여잡았다. 그때 마침 여포가 들어와서 오부를 잡아당겨 땅에 내동댕이쳤다.

동탁이 물었다: "누가 너에게 모반謀反을 하라고 시켰느냐?"

오부는 눈을 부릅뜨고 큰소리로 꾸짖었다: "너는 내 군주가 아니고

나는 네 신하가 아닌데 어찌 모반이라 하느냐? 너의 죄악이 하늘에 가
득 차서 모든 사람들이 너를 잡아 죽이기를 원하고 있다! 내 너를 수레
에 매달아 끌어서 사지를 찢어 죽여 천하에 고하지 못하는 것이 한이
다!"

　동탁은 크게 화가 나서 그를 끌고나가 심장을 도려내고 살을 발라내
서 죽이라고 명했다. 오부는 죽기까지 입으로 끊임없이 동탁을 욕했
다. 후세 사람이 시를 지어 그를 칭찬하여 말하기를:

한말漢末에 충신으로는 오부가 있었는데　　　　漢末忠臣說伍孚

충천하는 그 호기 세상에 다시 없었다.　　　　冲天豪氣世間無

조정에서 역적 죽이려던 그 이름 아직 전해져　　朝堂殺賊名猶在

만고에 길이길이 대장부라 칭한다네.　　　　　萬古堪稱大丈夫

　동탁은 이 일이 있은 뒤로 출입할 때면 항상 무장한 병사들을 데리
고 다니며 호위하도록 했다.

〖 9 〗이때 원소는 발해渤海에서 동탁이 권력을 제멋대로 휘두르고
있다는 말을 듣고 사람을 시켜서 밀서를 가지고 사도司徒 왕윤王允을
찾아가서 만나보도록 했다. 그 밀서의 내용은 대강 이러했다:

　"역적 동탁이 하늘을 속이고 주상을 폐하니 이는 사람으로서 차
마 입에 올릴 수도 없는 일입니다. 그런데도 공께서는 그자가 제멋
대로 날뛰도록 내버려두고 못 들은 척하시는데, 이 어찌 나라에 보
답하고 임금께 충성을 다하는 신하의 도리이겠습니까?

　저는 지금 군사를 모아 병사들을 훈련시켜서 왕실을 깨끗이 청
소하고자 하오나 감히 경솔하게 움직일 수가 없습니다. 공께서 혹
시 뜻이 계신다면 마땅히 이 기회를 이용하여 일을 도모하셔야 할
것입니다. 만약 저에게 시키실 일이 있으시다면, 저는 즉시 존명尊
命을 받들 것입니다."

왕윤은 밀서를 받은 후 이리저리 궁리해 보았으나 도무지 좋은 계책이 떠오르지 않았다.

하루는 궁중의 숙직실 안에 옛 신하들이 모두 모여 있는 것을 보고 왕윤이 말했다: "오늘은 이 늙은이의 생일이오. 저녁에 여러분께서 제 집으로 오셔서 같이 술이나 한 잔 드시기를 감히 청하는 바이오."

여러 관원들이 모두 말했다: "꼭 가서 축수祝壽 올리겠습니다."

그날 밤, 왕윤이 후당에다 연석宴席을 차려 놓고 기다리자 대신들이 모두 왔다. 술이 두어 순 배 돌았을 때 왕윤은 갑자기 손으로 낯을 가리고 큰소리로 울었다.

여러 관원들은 놀라서 물었다: "오늘은 왕 사도司徒의 생신날인데 무슨 이유로 이렇듯 슬피 우십니까?"

왕윤曰: "사실을 말씀드리자면, 오늘은 이 사람의 생일이 아니올시다. 여러분을 청해서 함께 회포를 풀어보고 싶었으나 혹시 동탁의 의심을 살까봐 겁이 나서 생일이라고 핑계를 댔던 것입니다. 동탁이 임금을 속이고 권세를 농락하는 바람에 사직은 잠시도 보존하기 어려운 형편에 있습니다. 생각해 보면, 고조 황제(高祖皇帝: 한 고조 유방)께서 진秦과 초楚나라를 쳐서 멸망시키고 천하를 얻으셨는데, 오늘에 이르러 동탁의 손에 망하게 될 줄이야 그 누가 생각이나 했겠습니까. 내가 운 것은 이 때문입니다."

그의 말을 듣고 여러 관원들도 모두 울었다. 그때 좌중의 한 사람이 혼자 손뼉을 치면서 큰소리로 웃으며 말했다: "조정에 가득한 공경 대신들이 밤낮 가리지 않고 하루 종일 운다고 해서 그 울음소리가 동탁을 죽이기라도 한답니까?"

왕윤이 보니 바로 효기교위驍騎校尉 조조曹操였다.

왕윤은 화를 내며 말했다: "자네 선조들 역시 한나라 조정의 녹을 먹었는데, 지금 자네는 나라에 보답할 생각은 하지 않고 도리어 웃기만 한단 말이냐?"

조조曰: "제가 다른 것 때문에 웃었던 게 아니라 여러 대감들께 동탁을 죽일 계책이 하나도 없는 것을 보고 웃었던 겁니다. 제가 비록 재주는 없으나 즉시 동탁의 머리를 베어다가 도성 문에 매달아 그의 죽음을 천하에 알리고자 합니다."

왕윤이 자리에서 일어나 물었다: "맹덕孟德은 어떤 고견을 가지고 계시는가?"

조조曰: "근자에 제가 몸을 굽혀 동탁을 섬기고 있는 것은 실은 기회를 엿보아 그를 죽이기 위해서입니다. 지금 동탁이 저를 꽤 신임하고 있으므로 저는 동탁에게 접근할 기회를 얻을 수 있습니다. 듣자니 사도 대감께서는 칠보도七寶刀를 한 자루 가지고 계신다던데, 그것을 제게 빌려주시면 그것을 가지고 상부相府로 들어가서 그를 찔러 죽이겠습니다. 그자만 죽일 수 있다면 저는 죽어도 여한이 없습니다."

왕윤曰: "맹덕이 정말로 그런 마음을 가지고 있다면 천하에 이보다 더한 다행은 없을 게야!"

그리고는 몸소 술을 따라서 조조에게 바치자, 조조는 술을 바닥에 뿌리면서 맹세를 했다. 왕윤은 곧바로 보도를 가져와서 그에게 주었다. 조조는 칼을 받아 몸에 감추고, 술을 다 마시고는 즉시 몸을 일으켜 여러 관원들에게 하직인사를 하고 떠나갔다. 여러 사람들은 잠시 동안 더 앉아 있다가 모두 헤어졌다.

〖 10 〗 다음날, 조조는 보도를 허리에 차고 상부로 가서 물었다: "승상께서는 어디에 계시는가?"

수행 하인이 대답했다: "작은 누각(小閣) 안에 계십니다."

조조가 곧장 들어가서 보니, 동탁은 평상 위에 앉아 있고 여포는 그 옆에 모시고 서 있었다.

동탁曰: "맹덕은 왜 이리 늦게 오는가?"

조조曰: "말이 야위어서 빨리 달리지 못합니다."

동탁이 여포를 돌아보고 말했다: "내게 서량西凉에서 보내온 좋은 말들이 있으니. 봉선이 직접 가서 그 중 한 마리를 골라서 맹덕에게 주거라."

여포가 명령을 받고 밖으로 나갔다. (*좋은 기회다.)

조조는 속으로 생각했다: '이 도적놈은 마땅히 죽어야 한다.' 그리고는 즉시 칼을 빼서 찌르려고 했으나 문득 동탁의 힘이 세다는 것에 생각이 미치자 겁이 나서 감히 경솔하게 행동할 수 없었다.

동탁은 몸이 비대하여 오래 앉아 있지 못하고 마침내 평상 위에서 얼굴을 벽 쪽으로 돌리고 드러누웠다.

조조는 또 속으로 생각했다: '이 역적놈을 이제는 끝장내야만 해!' 그리하여 급히 보도를 뽑아 손에 들고 막 찌르려고 할 때 뜻밖에 동탁이 고개를 들고 벽에 걸린 거울(衣鏡) 속을 보는데, 거울 속에서 조조가 등 뒤에서 칼을 빼어드는 모습을 보고는 급히 몸을 돌리며 물었다: "맹덕은 지금 뭘 하고 있는가?"

이때 여포는 이미 말을 끌고 소각 밖에 와 있었다. 조조는 당황해서 곧바로 칼을 손에 들고 꿇어앉아 말했다: "제게 보도 한 자루가 있어서 은상恩相께 바치려고 하던 중입니다."(*훌륭한 임기응변을 보면 확실히 간웅이다. 말을 하사받고 보도를 바치는 것은 훌륭한 수작酬酢이다. 그러나 동탁을 찌르는 데 왜 꼭 보도가 필요한가? 그가 보도를 빌려달라고 청했던 것은 이런 상황을 미리 생각했던 것이다. 보도를 바치는 행동은 조조가 미리 생각해둔 것이 아니라고 할 수가 없다.)

동탁이 그것을 받아서 보니, 칼의 길이는 한 자 남짓하고 칼자루에는 칠보七寶가 박혀 있고 칼날은 매우 날카로웠는데, 과연 보도가 틀림없었다. 동탁은 그것을 곧바로 여포에게 건네주면서 잘 간수하라고 했다. 조조는 허리에서 칼집을 끌러 여포에게 주었다. (*먼저 칼을 뽑고 나중에 칼집을 푼 것은 명명백백히 찌르려는 것이었다. 그러나 동탁은 바보명청이여서 그것을 알아채지 못했다.)

동탁은 조조를 이끌고 소각 밖으로 나가서 말을 보여주었다.

조조는 고맙다고 인사하면서 말했다: "시험 삼아 한 번 타보고 싶습니다."

동탁은 이에 말안장과 말고삐를 주라고 지시했다. 조조는 말을 끌고 상부相府에서 나와서는 말에 채찍질을 가하여 동남쪽을 향해 달려 나갔다.

여포가 동탁을 보고 말했다: "방금 전에 조조의 행동을 보니 꼭 자객질 하러 온 것 같았는데, 그만 들통이 나게 되자 칼을 바치려고 했다는 핑계를 댄 것은 아닐까요?"(*결국 여포가 동탁보다는 좀 더 똑똑하다.)

동탁曰: "나 역시 그런 의심이 든다."(*이는 그저 입으로 하는 소리이다. 방금 전까지는 전혀 의심을 하지 않았었다.)

이런 얘기를 하고 있을 때 마침 이유가 왔다. (*이 사람이 좀 더 일찍 왔더라면 맹덕은 끝장이었다.) 동탁이 그에게 그 일을 말해 주었다.

이유曰: "조조는 서울에 처자식들이 없고 저 혼자 숙소에서 지내고 있습니다. 지금 사람을 보내서 오라고 불러서, 만약 그가 아무런 의심도 하지 않고 곧바로 온다면 이는 칼을 바친 것이고, 만약 이런저런 핑계를 대고 오지 않는다면 그것은 틀림없이 자객질 하려던 것이 분명하므로 곧바로 붙잡아다가 문초를 해야 합니다."

동탁이 그 말을 옳게 여기고 즉시 옥졸 네 명을 보내서 조조를 불러오도록 했다. 옥졸들이 간 지 한 참 지나서야 돌아와서 보고했다: "조조는 자기 숙소로 돌아간 적이 없고, 말을 타고 날아가듯이 달려 동문을 나갔는데, 문지기가 어디 가느냐고 묻자 조조가 말하기를, '승상께서 나를 긴급한 공무로 보내서 가는 길이다' 하고는 그대로 말을 달려

가버렸다고 합니다."

이유曰: "조조 이 역적놈이 제발이 저려서 도망친 것으로, 자객질 하려고 했던 것이 분명합니다."

동탁이 크게 화를 내며 말했다: "내가 그렇게 중용해 주었거늘 도리어 나를 해치려고 들어?"

이유曰: "이번 일에는 반드시 공모자들이 있을 겁니다. 조조 그놈만 붙잡으면 곧바로 알 수 있습니다."

동탁은 곧바로 조조의 용모파기容貌疤記를 작성하여 각처에 두루 문서를 돌려 조조를 잡아오라고 하면서, 그를 붙잡아서 바치는 자에게는 천금千金의 상賞에다 만호후萬戶侯 벼슬에 봉해줄 것이며, 그를 숨겨주는 자는 그와 같은 죄로 다스릴 것이라고 했다.

〖 11 〗 한편 조조는 성 밖으로 도망쳐 나가자 날아갈 듯이 말을 몰아 초군(譙郡: 안휘성 박현亳縣. 조조의 고향)으로 달아났다. 그러나 중모현(中牟縣: 하남성 중모현中牟縣 동쪽)을 지나가다가 그만 관문關門을 지키는 군사에게 붙잡혀 현령 앞으로 끌려갔다.

조조曰: "저는 객지를 떠돌아다니는 장사꾼으로, 성姓은 복성覆姓인 황보皇甫입니다."

현령은 조조를 뚫어져라 바라보며 한동안 생각에 잠겼다가 마침내 입을 열어 말했다: "내가 전에 낙양에서 벼슬자리를 구할 때 그대를 본 적이 있어서 그대가 조조인 줄 다 안다. 그런데 왜 이름을 감추려고 하는가? 일단 이 자를 감옥에 가두어 두어라. 내일 서울로 압송해 가서 포상을 청해야겠다."

그리고는 조조를 붙잡아온 관문 지키는 군사에게 술과 밥을 주어 돌려보냈다. 한밤중이 되었을 때 현령은 심복 하인을 불러서 남들 몰래 조조를 옥에서 끌어내서 곧바로 후원으로 데려오도록 해서는 꼬치꼬

치 캐물었다: "내가 듣기로는, 승상께서는 너를 야박하게 대하지 않았다던데, 왜 화禍를 자초하였는가?"

조조曰: "연작燕雀이 어찌 고니의 큰 뜻을 알겠는가!(燕雀安知鴻鵠志哉). 당신은 이미 나를 붙잡았으니 곧바로 서울로 압송해서 상이나 청할 것이지 왜 구태여 여러 말 묻는 것이오!"

현령은 좌우 사람들을 물리친 다음 조조에게 말했다: "그대는 나를 우습게보지 마시오. 나는 속된 관리가 아니오. 아직 제대로 된 주인을 만나지 못했을 따름이오."

조조曰: "우리 조상들은 대대로 한나라의 녹을 먹어 왔는데도 내가 만약 나라에 보답할 생각을 하지 않는다면 금수禽獸와 무엇이 다르겠소? 내가 몸을 굽혀 동탁을 섬겨왔던 것은 기회를 엿보아 그놈을 죽여 나라의 해를 제거하려고 했던 것이오. 이제 일이 실패하고 말았으니 이는 하늘의 뜻인 것 것소."

현령曰: "맹덕은 여기를 나가면 앞으로 어디로 갈 생각이오?"

조조曰: "고향으로 돌아가서 거짓 조서를 꾸며 천하의 제후들을 불러 모아 군사를 일으켜 함께 동탁을 치는 것이 내가 바라는 바이오."

현령은 그 말을 듣자 곧 직접 그의 결박을 풀어주고 그를 부축해서 상좌에 앉힌 다음 두 번 절을 하고 말했다: "공은 참으로 천하의 충의 지사忠義之士이시오!"

조조 역시 절을 하고 현령의 성과 이름을 물었다.

현령曰: "나의 성은 진陳, 이름은 궁宮, 자字는 공대公臺올시다. 나의 노모와 처자들은 모두 동군(東郡: 지금의 하남성 복양현濮陽縣 서남)에 있소. (*이곳에서 먼저 노모와 처자에 대해 말한 것과 한참 뒤에 가서(제19회) 백문루白門樓에서 하는 말이 서로 대응한다.) 지금 공의 충의忠義에 감동하여 관직을 버리고 공을 따라 떠나갈까 하오."(*조조를 구해줄 뿐만 아니라 다시 함께 따라 가겠다고 하니, 진궁이 조조에게 베푼 은혜는 두텁지 않다고 말할 수 없다.)

조조는 매우 기뻤다. 그날 밤 진궁은 여비를 마련하고 조조에게 갈아입을 옷을 주어 입힌 다음, 각기 등에 칼 한 자루씩 메고 말에 올라 조조의 고향을 향해 달아났다.

(이 부분에 대한 〈삼국지·위서魏書〉의 설명은 다음과 같다:

"조조가 관문을 빠져나와 중모현을 지나가다가 정장亭長의 의심을 사서 체포되어 현으로 보내졌다. 읍에 사는 어떤 사람이 그를 알아보고는 현령에게 청하여 풀려났다."

〈세어世語〉란 책에서는 말했다: "중모현에서 그는 도망자라는 의심을 받아 붙잡혀서 현의 감옥에 간히게 되었다. 그때 현에서는 이미 동탁이 보낸 체포 지시의 문서와 조조의 용모파기를 받았었는데, 현리들 중에 공조功曹만이 속으로 그가 조조임을 알아보고, 세상이 바야흐로 어지러워지려는 상황에서 천하의 영웅을 붙잡아서는 안 된다고 생각하여 현령에게 보고하여 석방시켜 주도록 했다.──역자)

〖 12 〗 길을 떠난 지 사흘째 되는 날, 성고(成皐: 하남성 형양현滎陽縣 사수진汜水鎭) 지방에 이르렀을 때에는 이미 해가 기울어가고 있었다. 조조는 채찍을 들어 숲이 우거진 곳을 가리키며 진궁에게 말했다: "이곳에 성은 여呂, 이름은 백사伯奢라고 하는 분이 계시는데, 그분은 나의 부친과 의형제를 맺은 사이라오. 그리 가서 집안 소식도 물어볼 겸 하룻밤 묵어가는 게 어떻겠소?"

진궁曰: "아주 좋습니다."

두 사람은 집 앞에 이르러 말에서 내려 들어가서 백사를 만나보았다.

백사曰: "내 듣기로, 조정에서는 각처로 두루 공문을 보내서 자네를 잡아들이려고 야단이라네. 그래서 자네 부친께선 이미 몸을 피해 진류

(陣留: 하남성 개봉시 동남 진류성陳留城)로 가셨다네. 그런데 자네는 어떻게 여기까지 올 수 있었나?"

조조가 지난 일들을 말하고 나서 말했다: "진陳 현령이 아니었더라면 저는 이미 뼈도 추리지 못했을(粉骨碎身) 겁니다."(*후일 백문루에서는 왜 이 한 마디 말을 기억하지 못했을까?)

백사가 진궁에게 절을 하고 말했다: "조카가 나리(使君)를 만나지 않았더라면 조씨曹氏 집안은 멸문당할 뻔했습니다. (*조씨는 다행히 멸문滅門당하지 않지만 당신 집안은 곧바로 멸문지화를 당하게 된다.)

나리께선 마음 푹 놓고 편히 앉아 쉬십시오. 오늘 밤은 허술하지만 여기 초가집에서 묵어가십시오."

말을 마치자 곧 몸을 일으켜 안으로 들어가더니 한참 후에야 도로 나와서 (*거동을 의심스럽게 묘사하고 있다.) 진궁에게 말했다: "이 늙은이 집에는 좋은 술이 없으므로 서촌西村에 가서 한 병 사 와야겠습니다."

말을 마치자 총총히 나귀에 올라타고 갔다. (*거동이 더욱 의심스럽다.)

조조와 진궁이 함께 한참 동안 앉아 있는데 갑자기 집 뒤에서 칼을 가는 소리가 들렸다.

조조曰: "여백사는 나의 친부親父가 아니오. (*앞의 결의형제 구절과 대응한다.) 지금 집에서 나간 게 아무래도 의심스러우니 몰래 동정을 살펴봐야겠소."

두 사람은 살며시 걸어서 초당 뒤로 들어갔는데, 그때 누군가가 말하는 소리가 들렸다: "묶어놓고 죽이는 게 어떨까?"

조조曰: "그래! 지금 만약 우리가 먼저 손을 쓰지 않으면 틀림없이 붙잡히고 말 거야."

조조는 곧바로 진궁과 함께 칼을 빼어들고 들어가서 남녀를 불문하고 닥치는 대로 베어 그 집 식구 여덟 명을 모조리 죽여 버렸다. 그리고는 여기저기 수색하다가 부엌에 들어갔더니 죽이려고 묶어놓은 돼지 한 마리가 보였다.

진궁日: "맹덕이 의심이 많아서 좋은 사람들을 잘못 죽이고 말았구나!"

두 사람은 급히 그 집을 빠져나와 말을 타고 갔다. 그들이 채 두 마장(里)도 못 갔을 때 저편에서 백사가 나귀 안장의 앞턱에 술 두 병을 매달고 손에는 과일과 채소를 들고 오는 것이 보였다. (*한 폭의 그림 같다.)

백사가 외쳤다: "조카님과 나리께서는 왜 곧바로 떠나려 하십니까?"

조조日: "죄인의 처지여서 감히 오래 머물 수가 없습니다."

백사日: "내 이미 식구들에게 돼지 한 마리를 잡아 놓으라고 일러두었소. (*방금 전에 안으로 들어가서 한참 동안 있었던 것은 바로 이 일을 시켜놓기 위해서였다.) 조카님과 나리께서는 하룻밤 주무시고 가는 게 뭐가 싫습니까? 어서 말을 돌리세요."

조조는 돌아보지도 않고 말에 채찍질을 하여 곧바로 앞으로 달려 나갔다. 그러나 몇 걸음 가지 않아 갑자기 칼을 빼어들고 돌아와서 백사를 보고 크게 외쳤다: "저기 오는 사람은 누구지요?"

백사가 고개를 돌려 그쪽을 바라보자 조조는 칼을 휘둘러 백사를 찍어 나귀 아래로 떨어뜨렸다.

진궁이 크게 놀라서 말했다: "방금 전에는 모르고 그랬다지만, 지금은 도대체 무슨 짓이오?"

조조日: "백사가 집에 도착해서 우리가 많은 사람들을 죽인 것을 알게 되면 어찌 가만히 있겠소. 만약 많은 사람들을 데리고 우리를 쫓아온다면 우리는 틀림없이 화를 당하고 말 것이오."(*이렇게 생각하는 것은 조조로서는 틀린 것도 아니다.)

진궁曰: "알면서도 일부러 죽이는 것은 크게 옳지 못한 일이오."

조조曰: "차라리 내가 천하 사람들을 배반할지언정, 천하 사람들이 나를 배반하지는 못하게 할 것이오(寧敎我負天下人, 休敎天下人負我)."(*조조는 이전에는 뜻밖에도 좋은 사람 같았는데, 여기에 이르러 갑자기 간웅奸雄의 속마음을 드러내 보이고 있다. 이 두 마디 말은 첫 번째 개종명의(開宗明義: 글의 첫머리에 그 요지를 밝히는 것) 장章이다.)

진궁은 그만 입을 다물어버렸다.

그날 밤 몇 마장 더 가다가 환한 달빛 아래서 한 여인숙을 발견하고 문을 두드려 들어가서 투숙했다. 말을 배불리 먹이고 나서 조조가 먼저 잠이 들었다. 진궁은 혼자 이런 생각 저런 생각에 깊이 잠겼다:

'나는 조조를 좋은 사람으로 생각하고 관직까지 버리고 그를 따라왔는데, 알고 보니 이자는 악독한 자로구나. 지금 살려두었다가는 반드시 후환이 될 것이다.'

그는 곧바로 칼을 빼어들고 조조를 죽이려고 했다. 이야말로:

심보가 악독하면 좋은 인사 아니지　　　設心狠毒非良士
조조와 동탁은 알고 보니 같은 인간.　　操卓原來一路人

끝내 조조의 목숨은 어찌될 것인가? 일단 다음 회를 읽어보라.

제 4 회 모종강 서시평序始評

(1). 한 고조의 황후 여후呂后가 척희戚姬를 참혹하게 죽이자 그 아들 혜제惠帝에게 아들이 없었으며, 하후何后가 왕미인王美人을 독살하자 어린 황제가 제 명에 죽지 못했다. 이 어찌 하늘의 뜻이 아니겠는가! 게다가 또 먼저는 하진이 동후董后를 시해했고 후에는 동

탁이 하후何后를 시해했으니, 이로써 천도天道는 순환한다는 것을 더욱 믿을 수 있다.

(2). 정관丁管과 오부伍孚가 떨쳐 일어날 때에는 제 몸을 돌보지 않았다. 만약 두 사람이 조조의 처지에 있었다면 틀림없이 보도寶刀를 바치는 따위의 일은 하지 않았을 것이다. 조조는 남을 죽이려 하면서도 반드시 먼저 자기 몸부터 보전하였다. 정관과 오부가 조조에 미치지 못한 것은 슬기(智)였고, 조조가 정관과 오부에 미치지 못한 것은 충(忠)이었다.

만약 그날 현령이 조조를 석방하지 않았거나 백사伯奢가 과연 관아에 가서 신고함으로써 조조가 동탁에게 죽임을 당했더라면, 어찌 천하 후세 사람들이 한말漢末의 충신으로는 조조보다 더 뛰어난 자가 없었다고 생각하지 않겠는가! 서한을 찬탈한 왕망王莽은 평소 아랫사람들에게 겸손하고 공경스런 태도를 지녔는데, 그래서 후세 사람이 시를 지어서 "만약 그때 왕망의 몸이 먼저 죽었더라면 그 일생의 참됨과 거짓(眞僞)을 누가 알았겠는가!"라고 탄식했던 것이다. 사람이란 본래 알기 어렵고, 남을 아는 일 역시 쉽지 않다(人固不易知, 知人亦不易).

(3). 조조가 백사伯奢 일가 사람들을 죽인 것은 실수였으므로 양해해줄 수도 있다. 그러나 백사까지 죽이는 데 이르러서는 그 악독함이 극에 달했다. 그래놓고서는 다시 "차라리 내가 남을 배반할지언정, 남이 나를 배반하지는 못하도록 하겠다(寧使我負人, 休敎人負我)."고까지 말하는데, 독자들은 이에 이르러서는 그를 나무라고 욕하면서 그를 죽이려고 하지 않을 사람이 없을 것이다. 그러나 이 점이야말로 조조가 남들보다 뛰어난 점이라는 사실은 알지 못한다.

시험 삼아 천하 사람들에게 물어보라. 이런 마음을 가지고 있지 않은 자가 누구인가? 그리고 감히 입을 열어 이런 말을 할 수 있는 자가 누구인가? 도덕과 학문(道學)을 강의하는 사람들은 일단 이 말을 뒤집어서 "차라리 남이 나를 배반하게 할지언정, 내가 남을 배반하지는 말아야 한다(寧使人負我, 休敎我負人)."고 말한다. 그러나 그 말은 듣기에는 나쁘지 않겠지만, 그들이 하는 행동을 자세히 살펴보면 반대로 하는 일 하나하나가 모두 조조의 이 두 마디 말을 몰래 배우고 있다. 그러므로 조조는 말과 마음이 일치한 소인(心口如一之小人)이었다고 할 수 있지만, 이런 무리들은 입은 옳아도 마음이 글러서(口是心非), 그 말과 행동이 직설적이고 통쾌한 조조보다 도리어 못하다. 그래서 나는 말한다: "이것이 오히려 조조가 남들보다 뛰어난 점이다."

제5회

조조, 거짓조서 띄워 제후들 호응하고
세 영웅, 호뢰관의 군사 깨뜨리고 여포와 싸우다

〖 1 〗 한편 진궁陳宮은 막 칼을 내리쳐서 조조를 죽이려 하다가 갑자기 마음을 바꾸며 말했다: '나는 나라를 위해 이 자를 따라 여기까지 왔다. 그런데 이제 내 손으로 이 자를 죽인다면 이는 의롭지 못한 일이다. 그냥 내버려두고 다른 데로 가는 것만 못하다.'

그는 칼을 도로 칼집에 꽂고 말에 올라 날이 밝기를 기다리지 않고 혼자 동군東郡으로 떠나갔다. (*진궁이 조조를 따라가지 않은 것은 그가 사람을 알아보는 능력(知人)이 있었다고 할 수 있다. 그러나 후에 도리어 여포를 따른 것은 오히려 사람을 알아보는 능력이 있었다고 할 수 없다.)

조조가 잠을 깨어보니 진궁이 보이지 않았다. 그는 속으로 곰곰이 생각했다: '이 사람은 내가 어제 그런 말을 하는 것을 보고 나를 잔인한 사람으로 의심하여 (*조조는 스스로 잔인한 사람이라고 생각하였으니,

자기 자신을 아는 명석함(自知之明)이 있다고 하겠다.) 나를 버려두고 혼자 떠나가 버린 것이다. 그러면 나도 빨리 가야지, 오래 지체하고 있어선 안 되지.'

조조는 곧바로 그곳을 떠나 밤을 새워가며 진류(陳留: 하남성 개봉시 동남 진류성陳留城)로 가서 부친을 찾아가서 만나보고 지난 일을 자세히 이야기한 후, 가산家産을 이용해서 의병義兵을 모집하려고 했다.

그의 부친이 말했다: "군자금軍資金이 적어서는 일을 성공시키기 어렵다. 이곳에 효렴孝廉 위홍衛弘이란 이가 있는데 재물을 가벼이 여기고 의義를 중히 여기는 사람으로, 그의 집은 큰 부자이다. 만약 이 사람의 도움만 받을 수 있다면 대사를 도모해볼 수 있을 것이다."

조조는 술과 연석筵席을 준비해 놓고 위홍을 집으로 초청해서 말했다: "지금 한나라 황실에는 주인이 없어서 동탁이 제멋대로 권력을 휘두르며 주상을 속이고 백성을 해치고 있으므로 천하 사람들은 모두 통분하여 이를 부득부득 갈고 있는 실정입니다. 저는 힘을 다해 나라를 바로잡아 보고 싶으나 힘이 부족한 게 한입니다. 공께서는 충의지사忠義之士이시므로 제가 감히 도움을 청하는 바입니다."

위홍曰: "나 역시 그런 마음을 가진 지 오래 되었지만, 영웅을 만나지 못하는 게 한이었소. 기왕에 맹덕께서 그처럼 큰 뜻을 품고 계시다고 하니, 우리 집 재산을 가지고 도와드리고자 합니다."

조조는 크게 기뻤다. 그래서 우선 거짓 조서를 꾸며 가지고 급히 각지로 사람을 보내서 알리도록 한 다음, 의병을 불러 모았다. 병사를 불러 모으는 표시로 흰 기 하나를 높이 세웠는데, 그 위에는 "충의忠義"라는 두 글자가 쓰여 있었다. (*옛날부터 진정한 간웅奸雄들이 봉기할 때에는 반드시 이 "충의"라는 두 글자를 빌렸었다.) 그로부터 며칠 되지 않아 지원해 오는 병사들이 마치 비가 쏟아지듯 모여들었다.

〖 2 〗 하루는 양평陽平 위국(衛國: 하남성 청풍현淸豊縣) 사람으로 성姓은 악樂, 이름은 진進, 자字를 문겸文謙이라고 하는 자가 조조를 찾아왔다. 그리고 또 산양山陽 거야(鉅野: 산동성 거야현) 사람으로 성은 이李, 이름은 전典, 자를 만성曼成이라고 하는 자도 조조를 찾아왔다. 조조는 이들을 모두 막료幕僚로 삼았다.

그리고 또 하루는 패국沛國 초군(譙郡: 안휘성 박현亳縣) 사람 하후돈夏侯惇이 찾아왔는데, 그의 자字는 원양元讓으로 하후영夏侯嬰의 후손이다. 그는 어려서부터 창봉槍棒을 배웠다. 나이 14살 때, 스승에게 무예를 배우고 있었는데 어떤 사람이 자기 스승을 욕하자 하후돈은 그를 죽여 버리고 외지로 달아났다. 이번에 조조가 군사를 일으킨다는 소식을 듣고 같은 집안의 아우 하후연夏侯淵과 함께 각각 장사壯士 천 명씩 이끌고 찾아온 것이다.

이들 두 사람은 본래 조조와는 동족 형제간으로, 조조의 부친 조숭曹嵩은 본래 하후씨夏侯氏의 아들이었는데, 조씨 집안에 양자養子로 들어갔기 때문에 성이 조씨曹氏로 바뀐 것이다. 이런 사연이 있으므로 조조와는 본래 동족同族이 되는 것이다.

그로부터 또 며칠 지나지 않아 조씨曹氏 형제 조인曹仁과 조홍曹洪이 각기 병사 1천여 명을 이끌고 도우러 왔다. 조인의 자字는 자효子孝, 조홍의 자는 자렴子廉으로, 두 사람은 병마兵馬에 익숙하고 무예에 정통했다. 조조는 매우 기뻐하며 마을 안에서 군사들을 훈련시켰다.

위홍衛弘은 자기 집의 재산을 전부 내놓아 군사들이 입을 옷과 갑옷, 깃발 등을 마련했다. 이 소문을 듣고 사방에서 군량을 보내오는 자들도 그 수를 셀 수 없을 정도로 많았다.

〖 3 〗 이때 원소袁紹는 조조의 거짓 조서를 받고 곧바로 휘하의 문무文武 관리들을 모아 군사 3만 명을 이끌고 발해(渤海: 하북성 남피현南皮縣

동북)를 떠나 조조와 회맹會盟하러 갔다. 조조는 격문을 지어 여러 군郡에다 전했는데, 그 격문의 내용은 이러하다:

"조조 등은 삼가 대의大義로써 천하에 고하노라: 동탁은 하늘과 땅을 속이고, 나라를 멸망시키고 군주를 시해하였으며, 대궐 안을 더럽히고 어지럽히며, 백성들을 죽이고 해치는데, 탐학貪虐하고 잔인무도하여 그 죄악이 이르는 곳마다 가득하도다!

우리는 이제 천자의 비밀조서를 받들어 의병을 크게 모아 나라 안 전체를 깨끗이 청소하고 흉악한 역적의 무리들을 무찔러 없애 버리려고 한다. 바라건대, 모두들 의병을 일으켜 함께 공분公憤을 풀고, 왕실을 부축해 일으키고, 백성들을 도탄에서 구하도록 하라. 격문이 이르는 날, 속히 이를 받들어 행하도록 하라!"

조조가 띄운 격문이 도달한 후, 각 진鎭의 제후들은 모두 군사를 일으켜 그에 호응하였다.

제1진은 후장군後將軍 남양(南陽: 하남성 남양) 태수太守 원술袁術,

제2진은 기주(冀州: 하북성 임장臨漳 서남) 자사刺史 한복韓馥,

제3진은 예주(豫州: 안휘성 박현亳縣) 자사 공주孔伷,

제4진은 연주(兗州: 산동성 금향金鄕 서북) 자사 유대劉岱,

제5진은 하내군(河內郡: 하남성 무섭현武涉縣 서남) 태수 왕광王匡,

제6진은 진류(陳留: 하남성 개봉시開封市 동남) 태수 장막張邈,

제7진은 동군(東郡: 하남성 복양濮陽 서남) 태수 교모喬瑁,

제8진은 산양(山陽: 연주兗州에 속함. 산동성 금향金鄕 서북) 태수 원유袁遺,

제9진은 제북(濟北: 산동성 長淸 남) 상相 포신鮑信,

제10진은 북해(北海: 산동성 창락현昌樂縣 서) 태수 공융孔融,

제11진은 광릉(廣陵: 강소성 양주시揚州市) 태수 장초張超,

제12진은 서주(徐州: 산동성 담성현淡城縣) 자사 도겸陶謙,

제13진은 서량(西凉: 감숙성 무위武威) 태수 마등馬騰,

제14진은 북평(北平: 하북성 풍윤豊潤 남) 태수 공손찬公孫瓚,

제15진은 상당(上黨: 산서성 장치시長治市 북) 태수 장양張楊,

제16진은 오정후烏程侯 장사(長沙: 호남성 長沙) 태수 손견孫堅,

제17진은 기향후祁鄕侯·발해(渤海: 하북성 남피南皮 동북) 태수 원소袁紹.
여러 방면에서 온 군사들의 수가 제각각 달라서 3만 명을 이끌고 온
자도 있고 1~2만 명을 이끌고 온 자도 있었다. 그들은 각기 문관과
무장들을 거느리고 낙양洛陽으로 모여들었다.

〖 4 〗 한편 북평태수 공손찬公孫瓚은 정예병 1만 5천 명을 거느리고
덕주德州 평원현(平原縣: 산동성 평원현 서남. 동한 때 평원현은 덕주德州가 아니
라 청주靑州에 속했다.)을 지나가고 있었다. 그때 멀리 뽕나무들이 우거진
가운데서 황색 깃발 하나를 들고 말 탄 사람들 여러 명이 맞이하러 오
는 것이 보였다. 공손찬이 보니 바로 유현덕이었다. (*유현덕은 여러 제
후들의 반열에 들지 못하고 공손찬을 따라가려고 길에서 만난 것이다.)

공손찬이 물었다: "아우님이 무슨 일로 여기 계시는가?"

현덕曰: "전날에 형님께서 저를 평원현령平原縣令으로 천거해 주셨
는데, 이번에 대군이 이곳을 지나간다는 말을 듣고 일부러 인사드리려
왔습니다. 잠시 성 안으로 들어가서 쉬었다 가시지요."

공손찬은 관우와 장비를 가리키며 물었다: "이 사람들은 누구인
가?"

현덕曰: "관우와 장비라고 합니다. 제 결의형제들입니다."

공손찬曰: "그러면 아우님과 함께 황건적을 깨뜨렸던 사람들인
가?"

현덕曰: "예, 모두 이 둘의 힘입니다."

공손찬曰: "지금은 무슨 관직을 맡고 있는가?"

현덕이 대답했다: "관우는 마궁수馬弓手로 있고, 장비는 보궁수步弓手로 있습니다."

공손찬이 탄식하며 말했다: "이래서야 영웅들이 썩고 있다고 말할 수밖에! (*천고 이래로 영웅들은 왕왕 이러했다.) 지금 동탁이 나라를 어지럽히고 있어서 천하의 제후들이 다 같이 가서 그를 죽이려 하는데, 아우님도 그까짓 하찮은 관직일랑 버리고 나와 함께 역적을 토벌해서 한나라 왕실을 힘껏 떠받드는 게 어떻겠나?"

현덕曰: "네, 가고 싶습니다."

장비曰: "그때 내가 그 도적놈을 죽이려고 할 때 나를 말리지 않았더라면 오늘 같은 이런 일은 없을 텐데."

운장曰: "기왕에 일이 이렇게 되었으니 당장 채비를 해서 앞으로 갑시다."

현덕과 관우와 장비는 말 탄 군사 몇 명만 데리고 공손찬을 따라 갔다. 조조가 그들을 영접해 주었다. 여러 제후들 역시 잇달아 모두 도착해서 각자 영채를 세우니, 영채가 2백여 리나 연이어졌다.

〖 5 〗 조조는 이에 소와 말을 잡고 제후들을 전부 모아놓고 군사를 진격시킬 계책을 상의했다.

하내군 태수 왕광王匡이 말했다: "이제 우리가 대의를 받들려면 반드시 맹주盟主를 세우고 모든 사람들은 그의 지시를 들은 후에 진격해야 하오."

조조曰: "원본초(袁本初: 원소)는 4대에 걸쳐 삼공三公을 배출한 명문 집안 출신으로 그 문하에는 관리들도 매우 많소. 그는 한조漢朝의 유명한 재상(名相)의 후예이니 그를 맹주로 삼는 것이 좋겠소."

원소는 두세 번 사양했다.

여러 사람들이 다 말했다: "원본초가 아니면 안 되오."

원소는 비로소 승낙했다.

다음날, 삼층의 대壇를 쌓고 사방과 가운데에 다섯 가지 색깔의 깃발을 두루 꽂아놓고, 그 위에다 흰털 소의 꼬리를 단 깃발(白旄)과 누렇게 금칠을 한 큰 도끼(黃鉞)를 세우고, 병부兵符와 대장의 인수(將印)를 준비한 다음 원소에게 단壇 위로 오르도록 청했다. 원소는 옷을 단정히 하고 허리에 칼을 찬 채 성큼성큼 대 위로 올라가서 향불을 피우고 두 번 절을 한 후 맹세문을 낭독했다. 그 맹세문은 이러했다:

"한 황실이 불행하여 조정의 법도와 기강이 문란해졌도다. 역적 동탁이 이런 틈을 타서 제멋대로 해악을 끼쳐서 그 화가 마침내 지존至尊에까지 미치고 그 탐학으로 백성들은 도탄에 빠졌도다. 이에 원소 등은 사직이 무너질까봐 두려워서 의병을 규합하여 함께 국난國難을 구하려고 나섰도다. 무릇 우리들은 마음을 같이 하고 힘을 합하여 신하로서의 절의節義를 다하되 결코 다른 뜻을 품지 않기로 함께 맹세를 하였도다. 만약 이 맹세를 어기는 자가 있으면 그 자의 목숨은 끊어질 것이고 그 자손들까지 절멸絶滅될 것이다.

황천후토皇天后土와 조종祖宗의 밝으신 영혼(明靈)들이시어, 부디 굽어 살피소서!"

〖 6 〗 맹세문의 낭독을 마치고 제물로 잡은 짐승의 피를 마셨다. 여러 사람들은 맹세문의 언사가 매우 격앙된 것을 듣고 감동하여 모두들 눈물과 콧물을 줄줄 흘렸다.

원소가 맹세의 피를 돌아가며 마시는 의식을 끝내고 단壇에서 내려오자, 여러 제후들은 그를 부축하여 막사 안으로 들어가서 자리에 앉히고, 다른 사람들도 모두 벼슬과 나이에 따라서 두 줄로 나뉘어 자리에 앉았다.

조조가 술을 몇 순배 돌리고 나서 말했다: "우리가 오늘 이미 맹주를 세웠으므로 각자 그의 지휘를 받으면서 다 함께 나라를 바로잡아야 하고 누가 강하고 약한지는 따지지 말아야 할 것입니다."

　원소曰: "내가 비록 재주는 없으나 이미 여러분의 추대를 받아 맹주가 되었으므로, 앞으로 공로를 세우는 사람에게는 반드시 상을 내릴 것이고, 죄를 지은 사람에게는 반드시 벌을 내릴 것이오. 나라에는 정해진 법이 있고 군대에는 기율이 있으니 각자 이를 잘 준수하고 위반해서는 안 될 것이오."

　여러 사람들은 모두들 말했다: "명령대로 따르겠습니다."

　원소曰: "내 아우 원술袁術은 군량과 마초(糧草)를 총 감독하여 각 영채에 공급하도록 하되 떨어지지 않도록 하라. 그리고 다시 한 사람을 선봉으로 삼아서 곧장 사수관(汜水關: 하남성 형양현 사수진汜水鎭. 원래 이름은 호뢰관虎牢關인데 당대 이후에 개명했다.)으로 보내서 싸우도록 할 것이다. 그 나머지 사람들은 각각 요충지를 지키고 있으면서 싸움을 지원하도록 할 것이다."

　장사長沙 태수 손견孫堅이 앞으로 나서며 말했다: "제가 선봉이 되고자 합니다."

　원소曰: "문대(文臺: 손견의 자)는 용맹하니 이 소임을 감당할 수 있을 것이오."

　손견은 곧 휘하 군사들을 이끌고 사수관으로 달려갔다.

　관關을 지키던 장사將士들은 즉시 유성마(流星馬: 통신병)를 보내 낙양의 승상부丞相府로 달려가서 급변사태를 알리도록 했다.

〖 7 〗 동탁은 대권을 장악한 후 매일 술판을 벌여 술을 마셨다. 이때 이유李儒가 급변사태를 알리는 문서를 받아 곧장 들어가서 동탁에게 보고했다. 동탁은 크게 놀라서 급히 여러 장수들을 불러 모아 상의했다.

온후溫侯 여포呂布가 앞으로 썩 나서며 말했다: "부친께서는 걱정하지 마십시오. 호뢰관 밖의 제후들은 제가 보기에는 전부 지푸라기 같은 자들입니다. 호랑이처럼 용맹한 군사들을 데리고 나가서 저들의 머리를 모조리 베어다가 도성 문 위에 걸어놓겠습니다."

동탁은 크게 기뻐하며 말했다: "나에겐 봉선奉先이 있으니 베개를 높이 베고 아무 근심 없이 편히 쉴 수 있겠구나."

말이 채 끝나기도 전에 여포의 등 뒤에 있던 한 사람이 나오면서 언성을 높여 말했다: "닭을 잡는 데 어찌 소 잡는 칼을 쓰려 하십니까(割鷄焉用牛刀)? 온후께서 직접 가실 필요는 없습니다. 제가 가서 여러 제후들의 목을 베어오는 일은 마치 주머니속의 물건을 꺼내듯이(如探囊取物) 쉬운 일입니다!"

동탁이 그자를 보니, 키가 아홉 자(尺)나 되고 호랑이 같은 체구와 이리 같은 허리, 표범 같은 머리와 원숭이 같은 팔을 가지고 있었다. 그는 바로 관서(關西: 함곡관含谷關 혹은 동관潼關 서쪽 지구) 사람으로 성은 화華, 이름은 웅雄이었다. 동탁은 그의 말을 듣고 크게 기뻐하면서 그에게 효기교위驍騎校尉라는 벼슬을 주고 기병과 보병 5만 명을 떼어주어 이숙李肅·호진胡軫·조잠趙岑 등과 함께 밤을 새워 관關으로 달려가서 적을 맞도록 했다.

여러 제후들 가운데 제북상濟北相 포신鮑信이란 자가 있었다. 그는 손견이 선봉이 된 것을 알고는 그에게 첫 번째 공로를 빼앗길까봐 몰래 자기 아우 포충鮑忠에게 기병과 보병 3천 명을 거느리고 곧장 지름길로 해서 손견보다 먼저 사수관 아래로 가서 싸움을 걸게 했다.

화웅은 철기병 5백 명을 이끌고 관문 아래로 나는 듯이 말을 달려 내려와서 큰소리로 외쳤다: "적장은 도망가지 말라!"

포충은 급히 뒤로 물러나려고 하다가 화웅이 내려치는 칼에 베여 말 아래로 떨어졌다. (*먼저 포충의 죽음을 묘사함으로써 손견의 용맹을 돋보이게 하고 있다.) 사로잡힌 장교들도 매우 많았다. 화웅이 사람을 시켜서 승상부로 포충의 수급을 가져가서 승전보를 올리도록 하자, 동탁은 화웅의 벼슬을 올려주어 도독都督으로 삼았다.

〖8〗 한편 손견은 네 명의 장수들을 이끌고 곧바로 사수관氾水關 앞에 이르렀다. 그 네 명의 장수들이란 누구누구인가? — 그 첫째는 우북평右北平 토은(土垠: 지금의 하북성 풍윤현豊潤縣 동남) 사람으로 성은 정程, 이름은 보普, 자字를 덕모德謨라 하는 자로서 그가 사용하는 무기는 철척사모鐵脊蛇矛였다. 둘째 장수는 성은 황黃, 이름은 개蓋, 자를 공복公覆이라 하는 자로서 영릉(零陵: 하남성 영릉현) 사람으로 그가 사용하는 무기는 철편鐵鞭이었다. 셋째 장수는 성이 한韓, 이름은 당當, 자를 의공義公이라 하는 자로서 요서遼西 영지(令支: 하북성 천안현遷安縣 서쪽) 사람으로 사용하는 무기는 한 자루 큰 칼이었다. 넷째 장수는 성은 조祖, 이름은 무茂, 자를 대영大榮이라 하는 자로서 오군吳郡 부춘(富春: 절강성 동려현桐廬縣) 사람으로 그가 사용하는 무기는 쌍도雙刀였다.

손견은 몸에는 난은개(爛銀鎧: 은銀 조각을 이어서 만든 갑옷)를 입고, 머리에는 붉은 두건을 질끈 동여매고, 고정도古錠刀를 허리에 비껴 차고, 아름다운 갈기털을 가진 화종마花鬃馬를 타고서 관 위쪽을 가리키며 욕을 했다: "이 악당을 돕고 있는 못난 놈아! 왜 빨리 항복을 하지 않느냐!"

화웅의 부장副將 호진胡軫이 군사 5천 명을 이끌고 맞이해 싸우러 사수관氾水關에서 나왔다. 정보程普가 창을 꼬나들고 말을 날듯이 달려서 호진에게 곧바로 달려들었다. 서로 맞붙어 싸우기를 몇 합 되지 않아 정보가 호진의 목을 찔러서 말 아래로 떨어뜨려 죽였다.

손견이 군사를 지휘하여 관문 앞까지 쳐들어가자, 관 위에서 화살과 돌이 비 오듯 했다. 손견은 군사를 이끌고 양동梁東으로 돌아가서 주둔하고는 사람을 원소에게 보내서 승전보를 전하도록 하는 한편, 원술에게 군량을 빨리 보내달라고 재촉했다.

어떤 자가 원술에게 말했다: "손견은 강동(江東: 무호蕪湖 이하의 장강 남안南岸 지구)의 맹호猛虎입니다. 만약 그가 낙양洛陽을 쳐서 깨뜨리고 동탁을 죽인다면, 이야말로 '이리를 없애고 나니 범을 만난다(除狼而得虎)'는 격입니다. 지금 군량을 보내주지 않으면 그의 군사들은 반드시 패배할 것입니다."

원술은 그 말을 듣고 군량과 마초를 보내주지 않았다. 손견의 군사들은 먹을 것이 없어서 군중이 저절로 혼란에 빠졌다.

첩자가 이를 관 위로 보고하자, 이숙李肅이 화웅에게 계책을 말해 주었다: "오늘 밤 나는 일군一軍을 이끌고 작은 길로 관을 내려가서 손견의 영채 뒤를 습격할 테니, 장군은 앞채를 공격하시오. 그러면 손견을 사로잡을 수 있을 것이오."

화웅은 이숙의 계책에 따라서 군중에 명령을 전하여 군사들을 배불리 먹인 다음 (*바로 손견 군에 양식이 없는 것과 대조된다.) 밤을 타서 관을 내려갔다.

〖 9 〗 이날 밤 달은 밝고 바람은 맑고도 시원했다. 손견의 영채 앞에 도착했을 때에는 이미 밤이 깊었다. 화웅의 군사들은 북을 치고 고함을 지르며 그대로 나아갔다.

손견은 당황하여 급히 갑옷을 몸에 걸치고 말에 올랐는데, 마침 화웅과 마주쳤다. 두 마리 말이 서로 엇갈리면서 싸우기를 몇 합 되지도 않았을 때 영채 뒤로 이숙의 군사가 당도하여 군사들에게 영채에 불을 지르도록 했다. (*바람 부는 달빛 아래에서 불을 지르면, 바람은 불길이 활활 타오르도록 돕고 달빛은 환한 불빛을 도와서 특별히 맹렬해진다.)

손견의 군사들은 뿔뿔이 흩어져 달아났다. 손견 휘하의 여러 장수들은 각자 적을 맞아 혼전을 벌이고 있었는데, 조무祖茂 하나만이 손견을 바짝 따라붙어 같이 포위를 뚫고 달아났다. 등 뒤에서는 화웅이 쫓아왔다. 손견이 화살을 뽑아 연거푸 두 대를 쏘았으나 화웅이 몸을 틀어 피하는 바람에 하나도 맞추지 못했다. 손견이 다시 세 번째 화살을 쏘려고 할 때 너무 세게 힘을 주어 당기는 바람에 까치 그림이 새겨진 작화궁(鵲畵弓)이 그만 뚝 부러지고 말았다. 손견은 어쩔 수 없이 활을 버리고 말을 달려서 달아났다.

조무曰: "주공께서 쓰고 계신 머리 위의 붉은 두건(赤幘)이 목표물이 되어 적들이 장군을 알아보고 있습니다. 제가 쓸 테니 그 두건을 벗어 제게 주십시오."

손견은 곧바로 두건을 벗어서 조무의 투구와 바꾸어 쓰고 서로 길을 나눠서 달아났다. 화웅의 군사들은 오로지 붉은 두건을 쓴 사람만 바라보고 쫓아갔으므로, 손견은 이에 작은 길로 해서 달아날 수 있었다.

조무는 화웅에게 바짝 쫓겨서 달아나다가 어느 인가人家의 타다 남은 대청 기둥에다 붉은 두건을 걸어놓고 숲속으로 들어가 몸을 피했다. 화웅의 군사들은 달빛 아래에서 멀찍이 붉은 두건이 있는 것을 보고는 사면으로 에워쌌으나 감히 가까이 다가가지는 못하고 화살을 쏘아대다가 그것이 계략인 줄 알고 나서야 앞으로 나아가 붉은 두건을 집었다. 그때 조무가 숲속에서 뛰쳐나와 쌍도를 휘두르며 화웅을 베려고 했다. 그러나 화웅이 큰소리를 지르며 조무를 단칼에 베어 말 아래로 떨어뜨렸다. 날이 밝을 때까지 싸우고 나서야 화웅은 비로소 군사들을 이끌고 관 위로 올라갔다.

〖 10 〗 정보程普와 황개黃蓋, 한당韓當 등이 모두 찾아와서 손견을 만나보고 나서야 다시 군사들을 수습해서 주둔했다. 손견은 조무를 잃어버려서 끊임없이 애통해 하다가 그날 밤 원소에게 사람을 보내서 소식

을 알리도록 했다.

원소는 크게 놀라며 말했다: "손문대(孫文臺: 손견)가 화웅에게 패할 줄은 생각도 못했다."

그리고는 즉시 여러 제후들을 불러 모아 상의하려고 했다. 여러 사람들이 모두 왔으나 공손찬만 나중에 도착했다. 원소는 그들을 막사 안으로 들어오도록 청하여 열을 지어 앉았다.

원소曰: "전날 포鮑 장군의 아우가 나의 지휘를 따르지 않고 제멋대로 싸우러 나갔다가 자신도 목숨을 잃고 군사들도 허다하게 잃었소. 그런데 이번에 손문대도 화웅에게 패해서 군사들의 사기가 꺾여 버렸소. 이를 어찌하면 좋겠소?"(*원술이 군량을 대주지 않은 것은 말하지 않고 있는데, 이는 사사로운 정을 따르는 것이다.)

제후들은 모두 입을 다물고 아무 말도 하지 못했다. 원소가 눈을 들어 좌중을 두루 살펴보니 공손찬의 등 뒤에 세 사람이 서 있는 것이 보였다. 그들은 용모가 보통 사람들과는 달랐는데, 그들은 그곳에서 입가에 비웃음을 띠고 있었다.

원소가 물었다: "공손公孫 태수 뒤에 있는 사람들은 누구요?"

공손찬은 현덕을 불러서 앞으로 나오도록 하고는 말했다: "이 사람은 어렸을 때 나와 같이 동문수학同門修學한 형제로서, 평원현령 유비劉備입니다."

조조가 말했다: "혹시 황건적을 격파했다는 유현덕이 아닌가요?"

공손찬曰: "맞습니다."

그는 즉시 유현덕에게 좌중에 있는 사람들에게 인사를 올리도록 했다. 공손찬은 현덕의 공로와 그 출신에 대해서 자세히 설명해 주었다.

원소曰: "기왕에 한 황실의 종친이라고 하니, 자리를 잡고 앉도록 하시오."

그리고는 유비에게 앉으라고 했다. (*원소는 가세家勢만 중시하고 그가 세운 공훈功勳은 중시하지 않는데, 가소롭다.) 유비는 사양했다.

원소曰: "나는 그대의 명성이나 관작官爵을 존경하는 것이 아니라, 그대가 황실의 후예라는 것을 존경하는 것이다."

이에 현덕은 맨 끝자리에 가서 앉고 관우와 장비는 그 뒤에서 두 손을 마주잡고 모시고 서 있었다.

〖 11 〗 그때 갑자기 정탐꾼이 와서 보고하기를, 화웅이 철기병을 이끌고 관을 내려오는데 긴 장대 끝에다 손孫 태수의 붉은 두건을 매달고 영채 앞까지 와서 욕설을 퍼부으며 싸움을 걸고 있다는 것이었다.

원소曰: "누가 감히 나가서 싸우겠는가?"

원술의 등 뒤로부터 효장驍將 유섭兪涉이 돌아 나오며 말했다: "제가 나가보겠습니다."

원소는 기뻐하며 즉시 유섭에게 말을 타고 나가서 싸우라고 했다.

그가 나가자마자 즉시 보고가 들어왔다: "유섭은 화웅과 세 합合도 싸우지 못하고 화웅의 칼에 베여 죽었습니다."

여러 사람들은 크게 놀랐다.

그때 태수 한복韓馥이 말했다: "내 수하에 상장군上將軍 반봉潘鳳이 있는데, 그러면 화웅을 벨 수 있을 것이오."

원소는 급히 나가서 싸우라고 했다.

반봉은 손에 큰 도끼를 들고 말에 올라탔다. 그가 나간 지 얼마 되지 않아 전령이 와서 보고했다: "반봉도 화웅의 칼에 베여 죽었습니다."

모두 다 안색이 창백해졌다.

원소曰: "내 수하의 상장군 안량顔良과 문추文醜가 오지 않은 게 애석하군! 둘 중 하나만 여기 있어도 화웅 쯤이야 겁날 게 없는데!"(*이 몇 마디 말을 덧붙임으로써 운장의 화를 더욱 돋우고 있다.)

말이 끝나기도 전에 계단 아래에 있던 한 사람이 크게 소리치며 나

왔다: "소장小將이 나가서 화웅의 머리를 베어다가 막사 안에 갖다 바치겠습니다."(*더 이상 견딜 수 없었던 것이다.)

여러 사람들이 보니, 그의 키는 아홉 자(尺)나 되고, 수염의 길이가 두 자(尺)나 되며, 봉황의 붉은 눈, 즉 단봉안(丹鳳眼)에 잠자는 누에 모양의 눈썹, 즉 와잠미(臥蠶眉)를 하고, 얼굴은 잘 익은 대추처럼 검붉은 색(重棗)에, 목소리는 마치 큰 종이 울리는 것 같은(聲如巨鐘) 한 사람이 막사 앞에 서 있었다. 원소가 웬 사람이냐고 물어보았다. (*그는 곧 후일에 안량과 문추를 죽이게 되는 사람이다.)

공손찬曰: "이는 유현덕의 아우 관우關羽입니다."

원소는 현재 어떤 직책에 있는지 물어보았다.

공손찬曰: "유현덕을 따라다니는 마궁수馬弓手로 있습니다."

막사 안에 있던 원술袁術이 큰소리로 꾸짖었다: "너는 우리 여러 제후들에게 대장이 없다고 깔보는 것이냐? 일개 궁수弓手 따위가 어찌 감히 함부로 지껄이느냐. 저놈을 당장 끌어 내거라!"

조조가 급히 말리며 말했다: "공로(公路: 원술)께선 고정하십시오. 이 사람이 기왕에 큰소리를 치는 것을 보면 틀림없이 그만한 용맹과 지략(勇略)이 있을 것입니다. 시험 삼아 말을 타고 나가서 싸우도록 해보고, 만약 그가 이기지 못하면 그때 가서 책망하더라도 늦지 않을 것입니다."

원소曰: "일개 궁수 따위를 출전시켰다가는 틀림없이 화웅의 비웃음만 사게 될 것이오."(*원술과 원소는 참으로 난형난제難兄難弟이다.)

조조曰: "이 사람의 용모와 태도가 속되 보이지 않는데 화웅인들 그가 궁수인 줄 어찌 알겠습니까?"

관우曰: "만약 이기지 못하거든 내 머리를 자르시오."

조조는 따뜻한 술 한 잔을 관공에게 주어서 마신 다음 말에 오르도록 하라고 했다.

관우曰: "술은 일단 따라만 두시오. 내 갔다가 금방 돌아오겠소."

관우는 막사 밖으로 나가서 칼을 들고 몸을 날려 말에 올랐다.

잠시후 여러 제후들은 관 밖에서 북소리가 크게 울리고 함성 소리가 크게 나는 것을 들었는데, 마치 하늘이 무너지고 땅이 꺼지며 산악이 흔들리고 무너지는 것 같았다. 모두들 깜짝 놀라서 무슨 일인지 알아보려고 할 때 방울소리가 들리면서 운장이 탄 말이 진 안으로 들어왔다. 운장은 화웅의 머리를 들고 땅 위에 내던졌다. —— 그때까지도 술은 여전히 따뜻했다. 후세 사람이 이 일을 칭송하는 시를 지었으니:

천지를 뒤흔드는 으뜸가는 공 세우자	威鎭乾坤第一功
군문 안에서 북소리 둥둥 크게 울렸네.	轅門畵鼓響蓼蓼
운장이 술잔 내려놓고 용맹 떨치고 돌아오니	雲長停盞施英勇
술은 여전히 따뜻한데 화웅의 목만 잘렸도다.	酒尙溫時斬華雄

〖 12 〗 조조는 매우 기뻤다. 그때 갑자기 현덕의 등 뒤에서 장비가 뛰쳐나오며 큰소리로 외쳤다: "우리 형님이 화웅을 베었으니 당장 사수관으로 쳐들어가서 동탁을 사로잡지 않고 다시 어느 때를 기다리고 있단 말이오!"

원술이 크게 화를 내며 호통을 쳤다: "우리 대신들도 오히려 겸양하고 있는데 일개 현령의 수하 소졸小卒 따위가 어찌 감히 이런 자리에서 무위武威를 뽐낸단 말인가! 이놈을 막사 밖으로 쫓아 내거라!"(*원술은 속물인데 장비는 왜 이놈을 주먹으로 때려서 골로 보내지 않는단 말인가? 세상에 이런 속물들은 극히 많다. 이런 놈들은 하나하나 주먹으로 때려서 골로 보내버려야 한다.)

조조曰: "공을 세운 사람에게는 상을 주어야지, 어찌 신분의 귀천貴賤을 따진단 말이오!"

원술曰: "공들이 일개 현령만을 중히 여기는 이상, 나는 마땅히 물러가야만 하겠소."

조조曰: "어찌 말 한 마디 때문에 대사를 그르친단 말이오?"

조조는 공손찬에게 일단 현덕과 관우와 장비를 데리고 영채로 돌아가 있으라고 했다. 모든 관원들은 각자 흩어졌다.

조조는 몰래 사람을 시켜 소고기와 술을 가지고 가서 세 사람을 위로해 주도록 했다. (*조조는 필경 유능하고 좋은 사람이다.)

〚 13 〛 한편, 화웅 수하의 패잔병들이 사수관으로 보고하자 이숙은 황급히 문서를 써서 동탁에게 위급함을 알렸다. 동탁은 급히 이유와 여포 등을 불러 모아 상의했다.

이유曰: "지금 상장군 화웅을 잃어서 적의 형세가 몹시 드셉니다. 원소가 적의 맹주인데 그 숙부 원외袁隗는 현재 조정의 태부太傅로 있으므로, 만약 저들이 안팎으로 서로 호응한다면 크게 곤란해질 테니 먼저 원외부터 없애버려야 합니다. 그런 다음 승상께서 친히 대군을 거느리고 나가셔서 적들을 무찔러 사로잡도록 하십시오."

동탁은 그의 말을 옳게 여겨 이각李催과 곽사郭汜를 불러 군사 5백명을 데리고 가서 태부 원외의 집을 에워싸고 남녀노소를 불문하고 모조리 죽여 버린 다음 원외의 수급을 사수관으로 가져가서 관문 앞에 높이 매달라고 명했다. (*원소는 밖으로는 자기 동생도 제대로 다스리지 못했고, 안으로는 자기 숙부도 제대로 보호해주지 못했다. 그런 자가 맹주가 된들 무슨 유익함이 있겠는가?)

동탁은 마침내 군사 20만 명을 일으켜서 두 길로 나뉘어 나아갔는데, 한 길로는 먼저 이각과 곽사에게 군사 5만 명을 이끌고 가서 사수관汜水關을 지키되 싸우지는 말라고 명했다. 그리고 동탁 자신은 이유, 여포, 번조樊稠, 장제張濟 등과 함께 군사 15만 명을 데리고 사수관 곁에 있는 호뢰관虎牢關을 지키러 갔다. 이 호뢰관은 낙양에서 50리 떨어진 곳에 있었다. 군사들이 호뢰관에 당도하자 동탁은 여포에게 3만 대군을 거느리고 관 앞으로 가서 큰 영채를 세우도록 하고 동탁 자신은 관 위에서 주둔했다.

〖 14 〗 정탐꾼이 이 소식을 탐지하여 원소의 본채에 보고했다. 원소는 여러 사람들을 모아놓고 상의했다.

조조曰: "동탁이 군사를 호뢰관에 주둔시켜 놓고 우리 제후들의 진격로를 중간에서 차단하려고 하니 지금 군사 절반을 점검해서 적들을 맞아 싸우도록 하는 게 좋겠습니다."

원소는 이에 왕광王匡, 교모喬瑁, 포신, 원유袁遺, 공융, 장양張楊, 도겸陶謙, 공손찬 등 여덟 방면의 제후들을 나누어 호뢰관으로 가서 적을 맞아 싸우도록 하고, 조조에게는 군사를 이끌고 왔다 갔다 하면서 그들을 구원하고 지원하도록 했다. 여덟 방면의 제후들은 각자 군사들을 일으켜 갔다.

하내태수 왕광이 군사를 이끌고 맨 먼저 호뢰관에 이르렀다. 여포가 철갑기병 3천 명을 데리고 나는 듯이 달려와서 그와 대적했다. 왕광이 군사들을 벌려 세워 진을 친 다음 문기門旗 아래에서 말을 세우고 바라보니, 여포가 진 앞으로 나오는데 머리에는 세 개의 비녀를 교차시켜 머리를 묶은 자줏빛 금관(三叉束髮紫金冠)을 쓰고, 몸에는 서천산西川産 붉은 비단에 온갖 꽃무늬를 수놓은 전포(紅錦百花袍)를 걸치고, 짐승들이 서로 머리를 삼키고 있는 모습의 고리로 엮어진 갑옷(獸面吞頭連環鎧)을 입고, 허리에는 가죽에 사자와 만왕蠻王의 모양이 영롱하게 새겨진 띠(勒甲玲瓏獅蠻帶)를 띠고, 활과 화살을 몸에 지니고, 손에는 화극畵戟을 들고, 웅장하고 용맹하게 생긴 적토마赤兎馬 위에 앉아 있는데, 과연 '사람 중에는 여포요, 말 중에는 적토마(人中呂布, 馬中赤兎)'라는 말이 빈말이 아니었다. (*여포의 성세聲勢를 묘사함으로써 유비와 관우와 장비의 성세를 더욱 돋보이게 하고 있다.)

왕광이 고개를 돌려서 물었다: "누가 감히 싸우러 나가겠느냐?"

뒤에 있던 한 장수가 창을 꼬나들고 말을 달려 나갔다. 왕광이 보니 하내河內의 명장 방열方悅이었다. 두 말이 어우러져 싸웠는데 채 5합도 못 싸우고 방열은 여포가 찌르는 창에 찔려 말 아래로 떨어졌다.

그러자 여포는 다시 화극을 꼬나들고 말을 몰아 쳐들어왔다. 왕광의 군사들은 대패해서 사방으로 흩어져 달아났다. 여포는 좌충우돌左衝右突하며 마구 쳐댔는데 마치 무인지경無人之境에 들어가 있는 듯했다.

그때 마침 교모와 원유의 군사들이 전부 도착해서 왕광을 구해냈다. 여포는 그제야 물러갔다.

세 방면의 제후들은 각기 약간의 군사들을 잃어버리고는 30리를 물러나서 영채를 세웠다. 곧 이어 다섯 방면의 군사들도 모두 도착하여 한 곳에 모여 상의했는데, 다들 말하기를, 여포는 너무나 뛰어난 영웅이어서 그를 당해낼 사람이 없다고 했다. (*이때 원술은 왜 4대 동안 세 분의 공公을 배출한 훌륭한 가문, 즉 "사세삼공四世三公" 네 글자를 내세워서 여포를 물리치지 않았는가?)

한창 걱정하고 있을 때 하급 군관(小校)이 와서 보고했다: "여포가 다시 싸움을 걸어왔습니다."

여덟 방면의 제후들은 일제히 말에 올랐다. 군사들을 여덟 부대로 나누어 높은 언덕 위로 올라가서 포진했다. 멀리 바라보니 여포가 거느린 한 떼의 군사들이 수놓은 깃발을 휘날리면서 이쪽으로 쳐들어오고 있었다.

상당上黨태수 장양의 부장副將 목순穆順이 창을 꼬나들고 말을 달려 나가서 맞이해 싸웠으나 여포가 화극을 한 번 내려치자 그만 화극에 찔려서 말 아래로 떨어졌다. 모두들 크게 놀랐다.

북해태수 공융의 부장 무안국武安國이 철퇴를 손에 들고 나는 듯이 말을 달려 나갔다. 화극을 휘두르며 말에 박차를 가해 나와서 맞이하여 싸우기를 10여 합 만에 여포는 화극으로 무안국의 손목을 잘라버렸다. 그러자 무안국은 철퇴를 땅에 버리고 도망쳤다. 여덟 방면의 군사들이 일제히 나가서 무안국을 구해 왔다.

여포는 물러나서 돌아갔다.

모든 제후들은 영채로 돌아와서 상의했다.

조조曰: "여포는 너무나 용맹해서 당해낼 사람이 없으니, 열여덟 방면의 제후들이 전부 모여서 함께 좋은 계책을 상의해 봐야겠습니다. 만약에 여포만 사로잡는다면 동탁은 쉽게 죽일 수 있습니다."

〖 15 〗 한창 상의하고 있는데 여포가 다시 군사를 이끌고 와서 싸움을 걸었다. 여덟 방면의 제후들이 일제히 나가고 그 중에서 공손찬이 창을 휘두르며 직접 여포와 싸웠는데, 몇 합 싸우지도 못하고 패하여 달아났다. 여포가 적토마를 몰아 그 뒤를 쫓아왔다. 여포가 탄 말은 하루에 천리를 가는지라 그 달리는 모습이 마치 바람 같아서 공손찬을 금방 따라잡았다.

여포가 화극을 번쩍 들어 공손찬의 등 한복판을 겨누고 막 찌르려고 했다. 바로 그때 옆에 있던 한 장수가 고리눈을 부릅뜨고 범의 구레나룻을 곧추세우고 장팔사모(丈八蛇矛: 18자 길이의 자루 끝에 뱀처럼 꼬불꼬불한 창날이 달린 창)를 꼬나들고 나는 듯이 말을 달려 나가며 큰소리로 외쳤다: "성姓이 세 개나 되는 종놈의 새끼(三姓家奴)야! 게 섰거라! 연燕 사람 장비가 여기 있다!"(*화웅을 죽일 때는 관운장부터 먼저 묘사했고, 여포와 싸울 때는 장비부터 먼저 묘사한다. 둘 다 좋다.)

여포는 장비를 보자 공손찬을 내버려두고 곧바로 장비에게 달려들었다. 장비는 정신을 바짝 차리고 여포와 치열하게 싸웠는데, 연달아 50여 합을 싸웠으나 승부가 가려지지 않았다.

운장이 이를 보고 말에 박차를 가해 82근이나 되는 청룡언월도靑龍偃
月刀를 휘두르며 달려 나가 장비와 같이 여포를 협공했다. 세 필의 말
이 '丁(정)'자 모양(*역삼각형의 꼭지점 모양.——역자)으로 어우러져 싸웠
다. 셋이 어우러져 30여 합을 싸웠으나 여포를 쓰러뜨리지 못했다. 이
를 보고 있던 유현덕이 쌍고검雙股劍을 뽑아들고 갈기털이 누런 황종마
(黃鬃馬)를 급히 몰아 측면에서 끼어들어 싸움을 도왔다.

이들 셋이 여포를 에워싸고 마치 전등轉燈처럼 빙빙 돌아가면서 싸
웠다. 여덟 방면의 군사들은 전부 넋을 잃고 바라보았다. 여포가 마침
내 세 사람의 공격을 더 이상 막아내지 못하고 현덕의 얼굴을 향해 짐
짓 화극을 찌르려는 척하자 현덕이 재빨리 몸을 피했다. 여포는 그 틈
을 타서 셋의 사이를 널찍이 벌려놓고 화극을 거꾸로 잡고 말을 달려
곧바로 달아났다.

세 사람이 어찌 그를 포기하려 하겠는가. 그들은 말에 박차를 가해
그를 쫓아갔다. 여덟 방면의 군사들도 크게 함성을 지르면서 일제히
쳐들어갔다. 여포의 군사들은 사수관 위를 향해 달아나고 현덕과 관
우, 장비는 그 뒤를 쫓아갔다.

옛사람이 일찍이 한 편의 글을 지었는데 현덕, 관우, 장비 세 사람이
여포와 싸운 일만을 노래하고 있다:

〖 16 〗

한조의 천운, 환제와 영제 때에 이르러	漢朝天數當桓靈
한낮의 붉은 태양 서산으로 기우는 듯했네.	炎炎紅日將西傾
간신 동탁이 어린 황제 폐하자	奸臣董卓廢少帝
새 황제 유협은 나약하여 꿈속에서도 경기한다.	劉協懦弱魂夢驚
조조가 격문 띄워 천하에 고하자	曹操傳檄天下
제후들 격분하여 다들 군사 일으킨다.	諸侯奮怒皆興兵

서로 상의하여 원소를 맹주로 삼고   議立袁紹作盟主
황실 바로잡아 천하 안정시키자고 맹세했다.   誓扶王室定太平
온후 여포 세상에 비길 자 없어   溫侯呂布世無比
뛰어난 그 재주 사해에 이름 떨쳤다.   雄才四海誇英偉
여포 몸에 걸친 은 갑옷 용의 비늘로 만들었고   護軀銀鎧砌龍鱗
머리 묶은 금관에는 꿩의 꼬리 꽂았구나.   束髮金冠簪雉尾
울퉁불퉁 허리띠엔 짐승아가리 새겨져 있고   參差寶帶獸平呑
몸에 걸친 비단 전포엔 봉황이 날아오른다.   錯落錦袍飛鳳起
천리마 펄쩍 뛰면 하늘에 바람 일고   龍駒跳踏起天風
시퍼런 화극 칼날엔 싸늘한 기운 감돈다.   畵戟燊煌射秋水
관을 나가 싸움 거니 누가 감히 당해내랴   出關搦戰誰敢當
제후들 간담 떨어지고 무서워 벌벌 떤다.   諸侯膽裂心惶惶
연燕 사람 장비가 뛰쳐나가니   踴出燕人張翼德
손에는 장팔사모 창을 꼬나들었네.   手提蛇矛丈八槍
곧추선 범의 구레나룻 금줄 거꾸로 선 것 같고   虎鬚倒豎翻金線
부릅뜬 고리눈엔 번갯불 일어난다.   環眼圓睜起電光
맹렬하게 싸웠으나 승부 못 가리자   酣戰未能分勝敗
진 앞에서 바라보던 관운장 화가 잔뜩 났다.   陣前惱起關雲長
손에 든 청룡 보도에 서릿발 번쩍이고   靑龍寶刀燦霜雪
앵무새 새겨진 전포는 나비 날아가는 듯하다.   鸚鵡戰袍飛蛺蝶
그의 말발굽 닿는 곳에선 귀신도 울부짖고   馬蹄到處鬼神嚎
한 번 노하면 반드시 피를 흘린다.   目前一怒應流血
영웅 현덕도 쌍고검 뽑아들고   英雄玄德掣雙鋒
하늘의 위엄 떨치고 용맹을 자랑한다.   抖擻天威施勇烈
세 사람이 에워싸고 한동안 싸우더니   三人圍繞戰多時
여포는 막아내기 힘들어 쉴 틈이 없구나.   遮攔架隔無休歇

함성 진동하며 천지가 뒤집히고	喊聲震動天地翻
살기 가득 차서 견우북두도 차갑구나.	殺氣迷漫牛斗寒
여포 힘이 다 빠져 달아날 길 찾아	呂布力窮尋走路
멀리 관 위 바라보고 말에 박차 가해 돌아가네.	遙望家山拍馬還
방천화극 창대 거꾸로 잡아끌고	倒拖畫杆方天戟
금실로 짠 오색 깃발 어지럽게 흩어진다.	亂散銷金五彩旛
말고삐 끊어질 정도로 적토마 세게 몰아	頓斷絨縧走赤兎
몸을 뒤쳐서 호뢰관 위로 날아 올라갔다.	翻身飛上虎牢關

〖 17 〗 세 사람이 곧장 여포의 뒤를 쫓아가서 관 아래에 이르러 쳐다보니 관 위에는 푸른 색 비단으로 된 일산(靑羅傘蓋)이 서풍에 너풀거리고 있었다.

장비가 큰소리로 외쳤다: "저것은 틀림없이 동탁이다! 여포를 쫓아가기보다는 차라리 먼저 저 동탁 놈을 잡아서 아예 화근을 뿌리뽑아 버리는 게 낫다."

장비는 말에 채찍질을 하여 관 위로 올라가서 동탁을 사로잡으려고 했다. (*매회 말에서는 반드시 사람을 놀라게 할 다른 말을 하고 있는 점이 절묘하다.) 이야말로 바로:

도적 잡으려면 반드시 도적 괴수 잡아야지	擒賊定須擒賊首
기이한 공적은 결국 기인을 기다려야 한다네.	奇功端的待奇人

승부가 어찌될지 모르겠거든 일단 다음 회를 읽어보라.

제 5 회 모종강 서시평序始評

(1). 동탁이 난을 일으키지 않았더라면 여러 제후들은 군사를 일으키지 않았을 것이고, 여러 제후들이 군사를 일으키지 않았더라

면 세 나라로 갈라지지 않았을 것이다. 제5회의 이야기는 바로 삼
국의 시발점에 해당하는 것이다. 그러므로 먼저 조조가 격문을 보
내서 거사한 것을 이야기하고, 다음으로 손견이 선봉대가 되어 감
히 싸우러 나간 것을 말하고, 마지막에 유비와 관우, 장비 세 사람
의 영웅에게는 적수가 없음을 이야기하고 있다. 그 나머지 사람들
은, 비록 수많은 사람들이 끊임없이 등장하지만, 그들은 모두 아름
다운 옥을 받쳐놓기 위한 밑받침 거적자리에 불과하다.

　(2). 원술 같은 사람이 현덕 형제를 알아보지 못한 것은 책망할
거리도 못 된다. 그런데 원소 역시 호걸에 속하지만 그는 세속적인
안목에 가려져서 고정관념을 벗어나 사람을 쓸 줄 몰랐다. 이런 점
에서 조조가 큰 인물이 될 수 있었던 이유가 있다. 지금 사람들은
모두 조조가 간웅이었다고 욕을 하는데, 내 생각에는, 보통 사람들
은 간웅을 욕할 자격도 없고, 도리어 조조가 사람들을 향해 왜 간
웅이 못 되느냐고 욕을 해야 할 것으로 생각된다.

　(3). 심하도다, 현재의 지위로써 영웅을 헤아릴 수 없음이여! 18
진鎭의 제후들은 원소를 맹주로 추대했지만, 후에 가서 한漢을 가
르게 되는 것은 결국 손견과 조조이다. 그리고 이 손견과 조조는
비록 오吳와 위魏의 시조는 될 수 있었지만 왕을 참칭하여 높은 자
리에 오를 수 있었던 것은 오히려 그들의 후손들이고, 후에 천자의
자리를 정정당당하게 계승할 수 있었던 것은 그 당시 공손찬의 배
후에 서 있던 일개 현령(劉備)이었으니, 오호라! 영웅을 어찌 쉽게
알아볼 수 있겠는가!
　공손찬의 배후에 있던 한 사람(유비)이 장차 경천동지驚天動地하게
되는 사람이고, 그리고 또 그 사람의 배후에 있던 두 사람(관우와

장비) 역시 경천동지하게 될 사람이었다. 영웅이 아직 그 뜻을 얻지 못하고 있을 때에는 왕왕 남의 등 뒤에 서 있기 때문에 속된 안목으로는 알아볼 수 없다가, 그가 경천동지할 때 가서야 이전에 그가 남의 등 뒤에 서 있을 때 그와 팔을 스치면서도 미처 알아보지 못했음을 한탄하게 되는 것이다.

그가 남의 등 뒤에 서서 속으로 비웃고 있었던 의미를 그 누가 알겠는가, 그는 그때 이미 18제후들을 초개처럼 보고 있었던 것을!

제6회

동탁, 궁궐 불태워 흉악한 짓 하고
손견, 옥새 감추어 맹세를 저버리다

〖 1 〗 한편 장비가 말에 채찍질을 하며 쫓아가서 관 아래에 이르니 관 위에서 화살과 돌이 비 오듯 쏟아져서 더 나아갈 수가 없어 돌아왔다. 여덟 방면의 제후들은 현덕과 관우, 장비를 청해 와서 그 공功을 축하하는 한편, 사람을 원소의 영채로 보내서 승전 소식을 전했다. 승전 소식을 보고받은 원소는 곧 손견에게 격문을 보내서 군사를 출병시키도록 했다. (*유비와 관우와 장비가 싸워 이긴 것을 칭찬해 주지도 않고 단지 손견에게 격문을 보내서 진격하도록 한다; 단지 손견에게 진격하도록 할 뿐, 원술이 양식을 내주지 않은 것은 책망하지도 않는다. 원소의 하는 짓이 참으로 가소롭다.)

손견은 황개와 정보를 이끌고 원술의 영채로 가서 그를 만났다. 손견은 막대기로 땅에다 선을 그어가며 말했다: "동탁과 나는 본래 서로 원수진 일이 없었소. 지금 내가 분발하여 내 몸도 사리지 않고 화살과 돌을 무릅쓰고 죽기 살기로 싸우는 것은, 위로는 나라를 위하여 역적을 토벌하고 (*이 말은 원술에게 군왕을 생각하는 마음이 없음을 꾸짖은 것이다.) 아래로는 장군 가문의 사적인 원한을 갚아주기 위해서였소. (*원외袁隗가 동탁에게 죽은 것을 가리킨다. 이 말은 그에게는 같은 피붙이를 생각하는 마음이 없음을 꾸짖은 것이다.) 그런데도 장군은 반대로 참소의 말을 듣고 군량과 마초를 내주지 않아 내가 패배하도록 했는데, 그래 놓고도 어찌 장군은 마음이 편하시오?"

원술은 황공해서 할 말이 없었다. 그래서 참소의 말을 건의한 자의 목을 베도록 하여 손견에게 사죄했다.

그때 갑자기 어떤 사람이 손견에게 보고했다: "관 위에서 한 장수가 말을 타고 영채로 와서 장군을 만나보려고 합니다."

손견은 원술과 헤어져 본채로 돌아와서 찾아온 사람을 불러오도록 하여 누구인지 물어보니, 동탁이 아끼는 장수 이각李催이었다.

손견曰: "당신이 여기에 무슨 일로 왔소?"

이각曰: "승상께서 존경하시는 분은 오직 장군뿐이십니다. 승상께서는 이번에 특별히 이 각催으로 하여금 두 집안 간의 혼사를 성사시키라고 해서 이렇게 찾아왔습니다. 승상께는 따님이 한 분 있는데, 장군의 자제분을 배필로 삼아주고 싶어 하십니다."

손견이 크게 화를 내며 꾸짖었다: "동탁이 하늘의 뜻을 거스르고 무도無道한 짓을 하면서 왕실을 뒤엎기에 나는 그의 구족九族을 멸하여 천하에 사죄하도록 하려는데 내 어찌 감히 그런 역적 놈과 사돈이 되려고 하겠느냐. 내 네놈의 목은 베지 않을 테니, 너는 곧바로 돌아가서 속히 사수관을 바치도록 하라. 그러면 네 목숨만은 살려주겠다. 만약 지체한다면 네놈 역시 뼈도 못 추릴 것이다!"(*손견은 사내대장부다. 여포와는 크게 다르다.)

〖2〗 이각이 머리를 감싸 잡고 도망가는 쥐새끼처럼 돌아가서 동탁에게 손견이 이처럼 무례하다고 말했다. 동탁이 화를 내며 이유에게 어찌하면 좋을지 물었다.

이유曰: "온후溫侯 여포가 이번에 패해서 군사들에겐 싸울 마음이 없습니다. 차라리 군사들을 이끌고 낙양으로 돌아가서 천자를 장안長安으로 옮겨서 아이들의 노래 가사(童謠)처럼 하시는 게 좋을 것 같습니다. 근래 길거리에서 아이들이 부르는 노래 가사는: '서쪽에도 한漢이 하나, 동쪽에도 한漢이 하나 있네. 사슴이 장안長安으로 들어가야 비로소 이 난리가 그칠 수 있으리(西頭一個漢. 東頭一個漢. 鹿走入長安, 方可無斯難).'라는 것입니다.

신이 이 가사 말을 생각해 보니: '서쪽에도 한이 하나 있다'는 것은 곧 한 고조께서 서도西都 장안에서 흥성하시어 열 두 황제 동안 천자의 자리를 전해 내려온 것을 말하고, '동쪽에도 한이 하나 있다'는 것은 곧 광무제光武帝께서 동도東都 낙양洛陽에서 흥성하시어 지금까지 역시 열 두 황제 동안 천자의 자리를 전해 내려온 것을 말합니다. (*이유의 해석은 동요의 뜻과 부합하지 않는다. 대개 "동쪽에도 한이 하나 있다(東頭一個漢)"는 것은 곧 허창許昌都을 가리키고, "서쪽에도 한이 하나 있다(西頭一個漢)"는 것은 곧 촉蜀의 서울 성도成都를 가리킨 것이다.)

천운天運은 돌고 도는 것이오니, 승상께서 도읍을 장안으로 옮기어 원래대로 돌아가야만 비로소 근심걱정이 사라질 것입니다."

동탁이 크게 기뻐하며 말했다: "네 말이 아니었으면 나는 사실 깨닫지 못했을 것이다."

그리고는 곧바로 여포를 이끌고 밤낮 없이 낙양으로 돌아가서 천도遷都 일을 상의했다.

문무백관들을 조당朝堂에 모아놓고 동탁이 말했다: "한의 동도인 낙양은 도읍한 지 2백여 년이나 지나서 운세가 이미 쇠하였소. 내가 보건대 왕성한 기운은 사실 장안에 있으므로 나는 어가御駕를 모시고 서쪽으로 가려고 하오. 여러분은 각자 떠날 채비들을 서두르도록 하시오."

사도司徒 양표楊彪가 말했다: "장안이 속해 있는 관중(關中: 섬서성 위수渭水 분지 일대) 땅은 완전히 파괴되어 볼품없이 되었습니다. 이제 아무 까닭도 없이 종묘와 황릉皇陵을 버리고 떠나간다면 백성들이 놀라서 동요할까 두렵습니다. 천하는 동요시키기는 매우 쉽지만, 안정시키기는 극히 어렵습니다. 부디 승상께서는 이를 살펴주시기 바랍니다."(*이 말은 백성들의 입장을 대변한 것으로, 백성들의 삶의 터전을 동요시켜서는 안 된다는 말이다.)

〖 3 〗 동탁이 화를 내며 말했다: "너는 국가 대계를 방해하려고 하느냐?"

태위太尉 황완黃琬이 말했다: "양楊 사도의 말이 맞습니다. 옛날에 왕망王莽이 황위를 찬탈해서 신新 왕조를 세웠으나 그 말년인 경시(更始: 왕망이 세운 정권 말년의 연호) 때에 눈썹을 붉게 칠한(赤眉) 농민들의 난이 일어났을 때 온 장안이 불타서 완전히 잿더미로 변해 버렸습니다. 거기다가 백성들은 뿔뿔이 다 흩어져 버리고 남은 자는 백 명에 한 두 명도 되지 않았습니다. 그런데도 이곳 궁실宮室을 버리고 황무지로 가려고 하시는데, 그리 하셔서는 안 됩니다."(*이는 조정의 입장을 말한 것으로, 황무지에 도읍을 세워서는 안 된다는 말이다.)

동탁曰: "지금 관동(關東: 함곡관含谷關 이동 지구)에 도적들이 일어나서 그 난이 천하로 퍼져나가고 있다. 장안은 효함(崤函: 함곡관含谷關)의 험준한 지세가 막아주는데다 더욱이 농우(隴右: 농산隴山 서쪽 지구. 지금의 감숙성 육반산六盤山 이서, 황하 동쪽 지구)와 가까워서 나무와 돌, 벽돌과 기와 등을 정해진 기일 내에 마련할 수 있으므로 궁실을 짓는 데는 한 달도 안 걸릴 것이다. 너희들은 더 이상 허튼소리 하지 말라!"

사도 순상荀爽이 간했다: "승상께서 만약 도읍을 옮기고자 하신다면 백성들이 소동을 일으키고 불안해할 것입니다."

동탁이 크게 화를 내며 말했다: "나는 천하를 위해 일하는데, 어찌 그까짓 백성들까지 보살피겠느냐!"(*백성을 내버리고 어찌 천하가 있을 수 있는가? 이는 확실히 문리文理가 통하지 않는 말이다.)

그리고는 그날 당장 양표와 황완, 순상의 벼슬을 박탈해서 서민으로 만들어버렸다.

동탁이 밖으로 나와 수레에 올라서 보니 두 사람이 수레를 향해 읍揖을 했다. 자세히 보니 상서尚書 주비周毖와 성문교위城門校尉 오경伍瓊이어서 동탁은 무슨 일이냐고 물었다.

주비曰: "지금 듣기로는 승상께서 장안으로 천도遷都하려고 하신다기에 일부러 와서 간諫하고자 합니다."

동탁은 크게 화를 내며 말했다: "나는 처음에 너희 두 사람의 말을 듣고 원소를 천자께 천거했었다. 지금 원소가 이미 모반을 하였는데 이는 너희 놈들도 한 패당이 되어 한 짓이다!"

그는 무사에게 그들을 도성문 밖으로 끌어내서 목을 베라고 호령했다. 그리고는 다음날 곧바로 떠난다고 천도 명령을 내렸다.

〖 4 〗 이때 이유가 말했다: "지금 군사 물자와 군량(錢糧)이 모자랍니다. 낙양에는 부잣집(富戶)이 매우 많으니 그들의 재산을 전부 몰수하도록 하십시오. 다만 원소 등의 문하에 있던 자들은 그 종족과 향당鄕黨 사람들까지 모조리 죽여 버리고 그들의 가산을 빼앗는다면 틀림없이 거만巨萬의 부富를 얻을 수 있습니다."

동탁은 즉시 철기병 5천 명을 내보내서 두루 다니면서 낙양의 부자들을 잡아들이도록 했는데 그 수가 모두 수천 호나 되었다. 그들의 머리 위에다 크게 '반신역당反臣逆黨'이라고 쓴 깃발을 꽂고 성 밖으로 끌고 나가서 목을 자르고 그들의 가산을 몰수했다. (*왜 그들의 죄명을 "부호富戶"라고 하지 않고 "역당逆黨"이라는 명칭을 빌려야만 했을까? 필부는 죄가 없어도 재산이 많은 것은 죄가 된다(懷璧其罪). 사람이 난세를 살아갈 때 불행하게도 부자가 되었다가는 곧바로 멸족지화滅族之禍를 당하게 된다. 춘추시대에 월越나라의 도주공(陶朱公: 범려)은 바로 이런 일을 두려워해서 세 번 천금을 모았다가 세 번 그것을 모두 흩어버렸던 것이다.)

이각李催과 곽사郭汜는 낙양의 백성들 수백만 명을 몰아 장안으로 갔다. (*부자들은 죽임을 당하고 빈민들은 옮겨갔는데, 그들에게 무슨 죄가 있었던가?) 모든 백성들을 부대 단위로 나누고, 백성들로 이루어진 부대들 사이에다 군사들만으로 이루어진 부대 하나가 끼어서 서로 끌고 가도록 했는데, 가다가 중간에 도랑과 골짜기에 떨어져서 죽은 사람들의 수도 이루 다 헤아릴 수 없었다. 또 군사들이 마음대로 남의 아내와 딸들을 겁탈하고 남의 양식을 약탈할 수 있게 허락해 주었으므로 백성들의 울부짖는 소리가 하늘과 땅을 뒤흔들었다. (*이는 승상이 도읍을 옮기려는 것이 아니라 강도들이 이사 가는 모습이다.) 만약 걸음이 느려서 뒤처지는 자가 있으면 뒤에 있던 3천 명의 군사들이 재촉하고 감독하다가 손에 칼을 잡고 길 위에서 마구 죽이기도 했다.

동탁은 낙양을 떠나면서 모든 성문에 불을 지르고, 민가民家들도 다 불태우고, 아울러 종묘와 궁전과 관청에도 불을 질러서 태워 버리라고 지시했다. 남쪽과 북쪽의 두 궁궐에서 타오르는 화염이 서로 이어져 낙양의 궁전들은 모조리 초토화焦土化 되었다.

또 여포를 보내서 선대 황제와 황후, 황비의 능陵들을 파헤쳐서 그 속에 매장되어 있던 금은보배들을 모두 꺼내도록 했다. 군사들도 그 기회를 이용하여 관리를 지낸 자들과 일반 백성들의 무덤까지 거의 다 파헤쳤다. (*황건적도 이처럼 심하게 하지는 않았다.)

이리하여 동탁은 금은보배와 비단 등 온갖 값진 물건들을 수천 대의 수레에다 가득 싣고 천자와 황후, 황비들을 협박하여 끝내 장안을 향해 떠나갔다.

〖 5 〗 한편 동탁의 부하 장수 조잠趙岑은 동탁이 이미 낙양을 버리고 떠나간 것을 알고 곧바로 사수관汜水關을 바쳤다. 손견은 군사를 휘몰아 먼저 들어갔다. 현덕과 관우, 장비는 사수관 곁에 있는 호뢰관으로 쳐들어갔고, 여러 제후들도 각기 군사들을 이끌고 관 안으로 들어갔다.

한편, 손견이 낙양을 향해 말을 달리면서 멀리 바라보니 화염이 하늘에 닿았고 검은 연기는 땅을 뒤덮었는데 2,3백 리에 걸쳐 닭도 개도 보이지 않았고 인가에서 연기가 나는 것도 보이지 않았다. 손견은 먼저 군사를 풀어 불을 끄게 한 후 여러 제후들로 하여금 각자 폐허 위에 군사들을 주둔시켜 놓도록 했다.

조조가 원소를 찾아와서 말했다: "지금 동탁 역적놈이 서쪽으로 떠나갔으므로 지금이야말로 기세를 타서 추격해야 할 때입니다. 그런데도 본초本初께서는 군사를 움직이지 않으시니, 이 어찌된 까닭입니까?"(*여러 제후들 중에서 결국 손견과 조조만이 특히 뛰어나다.)

원소曰: "제후들이 피곤하고 지쳐 있으므로 앞으로 진격하더라도 이로울 게 없을 것 같소."

조조曰: "동탁 역적놈이 궁궐을 불사르고 천자를 겁박하여 옮겨가자 천하 모든 사람들은 어찌해야 할지 몰라서 벌벌 떨고 있소. 지금은 하늘이 동탁을 죽이려 하는 때이므로 한번 싸움으로써 천하를 안정시킬 수 있소. 제공諸公들은 무엇을 의심하면서 진격하려고 하지 않는 것이오?"(*원소와 조조의 우열을 여기에서도 보게 된다.)

여러 제후들은 모두들 경거망동해서는 안 된다고 말했다. (*모두들 범속한 인물(庸夫)들이다.)

조조는 크게 화를 내며 말했다: "어린애들과는 함께 일을 도모하지 못하겠다!"

마침내 조조는 혼자서 군사 1만여 명을 이끌고 하후돈夏侯惇·하후연夏侯淵·조인曹仁·조홍曹洪·이전李典·악진樂進 등을 거느리고 밤을 새워가며 동탁의 뒤를 쫓아갔다. (*이는 장한 거사(壯擧)이지 경거망동이 아니다.)

〖 6 〗 한편 동탁이 형양(滎陽: 지금의 하남성 형양현 동북) 지방에 이르자 태수 서영徐榮이 영접하러 나왔다.

이유曰: "승상께서 방금 낙양을 버리고 오셨으므로 추격해 오는 적병들이 있을 테니 그에 대한 방비가 있어야 합니다. 서영에게 형양성 밖의 산오(山塢: 산 위 오목한 곳)에다 군사를 매복시켜 놓으라고 하시고, 만약 추격병이 오거든 일단 지나가도록 내버려 두었다가 우리가 이곳에서 쳐서 그들이 물러갈 때까지 기다렸다가 적들의 퇴로를 끊고 엄습하라고 하십시오. 그렇게 해서 뒤에서 우리를 쫓아오는 자들이 감히 다시 추격해 오지 못하도록 해야 합니다."(*만약 열여덟 방면의 군사들이 일제히 나간다면 서영 혼자서 어떻게 당해낼 수 있겠는가? 여러 제후들이 어리석고 겁이 많아서 맹덕의 군사들이 패배하게 되었다.)

동탁은 그의 계책을 따랐다. 그리고 또 여포에게는 정예병들을 이끌고 뒤에서 오다가 추격해 오는 적병들을 차단하도록 했다. 여포가 군사를 이끌고 뒤처져 가고 있을 때 한 떼의 조조 군사들이 뒤쫓아 왔다.

여포가 큰소리로 웃으며 말했다: "이유가 짐작했던 그대로구나!"

그리고는 군사들을 벌려 세웠다.

조조가 말을 타고 앞으로 나가며 큰소리로 외쳤다: "이 역적놈아! 천자를 협박하고, 백성들을 유랑流浪하도록 하면서 어디로 가려는 것이냐?"

여포가 욕을 했다: "주인을 배신한 겁쟁이 놈이 어디 함부로 지껄이

느냐!"

하후돈이 창을 꼬나들고 말을 달려 곧바로 여포에게 덤벼들었다. 몇
합 싸우지도 않았을 때 이각이 한 떼의 군사들을 이끌고 왼편에서 쳐
들어왔다. 조조는 급히 하후연에게 나가서 적을 맞이해 싸우라고 지시
했다. 그때 오른편에서도 함성이 또 일어나면서 곽사가 군사들을 이끌
고 쳐들어와서 조조는 급히 조인에게 나가서 적을 맞이해 싸우라고 지
시했다.

그러나 세 방면으로부터 온 군사들의 세력을 당해 낼 수가 없었다.
하후돈은 여포를 당해낼 수 없어서 말을 달려 진으로 돌아왔다. 여포
는 철기병들을 이끌고 쳐들어왔다. 조조의 군사들은 크게 패하여 방향
을 돌려 형양을 향해 달아났다. (*이번 싸움에서 패한 것은 조조의 죄가
아니라 여러 제후들의 죄이다.)

〖 7 〗달아나서 어느 황량한 산기슭 아래에 당도했을 때에는 시간이
약 이경(二更: 밤 9시에서 11시 사이) 쯤 되었는데, 달빛이 대낮처럼 밝았
다. 조조가 막 패잔병들을 불러 모아 한창 솥을 걸어놓고 밥을 지으려
고 할 때 사면에서 함성이 들리더니 서영의 복병들이 모조리 뛰쳐나왔
다.

조조가 정신없이 말에 채찍질을 하여 길을 뚫고 달아나는데 바로 그
때 서영과 마주쳐서 다시 몸을 돌려서 그대로 달아났다. 서영이 활에
화살을 얹어 쏘자 그것이 조조의 어깻죽지에 정통으로 꽂혔다.

조조가 몸에 화살이 꽂힌 채 도망쳐서 어느 산언덕을 돌아가는데,
그때 군사 둘이서 풀 속에 숨어 있다가 조조의 말이 오는 것을 보고는
동시에 창을 던졌다. 조조가 탄 말이 창에 맞아 쓰러지면서 조조의 몸
이 벌렁 뒤집히며 말에서 떨어져서 군사 둘에게 사로잡혔다.

바로 그때 한 장수가 나는 듯이 말을 달려오더니 칼을 휘둘러 보졸

둘을 베어 죽이고는 말에서 뛰어내려 조조를 구해냈다. 조조가 보니 바로 조홍이었다.

조조曰: "나는 여기서 죽을 것이니 아우님은 속히 가게나!"

조홍曰: "공께서는 빨리 말에 오르십시오. 저는 걸어서 가겠습니다."

조조曰: "적병이 쫓아오면 너는 어찌할 텐가?"

조홍曰: "천하에 저 조홍은 없어도 되지만 공께선 없어서는 안 됩니다(天下可無洪, 不可無公)."(*조홍은 참으로 좋은 형제이다. 그것도 한 집안의 입장에서 생각하지 않고 천하의 입장에서 생각하는 점이 더욱 기특하다.)

조조曰: "내가 만약 죽지 않고 살아남는다면 그것은 네 힘이다."

조조가 말에 오르자 조홍은 입고 있던 갑옷을 벗어버리고 칼을 끌면서 말을 바짝 따라 달렸다. (*천하에 조홍은 없어도 되지만 조조는 오히려 조홍이 없어서는 안 된다.)

계속 달려서 약 사경(四更: 새벽 1시에서 3시 사이) 남짓 지났을 무렵, 언뜻 보니 앞에는 큰 강이 앞길을 막고 있는데 뒤에서는 함성이 점점 가까이 다가왔다.

조조曰: "내 명命도 여기까지구나. 다시 살아날 수 없겠구나."

조홍은 급히 조조를 부축해서 말에서 내리고는 자기 전포와 갑옷을 벗어던진 다음 조조를 들쳐 업고 강을 건너갔다. (*조조는 이때 또 조홍이 없어서는 안 되었다.) 건너편 강기슭에 겨우 닿았을 때 추격병들이 이미 도착해서 강물을 사이에 두고 화살을 쏘아댔다. 조조는 물에 흠뻑 젖은 옷을 입은 채 달아났다.

날이 샐 무렵 또 30여 리를 더 달아나서 흙 언덕 아래에서 잠시 쉬었다. 그때 갑자기 함성이 일어나면서 한 떼의 군사들이 쫓아왔는데, 서영이 상류에서 강을 건너서 추격해 온 것이었다.

조조가 한창 당황해서 어쩔 줄 모르고 있을 때, 문득 보니 하후돈과 하후연이 10여 기의 기병들을 이끌고 나는 듯이 달려오면서 큰소리로 외쳤다: "서영은 우리 주공主公을 해치지 말라!"

서영이 곧바로 하후돈에게 달려가자, 하후돈은 창을 꼬나들고 그를 맞이해 싸웠다. 서로 뒤엉켜 싸우기를 여러 합에 하후돈은 서영을 창으로 찔러 말 아래로 떨어뜨리고 나머지 군사들도 물리쳐버렸다. 그 뒤를 이어 조인, 이전, 악진 등이 각기 군사를 이끌고 찾아와서 조조를 보고 희비喜悲가 교차했다.

조조는 패잔병 5백여 명을 전부 불러 모아 함께 하내河內로 돌아갔다. (*조조는 이번 싸움에서 비록 패했으나 오히려 그에게는 영예로운 것이었다.)

〖 8 〗 한편 여러 제후들은 군사를 나누어 낙양에 주둔했다. 손견은 궁중의 나머지 불들을 다 끄고는 군사들을 성 안에 주둔시키고 건장전建章殿 터 위에 막사를 세웠다. 손견은 군사들로 하여금 궁전의 깨어진 기왓장들을 전부 청소하도록 하고, 동탁이 파헤쳤던 능침陵寢들을 모두 다 다시 덮도록 했다. 그리고 태묘太廟가 있던 터에다 세 칸짜리 전각殿閣을 세우고 여러 제후들을 청하여 역대 황제들의 신위神位를 모신 후 소와 양과 돼지를 잡아서 제사를 지냈다. (*손견의 이러한 거동은 크게 볼만했다.)

제사를 마치자 모두들 흩어졌다. 손견도 자기 영채로 돌아왔다.

이날 밤 달과 별들이 일제히 밝게 반짝였으므로 손견은 손으로 칼을 잡고 밖에 나와 앉아서 하늘을 우러러 천문을 살펴보았는데, 북쪽 하늘의 자미원(紫微垣: 자미궁. 작은곰자리 부근에 있는, 소위 천제天帝가 거처한다는 곳. 여기서는 황하 유역에서 보이는 북쪽 하늘의 상공을 가리킴.) 별자리 안에 흰 기운이 자욱했다.

손견이 이를 보고 탄식했다: "제왕별(帝星)이 밝지 못해 적신賊臣이 나라를 어지럽혀 모든 백성들은 도탄에 빠지고 서울은 완전히 텅 비게 되었구나!"

말을 마치자 저도 몰래 눈물이 흘렀다. (*깨어진 기왓장더미 위에서 달을 바라보고, 또 전에 전각이 있던 자리에서 달을 바라보면, 달빛은 더욱 보기 좋고 사람의 감정은 더욱 슬퍼진다. 손견이 눈물을 흘렸다는 이 몇 마디 말은 당唐나라 때 사람들이 읊었던 회고시懷古詩 몇 수에 해당한다.)

이때 옆에 있던 군사가 한 쪽을 가리키며 말했다: "전각 남쪽에 있는 우물 속에서 가느다란 오색 광채가 사방으로 뻗쳐 나오고 있습니다."

손견은 군사들을 불러서 횃불을 밝히고 우물 속에 들어가서 그것을 건져 올리라고 했다. 건져 올려 보니 한 부인의 시신이었다. 비록 우물에 빠져 죽은 지는 오래 됐으나 그 시신은 썩어 문드러지지 않았다. (*이 부인이 죽은 것은 동탁이 궁궐에 불을 질렀을 때가 아니라 십상시 장양張讓이 난을 일으켰을 때이다.)

그 부인은 궁중 복식服飾에다 목 밑에는 비단 주머니(錦囊) 하나를 매달고 있었다. 주머니를 열고 보니 그 안에는 작은 주홍색 상자가 들어 있었는데 금으로 된 자물쇠가 채워져 있었다. 그것을 열고 보니 그 안에 옥새玉璽가 들어 있었는데, 옥새의 둘레는 4치寸쯤 되었고, 옥새 위에는 다섯 마리 용들이 새겨진, 끈을 매다는 고리가 있었고, 옥새 한쪽 귀퉁이가 떨어져 나간 것을 황금으로 때웠다. 옥새에는 전서체篆書體로 여덟 글자가 새겨져 있었는데, 이르기를: "受命于天수명우천, 旣壽永昌기수영창"(즉, "하늘로부터 명을 받아 천자가 되었은즉, 오래오래 영원히 창성하라")이라고 했다. (*앞에서 말하기를 전국옥새傳國玉璽가 보이지 않았다고 했는데, 그것이 떨어졌던 이곳에서 지금 되찾았다. 앞의 글에 대한 절묘한 보충이다.)

〖 9 〗 손견이 옥새를 얻고는 정보에게 그 옥새에 관해 물어보았다.

정보曰: "이것은 옛날부터 전해 내려온 전국새傳國璽입니다. 이 옥새의 옥玉은 옛날 춘추시대 때 초楚나라 사람 변화卞和가 형산(荊山: 호북성 임장현臨漳縣 서쪽) 아래에서 봉황이 돌 위에 깃들고 있는 것을 보고는 그 돌을 수레에 싣고 가서 초楚 문왕文王에게 바쳤는데, 초 문왕이 그 돌을 깨뜨리자 그 속에서 이 옥이 나왔던 것입니다.

진시황秦始皇 26년에 옥공玉工에게 그 옥을 다듬도록 해서 이 옥새玉璽를 만들고, 전국시대 때 각 나라마다 다른 모양으로 써오던 문자를 통일하면서 전서篆書를 만들었던 이사李斯가 그 위에다 전서체篆書體로 이 여덟 글자를 쓴 것입니다.

그 후 진시황 28년에 진시황이 각지를 순수巡狩하다가 동정호(洞庭湖: 호남성 악양시岳陽市 서편에 있는 호수)에 이르러 큰 풍랑을 만나 배가 뒤집혀지려고 해서 급히 이 옥새를 호수에다 던졌더니 풍랑이 그쳤다고 합니다. (*우물 속에 들어가기 전에 먼저 호수에 들어갔었다.)

진시황 36년에 진시황이 각지를 순수하다가 화음현(華陰縣: 섬서성의 화산 북쪽에 있는 현 이름)에 이르렀는데, 그때 어떤 사람이 길을 막고는 이 옥새를 황제를 수행하던 자에게 주면서 '이것을 조룡(祖龍: 진시황)에게 돌려줘라.'고 한마디 하고는 곧바로 사라졌다고 합니다. 그리하여 이 옥새가 다시 진秦나라로 돌아왔으나,(*진시황은 산사람에게서 이 옥새를 얻었으나 손견은 죽은 부인에게서 이 옥새를 얻었다.) 그 다음 해에 진시황은 죽고 말았습니다. (*진시황도 옥새를 얻자마자 곧바로 죽었는데, 왜 사람들은 옥새를 가지려 한단 말인가!)

후에 진시황의 손자 자영子嬰은 이 옥새를 한漢 고조高祖에게 바쳤습니다. 후에 왕망王莽이 황제의 자리를 찬탈하자 효원孝元 황제의 태후가 왕심王尋과 소헌蘇獻을 향해 이 옥새를 던지는 바람에 한 귀퉁이가 떨어져 나가서 그곳을 금으로 때웠던 것입니다. (*앞에서 한 귀퉁이가 떨어졌다는 말에 대응한다.)

광무제光武帝께서는 이 보물을 의양(宜陽: 하남성 의양현 서)에서 얻어서 대대로 전하여 지금까지 전해 내려왔습니다.

그런데 근래에 듣기로, 십상시가 난을 일으키면서 어린 황제를 겁박하여 북망산北邙山으로 갔다가 궁으로 돌아올 때 이 보물을 잃어버렸다고 합니다. (*앞에서 옥새를 잃어버렸다고 한 말에 대응한다.)

지금 하늘이 주공께 이것을 주신 것은 틀림없이 제왕의 자리에 오르실 분복分福이 있어서일 것입니다. (*손견이 신하로서의 절개를 바꾸게 되는 것은 사실 정보의 이 두 마디 말 때문이다.) 이곳에 오래 머물러 계실 것이 아니라 속히 강동으로 돌아가서 따로 대사大事를 도모하도록 하셔야 합니다."

손견曰: "자네 말은 바로 내 뜻과 같네. 내일 곧바로 병을 핑계대고 돌아가도록 하세."(*손견은 일단 옥새를 얻게 되자 곧바로 마음이 변했는데, 안타까운 노릇이다.)

손견은 정보와 상의를 마치고, 은밀히 군사들에게 이 일을 누설하지 말라고 지시했다.

〖 10 〗 그러나 누가 상상이나 했겠는가. 그 군사들 가운데는 원소와 동향인이 하나 있었는데, 그는 이 일을 이용해서 출세할 계획을 세우고 그날 밤 아무도 몰래 영채를 빠져나가 원소에게 찾아가서 이 사실을 알렸다. 원소는 그에게 상을 주고 그를 군부대 안에 숨겨놓았다.

다음날, 손견이 원소에게 찾아와서 작별인사를 하면서 말했다: "내게 작은 병이 있어서 장사(長沙: 호남성 장사시)로 돌아가려고 일부러 공을 찾아와서 하직을 고하는 바입니다."

원소가 웃으며 말했다: "나는 공公의 병을 알고 있소. 전국새로 인해 생긴 병이지요?"

손견은 안색이 창백해지면서 말했다: "그게 도대체 무슨 말씀이오?"

원소曰: "지금 우리가 군사를 일으켜 역적을 토벌하려는 것은 나라를 위해 해害를 제거하기 위해서요. 그 옥새는 조정의 보배인데, 공이 기왕 그것을 얻었으면 당연히 여러 사람들이 보는 앞에서 맹주盟主에게 맡겨두었다가 동탁을 죽여 없앤 다음 다시 조정에 돌려주어야 할 것이오. 지금 그것을 숨겨 가지고 떠나려 하시는데, 도대체 무얼 하시려고 그러시오?"

손견曰: "옥새가 도대체 어떻게 해서 나에게 있다는 것이오?"

원소曰: "건장전建章殿 우물 속에서 나온 물건은 지금 어디 있소?"

손견曰: "나한테는 원래부터 그런 것이 없었소. 어찌 이렇게 심하게 나를 추궁하는 것이오?"

원소曰: "어서 빨리 내놓으시오. 화를 자초하지 말고."

손견은 하늘을 가리키며 맹세하며 말했다: "내가 만약 정말로 그런 보배를 얻어서 감추고 있다면, 훗날 제 명에 죽지 못하고 반드시 남의 칼이나 화살에 맞아 죽을 것이오."(*오늘날 남의 물건을 훔치는 자들도 이런 맹세를 아주 잘 한다. 손견 같은 영웅이 이렇게 할 필요가 어디 있었던가?)

여러 제후들이 말했다: "문대(文臺: 손견)가 저렇게 맹세까지 하는 걸 보면 틀림없이 그것을 가지고 있지 않은 것 같소."

원소가 그 군사를 불러내서 말했다: "우물 안을 칠 때 이 사람도 있지 않았는가?"

손견이 크게 화를 내며 차고 있던 칼을 뽑아 그 군사를 베어 버리려고 했다.

원소 역시 칼을 뽑으며 말했다: "자네가 이 군사를 벤다면 그것은 곧 나를 깔보는 것이다."

이때 원소 등 뒤에 있던 안량顔良과 문추文醜도 다 칼집에서 칼을 뽑아들었고, 손견 등 뒤에 있던 정보와 황개, 한당 역시 칼을 뽑아 손에 들자, 여러 제후들이 일제히 말려서 싸움을 멈추도록 했다.

손견은 곧바로 말에 올라 영채를 거두어 낙양을 떠나가 버렸다. 원소는 매우 화가 나서 곧바로 편지 한 통을 써서 심복에게 주어 밤낮을 가리지 말고 형주(荊州: 호북성 양번시襄樊市)로 가서 형주자사 유표劉表에게 전해주면서 손견이 돌아가는 길을 막고 옥새를 빼앗도록 했다.

〖 11 〗 다음날 한 사람이, 조조가 동탁의 뒤를 쫓아가서 형양滎陽에서 싸웠으나 크게 패하고 돌아왔다고 보고했다. 원소는 사람을 시켜서 조조를 자기 영채로 불러와서 여러 제후들과 모여 술자리를 마련하여 조조를 위로했다. (*손견은 무심하게 달을 대했으나 조조 역시 무심하게 술을 대했을까?)

술을 마시다가 조조가 탄식했다: "처음에 나는 대의大義를 일으켜 나라를 위해 역적을 없애려고 했소. 그때 여러분들은 의義를 내세우며 와 주셨소. 나의 처음 생각은, 본초本初로 하여금 하내河內의 군사들을 이끌고 맹진(孟津: 하남성 맹진현 동북)으로 가도록 하고; 산조(酸棗: 하남성 연진현延津縣 서남)의 여러 장수들로 하여금 성고(成皐: 하남성 형양현 사수진汜水鎭)를 굳게 지키면서 오창(厫倉: 하남성 낙양시 서북의 북망산에 있던 곡식창고)을 점거하고, 환원轘轅과 태곡(太谷: 환원과 태곡은 낙양 동남에 위치한 군사적 요충지)을 막아서 요충지를 장악하도록 하고; 다시 원공로(袁公路: 원술)로 하여금 남양(南陽: 하남성 남양)의 군사들을 거느리고 단수현(丹水縣: 하남성 석천현淅川縣)과 석현(析縣: 하남성 내향현內鄕縣 서북)에 주둔하고 있다가 무관(武關: 섬서성 상현商縣 동쪽)으로 들어가서 삼보(三寶: 장안과 그 부근 일대. 섬서성 위수渭水 유역 일대)를 위협하도록 하려는 것이었소. 이리하여 모두들 방비를 굳게 하고 있으면서 적과 맞붙어 싸우지는 말고 적을 헷갈리게 할 군사(疑兵)들을 더욱 늘려서 천하에 우리의 우세한 형세를 과시함으로써 정의의 군사로 역적의 군사를 친다면 천하를 곧바로 안정시킬 수 있을 것으로 생각했었소. (*그가 말한 것은 확실히 좋은 계책이다.)

그런데 지금 여러분은 망설이며 진격하지 않아서 천하의 기대를 크게 저버리고 말았소. 조조는 이 일을 부끄럽게 여기고 있소."

원소 등은 대꾸할 말이 없었다. 곧바로 술자리가 파하여 다들 흩어졌다. 조조는 원소 등이 제각기 딴마음을 품고 있는 것을 보고 일을 성공시킬 수 없을 것으로 예상하고는 자기도 군사들을 이끌고 양주(揚州: 안휘성 수현壽縣)로 떠나가 버렸다.

공손찬은 현덕과 관우, 장비를 보고 말했다: "원소는 아무 일도 할 수 없다. 오래 있으면 반드시 변고가 생길 것이다. 우리도 일단 돌아가도록 하자."

마침내 그들도 영채를 거두어 북으로 갔다. 평원(平原: 산동성 평원현)에 이르러 공손찬은 현덕을 평원 현령으로 임명하고 자기는 북평(北平: 하북성 풍윤豊潤 남)으로 돌아가서 그 지역을 지키고 군사들을 휴식시켰다.

이때 연주兗州자사 유대劉岱는 동군태수 교모喬瑁에게 군량을 빌려달라고 했으나 교모는 이런저런 핑계를 대고 주지 않았다. 유대는 군사들을 이끌고 교모의 영채로 갑자기 쳐들어가서 교모를 죽이고 그 수하 군사들을 모조리 항복시켰다.

원소는 많은 제후들이 각자 뿔뿔이 흩어져 떠나가는 것을 보고 자기도 군사를 거느리고 영채를 거두어 낙양을 떠나 관동關東으로 갔다. (*맹주가 달아나다니, 좋은 맹주구나!)

〖 12 〗 한편 형주자사 유표劉表는 자字가 경승景升이며 산양山陽 고평

(高平: 산동성 어대현魚臺縣 북쪽) 사람으로 한 황실의 종친이었다. 어릴 때부터 친구 사귀기를 좋아해서 당시 이름난 인사 일곱 사람을 벗으로 삼았으므로 당시 사람들은 그들을 가리켜 "강하팔준江夏八俊"(강하 지방의 여덟 명의 준걸. 강하江夏: 호북성 무창武昌 서남)이라고 불렀다. 유표를 제외한 그 일곱 사람이란 곧 여남(汝南: 하남성 평여현平輿縣)의 진상(陳翔: 자字는 중린仲麟), 같은 군郡의 범방(范滂: 자는 맹박孟博), 노국(魯國: 산동성 곡부曲阜)의 공욱(孔昱: 자는 세원世元), 발해의 범강(范康: 자는 중진仲眞), 산양의 단부(檀敷: 자는 문우文友), 같은 군의 장검(張儉: 자는 원절元節), 남양의 잠질(岑晊: 자는 공효公孝) 등이다.

유표는 이 일곱 사람들과 벗으로 사귀면서 (*오늘날 명류名流와 어울리면서 그들에 의탁하여 스스로를 명사名士라고 말하는 자들은 모두 유표와 같은 부류의 인간들이다.) 연평延平 사람 괴량蒯良과 그의 아우이자 장릉章陵 태수 괴월蒯越, 양양襄陽 사람 채모蔡瑁로 하여금 자신을 보좌하도록 했다.

이때 유표는 원소의 글을 받아보고 나서 곧바로 괴월과 채모로 하여금 군사 1만 명을 이끌고 가서 손견이 돌아가는 길을 끊도록 했다. (*기왕에 손견의 돌아가는 길을 끊을 수 있다면 어찌하여 군사를 일으켜 왕실을 근위할 생각은 하지 않았는가?)

손견의 군사가 막 당도하자 괴월은 진을 벌리고 앞장서서 말을 타고 나갔다.

손견이 물었다: "괴이도(蒯異度: 괴월의 자字)는 무슨 까닭으로 군사를 이끌고 나와서 내가 돌아가는 길을 막는 것인가?"

괴월曰: "당신은 기왕에 한漢의 신하인데 어찌하여 대대로 전해오는 나라의 보물(傳國之寶) 옥새를 사사로이 숨기는 거요? 빨리 이리 내놓으시오. 그러면 지나가도록 해주겠소."

손견이 크게 화를 내며 황개에게 나가 싸우라고 했다. 그러자 채모가 칼을 휘두르며 나와서 맞이했다. 둘이 맞붙어 싸우기를 여러 합 만에 황개가 채찍을 휘둘러 채모를 후려쳤는데 호심경(護心鏡: 가슴 부위를 보호하기 위해 갑옷 위에 붙인 철판)을 정통으로 때렸다. 채모는 말머리를 돌려 달아났다.

손견은 그 기세를 타고 군사들을 휘몰아 유표의 관할 군郡 경계 안으로 쳐들어갔다. 바로 그때 산 뒤로부터 징소리, 북소리가 일제히 울리면서 유표가 직접 군사들을 이끌고 왔다.

손견이 말 위에서 인사를 하고 말했다: "경승(景升: 유표)께서는 무슨 이유로 원소의 글만 믿고 이웃 군郡을 이처럼 핍박하시오?"

유표曰: "자네가 전국새를 감춘 것은 장차 모반하려는 것인가?"

손견曰: "내가 만약 그것을 가지고 있다면, 남의 칼과 화살에 맞아 죽을 것이오!"

유표曰: "자네가 만약 내가 자네 말을 믿게끔 하려거든 따르는 군사들의 짐을 내가 뒤져 보도록 해주게."

손견이 화를 내며 말했다: "당신이 무슨 힘이 있다고 감히 나를 깔보는 것이오?"

손견이 막 싸우려고 들자 유표는 곧바로 군사들을 물렸다. 손견은 말을 몰아 그 뒤를 쫓아갔는데, 양쪽 산 뒤에서 복병들이 일시에 뛰쳐나왔다. 등 뒤에서는 채모와 괴월이 쫓아와서 손견을 한가운데 두고 에워싸 버렸다. 이야말로:

옥새를 얻었으나 쓸 데도 없는데　　　　　玉璽得來無用處

도리어 그 보물로 인해 칼부림만 나네.　　　反因此寶動刀兵

끝내 손견은 이 위기를 어떻게 벗어날까? 일단 다음 회를 읽어보라.

(1). 동탁이 하는 짓을 보면 그는 우둔한 강도일 뿐 간사스런 간 웅奸雄은 결코 아니다. 간웅은 반드시 민심을 얻으려고 하며, 본심 이 아닌 거짓으로라도 인의仁義를 행하려고 한다. 동탁이 지금 궁 실을 불태우고 능침을 파헤치고 백성들을 죽이고 재물들을 노략질 하는 것은 단지 장각 등과 같은 도적들의 소행에 불과하다. 후세 사람들이 동탁과 조조를 나란히 부르는데, 동탁은 조조에 한참이 나 미치지 못하는 줄 모르고 하는 말이다.

(2). 사람들의 마음이 각각일 때에는 일을 성공시킬 수 없다. 전 국시대 때 소진蘇秦이 여섯 나라의 제후들을 원수洹水 가에 모아놓 고 맹약을 했으나 얼마 못 가서 그 맹약이 깨지고 만 것도 이 때문 이다. 전에는 손견이 싸우려고 했으나 원술이 이를 막았고, 이번에 는 조조가 싸우려고 했으나 원소가 이를 막았다. 비록 뜻이 있는 사람이라도 그가 움직이려 할 때마다 팔꿈치를 잡아끈다면 탄식밖 에 더 하겠는가! 심지어 유표의 경우에는 쓸데없이 허명虛名만 있 다. 그가 조조의 격문을 받고 동탁을 치려고 하지 않고 원소의 편 지를 받들어 손견의 돌아가는 길만 끊는 것을 볼 수 있으니, 이로 써 그가 쓸모없는 인간임을 알 수 있다.

(3). 일천 명의 군사는 얻기 쉬워도 한 사람의 장수는 구하기 어 렵고(千軍易得, 一將難求), 여러 명의 장수는 얻기 쉬워도 한 사람 의 주장主將은 구하기 어렵다(衆將易得, 主將難求). 따르는 무리 일 만 명도 그 우두머리 한 사람의 중요성에는 미치지 못한다. "천하 에 조홍은 없어도 되지만 주공께선 없어서는 안 된다(天下可無洪,

不可無公)"는 이 조홍의 말은 천고千古에 전해져야 할 말이다.

　(4). 조조가 죽을 뻔했던 고비가 셋이다. 동탁에게 보도를 바치고 도망가다가 중모中牟에서 군사에게 붙잡혔을 때가 그 첫 번째 죽을 뻔한 고비였고, 진궁陳宮이 여인숙에서 그를 죽이려고 했을 때가 두 번째 죽을 뻔한 고비였으며, 형양의 전투에서 화살에 맞아 말에서 떨어졌을 때가 세 번째 죽을 뻔한 고비였다. 이 세 번의 죽을 뻔한 고비를 벗어난 것을 가지고 사람들은 조조를 위해 다행한 일이라고 생각하지만, 나는 혼자 조조를 위해서 유감이라고 생각한다. 그가 한 번 죽음으로써 충의지사忠義之士라는 이름을 이룰 수 있는 기회를 놓친 것을 유감으로 생각하는 것이다.
　천하에는 본래 죽는 것보다 못한 삶도 있는데(天下固有生不如死者), 조조의 경우가 바로 그런 종류이다.

제7회

원소, 반하에서 공손찬과 싸우고
손견, 강을 건너가 유표와 싸우다가 죽다

〖1〗한편 손견은 유표의 군사들에게 포위되었으나 다행히 정보와
황개, 한당 등 세 장수의 필사적인 구원으로 포위를 벗어날 수 있었다.
그러나 군사들을 태반이나 잃어버렸다. 손견은 길을 내어 군사들을 이
끌고 강동으로 돌아갔다. 이때부터 손견과 유표는 서로 원수 사이가
되었다.

한편 원소는 하내에 군사들을 주둔시켰으나 군량과 마초가 모자랐
다. 기주(冀州: 하북성 임장臨漳 서남) 목사 한복韓馥이 사람을 시켜서 군량
으로 쓰라고 양식을 보내주었다. (*원술은 군량을 공급해주지 않아서 손
견이 패배하도록 했고, 한복은 양식을 보내줌으로써 원소가 나쁜 꾀를 내도록
했는바, 용렬한 자들이 한 일은 모두 잘못이다.)

모사 봉기逢紀가 원소에게 말했다: "대장부가 천하를 누비면서 어찌

남이 양식을 보내주기만 기다려서 먹으려 하십니까! 기주는 물자와 양식이 극히 풍부한 곳인데, 장군은 어째서 그곳을 취하려 하지 않으십니까?"

원소曰: "좋은 계책이 없지 않은가."

봉기曰: "은밀히 공손찬에게 사람을 보내서 글을 전하면서, 기주를 취하러 진군한다면 우리도 협공하겠다고 약속하십시오. 그러면 공손찬은 반드시 군사를 일으킬 것입니다. 한복은 꾀가 모자라는 자인지라 틀림없이 장군께 기주를 대신 다스려 달라고 청해올 것입니다. 그 때를 틈타 손을 쓴다면 전혀 힘들지 않게 기주를 얻을 수 있습니다."

원소는 크게 기뻐하며 즉시 공손찬에게 글을 보냈다. 공손찬이 글을 받아보니, 같이 기주를 쳐서 그 땅을 반반씩 나누어 갖자는 내용인지라 매우 기뻐하며 그날 당장 군사를 일으켰다. 그러나 원소는 사람을 시켜서 한복에게 은밀히 보고하도록 했다.

한복은 당황하여 순심荀諶과 신평辛評 두 모사를 불러놓고 상의했다. (*이런 자들까지도 역시 모사謀士라고 부르고 있으니, 가소롭다.)

순심曰: "공손찬이 연燕과 대代 두 지방의 군사들을 거느리고 쳐들어오면 그 칼끝을 당해낼 수 없습니다. 게다가 유비와 관우, 장비가 돕고 있으니 대적하기 어렵습니다. 지금 원본초袁本初는 지모와 용맹이 남보다 뛰어나고 그 수하에는 명장들이 매우 많으므로, 장군께서 그에게 같이 기주를 다스리자고 청하시면 그는 틀림없이 장군을 후대할 것이므로 공손찬을 염려할 필요가 없습니다."(*봉기의 계략에 정통으로 걸려들었다.)

한복은 즉시 별가別駕 관순關純을 보내서 원소를 청해 오도록 했다. 그러자 장사長史 경무耿武가 간했다: "원소는 외로운 나그네 신세인데다 군사들도 곤궁한 처지에 있어 우리의 눈치만 살피고 있는 형편입니다. 비유해서 말하자면, 마치 갓난애가 어미 품안에 안겨 있는데 젖만 끊어버리면 곧바로 굶어죽게 되는 것과 같습니다. 그런 사람에게 어찌 우리 주州의 일을 맡기려고 하십니까? 이는 범을 이끌고 와서 양떼 속으로 들어가게 하는 것(引虎入羊群)과 같습니다."(*기주에도 사람이 없었던 것은 아니다.)

한복曰: "나는 원씨 집안의 옛 관리였고 재능도 본초보다 못하다. 옛사람들은 현자賢者를 가려서 그에게 벼슬을 양보해 주었다(擇賢者而讓之)고 하던데, 여러분은 어째서 질투를 하는가?"

경무가 탄식하며 말했다: "기주도 끝장났구나!"

이리하여 관직을 버리고 떠나간 자가 30여 명이나 되었다. 오직 경무와 관순만은 떠나가지 않고 성 밖에 숨어서 원소가 오기를 기다렸다. 수일 후 원소가 군사를 이끌고 왔다. 경무와 관순은 칼을 빼어들고 뛰쳐나가 원소를 찌르려고 했다. 그러나 원소의 장수 안량顔良이 즉시 경무의 목을 베고, 문추文醜는 관순을 찍어 죽였다.

원소는 기주에 들어가서 한복을 분위장군奮威將軍으로 삼고 자기 부하 장수들인 전풍田豊, 저수沮授, 허유許攸, 봉기逢紀 등에게 주州의 일을 나누어 맡김으로써 한복의 권한을 모조리 빼앗아버렸다. (*현자를 가려서 양보해 준다고 했는데, 현자는 본래 이렇게 하는가?)

한복은 후회했으나 이미 돌이킬 수 없었다. 마침내 그는 처자식을 내버리고 홀로 말을 타고 진류陳留 태수 장막張邈을 찾아갔다. (*범이 양의 무리 속으로 들어가면 양이 살아남을 수 있는가? 그가 떠나갈 수 있었던 것만 해도 오히려 다행이다.)

〖 2 〗 한편 공손찬은 원소가 이미 기주를 차지한 것을 알고 자기 아우 공손월公孫越을 원소에게 보내서 약속한 대로 땅을 나누자고 했다.

원소曰: "자네 형더러 직접 오라고 하게. 내 상의할 일이 있네."

공손월이 하직인사를 하고 돌아갔는데, 채 50리도 못 갔을 때 갑자기 길가에서 한 떼의 군사들이 뛰쳐나오며 말했다: "우리는 동董 승상댁의 장수들이다!"

그리고는 마구 활을 쏴서 공손월을 죽여 버렸다. (*원소는 동탁을 토벌하지 못하고 반대로 동탁의 가병家兵이란 이름을 빌려 사람을 죽였는데, 이러한 거동이야말로 맹주盟主로서는 심히 부끄러운 짓이다.)

따라갔던 사람이 도망쳐 돌아와서 공손찬에게 공손월이 이미 죽었다고 보고했다.

공손찬이 크게 화를 내며 말했다: "원소는 나를 꾀어 군사를 일으켜 한복을 치도록 해놓고, 자기는 반대로 그 틈에 일을 꾀했다! 그리고 이번에는 또 동탁의 군사라 사칭하고 내 아우를 쏘아 죽였다. 내 이 원한을 어찌 갚지 않을 수 있겠나!"

그는 휘하의 군사들을 전부 일으켜 기주를 향해 쳐들어갔다.

원소는 공손찬의 군사가 오는 것을 알고 그 역시 군사들을 거느리고 나갔다. 양쪽 군사들은 반하(磐河: 산동성 능현陵縣 부근의 구반하鉤槃河)에서 만났다. 원소의 군사는 반하 다리 동편에, 공손찬의 군사는 다리 서편에 진을 쳤다.

공손찬이 다리 위에 말을 세우고 큰소리로 외쳤다: "의리를 배신한 놈아, 어찌 감히 나를 팔아먹느냐!"

원소 역시 말에 채찍질을 하여 다리 가로 와서 공손찬을 가리키며 말했다: "한복이 스스로 재주 없음을 깨닫고 기주를 내게 양보하고자 했던 것인데, 이 일이 당신과 무슨 상관인가?"

공손찬曰: "전에는 너를 충의지사忠義之士로 생각해서 맹주로 밀었었는데, 지금 하는 짓을 보니 참으로 심보는 이리 같고 행실은 개 같은 (狼心狗行) 놈이구나. 그러고도 무슨 면목으로 세상에 나서려고 하느냐?"(*지난 날 피를 마시면서 맹약을 맺었던 일을 돌이켜 생각하면 웃음이 나온다. 오늘날 맹형盟兄이니 맹제盟弟니 하고 부르는 자들은 조심해야 한다.)

원소가 크게 화를 내며 말했다: "누가 저자를 사로잡겠느냐?"

말이 끝나기도 전에 문추가 말에 채찍질을 하며 창을 꼬나들고 곧바로 다리 위로 올라갔다. 공손찬도 다리 가로 가서 문추와 싸웠으나 10여 합도 채 못 싸우고 공손찬은 그를 당해 내지 못하고 패하여 달아났다. 문추는 기세를 타고 그 뒤를 쫓아갔다. 공손찬이 달아나서 진중으로 들어가자 문추는 나는 듯이 말을 달려 곧장 군중으로 들어가서 좌충우돌했다. 그때 공손찬 수하의 맹장 넷이 일제히 그를 맞이해 싸웠으나, 문추가 그 중의 한 장수를 창으로 찔러 말 아래로 떨어뜨리자 나머지 세 장수들은 전부 달아나버렸다.

문추가 그대로 공손찬의 뒤를 쫓아가서 그를 진중 뒤편으로 몰아내자, 공손찬은 산골짜기를 향해 달아났다. 문추가 말을 몰아 쫓아가며 언성을 높여 외쳤다: "빨리 말에서 내려 항복하라!"

공손찬은 화살이 다 떨어지고 투구도 땅에 떨어져서 산발散髮이 된 채 말을 달려서 달아났는데, 산비탈을 돌 때 그가 탄 말이 그만 앞다리를 꿇고 고꾸라지는 바람에 그의 몸이 벌렁 뒤집혀 산비탈 아래로 떨어지고 말았다. 문추가 급히 창을 꼬나들고 달려들어 그를 찌르려고 했다. 바로 그때 갑자기 풀이 무성한 산비탈 왼편에서 소년장군 하나가 창을 들고 나는 듯이 말을 달려 와서는 곧바로 문추에게 달려들었다. 그 틈에 공손찬은 산비탈 위로 기어 올라가서 멀리서 그 소년을 바라보니, 키는 여덟 자, 짙은 눈썹에 큰 눈과, 넓적한 얼굴에 큰 턱이 이중으로 보였으며, 위풍이 늠름했다. 소년장수는 문추와 5~60합이나 대판으로 싸웠으나 승부가 나지 않았다.

이때 공손찬 휘하의 구원군이 도착하자 문추는 말머리를 돌려서 가 버렸다. 그 소년도 그를 쫓아가지 않았다.

공손찬은 급히 산비탈을 내려와서 그 소년의 성명을 물었다. 그 소년은 몸을 구부리고 대답했다: "저는 상산(常山: 하북성 석가장石家莊 북쪽) 진정(眞定: 하북성 정정현正定縣 남쪽) 사람으로 성은 조趙, 이름은 운雲, 자字는 자룡子龍이라고 합니다. (*이 사람은 갑자기 나타났으므로, 사람들은 말하기를 당일 공손찬이 구원의 별(救星) 하나를 얻었다고 했다. 그러나 후에 그는 도리어 현덕을 돕게 된다.) 본래는 원소의 관할 밑에 있었는데, 원소에게는 군주에게 충성하고 백성들을 구하려는 마음이 없기에 이번에 그를 버리고 휘하에 몸을 맡기려고 찾아오던 중 뜻밖에도 여기서 만나 뵙게 된 것입니다."(*조자룡의 입지立志는 다른 사람들보다 한 등급 더 높다.)

공손찬은 크게 기뻐하며 곧 그와 함께 영채로 돌아와서 군사와 무기를 정비하였다.

〖 3 〗 다음날 공손찬은 군사들을 좌우 양대兩隊로 나누어 그 형세를 마치 새의 양쪽 날개(羽翼)처럼 만들었다. 말은 전부 5천여 필이었는데, 그 중 태반은 백마白馬였다. 예전에 공손찬이 강족羌族 사람들과 싸울 때 전부 백마만을 골라서 선봉으로 삼고 스스로를 백마장군白馬將軍이라고 불렀는데, 강족 사람들은 백마만 보면 곧바로 달아났던 적이 있었기 때문에 백마가 매우 많아졌던 것이다.

원소는 안량과 문추를 선봉으로 삼고 각기 궁노수弓弩手 1천 명을 이끌도록 하고 역시 좌우 양대로 나누어서 좌측에 있는 자들은 공손찬의 우군을 쏘고, 우측에 있는 자들은 공손찬의 좌군을 쏘도록 했다. 그리고 다시 국의麴義에게 궁수弓手 8백 명과 보병 1만 5천 명을 이끌고 진중에 벌려 세우도록 했다. 원소 자신은 마군馬軍과 보군步軍 수만 명을 이끌고 뒤에서 지원하기로 했다.

공손찬은 조운趙雲을 처음 얻어 그 속마음을 알 수 없었으므로 그에게 뒤에서 따로 일군一軍을 거느리도록 하고, (*그는 사람을 알아볼 줄도 쓸 줄도 몰랐던 인물이다.) 대장 엄강嚴綱을 보내서 선봉으로 삼았다. 그리고 공손찬 자신은 중군을 거느리고 말을 타고 다리 위에 서 있고, 옆에는 큰 붉은 원 안에 황금색 실로 〈帥수〉자를 수놓은 원수기元帥旗를 말 앞에 세워 놓았다.

진시(辰時: 오전 7시에서 9시 사이)부터 북을 두드리며 싸움을 걸었으나 사시(巳時: 오전 9시에서 11시 사이)가 될 때까지 원소의 군사들은 앞으로 나오지 않았다.

국의는 궁수들에게, 모두들 화살 막는 방패(遮箭牌) 밑에 엎드려 있다가 포성이 들리는 대로 화살을 쏘도록 명했다. 엄강이 북을 치고 고함을 지르며 곧바로 국의에게 쳐들어갔다. 그러나 국의의 군사들은 엄강의 군사가 쳐들어오는 것을 보고도 전부 땅에 엎드린 채 꼼짝하지 않고 있다가 적병이 아주 가까이 이르렀을 때 포성이 한 번 올리자마자 8백 명의 궁수들이 일제히 화살을 쏘았다.

엄강이 황급히 군사를 돌리려고 할 때 국의가 말에 채찍질을 하고 칼을 휘두르며 달려와서 그를 베어 말 아래로 떨어뜨렸다. 공손찬의 군사는 대패했다. 공손찬의 좌우 양군이 가서 구해주려고 했으나 안량, 문추가 궁노수들을 이끌고 화살을 쏘아대는 바람에 앞으로 나아가지 못했다. (*말이 많은 것은 화살이 많은 것보다 못하다.) 원소의 군사들은 일제히 나아가 곧바로 양편의 경계인 다리 옆까지 쳐들어갔다. 국의의 말이 도착하여 먼저 깃발을 잡고 있던 장수부터 벤 다음 〈帥수〉자를 수놓은 원수기元帥旗를 찍어버렸다. (*만약 조자룡을 앞장세웠더라면 틀림없이 이런 상황에 이르지는 않았을 것이다.)

공손찬은 원수기가 두 동강 나서 쓰러지는 것을 보고 말머리를 돌려 다리에서 내려가 그대로 달아났다. (*공손찬 군의 일패—敗.) 국의는 군사를 이끌고 곧장 쳐들어가서 공손찬 군의 후군後軍에 이르러 조운趙雲과 맞닥뜨렸다. 조운은 창을 꼬나들고 말을 달려 나와 곧바로 국의에게 덤벼들었다. 서로 몇 합 싸우지 않았을 때 조운은 창으로 국의를 찔러서 말 아래로 떨어뜨렸다. 조운은 홀로 말을 달려 나는 듯이 원소의 군중으로 들어가서 좌충우돌하기를 마치 무인지경無人之境에 들어가 있는 듯했다. 그때 공손찬도 군사를 돌려서 휘몰아치자 원소의 군사는 대패했다. (*공손찬 군의 일승一勝이다.)

〖 4 〗 한편 이보다 앞서 원소가 정탐꾼에게 전투상황을 알아보게 했더니, 그가 돌아와서 보고하기를, 국의가 적장을 베고 기를 빼앗은 다음 패한 군사들을 추격하고 있다고 했다. 이런 보고를 들었기 때문에 그는 마음 놓고 아무런 준비도 하지 않은 채 전풍田豊과 함께 휘하의 창을 가진 군사 수백 명과 말을 탄 채 활을 쏘는 궁수弓手 수십 기騎만 이끌고 말을 타고 나가서 구경을 하면서 크게 비웃었다: "공손찬은 정말로 무능한 놈이로구나!"

한창 말하고 있을 때 갑자기 맞은편에서 조운이 말을 달려 쳐들어오는 게 보였다. 궁전수弓箭手들이 급히 활을 쏘려고 하는데 조운이 연달아 여러 명을 찔러 죽이자 나머지 군사들은 모조리 달아났다. 뒤에서 공손찬의 군사들이 겹겹이 포위해 왔다. 전풍이 당황해서 원소를 보고 말했다: "주공께선 우선 저 빈집 담 안으로 들어가서 몸을 피하십시오."

원소는 투구를 벗어 땅에 던지며 큰소리로 외쳤다: "대장부가 전쟁터에서 적과 싸우다가 죽을지언정 어찌 담 안에 들어가서 살기를 바라겠느냐!"(*이때의 이런 기개를 동탁을 토벌할 때 쓰지 않은 것이 애석하다.)

모든 군사들이 한마음으로 죽기 살기로 싸우자 조운은 좌충우돌했어도 뚫고 들어가지 못했다. 이때 원소의 대대大隊 군사들이 갑자기 쳐들어왔고, 안량 역시 군사들을 이끌고 와서 두 방면의 군사들이 같이 싸웠다. 조운은 공손찬을 보호하면서 적들의 여러 겹 포위를 뚫고 처음 양편의 경계였던 다리로 돌아왔다. 그때 원소가 대군을 휘몰아 와서 다시 다리를 건너오자, 달아나다가 물에 떨어져 죽은 공손찬의 군사들이 수없이 많았다.

원소가 앞장서서 쫓아왔는데 미처 5마장(里)을 못 가서 문득 산 뒤에서 함성이 크게 일어나면서 한 떼의 군사들이 뛰쳐나왔다. 앞장 선 세 명의 대장들은 곧 유현덕과 관운장과 장익덕張翼德이었다. 이들은 평원平原에 있다가 공손찬이 원소와 싸운다는 말을 듣고 싸움을 도우려고 일부러 온 것이다. 당장 세 필의 말과 세 가지 병장기가 나는 듯이 원소를 향해 달려들자, 원소는 놀라서 혼비백산하여 손에 들고 있던 보도寶刀를 말 아래로 떨어뜨리고 정신없이 말 머리를 돌려 도망쳤다. (*사세삼공四世三公 가문의 원소가 어찌 일개 현령과 궁수弓手 둘을 겁낸단 말인가?) 여러 장수들이 죽기 살기로 싸워 그를 구하여 다리를 건너 돌아갔다. (*또 공손찬 군의 일승一勝이다. 양군이 문득 이기고 문득 패하는 것을 묘사하여 독자들의 눈을 빙빙 돌게 한다.) 공손찬 역시 군사를 거두어 영채로 돌아갔다.

현덕과 관우와 장비가 안부를 묻고 나자, 공손찬이 말했다: "만약 현덕이 멀리서 달려와서 나를 구해 주지 않았다면 내가 큰 낭패를 볼 뻔했네."

그리고는 조운을 만나보라고 하면서 소개해 주었다. 현덕은 그를 매우 경애敬愛하여 곧바로 그를 놓치고 싶지 않은 마음이 들었다. (*사람을 알아보는 그의 안목은 공손찬보다 월등히 뛰어났다.)

〖 5 〗 한편, 원소는 싸움에서 패하자 성을 굳게 지키고 싸우러 나가지 않았다. 양군이 서로 대치하고 있기를 달포 가량 지났을 때 누군가가 장안으로 가서 동탁에게 이 일을 보고했다.

이유가 동탁에게 말했다: "원소와 공손찬은 당대의 호걸들인데 현재 둘이서 반하에서 싸우고 있으니 마땅히 천자의 조서를 이용, 사람을 보내서 그들을 화해시켜야 합니다. 그렇게 한다면 두 사람은 그 은 덕에 감격해서 틀림없이 태사께 순종할 것입니다."

동탁曰: "그게 좋겠다."

다음날, 동탁은 곧 태부太傅 마일제馬日磾와 태복太僕 조기趙岐로 하여금 조서를 가지고 가도록 했다. 두 사람이 하북河北에 이르자 원소는 백 리 밖까지 마중 나가서 두 번 절을 하고 조서를 받았다. (*이것은 과연 천자의 조서일까? 그것은 동탁의 명령일 뿐이다. 전날에는 여러 제후들과 맹세하고 그를 토벌하려고 했으면서 오늘에는 두 번 절을 하고 그것을 받들다니, 원소는 참으로 겁쟁이구나.)

그 다음날 두 사람은 공손찬의 영채로 가서 천자의 명을 전했다. 그러자 공손찬은 사자使者를 원소에게 보내서 글을 전하고 서로 화해했다. 마일제와 조기는 장안으로 돌아가서 결과를 보고했다.

공손찬은 그날로 군대를 철수하고, 또 조정에 표문을 올려 유현덕을 평원상(平原相: 평원 현령)으로 천거했다. 현덕은 조운과 헤어지면서 손을 잡고 눈물을 흘리며 이별을 매우 아쉬워했다.

조운이 탄식하며 말했다: "저는 지난날 공손찬이 영웅인 줄 잘못 생각했습니다. 지금 그의 소행所行을 보니 역시 원소와 똑같은 무리입니다."

현덕曰: "공은 잠시 몸을 굽혀 그를 섬기고 있도록 하시오. 우리 다시 서로 만날 날이 있을 거요."

현덕은 눈물을 흘리며 작별했다. (*이때 자룡이 즉시 유비에게 귀의하지 않은 것은 자룡이 공손찬에게 미련을 가져서가 아니라 공손찬에 대한 현덕의 애정 때문이었다.)

〖 6 〗 한편 원술은 남양에서 원소가 새로 기주冀州를 얻었다는 소식을 듣자 곧 사람을 보내서 말 1천 필을 달라고 했다. 원소가 주지 않자

원술은 화를 냈다. 이때부터 형제는 서로 반목(不睦)하게 되었다. (*조씨 집안 형제들은 서로 돕는데, 원씨 집안 형제들은 서로 원수가 되어 있었다. 원소와 조조의 우열을 여기서도 볼 수 있다.) 원술은 또 형주로 사람을 보내서 유표劉表에게 군량 20만 석을 꾸어달라고 했으나 유표 역시 주지 않았다. 원술은 이에 앙심을 품고 은밀히 손견에게 사람을 보내서 글을 전하면서 그로 하여금 유표를 치도록 했다. (*원술은 전에는 군량을 대주지 않아서 손견을 패하게 만들더니, 지금은 또 다른 사람이 양식을 대주지 않는다고 원망하면서 손견을 죽도록 만드는데, 참으로 한심하다.)

그 글의 내용은 대강 이러했다:

"전에 유표가 공의 돌아가는 길을 끊었던 것은 본래 나의 형 본초의 꾀입니다. 지금 본초는 또 유표와 짜고 강동을 습격하려고 하니 공께서는 속히 군사를 일으켜서 유표를 치고, 나는 공을 위해 본초를 친다면,(*이 무슨 말인가?) 우리 두 사람의 원수를 다 갚을 수 있습니다. 그리하여 공은 형주를 취하고 나는 기주를 취하도록 합시다. 부디 일을 그르치지 말기 바랍니다."(*이 한 번의 편지를 보낸 것이 후문에 가서 손책孫策이 원술에게 찾아가게 되는 계기가 된다.)

손견이 이 글을 보고 말했다: "전날 나의 돌아오는 길을 막았던 일을 생각하면 유표 이놈을 용서할 수가 없다! 이때를 틈타 원수를 갚지 않고 다시 어느 때를 기다린단 말이냐!"

손견은 정보, 황개, 한당 등 휘하 장수들을 모아놓고 상의했다.

정보曰: "원술은 거짓말을 많이 하므로 그의 말을 믿어서는 안 됩니다."

손견曰: "내가 직접 원수를 갚으려는 것이지 어찌 원술의 도움을 바란단 말인가!"

그는 즉시 황개를 먼저 강변으로 보내서 전선戰船을 준비하여 군기와 군량 및 마초를 대량 싣고 큰 배에는 전마戰馬를 싣도록 한 후, 기일을 정해 군사를 일으켰다.

장강을 오가며 소식을 알아오던 정탐꾼이 이 사실을 탐지해 와서 유표에게 보고했다. 유표는 크게 놀라 급히 문무 장수들을 모아놓고 상의했다.

괴량蒯良曰: "염려하실 필요 없습니다. 황조黃祖에게 강하江夏의 군사들을 이끌고 앞장서 가도록 명하시고, 주공께서는 형주와 양양(襄陽: 호북성 양번시襄樊市)의 군사들을 거느리고 뒤에서 지원하도록 하십시오. 손견은 강과 호수를 건너와야 하는데 어찌 무력을 쓸 수 있겠습니까?"

유표는 그의 말을 옳게 여기고 황조로 하여금 준비하도록 시키고 뒤이어 대군을 일으켰다.

〖 7 〗 한편 손견에게는 오부인吳夫人의 소생인 아들 넷이 있었는데, 큰 아들의 이름은 책策, 자字는 백부伯符였고, 둘째 아들의 이름은 권權, 자는 중모仲謀였으며, 셋째 아들의 이름은 익翊, 자는 숙필叔弼이었고, 넷째 아들의 이름은 광匡, 자는 계좌季佐였다. (*장차 손견은 죽고 그 아들들이 막 두각을 드러내려 하므로 한창 바쁜 중에 일부러 그 아들들의 이야기를 하는 것이다.)

오부인의 여동생은 바로 손견의 둘째 아내가 되어 역시 아들 하나 딸 하나를 낳았는데 아들의 이름은 낭朗, 자는 조안早安이었고, 딸의 이름은 인仁이었다. (*그 딸까지 같이 이야기하는 것은 이 딸이 후에 유비의 처가 되기 때문이다.)

손견은 또 유씨兪氏의 아들 하나를 양자로 들였는데, 그의 이름은 소韶, 자는 공례公禮였다. 손견에게는 아우도 하나 있었는데 이름은 정靜, 자는 유대幼臺였다.

손견이 유표를 치려고 떠나려 할 때, 그의 아우 정靜이 손견의 여러 아들들을 이끌고 말 앞을 막고 서서 절을 하고 간했다: "지금 천하 형세를 보면, 동탁이 권력을 제멋대로 휘두르고 있는데다 천자는 나약해서 천하가 크게 어지럽습니다. 그리고 여러 영웅들은 각기 한 지방씩 차지하고 있는 실정입니다. 강동이 이제 겨우 조금 편안해졌는데, 작은 원한 때문에 대병을 일으키는 것은 옳지 못하니 형님께서는 깊이 살펴봐 보시기 바랍니다." (*손견의 동생이 원소의 동생보다 뛰어나다.)

손견曰: "아우는 여러 말 말라. 내 장차 천하를 누비고자 하면서 원수가 있는데도 어찌 갚지 않을 수 있겠느냐?"

맏아들 손책孫策이 말했다: "만약 아버님께서 반드시 가시려고 하신다면 저도 따라가고 싶습니다."

손견이 이를 허락하여 마침내 손책과 함께 배에 올라 번성(樊城: 호북성 양번시襄樊市 번성. 한수漢水를 사이에 두고 양양성襄陽城과 마주보고 있다.)을 향해 달려갔다.

이때 황조는 궁노수들을 강변에 매복시켜 놓고 있다가 배가 강기슭으로 다가오는 것을 보고는 어지러이 화살을 쏘아댔다. 손견은 모든 장병들에게 경거망동하지 말고 그저 배 안에 엎드려 있으면서, 배를 강기슭에 다가갔다 되돌아오도록 하여 적을 유인하라고 했다.

이렇게 연달아 사흘 동안 배가 강기슭에 다가갔다 돌아오기를 수십 번 반복했는데, 그때마다 황조의 군사들은 그저 화살만 쏘아댔다. 적의 화살이 다 떨어지고 나자, 손견이 배 안에 떨어진 화살들을 전부 뽑아 모으도록 해서 보니 약 십 수만 개나 되었다.

이날은 마침 순풍이 불어와서 손견은 군사들에게 적을 향해 일제히 화살을 쏘도록 했다. (*그 사람이 쏜 화살로 그 사람의 군사들에게 되돌려 쏘아준다.) 강기슭 위의 황조의 군사들은 견뎌내지 못하고 물러나 달아나는 수밖에 없었다. 이리하여 손견의 군사들은 강기슭 위로 올라갔다.

정보와 황개는 군사를 두 방면으로 나누어 곧바로 황조의 영채로 쳐들어가고, 영채 배후에서는 한당韓當이 군사들을 휘몰아 대거 나아가 삼면으로 협공했다. 황조는 대패하여 번성을 버리고 달아나 등성(鄧城: 호북성 번양시 북에 위치)으로 들어가 버렸다. (*손견의 대승大勝이다.)

손견은 황개에게 배들을 지키도록 하고, 자신은 직접 군사들을 거느리고 적을 쫓아가서 습격하려고 했다. 황조도 군사들을 이끌고 맞이해 싸우려 나가서 들판에 진을 쳤다. 손견은 진세를 벌여놓고 말을 타고 문기 아래로 갔는데, 손책도 전신무장을 하고 말을 타고 나가서 창을 꼬나들고 부친 곁에 섰다.

〖 8 〗황조는 두 장수를 이끌고 말을 타고 진 앞으로 나갔는데, 한 사람은 강하江夏 사람 장호張虎였고 또 한 사람은 양양襄陽 사람 진생陳生이었다.

황조가 채찍을 높이 쳐들고 큰소리로 욕을 했다: "이 강동의 쥐새끼 같은 도적놈들아, 어찌 감히 한 나라 황실 종친의 경계를 침범한단 말이냐!"

그리고는 곧바로 장호로 하여금 나가서 싸움을 걸도록 했다. 손견의 진에서는 한당이 싸우러 나갔다. 말 두 필이 서로 어우러져 30여 합 싸웠을 때 진생은 장호의 힘이 달리는 것을 보고 싸움을 도우러 말을 달려 나갔다.

이때 손책이 멀리서 이를 바라보고, 손에 들고 있던 창을 내려놓고 활을 꺼내 시위에 화살을 메겨 진생의 얼굴을 향해 쐈다. 시위를 놓는 것과 동시에 진생이 말에서 떨어졌다. 장호는 진생이 땅에 떨어지는 것을 보고 깜짝 놀랐는데, 미처 손 놀릴 틈도 없이 한당의 칼이 그의 정수리를 두 동강 내버렸다. 정보는 말을 몰아 곧장 적진 앞으로 달려가서 황조를 붙잡으려고 했다. 황조는 투구와 전마戰馬까지 내버리고 보군步軍들 틈에 끼여 도망쳤다.

손견은 패주하는 적들을 추격해 갔다. 그대로 한수(漢水: 한강. 장강의 최대 지류. 무한武漢에서 장강으로 유입됨.) 가(邊)까지 와서 황개에게 배를 몰고 와서 한강漢江에 정박시키도록 했다.

〖 9 〗 황조는 패배한 군사들을 불러 모아 유표에게 돌아가서 손견의 형세가 하도 강해서 도저히 당해낼 수 없다고 말했다.

유표는 당황하여 괴량蒯良을 불러다가 상의했다.

괴량曰: "방금 갓 패해서 군사들에겐 싸울 마음이 없으니 다만 방비를 튼튼히 함으로써 그 예봉을 피하고, 다른 한편으로는 몰래 사람을 원소한테 보내서 구원군을 청한다면, 적들의 포위는 저절로 풀어질 수 있을 것입니다."(*원술이 손견에게 유표를 치라는 글을 보내자 유표는 원소에게 구원군을 청하는데, 형세상 그렇게 될 수밖에 없다.)

채모曰: "자유(子柔: 괴량의 자字)의 말은 그야말로 형편없는 계책입니다. 적병이 성 밑에까지 추격해 와서 곧 해자 가(邊)에 이를 상황인데 어찌 손발을 묶고 가만히 앉아서 죽기를 기다리겠습니까? 제가 비록 재주는 없으나 군사를 데리고 성을 나가서 한 번 죽기로 싸워보겠습니다."

유표가 이를 허락했다. 채모는 군사 1만여 명을 이끌고 양양성襄陽城 밖으로 나가서 현산(峴山: 호북성 양양현襄陽縣 서남)에다 진을 쳤다. 손견은 승리한 군사를 이끌고 거침없이 쳐들어갔다.

채모가 말을 타고 성 밖으로 나오자, 손견이 말했다: "저자는 유표 후처의 오라비다. 누가 나가서 저자를 사로잡아 오겠는가?"

정보가 철척모鐵脊矛를 꼬나들고 말을 달려 나가 채모와 싸웠다. 몇 합 싸우지도 않아 채모는 패하여 달아났다. 손견이 대군을 몰아 그 뒤를 치고 나가서 죽인 시체가 들판에 어지럽게 널렸다. 채모는 도망쳐서 양양성 안으로 들어갔다. 괴량은 채모가 자신의 훌륭한 계책을 듣지 않았기에 이처럼 대패하게 되었으니 마땅히 군법에 따라 참수해야 한다고 말했다. 그러나 유표는 최근에 새로 채모의 누이동생을 아내로 맞이한 처지여서 그에게 벌을 주려고 하지 않았다. (*유표가 후처에 대한 사랑에 빠져 있다는 것은 곧 후문에서 그가 후계자로 유기劉琦를 폐하고 유종劉琮을 세우게 되는 이유이다.)

〖 10 〗한편 손견은 군사를 사면으로 나누어 양양성을 포위하여 공격했다. 그런데 어느 날 갑자기 난데없이 광풍狂風이 일더니 막사 안에 세워놓은 '帥수' 자를 새겨 넣은 원수기元帥旗를 부러뜨렸다. (*여러 차례 이긴 후 갑자기 이런 불길한 조짐이 발생했다. 하늘에는 예측할 수 없는 풍운風雲이 있음은 바로 인간에게 아침과 저녁 사이에 달라지는 화복禍福이 있는 것에 대응한다. 공손찬의 〈帥수〉자 기는 적군이 찍어 넘어뜨렸으나 손견의 〈帥수〉자 기는 자연의 바람이 불어서 넘어뜨렸다. 두 곳이 느슨히 대응하고 있다.)

한당日: "이것은 좋은 징조가 아닙니다. 잠시 회군하도록 하시지요."

손견日: "그간 나는 여러 번 싸워 여러 번 이겼다. 이제 양양성을 손에 넣는 것도 바로 코앞에 있는(旦夕) 일인데, 어찌 바람에 깃대 하나 부러졌다고 갑자기 군대를 철수시킨단 말인가?"

손견은 끝내 한당의 말을 듣지 않고 더욱 서둘러 성을 공격했다.

이때 양양성 안에서는 괴량이 유표에게 말했다: "제가 지난밤에 천문을 살펴보았더니 장수별(將星) 하나가 땅에 떨어지려고 했습니다. 그래서 그 떨어지는 분야分野를 가지고 헤아려보니 바로 손견이 그에 해당되었습니다. (*또 한 가지 예조預兆이다. 전번의 조짐은 바람에 있었고 이번의 조짐은 별에 있다. 손견은 전에 건장전建章殿에서 달을 보고 하늘의 제왕별(帝星)이 밝지 못하다고 한탄했었는데, 지금 또 양양성 아래에서 바람을 만나고 곧바로 장수별(將星)이 떨어지게 된다. 하나는 달이고 하나는 바람인데, 제왕별과 장수별이 멀찍이서 서로 대응하고 있다.) 주공께서는 속히 원소에게 글을 보내시어 도움을 청하도록 하십시오."

유표가 편지를 쓴 다음 물었다: "누가 감히 포위망을 뚫고 성 밖으로 가지고 나가겠는가?"

말이 떨어짐과 동시에 맹장 여공呂公이 말했다: "제가 가보겠습니다."

괴량이 말했다: "자네가 기왕에 감히 가겠다고 하니, 내가 말하는 계책을 잘 들어보게. 자네에게 군사 5백 명을 내어줄 테니 활을 잘 쏘는 자들을 많이 데리고 적진을 뚫고 나가서 곧바로 현산峴山으로 달려가게. 그러면 손견은 틀림없이 군사들을 이끌고 자네 뒤를 쫓아올 걸세. 자네는 군사를 나누어 1백 명은 산 위로 올라가서 돌을 찾아 칠 준비를 해놓고, 또 1백 명은 궁노弓弩를 가지고 숲속에 매복해 있도록 하게. 추격병이 오더라도 곧장 달아나지 말고 이리저리 빙빙 돌면서 복병이 있는 곳까지 유인해 가서 돌과 화살을 한꺼번에 퍼붓도록 하게. 그래서 만약 이기거든 연주호포連珠號砲를 쏘아 올려 신호를 보내게나. 그러면 성 안의 군사들이 곧바로 나가서 같이 싸우도록 하겠네. (*본래는 구원병을 청하고 추격병을 방비할 생각이었지 이로써 적을 죽일 생각은 하지 않았다.) 추격병이 없거든 호포를 쏠 필요 없이 재빨리 가도록 하게. 오늘 밤에는 달이 별로 밝지 않을 테니 어둑어둑 해지거든 곧바로 성을 나가도록 하게."

여공은 계책을 받고는 물러나와 군사들을 한 곳에 모아 놓고 어둑어둑해질 때를 기다려서 은밀히 동문을 열고 군사들을 이끌고 성을 나갔다.

〖 11 〗 이때 손견은 막사 안에 있었는데, 갑자기 함성이 들려오기에 급히 말에 올라 30여 기騎를 이끌고 영채 밖으로 나가서 살펴보았다.

한 군사가 와서 보고했다: "한 떼의 군사들이 성 밖으로 뛰쳐 나오더니 현산 쪽으로 갔습니다."

손견은 여러 장수들을 모으지 않고 30여 기만 이끌고 그 뒤를 쫓아갔다. 그때 여공은 이미 산림이 **빽빽**하게 우거진 곳에다 위아래로 군사들을 매복시켜 놓고 있었다. 손견의 말은 다른 말들보다 **빨라서** 혼자 앞서 달려가며 바라보니 앞에 가는 군사들이 그리 멀지 않았다.

손견이 큰소리로 외쳤다: "이놈들, 게 섰거라!"

여공은 즉시 말머리를 돌려 손견에게 덤벼들었다. 그러나 단 한 합 어울려 싸우고 나서 여공은 곧바로 달아나서 산길로 들어가 숨어버렸다. 손견이 그 뒤를 쫓아 산길로 들어갔으나 여공의 종적이 보이지 않았다.

손견이 막 산 위로 올라가려고 할 때, 갑자기 바라소리(羅響)가 크게 울리더니 산 위에서는 돌들이 마구 쏟아져 내려오고, 숲속에서는 화살이 일시에 어지럽게 날아왔다. 손견은 몸에 돌과 화살을 맞아 골수가 솟아 흘러나와 사람도 말도 다 같이 현산 속에서 죽고 말았다. 이때 그의 나이 겨우 37살이었다. (*유비와 조조와 손견은 같은 때에 동시에 일어났으나 유비는 살아생전에 황제가 되었고 조조 역시 살아생전에 왕(魏王)이 되었으나 유독 손견만은 황제도 왕도 되지 못하고 생각지도 못했던 돌과 화살에 맞아 죽고 말았으니 이 어찌 행운(有幸)과 불운(不幸)이 있어서가 아니겠는가! **손견의 이번 죽음은 손견뿐만 아니라 괴량蒯良과 여공呂公 역시 생각지도 못했던 일이다.)

〖 12 〗 여공은 나머지 30기의 길을 막고 모조리 죽여 버린 다음 곧 연주호포를 쏘아 올렸다. 성 안에서 황조, 괴월, 채모가 각기 군사들을

나누어 이끌고 쳐나오자 강동의 군사들은 큰 혼란에 빠졌다.

황개는 하늘을 뒤흔드는 함성을 듣고 수군을 이끌고 달려오다가 황조와 마주쳤다. 서로 두 합도 안 싸워 그는 황조를 사로잡았다. 정보는 손책을 보호하여 급히 빠져나갈 길을 찾다가 여공과 마주쳤다. 정보는 말을 달려 앞으로 나아가서 여공과 싸웠는데, 몇 합 싸우지도 않아 창으로 여공을 찔러 말 아래로 떨어뜨렸다. 양편 군사들은 날이 밝을 때까지 한바탕 크게 싸우고 나서야 각기 군사를 거두었다.

유표의 군사들은 스스로 성 안으로 들어가고, 손책은 한수漢水로 돌아갔는데, 한수에 이르러서야 비로소 부친이 마구 쏘아대는 화살을 맞고 죽었으며, 그 시신屍身은 이미 유표 군사들이 들것에 담아 메고 성 안으로 들어간 것을 알고는 대성통곡을 했다. (*본래는 길을 끊었던 원수를 갚으려고 했던 것인데, 이제 다시 부친을 죽인 원수가 되고 말았으니, 이는 원수에 원수를 덧보탠 격이다.) 군사들도 모두 땅을 치며 울었다.

〖 13 〗 손책이 말했다: "아버님의 시신이 적의 수중에 있는데 어찌 고향으로 돌아갈 수 있단 말이오?"

황개曰: "지금 황조를 사로잡아 여기에 두었으니 마땅한 사람을 찾아 성 안으로 들여보내 유표와 화해를 성사시켜, 황조와 주공의 시신을 맞바꾸도록 합시다."(*원수 사이인데 또다시 원수 질 일이 보태졌음에도 불구하고 사자를 보내서 강화를 맺으려고 한 것은, 부친의 시신을 중시했기 때문이다.)

말이 미처 끝나지 않았을 때 군관 환계桓階가 나서며 말했다: "저는 이전에 유표와 사귄 적이 있으니, 제가 성 안으로 들어가서 사자使者 노릇을 해보고자 합니다."

손책은 이를 허락했다. 환계는 성 안으로 들어가서 유표를 만나보고 찾아온 뜻을 이야기하자, 유표가 말했다: "문대(文臺: 손견의 字)의 시신은 내 이미 관을 짜서 정중히 그 속에 모시어 이곳에 두었으니 속히 황조를 돌려보내 주게. 그리고 양가에서는 각기 군사를 철수하고, 다시는 서로 침범하지 말도록 하세."

환계가 정중히 고맙다고 인사한 후 막 돌아가려고 하는데, 계단 아래에서 괴량이 나서며 말했다: "안 됩니다. 아니 됩니다! 제가 드릴 말씀이 있는데, 강동의 군사들은 단 한 명도 살아서 돌아가지 못하도록 해야 합니다. 먼저 환계의 목을 베신 다음 제 계책을 쓰도록 하십시오." 이야말로:

적을 추격하던 손견은 방금 목숨 잃었는데   追敵孫堅方殞命
강화하러 간 환계도 재앙을 만나게 되는가.   求和桓階又遭殃

환계의 목숨이 어찌될지 모르겠거든 일단 다음 회를 읽어보라.

제7회 모종강 서시평序始評

(1). 제후들이 어지럽게 서로 경쟁할 때 천하의 형세는 이미 사분오열四分五裂되어 있었다. 동탁이 아직 죽지 않았는데 천하에는 또 무수한 동탁들이 생겨나고 있다. 무수히 많은 것을 하나로 만드는 일도 본래 어렵지만 무수히 많은 것을 셋으로 만드는 일 역시 정말로 쉽지 않다.

(2). 물건을 잘 훔치는 자들이 자신은 훔치지 않았다는 맹세를 가장 잘한다. 또한 맹세를 가장 잘 하는 자들이 물건을 가장 잘 훔친다. 손견의 일을 보면 한심해진다.

(3). 하나의 옥새를 두고 손견은 그것을 감추었고, 원소는 그것을 얻으려고 다투었고, 유표는 그것을 가지고 달아나는 사람의 길

을 막았다. 끝내 손견은 옥새는 얻었으나 제왕이 되지 못하고 오히려 그것을 얻었기에 죽었다. 유비는 촉蜀의 황제가 되었으나 옥새를 얻은 적이 없었고, 조비曹조가 위魏의 황제가 되고, 손권이 오吳의 황제가 된 것 역시 옥새 때문이 아니다. 아, 황제가 되느냐 못되느냐가 어찌 옥새를 얻느냐 못 얻느냐에 달려 있겠는가!

(4). 본회에서 공손찬과 원소의 싸움을 보면, 하루 동안에도 승패가 갑자기 뒤집어져서 변화를 예측할 수 없다. 심지어 문약한 유표와 용맹하고 건장한 손견의 싸움에서는 반드시 손견이 승리하고 유표가 패할 것으로 생각되겠지만, 일의 진전은 이와는 상반되므로, 또한 이와 같이 짐작해서는 안 되는 것이다.

아, 망망한 세상사에 어찌 변함없이 일정한 것이 있을 수 있겠는가(茫茫世事, 何常之有). 〈삼국지〉 한 권은 전부 이와 같은 관점에서 읽어야 한다. 〈삼국지〉만 그런 게 아니라 〈십칠사(十七史)〉도 전부 이와 같은 관점에서 읽어야 한다.

(5). 삼국을 주인(主)으로 생각하면 원소와 공손찬은 모두 그 손님(賓)이며, 삼국에서 유비를 주인(主)으로 생각하면 손권은 그 손님(賓)이다. 본 회의 제목은 원소가 공손찬과 싸웠다는 것이지만 그 관심은 유비에게 있고, 또한 손견이 유표를 공격했다는 것이지만 그 관심은 손권에게 있다. 손님(賓) 중에 또 주인(主)이 있고, 주인(主) 중에 또 손님(賓)이 있으니, 〈삼국지〉를 읽는 사람은 이를 구별하지 않아서는 안 된다.

제8회

왕윤, 초선을 이용한 연환계 쓰고
동탁, 봉의정을 발칵 뒤집다

〖 1 〗 한편 괴량蒯良이 말했다: "지금 손견은 이미 죽었고 그의 아들
은 모두 어립니다. 저들이 이처럼 허약한 때를 틈타 급히 진격해 간다
면 강동을 한 차례 공격으로도 손안에 넣을 수 있습니다. 그러나 만약
손견의 시체를 돌려보내고 군사를 철수한다면 이는 곧 저들이 기력氣
力을 기르도록 허용해 주는 것이 되는데, 그렇게 되면 우리 형주荊州에
큰 우환이 됩니다."(*속 시원히 털어놓은 옳은 말이다.)

유표가 말했다: "황조가 적진에 붙잡혀 있는데 내가 어찌 차마 그를
버릴 수 있단 말인가?"

괴량曰: "무모한 황조쯤 하나 버리고 그 대신 강동을 취한다면, 안
될 게 뭐 있습니까?"

유표曰: "나와 황조는 서로 속마음까지 알고 지내는 친구 사이인데,

그를 포기하는 것은 의롭지 못한 일이다."

마침내 환계를 돌려보내면서 손견의 시신과 황조를 교환하기로 약속했다. (*사람들은 말하기를 죽은 손견과 산 황조를 맞바꾸는 것은 유표의 이익이라고 하지만, 나는 유표의 이익이 아니라고 생각한다. 황조 같은 자는 열 명 있어도 손견 하나를 당해내지 못하므로, 손견은 죽었어도 오히려 황조가 살아있는 것보다 낫다.)

손책은 황조를 풀어주어 돌려보내고 부친의 영구靈柩를 영접했다. 그리고는 싸움을 중지하고 강동으로 돌아가서 부친을 곡아(曲阿: 강소성 단양현丹陽縣)의 평원에 장사지냈다.

장례(喪事)를 마친 후 손책은 군사를 이끌고 강도(江都: 강소성 양주시揚州市)로 가서 그곳에 자리를 잡고 널리 현명하고 유능한 인재들을 받아들이고 자신을 낮춰 사람들을 대했다. 사방의 호걸들이 점차 그에게로 모여들었는데, 이에 대해서는 그만 얘기하기로 한다. (*잠시 손책 이야기를 그만하고 동탁 이야기로 넘어간다.)

〖 2 〗 한편 동탁은 장안에 있다가 손견이 이미 죽었다는 소식을 듣고 말했다: "내 마음속에 있던 우환거리 하나가 없어졌구나."

그리고는 물었다: "그 아들의 나이는 몇 살이나 되는가?"

어떤 사람이 대답했다: "열일곱 살입니다."

동탁은 마침내 손견의 아들들에 대해서는 더 이상 신경을 쓰지 않았다.

이로부터 그는 더욱 거만하고 횡포해져서 자기 스스로를 "상부尙父"라 부르고,(*왕망王莽은 주공周公을 배우려고 했는데 동탁은 태공망太公望 여상呂尙을 배우려고 했으니, 가소롭다.) 바깥출입을 할 때에는 참람하게도 천자의 의장儀仗을 했다. 그는 자기 동생 동민董旻을 좌장군左將軍·호후鄠侯에 봉하고, 조카 동황董璜을 황제를 곁에서 모시는 시중侍中으로 삼아 황궁을 지키는 군사, 즉 금군禁軍을 총지휘하도록 했다. 그리고 동씨董氏 종족들은 노소를 막론하고 모두 열후列侯에 봉했다.

또한 25만 명의 백성들을 부려서 장안성에서 2백50리 떨어진 곳에 따로 미오성郿塢城을 쌓았다. 그 성곽의 높이와 두께는 장안성과 똑같이 했다. 그 안에는 궁실과 창고를 짓고, 창고에는 20년간 먹을 양식을 쌓아 놓았다. 민간의 젊은 소년과 미녀 8백 명을 뽑아서 그 안에서 살도록 하고, 황금과 보석, 아름다운 비단과 진귀한 구슬 등을 수도 없이 많이 쌓아두었다. 동탁의 가솔들은 모두 그 안에서 살았다. (*후문의 복안伏案이다.)

동탁은 미오에 머물면서 장안을 왕래했는데, 장안에는 혹은 보름에 한 번, 혹은 한 달에 한 번 갔다. 그때마다 대신들은 모두 횡문(橫門: 장안 동문) 밖까지 나와서 영접하고 배웅했다. 그럴 때면 동탁은 길에다 장막을 치고 공경대신들과 술을 마셨다.

〖 3 〗 하루는 동탁이 횡문橫門을 나가니,(*즉 장안 동문이다.) 모든 관원들이 배웅하러 나와서 동탁은 연석을 베풀어 그들과 함께 술을 마셨다. 그때 마침 북쪽 지방에서 귀순해 온 군졸 수백 명이 도착했다. 동탁은 즉시 그들을 앞으로 데려오라고 한 후 어떤 자는 그 수족을 끊어버리도록 하고, 어떤 자는 그 눈알을 뽑아버리도록 하고, 어떤 자는 그 혀를 잘라버리도록 하고, 어떤 자는 큰 가마솥에 집어넣어 삶아 죽이도록 했다. 그들의 울부짖는 소리가 하늘을 뒤흔드니 모든 관원들은 벌벌 떨면서 손에 잡고 있던 수저를 떨어뜨렸으나 동탁은 마치 아무 일도 없는 것처럼 태연히 먹고 마시고 웃고 이야기했다. (*투항해온 병졸을 안주로 삼다니, 역시 잔인하다.)

또 하루는 동탁이 조정에 모든 관원들을 모아놓고 두 줄로 늘어 앉아 술을 마셨는데, 술이 몇 순배 돌았을 때 여포가 곧장 들어오더니

동탁의 귀에다 대고 몇 마디 말을 속삭이자 동탁이 웃으며 말했다:
"알고 보니 그랬었구나!"

그리고는 술자리에서 여포에게 사공司空 장온張溫을 계단 아래로 잡
아 끌어내리라고 했다. 모든 관원들은 얼굴이 새하얗게 질려버렸다.
얼마 지나지 않아 시종侍從이 붉은 소반에다 장온의 머리를 담아 들고
들어와서 바쳤다. 모든 관원들은 넋이 빠져버렸다.

동탁이 웃으면서 말했다: "여러분들은 놀라지 마시오. 장온은 원술
과 결탁해서 나를 해치려고 했는데, 원술이 사람을 시켜서 장온에게
보내려고 했던 편지가 잘못해서 내 아들 봉선의 손에 들어왔소. 그래
서 그의 목을 벤 것이오. 공들과는 아무런 관련이 없으니 놀랄 필요
없소."

여러 관원들은 그저 '네, 네!' 하면서 흩어졌다.

〖 4 〗 사도司徒 왕윤王允이 집에 돌아와서 이날 술자리에서 있었던 일
을 생각하니 불안해서 편안히 앉아 있을 수가 없었다. (*여기서 또 동탁
은 접어두고 왕윤을 끌어들이고 있다.)

밤이 깊어 달이 밝자 지팡이를 짚고 후원으로 걸어 들어가 도미가(茶
蘼架: 여름에 흰 꽃이 피는 가시 덩굴식물(茶蘼)을 떠받치는 시렁) 곁에 서서 하
늘을 우러러보며 눈물을 흘렸다. (*손견과 왕윤은 똑같이 달 아래에서 눈
물을 흘렸으나 하나는 비분강개해서였고 하나는 우울해서였다.) 그때 갑자
기 누군가가 모란정牡丹亭 옆에서 한숨을 연달아 쉬고 있는 소리가 들
렸다. 왕윤은 살금살금 걸어가서 엿보았는데, 다름 아닌 집안의 가기歌
妓 초선貂蟬이었다.

초선은 어려서부터 뽑혀서 집안으로 들어와 춤과 노래를 배웠는데,
이때 그녀의 나이는 바야흐로 이팔세(*16세)로, 용모와 재주가 다 뛰어
나서 왕윤은 자기 친딸처럼 대해 주었다. 이날 밤, 왕윤은 그녀의 한숨

소리를 한참동안 듣고 나서 호통을 쳤다: "천한 것이 어찌 사사로운 정(私情)을 품는단 말이냐?"

초선이 놀라서 무릎을 꿇고 말했다: "천한 소첩이 어찌 감히 사사로운 정을 품겠습니까?"

왕윤曰: "사사로운 정 때문이 아니라면 어째서 이처럼 야심한 시각에 한숨을 길게 쉬고 있단 말이냐?"

초선曰: "천한 소첩이 가슴속에 품고 있는 말을 하도록 허락해 주십시오."

왕윤曰: "너는 조금도 감추지 말고 내게 이실직고以實直告 하라."

초선曰: "대감께서는 저를 길러 주시고, 노래와 춤도 가르쳐 주시고, 또한 친딸처럼 대해 주셨는데, 이런 대감님의 은혜는 제가 비록 분골쇄신粉骨碎身하더라도 그 만분의 일도 갚을 수가 없사옵니다. 근래 대감님의 양미간兩眉間이 근심걱정으로 찡그려져 있는 것을 보았사온데, 이는 반드시 나라에 큰일이 있기 때문일 것으로 짐작은 하면서도, (*조조가 동탁을 찌르려던 일이 실패한 이후 왕윤이 밤낮으로 고민해온 광경이 초선의 입으로 은연중에 설명되고 있다.) 감히 여쭈어 볼 수가 없었습니다. 그런데 오늘 저녁 또 대감께서 안절부절못하시는 것을 보았기에 이처럼 길게 한숨을 짓고 있다가 뜻밖에도 대감께서 엿보시도록 했던 것입니다. 만약 저 같이 천한 소첩이라도 쓰실 곳이 있다면 저는 골백번 죽더라도 사양하지 않겠습니다."

왕윤은 짚고 있던 지팡이를 들어 땅을 치며 말했다: "이 한 나라 천하가 오히려 네 손에 달려 있을 줄 누가 상상이나 했겠느냐? 나를 따라서 화각(畵閣: 단청을 한 누각) 안으로 오너라."

초선은 왕윤을 따라 화각 안으로 들어갔다. 왕윤은 그 안에 있던 여자들을 모조리 밖으로 나가라고 한 후 초선을 자리에 앉힌 다음 머리를 땅에 닿게 절을 했다. 초선이 깜짝 놀라 땅에 엎드리며 말했다:

"대감께서는 어찌하여 이러십니까?"

왕윤曰: "너는 부디 이 한漢나라 백성들을 불쌍히 여겨다오."

말을 마치자 눈물이 샘솟듯 하였다.

초선曰: "방금 전에도 제가 말씀 올렸듯이, 일단 분부만 내려주시면 저는 골백번 죽더라도 사양하지 않겠습니다."

왕윤이 무릎을 꿇고 말했다: "지금 백성들은 거꾸로 매달려 있는 것처럼 위태한 처지(倒懸之危)에 있고, 임금과 신하들은 계란을 쌓아놓은 듯한 위급한 형편(累卵之急)에 있는데 네가 아니고는 이를 구해낼 사람이 없구나. 역적 동탁은 천자의 자리를 빼앗으려 하고 있건만 조정의 문무백관들은 아무런 계책도 쓸 수 없는 속수무책束手無策인 형편이다.

동탁에겐 성은 여呂, 이름은 포布라고 하는 수양아들이 하나 있는데 사납고 용맹하기가 보통이 아니다. 내가 살펴보니 이 두 사람은 모두 호색한好色漢인지라, 내 이제 '연환계連環計'를 쓰려고 한다. (*계책 이름이 기이하다.) 먼저 너를 여포에게 시집보내기로 허락한 후 다시 너를 동탁에게 바치려고 한다. 너는 그 중간에서 저들 부자 사이가 뒤틀어지도록 이간책離間策을 써서 여포로 하여금 동탁을 죽이도록 해서 천하의 크나큰 악惡을 없애 버리도록 해다오. 한 나라 사직을 다시 붙들어 세우고 강산을 다시 제자리에 세우는 것은 모두 네 능력에 달려 있다. 네 생각은 어떤지 모르겠구나."(*여기서 비로소 계책을 설명하는데, 그러나 그녀로 하여금 침상 위에서 일을 성공시키라고 한다.)

초선曰: "저는 이미 대감님께 골백번 죽더라도 사양하지 않겠다고 말씀 올렸습니다. 저를 즉시 그에게 바치시기 바랍니다. 나머지 일은 제가 따로 알아서 처리하겠습니다."

왕윤曰: "이 일이 만약 새어나간다면 내 집안은 멸문지화滅門之禍를 당하게 될 것이다."

초선曰: "대감께선 염려하지 마십시오. 제가 만약 대의大義에 보답하지 못한다면, 저는 수많은 칼을 맞고 죽을 것이옵니다."

왕윤은 고맙다고 절을 했다.

〖 5 〗 다음날, 왕윤은 집에 있는 명주明珠 몇 알을 훌륭한 장인에게 내주어 금관金冠 하나에 박아 넣도록 해서 사람을 시켜 몰래 여포에게 보내주었다. 여포는 크게 기뻐하며 직접 왕윤의 집으로 와서 고맙다고 인사를 했다. (*왕윤이 가서 청하지 않고 여포로 하여금 스스로 오도록 한 것이 묘하다.)

왕윤은 미리 좋은 안주와 맛있는 음식을 준비해 놓고 여포가 오기를 기다렸다가, 그가 오자 문밖으로 나가서 영접하여 후당으로 들어가서 그를 상석에 앉도록 했다.

여포曰: "저는 승상부丞相府의 일개 장수에 불과하지만 사도께서는 조정의 대신이신데, 어찌 이처럼 과분한 대우를 해주십니까?"

왕윤曰: "지금 천하에는 장군 한 분을 제외하고는 별로 영웅이라 할 만한 이가 없습니다. 저는 장군의 직위를 공경하는 게 아니라 장군의 재능을 공경하는 것입니다."

여포는 크게 기뻐했다. 왕윤은 정중히 술을 권하면서 입으로는 끊임없이 동탁과 여포의 덕을 칭송했다. (*극구 여포의 비위를 맞추는 것이 묘하다. 그런 다음 또 여포의 면전에서 태사太師 동탁을 칭찬하는 것이 더욱 묘한 점이다.) 여포는 크게 웃으며 마음껏 술을 마셨다. 왕윤은 좌우 사람들을 다 물리치고 다만 시첩 몇 명만 남아서 술을 권하도록 했다.

술이 한참 거나해지자 왕윤이 말했다: "아기를 불러 오너라."

조금 있자 비녀婢女 둘이 초선을 곱게 단장시켜 이끌고 나왔다. 여포는 놀라서 누구냐고 물었다.

왕윤이 말했다: "제 딸 초선貂蟬입니다. 제가 장군의 과분한 애호愛

好를 받아서 서로 가까운 친척이나 다름없기에 장군께 인사나 올리도록 한 것입니다."

그리고는 초선에게 여포에게 술잔을 올리라고 했다. 초선이 여포에게 술잔을 보내면서 두 사람 사이에 눈길이 오고갔다. 왕윤은 일부러 취한 체하며 말했다: "애기야, 장군께 청하여 술을 몇 잔이고 실컷 마시라고 해라. 우리 집안은 전부 장군의 덕을 보고 있느니라."

여포가 초선에게 자리에 앉기를 권하자 초선은 안으로 들어가려는 척했다.

왕윤曰: "장군은 내 막역한 벗인데 네가 앉는다고 해서 안 될 게 뭐냐?"

초선은 그제야 왕윤의 곁에 앉았다. 여포는 초선의 얼굴을 뚫어져라 쳐다보면서 다시 여러 잔을 마셨다. 왕윤이 초선을 가리키며 여포에게 말했다: "이 아이를 장군께 첩으로 드리고 싶은데, 장군께서 받아주실는지 모르겠습니다."

여포는 자리에서 일어나 고맙다고 하면서 말했다: "그렇게만 해주신다면 이 여포는 견마지로犬馬之勞를 다해 보답하겠습니다."

왕윤曰: "조만간 길일吉日을 택해서 집으로 보내드리지요."

여포는 한없이 기뻐하며 초선에게 자주 눈길을 보냈다. 초선 또한 추파秋波를 던지며 정을 전했다. (*보기 좋게 묘사하고 있다. 〈삼국지〉 안에 이처럼 아름답고 온화한 분위기가 풍겨 나오는 문장이 들어 있을 줄은 생각도 못했을 것이다.)

잠시 후 술자리가 파하자 왕윤이 말했다: "본래는 장군을 여기서 주무시고 가도록 하고 싶었으나 혹시 태사께서 의심을 하실지 몰라서 붙잡지 못합니다."

여포는 거듭 사례하고 돌아갔다.

〖 6 〗 며칠이 지난 후 왕윤은 조당朝堂에서 동탁을 만나 마침 여포가 곁에 없는 틈을 타서 땅에 엎드려 청했다: "제가 태사님의 행차를 제 누추한 집으로 청해 와서 연회를 베풀고 싶은데, 태사님의 뜻은 어떠하실지 모르겠습니다."

동탁曰: "사도께서 초청을 해주셨는데 당연히 가야지요."

왕윤은 고맙다고 인사를 하고 집으로 돌아와서 앞채 대청에 산해진미를 두루 갖춘 잔칫상을 차리도록 하고, 그 한가운데에 좌석을 마련하고, 비단을 바닥에다 깔고, 대청 안팎으로 각각 휘장을 치도록 했다.

다음날 정오 무렵 동탁이 도착했다. (*동탁과 여포는 오는 방법이 달랐다. 하나는 스스로 찾아왔고, 하나는 초청해서 왔다.)

왕윤은 조정에 나갈 때 입는 조복朝服을 입고 나가서 영접하면서 두 번 절을 하고 문안을 올렸다. 동탁이 수레에서 내리자 좌우로 창을 가진 무장군사 백여 명이 그를 에워싸고 대청으로 들어가서 양편에 두 줄로 늘어섰다.

왕윤이 다시 계단 아래에서 두 번 절을 하자 동탁은 좌우 군사들로 하여금 그를 부축해서 대청 위로 올라오도록 하여 자기 옆에 앉도록 했다.

왕윤曰: "태사님의 성덕은 까마득히 높으시어 이윤伊尹과 주공周公도 미치지 못할 것입니다."

동탁은 크게 기뻐했다. 왕윤은 술을 올리고 주악奏樂을 울리도록 하면서 극진히 공경하는 태도로 동탁을 대접했다.

어느덧 날이 저물고 술이 거나하게 취하자 왕윤은 동탁에게 후당後堂으로 들어가기를 청했다. 동탁이 무장군사들에게 물러가 있으라고 했다. 왕윤은 잔을 높이 받들고 그를 칭송하여 말했다: "제가 어려서부터 천문天文을 좀 배웠기에 밤에 하늘의 별들(天象)을 살펴보는데, 한조漢朝의 운수는 이미 다하고 태사의 공덕이 천하에 떨칠 조짐이 보였습니다. 마치 순舜 임금이 요堯 임금의 자리를 물려받고, 우禹 임금이 순 임금의 뒤를 이었던 것처럼 그렇게 되는 것이 바로 천심天心과 인심人心 에도 부합되는 것이옵니다."

동탁曰: "내가 어찌 감히 그것을 바라겠소!"

왕윤曰: "자고로 '도道를 행하는 자가 무도無道한 자를 치고(有道伐 無道), 덕德 없는 자가 덕 있는 자에게 양보한다(無德讓有德)'고 하였 는데, 어찌 과분한 일이라 하십니까?"

동탁이 웃으며 말했다: "만약 천명天命이 과연 내게로 돌아온다면 그 가장 큰 공훈을 세운 사람은 마땅히 사도일 것이오."

왕윤은 정중히 고맙다고 말했다.

왕윤은 후당 안에 화촉을 밝혀놓고 여자들만 남아서 술잔을 올리고 음식을 바치도록 했다.

왕윤이 말했다: "교방(敎坊: 음악 및 가무 기관)의 가무歌舞만으로는 태사 님을 모시기에 부족합니다. 마침 제 집에 가기家妓 하나가 있는데, 불 러와서 모시도록 하겠습니다."

동탁曰: "그거 아주 좋지요."

왕윤이 주렴珠簾 달린 창을 세우도록 하자 생황笙簧 소리 맑고 낭랑 하게 울려 퍼지는 가운데 주렴 밖에서 여러 시녀들이 떼를 지어 초선 을 둘러싸고 춤을 추었다.

〖 7 〗 이때의 광경을 찬미하여 지은 가사歌詞가 있으니:

원래 소양궁의 주인 조비연趙飛燕이었던가	原是昭陽宮裏人
놀란 기러기 손바닥 위에서 춤을 추는 듯하다.	驚鴻宛轉掌中身
봄날 동정호 위를 날아서 건너온 듯	只疑飛過洞庭春
양주곡梁州曲 연주 맞춰 사뿐사뿐 걸어 나오네.	按徹梁州蓮步穩
새 가지에 꽃 한 송이 바람에 한들거릴 때	好花風裊一枝新

화당畵堂에는 향기 가득하여 춘정 못 이기네.　　畵堂香暖不勝春

또한 이런 시도 있다.

붉은 박판拍板 장단 빨라지자 제비 바삐 날고　　紅牙催拍燕飛忙
흘러가던 구름 한 조각 화당畵堂에 머무네.　　一片行雲到畵堂
그린 듯 검은 눈썹은 나그네 한숨 나오게 하고　　眉黛促成遊子恨
아름다운 얼굴은 보는 사람들 애간장 끊네.　　臉容初斷故人腸
천금千金짜리 저 미소 돈으로 살 수 없고　　榆錢不買千金笑
버들처럼 가는 허리 보물장식 필요 없네.　　柳帶何須百寶粧
춤 끝나 주렴 올라가자 몰래 오가는 저 눈길　　舞罷高簾偸目送
저 제비 탐내는 자 과연 그 누구인가.　　不知誰是楚襄王

〖 8 〗 춤이 끝나자 동탁은 초선에게 가까이 오라고 했다. 초선은 주렴 안쪽으로 들어와서 깊숙이 몸을 굽혀 두 번 절했다. 동탁은 초선의 아름다운 용모를 보고 물었다.: “이 여자는 누구요?”

왕윤曰: “노래하고 춤추는 기녀(歌伎) 초선貂蟬입니다.”(*이때는 또 ‘애기’라고 말하지 않는 점이 더욱 교묘하다.)

동탁曰: “노래도 할 줄 아는가?”

왕윤은 초선에게 장단 맞추는 판(拍板)을 잡고 나지막이 한 곡 부르라고 시켰는데,(*초선은 여포를 보고는 술잔만 권했는데, 동탁을 보고는 노래하고 춤까지 췄다. 내 딸이라고 말할 때는 초선은 딸의 신분이었고, 가기歌伎라고 말할 때는 가기의 신분이었다.) 그 모습은 바로 이와 같았다:

앵두같이 붉은 입술 방싯 열고서　　一點櫻桃啓絳唇
백옥 같은 위아래니 드러내고 양춘가 부른다.　　兩行碎玉噴陽春
정향의 꽃봉오리 같은 혀는 강철 검 물고서　　丁香舌吐銜鋼劍

나라 어지럽힌 간사한 신하를 베려고 하네.　　　要斬奸邪亂國臣

동탁은 칭찬하기를 마지않았다.

왕윤은 초선에게 잔을 바치라고 했다. 동탁이 술잔을 높이 들고 물었다: "네 나이가 몇이냐?"

초선曰: "천첩의 나이 이제 갓 이팔二八 십육十六 세이옵니다."

동탁이 웃으며 말했다: "참으로 선녀 같구나!"

왕윤이 몸을 일으키며 말했다: "저는 이 애를 태사님께 바치고 싶은데, 받아주실는지 잘 모르겠습니다."

동탁曰: "이처럼 생각해 주시는데, 이 은혜를 어떻게 갚지요?"

왕윤曰: "이 아이도 태사님을 모실 수 있게 된다면 그보다 더 큰 복이 어디 있겠습니까."

동탁은 거듭 고맙다고 인사를 했다. 왕윤은 즉시 융단을 깐 수레를 준비시켜 초선을 먼저 승상부丞相府로 보냈다. (*드디어 여장군(女將軍: 초선)이 (동탁을 치기 위해) 군사를 일으켜 앞으로 나아간다. 급히 보내버리는 점이 묘하다.) 동탁 역시 자리에서 일어나며 그만 돌아가겠다고 하직인사를 했다. 왕윤은 직접 동탁을 상부相府까지 배웅한 다음 작별인사를 하고 돌아왔다.

〖 9 〗 왕윤이 말을 타고 돌아오는데, 길을 반도 못 와서 문득 저만치서 홍등紅燈이 두 줄로 길을 환히 비추면서 여포가 화극을 손에 들고 말을 타고 오는 것이 보였다. 여포는 왕윤과 맞닥뜨리자 곧바로 말을 세우고는 한 손으로 왕윤의 옷깃을 움켜잡으며 언성을 높여 말했다.

"사도께서는 이전에 초선을 내게 주기로 약속해 놓고선 이제 또 태사에게 보내시다니, 어찌 사람을 이렇게 놀릴 수 있소?"

왕윤은 급히 그의 말을 제지하면서 말했다. "이곳은 얘기할 곳이 못 되니 일단 제 집으로 갑시다."

여포는 왕윤과 함께 그의 집으로 가서 말에서 내려 후당으로 들어갔다. 서로 인사를 마치자 왕윤이 말했다. "장군께서는 왜 이 늙은이를 의심하시오?"

여포曰: "누가 와서 내게 알리기를, 당신이 초선을 융단을 깐 수레에 태워서 승상부로 들여보냈다고 했습니다. 이는 도대체 무슨 까닭이십니까?"

왕윤曰: "알고 보니 장군께서는 모르고 계셨군요. 어제 태사께서 조당朝堂에서 이 늙은이를 보고 말씀하시기를, '내 할 말이 있으니 내일 당신 집으로 찾아가겠소' 라고 하셨소. 그래서 나는 집으로 돌아와서 준비를 해놓고 기다렸소. 태사께서 술을 드시다가 중간에 문득 말씀하시기를, '내 들으니 당신에게 초선이라고 하는 딸애가 있는데 이미 우리 아이 봉선奉先에게 주겠다고 허락하셨다면서요? 그러나 나는 당신의 말을 곧이곧대로 믿기 어려워서 일부러 와서 나도 부탁도 할 겸 댁의 영애슈愛를 한번 보려는 것이오' 라고 했소. 그래서 이 늙은이는 감히 거역을 못 하고 마침내 초선을 불러내서 시아버님 되실 분께 절을 하도록 했소. 그랬더니 태사께서 말씀하시기를, '오늘이 마침 길일吉日이니 내 당장 이 애를 데리고 가서 봉선이와 짝을 맺어주겠소' 라고 하셨소. 장군도 한번 생각해 보시오. 태사께서 친히 찾아오셔서 데리고 가시겠다는데 이 늙은이가 어찌 감히 거절할 수 있단 말이오?"

여포曰: "사도께서는 잘못하신 게 없습니다. 제가 일시 잘못 알고 그랬으니, 내일 매를 등에 지고 와서 벌을 받겠습니다."

왕윤曰: "내 딸 아이에게도 혼수품(粧奩)이 꽤 있는데, 우리 애가 장군의 집으로 들어갈 때를 기다렸다가 곧바로 보내드리도록 하겠소."

여포는 고맙다고 인사하고 떠나갔다. (*여포는 이때 이미 스스로를 엄연한 신랑으로 여기고 있었음을 생각해 보라.)

〖 10 〗 다음날 여포가 부중府中에서 알아보았으나 전혀 아무런 소식도 들을 수 없었다. (*초선을 여포의 배필로 삼아준다는 소리를 들을 수 없었다.) 여포는 곧장 집 안으로 들어가서 여러 시첩들을 보고 물어보았다. 시첩이 대답했다: "지난 밤 태사께서는 새 사람과 동침을 하셨는데, 아직까지 일어나지 않으셨습니다."

여포는 크게 화가 나서 (*이런 상황에서 화를 내지 않을 수가 없다.) 몰래 동탁의 침실 뒤로 들어가서 동정을 엿보았다. 그때 마침 초선은 일어나서 창 아래에서 머리를 빗고 있었는데, 문득 창 밖 연못 가운데 사람의 그림자가 보였다. 키는 아주 크고 머리에는 속발관束髮冠을 쓰고 있었는데 곁눈질을 하여 보니 바로 여포였다. 초선은 일부러 양미간을 찡그리고 수심에 싸여 있는 우울한 자태를 짓고, 다시 비단 손수건으로 몇 번이나 눈물을 닦는 시늉을 했다. 여포는 한참 동안 엿보다가 밖으로 나왔다. 잠시 후 다시 들어가 보니 동탁도 이미 일어나 중당中堂에 앉아 있었다. 그는 여포를 보자 물었다: "밖에는 아무 일 없느냐?"

여포曰: "아무 일 없습니다."(*밖에는 아무 일 없으나 도리어 안에는 무슨 일이 있다.)

그리고는 동탁의 곁에 가서 모시고 서 있었다.

동탁이 막 아침을 먹으려 할 때 여포가 몰래 훔쳐보니 수놓은 발(繡簾) 안에서 한 여인이 왔다 갔다 하면서 엿보다가 얼굴을 반쯤 내밀더니 눈짓을 보냈다. (*이 모두가 여장군(초선)의 절묘한 병법兵法이다.) 여포는 그게 바로 초선임을 알고 넋이 허공에 붕 떴다. 동탁은 여포의 이런 모습을 보고 속으로 의심이 들어 말했다: "봉선은 일 없거든 그만 물러가거라."

여포는 속으로 앙앙불락怏怏不樂하면서 밖으로 나왔다.

〖 11 〗동탁은 초선을 데려온 후로 여색에 미혹되어 달포 남짓 정사를 보러 나가지도 않았다.

동탁이 대수롭지 않은 병에 걸렸는데, 초선이 옷의 띠도 풀지 않고 지극정성으로 병구완을 하는 체하자 (*그녀가 여포를 그렇게 대하고 동탁을 이렇게 대하는 것을 보면 심장이 두 개이고 얼굴이 두 개임을 드러내 보이고 있어서 나조차도 여장군을 죽이고 싶은 생각이 든다.) 동탁은 더욱 기뻐했다.

한번은 여포가 병문안을 왔는데 그때 마침 동탁은 잠이 들어 있었고 초선은 침상 뒤에서 상반신을 내밀고 여포를 바라보면서 손으로 자기 가슴을 가리키고 다시 그 손으로 동탁을 가리키며 눈물을 끊임없이 흘렸다. (*여장군의 도략韜略이 이런 지경에 이르렀는바, 손자孫子와 오자吳子도 그녀에게 미치지 못할 것이다.) 여포의 가슴은 찢어지는 것처럼 아팠다. 동탁은 몽롱한 두 눈으로 여포가 침상 뒤를 주시하고 있는 것을 보고 눈은 움직이지 않고 몸을 돌려서 보니 침상 뒤에 초선이 서 있는 게 보였다. 동탁은 크게 화를 내며 여포를 꾸짖었다. "네가 감히 내 사랑하는 여인을 희롱하느냐?"

그는 주위에 있는 사람을 불러서 그를 밖으로 내쫓도록 하고, 이후부터 다시는 집 안으로 들어오지 못하도록 했다. 여포는 화가 나서 원한을 품고 돌아갔다. 가다가 길에서 이유를 만나 이 이야기를 해주었다. 이유는 급히 들어가서 동탁을 보고 말했다. "대감께서는 천하를 취하려고 하시면서 어찌하여 조그만 잘못을 가지고 여포를 책망하십니까? 만약 그가 변심이라도 한다면 대사는 끝장나고 맙니다."

동탁曰: "그렇다면 어찌하면 좋겠느냐?"

이유曰: "내일 아침에 그를 불러들여 황금과 비단을 내려주시고 좋은 말로 위로해 주신다면 자연히 아무 일도 없을 것입니다."

동탁은 그의 말에 따라 다음날 사람을 시켜서 여포를 집으로 불러들여 그를 위로하며 말했다: "어제는 내가 병중에 있어서 정신이 혼미해 말을 잘못하여 네 마음을 상하게 했으나, 너는 마음에 새겨두지 말라."

그런 다음 황금 열 근과 비단 스무 필을 내려주었다. 여포는 고맙다고 인사를 하고 돌아갔다. (*이곳에서 갑자기 또 한 번 멈춘다. 파란波瀾이 갑자기 일어났다가 갑자기 떨어지면서 수많은 전환이 나타나고 있다.) 그러나, 그의 몸은 비록 동탁의 곁에 있었으나, 사실 마음은 초선만을 생각하고 있었다.

〖 12 〗 동탁은 병이 낫자 국사를 의논하러 조정에 들어갔다. 여포는 화극畵戟을 들고 그를 따라 함께 궐내로 들어갔다. 그러나 동탁이 헌제獻帝와 이야기하는 것을 보고는 그 틈을 타 화극을 들고 내문內門을 나가서 말에 올라 곧장 승상부丞相府로 갔다. 승상부 앞에 말을 매어놓고 화극을 들고 후당으로 들어가서 초선을 찾았다.

초선曰: "장군께선 먼저 후원에 있는 봉의정鳳儀亭 가로 가 계셔요. 거기서 저를 기다려 주세요."

여포는 화극을 들고 곧바로 후원으로 들어가서 정자 아래의 굽은 난간 곁에 서 있었다. 한참 후에 초선이 꽃나무들을 헤치고 버들가지를 흔들며 왔는데, 그 아름다운 자태는 과연 달 속의 선녀(月宮仙子) 같았다. (*꽃 아래의 미인을 보면 마치 말 위의 장사將士를 보는 것처럼 두 배나 눈길을 끈다.)

초선은 울면서 여포에게 말했다. "저는 비록 왕 사도의 친딸은 아니지만 대감께서는 저를 친딸 같이 대해 주셨어요. 제 스스로 장군을 한 번 만나 뵌 후 시첩이 되기로 허락하고 나서는 제 평생의 소원이 이루어졌다고 기뻐했어요.

그런데 태사께서 나쁜 생각을 하면서 제 몸을 더럽힐 줄이야 누가 생각이나 했겠어요? 저는 당장에 죽어버리지 못한 것이 한스러웠지만, 장군을 뵙고 작별인사를 올리지 못했기에 오늘까지 욕을 참고 살아왔어요.

이제 다행히 만나 뵈었으니 제 소원은 다 풀었어요. 제 몸은 이미 더럽혀졌으므로 다시 영웅을 섬길 수 없게 되었으니, 이제 장군 앞에서 목숨을 끊음으로써 제 뜻을 분명히 해드리는 게 제 마지막 소원이에요."(*하는 말이 다 사람의 마음을 움직인다.)

말을 마치자 손으로 구부러진 난간을 잡고 연못을 향해 곧바로 뛰어들려고 했다. (*죽겠다는 말이 여포를 움직였다.)

여포는 당황하여 초선을 끌어안고 울면서 말했다:(*여포를 화나게 하기는 쉬워도 여포를 울도록 하기는 어렵다. 여포가 울기에 이르면 동탁은 살아남지 못한다.) "내 네 마음을 안 지 오래 되었으나 다만 너와 같이 말할 수 없는 게 한스러웠다."

초선은 손으로 여포를 끌면서 말했다: "제가 이생에서는 장군의 아내가 될 수 없으나 내세에서는 장군의 아내가 되기로 서로 약속해 두고 싶어요."

여포曰: "내가 이생에서 너를 내 아내로 삼지 못한다면 나는 영웅이 아니다!"(*바로 그가 이 말을 하도록 몰아간 것이다.)

초선曰: "저는 지금 하루 보내기를 마치 한 해 보내듯 하고 있으니, 장군께서는 저를 불쌍히 여기시어 빨리 구해 주세요."(*분명하게 동탁을 죽이라고 재촉하면서 자신은 죽고 싶어 하지 않는다.)

여포曰: "내 지금 틈을 내서 몰래 빠져나온 길이므로 늙은 도적놈이 혹시 의심할지도 모르니 그만 가봐야겠다."

초선은 그의 옷자락을 잡고 말했다: "장군께서 이처럼 늙은 도적놈을 무서워하시니 신첩의 몸이 하늘의 해를 볼 가망은 없겠군요!"

여포는 발길을 멈추고 서서 말했다: "내 천천히 좋은 방도를 생각해

보마."

말을 마치고 화극을 들고 가려고 하자, 초선이 말했다: "첩이 규중
閨中에 깊이 들어앉아 들었던 장군의 명성은 우뢰처럼 귀에 쟁쟁하여
속으로 당세에는 오직 장군 한 분밖에 없다고 생각했었는데, 도리어
이렇게 남의 손아귀에 잡혀 있을 줄 누가 상상이나 했겠어요?"

말을 마치자 눈물이 비 오듯 흘렀다. (*속담에 말하기를: "장군한테 사
정하는 것은 장군을 격분시키는 것보다 못하다"고 했는데, 이야말로 장사를
설득하는 절묘한 말이다.)

여포는 창피해서 온 얼굴이 다 벌게지면서 다시 화극을 난간에 기대
어 놓고 몸을 돌려 초선을 끌어안고 좋은 말로 위로해 주었다. 두 사람
은 서로 부둥켜안고 차마 서로 떨어지지 못해 했다. (*이는 모두 초선이
고의로 여포를 머물러 있도록 해서 그가 동탁과 부딪치도록 하려는 것이다.
여장군의 병법이 이처럼 신묘하다.)

〖 13 〗 한편 동탁은 대전 위에 있다가 고개를 돌려보니 여포가 보이
지 않았다. 그는 마음에 의심이 들어 급히 헌제에게 하직인사를 한 다
음 수레에 올라 상부相府로 돌아와서 여포의 말이 집 앞에 매여 있는
것을 보고 문지기에게 물어보니, 그가 대답했다: "온후는 후당後堂으
로 들어갔습니다."

동탁은 좌우를 물리치고 곧장 후당으로 들어가서 여포를 찾았으나
보이지 않았다. 초선을 불렀으나 초선 역시 보이지 않았다. 급히 시첩
에게 물어보니, 시첩이 말했다: "초선은 후원에서 꽃구경을 하고 있습
니다."

동탁이 그들을 찾아 후원으로 들어가니 마침 여포가 봉의정 아래에
서 초선과 같이 이야기를 하고 있고 그 옆에는 화극이 세워져 있는 게
보였다. 동탁은 화가 나서 크게 소리를 질렀다. 여포는 동탁이 온 것을

보고는 깜짝 놀라서 몸을 돌려 곧바로 달아났다.

동탁은 화극을 집어 들고 여포를 겨누며 쫓아갔다. 여포는 빨리 달리는데 동탁은 몸이 비대해서 따라잡을 수가 없자 여포를 찌르려고 화극을 던졌다. 여포는 날아오는 화극을 손으로 쳐서 땅에 떨어뜨렸다. 동탁이 화극을 집어 들고 다시 쫓아갔으나 여포는 재빨리 멀리 달아나 버렸다.

동탁이 여포의 뒤를 쫓아서 후원의 문을 막 뛰어나가는데, 웬 사람 하나가 나는 듯이 마주 뛰어오다가 동탁의 가슴을 정면으로 들이받았다. 동탁은 그만 땅바닥에 벌렁 넘어지고 말았다. (*이 사람은 누구인가?) 이야말로:

| 화가 천 길 높이 하늘로 뻗쳤으나 | 冲天怒氣高千丈 |
| 뚱뚱한 몸 땅에 넘어지니 한 무더기 흙이로다. | 仆地肥軀做一堆 |

이 사람이 누구인지 모르겠거든 일단 다음 회를 읽어보라.

제8회 모종강 서시평序始評

(1). 열여덟 방면의 제후들도 동탁을 죽일 수 없었으나 초선 혼자서 그를 죽일 수 있었으며, 유비·관우·장비 세 사람도 여포를 이길 수 없었으나 초선은 여자 혼자 몸으로 그를 이길 수 있었다. 초선은 침상 위를 전장으로 삼고, 지분脂粉을 갑주甲胄로 삼고, 곁눈질을 창으로 삼고, 찡그리고 웃는 얼굴을 활과 화살로 삼고, 달콤한 말과 공손한 말을 기략奇略과 매복으로 삼았으니, 참으로 두렵구나, 이 여장군은! 마땅히 그를 위해 할 수 있는 말은: 왕 사도의 묘한 계책 천하에서 가장 높았으되, 단지 사용한 것은 미인美人뿐 군사들은 쓰지 않았도다.

(2). 월越나라 미인 서시西施처럼 하기는 쉬워도 초선처럼 하기는 어렵다. 서시는 오왕吳王 하나의 비위만 맞춰주면 되었지만 초선은 한편으로는 동탁의 비위를 맞춰주고 다른 한편으로는 여포의 비위를 맞춰줘야만 했으니, 두 개 심장을 가지고 두 개 얼굴을 연출해야 했으니 참으로 쉽지 않은 노릇이었다. 나는 초선의 공이야말로 사서史書에 기록되어야 한다고 생각하는데, 만약 동탁이 주살된 후 왕윤이 이각·곽사를 자극하여 난을 일으키도록 하지 않았더라면 한 황실은 이로부터 다시 편안해졌을 것이고, 초선은 비록 여자지만 어찌 기린각麒麟閣의 운대雲臺에 그 초상화가 걸려서 길이 전해지지 않았겠는가.

가장 통탄스런 일은 지금 사람들에게 관운장이 초선을 참했다고 와전되고 있는 것인데, 초선에게는 참수당해야 할 아무런 죄도 없었고 도리어 칭찬받아야 할 공적만 있었다. 그래서 특별히 여기서 이를 밝혀두는 바이다.

(3). 연환계連環計의 교묘함은 동탁만을 죽이는 데 있지 않았다. 가령 동탁이 화극을 던졌을 때 여포를 맞춰서 그를 죽였다고 하더라도 동탁은 그로 인해 자신의 팔 하나를 잃는 것이 되고, 그렇게 되면 동탁을 도모할 수 있게 되는 것이다. 이런 것이 모두 왕윤의 계책에 들어 있었고, 초선의 계책에도 처음부터 없었던 것은 아니다. 왕윤이 어찌 유독 여포만을 아꼈겠으며, 초선 역시 어찌 여포만을 사랑했겠는가? 나는 일찍이 이렇게 말한 적이 있다: 서시西施의 진심은 범려范蠡에게 돌아가 있었지만, 초선은 거짓으로 여포를 대했다. 초선이 마음에 품고 있었던 사람은 오직 왕윤뿐이었다.

제 **9** 회

여포, 폭도 제거하여 왕윤을 돕고
이각, 장안을 범하라는 가후 말을 듣다

〖 1 〗 한편, 동탁과 부딪쳐 그를 넘어뜨린 사람은 바로 이유李儒였
다. 이유가 즉시 동탁을 부축해 일으켜서 서원書院 안으로 들어가 자리
를 잡고 앉자, 동탁이 물었다: "네가 무슨 일로 여기 왔느냐?"

이유曰: "제가 마침 승상부 문 앞에 이르렀을 때 태사太師께서 화를
내시며 여포를 찾으러 후원으로 들어가셨다는 말을 듣고 급히 달려오
는데, 마침 여포가 달아나면서 '태사께서 나를 죽이려고 한다' 고 말
하기에 서로 화해를 시키려고 급히 후원으로 들어가다가 뜻밖에 그만
잘못해서 태사님과 부딪쳤던 것입니다. 잘못했습니다. 죽을죄를 지었
습니다."

동탁曰: "이 도적놈이 내 애희愛姬를 희롱했는데 내 어찌 봐줄 수 있
겠나! 맹세코 이놈을 죽여 버리고 말 테다."

이유曰: "승상님의 생각은 옳지 않습니다. 옛날, 후에 절영지회(絕纓之會: 갓끈을 끊었던 연회)라고 불리게 된 연회 자리에서 초楚 장왕莊王의 신하가 왕의 애희를 희롱하자, 그녀는 그 신하의 갓끈을 끊어서 범인을 찾으려고 했지만, 장왕은 자기 애희를 희롱한 신하의 죄를 추궁하지 않았습니다. 후에 장왕이 진秦나라와 싸울 때 진의 군사들한테 포위되었는데, 그때 왕의 애희를 희롱했던 장웅蔣雄이 죽을힘을 다해 장왕을 구해 주었다고 합니다.

지금 초선은 일개 아녀자에 불과하지만, 여포는 태사님의 심복 맹장입니다. 태사님께서 이번 기회에 아예 초선을 여포에게 하사하신다면 여포는 그 은혜에 감격해서 반드시 목숨을 바쳐가며 태사님의 은혜에 보답할 것입니다. 태사님께서는 부디 깊이 생각해 보시기 바랍니다."(*이유가 하마터면 왕윤의 연환계를 깨트릴 뻔했다.)

동탁은 한참동안 깊이 생각해보고 나서 말했다: "네 말 또한 옳다. 내 잘 생각해 보겠다."

이유는 인사를 하고 나갔다.

〖 2 〗 동탁은 후당으로 들어가서 초선을 불러 물었다: "네 어찌하여 여포와 사통私通했느냐?"

초선이 울면서 말했다: "첩이 후원에서 꽃구경을 하고 있는데 여포가 별안간 들어왔습니다. 저는 깜짝 놀라서 몸을 막 피하려고 하는데 여포가 말하기를 '나는 태사님의 아들인데 왜 나를 피하려 하느냐?'고 하면서 화극을 들고 제 뒤를 쫓아서 봉의정鳳儀亭까지 따라왔습니다. 저는 그의 마음이 불량한 것을 보고 혹시 겁탈이라도 당할까봐 연못에 몸을 던져 자진自盡하려고 했는데, 그놈이 달려들어 껴안고는 놓아주지 않았던 것입니다. 정말 죽을지 살지 모를 바로 그 순간에 마침 태사님께서 와주셔서 제 목숨을 구해주셨던 겁니다."(*이러한 교묘한 말에 사랑에 눈이 먼 자는 매번 혹하게 마련이다.)

동탁曰: "나는 지금 너를 여포에게 주려고 하는데, 네 생각은 어떠하냐?"

초선은 깜짝 놀라서 울며 말했다:(*놀란 것은 진짜 놀란 것이고, 운 것은 가짜로 운 것이다.) "제 몸은 이미 귀인貴人을 섬기고 있는데, 지금 갑자기 저를 집안 종놈에게 주겠다고 하시니, 저는 차라리 죽으면 죽었지 이런 욕을 보지는 않겠습니다."

그리고는 곧바로 벽에 걸린 보검을 빼어들더니 제 손으로 목을 찌르려고 했다. (*역시 죽겠다는 말로 사람을 움직이려고 한다. 오늘날 부인들은 매번 죽어버리겠다는 말로 자기 남편들을 못살게 구는데, 이는 초선을 보고 잘못 배운 것이다.)

동탁은 황급히 칼을 빼앗고 그녀를 꼭 껴안고 말했다: "내 잠시 너를 놀려본 게야!"

초선은 동탁의 품에 쓰러져 얼굴을 파묻고 통곡하면서 말했다: "이는 틀림없이 이유의 계책이예요! 이유와 여포는 서로 매우 친하니까, 태사님의 체면이나 첩의 목숨 같은 것은 애당초 생각지도 않고 이런 계책을 생각해낸 것이라고요. 저는 그자의 살을 산 채로 씹어 먹어야겠어요!"(*말로 이유의 생각을 깨트려버린 것이 더욱 교묘하다. 이로써 동탁과 여포 사이를 이간시킬 뿐만 아니라 동탁과 이유 사이를 이간시키고 있다.)

동탁曰: "내 어찌 차마 너를 버릴 수 있겠느냐?"

초선曰: "비록 태사님께서는 저를 어여삐 여기시고 사랑해 주시지만 이곳에 오래 있다가는 반드시 여포의 손에 죽을 것만 같아서 겁이 납니다."

동탁曰: "내 너하고 내일 미오(郿塢: 섬서성 동북 위수渭水 북안)로 가서 그곳에서 함께 실컷 즐기려고 하니, 절대 걱정이나 의심을 하지 말거라."

초선은 그제야 눈물을 거두고 고맙다고 절을 했다.

〖 3 〗 다음날 이유가 들어와서 동탁을 보고 말했다: "오늘은 길일吉日이니 초선을 여포에게 보내 주십시오."

동탁曰: "여포와 나는 서로 부자지간인데 그에게 초선을 내어준다는 것은 곤란하다. 나는 다만 그의 죄를 추궁하지 않겠으니, 너는 내 뜻을 그에게 전하고 좋은 말로 그를 위로해 주도록 해라."(*여기에서 또 한 번 멈추는데, 이는 이유의 말을 반만 들어준 것이다. 그렇지 않다면 여포를 죽이려고 화극까지 던진 후인데 어찌 그 일이 범 대가리에 뱀 꼬리(虎頭蛇尾)처럼 끝날 수 있겠는가?)

이유曰: "태사님께서는 아녀자의 말에 현혹되어서는 안 됩니다."

동탁은 얼굴을 붉히면서 말했다: "너는 네 처를 여포한테 줄 수 있겠느냐? 초선의 일에 대해서는 다시 여러 말 말거라. 다시 말하면 반드시 너의 목을 베어버리고 말 테다!"

이유는 밖으로 나가면서 하늘을 우러러 탄식했다: "우리는 모두 아녀자의 손에 죽겠구나!"(*유비의 쌍고검雙股劍, 관우의 청룡도, 장비의 장팔사모丈八蛇矛 모두 여장군의 치마 속 병기(裙下兵器)에는 미치지 못한다. 지금의 호색한들은 이를 조심하고 또 조심해야 한다.)

후세 사람이 책을 읽다가 이 대목에 이르러 감탄하며 지은 시가 있으니:

왕사도의 묘한 계책 여인의 힘 빌리니 　　司徒妙算託紅裙
무기도 군사들도 쓸 필요 없었네. 　　不用干戈不用兵
세 사람 호뢰관에서 싸운 일 괜히 힘만 뺐고 　　三戰虎牢徒費力
개가凱歌는 도리어 봉의정에서 울렸도다. 　　凱歌却奏鳳儀亭

동탁은 그날 당장 명령을 내려 미오로 돌아갔는데, 문무백관이 모두 나와서 배웅했다. 초선은 수레 위에 앉아 빽빽이 모인 사람들 가운데 여포가 멀찍이에서 자기가 타고 있는 수레 안을 바라보는 것을 보았다. 초선은 짐짓 낯을 가리고 통곡하는 시늉을 해보였다. 수레가 이미 멀리 떠나간 뒤에도 여포는 흙 언덕 위에 말을 세우고 수레가 지나가며 일으키는 먼지를 바라보며 탄식하고 통탄했다.

그때 갑자기 등 뒤에서 한 사람이 묻는 소리가 들렸다: "온후는 왜 태사를 따라가지 않고 이곳에서 멀리 바라보며 한숨을 쉬시오?"

여포가 돌아보니 바로 사도 왕윤이었다.

〖 4 〗 서로 인사를 하고 나서 왕윤이 말했다: "늙은이가 지난 며칠 동안 가벼운 병에 걸려 문을 닫고 밖에 나가지 않았기에 오랫동안 장군을 뵙지 못했소. 오늘은 태사께서 미오로 돌아가신다고 하기에 부득이 병든 몸을 이끌고 전송 나왔던 것인데 다행히 이곳에서 장군을 만나 뵙게 되어 반갑소이다. 그런데 장군께 하나 물어볼 게 있소. 장군은 왜 이곳에서 길게 탄식을 하고 계시는 것이오?"

여포曰: "바로 대감의 따님 때문입니다."

왕윤은 짐짓 놀라면서 말했다: "이미 많은 시간이 지났는데 아직도 장군께 돌려보내 주지 않았단 말이오?"

여포曰: "늙은 도적놈이 자기가 총애한 지 오래 됐습니다."

왕윤은 짐짓 크게 놀란 체하며 말했다: "세상에 이런 일이 다 있다니, 믿겨지지가 않소."

여포는 왕윤에게 그간 있었던 일들을 하나하나 다 말했다. 왕윤은 고개를 들어 위를 보고 발로 땅을 차면서 한동안 말을 못 하다가 한참 지나서야 말했다: "태사가 이처럼 짐승 같은 행동을 할 줄은 전혀 생각 못했소."

그리고는 여포의 손을 끌면서 말했다: "일단 우리 집으로 가서 상의해 봅시다."

여포는 왕윤을 따라서 그의 집으로 갔다. 왕윤은 그를 밀실로 안내해서 술을 내어와 대접했다. 여포는 또 봉의정에서 초선을 만났던 일을 자세히 이야기해 주었다.

왕윤曰: "태사가 내 딸을 욕보이고 또 장군의 처를 빼앗았으니 참으로 천하 사람들 모두의 비웃음을 사게 되었소. ─사람들은 태사를 비웃는 게 아니라 이 사람과 장군을 비웃을 거란 말이오! 그러나 이 사람이야 늙고 무능한 자이니 말할 거리도 못 되지만, 장군은 일세의 영웅인데 이와 같은 더러운 욕을 당하게 되었으니 참으로 애석한 일이오."

여포는 노기가 충천해서 주먹으로 상을 내려치며 큰소리를 질렀다. 왕윤이 급히 말했다: "이 늙은이가 실언失言을 했소이다. 장군께선 노여움을 푸시오."

여포曰: "맹세코 이 늙은 도적놈을 죽여서 내가 받은 치욕을 씻어버리겠소!"

왕윤은 급히 그의 입을 손으로 막으며 말했다: "장군께선 절대 그런 말씀 마시오. 이 늙은이한테까지 누가 미칠까 두렵소."

여포曰: "사내대장부로 태어나서 이 천지간에 살면서 어찌 남의 밑에서 오랫동안 답답하게 지낼 수 있겠소!"

왕윤曰: "장군 같이 재주 많은 분이 태사가 시키는 대로만 하고 있다는 것은 말이 안 되지요."

여포曰: "나는 이 늙은 도적놈을 죽여 버리고 싶지만, 그래도 저하고는 부자지간인지라 후세에 누가 뭐라고 하지나 않을까 그게 두렵습니다."

왕윤이 빙그레 웃으며 말했다: "장군의 성은 본래 여씨呂氏이고 태사의 성은 본래 동씨董氏입니다. 화극을 던져서 죽이려고 하는 판에 어찌 부자지간의 정 따위가 있을 수 있소?"

여포가 분연히 말했다: "사도께서 말해 주지 않았더라면 제가 일을 그르칠 뻔했습니다!"

왕윤은 여포가 이미 뜻을 정한 것을 보고 곧바로 그를 설득했다: "장군께서 만약 한 나라 왕실을 붙들어 세운다면 곧 충신忠臣이 되시어 그 이름이 청사靑史에 전해지고 아름다운 명성名聲은 백대 후까지 전해질 것입니다. 그러나 장군께서 만약 동탁을 돕는다면 곧 역신逆臣이 되어 그 행적은 사서에 기록되어 영원히 악취를 풍기게 될 것입니다."(*이 몇 마디 말은 가문의 사적인 원한(私怨)을 버리고 조정의 대의大義만을 말한 것으로 이것이 바로 올바른 글(正文)이다.)

여포는 자리에서 내려와 왕윤에게 절을 하고 말했다: "제 뜻은 이미 정해졌으니 사도께서는 의심하지 마십시오."

왕윤曰: "그러나 일이 혹시 성공하지 못하여 도리어 큰 화를 입게 될까 두렵소."(*여포가 화를 내자 반대로 그의 입을 막아 멈추도록 하고, 그가 주저하고 망설이자 정언正言으로 그를 움직이고, 그가 하겠다고 허락하자 또 반언反言으로 그의 결심을 재촉하고 있다. 무릇 세 번의 곡절曲折을 이용하고 있는데, 왕윤은 참으로 묘한 사람이다.)

여포는 차고 있던 칼을 뽑아 제 팔을 찔러 피를 흘려서 맹세했다. 왕윤은 무릎을 꿇어 고맙다고 하면서 말했다: "한 나라 사직이 끊어지지 않게 된다면 이는 모두 장군의 덕택일 것입니다. 절대로 이 일을 누설해서는 안 됩니다. 때가 되면 계책을 세워 제가 직접 장군께 말씀드리겠습니다."

여포는 흔쾌히 응낙하고 돌아갔다.

〖 5 〗 왕윤은 즉시 복야僕射 사손서士孫瑞와 사예교위司隸校尉 황완黃琬을 청하여 상의했다.

사손서曰: "그동안 주상主上께서 병환에 계시다가 방금 완쾌하셨으니 언변 좋은 사람 하나를 미오로 보내서 동탁에게 대사를 의논하기 위해서라는 구실을 붙여서 불러오도록 하고, 한편으로 천자의 비밀조서를 여포에게 주어서 무장한 군사들을 궁궐문 안에다 매복시켜 놓게 한 후 동탁을 유인해 들여서 주살하는 것이 상책입니다."

황완曰: "누가 감히 가려고 할까요?"

사손서曰: "여포의 동향 사람인 기도위騎都尉 이숙李肅은 동탁이 자기 관직을 올려주지 않았다고 크게 원한을 품고 있소. 만약 이 사람을 가도록 한다면 동탁도 틀림없이 의심하지 않을 것입니다."

왕윤曰: "좋소."

그리고는 여포를 청해 와서 함께 의논했다.

여포曰: "전에 나더러 정건양丁健陽을 죽이라고 권한 것 역시 이놈이오. 이번에 그가 만약 가지 않겠다고 하면 나는 먼저 이놈의 목부터 베어버릴 것이오."

사람을 시켜서 비밀리에 이숙을 불러왔다.

여포曰: "전에 공은 나를 설득하여 정건양을 죽이고 동탁을 찾아가도록 했었소. 지금 동탁은 위로는 천자를 속이고 아래로는 백성들을 학대하니 그 죄악이 천지에 가득 차서 사람과 귀신이 다 같이 통분해 하고 있소. 공이 미오로 가서 동탁에게 천자의 조서를 전하여 궐내로 불러들이시오. 그러면 매복해 있던 군사들이 그를 죽여 버릴 거요. 그런 다음 힘껏 한 나라 황실을 붙들어 세운다면, 공과 나는 다 같이 충신이 되는 것이오. 공의 생각은 어떻소?"

이숙曰: "저 역시 이 역적놈을 없애 버리려고 한 지 오래 되었으나 다만 마음을 같이 할 사람이 없는 게 한이었소. 이제 장군께서 이런 계획을 갖고 계시다니, 이는 하늘이 내려주신 기회이니 제가 어찌 감히 두 마음을 품겠습니까."(*자기 부친을 잘 죽이는 자가 여포이고, 남에게 부친을 죽이도록 잘 권하는 자가 이숙이다.)

그리고는 곧바로 화살을 꺾어서 맹세를 했다.

왕윤曰: "공이 만약 이 일을 해낸다면, 높은 벼슬을 얻지 못할까봐 걱정할 필요가 어디 있겠소."

〖 6 〗다음날 이숙은 10여 기騎를 이끌고 미오로 갔다. 동탁의 아랫사람이 들어가서 천자의 조서가 왔다고 보고하자, 동탁은 안으로 불러 들이도록 했다. (*천자의 조서가 내려왔는데도 그것을 앉아서 받다니, 그의 눈에 여전히 천자天子라는 두 글자가 있었는가?) 이숙이 들어가서 절을 하자 동탁이 말했다: "천자께서는 무슨 내용의 조서를 내리셨는가?"

이숙曰: "천자께서 최근 병환이 완쾌되시어 문무백관을 미앙전未央殿으로 불러 모아 태사께 제위帝位를 넘겨주는 문제를 의논하시고자 이 조서를 내리신 것입니다."(*동탁이 오랫동안 마음속으로 생각해 왔던 일이다. 이 말은 그대로 동탁의 귀에 들어가 꽂혔다.)

동탁曰: "왕윤의 뜻은 어떠하냐?"

이숙曰: "왕 사도께서는 이미 사람들로 하여금 양위讓位 의식을 거행할 '수선대受禪臺'를 쌓도록 하시고 주공께서 오시기만을 기다리고 계십니다."(*진짜 수선대受禪臺 이야기는 오히려 뒤에 가서 나온다. 이곳에서는 우선 한 마디 허사虛寫를 해놓는데, 이곳에서 허사虛寫를 해놓았기에 뒤에 가서 실사實寫를 하게 된다.)

동탁은 크게 기뻐하며 말했다: "내 간밤에 용 한 마리가 내 몸을 휘감는 꿈을 꾸었는데, 오늘 과연 이런 반가운 소식을 듣게 되는구나. (*용이 자기 몸을 휘감는 것은 황제가 그의 죄를 다스린다는 것인데, 이 늙은 놈이 어찌 알 수 있겠는가?) 암, 기회란 놓쳐서는 안 되지."

그리고는 곧바로 심복 장수 이각, 곽사, 장제, 번조 네 사람으로 하여금 비웅군飛熊軍 3천 명을 거느리고 미오를 지키고 있도록 한 다음,

자기는 그날로 바로 행차를 갖추어 서울 장안長安으로 돌아가기로 했다.

그는 이숙을 돌아보며 말했다: "내가 황제가 되면 너를 집금오(執金吾: 대궐문 수위장)로 임명해 주마."

이숙은 고맙다고 절을 하고 자신을 "신臣"이라고 불렀다.

동탁은 자기 모친에게 하직인사를 하러 안으로 들어갔다. 그의 모친은 이때 나이가 90여 세나 되었는데, 동탁을 보고 물었다: "우리 아기 어디로 가려느냐?"

동탁曰: "지금 가서 한 나라 황제의 자리를 물려받으려고 합니다. 어머니께서는 조만간 황태후가 되실 겁니다."

동탁 모친이 말했다: "나는 요즘 살이 떨리고 심장이 두근거리는데, 아무래도 좋은 징조는 아닌 것 같구나."

동탁曰: "장차 국모國母가 되시려는데 어찌 사전에 경보警報가 없겠습니까!"

그리고는 곧 모친에게 하직인사를 하고 길에 올랐다. 떠나기에 앞서 그는 초선에게 말했다: "내가 천자가 되면 마땅히 너를 귀비貴妃로 세워줄 것이다."

초선은 이미 속사정을 훤히 다 알고 있으면서도 짐짓 기뻐하는 표정을 짓고 고맙다며 인사를 했다. (*봉의정鳳儀亭에서의 전공戰功은 이날부터 그 개선가를 올리게 된다.)

〘 7 〙 동탁은 수레에 올라 앞뒤로 부하들의 호위를 받으며 장안을 향해 갔다. 30리를 못 갔을 때 갑자기 그가 탄 수레의 바퀴 하나가 부러졌다. 동탁은 수레에서 내려 말을 탔다. 그런데 또 10리를 못 갔을 때 그가 탄 말이 큰소리로 울부짖으면서 머리를 번쩍 쳐들고 흔들어서 고삐를 끊어버렸다.

동탁이 이숙에게 물었다: "수레바퀴가 부러지고 말이 고삐를 끊었는데, 이건 무슨 징조인가?"

이숙曰: "이는 태사께서 한漢 천자의 자리를 물려받게 되심에 따라 옛것을 버리고 새것으로 바꾸어 장차 천자가 타시는 옥으로 만든 가마와 황금으로 만든 말안장을 타시게 될 조짐이옵니다."(*앞에서는 동탁의 모친이 의심을 하고 동탁이 해명해 주었는데, 여기서는 동탁이 의심을 하고 이숙이 그것을 해명하고 있다. 동탁은 간신히 이해하기는 했으나 이숙의 해명은 민첩했다.)

동탁은 기뻐하며 그의 말을 그대로 믿었다.

다음날, 한참 가고 있는데 갑자기 광풍이 일고 어두컴컴한 안개가 하늘을 뒤덮었다.

동탁이 이숙에게 물었다: "이는 또 무슨 상서로운 징조인가?"

이숙曰: "주공께서 보위寶位에 오르시게 되니 붉은 빛과 자주색 안개(紅光紫霧)로써 천자의 위엄을 장하게 하려는 것이옵니다."

동탁은 이번에도 기뻐하며 의심하지 않았다.

마침내 성 밖에 당도하니, 관원들이 모두 나와서 영접을 하는데, 이유만은 병이 나서 집에 있고 영접하러 나가지 못했다. (*동탁이 이번에 올 때 가지 말라고 말리는 사람이 아무도 없었던 것은 바로 이 때문이다.) 동탁이 승상부에 나아가자 여포가 들어와서 축하드렸다.

동탁曰: "내가 제위帝位에 오르면 너는 마땅히 천하의 군사를 총독하게 될 것이다."

여포는 고맙다고 인사를 하고 막사에서 밤을 보냈다.

이날 밤, 어린 아이 십여 명이 교외에서 노래를 불렀는데, 노랫소리가 바람을 타고 막사 안에까지 들려왔다. 그 노래에서 말하기를:

천리에 뻗은 풀 어찌 저리도 푸른가,　　　　　　千里草, 何青青

그러나 열흘 이상은 살지 못한다네.　　　　　　十日上, 不得生

(＊ "千里草천리초"는 곧 "董동"자이고, "十日上십일상"은 곧 "卓탁"자이다. "살지 못한다(不生)"는 곧 죽는다는 뜻이다.)

노래 소리는 매우 비통했다.

동탁이 이숙에게 물었다: "저 아이들의 노랫소리는 무슨 뜻인가? 길조인가, 흉조인가?"

이숙曰: "이 역시 유씨劉氏는 멸망하고 동씨董氏가 흥하게 된다는 뜻입니다."

〖 8 〗 다음날 새벽, 동탁은 호위 의장대儀仗隊를 벌려 세우고 입궐했다. 그때 갑자기 도인道人 하나가 몸에는 검푸른 겉옷(靑袍)을 입고, 머리에는 흰 두건을 쓰고, 손으로는 긴 장대를 잡고 있었다. 그 위에다가 한 장(丈: 10尺) 길이의 천을 매달았는데, 천의 양쪽 끝에 각각 '口'(구: 입) 자가 한 자씩 씌어 있었다. (＊이는 명백히 "呂布" 두 글자를 나타낸 것이다.)

동탁이 이숙에게 물었다: "이 도인의 저것은 무슨 뜻이냐?"

이숙曰: "저자는 미친놈입니다."

그리고는 장사를 불러서 쫓아버리라고 했다. 동탁은 조정으로 들어갔다. 모든 신하들은 각기 조복朝服을 차려입고 길에 서서 맞이했다. 이숙은 한 손에는 보검을 잡고 한 손으로는 수레를 붙잡고 걸어갔다. 궁궐 북쪽의 작은 문(掖門)에 이르러 군사들은 모두 막혀서 문밖에 남아있고, 동탁이 탄 수레를 호위하던 자들 20여 명만 같이 들어갔다.

동탁이 멀리 바라보니 왕윤 등이 각기 보검을 잡고 대전大殿 문 앞에 서 있어서 놀라 이숙에게 물었다: "칼을 들고 있는 것은 무슨 뜻이냐?"

이숙은 대답하지 않고 (＊여기에 이르러서는 더 이상 해설해 줄 필요도 없었다.) 수레를 밀고 곧장 들어갔다.

왕윤이 큰소리로 외쳤다: "역적놈이 여기 왔다. 무사들은 어디 있느냐?"

양편에서 백여 명이 돌아 나오며 손에 잡은 극戟과 삭槊으로 동탁을 찔렀다. 그러나 동탁은 겉옷 안에 갑옷을 입고 있어서 창끝이 들어가지 않아서 겨우 가슴에 상처를 입고 수레에서 떨어지며 큰소리로 외쳤다: "내 아들 봉선은 어디 있느냐?"

여포가 수레 뒤에서 나오면서 언성을 높여 말했다: "역적을 토벌하라는 조서가 여기 있다!"(*전에는 수도 없이 부친이라고 부르더니, 여기서는 갑자기 역적으로 바꿔 부르고 있는데, 가소롭다.)

그리고는 화극으로 그의 목을 푹 찔렀다. (*여포는 정원에게는 칼로 효도했고, 동탁에게는 화극으로 효도했다. 혹은 칼로, 혹은 화극으로 효도하고 있는바 이는 힘이나 노력으로 효도하는 것에 비할 수 있다. 각각 자식으로서의 도리를 다하고 있다.) 이숙은 재빨리 그의 머리를 잘라서 손에 들었다.

여포는 왼손에는 화극을 잡고 오른손으로는 품속에서 조서를 꺼내 들고 큰소리로 외쳤다: "조서를 받들어 적신 동탁을 쳤다. 그 나머지 사람들은 죄를 묻지 않겠다!"

문무관리들은 모두 만세를 불렀다. 후세 사람이 동탁을 한탄하여 지은 시가 있으니:

패업이 성공하면 제왕이 될 것이고	伯業成時爲帝王
실패해도 부자는 되려니 생각했다.	不成且作富家郞
누가 알았나, 하늘은 전혀 사정私情을 두지 않아	誰知天意無私曲
미오성 막 준공되자 곧바로 멸망시킬 줄을.	郿塢方成已滅亡

〖 9 〗 한편 그때 여포가 큰소리로 외쳤다: "동탁을 도와서 포학暴虐한 짓을 한 것은 전부 이유李儒다! 누가 그를 사로잡아 오겠느냐?"

그 말이 떨어지자마자 이숙이 가겠다고 했다. 그때 갑자기 대궐문 밖이 떠들썩했는데, 그것은 이유의 집 노복들이 이미 그를 묶어가지고 바치러 왔다고 알려오는 소리였다. (*일도 전혀 힘들이지 않고 이루어졌고, 문장도 전혀 힘들이지 않고 씌어졌다.)

왕윤은 그를 꽁꽁 묶어 저자로 끌고 가서 목을 베도록 하고 또 동탁의 시신을 네거리에 갖다 놓아 많은 사람들에게 구경시키도록 했다. 동탁의 시신은 매우 뚱뚱했는데, 시신을 지키는 군사가 그 배꼽에다 심지를 달아 등잔처럼 불을 켜 놓자 (*가히 동탁의 등, 즉 탁등卓燈이라 부를 만했다.) 기름이 흘러내려 땅에 흥건했다. 그 앞을 지나가는 사람들치고 손으로 그 머리를 흔들고 발로 그 시체를 밟지 않는 사람이 없었다.

왕윤은 또 여포로 하여금 황보숭皇甫嵩, 이숙과 같이 군사 5만 명을 거느리고 미오로 가서 동탁의 가산을 몰수하여 관에 귀속시키고 그 식구들은 모조리 잡아 죽이도록 했다.

한편 이각, 곽사, 장제, 번조는 동탁이 이미 죽고 여포가 오고 있다는 말을 듣고 곧바로 비웅군飛熊軍을 이끌고 밤을 새워 양주(凉州: 감숙성 장가천張家川 회족 자치현과 청해 황수 유역 및 섬서성 서부)로 달아났다.

여포는 미오에 이르자 먼저 초선부터 찾아내서 만났다. (*여포의 마음에는 오로지 이 일 한 가지밖에 없었다.) 황보숭은 미오 안에 끌려와 있던 양가집 여자들을 전부 석방시키도록 했으나, 다만 동탁의 친속親屬들은 노소를 가리지 않고 모조리 주륙誅戮하도록 했다. 동탁의 모친 역시 이때 피살당했고,(*이는 동탁이 하何 태후를 시해한 것의 응보이다.) 동탁의 아우 동민董旻과 조카 동황董璜은 둘 다 목을 베어 높이 매달아 사람들에게 구경시켰다.

미오성 안에 쌓여있던 황금 수십만 근과 은 수백만 근, 그리고 온갖 비단과 명주, 보물, 그릇과 양식 등을 모조리 몰수했는데 그 수량이 얼마나 되는지 셀 수도 없었다. (*백성들의 살과 기름을 도려내어 수탈했었는데, 그것들은 다 지금 어디에 있는가?)

돌아와서 왕윤에게 보고하자, 왕윤은 술과 고기를 내려 군사들을 실컷 먹이도록 하고, 조정 안 도당都堂에다 연석을 베풀어서 문무백관들을 모아놓고 술을 마시며 축하했다.

〖 10 〗한창 술을 마시고 있을 때 갑자기 한 사람이 와서 보고했다: "동탁의 시신을 거리에다 내다놓았는데, 갑자기 어떤 사람 하나가 와서 그 시신 앞에 엎드려 대성통곡을 했습니다."

왕윤이 화를 내며 말했다: "동탁이 주륙당하자 누구 하나 축하하지 않는 사람이 없는데, 그 자가 누구기에 혼자 감히 통곡을 한단 말인가?"

그리고는 무사를 불렀다: "붙잡아서 내 앞에 끌고 와라!"

잠시 후에 붙잡아 왔는데, 모든 관원들 중 그를 보고 놀라지 않는 사람이 없었다. 알고 보니 그 사람은 다른 사람이 아니라 바로 시중侍中 채옹蔡邕이었다. (*채옹이 동탁을 위해 곡을 한 것은 팽월의 신하였던 난포欒布가 자신의 주군인 팽월彭越을 위해 곡을 한 것(*기원전 196년의 일)과 마찬가지이다.)

왕윤이 꾸짖었다: "동탁은 역적이다. 그가 오늘 주륙당한 것은 나라로서는 크게 다행한 일이다. 자네는 한漢의 신하로서 나라를 위해 이를 축하하지 않고 도리어 역적을 위해 곡哭을 하다니, 도대체 그 이유가 무엇인가?"

채옹은 자신의 죄를 인정하고 나서 말했다: "제 비록 변변치 못한 사람이지만 그래도 대의大義를 아는데 어찌 나라를 배반하고 동탁을 좇으려고 하겠습니까? 다만 한때나마 나를 알아주고 써준 사람에 대한 감정(知遇之感) 때문에 나도 몰래 그를 위해 한 번 곡哭을 했던 것입니다. 제 스스로 그 죄가 크다는 것을 알고 있으니, 원컨대 공께서는 너그러이 용서해 주십시오. 만약 내게 이마에 먹 글자를 새겨 넣고 발을 자르는 형벌을 내리시되(黥首刖足) 목숨만은 살려주시어 〈한사漢史〉를 계속 써서 완성함으로써 나의 죄를 대신 갚을 수 있도록 해주신다면 저로서는 큰 행운이겠습니다."(*만약 채옹으로 하여금 한사漢史를 완성할 수 있도록 했다면, 그는 당연히 후한서後漢書를 쓴 범엽范曄이나 삼국지三國志를 쓴 진수陳壽의 자리를 빼앗았을 것이다.)

많은 관원들이 채옹의 재주를 아까워하여 모두들 그를 구해 주려고 힘을 썼다. 태부太傅 마일제馬日磾 역시 은밀히 왕윤에게 말했다: "백개(伯喈: 채옹의 자)는 세상에 없는 뛰어난 인재인데, 만약 그로 하여금 이어서 〈한사漢史〉를 완성하도록 한다면 이는 참으로 대단한 일이 될 것이오. 뿐만 아니라 그의 효행孝行은 일찍부터 세상에 널리 알려져 있는데, 이런 인재를 성급하게 죽인다면 세상 사람들이 실망하게 될까봐 두렵습니다."(*본래 효도를 온전히 하려면 임금에 대한 충성을 온전히 할 수 없다. 지금의 〈비파곡琵琶曲〉에서는 본래와는 반대로 채옹은 충성을 온전히 하였으나 효도는 온전히 하지 못했다고 했는데, 거짓말이 너무 심하다.)

왕윤曰: "옛날 효무황제(孝武帝)께서는 사마천司馬遷을 죽이지 않고 후에 역사(史記)를 쓰도록 하셨는데, 끝내 그가 비방의 글을 써서 후세에 전해지도록 하였소. 바야흐로 지금은 국운이 쇠미衰微해져 조정의 정사가 어지러운데, 이런 때에 간사한 신하로 하여금 나이 어린 주상 곁에서 붓을 잡고 사서史書를 쓰도록 한다면, 우리들도 그자의 비방을 덮어쓰게 될 것이오."(*왕윤의 견해 역시 옳다. 그가 동탁을 서술하는 곳에서 곡필曲筆이 있을까봐 두려웠던 것이다.)

마일제는 아무 말 없이 물러나와 사석에서 여러 사람들에게 말했다: "왕윤에겐 훗날이 없을 것이다. 선한 사람은 나라의 기강紀綱이고, 사서를 저술하는 일은 나라의 법典인데, 기강을 없애고 법을 폐하고서 어찌 오래 갈 수 있겠는가?"

왕윤은 마일제의 말을 듣지 않고 바로 채옹을 하옥시켜 그 안에서 목을 매어 죽이도록 했다. (*다 같은 한 번의 죽음이다. 만약 전일에 그가 동탁을 따르지 않고 동탁에게 죽임을 당했더라면 채옹으로서는 좋지 않았을까? 나는 채옹을 위해서 그 일을 애석해 하는 바이다.) 당시 사대부들은 이 소식을 듣고 모두 눈물을 흘렸다. 후세 사람이 채옹이 동탁을 위해 곡을 한 일을 평하여 말하기를, 그 일은 물론 옳지 못하지만, 왕윤이 그를 죽인 것 역시 너무 심하다고 했다. 채옹의 죽음을 탄식해서 지은 시가 있으니:

동탁이 권력을 휘두르며 나쁜 짓을 할 때	董卓專權肆不仁
시중은 왜 끝내 자기 몸을 망치고 말았을까.	侍中何自竟亡身
당시 제갈량은 융중에서 드러누워 있었는데	當時諸葛隆中臥
채옹은 어찌하여 경솔하게 난신을 섬겼는가.	安肯輕身事亂臣

〖 11 〗 한편 이각, 곽사, 장제, 번조 등은 섬서(陝西: 하남성 섬현陝縣 서남 지역)로 도망가서 사람을 장안으로 보내 용서를 구하는 표문表文을 올렸다.

왕윤曰: "동탁이 발호했던 것은 전부 이 네 놈들이 도와주었기 때문이다. 지금 비록 천하 모든 사람들을 다 용서해 주더라도 이 네 놈들만은 결코 용서해 줄 수 없다."(*먼저 그들의 죄를 용서해 주어 그들의 군사들이 다 흩어지도록 한 다음 그들을 잡아 죽이려 하더라도 늦지 않았을 것이다. 이는 왕윤이 잘못 생각한 것이다.)

표문을 가지고 갔던 사자가 돌아와서 이각에게 보고했다.

이각曰: "용서를 구했으나 받아주질 않으니 각자 살길을 찾는 수밖에 없다."

모사 가후賈詡가 말했다: "여러분이 만약 군사들을 버리고 혼자서 간다면 일개 정장亭長의 힘으로도 여러분을 포박할 수 있을 것이오. 그렇게 하기보다는 차라리 이곳 섬서 사람들을 불러 모아 휘하 군사들과 함께 장안으로 쳐들어가 동탁의 원수를 갚는 것이 나을 것이오. 만약 성공하게 되면 조정을 받들어 천하를 바로잡으면 되고, 만약 실패하게 되면 그때 도망가더라도 늦지 않을 것이오."(*가후의 이 말 한 마디가 곧바로 장안을 대란에 빠뜨리게 된다. 무사들의 병단兵端이 이 사람의 혀끝에서 일어나게 된 것이니, 참으로 무서운 일이다!)

이각 등은 그의 말을 옳게 여기고 드디어 서량주西涼州 지역에 유언비어를 퍼뜨렸다: "왕윤은 장차 이 고장 사람들을 모조리 쓸어 없애버리려고 한다!"

사람들은 모두 놀라서 어찌할 줄을 몰랐다.

이어서 다시 큰소리로 외쳤다: "개죽음을 당해서 좋을 게 무엇이냐, 우리를 따라서 반란을 일으키지 않겠느냐?"

모두 다 따라 나서겠다고 했다. 이리하여 10여만 명을 모아 네 길로 나누어 장안으로 쳐들어갔다. 길에서 동탁의 사위인 중랑장中郎將 우보牛輔를 만났는데, 그는 군사 5천 명을 이끌고 자기 장인의 원수를 갚으러 가려고 했다. (*동탁의 사위는 이유李儒와 우보 둘이었다. 동탁이 주살당할 때 이유는 살해되었으나 우보는 체포망을 벗어나서 달아났다.) 이각은 곧 군사들을 합치고 우보로 하여금 선봉이 되도록 했다. 네 사람은 계속해서 장안을 향해 진군해 갔다.

〖 12 〗 왕윤은 서량 군사들이 쳐들어오고 있다는 소문을 듣고 여포와 상의했다.

여포曰: "사도께서는 마음 놓으십시오. 그까짓 쥐새끼 같은 놈들은 말할 필요도 없습니다."

그리고는 이숙을 이끌고 군사들을 거느리고 적을 맞이하러 나갔다.

이숙이 선봉에서 적을 맞아 싸웠는데, 바로 우보와 맞닥뜨려 한바탕 크게 싸웠다. 우보는 당해내지 못하고 패하여 물러갔다. 그러나 뜻밖에도 이날 밤 이경(二更: 밤 9시에서 11시 사이)에 우보는 이숙이 방심하고 있는 틈을 타서 영채를 급습했다. 이숙의 군사들은 패하여 제각각 도망을 쳐서 30여 리를 물러났는데 그 통에 군사를 태반이나 잃고는 여포에게 갔다.

여포는 크게 노하여 말했다: "네 어찌하여 우리 군사들의 사기를 꺾어놓는단 말이냐!"

그리고는 곧바로 이숙의 머리를 베어 군문에다 매달았다. (*남에게 부친을 죽이도록 권한 것에 대한 대가이다. 다른 사람을 써서 그를 죽이지 않고 자기 부친을 죽인 사람을 이용해서 부친을 죽이도록 권했던 사람을 죽였으니, 이는 천도天道의 교묘함이다.)

다음날, 여포는 군사를 이끌고 나아가서 우보와 대적했다. 우보 따위가 어찌 여포를 대적할 수 있겠는가. 그는 다시 크게 패해서 달아났다.

이날 밤 우보는 자기 심복 호적아胡赤兒를 불러서 상의했다: "여포는 날쌔고 용맹해서 우리는 도저히 그를 당해 낼 수 없다. 차라리 이각 등 네 사람을 속여서 몰래 황금과 주옥을 감춰 가지고 군사들은 버리고 항상 따라다니는 사람 네댓 명과 같이 도망가는 게 낫겠다."(*도적의 신분인 것이, 동탁의 사위가 될 자격이 충분히 있다.)

호적아는 그렇게 하자고 했다.

그날 밤, 우보는 황금과 주옥 등을 수습하여 서너 명만 데리고 영채를 버리고 달아났다. 강을 건너려 할 때, 호적아는 황금과 주옥을 독차지하고 싶어서 결국 우보를 죽인 다음 그 머리를 베어 가지고 여포한테 가서 바쳤다. 여포가 어떻게 된 일인지 그 사정을 꼬치꼬치 캐묻자 함께 따라온 자가 자백했다: "호적아가 우보를 죽이고 그 황금과 보물들을 빼앗았습니다."

여포는 화를 내며 즉시 호적아를 죽여 버렸다. (*호적아가 우보를 죽인 것은 마치 여포가 동탁을 죽인 것과 같다.) 그리고는 군사들을 거느리고 앞으로 나아가다가 마침 이각의 군사들을 만났다. 여포는 적들이 진을 칠 때까지 기다리지 않고 곧바로 화극을 꼬나들고 말을 달려 군사들을 휘몰아 들이쳤다. 이각의 군사는 당해낼 수가 없어서 50여 리를 뒤로 물러가 산을 의지하여 진을 쳤다.

그리고는 곽사와 장제, 번조를 청해 와서 상의했다: "여포는 비록 용맹하기는 하지만 지모가 없으므로 크게 우려할 게 못 되오. 나는 군사들을 이끌고 가서 골짜기 입구를 지키면서 매일 여포를 유인해 내서 싸울 테니, 곽 장군은 군사를 거느리고 그 뒤를 들이치되 초楚 · 한漢 전쟁 때 팽월彭越이 항우의 초군楚軍을 혼란에 빠뜨렸던 방법을 흉내내어 징을 울려서 군사를 진격시키고 북을 쳐서 군사를 거두도록 하시오. 그리고 장 장군과 번 장군은 각기 군사를 두 방면으로 나누어 곧장 장안으로 쳐들어가도록 하시오. 그러면 여포의 군사들은 앞의 머리와 뒤의 꼬리가 서로 구하거나 후원할 수 없어서 틀림없이 대패할 것이오."(*가후賈詡는 본래 지모를 쓸 줄 알았지만, 이각 역시 계책을 잘 썼다.)

세 사람은 그의 계책에 따랐다.

〖 13 〗 한편 여포가 군사를 정비해서 산 아래에 당도하니, 이각이 군사를 이끌고 나와서 싸움을 걸었다. 여포는 단단히 화가 나서 곧바로 쳐들어가자 이각은 군사들을 물려서 산 위로 올라갔다. 산 위에서 화살과 돌이 비 쏟아지듯 해서 여포의 군사들은 앞으로 나아갈 수가 없었다. 그때 갑자기 곽사의 군사들이 진 뒤로 쳐들어왔다는 보고를 받고 여포는 급히 군사를 돌려 싸우려 했으나 단지 북소리만 크게 울릴 뿐 곽사의 군사들은 이미 물러가 버렸다.

여포가 막 군사들을 거두려고 할 때 바라 소리가 울리면서 이각의 군사들이 또 나왔다. 여포가 나가서 그들을 미처 대적하기도 전에 등 뒤에서 곽사가 또 군사를 거느리고 쳐들어왔다. 여포는 다시 군사를 되돌려 그쪽으로 갔으나, 그때엔 이미 곽사가 북을 쳐서 군사를 거두어 돌아가 버린 뒤였다. (*바라와 북을 교대로 쳐서 적을 어지럽게 하는 것은 적을 피로하고 지치도록 하는 방법이다.) 화가 잔뜩 난 여포는 노여움으로 가슴이 터질 것 같았다.

이와 같은 일이 연달아 며칠 동안이나 계속되었다. 싸우려고 해도 싸울 수 없었고, 그만두려고 해도 그만둘 수가 없었다. 여포가 한창 속을 부글부글 끓이고 있을 때 갑자기 정탐꾼이 와서, 장제와 번조의 양 방면 군사들이 마침내 장안으로 쳐들어와서 서울이 위급하다고 보고했다.

여포가 급히 군사들을 거느리고 서울로 돌아가는데, 등 뒤에서 이각과 곽사가 쳐들어왔다. 그러나 여포는 싸울 마음이 없어져서 오로지 서울을 향해 달아나기만 했다. 그 바람에 상당히 많은 군사들을 잃어버렸다. (*옛날에는 열여덟 방면의 제후들도 당해낼 수 없었던 여포가 지금은 이각·곽사·장제·번조의 네 부대 군사들조차 이길 수 없는 것은 어찌된 일인가? 이는 초선을 얻은 후 용맹과 기력이 전일보다 못해졌기 때문이 아니겠는가!)

장안성 아래에 이르러 보니 역적의 군사들이 구름처럼 몰려들어 성을 에워싸고 있었다. 여포의 군사들이 그들과 싸우기에는 상황이 여러 모로 불리했다. 게다가 여포의 군사들은 평소 여포의 사납고 거친 행동을 두려워했기 때문에 적에게 투항하는 자들이 많이 생겼다. 여포는 속으로 심히 걱정이 되었다.

〖 14 〗수일 후, 동탁의 잔당인 이몽李蒙과 왕방王方이 성 안에 있다

가 역적들과 내응하여 몰래 성문을 열어 주었으므로, 네 방면의 역적의 군사(賊軍)들은 일제히 성안으로 밀려 들어왔다.

여포는 좌충우돌하면서 싸웠으나 도저히 그들을 막아낼 수가 없었다. 그는 어쩔 수 없이 수백 기騎를 이끌고 청쇄문 밖으로 가서 왕윤을 부르며 말했다: "형세가 위급합니다! 사도께서는 급히 말에 올라 저와 함께 관關 밖으로 가서 달리 좋은 계책을 세우도록 하시오!"(*왕윤이 간다면 이는 천자를 내버리고 떠나가는 것이다. 천자를 위험에 처하도록 해놓고 자기 혼자 살겠다고 도망가는 짓을 왕윤은 결코 하지 않을 것이다.)

왕윤曰: "종묘사직의 영령英靈들의 도우심을 얻어 나라를 편안케 하는 것이 내가 원했던 것이오. 만약 그렇게 할 수 없다면 나는 죽음으로써 이 몸을 나라에 바칠 것이오. 국난國難을 당해 구차스레 벗어나려는 짓을 나는 하지 않을 것이오. 나를 대신하여 장군은 관동關東의 여러 제후들에게 고맙다는 인사를 전하면서 나라를 위하는 마음으로 힘써 달라고 부탁해 주시오."

여포가 두 번 세 번 거듭 권했으나 왕윤은 끝내 떠나가려고 하지 않았다. (*왕윤은 사나이였다.) 이윽고 각 성문에 불길이 일어나면서 화염이 하늘 높이 뻗쳤으므로 여포는 부득이 처자식들을 다 내버려둔 채 (*초선조차 필요 없게 되었다.) 1백여 기만 이끌고 나는 듯이 달려서 관關을 나가 원술을 찾아갔다.

〖 15 〗 이각과 곽사는 군사들이 마음껏 약탈하도록 풀어놓았다. 태상경太常卿 충필种拂, 태복太僕 노규魯馗, 대홍려大鴻臚 주환周奐, 성문교위城門校尉 최열崔烈, 월기교위越騎校尉 왕기王頎 등은 모두 이 난리 통에 죽었다. 역적의 군사들은 궁궐의 내정內庭을 에워쌌는데 그 형세가 매우 위급했다. 시신侍臣들은 천자에게 선평문宣平門 위로 오르시어 난을 멈추도록 하시라고 아뢰었다. 이각 등은 멀리서 황제의 수레 위에 세

운 누런 덮개를 바라보고는 군사들을 제지시키고 만세를 불렀다.

헌제獻帝는 성문 누각에 몸을 기대고 물었다: "경들은 주청奏請을 올려 그 회답을 기다리지도 않고 문득 장안에 들어왔는데, 뭘 하려고 그러는가?"

이각과 곽사가 고개를 쳐들고 천자를 보면서 말했다: "동董 태사는 폐하의 사직지신社稷之臣이온데 아무런 까닭도 없이 왕윤에게 모살당했습니다. 그래서 신들은 원수를 갚으려고 온 것이지 감히 반역을 하려는 것은 아니옵니다. 다만 왕윤만 보고 나서 신들은 곧 군사를 물리겠나이다."

왕윤은 이때 천자 곁에 있다가 이 말을 듣고는 주청드렸다: "신은 본래 사직을 위해서 도모했던 것인데 그만 일이 이 지경에 이르렀사오니, 폐하께서는 신 한 사람을 아끼려 하시다가 나라를 그릇되게 하지 마옵소서. 신이 내려가서 두 도적을 만나보겠나이다."

황제는 차마 그를 보낼 수 없어서 문 위에서 왔다 갔다 했다. 왕윤은 선평문 누각 위에서 껑충껑충 뛰어 내려가면서 큰소리로 외쳤다. "왕윤이 여기 있다!"

이각과 곽사는 칼을 빼어들고 그를 꾸짖었다. "동 태사께 무슨 죄가 있다고 죽였느냐?"

왕윤曰: "역적 동탁의 죄는 하늘에 가득차고 땅에 뻗쳐서 이루 다 말할 수도 없다. 동탁이 주살당하던 날 장안의 관원들과 백성들은 모두 다 기뻐서 서로 축하하기까지 했었는데 너희들만 그 소식을 못 들었느냐?"

이각과 곽사가 말했다: "태사께는 죄가 있다고 치자. 그런데 우리에게 무슨 죄가 있다고 용서조차 하지 않으려고 하는가?"(*본래의 뜻은 이 구절에 있다.)

왕윤이 큰소리로 욕을 했다: "역적놈들이 왜 이리 말이 많으냐! 나 왕윤에겐 오늘 죽음이 있을 뿐이다!"(*왕윤의 죽음은 무익했으니 여포를 따라 떠나가는 것만 못했다. 그러나 차마 천자를 내버리고 떠나갈 수가 없었던 것이니, 이것이 그가 충신인 이유이다.)

두 역적은 칼을 휘둘러 왕윤을 문루 아래에서 죽였다. 사관史官이 왕윤을 칭찬해서 지은 시가 있으니:

왕윤이 꾀를 내어 계책을 세우자	王允運機籌
간신 동탁은 그것으로 끝장났다.	奸臣董卓休
나라 안정시키려는 한을 가슴에 품고	心懷安國恨
나랏일 걱정하느라 항상 눈살 찌푸리고 있었지.	眉鎖廟堂憂
그의 영결한 기개는 하늘에 닿았고	英氣連霄漢
그의 충성심은 북두성과 견우성을 꿰었다네.	忠心貫斗牛
지금까지 그 혼백 그대로 남아서	至今魂與魄
여전히 봉황루 주위를 맴돌고 있다네.	猶遠鳳凰樓

역적의 무리는 왕윤을 죽인 다음, 한편으로 사람들을 보내서 왕윤의 종족을 남녀노소 구별 없이 모두 죽여 버렸다. 관원들과 백성들로서 눈물을 흘리지 않는 자가 없었다. 이각과 곽사는 즉시 심사숙고한 후 말했다. "이미 사태가 이 지경에 이르렀는데, 천자까지 죽여 버리고 대사를 도모하지 않고 다시 어느 때를 기다린단 말인가?"

그리고는 곧바로 칼을 들고 큰소리를 지르면서 궁궐 안으로 뛰어 들어가려고 했다. 이야말로:.

도적 우두머리 처단해서 재앙 그치는가 싶더니	巨魁伏罪災方息
따르던 도적들 날뛰면서 다시 화란 일으키네.	從賊縱橫禍又來

헌제의 목숨이 어찌될지 모르겠거든 일단 다음 회를 읽어보라.

(1). 한 임금을 죽이고 다시 한 임금을 세우는 경우, 그 세워진 자는, 그자가 앞의 임금처럼 나 역시 죽일지 모른다고 의심을 하지 않을 수 없을 것이다. 한 아비를 죽이고 다른 아비를 찾아가는 경우, 그가 찾아간 자는, 그가 이전의 아비처럼 자기 또한 죽일지 모른다고 의심을 하지 않을 수 없다.

헌제는 동탁을 두려워했으나 동탁은 여포를 두려워하지 않았는데, 그를 두려워하지 않았을 뿐만 아니라 다시 그를 의지하였으며, 이미 그를 의지하면서도 또한 그를 단단히 자기에게 묶어두려고 하지 않고 반대로 그가 자기를 원망하면서 화를 내게 만들었고, 원수처럼 원한을 품게 만들었던 것이다. 그가 자기를 죽이려고 할 때에도 다시 그가 자기를 도와주기를 바라면서 그를 불렀다. 아, 동탁이야말로 참으로 바보천치로다.

(2). 지금 사람들은 모두들 채옹이 동탁을 위해 곡을 한 것은 옳지 않다고 생각하는데, 그 말은 본래 옳다. 그러나 사정을 감안하면 용서해 줄 수도 있으므로 이 일은 기록해 둘 만하다. 왜 그런가?

선비는 각자 자기를 알아주는 사람을 위해서 죽기도 한다(爲知己者死). 가령 어떤 사람이 하夏의 폭군 걸桀이나 은殷의 폭군 주紂의 은혜를 입는다면, 걸桀과 주紂는 다른 사람들에게는 폭군 걸桀이나 주紂이지만 이 사람에게는 요堯임금이나 순舜임금과 같은 것이다. 동탁이 참으로 채옹의 지기知己였다면, 그를 위해 곡을 하여 보답하고 그를 위해 죽는 것도 과한 일이 아니다. 그렇게 하는 것이 오히려 오늘날 세력이 강할 때에는 그에 빌붙어 혜택을 누리다가 세력이 약해지면 팔을 흔들고 떠나가 버리거나, 심지어는 그에게 창칼을 겨누거나 그에게 돌을 던지는 등 못하는 짓이 없는 사람들보다는 낫다. 이렇게 보면, 이런 무리들이야말로 참으로 소인배들이고 채옹은 결국 군자인 것이다.

(3). 여포가 떠나가 버린 후의 초선의 행방은 끝내 알지 못하는데, 그 이유가 무엇인가?

"공을 이루고 나면 물러간다. 신룡神龍은 그 머리는 보여도 꼬리는 보이지 않는다(成功者退. 神龍見首不見尾)"고 했다. 참으로 교묘한 것은 그녀의 행방을 모른다는 것이다.

(4). 당唐나라 무측천武則天 때 장간지張柬之가 무삼사(武三思)를 죽이지 않았기에 후에 도리어 그에 의해 참소를 당하는 피해를 입었듯이, 악당惡黨은 본래 용서해 주어서는 안 되며, 곁가지(遺孽)는 본래 남겨두어서는 안 된다.

그러나 이각과 곽사가 외부에서 군사를 모아 반란을 일으켰을 때에는 마땅히 먼저 그 무리들부터 흩어버리고 일을 천천히 도모했어야 했다. 너무 급하게 그들을 처리하려 하다가 변란이 일어나도록 해서는 안 되었다.

(張柬之: 625-706. 당唐 무측천武則天 말년에 무측천을 폐하고 중종中宗을 세우는 데 으뜸가는 공(首功)을 세웠으나 후에 무삼사(武三思)의 참소에 걸려 좌천당한 후 화병으로 죽었다.—역자주)

제 10 회

마등, 황실 보위를 위해 의거하고
조조, 부친의 원수 갚으려 군사 일으키다

〖 1 〗 한편 이각과 곽사 두 역적이 헌제獻帝를 시해하려고 하자 장제와 번조가 말리며 말했다: "안 됩니다. 오늘 만약 황제를 죽인다면 많은 사람들이 복종하지 않을까 두렵습니다. 차라리 이전처럼 주상으로 받들면서 여러 제후들을 속여 관關 안으로 들어오게 해서 먼저 황제의 날개(羽翼)부터 잘라버린 다음에 그를 죽이는 게 더 나을 것 같습니다. 그렇게 하면 천하를 도모할 수 있을 것입니다."

이각과 곽사는 그 말을 따르고 칼집에 칼을 꽂았다.

황제가 성문 위 누각에서 말했다: "왕윤을 이미 주살했으면서 군사들은 무슨 이유로 물러가지 않는가?"

이각과 곽사가 말했다: "신들은 황실을 위해 공을 세웠는데도 벼슬을 받지 못했기에 군사들을 감히 물릴 수 없나이다."

황제曰: "경들은 무슨 벼슬을 받고 싶은가?"

이각과 곽사와 장제, 번조 네 사람은 각자 원하는 직함을 써서 올리면서 이런 관직과 벼슬을 내려 달라고 강요했다. 헌제는 어쩔 수 없이 그들의 요구대로 해주었다.

이각은 삼공三公과 맞먹는 거기장군車騎將軍의 관직과 지양후池陽侯 벼슬에 봉해 주면서 사예교위司隸校尉를 겸하도록 하고 부절符節과 황월黃鉞을 내주었으며, 곽사는 경卿과 맞먹는 후장군後將軍의 관직과 미양후美陽侯 벼슬에 봉해 주고 부절과 황월을 내주어 이각과 함께 나라 정사를 관장하도록 했다. 그리고 번조는 우장군右將軍·만년후萬年侯에, 장제는 표기장군驃騎將軍·평양후平陽侯에 봉하여 군사를 거느리고 홍농(弘農: 하남성 영보현靈寶縣 동북. 옛 함곡관성函谷關城)으로 가서 주둔하도록 했다. 그밖에 이몽李蒙과 왕방王方 등에게도 각각 교위校尉 관직을 내려주었다. 이각의 무리들은 그제야 베풀어준 은혜에 감사하다는 인사를 하고(*저희들이 저희들에게 관직과 벼슬을 줘 놓고 누구에게 감사 인사를 한단 말인가?) 군사를 거느리고 성에서 나갔다.

그리고 또 명령을 내려서 동탁의 시신을 찾도록 했는데, 약간의 잘게 부스러진 가죽과 뼈들만 찾아서 향나무를 깎아 사람의 형체를 만들어 거기다가 그것들을 적당히 모아서 붙여놓고 제사를 크게 지냈다. 그런 다음 왕의 의관衣冠을 그 위에 덮고 왕을 매장할 때 쓰는 관곽 속에 넣은 다음 길일을 택하여 미오로 옮겨다가 장사를 지내기로 했다.

장사를 지내는 날 천둥과 번개를 동반한 큰비가 내려서 평지에 물이 여러 자나 깊이 고였고 벼락이 쳐서 관이 쪼개지자 시신이 관 밖으로 튀어나왔다. (*조조는 72개의 가짜 묘를 만들었으나 하늘은 한 번도 그것을 치지 않았는데, 유독 동탁의 묘만을 친 것은 아마도 그가 능침을 파헤친 악행에 대한 보복일 것이다.)

이각은 날이 맑게 개기를 기다려서 다시 장사를 지내기로 했다. 그날 밤에도 똑같은 일이 벌어졌다. 세 번째 다시 장사를 지내려고 했으나 잘게 부스러진 가죽과 뼈들이 벼락을 맞아 전부 불타버려서 전혀 매장을 할 수가 없었다. (*전번에 그의 배꼽에 심지를 꽂아 만들었던 등燈은 인화人火이고, 이번에 벼락이 쳐서 태워버린 것은 천화天火이다.) 동탁에 대한 하늘의 노여움은 정말 심했다 할 수 있다.

〖 2 〗 한편 이각과 곽사는 대권大權을 장악하고 나서 백성들을 잔혹하게 학대하고, 몰래 심복들을 보내어 황제 좌우에서 모시게 하여 그 동정을 살피도록 했다. 헌제獻帝는 이때 마치 가시나무 덤불 속에서 움직이는 것 같았다. 이 두 역적은 제 맘대로 조정 관원들의 관직을 올려주기도 하고 깎아내리기도 했다.

이들은 백성들의 신망을 얻으려고 특별히 주준朱儁을 조정으로 불러들여 태복(太僕: 구경九卿의 하나)에 봉해주고 함께 조정을 관장하도록 했다.

어느 날, 서량西凉 태수 마등馬騰과 병주幷州 자사 한수韓遂 두 장수가 군사 10여만 명을 이끌고 장안을 향해 달려오면서 역적을 토벌하러 가는 길이라고 공언하고 있다는 보고가 들어왔다.

원래 이 두 장수는 이보다 앞서 사람을 시켜서 장안으로 들어가 시중侍中 마우馬宇, 간의대부諫議大夫 충소种邵, 좌중랑장 유범劉範 등 세 사람과 손을 잡도록 해서 그들이 안에서 호응하여 함께 역적의 무리를 치도록 공모했다. 세 사람은 은밀히 헌제께 주청하여 마등을 정서장군征西將軍, 한수를 진서장군鎭西將軍으로 봉하도록 했다. 두 사람은 각기 황제의 비밀조서를 받고 힘을 합쳐서 도적을 치러 나섰던 것이다. (*이곳에서는 이각과 곽사를 치라는 비밀조서가 있고, 후문에서는 조조를 치라는 의대조衣帶詔가 있어서 전후로 같은 방법을 쓰고 있다.)

이때 이각과 곽사, 장제, 번조 등은 마등과 한수의 군사들이 쳐들어오고 있다는 소식을 듣고는 함께 모여서 적들을 막을 계책을 상의했다. 모사 가후賈詡가 말했다: "두 방면의 군사들은 멀리서 오고 있으므로 우리는 해자를 깊이 파고 보루를 높이 쌓아 성을 굳게 지키고 있으면서 막아야만 합니다. 그렇게 하면 백 일이 지나지 않아 적들은 양식이 떨어져서 틀림없이 스스로 물러날 것이니, 그때 군사를 이끌고 저들을 추격한다면 두 장수를 사로잡을 수 있을 것입니다."

이몽과 왕방이 나서며 말했다: "그것은 좋은 계책이 못 됩니다. 우리에게 정예병 1만 명만 내어주시면 즉시 마등과 한수의 머리를 잘라 휘하에 갖다 바치겠습니다."

가후曰: "지금 만약 즉시 싸운다면 틀림없이 패하고 말 것이오."

이몽과 왕방이 동시에 말했다: "만약 우리 두 사람이 패한다면 우리의 목을 치십시오. 그 대신 우리가 만약 싸워서 이긴다면 그때는 공 역시 우리한테 머리를 내어주셔야 합니다."

가후가 이각과 곽사에게 말했다: "장안에서 서쪽으로 200리 되는 곳에 주질산(盩厔山: 섬서성 주지현周至縣)이 있는데, 그곳은 길이 매우 험하고 가파릅니다. 장 장군과 번 장군을 그곳으로 보내서 군사를 주둔시켜 놓고 굳게 지키도록 하십시오. (*이는 바둑을 잘 두는 사람이 한가하게 놓은 한 수가 후에 가서 도리어 요착要着이 되는 것과 흡사하다.) 그리고 나서 두 장군께서는 이몽과 왕방이 직접 군사를 이끌고 가서 적병을 맞아 싸울 때까지 기다리시면 됩니다."

이각과 곽사는 그 말을 좇아서 1만 5천 명의 군사들을 점고하여 이몽과 왕방에게 내어주었다. 두 사람은 기뻐하면서 떠나가 장안에서 280리 떨어진 곳에다 진을 쳤다.

〖 3 〗서량의 군사들이 도착하자 이몽과 왕방은 군사를 이끌고 맞이해 싸우러 나갔다. 서량의 군사들은 길을 막고 전투대형을 이루었다.

마등과 한수는 말고삐를 나란히 하고 나가서 손으로 이몽과 왕방을 가리키며 꾸짖었다: "나라를 배반한 역적놈들이다! 누가 나가서 저놈들을 사로잡겠느냐?"

말이 미처 끝나기도 전에 한 소년장군이 손에 긴 창을 들고 준마에 앉아 진중으로부터 날듯이 달려 나갔는데, 그의 얼굴은 관冠에 매단 옥(冠玉)과 같았고, 눈은 유성流星처럼 빛났고, 범의 몸통에다 원숭이처럼 긴 팔을 가졌고, 배는 표범의 배와 같았고, 허리는 이리의 허리처럼 가늘었다. 원래 이 소년 장수는 바로 마등의 아들 마초馬超로서, 자字는 맹기孟起라 하는데, 이때 그의 나이 갓 열일곱 살로 영용英勇하기 짝이 없었다.

왕방은 그의 나이 어린 것을 얕잡아보고, 맞이해 싸우러 말을 달려 나갔다. 그러나 몇 합 싸우지도 않아 그는 곧바로 마초의 창에 찔려 말 아래로 떨어졌다. 마초는 말머리를 돌려 곧바로 진으로 돌아왔다. 이몽은 왕방이 창에 찔려 죽는 것을 보자 재빨리 말을 타고 마초의 등 뒤에서 쫓아갔다. 그러나 마초는 모르는 체했다.

마등이 진문 아래에서 큰소리로 외쳤다: "등 뒤에 쫓아오는 놈이 있다!"

외치는 소리가 미처 끝나기도 전에 마초는 이몽을 말 위에서 그대로 사로잡아 버렸다. (*두 사람이 다 패했는바, 가후의 예상이 들어맞았다.)

원래 마초는 이몽이 자기 뒤를 쫓아오는 줄 뻔히 알고서도 일부러 잠시 시간을 끌다가 그의 말이 가까이 다가와서 창을 들고 찔러올 때에야 몸을 슬쩍 피했던 것이다. 그러자 이몽이 허공을 찌르면서 말은 그대로 앞으로 달려 두 말이 서로 나란히 달리는 상황이 되자 마초는 원숭이처럼 긴 팔을 슬쩍 뻗어 이몽을 사로잡아 버렸던 것이다. (*마초는 다섯 명의 호장虎將 중의 하나로서, 이곳에서 그의 영용함을 매우 자세히 묘사한 것은 바로 후문의 복선이 되기 때문이다.)

이몽과 왕방의 군사들은 주장主將이 없어지자 눈치를 살피다가 내달려 도망쳤다. 마등과 한수는 그 기세를 타고 짓쳐가서 대승을 거두고, 그 길로 곧장 험한 요충지까지 다가가서 영채를 세운 후 이몽의 머리를 잘라 높이 매달아 군사들에게 구경시켰다.

〘 4 〙 이각과 곽사는 이몽과 왕방 둘 다 마초의 손에 죽었다는 소식을 듣고 나서야 비로소 가후에게 선견지명先見之明이 있음을 믿고 그의 계책을 중용重用하면서 오로지 관문(關防)을 굳게 지키기만 하고 마등의 군사들이 싸움을 걸어와도 전연 맞이해 싸우러 나가지 않았다.

서량의 군사들은 두 달도 안 돼서 군량과 마초가 다 떨어져서 회군할 일을 상의했다.

그때 마침 장안성 안에서 마우馬宇의 가동家僮 하나가 자기 집주인과 유범劉範, 충소种邵 등이 마등과 한수와 내통하여 모반하려 한다는 사실을 고발했다. (*후에 동승董承이 조조를 치려고 모의할 때에도 역시 가동이 고발한다. 전후로 같은 방법이다.) 이각과 곽사는 크게 화가 나서 세 집안의 남녀노소와 종들까지 모조리 잡아다가 저잣거리로 끌고 가서 참수하고, 세 사람의 수급은 가져와서 영채 문 앞에 높이 매달아 많은 사람들이 보도록 했다.

마등과 한수는 군량도 이미 다 떨어진 데다, (*형세상 물러가지 않을 수가 없다. 봉기(起義)한 군사들은 도리어 먹을 식량 때문에 저지당하는데, 전에는 손견이 그랬고, 후에는 한수와 마등이 그랬다. 통탄할 일이다.) 성 안의 세 사람과 내통한 일도 누설되어 영채를 거두어 퇴군할 수밖에 없었다.

이각과 곽사는 장제로 하여금 마등의 뒤를 쫓아가도록 하고 번조로 하여금 한수의 뒤를 쫓아가도록 했다. 서량의 군사들은 대패했다.

이때 마초는 뒤편에서 죽기로 싸워 장제를 물리쳤다. (*결국 마초가 한수보다 더 용맹했다.) 번조는 한수를 추격해 가서 막 따라 잡으려고 하는데 진창(陳倉: 섬서성 보계현寶鷄縣 동쪽) 가까이 이르러 한수가 말을 멈추고 번조를 향해 말했다: "나와 공은 동향 사람인데, 오늘은 왜 이리도 무정하게 나오시오?"(*나라를 위한 대의大義로 그의 마음을 움직이기에는 부족하여 동향인으로서의 정을 내세워 그의 마음을 움직이려 했다.)

번조도 말을 세우고 대답했다: "위의 명령을 어길 수가 없소."

한수曰: "내가 여기 온 것 또한 국가를 위해서인데, 공은 왜 이리 심하게 닦달하시오?"(*먼저 동향인으로서의 정을 통한 다음 나라에 대한 대의로 설득한다.)

한수의 말을 듣고 번조는 말 머리를 돌려서 군사들을 거두어 영채로 돌아감으로써 한수가 떠나갈 수 있도록 내버려 두었다.

〖 5 〗 그러나 뜻밖에도 이각의 조카 이리李利는 번조가 한수를 놓아 보내주는 것을 보고 돌아가서 자기 삼촌에게 보고했다.

이각은 크게 화를 내며 곧바로 군사를 일으켜 번조를 치려고 했다.

가후曰: "지금은 인심도 안정되지 않았는데 빈번하게 군사를 움직여 싸우는 것은 매우 곤란합니다. 차라리 연석을 마련하고 그간의 공로를 축하하기 위해서라며 장제와 번조를 청해 온 다음 술자리에서 번조를 붙잡아 목을 벤다면 털끝만큼도 힘들이지 않고 처리할 수 있습니다."(*가후는 이각을 위해 꾀를 내는데, 매번 그 계책이 적중했다. 애석한 것은 그가 올바른 주인을 섬기지 않았다는 것이다.)

이각은 매우 기뻐하며 즉시 연석을 베풀고 장제와 번조를 청했다. 두 장수는 흔쾌히 연석에 참석했다. 모두들 술이 거나하게 취했을 때 이각이 갑자기 안색을 바꾸며 말했다: "번조는 무슨 이유로 한수와 내통하여 모반하려고 했느냐?"

번조가 크게 놀라서 미처 대답도 하기 전에 도부수들이 몰려나오는 것이 보였는데 그들은 순식간에 술상 밑에서 번조의 목을 쳐버렸다.

(*번조는 오히려 동향인으로서의 정을 알았지만, 이각은 같이 일하는 사람간의 정조차 생각하지 않았다.) 크게 겁을 먹은 장제는 땅바닥에 엎드렸다. 이각은 그를 붙들어 일으키며 말했다: "번조는 모반을 하였기에 죽여버린 것이다. 그러나 공은 내 심복인데 놀라고 무서워할 필요가 어디 있는가?"

그리고는 번조가 지휘하던 군사들을 장제가 통솔하도록 내어주었다. 장제는 혼자 홍농(弘農: 하남성 영보현靈寶縣 동북. 옛 함곡관성函谷關城)으로 돌아갔다. (*장제 역시 이때에는 마음이 변했을 것이다. 그러면서도 끝내 이각을 따랐으니, 그는 장부가 아니었다.)

〖 6 〗 이각과 곽사가 서량의 군사들을 물리친 후로 제후들은 어느 누구도 감히 이들을 깔보지 못했다. 가후는 누차 그들에게 백성들을 위무하고 현자와 호걸들과 결탁하라고 권했다. 이로부터 조정에는 약간의 생기가 돌게 되었다. 그러나 뜻밖에 청주靑州 땅에서 또 황건적이 일어나서 수십만 명의 무리들이 모였는데, 특별히 두목이라고 할 만한 자는 없었으나, 그들은 양민들을 겁박하고 그들의 재산을 약탈했다. (*황건적과 이각, 곽사 등은 참으로 같은 소리에 호응하고 같은 기운끼리 찾아가는(聲應氣求) 자들이다. 동탁의 잔당들이 위에 있으니 따로 황건적의 잔당들이 그 아래에서 호응하는 것이다.)

태복 주준朱雋이 도적의 무리를 소탕할 수 있는 사람 하나를 천거하겠다고 하자, 이각과 곽사는 그게 누구냐고 물었다.

주준曰: "산동의 도적떼를 깨뜨리려면 조맹덕曹孟德이 아니고는 안 됩니다." (*이각을 따라서 황건적을 이끌어내고, 또 황건적을 따라서 조조를 끌어들인다. 아래 글에서 유독 조조의 일을 상세히 얘기하는 것은 이곳이 바로 가지를 지나서 잎으로 넘어가는(過枝接葉) 곳에 해당하기 때문이다.)

이각曰: "맹덕은 지금 어디에 있소?"

주준曰: "현재 동군東郡 태수로 있는데 수하에 군사들이 매우 많습니다. 만약 이 사람으로 하여금 도적들을 토벌하도록 한다면, 도적들을 정해진 기한 내에 깨뜨릴 수 있을 것입니다."

이각은 크게 기뻐하며 밤새 조서를 작성, 사람을 동군의 조조에게 보내어 조서를 전하도록 했는데, 조서에서는 조조에게 제북상濟北相 포신鮑信과 함께 도적을 토벌하라고 했다.

조조는 천자의 칙지勅旨를 받고 포신과 만나 같이 군사를 일으켜 도적을 치러 수장(壽張: 산동성 동평현東平縣 서남)으로 가기로 했다. 포신은 적진 깊숙이 쳐들어갔다가 그만 도적들의 손에 죽고 말았다. 조조는 도적들의 뒤를 추격해 가서 그대로 제북(齊北: 산동성 평음현平陰縣 동북, 장청현長淸縣 남쪽)까지 이르렀는데, 항복해오는 자가 수만 명이나 되었다.

조조는 즉시 이 도적들을 앞세우고 나아갔는데, 그의 군사들이 이르는 곳마다 항복하여 귀순해오지 않는 자가 없었다. 불과 1백여 일만에 투항을 권한 결과 귀순해온 군사들이 30여만 명이나 되었고, 남녀 백성들도 1백여만 명이나 되었다.

조조는 그 중에서 날래고 용맹스런 자들을 뽑아서 청주병靑州兵이라 부르고, 그 나머지는 전부 돌아가서 농사를 짓도록 했다. 조조의 위엄과 명성은 이로부터 나날이 드높아지게 되었다. 황건적을 쳐서 이겼음을 알리는 승전보가 장안에 도착하자, 조정에서는 조조의 벼슬을 진동장군鎭東將軍으로 올려주었다.

〖 7 〗 조조는 연주(兗州: 산동성 금향현金鄕縣 서북)에서 유능한 인재들을 불러 모았다. 서로 숙질叔姪 간인 두 사람이 조조를 찾아왔는데, 바로 영천군潁川郡 영음현(潁陰縣: 하남성 허창시許昌市) 사람들이었다. 그들 중 숙부 되는 사람의 성은 순荀, 이름은 욱彧, 자는 문약文若이라 하는데

순곤荀昆의 아들이다. 그는 이전에는 원소를 섬겼으나 이번에 그를 버리고 조조를 찾아온 것이다. 조조는 그와 이야기를 나눠보고 나서 크게 기뻐하며 말했다: "이는 나의 장자방張子房이다!" (*은연중에 자신을 한 고조高祖에 견주고 있다.) 그리고는 그를 장군의 보좌관이자 참모 역할을 하는 행군사마行軍司馬로 임명했다.

순욱의 조카 순유荀攸는 자字가 공달公達인데, 국내의 유명인사로서 일찍이 황문시랑黃門侍郎에 제수되었으나 나중에 벼슬을 버리고 고향으로 돌아가 있었는데, 이번에 자기 숙부와 함께 조조를 찾아온 것이다. 조조는 그를 장군의 막부에 속한 관리인 행군교수行軍敎授로 임명했다.

순욱曰: "제가 듣기로는 연주에 현사賢士 한 사람이 있다고 하던데, 지금 그가 어디에 있는지는 모르겠습니다."

조조가 물었다: "그게 누구요?"

순욱曰: "동군東郡 동아(東阿: 산동성 동아 서남, 양곡현陽谷縣 동북) 사람으로 성은 정程, 이름은 욱昱, 자는 중덕仲德이라고 합니다."

조조曰: "나 역시 그분 이름을 들어온 지 오래 됩니다."

조조는 곧바로 그곳 마을로 사람을 보내서 물어물어 찾아보라고 했는데, 마침내 그가 산 속에서 글을 읽고 있다는 사실을 알아냈다. 조조가 그를 정중히 초청하자 정욱이 와서 만나보았다. 조조는 크게 기뻐했다.

정욱이 순욱에게 말했다: "저는 고루孤陋한데다 보고들어서 아는 게 적은(寡聞) 사람이므로 공의 천거를 받기에 부족한 사람이오. 공의 고향 사람으로 성은 곽郭, 이름은 가嘉, 자를 봉효奉孝라고 하는 이가 있는데 그야말로 당대의 현사賢士입니다. 왜 그런 사람을 불러오지 않으시오?"

순욱이 갑자기 생각나서 말했다: "내가 그만 깜빡 잊고 있었습니다."

그는 곧바로 조조에게 말하여 그를 초빙해 오도록 했다.

곽가가 연주에 이르자 함께 천하대사를 의논했다.

곽가는 광무제光武帝의 직계(嫡派) 자손 하나를 천거했는데, 곧 회남淮南 성덕(成德: 안휘성 수현壽縣 동남) 사람으로 성은 유劉, 이름은 엽曄, 자는 자양子陽이라고 했다. 조조는 즉시 유엽을 청해 왔다.

유엽이 또 두 사람을 천거했는데, 한 사람은 산양山陽 창읍(昌邑: 산동성 금향현金鄕縣 서북) 사람으로 성은 만滿, 이름은 총寵, 자는 백녕伯寧이라고 했고, 또 한 사람은 임성(任城: 산동성 제령시濟寧市 동남) 사람으로 성은 여呂, 이름은 건虔, 자는 자각子恪이라고 했다. 조조 역시 일찍부터 이 두 사람의 명성을 들어서 알고 있었으므로 곧바로 청해 와서 장군 막부에 소속된 관리인 군중종사軍中從事에 임명했다.

만총과 여건이 함께 한 사람을 천거했는데, 곧 진류陳留 평구(平丘: 하남성 개봉시 동남의 진류성) 사람으로 성은 모毛, 이름은 개玠, 자는 효선孝先이라고 했다. 조조는 그 역시 청해 와서 종사從事에 임명했다.

〖 8 〗또 한 장수가 군사 수백 명을 이끌고 조조를 찾아왔는데, 곧 태산泰山 거평(鉅平: 산동성 태안현泰安縣 서남) 사람으로 성은 우于, 이름은 금禁, 자는 문칙文則이라고 했다. 조조는 이 사람이 활 쏘는 솜씨와 말 다루는 솜씨가 훌륭하고 무예도 출중한 것을 보고 군사 점검의 책임자인 점군사마點軍司馬에 임명했다.

하루는 하후돈이 기골이 장대한 사내 하나를 이끌고 와서 조조에게 소개시켰다.

조조가 물었다: "어떤 사람이냐?"

하후돈曰: "이 사람은 진류陳留 출신으로 성은 전典, 이름은 위韋인데 용맹과 기운(勇力)이 다른 사람들보다 크게 뛰어납니다. 예전에 진류 태수 장막張邈을 따라다녔는데 장막 수하의 사람들과 불화하여 맨손으로 수십 명을 때려죽이고는 산속으로 도망쳐서 숨어 지냈습니다. 제가 사냥을 하러 나갔다가 이 사람이 범을 쫓아 시내를 건너뛰는 것을 보고 데려와서 군중에 있도록 했습니다. 지금 특별히 그를 주공에게 천거하는 것입니다."

조조曰: "내가 이 사람을 살펴보니 용모가 아주 우람하게 생긴 것이 틀림없이 용감하고 힘이 셀 것 같구나."

하후돈曰: "이 사람이 한 번은 자기 친구의 원수를 갚기 위해 살인을 한 후 그 머리를 손에 들고 곧장 저잣거리로 들어가서 큰 소동을 벌였는데, 수백 명의 사람들이 그것을 보고서도 감히 접근하지 못했다고 합니다. 이 사람이 지금 사용하는 두 개의 철극鐵戟만 해도 그 무게가 팔십 근이나 나가는데, 그것을 양쪽 옆구리에 끼고 말에 올라서는 마치 날아갈 듯이 휘둘러댑니다."

조조는 즉시 전위에게 한번 시험 삼아 휘둘러보라고 했다. 전위는 철극을 양쪽 옆구리에 끼고 말을 달려 왔다 갔다 했다. 그때 갑자기 막사에 세워놓은 큰 깃발이 바람에 펄럭이다가 한쪽 옆으로 넘어지려고 했다. 많은 병졸들이 달려들어 붙들었으나 곧바로 세우지 못했다. 그때 전위가 말에서 뛰어내리더니 여러 군사들에게 물러나라고 호통을 친 다음 한 손으로 깃대를 꽉 잡고 바람이 계속 부는 중에 세우자 깃대는 똑바로 선 채 까딱도 하지 않았다.

조조曰: "이 자는 바로 옛날의 장사 악래惡來로다!"(*악래는 은殷나라의 마지막 폭군 주紂를 도왔던 자이다. (전위 역시 악한 주군 조조를 도왔으니) 과연 악래라고 할 수 있다.)

그리고는 그를 호위 무관인 장전도위帳前都尉에 임명하고, 자신이 입고 있던 비단 겉옷을 벗어서 그에게 주었다. 뿐만 아니라 준마와 멋있게 조각한 안장까지 내려주었다.

〖 9 〗 이때부터 조조의 수하에는 문관으로는 모신謀臣들이 있고 무관으로는 맹장猛將들이 있어서 그 위엄이 산동 일대를 제압하게 되었다.

이리하여 조조는 태산 태수 응소應邵를 낭야군(琅琊郡: 산동성 임기臨沂 북쪽)으로 보내서 자기 부친 조숭曹嵩을 모셔오도록 했다. (*조조는 다만 황건적만 치고 이각과 곽사는 치지 않았는데, 이는 조정 바깥만 중시하고 조정 안은 경시한 것이다. 왕을 보위하러(勤王) 가지는 않고 먼저 자기 부친을 모시러 갔으니, 이는 사私를 먼저하고 공公을 뒤로 한(先私後公) 것이다.)

조숭은 난리를 피해 진류陳留로부터 낭야로 와서 숨어 지내고 있었는데, 이날 아들 조조의 편지를 받고는 곧바로 아우 조덕曹德과 일가의 남녀노소 40여 명에다 종자從者 1백여 명을 데리고 수레 1백여 대에 짐을 싣고 곧장 연주兗州를 향해 갔다.

낭야에서 연주로 가는 길은 서주徐州를 지나가는데, 이때 서주 태수 도겸陶謙은 자字를 공조恭祖라고 했는데, 그의 자가 말해주듯이, 그 사람됨이 따뜻하고, 인심 좋고, 순박하고, 성실했다. 그는 전부터 조조와 손을 잡고 싶었으나 그럴 연줄이 없었는데,(*도겸이 잘못했다. 조조가 어떤 사람인데 그와 손을 잡고자 했단 말인가?) 마침 조조의 부친이 서주 땅을 지나간다는 것을 알고 곧바로 서주 땅 경계 밖까지 나가서 그를 영접하고 두 번 절을 하여 공경심을 표했다. 그리고는 연석을 크게 베풀어 이틀 동안이나 융숭하게 대접해 주었다. 조숭이 길을 떠나려 하자 도겸은 친히 성 밖까지 나가서 전송하고, 특히 자기 수하의 도위都尉 장개張闓를 시켜 부하 병사 5백 명을 거느리고 가서 조숭 일행을 호송해 주도록 했다. (*호의로 한 일이 그만 원한을 사게 될 줄 누가 알았으랴?)

조숭이 일가 친속을 거느리고 서주를 떠나 화현(華縣: 산동성 비현 동북)과 비현費縣 사이에 이르렀을 때는 마침 여름이 끝나고 가을이 시작될 무렵이었는데, 갑자기 소낙비가 쏟아지는 바람에 일행은 하는 수 없이 옛 절에 들어가서 하룻밤 자고 가기로 했다. 절의 중들이 그들을 맞이해 주었다. 조숭은 가솔들의 잠자리를 정해준 다음 장개로 하여금 군사들을 양편 회랑에 주둔시켜 놓도록 했다. 모든 군사들은 옷과 행장이 비에 흠뻑 젖어서 이구동성으로 원망을 했다.

이를 보고 장개는 수하의 두목들을 불러서 조용한 곳으로 가서 상의했다: "우리는 본래 황건적의 남은 무리(餘黨)로 마지못해 태수 도겸에게 항복하고 귀순했던 것이나, 형편이 나아진 게 전혀 없다. 지금 조가네에겐 재물을 실은 수레가 수없이 많으니, 만약 너희들이 부귀를 얻고자 한다면 그것은 어렵지 않은 일이다. 오늘 밤 삼경(三更: 밤 11시부터 새벽 1시 사이)에 우리 모두 일제히 짓쳐 들어가서 조숭의 일가 사람들을 전부 죽여 버린 다음 재물을 빼앗아서 함께 산속으로 들어가 산적山賊이 되는 것이다. 내가 말하는 이 계책이 어떠냐?" (*조조는 황건적을 토벌했는데, 그가 다시 황건적의 피해를 입게 될 줄 어떻게 알겠는가?)

모두들 좋다면서 그렇게 하자고 했다.

이날 밤 비바람이 그치지 않자 조숭은 자지 않고 앉아 있었는데, 그때 갑자기 사방에서 크게 일어나는 함성이 들렸다. 조덕이 칼을 들고 나가서 동정을 살펴보다가 그만 창에 찔려 죽었다. 조숭은 곧바로 첩하나를 이끌고 절 뒤로 달아나서 담장을 넘어 도망가려고 했다. 그러나 첩은 몸이 뚱뚱해서 담을 넘을 수가 없었다. 조숭은 황급히 첩과 함께 뒷간 안으로 들어가서 몸을 숨겼으나, 난군亂軍들의 손에 죽고 말았다. (*이는 조조가 여백사呂伯奢의 전 가족을 죽인 업보業報다. 여씨 집안이 해를 당한 것은 돼지 한 마리 때문이었는데, 조씨 집안의 뚱뚱한 첩은 바로 한 마리 돼지였다.)

응소應邵는 죽을힘을 다해 달아나서 원소에게 몸을 의탁하기 위해 찾아갔고, 장개는 조숭의 전 가족을 몰살시키고 그 재물을 빼앗고 절에 불을 지른 뒤 수하 5백 명과 함께 회남으로 달아났다. 후세 사람이 이 일을 두고 지은 시가 있으니:

조조 간웅이라고 세상 사람들 칭찬하나   曹操奸雄世所誇
일찍이 여씨 일가족을 몰살시킨 적도 있었지.   曾將呂氏殺全家
그런데 이번에는 자기 집안이 몰살당했으니   如今闔戶逢人殺
하늘의 이치는 돌고 돌면서 꼭 그대로 갚아주네.   天理循環報不差

〖 10 〗 그때 응소의 부하 가운데 도망쳐 간 군사 하나가 이 일을 조조에게 보고했다. 조조는 이 소식을 듣자 통곡을 하다가 땅에 쓰러졌다. 여러 사람들이 부축해 일으키자 조조는 이를 갈면서 말했다: "도겸이 군사를 풀어 내 부친을 살해했으니, 이 원수와는 같은 하늘 아래 살 수 없다(不共戴天)! 내 이제 대군大軍을 전부 일으켜서 서주(徐州)를 소탕해야만 이 원한을 풀 수 있겠다!"

그리고는 순욱과 정욱에게는 남아서 군사 3만 명을 거느리고 견성(甄城: 산동성 견성 북쪽)과 범현(范縣: 산동성 범현 동남), 동아東阿 세 현縣을 지키도록 하고, 그 나머지 군사들은 전부 서주로 쳐들어가도록 했다. 조조는 하후돈, 우금, 전위로 하여금 선봉을 맡도록 하면서 성을 함락시키거든 성 안에 있는 백성들을 모조리 도륙해서 부친의 원수를 갚으라고 지시했다. (*자신의 노여움을 백성들에게 옮기는 것은 특히 도리에 어긋난 짓이다.)

당시 구강(九江: 안휘성 풍양현風陽縣 남쪽) 태수 변양邊讓은 도겸과 교분이 두터웠는데, 서주가 곤경에 처해 있다는 소문을 듣고는 직접 군사 5천 명을 이끌고 구원하러 갔다. 조조가 그 소식을 듣고 크게 화가 나서 하후돈으로 하여금 중간에 길을 막고 그를 죽이도록 했다. (*후에 진림陳琳은 격문에서 이 일을 가지고 조조에게 죄를 주고 있다.)

이때 진궁陳宮은 동군東郡의 종사從事로 있었는데, 그 역시 도겸과 교분이 두터웠다. 그는 조조가 자기 부친의 원수를 갚기 위해 군사를 일으켜서 백성들까지 전부 죽이려고 한다는 소문을 듣고는 조조를 만나보기 위해 밤을 새워 달려갔다. (*앞에서 진궁이 주막에서 한 번 떠나간 후로는 그의 행방을 몰랐는데, 이곳에서 보충 설명하고 있다.)

조조는 그가 도겸을 변호하기 위한 세객說客으로 온 줄 알고 만나주지 않으려 하다가 그래도 옛날의 은혜를 완전히 무시할 수가 없어서 하는 수 없이 그를 막사 안으로 청해 들여 만나보았다.

진궁曰: "지금 듣자니 명공明公께서는 대병을 일으켜 서주로 가서 존부尊父의 원수를 갚으려고 하시면서 이르는 곳마다 그곳 백성들을 모조리 죽이도록 했다기에 내가 특별히 한 말씀 드리려고 이렇게 찾아왔소이다. 도겸은 성품이 어진 군자인지라 결코 이익을 탐내서 의리를 저버리는 그러한 자가 아닙니다. 존부께서 해를 입으신 것은 장개의 죄이지 도겸의 죄가 아닙니다. 더군다나 이 지방의 백성들이야 명공과 무슨 원수진 일이 있습니까? 저들을 죽이는 것은 상서롭지 못한 일이니 여러 번 생각해 보신 다음에 행동하시기 바랍니다."

조조가 화를 내며 말했다: "공은 옛날 나를 버리고 떠나갔으면서 이제 무슨 면목으로 다시 와서 나를 만나는 것이오? 도겸은 우리 집안을 몰살시켰으므로 내 맹세코 그놈의 쓸개를 끄집어내고 심장을 칼로 도려내서 내 원한을 풀고야 말겠소! (*그렇다면 여백사의 전가족들이 몰살당한 것은 누구의 쓸개를 끄집어내고 누구의 심장을 칼로 도려내서 그 원한을 푼단 말인가?) 공은 비록 도겸을 위해 나를 설득해 보려고 하지만, 만약 내가 들어주지 않는다면 어찌할 테요?"

진궁은 작별인사를 하고 밖으로 물러나와서 탄식했다: "나 역시 도겸을 만나볼 면목이 없구나."

그리고는 곧바로 말을 달려 진류 태수 장막張邈에게 몸을 의탁하러 찾아갔다. (*뒷부분에서 여포로 하여금 서주를 공격하도록 하는 원인이 된다.)

〖 11 〗 한편 조조의 대군은 이르는 곳마다 백성들을 살육하고 무덤들을 파헤쳤다. 도겸은 서주에 있으면서 조조가 원수를 갚겠다고 군사를 일으켜 오면서 백성들을 살육하고 있다는 말을 듣고 하늘을 우러러 통곡하며 말했다: "내가 하늘에 죄를 얻어서 서주 백성들로 하여금 이런 큰 환난을 당하게 하는구나!"

그는 급히 모든 관원들을 모아놓고 상의했다.

조표曰: "조조의 군사가 이미 쳐들어온 마당에 어찌 손발을 묶고 앉아서 죽기를 기다린단 말입니까? 제가 사군使君을 도와 적을 물리치도록 하겠습니다."

도겸은 어쩔 수 없이 군사를 이끌고 적을 맞아 싸우러 나갔다. 멀리 바라보니, 조조의 군사들이 넓은 들판을 마치 서리와 눈이 깔려 있듯이 뒤덮고 있었는데, 중군中軍에는 백기 두 개가 세워져 있었다. 그 깃발에는 커다랗게 '報讐雪恨(보수설한: 원수를 갚아 원한을 푼다)'이란 네 글자가 쓰여 있었다. 군사들이 벌려 서서 진형을 이룬 가운데 몸에 흰색 상복을 입은 조조가 진 앞으로 말을 달려 나오더니, 채찍을 들고 큰소리로 욕을 했다.

도겸 역시 문기門旗 아래로 말을 달려가서 몸을 굽혀 인사를 하고 말했다: "나는 본래 명공과 잘 사귀어 보고 싶은 마음에서 장개로 하여금 존부 일행을 호송해 드리도록 부탁했던 것인데, 뜻밖에도 그 도적놈이 나쁜 마음을 고치지 못해서 그만 이번 일을 저지르고 만 것이오. 이번 일은 실은 이 도겸과는 아무런 관련이 없는 일이니, 부디 명공께서는 잘 살펴봐 주시기 바라오."

조조가 마구 욕설을 퍼부으며 말했다: "늙은놈이 내 부친을 죽여 놓고서 여전히 무슨 헛소리를 감히 해댄단 말이냐! 누가 나가서 저 늙은 도적놈을 사로잡아 오겠느냐?"

말이 떨어지자마자 하후돈이 달려 나갔다. 도겸은 급히 말을 달려

진으로 들어갔다. 하후돈이 그 뒤를 쫓아오자 조표曹豹가 창을 꼬나잡고 말을 달려 나가 그를 맞아 싸웠다. 둘이 서로 어우러져 싸울 때 갑자기 광풍이 크게 일면서 모래가 날리고 돌이 굴렀다. 양쪽 군사들이 다 혼란에 빠지자 각자 군사를 거두었다. (*이때는 역시 하늘이 서주 백성들을 절멸시키려고 하지 않았기 때문이다.)

〖 12 〗 도겸은 성으로 들어가서 여러 사람들과 상의했다: "조조의 군세軍勢가 강해서 당해내기 어렵다. 내 몸을 묶어 조조 영채로 가서 칼로 베거나 도려내거나 저들 마음대로 하도록 내맡기는 대신 서주 백성들의 목숨을 구하도록 해야겠다."(*그 걱정함이 백성에게 있는바, 이는 어진 사람의 말이다.)

말이 끝나기도 전에 한 사람이 앞으로 나서며 말했다: "태수께서는 오랫동안 서주를 다스려 오셨기에 백성들은 모두 그 은혜에 감사드리고 있습니다. 지금 조조의 군사들이 비록 많다고 해도 우리 성을 즉시 깨뜨릴 수는 없습니다. 태수께서는 백성들과 함께 성을 굳게 지키시고 싸우러 나가지 마십시오. 제가 비록 재주는 없으나 작은 계책을 써서 조조로 하여금 죽어도 몸 묻힐 땅이 없도록 해보겠습니다."

많은 사람들이 크게 놀라서 곧바로 물었다: "어떤 계책이 있소?"
이야말로:

본래는 사귀어 보려다가 도리어 원수졌는데　　本爲納交反成怨
막다른 골목에서 또 살길 트일 줄 누가 알았나.　那知絶處又逢生

결국 이 사람은 누구일까? 일단 다음 회를 읽어보라.

(1). 어떤 사람이 나에게 물었다: "동탁이 죽은 후에 벼락이 쳤는데, 왜 동탁이 죽기 전에는 벼락이 치지 않았는가? 이미 죽은 원흉元兇에게 쳤는데, 왜 이제 막 일어나는 그를 따르던 도적들에게는 치지 않았는가?"

내가 말한다: "하늘에는 하늘의 이치, 즉 천리天理라는 것이 있고 또한 하늘의 수, 즉 천수天數라는 것이 있다. 그 악함이 이미 가득 찬 후에 인간의 손을 빌려서 그를 죽이는데, 이 역시 기수氣數가 그렇게 되도록 하는 것이다. 대개 천리天理로서의 하늘은 천수天數로서의 하늘의 말을 듣지 않을 수 없는 것이다."

(2). 조조는 순욱荀彧을 자기의 장자방張子房으로 여겼는데, 이는 은연중에 자신을 한 고조 유방劉邦에 견준 것이다. 그런데 순욱은 어찌하여 조조에게 구석九錫이 내려진 후에야 비로소 그에게 반역의 마음이 있다는 것을 알았는가? 문약(文若: 순욱의 자)이 이때 조조를 의심하지 않고 훗날에 이르러 비로소 의심하는데, 애석하구나, 순욱의 사람 알아봄이 빠르지 못함이여!

(3). 조조가 여백사呂伯奢 일가를 죽인 것은 알면서 한 짓이지만, 도겸이 조숭曹嵩 일가를 죽인 것은 전혀 몰랐던 일이다. 조조가 자신의 노여움을 도겸에게 옮기는 것은 그래도 말이 되지만, 자신의 노여움을 서주徐州 백성들에게 옮기는 것은 악한 짓이다. 심지어 다시 그 노여움을 옛날 자신의 생명을 구해준 진궁에게까지 옮기는 것은 더욱 악한 짓이다. 악한 사람은 자신이 과거에 한 말은 반드시 실천하고, 일단 하겠다고 말하면 반드시 행동으로 옮긴다. 예전에 여씨呂氏 일가를 죽인 것은 "차라리 내가 남을 배반할지언정

(寧可我負人)"에 해당하고, 지금 도겸에게 원수를 갚으려는 것은 "남이 나를 배반하지 못하도록 하겠다(不可人負我)"는 것에 해당한다.

제11회

유비, 북해에서 공융을 구하고
여포, 복양에서 조조를 격파하다

〖1〗한편 이때 계책을 올린 사람은 동해 구현(朐縣: 강소성 연운항시連
雲港市 서남의 동해현) 사람으로 성은 미麋, 이름은 축竺, 자는 자중子仲이
었다.

그의 집은 여러 대를 내려오는 부호富戶였다. 한번은 장사 차 낙양에
갔다가 수레를 타고 돌아오다가 길에서 한 아름다운 부인을 만났는데,
그 부인은 가까이 오더니 수레에 태워달라고 했다. 미축은 곧 수레에
서 내려 걸어가고 수레는 부인에게 양보하여 앉도록 했다. 부인은 미
축에게 같이 타자고 청했다. 미축은 수레에 올라 단정히 앉아 곁눈질
한 번 하지 않았다. (*사실 이렇게 하기는 쉽지 않다.)

몇 리를 가더니 부인은 작별인사를 하고 떠나갔는데, 헤어질 때 미
축을 보고 말했다: "나는 남방南方의 불을 주관하는 화덕성군火德星君

인데, 상제上帝의 명을 받들고 그대의 집으로 가서 불을 지르려 했소. 그런데 그대가 나를 예로써 대해 주기에 나도 숨기지 않고 일러주는 것이니, 그대는 빨리 돌아가서 집안의 재물을 다 밖으로 끌어내도록 하시오. 나는 오늘밤에 찾아갈 것이오."

말을 마치자 부인이 보이지 않았다. 미축은 매우 놀라서 날아가듯이 집으로 돌아와서 집안에 있는 모든 물건들을 정신없이 밖으로 끌어냈다. 그날 밤 과연 부엌에서 불이 나서 집이 온통 다 타버렸다. 이 일을 겪은 후 미축은 집안의 재산을 많은 사람들에게 나누어 주고, 가난한 사람들과 고통 받고 있는 사람들을 구제해 주었다. 그 후에 도겸이 그를 불러서 별가종사別駕從事로 임명했던 것이다.

이날 미축이 계책을 올려 말했다: "제가 직접 북해군(北海郡: 산동성 창락현昌樂縣 서쪽)으로 가서 북해 태수 공융에게 군사를 일으켜 구원해 달라고 청해 보겠습니다. 주공께서는 다른 사람 하나를 구해 청주(靑 州: 산동성 임치현臨淄縣) 태수 전해田楷에게 보내서 구원을 청하도록 하십시오. 만약 이 두 곳의 군사들만 일제히 온다면 조조는 반드시 군사를 물릴 것입니다."

도겸은 그의 계책을 좇아서 곧 편지 두 통을 써놓고 막사 안에 있는 사람들에게 누가 감히 청주에 가서 구원병을 청하겠는지 물었다.

그 말에 응하여 한 사람이 자기가 가겠다고 나섰다. 모두들 보니 바로 광릉(廣陵: 서주군 광릉현. 강소성 양주揚州 북) 사람으로 성은 진陳, 이름은 등登, 자는 원룡元龍이라 하는 사람이었다. 도겸은 먼저 진원룡을 청주로 떠나보낸 후에 미축으로 하여금 편지를 가지고 북해로 가도록 했다. 그리고 자기는 군사들을 거느리고 성을 지키면서 적의 공격에 대비했다.

〖 2 〗 한편 북해태수 공융孔融은 자字가 문거文擧로 노魯나라 곡부(曲

阜: 산동성 곡부현) 사람이다. 공자孔子의 20대 손으로 태산도위泰山都尉
공주孔宙의 아들이다. 그는 어려서부터 총명해서 나이 열 살 때 하남윤
河南尹 이응李膺을 만나러 갔었는데 문지기가 들여보내 주지 않자 공융
이 말했다: "나는 이 대감과 조상 때부터 교분이 있는 사람이오."

마침내 들어가서 만나보자, 이응이 물었다: "너의 조상과 우리 조상
이 어떻게 서로 친했다는 것이냐?"

공융曰: "옛날 (저의 조상이신) 공자께서 (대감의 조상이신) 노자老子께
예禮를 물어보신 일이 있었습니다. 그러니 어찌 저와 대감과는 조상 때
부터 집안 간에 서로 교분이 없었다고 하겠습니까?"

이응은 그를 대단히 기특하게 여겼다.

조금 후 태중대부太中大夫 진위陳煒가 찾아오자 이응은 공융을 가리
키며 말했다: "이 애는 참으로 기특한 아이요."

진위曰: "어릴 때 총명하다고 해서 커서도 반드시 총명한 것은 아니
지요."

그 말이 떨어지자마자 공융이 말했다: "어르신의 말씀대로라면, 어
르신께서는 어렸을 때 틀림없이 총명하셨겠습니다."(*말이 날카롭고 기
가 팔팔하다.)

진위 등은 모두 웃으며 말했다: "이 아이가 장성하면 틀림없이 당대
의 큰 인물이 될 것이오."

이때부터 공융은 유명해졌다. 그는 후에 중랑장中郎將이 되고, 여러
차례 벼슬이 올라서 북해태수가 되었다. 그는 찾아오는 손님들과 사귀
기를 매우 좋아해서 자주 이렇게 말했다: "좌석에는 손님들이 늘 그득
하고 술독에는 술이 떨어지지 않는 것, 그것이 나의 소원이다(座上客常
滿, 樽中酒不空, 吾之願也)."

그는 북해 태수로 6년간 재직하면서 민심을 크게 얻었다.

이날도 손님들과 같이 앉아 있는데 서주徐州에서 미축麋竺이 찾아왔다고 알려 왔다. 공융은 그를 들여보내라고 하여 온 뜻을 물었다. 미축은 도겸의 편지를 내놓으며 말했다: "조조가 성을 포위하여 공격하고 있는데, 사정이 매우 위급합니다. 부디 명공께서 구원해 주시기 바랍니다."

공융曰: "나는 도공조(陶恭祖: 도겸)와 교분이 두터운데다 또한 자중(子仲: 미축)이 직접 여기까지 왔는데 내가 어찌 가지 않을 수 있겠는가? 그러나 조맹덕(曹孟德: 조조)과 나는 일찍이 서로 원수진 일이 없으니, 우선 사람을 보내서 화해를 권고하는 글을 전하고, 만약 그가 듣지 않으면 그때 가서 군사를 일으키도록 할 것이다."

미축曰: "조조는 자기 군사의 위세를 믿고 결코 화해하려고 하지 않을 것입니다."

공융은 한편으로는 군사를 점검하여 출동준비를 하라고 지시하고, 한편으로는 사람을 조조에게 보내서 화해를 권고하는 글을 전하도록 했다.

〖 3 〗 한창 상의하고 있을 때 갑자기 보고해 오기를, 황건적의 무리 관해管亥가 수만 명의 도적떼를 거느리고 쳐들어오고 있다고 했다. 공융은 크게 놀라서 급히 휘하 군사들을 점검하여 적을 맞아 싸우려고 성 밖으로 나갔다.

관해가 말을 몰아 나오며 말했다: "우리는 북해에 양식이 많음을 알고 왔으니 1만 석만 빌려주면 당장 군사를 물리겠다. 그러지 않으면 성을 깨트리고 남녀노소를 불문하고 한 사람도 살려두지 않을 것이다."

공융이 야단치며 말했다: "나는 대한大漢의 신하로서 대한의 땅을 지키고 있는데 어찌 도적놈에게 줄 양식이 있겠느냐!"

관해는 크게 화가 나서 말에 채찍질을 하여 칼을 휘두르며 곧바로 공융한테 달려들었다. 공융의 장수 종보宗寶가 창을 꼬나들고 말을 달려 나가서 싸웠으나, 몇 합 싸우지도 못하고 종보는 관해가 휘두르는 칼에 베어 말 아래로 떨어졌다. 공융의 군사는 큰 혼란에 빠져 달아나 성 안으로 들어갔다. 관해는 군사를 나누어서 사면으로 성을 에워쌌다. 공융은 마음이 답답하고 괴로웠다. 미축도 걱정이 돼서 다시 아무 말도 할 수 없었다.

〖 4 〗 다음날, 공융이 성 위로 올라가서 멀리 바라보니 도적들의 세력이 어마어마하게 커서 그의 근심걱정은 두 배로 깊어졌다. 그때 갑자기 성 밖에서 한 사람이 창을 꼬나들고 말을 달려서 도적의 진중으로 뛰어들어 좌충우돌했는데, 마치 무인지경에 들어가 있는 듯했다. 그는 곧바로 성 아래에 이르러 큰소리로 외쳤다: "성문을 열라!"

그러나 공융은 그가 누구인지 몰라서 감히 문을 열어주지 못했다. 그때 도적의 무리들이 해자 가까지 쫓아오자 그 사람은 몸을 돌리더니 연달아 10여 명을 창으로 찔러서 말 아래로 떨어뜨렸다. 도적의 무리들이 뒤로 물러나자 공융은 급히 성문을 열고 그를 맞아들이도록 명했다. 그 사람은 말에서 내리더니 창을 내던지고 곧장 성 위로 올라와서 공융을 보고 절을 했다.

공융이 그의 이름을 물어보자 그가 대답했다: "저는 동래 황현(黃縣: 산동성 황현 동쪽) 사람으로 성은 복성複姓으로 태사太史, 이름은 자慈, 자는 자의子義라고 합니다. 제 노모께서는 태수님께서 돌봐주신 큰 은혜를 입으셨습니다. 저는 그동안 요동(遼東: 요령성 요양시遼陽市)에 가 있다가 어제 어머님을 뵈러 집으로 돌아와서 도적들이 성을 공격하고 있다는 사실을 알게 되었습니다. 노모께서는 말씀하시기를, '내가 그동안 누차 태수님의 은혜를 크게 받았으니 네가 가서 구해드려야 한다'고

하셨습니다. 그래서 저 혼자서 말을 타고 달려왔던 것입니다."(*조조는 부친을 위해 원수를 갚으려고 하고, 태사자는 모친을 위해 은혜를 갚으려고 한다.)

공융은 크게 기뻤다. 원래 공융은 태사자와 비록 서로 일면식도 없었지만 그가 영웅이라는 사실을 잘 알고 있었다. 그래서 그가 멀리 외지로 나가 있는 동안 노모가 혼자서 성 밖 20리 떨어진 곳에 살고 있었으므로, 공융은 늘 사람을 시켜서 식량과 옷감을 보내주었던 것이다. 태사자의 어머니는 공융의 은덕에 감격하여 특별히 태사자로 하여금 가서 구해주도록 한 것이다. (*손님 접대하기를 좋아하여 그 은혜가 태사자의 모친에게까지 미쳤으니, 이런 보답을 받는 것은 당연하다.)

공융은 곧바로 태사자를 정중히 대접하고 그에게 갑옷과 안장 얹은 말을 선물했다.

태사자曰: "저에게 정예병사 1천 명만 빌려주시면 성 밖으로 나가서 도적들을 쳐 죽이겠습니다."

공융曰: "그대가 비록 영용하기는 하나 도적들의 세력이 몹시 크므로 가벼이 나가서는 안 되네."

태사자曰: "저의 노모께서는 태수님께서 베풀어주신 두터운 은덕에 감격하여 특별히 저를 보냈는데, 만약 제가 이 포위를 풀지 못한다면 저 역시 어머님을 뵐 면목이 없을 것입니다. (*확실히 효자의 말이다.) 저들과 죽음을 각오하고 싸워보고자 합니다."

공융曰: "나는 유현덕劉玄德이 당세의 영웅이라고 들었는데, 만약 그를 청해 와서 우리를 구해주도록 할 수만 있다면 이 포위는 저절로 풀어질 것이다. 그런데 그를 청하러 보낼 만한 사람이 없다."

태사자曰: "태수님께서 글을 써주시면 제가 곧바로 가겠습니다."

(*미축은 방금 도겸을 위해 공융에게 구원을 청하러 왔는데, 태사자는 또 공융을 위해 유비에게 구원을 청하러 가려고 한다. 이야기가 극도로 변화무쌍하

게 전개되고 있다.)

공융은 기뻐하면서 글을 써서 태사자에게 주었다.

태사자는 배불리 먹고 옷차림을 단단히 한 다음 그 위에 갑옷을 입고 말에 올랐다. 허리에는 활과 화살을 지니고 손에는 철창鐵槍을 들고, 열린 성문 사이로 단기필마로 나는 듯이 달려 나갔다. 그가 해자에 가까이 가자 도적의 장수가 군사들을 거느리고 싸우러 왔다. 태사자는 연달아 여러 명을 창으로 찔러죽이고 포위망을 뚫고 나갔다.

관해는 성에서 사람이 나온 것을 알고, 이는 틀림없이 구원병을 청하러 가는 자라고 생각하고 곧바로 직접 수백 기를 이끌고 추격해 와서 그를 사방팔방(八面)으로 단단히 포위했다. 태사자는 창을 말안장 위에 걸어놓고 활을 잡아 화살을 메겨 연달아 사방팔방으로 쏘았는데, 화살을 쏘는 대로 적들은 말에서 떨어졌다. 도적의 무리들은 감히 그를 추격해 오지 못했다. (*영특함과 용맹함의 극치이다.)

〖 5 〗 태사자는 적의 포위를 벗어나자 밤을 새워 평원平原으로 달려가서 유현덕을 만나보았다. 인사를 마친 후 그는 북해태수 공융이 포위되어 있으면서 구원을 요청하는 사연을 자세히 말하고 나서 서신을 올렸다.

현덕은 서신을 보고 나서 태사자에게 물었다: "그런데 그대는 뉘시오?"

태사자曰: "저는 태사자라고 하는데, 동해의 촌사람입니다. 저와 북해태수 공융과는 친척간도 아니고 동향 사람도 아닙니다. 다만 서로 의기義氣와 정의情誼를 같이 하여 우환憂患을 같이 나누려는 뜻이 있을 뿐입니다. 지금 황건적의 두목 관해管亥가 갑자기 난을 일으켜 북해가 포위되어 고립무원의 처지에 있는데, 그 위급함이 바로 눈앞에 닥쳐와 있습니다. 공께서는 평소 인자하시고 의로우신 분이어서 남의 위급함을 보면 구해주실 줄 아시는 분이라는 말을 듣고 특별히 저로 하여금 포위망을 뚫고 나가 공께 구원을 청하라고 하셨습니다."

현덕은 정색을 하고 대답했다: "공孔 북해태수가 이 세상에 유비가 있다는 것을 알고 있다는 말이오?"(*이는 스스로를 대견하게 생각하여 하는 말이다.)

그리고는 곧 운장, 익덕과 함께 정예병 3천 명을 점고해서 북해군으로 출발했다.

관해는 구원병이 오고 있는 것을 멀리서 바라보고 직접 군사를 이끌고 적을 맞이하러 나갔다. 그러나 현덕의 군사 수가 적은 것을 보고는 속으로 무시했다. 현덕이 관우, 장비, 태사자와 함께 진 앞으로 나가서 말을 세우자, 관해가 크게 화를 내며 곧바로 달려 나왔다. 태사자가 막 앞으로 나가려고 하는데, 운장이 먼저 나가서 곧바로 관해에게 달려 들었다. 두 말이 서로 어울리자 양편의 군사들은 일제히 함성을 지르며 응원을 했다. 그러나 관해 따위가 어찌 운장을 당해낼 수 있겠는가. 수십 합을 싸우는 동안 청룡도가 번쩍 들리더니 관해의 몸뚱이가 그만 두 쪽으로 쪼개져서 말 아래로 떨어지고 말았다. 태사자와 장비가 일제히 말을 달려 나가 제각기 창을 들고 적진으로 짓쳐 들어가자, 현덕도 군사를 휘몰아 적을 들이쳤다.

공융이 성 위에서 바라보니 태사자가 관우, 장비와 함께 적의 무리를 뒤쫓아 가서 쳐 죽이는데 그 모습은 마치 호랑이가 양떼 속으로 들어가서 이리저리 맘대로 돌아다니는데도 아무도 그들을 당해내지 못하는 것 같았다. (* "虎入羊群, 縱橫莫當(호입양군, 종횡막당)". 바로 이 여덟 글자가 바로 그들의 위세가 어떠했는지를 잘 묘사하고 있다.)

공융도 곧바로 군사를 휘몰아 성 밖으로 나가서 양쪽에서 협공을 하자 도적들은 크게 패했고, 항복하는 자들도 수없이 많았으며, 나머지 무리들은 뿔뿔이 흩어졌다. (*유비와 관우, 장비는 황건적을 깨뜨리는 데는 도가 텄다고 말할 수 있다.)

〖 6 〗 공융은 현덕을 영접하여 성 안으로 들어가서 인사를 하고 난 다음 잔치를 크게 벌여 승리를 축하했다. 또 미축을 불러와서 현덕을 소개해 주고 장개張闓가 조숭을 죽인 일을 자세히 이야기해 주면서 말했다: "지금 조조가 군사들을 풀어놓아 맘대로 약탈을 하도록 하면서 서주를 포위하고 있으므로 이렇게 구원을 요청하러 온 것이오."

현덕曰: "도공조陶恭祖는 성품이 어진 군자이신데 뜻밖에도 이런 억울한 누명을 쓰고 계시군요."

공융曰: "공은 한漢 황실의 종친이잖소. 지금 조조는 백성들을 죽이면서 자신이 강한 것만 믿고 약한 사람들을 업신여기고 있소. 나와 함께 가서 그를 구해 주지 않겠소?"

현덕曰: "제가 핑계를 대는 것이 아니라, 수하에 군사와 장수가 적어서 가벼이 움직이기 어려운 형편입니다."

공융曰: "내가 도공조를 구해주려는 것은, 비록 그와의 옛 정 때문이기도 하지만, 또한 대의大義를 위해서요. 그런데 공께는 어찌 정의正義를 위해 나서려는 마음이 없단 말이오?"

현덕曰: "기왕 이렇게 되었으니 문거文擧께서 먼저 가십시오. 저는 공손찬한테 가서 군사를 3천 내지 5천 명 정도 빌려가지고 곧 뒤따라가겠습니다."

공융曰: "공은 절대로 신용을 잃지 마시오."

현덕曰: "공께서는 이 유비를 어떤 사람으로 보시는 겁니까? (*바로 앞의 "북해가 이 세상에 유비가 있음을 알고 있다는 말이오?"라고 한 구절에 대응한다.) 옛 성인(聖人: 공자)께서도 말했습니다: '자고自古로 죽지 않는 사람은 없지만 사람이 신용을 잃으면 이 세상에 설 수 없다(自古皆有死, 人無信不立)'라고. 저는 군사를 빌리든 못 빌리든 간에 반드시 직접 가겠습니다."

공융은 그렇게 하기로 약속하고, 미축에게 먼저 서주로 돌아가서 알리도록 한 다음 곧바로 군사를 수습하여 출발했다.

태사자는 하직인사를 하면서 말했다: "저는 어머님의 분부를 받들어 태수님을 도와 드리러 왔는데, 이제 다행히 걱정할 일이 없어졌습니다. 양주(揚州: 안휘성 수현壽縣) 자사 유요劉繇는 저와 같은 군郡 사람인데, 제게 편지를 보내서 오라고 부르시니 감히 가보지 않을 수가 없습니다. 다음에 다시 만나기로 하시지요."

공융이 그에게 금과 비단 등을 사례로 주었으나 태사자는 받으려고 하지 않고 그냥 돌아갔다. (*왜 그를 붙잡아두지 않았을까? 애석하구나, 애석해!)

그의 모친은 그를 보고 기뻐하며 말했다: "나는 네가 북해 태수님의 은혜를 갚을 수 있었다는 게 몹시 기쁘구나."(*아들은 효자였고 어머니는 현모였다.)

드디어 태사자가 양주로 가도록 보내주었다.

〖 7 〗 공융이 군사를 일으킨 일은 더 이상 이야기하지 않기로 한다.

한편 현덕은 북해태수 공융과 헤어진 후 공손찬을 찾아가서 서주를 구하려는 일을 자세히 말했다.

공손찬曰: "조조는 그대와 원수진 일이 없는데 뭣 때문에 남의 일에 힘을 쓰려 하는가?"

현덕曰: "제가 이미 그렇게 하겠다고 약속했으므로 감히 신용을 잃을 수는 없습니다."

공손찬曰: "내 자네에게 마보군馬步軍 2천 명을 빌려주겠네."

현덕曰: "게다가 조자룡趙子龍도 함께 가도록 허락해 주십시오."

(*현덕은 잠시도 이 사람을 잊은 적이 없었다.)

공손찬은 그 청도 들어주었다. 현덕은 마침내 관우, 장비와 함께 휘하 군사 3천 명을 이끌고 앞장을 서고, 자룡은 2천 명의 군사를 이끌고 그 뒤를 따라 서주로 갔다.

한편 미축은 돌아가서 도겸에게, 북해태수가 유현덕에게도 같이 가서 도와주자고 청했다고 보고했다. 진원룡陳元龍도 돌아와서 청주태수 전해田楷가 흔쾌히 군사를 거느리고 구하러 오겠다고 했음을 보고하자 도겸은 안심이 되었다.

그런데 알고 보니 두 방면에서 온 공융과 전해의 군사들은 조조의 군세가 사나운 것이 두려워 멀찍이에서 산을 의지하여 영채를 세우고는 감히 싸우러 나오지 않았다. 조조는 두 방면에서 구원군이 당도한 것을 보고는, 그 역시 군사들을 둘로 나누어 놓은 채 성을 공격하러 감히 앞으로 나아가지 못했다.

〖 8 〗 한편 유현덕의 군사가 당도하여 공융을 만났다.

공융曰: "조조군은, 세력이 큰 데다 또 조조가 용병에도 뛰어나므로 가벼이 싸워서는 안 되오. 일단 저들의 동정을 살펴본 다음에 진군하도록 합시다."

현덕曰: "다만 우려되는 것은, 성 안에 양식이 없어서 오래 버티기가 어렵지 않을까 하는 것입니다. 제가 운장과 자룡에게 군사 4천 명을 거느리고 공의 휘하에서 서로 돕도록 하고, 저는 장비와 함께 조조 영채를 거쳐 지나가 곧장 서주로 가서 도陶 태수를 만나 상의해 보겠습니다."(*결국 현덕은 영웅이다.)

공융은 크게 기뻐하며 전해의 군사들과 합쳐서 의각지세(犄角之勢: 병력을 다른 장소에 갈라놓아 적을 견제하거나 협공하기 편하도록 하는 것)를 이루도록 하고, 운장과 자룡으로 하여금 군사들을 거느리고 양쪽에서 서로 호응하도록 했다.

이날 현덕과 장비는 군사 1천 명을 이끌고 조조 군사의 영채 옆으로 급히 지나갔다. 그들이 지나가고 있을 바로 그때 영채 안에서 북소리가 울리면서 마군馬軍과 보군步軍들이 밀물처럼 쏟아져 나왔다. 앞장선 대장은 곧 우금于禁이었는데, 그는 말을 멈추고 서서 큰소리로 외쳤다: "어디서 온 미친놈들이냐! 어디로 가는 거냐!"

장비가 그를 보고는 아무 말도 더 섞지 않고 곧바로 우금에게 달려들었다. 두 말이 서로 어우러져 싸우기를 여러 합 되었을 때 현덕이 쌍고검雙股劍을 뽑아 들고 군사를 휘몰아 기세 좋게 나아가자 우금은 패하여 달아났다. 장비는 앞에서 닥치는 대로 무찌르며 적을 쫓아가서 곧바로 서주성 아래에 당도했다.

이때 성 위에서 멀리 바라보니 붉은 색 바탕에 흰 글자로 커다랗게 "平原劉玄德(평원유현덕)"이라고 쓴 깃발이 보여서, 도겸은 급히 성문을 열도록 했다. 현덕이 성 안으로 들어가자 도겸은 그를 영접하여 함께 서주 관아로 갔다. 서로 인사를 마치자 도겸은 연석을 베풀어 현덕을 대접하는 한편 군사들에게는 술과 음식을 내어주고 위로했다.

도겸은 현덕의 용모와 태도가 늠름하고, 말하는 것이 활달한 것을 보고 마음속으로 크게 기뻐하면서 곧바로 미축에게 서주 태수의 패인牌印을 가져오도록 해서 현덕에게 주었다. (*도공조가 첫 번째로 서주를 양보한 것이다.)

현덕은 깜짝 놀라며 말했다: "공께서는 무슨 뜻으로 이러시는 겁니까?"

도겸曰: "지금 천하는 크게 어지러워서 천자의 명령이 널리 시행되지 못하고 있소. 공은 한 황실의 종친이시니 마땅히 사직을 힘껏 붙들어 세워야 할 것이오. 이 늙은이는 이미 나이도 많고 능력도 없으므로 진심으로 공에게 이 서주를 양보하려고 하니, 공은 사양하지 말아 주시오. 내 이제 표문을 올려서 나의 이 뜻을 조정에 상신上申하도록 하겠소."

현덕이 자리에서 벌떡 일어나 두 번 절을 하고 말했다: "제가 비록 한 황실의 후예라고는 하나 공을 세운 것도 별로 없고 베푼 덕도 박해서 평원 현령이 된 것만 해도 제게는 오히려 과분합니다. 이번에 대의를 위해서 공을 도와 드리려고 왔는데, 공께서 이런 말씀을 하시니, 혹시 이 유비에게 서주를 삼키려는 마음이 있을 것으로 의심하고 계시는 것은 아닙니까? 제가 만약 그런 마음을 갖고 있다면, 황천皇天께서는 저를 도와주지 않을 것입니다."

도겸曰: "아니오. 이 늙은이의 진심이오."

도겸은 재삼 물려주겠다고 했으나 현덕은 그것을 결코 받아들이려고 하지 않았다. (*이는 진심일까, 거짓일까?)

미축이 나서며 말했다: "지금 적병이 성 아래에 와 있으니 우선은 적을 물리칠 계책부터 상의하시고, 적을 물리친 다음에 다시 물려주도록 하시지요."

현덕曰: "제가 조조에게 글을 보내서 서로 화해하도록 권해 보겠습니다. 조조가 만약 듣지 않으면 그때 가서 싸우더라도 늦지 않을 것입니다."

이리하여 아군 영채 세 곳에 격문을 보내서 당분간 군사를 움직이지 말도록 한 다음, 조조에게 사람을 보내서 화해를 권고하는 글을 전해 주도록 했다.

〖 9 〗 한편 조조가 군중에서 한창 여러 장수들과 계책을 상의하고 있을 때 서주에서 전서戰書가 당도했다고 보고해 왔다. 조조가 받아서 봉투를 뜯어보니 유비의 글이었다. 그 내용은 대강 이러했다:

"제가 사수관汜水關 밖에서 공의 존안尊顔을 뵌 후로 서로 멀리 떨어져 있어 가까이서 모시지 못했습니다. 전에 존부尊父 조후曹侯의 일은, 실은 장개張闓 놈이 나쁜 마음을 먹었기 때문에 화를 당하신 것이지 도공조陶恭祖의 죄가 아닙니다. 지금 밖으로는 황건적의 잔당들이 소란을 피우고 있고 안으로는 동탁의 잔당들이 뙈리를 틀고 있습니다. 부디 명공께서는 조정의 위급함을 먼저 하시고 사사로운 원수 갚는 일은 뒤로 하시기 바랍니다. 서주의 군사들을 철수하여 국난國難을 구해 주신다면 서주에게 큰 다행일 뿐만 아니라 천하에도 큰 다행일 것입니다.”

조조는 글을 읽고 나서 큰소리로 욕을 했다: “유비 제까짓 놈이 뭐라고 감히 이따위 글을 보내서 나한테 권고를 해? 그리고 이 글 속에는 나를 비꼬는 뜻이 들어 있어!”

그리고는 글을 가지고 온 사자의 목을 베도록 하고, 한편으로는 있는 힘을 다해서 성을 공격하도록 명했다.

곽가가 간했다: “유비가 멀리서 구원하러 와서는 먼저 예부터 차리고 그런 다음에 싸우려는 것입니다. 주공께서도 좋은 말로 회답을 주시어 유비의 마음을 느슨하게 만들어 놓은 다음 군사를 진격시켜서 성을 치신다면 성을 함락시킬 수 있습니다.”

조조는 그의 말에 따라 유비의 사자를 머물러 있도록 하면서 이쪽에서 보낼 답서를 기다리도록 했다.

이렇게 상의하고 있을 때 갑자기 통신병(流星馬)이 나는 듯이 달려와서 큰일이 났다고 알려왔다. 조조가 도대체 무슨 일이냐고 물어보자 그가 보고하기를, 여포가 이미 연주兗州를 쳐서 깨뜨리고 나아가 복양(濮陽: 하남성 복양)을 점거해 버렸다고 했다. (*참으로 생각지도 못했던 일이다.)

원래 여포는 이각과 곽사의 난을 만나 무관武關을 빠져나간 다음 원술을 찾아갔었다. 원술은 여포가 변덕이 심한 것을 꺼리어 거절하고 받아주지 않았다. 그래서 원소를 찾아갔는데, 원소는 그를 받아들여주고는 여포와 함께 상산常山으로 가서 장연張燕을 쳐부쉈다. 여포는 스스로 득의만만하여 원소 수하의 장수들을 무시하고 거만을 떨었으므로 원소는 그를 죽여 버리려고 했다. 여포는 이에 원소를 떠나 장양張揚을 찾아갔는데, 장양은 그를 받아주었다.

방서龐舒는 그동안 장안 성 안에서 여포의 처자식들을 몰래 감춰주고 있었는데, 이때 그들을 여포에게 보내주었다. 이각과 곽사가 그 사실을 알고 나서는 곧바로 방서를 죽여 버리고 장양에게 글을 보내서 여포를 죽이라고 지시했다. 이 일로 인하여 여포는 장양을 내버리고 장막張邈을 찾아갔다. (*여포가 관문을 나간 이후의 일들을 보충하여 이곳에 덧붙이고 있다.)

이때 마침 장막의 아우 장초張超가 진궁陳宮을 데리고 와서 장막을 만나보게 했는데, 진궁이 장막에게 말했다: "지금 천하는 갈라지고 무너져서 영웅들이 도처에서 동시에 일어나고 있습니다. 공은 사방 천리나 되는 넓은 땅과 백성들을 가지고 있으면서 도리어 남의 지시나 받고 계시니 이 어찌 한심한 일이 아니겠습니까? 지금 조조가 동으로 서주를 치러 나가서 연주는 텅 비어 있습니다. 그리고 여포는 당대의 용사이니, 만약 그와 같이 연주를 취한다면 패업霸業도 도모해 볼 수 있습니다."(*진궁은 묘한 사람이다.)

장막은 크게 기뻐하며 곧바로 여포로 하여금 연주를 습격하여 깨뜨리고 이어서 복양을 점거하도록 했다. 이리하여 단지 견성鄄城, 동아東阿, 범현范縣 등 세 곳만 순욱과 정욱이 계책을 세워 사수死守했기 때문에 온전했고,(*전번부터 지키는 일을 맡아온 덕이다.) 그 나머지 고을들은 모두 깨지고 말았다.

조인曹仁은 여러 차례 여포와 싸웠으나 다 이기지 못하여 이렇게 급보를 올렸던 것이다. (*유비가 도겸을 구해준 것이 아니라 도리어 여포가 도겸을 구해준 것이며, 역시 여포가 도겸을 구해준 것이 아니라 진궁이 도겸을 구해준 것이다.)

조조는 보고를 받고 크게 놀라서 말했다: "연주를 잃게 되면 우리가 돌아갈 집이 없어진다. 급히 방도를 찾지 않으면 안 된다."

곽가曰: "주공께서는 차제에 유비에게 인심을 크게 한번 쓰시고는, (*원수 갚는 일이 어떤 일인데 인심을 쓴단 말인가?) 군사를 물려가서 연주를 되찾도록 하십시오."

조조는 그렇게 하는 것이 좋겠다고 생각하고 즉시 유비에게 답서를 보내고 영채를 거두어 퇴군했다. (*전에는 조조의 노여움이 극도에 달하여 감히 가까이 갈 수도 없는 형세였는데, 뜻밖에도 일이 이처럼 수습된다. 기이한 변화이다.)

〖 10 〗 한편 조조에게 갔던 사자는 서주로 돌아가 성 안으로 들어가서 도겸에게 서찰을 올리면서 조조의 군사들은 이미 물러갔다고 말했다. 도겸은 크게 기뻐하며 사람을 보내서 공융, 전해田楷, 운장, 자룡 등을 성 안으로 들어오도록 청하여 크게 연석을 베풀었다. (*많은 군사들이 일제히 달려갈 때에는 틀림없이 큰 싸움이 한 판 벌어질 것으로 생각했는데, 뜻밖에도 조조의 군사들은 싸우지도 않고 물러가버렸다. 기이한 변화이다.)

연석이 파하고 나서 도겸은 현덕을 청하여 상좌에 앉히고 두 손을 맞잡고 여러 사람들을 향해 말했다: "이 늙은이는 나이도 많은데다 두 아들들도 또한 재주가 없어서 도저히 국가의 중임을 감당할 수 없습니다. 유공劉公으로 말하자면 황실의 후예로서 덕망도 높고 재주도 많아서 서주를 다스릴 수 있습니다. 이 늙은이는 한가한 시간을 얻어 몸의 병이나 고치기를 진심으로 원하고 있습니다."(*도겸은 두 번째로 서주를 양보하고 있다.)

현덕日: "공문거(孔文擧: 공융)께서 이 유비로 하여금 가서 서주를 구해 주라고 하신 것은 대의를 위해서였습니다. 그런데 이제 제가 아무 까닭 없이 서주를 차지한다면 천하 사람들은 이 유비를 의리 없는 사람이라고 생각할 것입니다."

미축日: "지금 한 나라 황실은 쇠퇴하고 온 나라가 뒤집혀져 있으므로 바로 지금이야말로 공을 세워 대업을 이루어야 할 때입니다. 서주는 백성들도 많고 물자도 풍성하여 호구戶口가 백만이나 되니, 유 사군使君께서는 이곳을 받으시고 사양해서는 안 됩니다."(*미축 역시 현덕이 마음에 들었다.)

현덕日: "이 일은 절대 하라는 대로 할 수 없습니다."

진등日: "도陶 태수께서는 병이 많으시어 업무를 보실 수 없으니 명공께서는 사양하지 마십시오."

현덕日: "원술은 4대에 걸쳐서 공公의 벼슬을 한 사람을 셋이나 배출한 명문 출신이어서 천하의 인심이 그에게 쏠리고 있습니다. 그가 여기에서 가까운 수춘(壽春: 안휘성 수현壽縣)에 있는데 왜 그에게 서주를 양보하지 않으십니까?"

공융日: "원술은 무덤 속의 해골과 같은 자인데 어찌 그의 이름을 입에 담는단 말이오. 오늘의 일은 옛사람이 말한바 '하늘이 주는 것을 받지 않으면 후회해도 늦다(天與不取, 悔不可追)'라는 말 그대로요."

현덕은 계속 고집을 부리며 받지 않으려고 했다.

도겸이 눈물을 흘리며 말했다: "공이 만약 나를 버리고 떠나간다면 나는 죽어서도 눈을 감지 못할 것이오."

운장日: "기왕에 도공께서 저렇게 양보하시는데 형님께서는 잠시 서주의 일을 맡아보시지요."

장비日: "그리고 이것은 우리가 그의 고을을 강제로 빼앗는 것도 아니고 그가 호의로 물려주려는 것인데 그처럼 극구 사양하실 필요가 어디 있습니까?"(*말이 시원시원하다.)

현덕曰: "너희들은 나를 불의에 빠뜨리고 싶으냐?"

도겸이 여러 번 양보하겠다고 했으나 현덕은 끝내 받으려 하지 않았다. (*진심인가? 그런 체하는 것인가?)

도겸曰: "만약 현덕 공이 끝내 받지 않으려 한다면, 이 근처에 소패(小沛: 강소성 패현沛縣)라는 작은 읍邑이 있는데 군사를 주둔시켜 둘만한 곳이니, 청컨대 현덕 공은 잠시 그곳에 군사를 주둔시켜 두고 이 서주를 보호해 주는 것이 어떻겠소?"

여러 사람들이 모두 현덕에게 소패에 머물러 있으라고 권하자 현덕도 그렇게 하기로 했다.

도겸이 군사들을 다 위로해주고 나자 조운이 떠나가겠다고 하직인사를 했다. 현덕은 그의 손을 잡고 눈물을 흘리며 작별했다. 공융과 전해 역시 각기 작별인사를 하고 군사들을 이끌고 돌아갔다. 현덕은 관우, 장비와 함께 휘하 군사들을 이끌고 소패로 가서 허물어진 성벽을 고치고 그곳 주민들을 위무했다. (*한 고조 유방은 소패小沛에서 일어났으므로 그를 패공沛公이라 불렀는데, 현덕 역시 소패에 거주하게 되었으니 그를 작은 패공(小沛公)이라 부를 만하다.)

〖 11 〗 한편 조조가 군사를 돌려서 가자 조인이 나와서 맞으며, 여포의 세력이 큰 데다 진궁이 그를 돕고 있어서 연주兗州와 복양濮陽은 이미 잃어버렸지만, 견성甄城과 동아東阿, 범현范縣 세 곳은 순욱과 정욱 두 사람이 계책을 세워 서로 힘을 합쳐 성곽을 사수死守했다고 말했다.

조조曰: "내 생각에는, 여포는 용맹하기는 하나 지모가 없는 자이므로 염려할 게 없을 것 같다."

그리고는 우선 영채부터 세우고 나서 다시 상의하자고 했다.

여포는 조조가 군사를 돌려 이미 등현(藤縣: 산동성 등현)을 지나간 것을 알고 부장 설난薛蘭과 이봉李封을 불러서 말했다: "내가 너희 두 사람을 써보려고 한 지 오래되었다. 너희들은 군사 1만 명을 이끌고 연주를 굳게 지키고 있거라. 내가 직접 군사를 거느리고 가서 조조를 깨뜨리겠다."

두 사람은 그러겠다고 응낙했다.

그때 진궁이 급히 들어와서 여포를 보고 말했다: "장군은 연주를 버리고 어디로 가려고 하십니까?"

여포曰: "나는 복양에 군사를 주둔시켜 놓아 솥의 세 발과 같은 형세(鼎足之勢)를 이루려고 하오."

진궁曰: "잘못 생각하신 겁니다. 설난은 틀림없이 연주를 지켜내지 못할 것입니다. (*선견지명이 있다.) 여기서 정남正南으로 180리 떨어진 곳에 태산泰山이 있는데, 그곳은 길이 험해서 정예병 1만 명을 매복시켜 놓을 수 있습니다. 조조의 군사들은 연주가 함락된 소식을 듣고 틀림없이 행군 속도를 두 배로 해서 달려올 것입니다. 그들의 반이 지나가기를 기다렸다가 들이친다면 단번에 조조를 사로잡을 수 있을 것입니다."(*참으로 묘책이다.)

여포曰: "내가 복양에 군사를 주둔시키려는 것은 따로 좋은 계책이 있어서인데 당신이 어찌 그걸 알 수 있겠는가?"

끝내 여포는 진궁의 말을 듣지 않고 설난으로 하여금 연주를 방비하도록 하고는 복양으로 갔다.

조조의 군사가 태산의 험로에 이르자 곽가가 말했다: "잠시 앞으로 나가지 마십시오. 이곳에 복병이 있을까 두렵습니다."

조조가 웃으며 말했다: "여포는 꾀가 없는 자이기 때문에 설난에게 연주를 지키도록 맡겨놓고 그 자신은 복양으로 갔는데, 그런 그가 어찌 군사들을 이곳에다 매복시켜 둘 수 있겠는가?"(*여포가 진궁의 말을 듣지 않으리란 것을 조조는 이미 속으로 다 헤아리고 있었다.)

그리고는 조인에게 한 부대의 군사들을 거느리고 가서 연주를 포위하라고 지시하며 말했다: "나는 복양으로 진격해서 곧바로 여포를 치겠다."

진궁은 조조의 군사가 가까이 이르렀다는 말을 듣고 곧 여포에게 계책을 올렸다: "지금 조조의 군사들은 멀리서 오느라 지쳐 있으니 속히 싸우는 것이 우리에게 이롭습니다. 적이 기력氣力을 되찾도록 허용해서는 안 됩니다."

여포曰: "나는 단기필마로 천하를 내 마음대로 누볐는데 어찌 조조 따위를 겁내겠는가? 그가 영채를 세우기를 기다렸다가 내가 직접 그를 사로잡아버릴 것이오."

〖 12 〗한편 조조의 군사들은 복양 가까이 이르러 영채를 세웠다. 다음날, 조조는 여러 장수들을 이끌고 나가서 들판에다 진을 쳤다. 조조가 문기 아래에 말을 세우고 멀리 바라보니 여포의 군사들이 당도하여 맞은편에 진을 친 다음, 여포가 앞에서 말을 타고 나오고 그 양편으로 여덟 명의 장수들이 늘어서서 따라 나오는 것이 보였다.

그 첫째 장수는 안문雁門 마읍(馬邑: 산서성 삭현朔縣) 사람으로 성은 장張, 이름은 요遼, 자는 문원文遠이었으며, 둘째 장수는 태산 화음華陰 사람으로 성은 장臧, 이름은 패覇, 자는 선고宣高였다. 이 두 장수가 또 여섯 명의 장수들을 거느리고 있었으니 그들은 곧 학맹郝萌, 조성曹性, 성렴成廉, 위속魏續, 송헌宋憲, 후성侯成이다. 여포의 군사는 5만 명으로 북소리를 크게 울렸다.

조조가 여포를 가리키며 말했다: "내 너와 원래 원수진 일이 없는데 왜 나의 주와 군(州郡)들을 빼앗았느냐?"

여포曰: "한漢의 성들은 모든 사람들이 가질 수 있는 것이지 너만 가져야 한다는 법이라도 있는 게냐?"(*전혀 도리에 맞지 않는 말이다. 그러나 일단 말하고 보니 도리어 매우 일리 있는 말이다.)

그리고는 곧바로 장패를 불러서 말을 타고 나가 싸움을 걸라고 했다. 조조의 군에서는 악진樂進이 맞아 싸우러 나왔다. 두 말이 서로 엇갈리며 둘이 동시에 창을 들고 30여 합이나 싸웠으나 승부가 나지 않았다. 하후돈이 말에 박차를 가해 싸움을 도우러 나가자, 여포의 진에서는 장료張遼가 나가서 그를 가로막고 싸웠다.

화가 난 여포는 버럭 화를 내면서 화극을 꼬나들고 말을 달려 싸우러 뛰쳐나갔다. 하후돈과 악진 둘 다 달아나자 여포는 그대로 쳐들어갔다. 조조의 군사는 크게 패하여 3, 40리 뒤로 물러갔다. 여포도 군사를 거두었다.

조조는 싸움에서 한 판 지고 나서 영채로 돌아가 여러 장수들과 상의했다.

우금曰: "제가 오늘 산 위로 올라가서 바라보니 복양 서쪽에 여포의 영채가 하나 있는데 군사들이 많은 것 같지 않았습니다. 오늘 밤, 저들은 우리가 패주했다고 생각하고는 틀림없이 대비를 하지 않고 있을 테니 군사를 이끌고 가서 치면 될 것입니다. 만약 그 영채를 얻고 나면 여포의 군사들은 틀림없이 겁을 먹게 될 것이니, 이렇게 하는 것이 상책입니다."

조조는 그 말을 좇아 조홍, 이전, 모개毛玠, 여건呂虔, 우금于禁, 전위典韋 등 여섯 장수들을 데리고 마보군 2만 명을 선발하여 그날 밤 작은 길로 나아갔다.

〖 13 〗 한편 여포는 영채 안에서 내려 군사들을 위로했다.

진궁曰: "서쪽에 있는 영채는 매우 요긴한 곳인데, 만약 조조가 기습해 온다면 어쩌지요?"

여포曰: "그는 오늘 싸움에서 한 판 졌는데, 어찌 감히 쳐들어오겠는가?"

진궁曰: "조조는 용병을 극히 잘하는 사람이니, 저들이 우리가 대비하고 있지 않을 때 공격해 올 것에 대비해야만 합니다."(*우금의 계책을 진궁 또한 속으로 헤아리고 있다.)

이리하여 여포는 고순高順과 위속魏續, 후성侯成을 파견하면서 군사들을 이끌고 가서 서쪽의 영채를 지키도록 했다.

한편 조조는 황혼녘에 군사를 이끌고 여포군의 서쪽 영채에 이르러 사면으로 쳐들어갔다. 영채를 지키던 군사들은 당해낼 수 없어서 사방으로 흩어져 달아났고 조조는 그 영채를 빼앗았다.

그러자 사경(四更: 새벽 1시에서 3시 사이)이 다 되어갈 무렵, 고순이 군사들을 이끌고 쳐들어왔다. (*여포가 도착하기도 전에 영채가 이미 빼앗긴 것으로 보아 조조의 군사 움직임이 빨랐음을 알 수 있다.) 조조는 자신이 직접 군사를 이끌고 맞이하러 나갔는데 마침 고순과 맞닥뜨려서 전군이 한데 뒤엉켜 싸웠다.

날이 밝아올 무렵 마침 서쪽에서 북소리가 크게 울리더니 여포가 직접 구원병을 이끌고 왔다는 보고가 들어왔다. 조조가 영채를 버리고 달아나는데,(*이미 빼앗았던 영채를 곧바로 포기하지 않을 수 없도록 한 것으로부터 적의 공격에 대응하는 진궁의 계책이 교묘함을 볼 수 있다.) 등 뒤로부터 고순과 위속, 후성이 쫓아오고 앞에서는 여포가 직접 군사를 이끌고 당도했다. 우금과 악진 둘이 여포와 맞붙어 싸웠으나 당해 내지 못했다. 조조는 북쪽으로 달아났다.

바로 그때 산 뒤로부터 한 떼의 군사들이 뛰쳐나왔는데 왼편에는 장료가, 오른편에는 장패臧霸가 있었다. 조조는 여건과 조홍으로 하여금 싸우도록 했으나 형세가 불리했다. 조조는 다시 서쪽을 향해 달아났다. 그때 또 갑자기 함성이 크게 울리며 한 떼의 군사들이 당도했는데 바로 학맹, 조성, 성렴, 송헌 네 장수들이 앞길을 가로막았다. (*보기 좋게 싸우고 있다. 진궁의 병법도 자못 절묘하다.)

여러 부하 장수들이 죽기로써 싸우고 있는 중에 조조는 앞장서서 싸우며 나갔다. 그때 갑자기 딱따기 소리가 크게 울리더니 화살이 소나기 쏟아지듯 날아왔다. 조조는 더 이상 앞으로 나아갈 수 없는데다 그곳에서 벗어날 계책도 없어서 큰소리로 외쳤다: "누가 나 좀 구해 달라!"

마군馬軍 속으로부터 한 장수가 뛰어나왔는데 곧 전위典韋였다. 그는 손에 쌍철극雙鐵戟을 꼬나들고 큰소리로 외쳤다: "주공께선 걱정하지 마십시오!"

그는 몸을 날려 말에서 뛰어내리더니 쌍철극을 땅에 꽂아놓고 짧은 창(短戟) 10여 개를 꺼내 손에 잡았다. 그는 따르는 자를 돌아보고 말했다: "적이 열 걸음까지 접근하거든 나를 불러라!"

그리고는 날아오는 화살을 무릅쓰고 큰 걸음으로 성큼성큼 걸어갔다. 여포의 군사 수십 기騎가 쫓아오자 따르던 자들이 크게 외쳤다: "십보十步요!"

전위曰: "다섯 걸음까지 오거든 나를 불러라!"

잠시 후 그가 다시 외쳤다: "오보五步요!"

전위가 곧바로 단극을 날렸는데, 단극 하나에 한 사람씩 말에서 떨어뜨렸다. 단 한 발의 실수도 없이 삽시간에 열 명도 넘게 죽였다. 남은 무리들은 전부 달아났다. 전위는 다시 몸을 날려 말에 올라 쌍철극을 꼬나들고 적진 속으로 쳐들어갔다. (*문득 말에서 내리고, 문득 말에 오르며, 문득 단극을 사용하고, 문득 대극을 쓰는데, 마치 살아 있는 용이나 호랑이처럼 전위를 묘사하고 있다.) 학맹, 조성, 성렴, 송헌 네 장수는 당해 내지 못하고 각자 도망쳐 버렸다.

전위는 적군을 쳐서 물리치고 조조를 구해 냈다. 여러 장수들도 그 뒤에 곧바로 도착해서 함께 길을 찾아 영채로 돌아갔다. 해가 막 져서 어두워지려고 할 무렵 등 뒤에서 함성이 크게 일어나더니 여포가 화극을 손에 들고 말을 달려 쫓아오며 큰소리로 외쳤다: "조조 이 역적놈아, 달아나지 마라!"

이때에는 사람도 말도 모두 지칠 대로 지쳐 있어서 다들 서로의 얼굴만 쳐다보며 각자 살기 위해 도망치려고 했다. 이야말로:

비록 잠시 여러 겹 포위를 벗어났지만　　　　　　雖能暫把重圍脫
강한 적이 쫓아오니 당해내기 어렵겠구나.　　　　只怕難當勁敵追

조조의 목숨이 어찌될지 모르겠거든 다음 회를 읽어보기 바란다.

제 11 회 모종강 서시평序始評

(1). 본래는 도겸이 도움을 요청했는데 도리어 공융이 도움을 요청하게 되고; 원래는 태사자가 공융을 구하려고 했는데, 도리어 유현덕이 공융을 구해주게 되고; 본래는 공융이 현덕에게 도움을 요청했는데 도리어 도겸이 현덕에게 도움을 요청하게 되고; 본래는 현덕이 조조를 물리치려고 했었는데 도리어 여포가 조조를 물리치게 된다. 각종 변화가 일어나서 사람들로 하여금 예측을 할 수 없게 만든다.

(2). 전 회에서 조조가 절치부심하면서 말에 먹이를 주고 군사들을 독려하는 것을 본 사람들은 틀림없이 본회에서는 반드시 서주를 짓밟고 도겸을 작살낼 것으로 생각했을 것이다. 그러나 뜻밖에도 그 결심은 용두사미龍頭蛇尾가 되어버리고 마침내 스스로 포위를 풀고 떠나가 버렸다. 그렇게 된 이유는, 조조가 연주兗州를 자기 터전으로 생각하여 연주가 없어지면 자기 터전이 사라진다고 생각했

기 때문이다. 터전을 돌아보는 마음이 중요했고 그리하여 마침내 부모의 원수 갚으려는 마음은 별로 중요시하지 않았기 때문에 사정이 생기자 유비에게 선심을 쓰고는 떠나가 버린 것이다.

아, 천하에 어찌 부모의 원수를 갚으려는 자가 남에게 선심을 쓰기 위해 그만두는 일이 있을 수 있는가? 효자라면 부모의 원수를 갚기 위해서는 자신의 몸조차 돌보지 않는 법이거늘, 어찌 터전을 생각하여 도중에 그만둘 수 있겠는가? 태사자는 모친을 위해 그 은혜를 갚으려고 했고 끝내 갚을 수 있었으니, 태사자야말로 참으로 효자였다. 조조가 부모의 원수를 갚으려고 했으나 끝내 갚지 못했던 것은, 조조는 효자가 아니었기 때문이다.

(3). 유비가 서주를 사양한 것은 정말로 사양한 것인가, 아니면 거짓 사양한 것인가? 만약 정말로 사양한 것이라면 유장劉璋의 익주益州는 빼앗고 도겸의 서주徐州는 반대로 사양한 이유는 무엇인가? 혹자는 말하기를: "사양하기를 더욱 힘껏 하면 그것을 더욱 확실히 얻게 된다"고 했다. 큰 영웅은 왕왕 이런 계산도 하는데, 사람들이 그것을 알지 못할 따름이다.

제12회

도겸, 유비에게 서주를 양보하고
조조, 여포와 크게 싸우다

〖1〗조조가 한창 정신없이 달아나고 있을 때 마침 남쪽에서 한 떼의 군사들이 당도했는데, 하후돈이 군사를 이끌고 구원하러 온 것이었다. 그는 여포를 가로막고 황혼녘이 될 때까지 대판 싸웠다. (*어젯밤 황혼 무렵부터 싸우기 시작하여 오늘 밤 황혼 무렵이 되었으니 참으로 큰 한판 싸움이다.) 그때 갑자기 큰비가 퍼붓다시피 왔으므로 각자 군사를 이끌고 흩어졌다. 조조는 영채로 돌아와서 전위에게 큰 상을 내리고 그의 벼슬을 영군도위領軍都尉로 올려주었다.

한편 여포는 영채로 돌아가서 진궁과 상의했다.

진궁曰: "복양성 안에 전씨田氏라는 부자가 있습니다. 가동家僮의 수만 해도 천 명이 넘을 정도로 군郡에서는 최고부자입니다. 그로 하여금 은밀히 사람을 조조의 영채로 보내서 편지를 전하도록 하시되, 그 편지의 내용을 '여온후(呂溫侯: 여포)는 사람이 잔인하고 포악하고 어질지 못하여, 백성들이 마음속으로 크게 원망하고 있는데,(*후에 여포가 패하게 되는 것은 과연 이 두 마디 말 때문이다.) 지금 고순高順만 성 안에 남겨두고 군사들을 전부 여양(黎陽: 하남성 준현浚縣 동북)으로 옮기려고 하니, 오늘밤 안으로 진군해 온다면 내가 안에서 호응하겠습니다' (*후에 가서 농담으로 한 말이 진담이 될 줄(弄假成眞)은 생각도 못했다.)라고 하도록 하십시오.

그렇게 해서 만약 조조가 오게 되면 그를 성 안으로 유인해 들인 후 네 성문에 불을 지르고, 성 밖에다 군사를 매복시켜 놓는다면, 조조가 제아무리 천지를 제 맘대로 주무를 수 있는 경천위지經天緯地의 재주를 지니고 있다고 하더라도 이런 상황에서 어찌 빠져나갈 수 있겠습니까?"

여포는 그 계책을 좇아서 전씨에게 사람을 곧장 조조의 영채로 보내도록 은밀히 부탁했다.

이때 조조는 방금 싸움에 패하고 난 후여서 어찌해야 할지 몰라 주저하고 있었는데, 홀연 전씨 측 사람이 당도했다는 보고가 들어왔다. 그는 밀서를 바쳤는데, 그 내용은 이러했다:

"여포는 이미 여양으로 떠나갔고 지금 성 안은 텅 비어 있으니 빨리 오시기를 간절히 바랍니다. 오시면 제가 마땅히 안에서 호응할 것입니다. 성 위에다 '義의' 자를 크게 쓴 흰 깃발을 암호로 꽂아놓겠습니다."(*전날에는 조조가 서주성 밖에서 백기로 시위를 했었는데, 오늘은 여포가 복양성 안에서 백기로 속임수를 쓰고 있다.)

조조는 크게 기뻐하며 말했다: "하늘이 나로 하여금 복양을 얻도록 하시는구나!"

그리하여 심부름 온 사람에게 큰 상을 주고 한편으로는 군사를 일으킬 채비를 했다.

유엽曰: "여포는 비록 꾀가 없는 자이지만 진궁은 꾀가 많은 자이므로 혹시 그 속에 무슨 속임수가 들어있지 않을까 두렵습니다. 따라서 방비를 하지 않아서는 안 됩니다. 명공께서 꼭 가려 하신다면 전군을 세 부대로 나눠서 두 부대는 성 밖에 매복해 있다가 만약의 사태에 대응하도록 하고, 한 부대만 성 안으로 들어가도록 해야 합니다."(*조조가 이번 싸움에서 죽지 않게 되는 것은 전적으로 유엽의 이 몇 마디 말 덕분이다.)

〖 2 〗 조조는 그 말을 좇아서 군사를 세 부대로 나누어 복양성 아래까지 나아갔다. 조조가 먼저 가서 살펴보니 성 위에 깃발들이 두루 꽂혀 있는데, 서문 모퉁이 위에 "義의" 자가 쓰여진 백기 하나가 꽂혀 있는 것이 보였다. 조조는 속으로 은근히 기뻤다.

이날 정오에 성문이 열린 곳으로 장수 둘이서 군사를 이끌고 싸우러 나왔는데, 앞에 있는 장수는 후성侯成이었고 뒤에 있는 장수는 고순高順이었다. 조조는 즉시 전위로 하여금 말을 달려 나가 곧바로 후성을 치도록 했다. 후성은 당해 내지 못하여 말머리를 돌려 성 안으로 달아났다. 전위가 그 뒤를 좇아서 개폐식 다리인 조교弔橋 가에까지 좇아갔는데, 고순 역시 그를 막아내지 못하고 모두들 군사를 물리어 성 안으로 들어가 버렸다. 고순의 군사들 속에 숨어 있던 군사 몇 명이 어지러이 싸우는 틈을 타서 이쪽으로 건너오더니 조조를 보고 자신들은 전씨田氏의 사자使者들이라고 하면서 밀서를 올렸는데, 그 내용은 대략 이러했다:

"오늘 밤 초경(初更: 저녁 7시부터 9시 사이) 무렵에 성 위에서 징소리가 나는 것을 신호로 곧바로 진격하시면 제가 성문을 열어드리겠습니다."

조조는 하후돈에게 군사를 이끌고 가서 왼편에서 기다리고 있도록 하고, 조홍은 군사를 이끌고 가서 오른편에서 기다리고 있도록 한 다음, 자신은 하후연, 이전, 악진, 전위 등 네 장수와 군사들을 거느리고 성내로 들어가려고 했다.

이전曰: "주공께서는 일단 성 밖에 계십시오. 저희들이 먼저 성 안으로 들어가겠습니다."(*이전의 생각이 역시 옳았다.)

조조가 큰소리로 말했다: "내가 직접 가지 않으면 누가 앞으로 나아가려고 하겠느냐!"

그리고는 앞장서서 군사를 거느리고 곧바로 들어갔다. 시간은 초경初更쯤 되었으나 달은 아직 뜨지 않았다. (*장차 밝은 불빛을 묘사하기에 앞서 먼저 어두운 달빛을 묘사함으로써 그것을 대비시키고 있다.) 그때 문득 서문 위에서 소라고둥 부는 소리가 들리더니 갑자기 함성이 일어났다. 그리고 성문 위에서 횃불이 요란하게 타오르더니 성문이 활짝 열리고 개폐식 다리인 조교弔橋가 텅! 하고 떨어졌다. 조조는 앞 다투어 말에 박차를 가해 성 안으로 들어가서 곧장 주州의 관아 앞까지 갔는데, 길 위에는 사람 하나 보이지 않았다. 조조는 적의 계략에 걸려든 줄 알고 황급히 말머리를 돌리며 큰소리로 외쳤다: "군사를 물려라!"

바로 그때 관아 안에서 포성이 울리더니 네 문에서 천지를 뒤흔들 듯 굉음轟音을 내면서 뜨거운 불길이 맹렬하게 솟아오르고 징소리와 북소리가 일제히 울렸는데, 그 함성은 마치 강물이 뒤집히고 바닷물이 끓는 듯 했다. 바로 그때 동쪽 골목 안으로부터 장료가 돌아 나오고 서쪽 골목 안으로부터는 장패가 돌아 나와 협공을 하며 쳐들어왔다.

조조가 북문으로 달아나는데, 길가로부터 학맹과 조성이 돌아 나와서 또 한바탕 들이쳤다. 조조는 급히 몸을 돌려 남문으로 달아났는데, 이번에는 고순과 후성이 길을 가로막았다. 전위가 눈을 부릅뜨고 이를 갈면서 내달려갔다. 고순과 후성은 거꾸로 성 밖으로 달아났다. 전위가 그 뒤를 몰아치며 조교까지 갔다가 고개를 돌려보니 조조가 보이지 않았다. 그는 몸을 돌려 다시 성 안으로 들어갔다.

전위는 성문 안에서 이전과 마주쳐서 물었다: "주공께선 어디 계시는가?"

이전曰: "나 역시 찾고 있는데 보이지 않아."

전위曰: "자네는 성 밖에서 구원군을 재촉하게. 나는 들어가서 주공을 찾아볼 테니."

이전이 떠나가자 전위는 성 안으로 짓쳐들어 가서 한동안 찾았으나 찾지 못하고 다시 성 밖으로 뛰어나오다가 해자 가에서 악진樂進과 마주쳤다.

악진曰: "주공께선 어디 계시는가?"

전위曰: "내가 성 안팎을 두 번이나 드나들며 찾았으나 못 봤네."

악진曰: "우리 같이 쳐들어가서 주공을 구해 내세."

두 사람이 성문 가에 이르렀을 때 성 위에서 화포를 쏘아대서 악진의 말이 들어갈 수가 없었다. 전위 혼자서 불과 연기를 무릅쓰고 다시 성 안으로 쳐들어가서 곳곳으로 조조를 찾아다녔다. (*전위는 세 번이나 불이 활활 타는 성 안으로 뛰어 들어갔으니, 충성스럽고 용감하다고 할 만하다.)

〖 3 〗 한편 조조는 전위가 성 밖으로 짓쳐 나가는 것을 보았지만 사면에서 적병들이 달려들어 길을 막는 바람에 남문으로 나가지 못했다. 다시 몸을 돌려 북문으로 향했는데, 불빛 속에서 마침 맞은편에서 화극을 꼬나들고 말을 달려오던 여포와 마주쳤다.

조조는 손으로 낯을 가리고 말에 채찍질을 해서 곧장 지나가려는데, (*묘하다. 배짱과 기지가 있다. 이때 만약 곧바로 말머리를 돌려서 달아났더라면 틀림없이 사로잡히고 말았을 것이다.) 여포가 뒤에서 말에 박차를 가해 쫓아와서 화극으로 조조의 투구를 탁 내리치며 물었다: "조조는 어디 있느냐?"(*그가 얼굴을 가리고 있었으므로 몰라본 것이다. 그러나 역시 말을 달려 곧장 지나가려고 했기 때문에 여포는 그가 조조일 것으로 의심조차 하지 않았던 것이다.)

조조는 반대쪽을 가리키며 말했다: "저 앞에 누런 말을 타고 가는 자가 조조입니다."(*급한 상황에서 기지가 있었다.)

여포는 그 말을 듣자 조조를 내버려두고 말을 달려 앞으로 쫓아갔다. (*조조를 보고서도 도리어 조조가 어디 있느냐고 묻고는 조조를 내버려두고 따로 조조를 쫓아갔다. 속담에서 말하기를: "조조에 대해 말하자마자 조조가 바로 왔다(方說曹操, 曹操就到)"라고 하였다. 얼굴을 마주보고서도 그만 놓쳐버리고 말았으니 어찌 우습지 아니한가!) 조조는 즉시 말머리를 돌려 동문을 향해 달아나다가 마침 전위를 만났다.

전위는 조조를 에워싸서 보호하면서 싸워가며 혈로를 뚫고 성문 가까지 왔으나 불길이 몹시 세찬데다 성 위에서는 불타는 장작과 짚더미들을 아래로 내던져서 땅바닥은 온통 불바다가 되었다. 전위는 화극으로 불을 헤치고 나는 듯이 말을 달려 화염 속을 뚫고 앞장서서 빠져나가고 조조는 그 뒤를 따라 나갔다.

겨우 성문 아래에 이르렀을 때 성문 위에서 불타던 대들보 하나가 우지직! 하고 무너져 내리면서 바로 조조가 탄 말의 엉덩이를 내리치는 바람에 말이 땅에 쓰러지고 말았다. 조조는 손으로 그 대들보를 들어서 땅으로 밀쳐 냈는데, 그 통에 손과 팔에 화상을 입고 수염과 머리털은 모두 타버렸다. (*조조의 수염은 동관潼關에서 잘리기 전에 먼저 복양에서 불에 탔다. 수염은 불행히도 조조의 수염이 되는 바람에 고생이 심하다.)

전위가 급히 말을 돌려 그를 구하러 왔고, 그때 마침 하후연도 당도해서 둘이서 함께 조조를 구하여 불길을 뚫고 성 밖으로 달려 나갔다. 조조는 하후연이 타던 말을 타고, 전위는 그 앞에서 싸우면서 길을 내어 큰 길로 달아났다. 양쪽 군사들은 마구 뒤엉켜서 날이 밝을 때까지 싸운 다음에야 비로소 조조는 영채로 돌아갈 수 있었다.

〖 4 〗 여러 장수들이 와서 엎드려 절을 하고 안부를 묻자, 조조는 얼굴을 쳐들고 웃으면서 말했다: (*이처럼 한 차례 크게 놀란 후에 갑자기 웃음을 터뜨리는 것은 바로 속담에서 말한 것처럼 울 수가 없어서 웃는(哭不得而笑) 것이다.) "필부의 계략에 잘못 걸려들다니, 내 꼭 이 원수를 갚고야 말 것이다!"

곽가曰: "빨리 계책을 쓰셔야 합니다."

조조曰: "이번에는 그저 저놈들이 썼던 계책을 나도 쓸 것이다(將計就計). 내가 화상을 입어서 그 독이 퍼지는 바람에 오늘 새벽 오경(五更: 새벽 3시~5시)에 이미 죽었다고 거짓 소문을 내거라. (*어제는 여포가 사람을 시켜서 거짓 항복을 했었는데, 오늘은 조조가 자신이 죽었다고 거짓 소문을 낸다. 네가 나를 속이면 나도 너를 속인다(你詐我, 我詐你). 구경하기에 아주 재미있다.) 그러면 여포는 틀림없이 군사를 이끌고 쳐들어올 것이다. 우리는 마릉산(馬陵山: 하남성 범현范縣 서남) 속에다 군사를 미리 매복시켜 놓고 여포의 군사들이 반쯤 지나가기를 기다렸다가 공격한다면, 여포를 사로잡을 수 있을 것이다."(*좋은 계책이다.)

곽가曰: "참으로 좋은 계책입니다!"

이리하여 군사들로 하여금 상복을 입도록 해서 초상이 났음을 알리고, 조조가 죽었다고 소문을 퍼뜨리도록 했다. 일찌감치 어떤 자가 복양으로 달려가서 여포에게, 조조는 온몸에 화상을 입어 영채에 도착하자마자 바로 죽었다는 소식을 전했다.

여포는 곧바로 군사들을 점고하여 마릉산으로 쳐들어갔다. 막 조조의 영채에 당도하려고 할 때 북소리가 크게 울리면서 복병들이 사면에서 일어났다. 여포는 죽기로 싸워서 간신히 벗어났으나 적지 않은 군사들을 잃고 크게 패하여 복양으로 돌아와서 성문을 굳게 닫고 싸우러 나가지 않았다.

이 해에 누리 떼(蝗虫)가 갑자기 몰려와 논밭의 곡식을 다 갉아먹는 바람에 관동(關東: 함곡관 이동 지구) 일대에는 곡식 한 섬 값이 50관貫이나 되어 사람들이 서로 잡아먹는 형편이었다. 조조는 군중에 식량이 바닥났으므로 군사들을 이끌고 견성鄄城으로 돌아가서 잠시 머물렀다. 여포 역시 먹는 문제를 해결하기 위해 군사들을 이끌고 복양에서 나가 산양(山陽: 산동성 금향현金鄕縣 서북)에 주둔했다. 양식 문제 때문에 양쪽에서는 잠시 군사를 물렸다. (*양쪽에서 모두 흉년이 들어 군사를 철수했으니 결국 흉년을 초래한 누리 떼가 중재인(和事老)인 셈이다.)

〖 5 〗 한편 서주에 있는 도겸은 이때 나이가 이미 63세나 되었는데 갑자기 병이 들었다. 곧바로 병세가 위중해졌으므로 미축麋竺과 진등陳登을 불러와서 후사를 의논했다.

미축曰: "조조의 군사가 물러간 것은 단지 여포가 연주를 습격했기 때문입니다. 지금은 흉년이 들어 군사를 물렸으나 명년 봄에는 틀림없이 다시 쳐들어올 것입니다. (*형세상 그리 되는 것은 필연이다.) 태수께서는 두 번이나 유현덕에게 서주태수 자리를 물려주려고 하셨는데, 그 때는 태수께서 아직 강건하셨기 때문에 현덕이 받으려고 하지 않았지만, 지금은 병환이 이미 위중하시므로 이를 이유로 물려주려고 하신다면 현덕도 사양하려고 하지 않을 것입니다." (*미축의 마음도 현덕에게 돌아간 지 오래 됐다.)

도겸은 크게 기뻐하며 사람을 소패小沛로 보내서 군사 일을 상의하기 위해서라며 유현덕을 오도록 청했다. 현덕은 관우, 장비와 함께 수십 기騎를 데리고 서주로 왔다.

도겸은 그를 침실로 청해 들이도록 했다. 현덕이 문안 인사를 하고 나자 도겸이 말했다: "현덕공을 오시도록 청한 것은 다른 일 때문이 아니라 다만 이 늙은이가 병이 이미 위독해서 아침에 죽을지 저녁에 죽을지 모르는(朝夕難保) 상태에 있기 때문이오. 명공께 간절히 바라는 바는 한 황실의 성지城池를 중하게 여겨서 (*한 황실의 성지를 중하게 여기라고 하는 것은 확실히 어진 군자의 말이다.) 서주 태수의 패인牌印을 받아달라는 것이오. 그렇게 해준다면 이 늙은이는 안심하고 눈을 감고 죽을 수 있을 것이오!"

현덕曰: "공께는 아드님이 두 분이나 있으신데 왜 그들에게 물려주시지 않습니까?"

도겸曰: "큰아들 상商과 둘째 응應은 둘 다 소임을 감당할 만한 인물들이 못 되오. 이 늙은이가 죽은 후에 공이 그들을 잘 가르쳐 주기를 바라오. (*서주를 양보할 뿐만 아니라 겸하여 자기 아들들까지 부탁한 것으로 보아 도겸은 사람을 알아보는(知人) 눈이 있었다고 할 수 있다.) 결코 그들이 서주의 일을 관장하도록 해서는 안 되오."

현덕曰: "저 혼자 몸으로 어떻게 이런 큰일을 감당해낼 수 있겠습니까?"

도겸曰: "내가 공을 보좌할 수 있는 사람 하나를 천거해 드리지요. 그는 북해 사람으로 성은 손孫, 이름은 건乾, 자는 공우公祐라고 하오. 이 사람을 종사從事로 삼으면 될 거요."

그는 또 미축에게 말했다: "유공劉公은 당세의 인걸이시니, 자네는 이 분을 잘 섬겨야 한다."

현덕이 끝까지 이런저런 핑계를 대면서 사양하자 도겸은 손으로 자기 가슴을 가리키며 숨을 거두었다. (*도겸은 세 번이나 서주를 양보했다. 그 이름을 "겸(謙: 겸손하다)", 그 자字를 "공(恭: 공손하다)"이라 하였는데, 그 사람은 곧 "양(讓: 겸양. 양보)"하였은즉, 그 이름과 그 실제가 서로 부합했다고 말할 수 있다.) 많은 군사들이 곡哭을 하며 도겸의 죽음을 애도하고 나서 곧바로 서주 태수의 패인牌印을 가져다가 현덕에게 바쳤으나 현덕은 한사코 사양했다.

다음날, 서주 백성들이 관아 앞으로 몰려와서 절을 하고 울면서 말

했다: "유 사군使君께서 만약 이 서주를 맡아서 다스려주시지 않는다면 우리는 모두 안전하게 살아갈 수가 없습니다!"(*민심이 이처럼 기꺼이 따르려고 한 것을 보면 유공이 평소 어떻게 덕정德政을 펴왔는지 알 수 있다.)

관우와 장비 역시 재삼 권했다. 현덕은 이리하여 서주의 일을 당분간 맡아보기로 허락하고는 손건과 미축을 보좌관으로, 진등을 막료로 임명하고, 소패성에 주둔하고 있던 군사와 말들을 전부 서주 성안으로 옮겨왔다. 그리고 방문을 내다붙여 백성들을 안심시키는 한편으로 도겸의 장례 준비를 했다. 현덕과 대소大小 군사들은 모두 상복을 입고 (*복양성 밖에서 입었던 조조군의 상복은 가짜였으나, 서주 성 안의 상복은 진짜였다. 하나는 가짜, 하나는 진짜, 전후가 서로 대응한다.) 제사를 크게 지냈다. 제사를 지낸 후 황하 가의 들판에 도겸을 매장하고 그가 죽기 전에 써놓은 표문(遺表)을 조정에 올려 보냈다.

〖 6 〗 조조는 견성(鄄城: 산동성 견성 북)에 있으면서 도겸은 이미 죽었고 유현덕이 서주목徐州牧을 대신 맡게 되었다는 것을 알고는 크게 화를 내며 말했다: "나의 원수는 아직 갚지도 못했는데 네놈은 아무런 공도 세운 게 없으면서 가만히 앉아서 서주를 얻었단 말이지? 내 반드시 먼저 유비부터 죽인 다음에 도겸의 시체를 도륙해서 돌아가신 아버님의 원한을 풀어드리고 말 테다!"

그리고는 즉시 군사를 일으켜 서주를 치러갈 준비를 서두르라고 명했다. (*전번에는 선심을 써놓고 이때에는 인정을 베풀려고 하지 않는다.)

순욱이 들어와서 간했다:

"옛날 한漢 고조高祖께서는 관중(關中: 섬서성 관중 분지) 땅을 보전하시고, 또 광무제光武帝께서는 하내(河內: 하남성 황하 이북 지구) 땅을 차지하고 계셨는데, 그렇게 하신 까닭은 모두 근본을 깊고 단단히 한(深根

固本) 후에 천하를 바로잡기 위해서였습니다. 그리하여 나아가서는 적을 쳐서 이길 수 있었고 물러나서는 굳게 지킬 수 있었습니다. 비록 곤란한 지경에 빠진 적도 있었지만 그리하여 마침내 대업을 이룰 수 있었던 것입니다.

명공께서는 본래 연주를 근거지로 삼으셨는데, 연주 일대의 황하와 제수濟水 일대의 땅은 천하의 요지이므로, 이곳 역시 옛날의 관중이나 하내에 해당하는 곳입니다. (*순욱은 이때 이미 조조가 고조와 광무제와 같이 되기를 기대하고 있었다. 그런데 어찌하여 후일 조조에게 구석九錫이 가해진 다음에야 반대로 조조에게 불만을 품는단 말인가?)

그런데 지금 만약 서주를 취하려고 하시면서 이곳에다 군사를 많이 남겨두신다면 동원 가능한 군사의 수가 부족할 것이고, 군사를 조금만 남겨두신다면 여포가 그 허점을 노려서 쳐들어올 텐데, 그렇게 되면 우리에게는 연주가 없는 것과 마찬가지입니다. 만약 서주를 얻지도 못하고 연주까지 잃어버린다면 명공께서 돌아가실 곳은 어디입니까?

지금 도겸은 비록 죽었으나 이미 유비가 서주를 지키고 있고, 또 서주의 백성들이 이미 유비에게 복종하고 있으니, 그들은 반드시 유비를 도와서 죽기로 싸울 것입니다. 명공께서 연주를 버리시고 서주를 취하시려는 것은 곧 큰 것을 버리고 작은 것을 취하려는 것이며, 근본을 버리고 말단을 추구하려는 것이며, 안전한 것을 가지고 위태로운 것과 바꾸려는 것이니, 부디 잘 생각해 보시기 바랍니다."(*훌륭한 충고의 말(藥石之言)로서, 이해관계를 꿰뚫어 본 말이다.)

조조曰: "지금은 흉년이 들어 군량이 없는데도 군사들이 가만히 앉아서 이곳을 지키고만 있는 것은 결국 좋은 계책이 못 되오!"

순욱曰: "차라리 동쪽으로 가서 옛 진국(陳國: 옛 왕국명. 하남성 회양현)의 땅을 공략함으로써 군사들로 하여금 여남(汝南: 하남성 평여현平輿縣 북)과 영천(潁川: 하남성 우현禹縣) 땅에 가서 밥을 얻어먹게 하는 편이 낫습니다. 황건적의 잔당인 하의何儀와 황소黃邵 등은 주州와 군郡들을 약탈해서 빼앗은 황금과 비단, 양식을 많이 가지고 있습니다. 이런 도적의 무리들은 깨부수기도 쉽고, 이들을 깨부수어 그 양식을 빼앗아 군사들을 먹인다면 조정에서도 기뻐할 것이고 백성들도 기뻐할 것입니다. 이것이 바로 하늘의 뜻에 따르는 일입니다."(*양식을 얻기 위해 도적떼를 깨부순다는 것이니, 묘책이다.)

조조는 기뻐하며 그의 말을 좇아 하후돈과 조인을 남겨두어 견성 등지를 지키도록 한 다음, 자신이 직접 군사를 이끌고 나가서 먼저 옛 진나라의 땅부터 공략하고 다시 여남, 영천을 공략했다.

〖 7 〗 황건적 하의와 황소는 조조의 군사가 당도한 것을 알고 무리들을 이끌고 맞이해 싸우러 가서 양쪽이 양산羊山에서 만났다. 이때 황건적의 병사들은 비록 그 수는 많았으나 모두 여우와 개들의 무리(狐群狗黨)와 같아서 대오나 행렬行列 같은 것이 전혀 없었다. 조조는 먼저 강궁强弓과 경노硬弩를 쏘아서 적의 진격을 멈추도록 한 다음 전위로 하여금 말을 타고 나가도록 했다.

하의는 부원수副元帥로 하여금 나가 싸우도록 했으나, 그는 세 합도 싸우지 못하고 전위의 창에 찔려 말 아래로 떨어졌다. 조조는 이긴 기세를 타고 군사들을 이끌고 적을 추격하다가 양산을 지나가 영채를 세웠다.

다음날, 황소가 직접 군사를 이끌고 왔다. 서로 마주보고 진을 치고 나자 한 장수가 싸우러 걸어 나왔는데, 머리는 누런 두건으로 싸맸고, 몸에는 초록색 전포를 입었고, 손에는 철봉을 들고서 큰소리로 외쳤다: "나는 절천야차截天夜叉 하만何曼이다! (*확실히 강도의 별명이다.) 누가 감히 나와 싸우겠느냐?"

조홍이 그를 보고 큰소리로 호통을 치면서 몸을 날려 말에서 내려와 칼을 들고 걸어 나갔다. 둘이서 진 앞으로 나가서 4~50합이나 싸웠으나 승부가 나지 않았다. 조홍이 짐짓 패한 척하고 달아나자 하만이 그 뒤를 쫓아왔다. 조홍은 타도배감계(拖刀背砍計: 칼을 등에 달고 달아나다가 몸을 급히 돌리면서 칼을 빼서 적을 베는 계략)를 써서 몸을 획 돌리면서 껑충 뛰어 하만을 베고는 다시 한 칼에 죽여 버렸다. 이전李典이 이긴 기세를 타고 나는 듯이 말을 달려 곧바로 적진으로 쳐들어갔다. 황소는 미처 방비할 새도 없이 이전에게 사로잡히고 말았다. 조조의 군사들은 도적의 무리를 몰아쳐서 그들이 갖고 있던 황금과 비단, 양식을 수없이 많이 빼앗았다. (*애초에 싸운 의도는 바로 이런 것들을 얻으려는 것이었다.)

하의는 형세가 불리해지자 수백 기騎를 이끌고 갈피(葛陂: 하남성 평여현 동)로 달아났다. 한창 달아나고 있는 중에 산 뒤에서 한 떼의 군사들이 뛰쳐나왔는데, 선두에 있는 한 장사는 키가 여덟 자에 허리둘레가 열 뼘(약 1.5m)이나 되었다. 그는 손에 큰 칼을 잡고 앞길을 가로막았다. 하의가 창을 꼬나들고 나가 맞아 싸웠으나 단 한 합에 그 장사에게 산 채로 붙잡히고 말았다. 나머지 무리들은 모두 급히 말에서 내려 고분고분히 결박을 당했다. 그 장사는 이들을 모조리 몰아서 갈피의 성채 안으로 들어갔다. (*마치 소와 양떼를 몰고 가는 것 같았다.)

〖 8 〗 한편 전위가 하의의 뒤를 쫓아 갈피까지 가니 장사가 군사를 이끌고 나와 맞이했다.

전위曰: "너 역시 황건적이냐?"

장사曰: "황건적 수백 기騎를 내가 모조리 사로잡아 성채 안에 가둬 놓았다."

전위曰: "그러면 왜 내게 바치지 않는 거냐?"

장사曰: "당신이 만약 나한테 이겨서 내 손에 든 보도寶刀를 빼앗는다면 내 곧 내어주겠다."

전위는 크게 화가 나서 쌍극을 꼬나들고 앞으로 달려 나가 싸웠다. 두 사람은 진시(辰時: 오전 7시부터 9시 사이)부터 오시(午時: 오전 11시부터 오후 1시 사이)까지 싸웠으나 승부가 나지 않자 각자 물러나서 잠시 쉬었다. 조금 후에 그 장사가 또 나와서 싸움을 걸었으므로 전위 역시 싸우러 나갔다. 땅거미가 질 때까지 내리 싸우다가 각기 말들이 지쳐서 잠깐 멈추었는데,(*그러나 사람들은 지치지 않았다는 것을 알 수 있다.) 전위의 수하 군사가 급히 조조에게 달려가서 보고했다. 조조는 크게 놀라서 급히 여러 장수들을 거느리고 보러 왔다.

다음날, 장사가 또 나와서 싸움을 걸었다. 조조는 그 사람의 위풍당당한 모습을 보고 마음속으로 은근히 기뻐하며 전위에게 분부했다: "오늘은 일단 짐짓 져주도록 하라."

전위는 분부를 받고 나가 싸웠는데, 30합까지 싸우다가 짐짓 패하여 진으로 돌아왔다. 그 장사는 진의 문 앞까지 뒤쫓아 왔으나 활과 쇠뇌로 쏘아대자 되돌아갔다. 조조는 급히 군사를 이끌고 5마장(里: 약 2km) 밖으로 물러나서 은밀히 군사들로 하여금 함정을 파도록 하고 갈고리를 사용하는 병졸들을 매복시켜 놓도록 했다.

다음날, 다시 전위에게 백여 기의 기마병들을 이끌고 나가 싸우도록 했다.

장사가 웃으며 말했다: "패하여 달아났던 장수가 어찌 감히 다시 왔느냐?"

그리고는 곧바로 말을 달려 맞붙어 싸웠다. 전위는 몇 합을 대충 싸우고 곧바로 말을 돌려 달아났다. 그 장사는 앞만 보고 쫓아오다가 그만 말과 함께 함정 속으로 떨어지고 말았다. 갈고리를 든 병졸들이 그를 끄집어내어 묶어서 조조에게 끌고 왔다.

조조는 급히 막사에서 나와 군사들에게 물러나도록 하고는 친히 그 결박을 풀어주고, 급히 옷을 가져다 입혀 주고는 자리에 앉으라고 한 다음 그의 고향과 이름을 물었다. (*조조는 영웅들의 마음을 얻기 위해 항상 이런 수법을 썼다.)

장사曰: "저는 초국譙國 초현譙縣 사람으로 성은 허許, 이름은 저褚, 자를 중강仲康이라고 합니다. 전에 황건적의 난을 만났을 때 종족 수백 명을 모아 산 속 우묵한 곳에 벽을 단단히 쌓아 성채를 만들어 도적들을 막았습니다. 하루는 도적떼가 왔기에 저는 여러 사람들에게 자갈돌을 많이 가져오도록 해서 준비하고 있다가 제가 직접 돌을 던져서 그들을 갈겼는데, 날리는 돌마다 맞지 않는 게 하나도 없자 도적떼는 그만 물러갔습니다.

또 하루는 도적떼가 왔는데 성채 안에 양식이 떨어져서 마침내 도적들과 화해하고 우리의 밭을 가는 농우農牛와 그들이 가진 쌀을 서로 맞바꾸기로 약속했습니다. 도적들은 쌀을 갖다 준 다음 소를 몰고 성채 밖으로 나갔는데, 소들이 전부 달아나서 성채로 되돌아오기에 내가 두 손으로 소 두 마리의 꼬리를 잡아당기면서 뒷걸음질을 쳐서 백여 걸음 나갔습니다. (*참으로 신비한 기력이다.) 도적들은 크게 놀라서 감히 소를 가져갈 엄두도 못 내고 그만 달아나 버렸습니다. 그런 일 때문에 이곳을 무사히 보전해 오고 있습니다."

조조曰: "내 그대의 이름을 들은 지는 오래 됐다. 여전히 항복할 생각은 없는가?"

허저曰: "그것은 바로 제가 원하던 바입니다."

마침내 허저는 종족 수백 명을 이끌고 와서 다 같이 항복했다. 조조는 허저를 도위都尉로 임명하고 상을 매우 후하게 내렸다. 그리고는 곧바로 하의와 황소의 목을 자르니 여남(汝南: 하남성 평여현平輿縣)과 영천潁川 지방이 모두 평정되었다.

〖 9 〗 조조가 군사를 거두어 돌아가니 조인과 하후돈이 나와서 영접하며 말했다: "근일 첩자가 말하기를, '연주의 설란薛蘭과 이봉李封의 군사들은 모두 약탈을 하러 나가서 성이 텅 비었다'고 했습니다. 승전한 군사들을 이끌고 가서 공격한다면 단 한 번의 공격으로도 성을 빼앗을 수 있을 것입니다."

조조는 곧바로 군사들을 이끌고 곧장 연주로 달려갔다. 설란과 이봉은 불의의 습격을 받아 어쩔 수 없이 맞이하여 싸우기 위해 군사들을 이끌고 성 밖으로 나갔다.

허저曰: "제가 저 두 놈을 붙잡아서 처음 뵐 때 올리는 예물(贊見之禮)로 삼을까 합니다."

조조는 크게 기뻐하며 곧바로 나가 싸우라고 했다. 이봉이 화극畵戟을 휘두르며 맞이하여 싸우기 위해 앞으로 나왔다. 두 말이 서로 엇갈리며 싸우기를 단 두 합만에 허저가 이봉을 베어 말 아래로 떨어뜨렸다. 설란은 급히 달아나서 진으로 돌아갔는데, 조교弔橋 가에 이르자 이전李典이 가로막고 있었다. 설란은 감히 성으로 돌아가지 못하고 군사들을 이끌고 거야(鉅野: 산동성 거야현巨野縣 남쪽)로 찾아갔다. 그러나 여건呂虔이 나는 듯이 말을 달려 뒤를 쫓아와서 화살 한 대를 쏘아 그를 말 아래로 떨어뜨렸다. 수하 군사들은 전부 뿔뿔이 흩어졌다.

〖 10 〗 조조가 다시 연주를 탈환하자 정욱이 청하기를, 곧바로 진격해서 복양濮陽을 취하자고 했다. 조조는 허저와 전위를 선봉으로 삼고, 하후돈과 하후연을 좌군으로 삼고, 이전과 악진을 우군으로 삼고, 조조 자신은 중군을 거느리고, 우금과 여건을 후군으로 삼았다.

군사들이 복양에 이르자 여포는 자신이 직접 나가 싸우려고 했다.

진궁이 간했다: "나가 싸워서는 안 됩니다. 여러 장수들이 다들 모인 뒤에 싸우도록 하십시오."

여포日: "누가 오건 내가 겁내겠는가?"

끝내 진궁의 말을 듣지 않고 군사를 이끌고 나가서 방천화극을 비껴 들고 큰소리로 욕설을 퍼부었다. 조조의 진중에서는 허저가 곧바로 나갔다. 둘이서 20합을 싸웠으나 승부가 나지 않았다.

조조日: "여포는 한 사람이 붙어 싸워서 이길 수 있는 사람이 아니다."

그리고는 곧바로 전위를 내보내서 싸움을 돕도록 하여 두 장수가 여포를 협공했다. 그리고 왼편에서는 하후돈과 하후연이, 오른편에서는 이전과 악진이 일제히 달려 나와 여섯 장수가 함께 여포를 공격했다. (*이는 여섯 장수가 여포 혼자와 싸웠다(六戰呂布)고 할 수 있다.) 여포는 막아내지 못하여 말머리를 돌려서 성으로 돌아갔다. 이때 성 위에서 전씨田氏가 여포가 싸움에 지고 돌아오는 것을 보고는 급히 군사들에게 조교弔橋를 들어 올리도록 했다.

여포가 큰소리로 외쳤다: "문을 열라!"

전씨日: "나는 이미 조 장군에게 항복했다."(*거짓으로 한 말이 도리어 참말이 될 줄(弄假反成眞) 누가 알았겠는가.)

여포는 한바탕 욕을 퍼붓고는 군사들을 이끌고 정도(定陶: 산동성 정도현定陶縣 서북)로 달아났다. 진궁은 급히 성의 동문을 열고 여포의 가솔들을 보호하여 성을 빠져나갔다. (*이때 초선은 어디에 있었는지 알 수가 없다.) 조조는 마침내 복양 성을 얻고 나서 전씨의 옛날 죄를 용서해 주었다.

유엽日: "여포는 맹호猛虎와 같은 자입니다. 지금 지칠 대로 지쳐 있는데, 이럴 때엔 조금이라도 여유를 주어서는 안 됩니다."

조조는 유엽 등에게 복양성을 지키도록 하고 자신이 직접 군사를 이끌고 여포의 뒤를 쫓아 정도로 갔다.

〖 11 〗이때 여포는 장막, 장초와 같이 다 성 안에 있었으나 고순과 장료, 장패, 후성 등 여러 장수들은 군량을 마련하기 위해 해안가 지방으로 나가서 아직 돌아오지 않았다. (*양식을 구하러 해안가 지방으로 나가다니, 황건적과 무엇이 다른가?) 조조의 군사는 정도定陶에 이른 후로 연일 싸우지 않고 있다가 군사를 이끌고 40리 밖으로 물러가서 영채를 세웠다. 그때 마침 제군(濟郡: 산동성 정도 서북)에 밀이 익어서 조조는 즉시 군사들에게 밀을 베어 양식을 마련하라고 명했다.

첩자가 이를 여포에게 알려서 여포가 군사를 이끌고 쫓아가 조조의 영채 가까이 이르러 보니 왼편에 수목이 울창한 큰 숲이 있었다. 여포는 혹시 그 안에 복병이 있을지도 모른다고 겁을 먹고는 그대로 돌아갔다.

조조는 여포의 군대가 돌아가 버린 것을 알고는 여러 장수들에게 말했다: "여포는 숲속에 복병이 있을 것으로 의심했던 것이다. 그러니 숲속에다 깃발을 많이 꽂아서 그로 하여금 더욱 의심하도록 하라. 그리고 영채 서편 일대에 긴 제방이 있는데 그 안에 물은 없으니 그곳에다 정예병들을 잔뜩 매복시켜 놓도록 하라. 내일엔 여포가 틀림없이 와서 숲에다 불을 지를 텐데,(*여포의 속을 조조는 다 헤아리고 있다.) 그때 제방 안에 매복해 있던 군사들이 뛰쳐나가 그의 퇴로를 끊는다면 여포를 사로잡을 수 있을 것이다."

이리하여 북을 치는 고수鼓手 50명만 영채 안에 남겨두어 안에서 북을 치도록 하고, 또 마을에서 붙잡아온 남자와 여자들로 하여금 영채 안에서 고함을 지르도록 했다. (*양식을 마련한다며 애써 농사지어 놓은 밀을 베어가지를 않나, 마을의 남녀들을 붙잡아 가지를 않나, 백성들의 삶은 이때 매우 곤고했는데, 게다가 더욱 두려웠던 것은 해마다 흉년이 든 것이었다.) 정예병들은 대부분 제방 안에 매복시켜 놓았다.

〖 12 〗 한편 여포가 돌아가서 진궁에게 이번의 일을 이야기하자, 진궁이 말했다: "조조는 간교한 속임수(詭計)가 많기 때문에 가벼이 대적해서는 안 됩니다."

여포曰: "내가 화공火攻을 쓴다면 복병을 깨뜨릴 수 있소."

다음날 여포는 진궁과 고순으로 하여금 남아서 성을 지키도록 하고 자기는 대군을 이끌고 갔다. 멀리 바라보니 숲속에 깃발들이 꽂혀 있어서 군사들을 휘몰고 가서 사면으로 불을 질렀으나 사람은 끝내 하나도 보이지 않았다. 여포가 영채 안으로 쳐들어가려고 하는데 북소리가 크게 울렸다. 어찌된 영문인지 몰라서 주저하고 있을 때 갑자기 영채 뒤에서 한 떼의 군사들이 뛰쳐나와서 여포는 말을 달려 그들을 쫓아갔다. 바로 그때 포성이 울리더니 제방 안에 매복해 있던 군사들이 전부 뛰쳐나왔다. 하후돈, 하후연, 허저, 전위, 이전, 악진 등이 말을 몰아 쳐들어왔다. 여포는 이들을 대적할 수 없을 것으로 예상하고는 큰길을 벗어나 들판으로 빠져서 달아났다. 그를 따르던 장수 성렴成廉은 악진이 쏜 화살에 맞아 죽었다. 여포는 수하 군사의 3분의 2나 잃어버렸다.

패한 군사들이 돌아가서 진궁에게 보고하자, 진궁이 말했다: "빈 성을 지키기는 어려우니 빨리 떠나가는 게 낫겠다."

그리고는 곧바로 고순과 같이 여포의 가솔들을 보호하여 정도를 버리고 달아났다. (*곳곳에서 여포의 가솔들에 대해 묘사하고 있는 것은 대개 여포가 신경을 쓴 것은 바로 그의 가솔들뿐이었기 때문이다.) 조조는 승리한 군사들을 데리고 성 안으로 쳐들어갔는데, 말 그대로 대나무를 쪼개는 듯한 기세(破竹之勢)였다. 장초張超는 스스로 불 속에 뛰어들어 불타 죽었고, 장막은 원술에게 몸을 의탁하러 그를 찾아갔다. 이리하여 산동 일대는 전부 조조의 수중으로 들어갔다. 그가 백성들을 안심시키고 성곽을 손질한 일은 더 이상 이야기하지 않겠다.

한편 여포는 한창 달아나다가 양식을 구하러 해안가 지방으로 갔다가 돌아오고 있던 여러 장수들과 만났다. 진궁도 이미 찾아서 만났다.

여포曰: "우리의 군사들은 비록 그 수가 적기는 해도 아직은 조조를 깨뜨릴 수 있다."

그는 곧 다시 군사들을 이끌고 갔다. 이야말로:

싸움에서 승패는 정말로 항상 있는 일	兵家勝敗眞常事
다시 싸워 이길 수 있을지는 모르는 일.	捲甲重來未可知

여포의 승부가 어찌될지 모르겠거든 다음 회를 읽어보기 바란다.

제 12 회 모종강 서시평序始評

(1). 미축의 집에서 난 불은 하늘이 내린 불, 즉 천화天火이다. 복양성 안에서 난 불은 사람이 낸 불, 즉 인화人火이기도 하고 천화天火이기도 하다. 미축은 불이 날 줄 알고 그것을 피했는데, 이는 하늘이 군자를 온전히 지켜주었기 때문이다. 조조는 불에 탈 줄 몰랐으나 역시 불에 타죽지는 않았는바, 이는 하늘이 간웅을 살려두었기 때문이다. 군자를 온전히 지켜준 것은 곧 하늘의 이치, 즉 천리天理이고, 간웅을 살려둔 것은 곧 천수天數이다.

(2). 조조는 이미 연주兗州를 차지하고서도 또 북쪽의 기주冀州를 취하려고 했는데 어찌 동쪽으로 가서 서주徐州를 취하려 하지 않겠는가? 서주는 본래 조조가 반드시 쟁취하려는 곳이었다. 지금 비록 잠시 서주를 내버려두고 떠나가지만 그의 뜻이 어찌 잠시라도 서주를 잊어버릴 수 있겠는가! 현덕이 비록 도겸의 양보를 받아들였더라도, 내가 알기로는, 그것은 끝내 그의 소유가 될 수 없었을 것이다.

(3). 순욱이 말하기를 "황하와 제수濟水 일대의 땅은 옛날의 관중關中이나 하내河內에 해당하는 곳입니다"라고 한 것은 은연중에 한 고조와 광무제의 일로써 조조를 가르치려는 것이었다. 그가 후에 가서 구석九錫을 받고 나자 조조의 역심逆心을 미워하는데, 어찌 처음에는 그렇게 하도록 가르쳐 놓고 후에 가서 다시 그를 미워한다는 말인가? 파공(坡公)은 순욱이 성인이라고 칭송하고 있으나 나는 그것을 믿을 수가 없다.

(4). 여포가 진궁의 말을 들었을 때에는 곧바로 싸움에서 이겼지만, 진궁의 말을 듣지 않았을 때는 곧바로 패했다. 진궁은 참으로 꾀가 많은 사람이었다. 그러나 전씨田氏가 반란을 일으킨 것은 진궁이 그에게 가르쳐주었기 때문이다. 어찌 그러한가? 그가 먼저 그런 기틀을 열어주었기 때문이다. 만약 그가 참으로 노련한 수완가였다면 자신이 직접 한 사람을 써서 전씨의 사자로 위장함으로써 전씨가 그것을 알지 못하도록 했을 것이다.

천자, 이각과 곽사의 손아귀에서 벗어나고
양봉과 동승, 함께 어가를 보호하다

〖 1 〗 한편 조조는 정도定陶에서 여포를 크게 깨뜨렸다. 그 후 여포
는 바닷가에서 패잔병들을 거두어 모았다. 여러 장수들이 다들 와서
모이자 조조와 다시 한 번 싸워보려고 했다.

진궁曰: "지금은 조조 군의 기세가 강하므로 싸워서는 안 됩니다.
우선 거처할 곳부터 찾은 다음 그때 가서 다시 싸우러 나가더라도 늦
지 않습니다."

여포曰: "나는 다시 원소를 찾아갈까 하는데, 어떨까?"

진궁曰: "먼저 사람을 기주(冀州: 하북성 임장臨漳 서남)로 보내서 소식
을 알아본 다음에 가야 합니다."

여포는 그의 말을 따랐다.

한편 원소는 기주에 있으면서 조조가 여포와 대치하고 있다는 소식을 들었는데, 모사 심배審配가 건의했다: "여포는 시랑이나 범과 같은 자입니다. 그가 만약 연주兗州를 얻는다면 반드시 기주를 도모할 것입니다. 차라리 조조를 도와서 그를 치는 게 낫습니다. 그래야만 후환을 없앨 수 있습니다."

원소는 곧 안량顔良을 보내면서 군사 5만 명을 거느리고 조조를 도와주러 가도록 했다. (*뒷글에서 진림陳琳의 격문 중에서는 이것을 원소의 공으로 치고 있다.) 첩자가 이 소식을 알아내서 급히 여포에게 알렸다. 여포는 크게 놀라서 진궁과 상의했다.

진궁曰: "듣기로는 유현덕이 새로 서주를 다스리게 되었다고 하던데, 그를 찾아가서 몸을 의탁하면 될 것 같습니다."

여포는 그의 말을 좇아 마침내 서주로 갔다. 어떤 사람이 이 소식을 현덕에게 알렸다.

현덕曰: "여포는 당세의 영걸英傑이다. 내가 직접 나가서 그를 영접해야겠다."

미축曰: "여포는 범이나 이리와 같은 무리이므로 받아들여 머물러 있도록 해서는 안 됩니다. 받아들이면 사람을 해치게 됩니다."(*후에 가서 서주를 빼앗게 되는 복선이다.)

현덕曰: "전번에 여포가 연주兗州를 습격하지 않았더라면 어떻게 이 서주의 포위를 풀 수 있었겠나? (*전번에 조조 군이 물러간 것은 말로는 현덕의 덕이라고 했지만 사실은 여포의 덕이었다. 지금 현덕은 그 점을 명백하게 말하고 있는바, 그가 얼마나 사리에 밝고 충후忠厚한 사람인지 알 수 있다.) 지금 그가 궁지에 몰려서 나를 찾아오는데 어찌 다른 마음을 가지겠느냐?"

장비曰: "형님은 마음씨가 너무 좋아요. 비록 그렇더라도 대비는 하고 있어야 합니다."(*장비는 거친 가운데도 섬세한 면이 있다.)

〖 2 〗 현덕은 여러 사람들을 거느리고 성 밖으로 30리 나가서 여포를 맞이하여 그와 말머리를 나란히 하고 성으로 들어왔다. 모두들 주州의 관아에 도착하여 서로 인사를 마치고 자리에 앉았다.

여포曰: "내가 왕사도(王司徒: 왕윤)와 함께 계책을 써서 동탁을 죽인 후 또 이각과 곽사의 변란을 만나 관동關東 땅으로 떠돌아다니게 되었는데, 제후들은 대부분 나를 받아들여 주지 않았소. (*그것은 네가 의부義父 둘을 연달아 죽였기 때문에 많은 사람들은 네가 또 그런 짓을 할 것으로 의심했기 때문이다!)

근래에 조조 역적놈이 나쁜 마음을 먹고 서주를 침범했을 때, 유 사군使君께서 도겸을 힘껏 구해주고 계시기에 제가 연주를 습격하여 적의 세력을 양쪽으로 갈라놓았지요. (*이는 곧 자기 공을 자랑하려는 뜻이다.) 그러나 뜻밖에도 그놈의 간계에 빠져서 군사들과 장수들을 잃어버렸소. 지금 내가 유 사군을 찾아온 것은 함께 대사를 도모해보기 위해서인데, 사군의 뜻은 어떠신지 모르겠소."

현덕曰: "도 사군(陶使君: 도겸)께서 최근에 돌아가셨기 때문에 서주를 맡아 다스릴 사람이 없자 이 유비로 하여금 잠시 서주의 일을 맡도록 했습니다. 이제 다행히 장군께서 이곳에 오셨으니 당연히 장군께 이 서주를 양보해 드려야지요."

그리고는 곧 태수의 패인牌印을 가져와서 여포에게 넘겨주라고 했다. (*오늘 현덕이 양보하는 일이 있었기 때문에 곧 훗날 여포가 서주를 빼앗는 일이 있게 되었다. 한편으로는 그가 장차 빼앗길 것을 미리 알고 있었기에 이처럼 양보하려고 했던 것 같기도 하다.) 여포가 태연히 그것을 받으려고 하다가 문득 보니 현덕 배후에 관우와 장비 두 사람이 얼굴에 노기를 띠고 서 있었다.

여포는 곧바로 거짓 웃음을 웃으며 말했다: "일개 용부에 지나지 않는 여포 따위가 어떻게 한 주州를 맡아 다스릴 수 있겠습니까?"

현덕이 다시 양보하자, 진궁이 말했다: "'손님이 아무리 강해도 주인을 압박하지는 않는다(强賓不壓主)'고 했습니다. 사군께서는 의심하지 마십시오."

현덕은 그 말을 듣고서야 양보하기를 그만두었다. 곧 연석을 베풀어 여포를 대접하고 거처할 곳을 마련해 주어 편히 머물도록 했다.

다음날, 여포는 답례 잔치를 차려놓고 현덕을 청했다. 현덕은 관우, 장비와 함께 갔다. 술이 거나하게 취했을 때 여포가 현덕을 후당으로 청해 들이자 관우와 장비도 함께 따라 들어갔다. 여포가 자기 아내에게 나와서 현덕에게 인사하라고 시켰으나, 현덕은 재삼 그러지 말라고 하면서 사양했다.

여포曰: "아우님은 사양하실 필요 없소."

장비가 그 말을 듣고는 눈을 부릅뜨고 큰소리로 호통쳤다: "우리 형님은 금지옥엽金枝玉葉의 귀하신 몸이신데, 네가 뭐라고 감히 우리 형님을 보고 아우라고 부른단 말이냐. 이리 나오너라. 내 너와 삼백 합을 싸워야겠다!"(*장비는 평생 동안 단지 두 사람만을 형으로 대접했고 그 나머지는 형으로 인정하려고 하지 않았을 뿐만 아니라 아우로도 인정해주려고 하지 않았다. 여포는 비록 그가 장비의 아우가 되고자 하더라도 허용하지 않았을 텐데 하물며 그의 형이 되려고 하고, 더군다나 자기 형의 형이 되려고 하다니 말이 되는 소리인가? 그가 화를 내고 삼백 합을 싸우자고 한 것도 당연한 일이다. 황제조차 숙부라고 부르는 판에 여포가 유비를 아우라고 불렀으니, 분명히 크게 무례를 범한 것이다.)

현덕은 급히 그를 야단쳐서 말렸다. 관우도 장비에게 밖으로 나가도록 권했다. 현덕은 여포에게 사과했다: "못난 아우가 취중에 함부로 말한 것이니 형께서는 너무 책망하지 마십시오."

여포는 입을 꾹 다물고 말이 없었다. 조금 후 잔치가 파하자 여포는 현덕을 배웅하러 문밖으로 나왔는데, 그때 장비가 창을 비껴 잡고 말을 달려오며 큰소리로 외쳤다: "여포야! 내 너와 삼백 합만 겨뤄보자!"(*확실히 시원시원한 사람이다. 장비와 여포가 서로 불화했던 것을 묘사하고 있는데, 이것이 후에 서주를 잃게 되는 원인이 된다.)

현덕은 재빨리 관우로 하여금 싸우지 못하게 말리도록 했다.

다음날, 여포가 하직인사를 하러 와서 현덕을 보고 말했다: "사군께서는 저를 버리지 않으셨으나 안타깝게도 아우들께서는 저를 받아들여주지 않는군요. 저는 다른 곳으로 찾아가 봐야겠습니다."

현덕曰: "장군께서 만약 떠나간다면 제 죄가 큽니다. 못난 아우가 무례를 범한 데 대해서는 다른 날 사과드리도록 하겠습니다. 이 근처에 있는 소패성小沛城은 제가 이전에 군사를 주둔시켜 놓고 있던 곳인데, 장군께서 그 좁고 누추함을 거리껴 하지 않으신다면 당분간 그리로 가서 군사들을 쉬게 하는 것은 어떨지요? 양식이며 군수물자 등은 제가 반드시 대어드리겠습니다."

여포는 현덕에게 고맙다고 인사를 하고는 직접 군사들을 이끌고 몸을 의탁하러 소패로 떠나갔다. 후에 현덕이 장비를 꾸짖은 것에 대해서는 더 이상 말하지 않겠다.

〖 3 〗 한편 조조가 산동 일대를 평정하고 나서 조정에 표문을 올려 보고하자 조정에서는 그의 벼슬을 건덕장군建德將軍·비정후費亭侯로 올려주었다. (*이때 조정은 이각과 곽사가 장악하고 있었으므로 조조의 벼슬을 올려준 것은 실은 이각과 곽사였다.) 이때 이각은 스스로 대사마大司馬가 되고 곽사는 스스로 대장군이 되어 제멋대로 행동하며 전혀 꺼리는 바가 없었으나, 조정에서는 어느 누구도 감히 나서서 말하지 못했다.

태위 양표楊彪와 대사농 주준朱儁이 몰래 헌제에게 아뢰었다: "지금 조조는 군사 20여만 명을 거느리고 있으며, 모신謀臣과 무장들만 해도 수십 명이나 되는데, 만약 이 사람을 얻어서 사직을 붙들어 세우고 간사한 무리들을 쳐 없애도록 한다면 이야말로 천하에 큰 다행일 것입니다."(*이때의 대세로 봐서 그 재주와 힘이 왕실을 보호할만한 자를 들라면 조조밖에 없었다.)

헌제가 눈물을 흘리며 말했다: "짐이 두 도적놈에게 능멸을 당해온 지가 오래 되었소. 만약 이놈들을 죽일 수만 있다면 참으로 다행일 것이오."

양표曰: "신에게 한 가지 계책이 있습니다. 우선 두 도적놈들로 하여금 서로 해치도록 하고, 그런 후에 조조에게 조서를 내리시어 군사를 이끌고 와서 그들을 죽이고 도적의 무리들을 소탕하여 조정을 편안케 하라고 하옵소서."

헌제曰: "어떤 계책이 있는가?"

양표曰: "신이 듣기로는 곽사의 처는 질투심이 엄청 심하다고 합니다. 사람을 곽사의 처한테 보내서 서로를 이간시키는 반간계反間計를 쓴다면 두 도적놈들은 서로를 해치게 될 것입니다."(*또다시 여장군이 출두하게 된다.)

헌제는 이에 비밀조서를 꾸며서 양표에게 주었다. (*이것은 조조를 낙양으로 불러올리는 조서이다.)

양표는 즉시 몰래 자기 부인으로 하여금 다른 일을 핑계대고 곽사의 집으로 가서 기회를 엿보아 곽사의 처에게 다음과 같이 말하도록 했다. (*왕윤王允의 연환계連環計는 초선貂蟬을 동원해야 했지만 이 계책은 반대로 자기 처를 이용하고 있으니 힘이 덜 든다.) "듣자하니 곽장군께서는 이 사마(司馬: 이각) 부인과 그렇고 그런 사이라고 하던데, 두 사람 사이의 정이 매우 깊다고 합디다. 만약 이 사마께서 이 사실을 아신다면 곽장군께서는 틀림없이 큰 화를 당하게 될 것입니다. 부인께서 어떻게 해서든지 두 사람이 왕래하지 못하도록 둘 사이를 떼어놓아야만 할 것입니다."

곽사의 처는 놀라며 말했다: "그 양반이 자주 밖에서 자고 집에 안들어오기에 이상하다고 생각은 했었지만, 뜻밖에도 그런 후안무치한 짓을 하고 있었군요! (*이는 투기하는 부인의 말이다.) 부인께서 말해 주시지 않았으면 저는 모르고 있었을 거예요. 다시는 그따위 짓을 못 하도록 막아야겠어요."

양표의 부인이 그만 돌아가겠다고 하자, 곽사의 처는 재삼 알려줘서 고맙다고 인사하며 헤어졌다.

그 후 며칠 지나서 곽사가 또 술을 마시러 이각의 집으로 가려고 하자 그의 처가 말했다: "이각은 성품이 변덕이 심하여 예측할 수 없는데다, 하물며 지금은 두 영웅이 같이 나란히 설 수 없는 형편이잖아요? 만약 그가 술에다 독이라도 탄다면 제 신세는 어찌 되겠어요?"

곽사는 그 말을 들으려고 하지 않았으나, 처가 재삼 가지 말라고 붙드는 바람에 결국 가지 않았다.

그날 밤, 이각은 사람을 시켜서 잔치 음식을 보내왔다. 곽사의 처는 몰래 그 음식에다 독을 넣은 다음 상을 올리도록 했다. 곽사가 곧바로 먹으려고 하자, 그 처가 말했다: "밖에서 온 음식을 어떻게 곧바로 잡수시려 하십니까?"

그리고는 먼저 음식을 개에게 주어 시험해 보았더니, 개는 그 자리에서 즉사했다. (*춘추시대 때 진晉 헌공獻公의 애첩 여희驪姬가 태자 신생申生을 참소하기 위해 썼던 수법이다. 이 여인 역시 〈좌전左傳〉을 읽은 적이 있는 것으로 생각된다.) 이 일이 있은 후로 곽사는 마음속으로 의심을 품게 되었다.

〖 4 〗 하루는 조회가 끝난 후 이각이 곽사를 억지로 끌고 자기 집으로 가서 술을 마셨다. 밤이 되어서야 술자리가 끝나 곽사는 술이 취해 집으로 돌아왔는데 우연히 배가 아팠다.

그의 처가 말했다: "틀림없이 술에 독을 탄 거예요!"

그리고는 급히 똥물을 퍼다 먹여서 한바탕 토하고 나서야 비로소 진정되었다. (*본래는 자기가 강짜를 부려서 그리 된 것인데 도리어 남편에게 똥물을 퍼 먹이고 있다.)

곽사는 이에 크게 화를 내며 말했다: "나는 이각과 함께 대사를 도모해 왔는데, 이제 까닭도 없이 나를 해치려 드는구나. 내가 먼저 손을 쓰지 않으면 틀림없이 그놈의 독수毒手에 내가 걸려들고 말겠어!"

그는 곧 비밀리에 휘하의 무장병(甲兵)들을 점검해서 이각을 치려고 했다. (*어찌하여 그 역시 술자리를 마련하여 이각을 불러와서 이각이 번조樊稠를 죽였던 방식대로 따라 하지 않았을까? 곽사의 실산失算이 심하다.) 진즉에 누군가가 이 소식을 이각에게 알려주었다.

이각 역시 크게 화를 내며 말했다: "곽가 이놈 자식이 어찌 감히 이럴 수가 있단 말인가?"

그리고는 휘하의 갑병들을 점검해서 곽사를 죽이러 갔다.

양편의 군사들을 합하면 수만 명이 되는데, 그들은 장안성 아래로 가서 마구 뒤엉켜 어지러이 싸웠다. 일부 군사들은 그 혼란한 틈을 타서 주민들을 노략질했다. (*양표의 반간계反間計는 도리어 좋지 못한 결과를 초래했다.)

이각의 조카 이섬李暹이 군사를 이끌고 가서 대궐을 에워싸고는 수레 두 대를 사용해서 한 대에는 천자를 태우고 또 한 대에는 복 황후伏皇后를 태운 다음, 가후賈詡와 좌영左靈으로 하여금 어가를 압송해 가도록 하고, 그 나머지 궁인과 내시들은 전부 걸어서 가도록 했다. 이들이 한꺼번에 몰려서 궁궐 뒤편의 관리들이 드나드는 문(宰門)을 나갔을 때 마침 곽사의 군사들이 도착해서 일제히 화살을 마구 쏘아대는 바람에 화살에 맞아 죽은 궁인들이 수없이 많았다. 이각이 그 뒤를 따라와서 들이치자 곽사의 군사들은 뒤로 물러났다. 천자의 행차가 위험을 무릅쓰고 성을 나가자, 가후와 좌영은 다짜고짜 행차를 이각의 영채 안으로 몰아 갔다.

곽사는 그 길로 군사를 거느리고 대궐로 들어가서 궁빈宮嬪과 궁녀(采女)들을 모조리 강제로 붙들어서 자기 영채로 끌고 들어간 후 (*투기하는 아내가 겁나지 않았는가?) 궁전에 불을 질러 태워버렸다. (*동탁은 낙양을 불태웠고, 곽사는 장안을 불태웠다. 이때 또 옛날 진秦의 수도 함양咸陽이 석 달 동안 불탔던 것과 같은 일을 보게 되었다.)

다음날, 곽사는 이각이 천자를 겁박해서 끌고 간 것을 알고는 군사들을 거느리고 이각의 영채 앞으로 가서 대판 싸웠다. 이를 보고 천자도 황후도 모두 질겁했다.

〖 5 〗후세 사람이 이를 한탄하여 지은 시가 있으니:

광무제 중흥하여 한 나라 다시 일으키어	光武中興興漢世
앞뒤로 열두 황제 계승해 왔지.	上下相承十二帝
그러나 환제, 영제 무도하여 종묘사직 무너지고	桓靈無道宗社墮
환관들의 권력 농단으로 말세가 되었도다.	閹臣擅權爲叔季
어리석은 하진이 삼공三公이 되어	無謀何進作三公
궁중의 간신배들 없앤다고 간웅을 불러들였지.	欲除社鼠招奸雄
승냥이는 몰아냈으나 범을 대신 불러들였는데	豺獺雖驅虎狼入
서량 땅의 역적 놈 음흉하기 짝이 없다.	西州逆竪生淫凶
왕윤의 일편단심 미녀 초선을 이용하여	王允赤心托紅粉
여포와 동탁 사이 이간질을 시켰지.	致令董呂成矛盾
도적괴수 죽여 없애면 천하가 편할 줄 알았지	渠魁殄滅天下寧
이각과 곽사가 분을 품을 줄 그 누가 알았나.	誰知李郭心懷憤
가시덤불 속 같은 이 나라 장차 어찌하나	神州荊棘爭奈何
궁중 여인들 굶주리며 싸움을 걱정하네.	六宮饑饉愁干戈

인심이 떠나가니 천명天命도 떠나가고　　　　人心旣離天命去
영웅들 할거하여 산하를 쪼개 가지네.　　　　英雄割據分山河
후세 왕들 이 일 거울삼아 부디 조심하여　　　後王規此存兢業
온전한 강토를 등한히 하여 깨뜨리지 말라.　莫把金甌等閒缺
그리되면 천하 백성들 다 죽어나고　　　　　生靈糜爛肝腦塗
남은 불씨 산하 태워 원한의 피로 물들인다.　剩火殘山多怨血
옛 역사 읽어보니 서글프기 짝이 없는데　　　我觀遺史不勝悲
호화롭던 옛 궁터에는 보리만이 자라고 있다.　今古茫茫嘆黍離
임금 된 자 마땅히 근본을 단단히 해야 하는데　人君當守苞桑戒
권력을 그 누가 잡아 나라 기강 바로잡으려나.　太阿誰執全綱維

〖 6 〗 한편 곽사의 군사가 당도하자 이각은 영채에서 나가서 맞아 싸웠다. 곽사의 군사들은 형세가 불리해지자 잠시 물러갔다. 이각은 이에 천자와 황후의 어가를 미오郿塢로 옮겨서 (*역적 동탁이 축성한 미오郿塢는 이때까지도 해를 미치고 있다. 왕윤이 동탁을 죽일 때 즉시 그곳을 헐어버리지 않은 것이 애석하다.) 자기 조카 이섬에게 감시하도록 하고, 내시들의 접근도 막고 음식도 제때 대주지 않았으므로 황제를 모시는 신하들의 얼굴에는 모두 굶주린 빛이 역력했다. 헌제는 사람을 시켜서 이각에게 부탁하여 쌀 다섯 섬과 우골牛骨 다섯 짝을 얻어다가 좌우에 내려주려고 했다.

이각이 화를 내면서 말했다: “아침저녁으로 밥을 올려 주고 있는데 뭘 또 달라는 것인가?”

그리고는 썩은 고기와 상한 식량을 보내주었는데 전부 썩은 냄새가 나서 먹을 수가 없었다.

황제가 욕을 했다: “역적놈이 이렇게까지 짐을 능멸하다니!”

시중侍中 양기楊琦가 급히 아뢰었다: “이각은 성질이 잔인하고 포학

暴虐합니다. 일이 이 지경에 이르렀으니 폐하께서는 일단 참으시고 그 칼날 끝에 걸려들어서는 아니 되옵니다."

헌제는 곧 머리를 숙이고 아무 말도 하지 않았으나 눈물이 용포의 소맷자락을 흠뻑 적셨다.

그때 문득 곁에 있던 자가 보고했다: "지금 한 방면 군사들이 햇빛에 창칼을 번쩍이며 천지가 진동할 듯 징과 북을 울리면서 어가를 구하려고 달려오고 있습니다."

헌제가 그것이 누구인지 알아보라고 했는데, 곧 곽사였다. 황제는 다시 근심에 잠겼다. 그때 문득 성 밖으로부터 함성이 크게 들렸는데, 알고 보니 이각이 군사를 이끌고 나가서 곽사를 맞아 싸우는 것이었다. 이각이 채찍을 들어 곽사를 가리키며 욕을 했다: "내 너를 그리 박대하지 않았는데 너는 어찌하여 나를 해치려 드느냐!"

곽사曰: "너는 역적놈인데 내 어찌 너를 죽이지 않겠느냐!"(*그렇다면 당신은 어떤 사람인가?)

이각曰: "나는 여기서 천자의 어가를 보호하고 있는데 어째서 내가 역적이라는 거냐?"

곽사曰: "그것이 어가를 납치한 것이지 어찌 어가를 보호하고 있는 것이냐?"

이각曰: "여러 말 할 것 없다. 우리 둘 다 각자 군사를 쓰지 말고 둘이서 직접 승부를 겨루어서 누가 이기든 이기는 사람이 황제를 데려가기로 하면 될 것 아니냐?"(*황제를 내기의 판돈처럼 여기고 있는바, 원망스럽고, 가소롭고, 한탄스럽다.)

두 사람은 곧바로 진 앞에서 붙어 싸웠다. 싸우기를 열 합에 이르도록 승부가 나지 않았다. 그때 문득 보니 양표가 말에 채찍질을 하며 달려오더니 큰소리로 외쳤다: "두 분 장군은 잠시 고정하시오. 이 사람이 일부러 여러 관료들을 청해 와서 두 분을 화해시키고자 합니다."(*양표는 처음에는 두 사람을 서로 갈라놓으려고 반간계를 쓰려고 했으면서 지금에 와서는 또 서로 화해시키려고 한다. 그의 흉중에는 주견主見이라곤 전혀 없다.)

이각과 곽사는 각기 군사를 거두어 자기 영채로 돌아갔다. 양표와 주준은 조정의 관료 60여 명과 모여서 먼저 곽사의 영채로 가서 화해하기를 권했다. 그러나 곽사는 화해의 권고를 받아들이기는커녕 결국 그들을 모조리 가두어버렸다.

여러 관료들이 말했다: "우리는 서로 사이좋게 지내도록 하려고 왔는데 어찌하여 이렇게 대우하는 것이오?"

곽사曰: "이각은 천자까지 겁박했었다. 그런데 어째서 나만 공경公卿들을 겁박해서는 안 된다는 것인가?"

양표曰: "한 사람은 천자를 겁박하고, 다른 한 사람은 공경들을 겁박하니, 도대체 어쩔 작정이오?"

곽사는 크게 화를 내면서 곧바로 칼을 빼어들고 양표를 죽이려고 했다. 그러나 중랑장 양밀楊密이 극력 말리자 곽사는 양표와 주준을 놓아주고 그 나머지 사람들은 모두 영채 안에 가두어 두었다.

양표가 주준에게 말했다: "나라의 사직지신社稷之臣이 되어 임금을 바로잡아 주지도 구해주지도 못하면서 공연히 이 천지간에서 살아가고 있구려!"(*말인즉 바른 말(正論)이다. 다만 애석한 것은 임금을 바로잡아 주거나 구해줄 방도가 없다는 것이다.)

말을 마치자 두 사람은 서로 얼싸안고 통곡하다가 혼절하여 땅에 넘어졌다. 주준은 집으로 돌아가자 그대로 병이 들어 죽고 말았다. 그 후로도 이각과 곽사는 매일 싸우기를 50여 일 동안이나 계속했는데, 죽어나는 자가 부지기수로 많았다.

〖 7 〗 한편 이각은 평소에 푸닥거리 등 요망하고 사악한 술법術法을

몹시 좋아해서 항상 무당을 데려다가 군대 안에서 북을 치며 굿판을 벌이도록 했다. 가후가 여러 차례 그러지 말라고 간했으나 듣지 않았다.

시중侍中 양기楊琦가 은밀히 황제에게 아뢰었다: "신이 살펴본즉, 가후는 비록 이각의 심복이기는 하나 폐하를 잊어버린 적이 없사오니 폐하께서는 그와 더불어 계책을 찾아보심이 좋을 듯하옵니다."

한창 아뢰고 있을 때 마침 가후가 들어왔다. 헌제는 곧 좌우를 물리친 다음 울면서 말했다: "경은 한漢의 사직을 불쌍히 여기어 짐의 목숨을 구해줄 수 있겠는가?"

가후는 그 자리에 엎드려 절을 하며 말했다: "그것은 본래 신臣이 원하는 바이옵니다. 폐하께서는 다시는 말씀 마옵소서. 신이 스스로 알아서 도모해 보겠나이다."

헌제는 눈물을 거두고 고맙다고 말했다.

조금 후 이각이 왔는데 칼을 찬 채 곧바로 들어왔다. 헌제의 얼굴이 흙빛으로 변했다.

이각이 황제를 보고 말했다: "곽사가 역심(不臣之心)을 품고 공경들을 감금시켜 놓고 폐하를 겁박하려고 합니다. 만약 신이 아니었으면 어가는 그놈 손에 붙잡히고 말았을 것입니다."

헌제가 두 손을 마주잡고 고맙다고 인사하자, 이각은 곧바로 도로 나갔다.

그때 마침 황보력皇甫酈이 들어와서 헌제를 뵈었다. 헌제는 그가 언변이 좋고 또 이각과 동향인인 것을 알고 있었으므로 그에게 조서를 내리고 양쪽을 찾아가서 서로 화해를 시키도록 했다. 황보력은 황제의 조서를 받들고 그 길로 곽사의 영채로 가서 곽사를 설득했다.

곽사曰: "만약 이각이 천자를 내보내 준다면 나도 곧바로 공경들을 놓아주겠소."

황보력은 다시 이각을 찾아가서 말했다: "이번에 천자께서는 내가 서량西涼 사람으로서 공과 동향이라고 해서 특별히 나에게 두 분에게 가서 화해를 권하라고 하셨소. 곽 장군은 이미 황제의 조서를 받들겠다고 했는데, 공의 뜻은 어떠하오?"

이각曰: "나에게는 여포를 쳐서 깨뜨린 큰 공로가 있는데다가 (*그게 무슨 공로인지 물어보고자 한다.) 조정에서 정사를 보살펴온 지 4년 동안 여러 가지 뚜렷한 공적들이 많소. (*천자를 겁박하고 백성들을 노략질한 것도 공적인가?) 이는 천하가 다 알고 있는 바요. 그러나 곽가 놈 새끼는 말 도적놈에 불과하오. 그런데도 제까짓 놈이 감히 공경들을 멋대로 겁박하면서 나와 겨뤄보겠다고 덤비니, 내 맹세코 이놈을 죽여버리고야 말겠소. 전략 구사나 군사 수가 많은 것으로 볼 때, 공은 내가 곽가 놈 새끼를 충분히 이길 것으로 보지 않소?"(*잠꼬대 같은 소리하고 있다.)

황보력이 대답했다: "그렇지 않소. 옛날 유궁국有窮國의 왕 후예后羿는 자신의 활 쏘는 재주 하나만 믿고 환난을 예상하지 않았다가 그만 멸망하고 말았소. 근자에 저 동董 태사의 권세가 얼마나 강했었는지는 당신도 직접 눈으로 보았잖소. 여포가 동 태사의 은혜를 입었으면서도 도리어 그를 배반하자, 순식간에 동 태사의 머리가 잘려서 성문 위에 내걸리고 말았소. 이로써 본다면, 강하다는 것도 사실은 믿을 게 못되오. 장군은 몸은 상장군의 지위에 있고, 손에는 황월黃鉞과 부절符節을 잡고 있고, 자손과 종족들은 다 높은 지위에 있으니 나라의 은혜가 두텁지 않다고 말할 수는 없을 것이오. 지금 곽가 놈은 공경들을 겁박하고 있고, 장군은 지존至尊이신 천자를 겁박하고 있는데, 과연 누구의 죄가 가볍고 누구의 죄가 무겁소?"(*그 언사가 너무 강직해서 화해를 붙이려는 사람의 말이 아니다.)

이각은 크게 화를 내면서 칼을 빼어들고 야단쳤다: "천자는 너를 보내면서 나에게 욕을 하라고 시키더냐? 내 먼저 네놈 머리부터 잘라야 겠다!"

기도위騎徒尉 양봉楊奉이 말렸다: "지금 곽사도 아직 없애지 못한 마당에 천자의 사신부터 먼저 죽인다면, 이는 곧 곽사가 군사를 일으킬 명분을 얻게 되는 것이고 제후들도 모두 그를 도울 것입니다."

가후 역시 극력 말렸으므로 이각의 화가 조금 가라앉았다. 가후는 곧바로 황보력을 밀어서 밖으로 내보냈다.

황보력이 큰소리로 말했다: "이각이 황제의 조서를 받들려고 하지 않는 것은 주상을 시해한 후 스스로 황제가 되려고 하는 것이다!"

시중 호막胡邈이 급히 그의 말을 막으며 말했다: "그런 말 하지 마시오. 신상에 크게 해롭습니다."

황보력이 그를 야단치며 말했다: "호경재(胡敬才: 호막)! 자네 역시 명색이 조정의 대신이면서 어떻게 도적놈에게 붙을 수 있는가! '임금이 욕을 보면 신하는 죽어야 한다(君辱臣死)'고 했으니, 내가 이각에게 죽임을 당한다면 이는 곧 분수에 맞는 일이다."

그는 큰소리로 욕하기를 그치지 않았다. (*황보력은 비록 충신이지만 이각을 이기려면 계책을 써야지 그와 도리로써 다툴 수는 없다.) 헌제는 이 사실을 알고 급히 황보력으로 하여금 서량으로 돌아가도록 했다.

〖 8 〗 한편 이각의 군사들은 태반이 서량 사람들인데다 또한 강족羌族 군사들의 도움을 받고 있었다. 그런데 황보력이 서량 사람들에게 공공연히 말했다: "이각이 모반을 꾀하고 있는데, 그를 따르는 자는 바로 역적의 무리가 된다. 그리 되면 후환이 적지 않을 것이다."

그의 말을 들은 많은 서량 출신의 군사들은 마음이 점차 흐트러졌다. (*군사들은 동향인의 말을 들으려고 하는데 이각은 도리어 동향인의 말을 들으려고 하지 않았다. 역적은 나라가 있는 줄도 모르고 고향이 있는 줄도 모른다.) 이각은 그의 말을 듣고 크게 노하여 황제의 호위무사(虎賁)인 왕창王昌을 보내서 황보력을 쫓아가서 잡아오라고 했다. 그러나 왕창은 황보력이 충성스럽고 의로운 사람임을 알고 끝까지 쫓아가지도 않고 그대로 돌아와서 보고했다: "황보력은 벌써 어디로 가버렸는지 모르겠습니다."

가후 또한 은밀히 강족 군사들에게 타일렀다: "천자께서는 너희들이 충성스럽고 의로우며 또 오랫동안 싸우느라 고생한 줄 다 알고 계신다. 그래서 비밀조서를 내리시어 너희들을 고향으로 돌아가도록 하셨다. 나중에 반드시 후한 상이 있을 것이다."

그렇잖아도 강병들은 이각이 벼슬도 상도 내려주지 않는 것에 원망을 품고 있던 참이어서 마침내 가후의 말을 듣고 모두들 군사를 이끌고 떠나가 버렸다.

가후는 또 헌제에게 몰래 아뢰었다: "이각은 욕심은 많으나 꾀는 없사옵니다. 지금 군사들이 흩어져서 그는 속으로 겁을 먹고 있사오니 높은 벼슬을 주어 그를 유인하는 게 좋겠나이다."

헌제는 이에 조서를 내려 이각을 대사마에 봉했다.

이각은 기뻐하며 말했다: "이는 무당들이 그간 굿을 하며 기도해 준 덕분이다."

그리고는 무당들에게 상을 후하게 내렸으나 휘하 군사들이나 장수들에게는 아무런 상도 내려주지 않았다.

기도위 양봉楊奉이 크게 화를 내며 송과宋果에게 말했다: "우리는 그간 생사의 고비를 넘나들며 날아오는 화살과 돌을 무릅쓰고 싸웠는데도 우리의 공로가 도리어 저 무당만도 못하단 말인가?"

송과曰: "왜 이 도적놈을 죽이고 천자를 구해드리지 않는가?"

양봉曰: "자네가 군중에다 불을 질러서 신호를 보내면 나는 군사를 이끌고 밖에서 호응하겠네."

두 사람은 그날 밤 이경(二更: 밤 9시에서 11시 사이) 무렵에 거사하기로 약속했다. 그러나 뜻밖에도 비밀이 누설되어 누가 이각에게 알려주었다. 이각은 크게 화를 내며 사람을 시켜서 송과를 잡아오도록 하여 먼저 그를 죽여 버렸다. 양봉은 군사를 이끌고 밖에서 기다렸으나 군호의 불길이 보이지 않았다. 그때 이각이 직접 군사를 이끌고 나왔는데 마침 양봉과 마주쳐서 영채 안에서 사경(四更: 새벽 1시에서 3시 사이)까지 서로 뒤엉켜서 싸웠다. 양봉은 이기지 못하자 군사를 이끌고 서안西安으로 가버렸다. (*후문에서 어가를 구하게 되는 복선이다.) 이각은 이때부터 군사의 세력이 점점 약해져 갔는데, 게다가 곽사가 시도 때도 없이 와서 공격하는 바람에 죽는 자가 매우 많았다.

그때 갑자기 어떤 자가 와서 보고했다: "장제가 대군을 거느리고 섬서陝西로부터 와서 두 분 장군을 화해시키겠다고 하면서, 만약 듣지 않으면 군사를 이끌고 와서 칠 것이라고 공언하고 있습니다."(*이각이 번조樊稠를 죽일 때 땅에 엎드려 재배했던 일을 기억하지 못하는가?)

이각은 선심이나 내려고 먼저 장제의 군중으로 사람을 보내서 화해에 응하겠다고 했다. 이렇게 되자 곽사도 어쩔 수 없이 허락했다. 장제는 표문을 올려 천자에게 홍농(弘農: 하남성 영보현靈寶縣 동북)으로 옮겨가시기를 청했다.

헌제는 기뻐하며 말했다: "짐이 동도(東都: 낙양)를 그리워한 지 오래인데, 이번 기회에 돌아갈 수 있게 되어 실로 천만다행이다!"

그리고는 조서를 내려 장제를 표기장군으로 봉했다. 장제는 양식과 술과 고기를 올려 모든 관원들에게 공급했다. 곽사는 감금해 놓았던 공경들을 다 풀어주었다. 이각은 어가를 수습해서 동도로 향했는데, 본래 거느리고 있던 어림군御林軍 수백 명을 보내서 천자가 탄 수레를 호송하도록 했다.

〖 9 〗 천자가 탄 수레 난여鑾輿가 신풍(新豊: 섬서성 임동臨潼 동북)을 지나가기 위해 패릉(覇陵: 섬서성 임동 서쪽, 서안시 동북)에 이르렀다. 때는 마침 가을이었는데 서풍(金風)이 갑자기 불어오면서 함성 소리가 크게 들리더니 수백 명의 군사들이 다리 위로 올라와서 어가를 가로막고 언성을 높여 물었다: "오고 있는 자는 누구냐?"

시중 양기가 말에 박차를 가해 다리 위로 올라가서 말했다: "천자의 어가가 이곳을 지나가려는데 누가 감히 길을 막는 것이냐?"

두 장수가 나서며 말했다: "우리는 곽 장군의 명을 받들어 이 다리를 지키고 있으면서 첩자들을 방비하고 있습니다. 방금 어가라고 말씀하셨는데, 그렇다면 우리 눈으로 직접 천자를 확인해야만 믿을 수 있습니다."

양기가 천자가 탄 수레의 주렴을 높이 걷어 올렸다.

황제가 그들에게 말했다: "짐이 여기 있는데 너희들은 왜 물러가지 않는가?"

여러 장수들이 모두 "만세!"를 부른 다음 양편으로 갈라서자 어가는 그곳을 지나갈 수 있었다.

두 장수가 돌아가서 곽사에게 보고했다: "어가는 벌써 떠났습니다."

곽사曰: "나는 바로 장제를 속여 넘긴 다음 어가를 겁박하여 다시 미오郿塢로 들어갈 작정이었다. 그런데 너희가 왜 함부로 놓아 보내준단 말이냐?"

그리고는 두 장수의 목을 벤 다음 군사를 일으켜 쫓아갔다.

어가가 화음현(華陰縣: 섬서성 화음현 동)에 이르렀을 때, 등 뒤로부터 하늘을 뒤흔드는 듯한 함성소리가 나면서 큰소리로 외쳤다: "어가를 잠시 멈춰라!"

황제는 울면서 대신들에게 말했다: "방금 이리의 굴을 겨우 벗어났는데 또다시 범의 아가리를 만났구나(方離狼窩, 又逢虎口). 이를 어찌해야 좋단 말이냐?"

모두들 얼굴이 하얗게 질렸다.

도적의 군사들이 점점 가까이 오고 있을 때 문득 북소리가 들리면서 산 뒤에서 한 장수가 돌아 나왔다. 그 장수의 앞에는, 위에 '大漢楊奉(대한양봉)'이란 네 글자가 쓰인 큰 깃발이 들려 있었는데, 그는 군사 천여 명을 이끌고 쳐들어왔다. 원래 양봉은 이각에게 패한 후 곧바로 군사를 이끌고 종남산(終南山: 섬서성 서안시西安市 남) 아래로 가서 주둔하고 있었는데, 이번에 어가가 그곳을 지나가고 있다는 소문을 듣고 특별히 어가를 보호하기 위해 달려온 것이다.

양봉이 당장 진세를 펼치자 곽사의 부하 장수 최용崔勇이 말을 몰고 달려 나오며 큰소리로 욕을 했다: "양봉, 이 역적놈아!"

양봉이 크게 화를 내며 진중을 돌아보고 말했다: "공명公明은 어디 있느냐?"

한 장수가 손에 큰 도끼를 들고 털색이 붉은 절따말(驊騮: 赤多馬)을 나는 듯이 몰고 나가 곧장 최용에게 덤벼들었다. 두 말이 서로 엇갈리자마자 단 한 합에 최용을 베어 말 아래로 떨어뜨렸다. 양봉은 그 기세를 몰아 짓쳐 나갔다. 곽사의 군사는 크게 패하여 20여 리나 뒤로 달아났다. 양봉은 이에 군사를 거두어 가서 천자를 뵈었다.

황제가 그를 위로하며 말했다: "경이 짐을 구해 주었으니 그 공이 작지 않다."

양봉이 머리를 조아리며 고맙다고 인사했다.

황제曰: "방금 적의 장수를 벤 자는 누구인가?"

양봉은 이에 그 장수를 데리고 와서 수레 아래에서 절을 올리며 말했다: "이 사람은 하동 양군(楊郡: 산서성 홍동현洪洞縣 동남) 사람으로 성은 서徐, 이름은 황晃, 자는 공명公明이라고 하옵니다."

황제는 그를 위로해 주었다.

양봉이 어가를 호위하여 화음에 이르러 행차를 멈추어 쉬니, 장군 단외段煨가 의복과 음식을 갖추어 와서 바쳤다. 이날 밤 천자는 양봉의 영채 안에서 잤다.

〖 10 〗 곽사는 한바탕 싸움에서 패했으나 다음날 군사를 점검하여 다시 양봉의 영채 앞으로 갔다. 서황이 앞장서서 말을 타고 나갔는데 곽사의 대군이 사면팔방으로 에워싸고 와서 천자와 양봉을 그 속에 가두다시피 했다.

위급한 상황에 처해 있을 바로 그때 갑자기 동남쪽에서 함성이 크게 울리면서 한 장수가 군사들을 이끌고 말을 달려 짓쳐왔다. 도적의 무리가 무너져서 달아나는데 서황이 또 기세를 타고 공격하여 곽사의 군사들을 크게 깨뜨렸다. 그 장수가 와서 천자를 뵈었는데, 그는 곧 황제의 처남인 동승董承이었다. 황제는 울면서 지난 일들을 하소연했다.

동승曰: "폐하께서는 걱정하지 마십시오. 신이 양 장군과 함께 맹세코 두 도적놈의 목을 베어 천하를 안정시키겠나이다."

황제가 빨리 동도로 가라고 명하여 그날 밤에 어가를 출발시켜 홍농으로 행차했다.

한편 곽사는 패한 군사들을 이끌고 돌아가다가 이각을 만나서 말했다: "양봉과 동승이 어가를 빼앗아 홍농으로 가버렸소. 만약 저들이 산동山東에 이르러 자리를 잡고 나면 틀림없이 천하에 널리 알려 제후들로 하여금 우리를 치도록 할 거요. 그렇게 되면 우리는 삼족三族을 보전할 수 없게 될 거요."

이각曰: "지금 장제의 군사들은 장안長安을 점거하고 있어서 가벼이 움직이지 못할 것이오. 당신과 내가 이 틈을 타서 군사를 하나로 합쳐 홍농으로 가서 황제를 죽인 다음 천하를 똑같이 나눠 가집시다. 그래서는 안 될 게 뭐 있소?"

곽사는 기뻐하며 승낙했다. (*이각과 곽사 두 사람이 이처럼 한 번 싸운 후에 문득 또 서로 합치는 것을 보라. 소인들의 사귐이란 본래 모두 이런 것이다.) 이각과 곽사는 군사를 하나로 합쳐 홍농을 향해 가면서 도중에 약탈을 하는 바람에 그들이 지나간 곳에는 아무것도 남아나지 않았다.

양봉과 동승은 적병이 멀리서 쫓아오는 것을 알고 곧바로 군사들을 돌려서 도적들을 동간(東澗: 홍농에 위치)에서 맞아 크게 싸우기로 했다.

이각과 곽사 두 사람은 상의했다: "우리는 군사가 많고 저들은 적으므로 장수끼리 싸우지 말고 한꺼번에 달려들어 혼전混戰을 벌여야만 저들을 이길 수 있을 거요."

이렇듯 의논을 정한 다음 이각은 왼편에, 곽사는 오른편에서 온 산과 들을 뒤덮고 몰려갔다. 양봉과 동승이 양편으로 나뉘어 죽기로 싸워 간신히 천자와 황후가 탄 수레를 보호해서 갈 수 있었다. 그러나 모든 관리들과 궁인들, 부절과 간책簡策 및 전적典籍들, 황제가 사용하는 모든 물건들은 전부 포기해버리고 갔다.

곽사는 군사들을 이끌고 홍농으로 들어가서 마구 약탈했다. 동승과 양봉은 어가를 보호하여 섬북(陝北: 하남성 삼문협시三門峽市)으로 달아났다. 이각과 곽사는 군사를 둘로 나누어 그 뒤를 추격했다.

동승과 양봉은 한편으로는 사람을 보내서 이각과 곽사에게 화해를 청하고, 한편으로는 몰래 사자를 하동河東 지방으로 보내서 황건적 잔여 부대의 두목인 백파수白波帥 한섬韓暹, 이악李樂, 호재胡才에게 급히 군사를 이끌고 와서 어가를 구하라는 황제의 밀지密旨를 전하도록 했다. (*이 세 사람은 서로 잘 알지도 못하는 자들이었는데, 그때 왜 조조를 부르지 않았을까?)

이 이악이란 자 역시 산림으로 모여든 산적이었지만 사정이 다급한 지금으로선 어쩔 수 없어서 부른 것이다. (*산적으로써 산적을 공격하도록 하려는 것이니 어찌 좋은 계책이겠는가!) 이들 셋은 천자가 자기들의 죄를 용서해 주고 벼슬을 내려주겠다고 하는데 어찌 가지 않겠는가? 셋은 휘하 군사들을 전부 데리고 달려가서 동승과 만나본 다음 일제히 나아가 홍농을 다시 되찾으려고 했다.

〖 11 〗 이때 이각과 곽사는 이르는 곳마다 백성들을 겁탈하고 노약자들은 죽여 버리고 젊고 건강한 자들은 끌고 가서 군사로 충당했다. 그리하여 적과 싸울 때에는 이 민병民兵들을 앞에 세워 몰고 가면서 이들을 '감사군敢死軍', 즉 '감히 죽으려 하는 군사' 들이라 불렀다. (*어찌 감히 죽으려 했겠는가? 단지 감히 살기를 바랄 수 없었을 뿐이다. 따라서 '감사군敢死軍' 이라고 불러서는 안 되고 다만 "대신 죽는다' 는 뜻의 '체사군替死軍' 이라고 불렀어야 했다.) 이 도적들의 세력은 참으로 대단했다.

이악의 군사들은 위양(渭陽: 하남성 삼문협시 서남. 조양曹陽의 오기인 듯)에 당도하여 적들과 만났다. 곽사는 군사들에게 의복 등 가지고 있는 물건들을 길바닥 위에 내버리도록 했다. 이악의 군사들은 땅바닥에 옷가지가 잔뜩 널려 있는 것을 보고는 그것을 주우려고 다투어 달려갔다. 그 바람에 대오는 완전히 헝클어져버렸다. 이때 이각과 곽사의 양쪽 군사들이 사방에서 달려들어 혼전을 벌이는 바람에 이악의 군사들은 그만 대패하고 말았다. 양봉과 동승은 적들을 막아낼 수 없게 되자 어가를 보호하여 북쪽으로 달아났다.

뒤에서 도적의 군사들이 쫓아왔다.

이악曰: "사정이 위급합니다! 천자께서는 말에 오르시어 앞서 가십시오."

황제曰: "짐은 백관들을 버리고 갈 수는 없다."

사람들은 전부 울면서 그 뒤를 따라갔다. 호재胡才는 반란군의 손에 죽었다. 동승과 양봉은 도적들이 바짝 추격해 오는 것을 보고 천자에게 어가를 버리고 걸어가도록 청했다. 걸어서 황하 가에 이르자 이악 등이 작은 쪽배 하나를 찾아와서 그것으로 강을 건널 나룻배로 삼기로 했다. 이날 날씨는 매우 추웠다.

황제와 황후를 부축해서 강기슭으로 나왔으나, (*이때의 정경은 전에 (즉, 제1회에서) 짚더미 속에서 반딧불을 보고 있을 때보다 더 비참하고 처량 했다. 전에는 형제가 같이 떠돌아다녔으나 이때는 부부가 같이 도망 다니고 있는 신세였다.) 강기슭이 높아서 아래로 내려가서 배를 탈 수가 없었 다. 뒤에서는 추격병이 곧 당도할 처지였다.

양봉曰: "말고삐를 풀어 길게 연결해서 폐하의 허리를 동여맨 후 배 로 내려놓도록 합시다."

사람들 속에서 황후의 오라버니 복덕伏德이 흰 비단 10여 필을 옆구 리에 끼고 와서 말했다: "내가 어지러이 싸우는 군사들 속에서 이 비 단을 주웠는데, 이것을 길게 연결해서 가마를 끌어내리기로 합시다."

행군교위行軍校尉 상홍尚弘이 비단으로 황제와 황후의 몸을 꽁꽁 감 싼 다음 여러 사람들로 하여금 먼저 황제의 몸을 강기슭 아래로 내려 놓게 하여 황제와 황후가 먼저 배를 탈 수 있도록 하라고 했다. 이악은 칼을 잡고 이물(船頭: 뱃머리) 위에 섰다. 황후의 오라버니 복덕은 황후 를 업고 배를 탔다.

이때 강기슭 위에서 미처 배를 타지 못한 사람들이 서로 다투어 배 의 닻줄을 잡아당기자 이악은 이들을 모조리 칼로 쳐서 물속에 처박았 다. 황제와 황후를 먼저 건네 놓고 다시 배를 보내서 여러 사람들을 건네주도록 했다. 먼저 건너가려고 다투던 자들은 모조리 칼에 손가락 을 잘려나가 울부짖는 소리가 하늘을 뒤흔들었다. (*〈좌전〉에는 진晉이 필邲에서의 싸움에서 패한 후 말하기를: "배 안에 떨어져 있는 손가락들을 움 켜잡을 수 있었다(舟中之指可掬也)."라고 했는데, 이와 같은 모습이 아니었 을까?)

건너편 기슭에 당도했을 때에는 황제 좌우에서 모시던 자들 중 겨우 십여 명만 남았다. 양봉이 소달구지 한 대를 찾아와서 황제를 태우고 대양현(大陽縣: 산서성 평륙平陸)으로 갔다. 먹을 것도 떨어져서 어느 기와집에 들어가 그날 밤을 보냈다. 시골 늙은이가 조밥을 갖다 바쳐서 주상과 황후가 같이 먹었는데, 거친 잡곡밥이어서 목으로 넘길 수가 없었다.

〔 12 〕 다음날, 조서를 내려 이악을 정북장군征北將軍에 봉하고 한섬韓暹을 정동장군征東將軍에 봉한 다음, 어가를 출발시켜 앞으로 갔다. 그때 대신 둘이 찾아와서 어가 앞에서 울면서 절을 했는데, 곧 태위 양표楊彪와 태복太僕 한융韓融이었다. 황제와 황후 모두 울었다.

한융曰: "이각과 곽사 두 도적놈은 신의 말이라면 꽤나 믿어줍니다. 신이 죽음을 각오하고 가서 두 도적에게 군사를 물리도록 설득해 보겠습니다. 폐하께서는 우선 용체부터 보존하시옵소서."

한융이 떠나갔다. 이악은 황제에게 양봉의 영채로 가서 잠시 쉬시라고 했다. 양표는 황제에게 안읍현(安邑縣: 산서성 하현夏縣 서북)으로 가서 머물자고 청했다. 어가가 안읍에 이르러 보니 높은 집이라고는 하나도 없어서 황제와 황후 모두 초가집에서 지내야만 했다. 게다가 그 초가집에는 여닫을 문조차 없어서 사면으로 가시나무 가지를 꽂아서 울타리로 삼았다. 황제와 대신들은 초가집 안에서 나라 일을 상의하고, 여러 장수들은 군사들을 이끌고 울타리 밖에서 지켰다. (*〈조선왕조실록〉을 읽어보면, 임진왜란 때 선조가 의주로 피난 갔을 때의 정경과 이 부분이 거의 똑같다.―역자 주)

이악 등은 권력을 잡고 멋대로 휘둘러댔는데, 모든 관원들이 조금이라도 자신들의 비위를 거스르면 마침내 황제 앞에서 때리고 욕을 했다. 그리고 일부러 황제에게 탁한 술과 거친 음식을 보내주었다. 황제는 그것들을 어쩔 수 없이 받아먹어야만 했다.

이악과 한섬은 또 연명連名으로 천자에게 추천하여 무뢰배와 부하 군사들, 무녀와 병졸 등 2백여 명에게 교위校尉, 어사御史 등의 관직을 내려주도록 했다. 관직을 내리면 그에 따른 직인職印도 주어야 하는데, 미처 도장을 팔 경황이 없어서 송곳으로 글자를 긁어서 주는 형편이어서 조정의 체통은 도무지 말이 아니었다.

〖 13 〗 한편 한융이 이각, 곽사 둘을 찾아가서 온갖 말로 달래자 두 도적들은 그의 말에 따라 그간 붙들어 두었던 모든 관원들과 궁인들을 다 풀어주어 돌려보냈다.

이 해에 큰 흉년이 들어 백성들은 전부 대추와 나물을 먹고 버텼는데 굶어죽은 사람의 시체가 들판에 깔렸다. 그때 하내 태수 장양張楊이 쌀과 고기를 바치고 하동 태수 왕읍王邑이 비단을 바쳐서 천자는 겨우 극도의 궁핍을 면했다. 동승과 양봉이 상의하여 한편으로 사람을 낙양으로 보내서 궁궐을 수축하도록 하여 어가를 모시고 동도로 돌아가려고 했다. 그러나 이악은 따르려고 하지 않았다.

동승이 이악에게 말했다: "낙양은 본래 천자의 도읍지이지만 안읍은 작은 지역인데 어떻게 이곳에 어가가 머물러 있을 수 있겠소? 빨리 어가를 모시고 낙양으로 돌아가는 게 이치상 옳을 것이오."

이악曰: "당신들은 어가를 모시고 가시오. 나는 이곳에 남아 있겠소."

동승과 양봉은 어가를 모시고 출발했다. 이악은 몰래 사람을 보내서 이각, 곽사와 손을 잡고 함께 어가를 약탈하려고 했다. (*전에는 오히려 도적이 도적을 공격했었는데, 이번에는 도적이 도적과 힘을 합치려 하고 있다.) 동승, 양봉, 한섬은 이 흉계를 알고는 밤새 군사들을 배치하고 어가를 호송하여 기관(箕關: 하동군과 하내군 경계에 있는 왕옥산王屋山 남쪽에 있던 관문 이름. 지금의 하남성 제원현濟源縣 서쪽)을 향해 달아났다.

이악이 이를 알고는 이각과 곽사의 군사가 당도하기를 기다리지 않고 자기 혼자서 휘하 군사들을 이끌고 뒤를 쫓아갔다. 사경(四更: 새벽 1시~3시) 전후에 기산箕山 아래에 이르러 큰소리로 외쳤다: "어가는 꼼짝 마라. 이각과 곽사가 여기 있다."

그 소리에 질겁한 헌제는 심장이 놀라 뛰고 간담肝膽이 다 떨어졌다. 그때 산 위에서 화공火光이 곳곳에서 치솟았다. 이야말로:

| 전번에는 두 도적이 두 패로 갈리더니 | 前番兩賊分爲二 |
| 이번에는 세 도적이 한 패로 되었구나. | 今番三賊合爲一 |

한漢의 천자가 이 곤경을 어떻게 벗어날지 모르겠거든 다음 회를 읽어보도록 하라.

제 13 회 모종강 서시평序始評

(1). 왕윤王允은 여인을 이용해서 반간계反間計를 행했고, 양표楊彪 역시 여인을 이용해서 반간계를 행했다. 다 같은 반간계였지만 왕윤은 그것을 써서 난리가 조금 가라앉았으나, 양표는 그것을 씀으로써 오히려 난리가 더 심해졌다.

그 이유가 무엇인가?

대개 여포는 왕윤의 말을 들었고 왕윤은 그를 부렸지만, 곽사는 양표의 말을 들은 적이 없고 양표는 그를 부리지도 못했다. 설령 곽사가 이각을 죽일 수 있었다고 하더라도 그것은 동탁이 동탁을 죽이는 것과 같다. 이각과 곽사는 두 사람의 동탁이었다. 하나의 동탁이 죽으면 다른 하나의 동탁이 더욱 날뛰게 되는데, 그러고서야 한 황실에 무슨 도움이 되겠는가. 하물며 두 사람은 합쳤다가는 갈라서고, 갈라섰다가는 다시 합쳤는데, 갈라서더라도 천자와 공경들은 그 해독을 입었고, 합쳤을 때에도 역시 그 해독을 입었다. 양표는 처음에는 반간계를 썼다가 이어서 둘을 강화시켰으며, 갈라놓으려 했다가 또 합치려고 하였으니, 그 주장의 변덕스러움이 혼란을 더욱 심하게 했다. 이런 식으로 나라 일을 도모하였으니 역시 계책 없음이 심했다고 할 것이다.

(2). 여포가 동탁을 죽일 때에는 천자의 조서를 받들고 했으나 곽사가 이각을 공격할 때에는 천자의 조서를 받들지 않고 서로 잡아먹으려고 했던 것이다. 하나는 공의公義의 이름을 빌려서 개인의 원수를 갚았지만, 하나는 단지 개인의 원수가 있음만 알았지 공의公義라는 것은 있는 줄도 몰랐다. 그러므로 여포의 행사行事는 동탁의 행사와 달랐으나, 곽사가 제멋대로 악한 행동을 한 것은 이각과 마찬가지였다.

(3). 혹자가 나에게 물었다: "만약 왕윤의 계책이 누설되었더라면 미오郿塢에서 병변兵變을 일으켰을 것이고, 그 난은 역시 반드시 이런 상황까지 이르렀을 것이다."

내가 대답했다: "동탁이 죽지 않았더라면 그는 천자를 겁박하는 것에 그치지 않았을 것이다. 그리고 여포가 이기지 못했다고 하더라도 그가 공경들을 겁박하는 상황까지 가지는 않았을 것이며, 또한 그가 동탁과 다시 합치는 상황까지 가지는 않았을 것이다. 그것을 어떻게 아느냐고? 여포의 뜻은 초선에게 있었으므로 그는 왕윤과 한 편이 될 수밖에 없고, 왕윤과 한 편이 된다면 헌제를 도와줄 수밖에 없는 것이 필연적인 형세이다.

제 14 회

조조, 어가를 허도로 옮기고
장비, 술 취해 여포에게 서주 빼앗기다

〖 1 〗 한편 이악李樂은 군사를 이끌고 이각과 곽사를 사칭詐稱하며 어가를 추격해 갔다.

천자가 크게 놀라자, 양봉이 말했다: "저자는 이악입니다."

그리고는 서황에게 나가서 맞아 싸우라고 했다. 이악은 직접 싸우러 나왔다. 두 필 말이 서로 엇갈리면서 단 한 합 만에 서황이 이악을 베어 말 아래로 떨어뜨리자 나머지 무리들은 흩어져 달아났다. 양봉은 어가를 호위하여 기관(箕關: 하남성 제원현濟源縣 서쪽)을 지나갔다.

태수 장양張楊이 양식과 비단을 갖추어 어가를 지도(軹道: 지현軹縣을 지나가는 도로. 하남성 제원현 경내에 있다.)에서 맞이했다. 황제는 장양을 대사마大司馬에 봉했다. 장양은 천자에게 고맙다고 인사하고 군사를 주둔시키려고 야왕(野王: 하남성 심양현沁陽縣)으로 떠나갔다.

황제가 낙양으로 들어가 보니 궁실들은 전부 불타버리고 거리는 황폐해져 눈에 보이는 것이라곤 전부 쑥뿐이었고, 대궐 안에는 허물어진 담장과 벽들만 남아 있었다. (*전에 손견이 달을 바라보던 곳이다.)

황제는 양봉에게 우선 작은 궁전을 하나 짓도록 해서 그곳을 거처로 삼았다. 백관들이 들어와서 천자에게 인사를 드릴 때에는 모두 가시밭 속에 서 있어야 했다. (*천자가 전에 장안에 있을 때 역시 가시밭 속에 있는 것과 마찬가지였다.)

황제는 조서를 내려 연호를 흥평興平에서 건안建安 원년으로 고쳤다. (* "建安"이란 두 글자는 "建都安邦(건도안방)"(즉, 도읍을 세워서 나라를 안정시킨다)이란 뜻을 취한 것으로, 천자의 뜻은 본래 낙양에 있었음을 볼 수 있다. 그런데 조조가 이를 다른 곳으로 옮기려 할 줄 누가 알았겠나?)

이 해에도 큰 흉년이 들었다. 낙양의 주민들은 겨우 수백 가구뿐이었는데 먹을 것이 없어서 모두 성 밖으로 나가서 나무껍질을 벗기고 풀뿌리를 캐어 먹었다.

상서랑尚書郎 이하 관원들은 전부 성 밖으로 나가서 몸소 땔나무를 해야만 했는데, 허물어진 담장과 벽들 사이에서 쓰러져 죽은 사람들도 많았다. 한漢 나라 말년 국운의 쇠잔함이 이보다 더 심한 적은 없었다. 후세 사람이 이를 탄식하여 지은 시가 있으니:

망산과 탕산에서 백사 베어 죽인 후	血流芒碭白蛇亡
한 고조 붉은 기치 휘날리며 사방을 누볐었지.	赤幟縱橫遊四方
진秦 황실 뒤엎어 한 나라 사직 일으키고	秦鹿逐翻興社稷
항우를 쓰러뜨린 후 강토를 확정했네.	楚騅推倒立封疆
그러나 천자는 나약하고 간신들이 일어나니	天子懦弱奸邪起
나라 기운 쇠약해져 도적들이 날뛰었네.	氣色凋零盜賊狂
동서 두 서울 난리 난 곳 흔적 보게 되면	看到兩京遭難處
눈물 없는 무쇠 심장도 근심걱정에 휩싸이네.	鐵人無淚也悽惶

태위 양표가 황제에게 아뢰었다: "전에 내려 주신, 조조를 낙양으로 불러올리라는 조서를 받았으나 아직 내려 보내지 않았사옵니다. 지금 조조가 산동에 있는데 군사들도 강하고 장수들도 많으니 그를 조정에 불러들여 황실을 보좌하도록 하심이 좋을 것 같사옵니다."

　황제曰: "짐이 전에 이미 조서를 내려 시행토록 했는데, 경이 구태여 다시 상주할 필요가 어디 있소? 지금 즉시 사람을 보내도록 하시오."

　양표는 지시를 받고 즉시 사자를 산동 땅으로 보내서 조조를 불러오도록 했다.

〖 2 〗 한편 조조는 산동에 있으면서 어가가 이미 낙양으로 돌아갔다는 소식을 듣고 모사들을 모아놓고 상의했다.

　순욱이 건의했다: "옛날 춘추시대 때 진晉 문공文公이 주周 양왕襄王을 받아들여 천자의 자리에 복위시키자 제후들이 복종해 왔고, (*패자霸者의 일로써 권하고 있다.) 한 고조께서 의제義帝를 위해 발상發喪을 하자 천하 사람들의 마음이 그에게로 돌아갔습니다. (*왕자王者의 일로써 권하고 있다.) 이번에 천자께서 몽진蒙塵을 하셨으니 장군께서 바로 이때를 이용하여 남들보다 먼저 의병을 일으켜 천자를 받듦으로써 많은 사람들이 바라는 바에 따르는 것이야말로 매우 뛰어난 계책입니다. 만약 빨리 도모하지 않는다면 남이 우리보다 먼저 하고 말 것입니다."(*이 때 이 일은 조조를 제외하고는 사실 할 수 있는 사람이 없었다.)

　조조는 크게 기뻤다. 한창 군사를 일으킬 준비를 하고 있을 때 갑자기 보고하기를, 천자의 사자가 조서를 가지고 와서 조정으로 들어오라고 부르신다고 했다. 조조는 조서를 받자 서둘러 군사를 일으켰다.

〖 3 〗 한편 황제는 낙양에 왔으나 어느 것 하나 제대로 갖추어진 것

이 없었다. 성벽도 허물어져 있었으나 수축하려고 해도 할 수가 없는 형편이었다. 그런 상황에서 이각과 곽사가 군사를 거느리고 쳐들어오고 있다고 알려왔다.

황제는 크게 놀라서 양봉에게 물었다: "산동으로 간 사자는 아직 돌아오지 않았는데 이각과 곽사의 군사가 또 쳐들어온다고 하니, 어떻게 하면 좋겠는가?"

양봉과 한섬이 말했다: "신들이 도적들과 죽기로 싸워서 폐하를 보호해 드리고자 합니다."

동승曰: "성곽은 견고하지 못하고 군사와 무기도 많지 않은데, 만약 싸웠다가 이기지 못하면 그때는 어찌하겠소? 차라리 일단 어가를 모시고 산동으로 피하는 게 나을 것 같소."

황제는 동승의 말을 좇아 그날로 어가를 타고 산동을 향해 출발했다. 관원들은 모두 탈 말이 없어서 어가를 따라 걸어갔다. 낙양을 나서서 미처 화살 한 번 쏘아서 날아갈 거리도 못 갔을 때 문득 먼지가 자욱이 일어나면서 해를 가리고 징소리, 북소리가 요란하게 울리면서 무수히 많은 군사들이 오는 게 보였다. 황제와 황후는 덜덜 떨려서 말도 하지 못했다. 그때 갑자기 한 사람이 말을 타고 나는 듯이 달려왔는데, 바로 이전에 산동으로 보냈던 사자였다.

그는 수레 앞에 이르자 절을 하고 아뢰었다: "조 장군이 조서를 받들어 산동의 군사를 전부 일으켜서 오고 있습니다. 도중에 이각과 곽사가 낙양으로 쳐들어가고 있다는 소식을 듣고는 먼저 하후돈夏侯惇을 선봉으로 삼아 상장上將 열 명과 정예병 5만 명을 이끌고 먼저 가서 어가를 보호해 드리라고 했습니다."

황제는 비로소 마음을 놓았다. 잠시 후 하후돈이 허저許褚와 전위典韋 등을 이끌고 어가 앞으로 와서 황제를 보고 군례軍禮를 올렸다. 황제가 그들을 위로해 주고 나자마자 별안간 정正 동쪽에서 또 한 방면의 군사들이 당도했다고 알려왔다. 황제는 즉시 하후돈으로 하여금 가서 누구인지 알아보라고 했는데, 그가 돌아와서 아뢰었다: "조 장군의 보병들입니다."

잠시 후 조홍, 이전, 악진 등이 와서 어가에 타고 있는 황제를 뵈었다. 그들은 차례로 이름을 말하고 나서 조홍이 아뢰었다: "신의 형은 도적의 군사들이 가까이 이르렀다는 말을 듣고 혹시 하후돈 혼자 힘으로는 당해내지 못할까봐 염려하여 신들에게 두 배 속도로 달려가서 돕도록 하라고 했사옵니다."

황제曰: "조 장군은 참으로 사직지신社稷之臣이로다."(＊아마 아닐 것이다.)

그리고는 즉시 어가를 호위하여 앞으로 나아가라고 명했다.

그때 정탐꾼이 와서 보고했다: "이각과 곽사가 군사를 거느리고 거침없이 쫓아오고 있습니다."

황제는 하후돈에게 군사들을 두 방면으로 나누어서 그들을 맞아 싸우도록 했다. 하후돈은 이에 조홍과 함께 좌우 양익兩翼으로 군사들을 나누어 마군馬軍은 앞에 서고 보군步軍은 그 뒤를 따르도록 해서 있는 힘을 다해 적을 공격했다. 이각과 곽사의 군사들은 대패하여 베어진 머리만 해도 만 개가 넘었다. 이에 하후돈은 황제에게 낙양의 옛 궁궐로 돌아가도록 청하고, 군사들은 성 밖에 주둔시켰다.

다음날, 조조가 대부대의 군사들을 이끌고 당도하여 영채를 세운 다음 성 안으로 들어가서 황제를 뵙고 궁전 계단 아래에서 엎드려 절을 했다. 황제는 그에게 몸을 곧게 펴라고 하여 수고를 위로해 주었다.

조조曰: "신은 전에 나라의 은혜를 입어서 이에 보답하려고 늘 생각하고 있었사옵니다. 이번에 이각과 곽사 두 도적놈이 저지른 죄악은 천지에 가득하옵니다. 신에게는 정예병 20여만 명이 있으므로 폐하를 따르는 군사들로 역적을 친다면(以順討逆) 이기지 못할 리가 없습니다.

폐하께서는 부디 옥체를 잘 보존하시고 사직을 중히 여기시옵소서."

황제는 이에 조조에게 사예교위司隸校尉를 겸하도록 하여 부절符節과 황월黃鉞을 하사하고, 조정 전체의 업무를 총관하는 녹상서사錄尙書事로 봉했다.

〖 4 〗 한편 이각과 곽사는 조조가 멀리서 온 것을 알고 빨리 싸우자고 의논했다.

가후가 말렸다: "안 됩니다. 조조의 군대는 병사들은 정예롭고 장수들은 용감하므로 차라리 항복하고 본인들의 죄나 용서해 달라고 비는 편이 낫습니다."

이각이 화를 내며 말했다: "네가 감히 우리의 사기를 꺾어놓으려는 것이냐!"

그러면서 칼을 빼어 가후를 베려고 했다. 그러나 여러 장수들이 말려서 그만두었다.

이날 밤, 가후는 혼자서 말을 타고 고향으로 돌아가 버렸다. (*떠나간 것은 잘한 일이다. 다만 진작 그러지 않은 것이 유감이다.)

다음날, 이각의 군사들은 조조의 군사를 맞아 싸우러 갔다. 조조는 먼저 허저와 조인, 전위로 하여금 철기병 3백 기騎를 거느리고 가서 이각의 진중을 세 번이나 들이치도록 한 다음에야 비로소 진을 벌였다. 양쪽 진이 서로 마주보고 대치하게 되자, 이각의 조카 이섬李暹과 이리李利는 말을 타고 진 앞으로 나갔다. 그들이 미처 말을 걸기도 전에 허저가 나는 듯이 말을 달려 나가서 먼저 이섬의 목부터 단칼에 베어버리자 이리는 깜짝 놀라서 그만 말에서 거꾸로 떨어졌다. 허저는 그의 목도 잘라서 사람의 머리 둘을 들고 진으로 돌아왔다.

조조는 허저의 등을 쓰다듬으며 말했다: "자네는 참으로 나의 번쾌樊噲로군."(*은연중 자신을 한 고조高祖에 견주고 있다.)

이어서 하후돈으로 하여금 군사를 거느리고 왼편에서 나가도록 하고, 조인은 군사를 거느리고 오른편에서 나가도록 하고, 조조 자신은 중군을 거느리고 적진을 들이치기로 했다. 북소리가 한 번 크게 울리자 세 방면의 군사들이 일제히 나아갔다. 도적의 군사들은 당해 내지 못하고 대패하여 달아났다. 조조는 직접 보검을 빼서 손에 들고 군사들을 지휘하여 밤새도록 쫓아가서 적을 수없이 많이 죽였으며, 항복한 자들의 수도 헤아릴 수 없이 많았다.

이각과 곽사는 서쪽을 향해 도망쳤는데, 급해서 허둥대는 모습이 마치 집을 잃고 떠돌아다니는 개(喪家之狗)와 흡사했다. 그들은 자신들을 받아줄 곳이 없음을 스스로 알고 어쩔 수 없이 산적이 되려고 산속으로 들어갔다.

조조의 군사들은 되돌아와서도 여전히 낙양성 밖에 주둔해 있었다.

양봉과 한섬은 상의했다: "지금 조조가 큰 공을 세웠으니 틀림없이 조정의 대권을 잡게 될 텐데, 그가 어찌 우리를 용납하겠는가?"

이에 두 사람은 궐내로 들어가서 천자에게 이각과 곽사를 쫓아가서 죽이겠다는 핑계를 대고 휘하 군사들을 이끌고 대량(大梁: 하남성 임여현 臨汝縣 서쪽)으로 가서 그곳에 주둔했다.

〖 5 〗 황제가 하루는 사람을 조조의 영채로 보내서 국사를 의논하고자 하니 들어오라는 소명召命을 전하도록 했다. 조조는 천자의 사자가 왔다는 말을 듣고 들어오라고 해서 만나보았다. 그 사자는 용모가 깔끔하고 빼어나게 잘 생겼고 원기도 왕성해 보였다. 조조는 속으로 생각했다: "지금 동도東都 낙양에는 큰 흉년이 들어 관리와 군사들과 백성들은 전부 얼굴에 굶주린 빛이 역력한데 이 사람은 어떻게 해서 이처럼 살이 쪘나?"

그래서 그에게 물어보았다: "그대의 얼굴에는 윤기가 흐르고 있는데, 어떤 방법으로 몸조리를 하시기에 이와 같으시오?"

그가 대답했다: "별다른 방법이 있는 것은 아니고, 단지 20년간 육식을 하지 않고 담백한 음식만 먹었기 때문입니다."(*살이 찐 사람은 반드시 속되고, 담백한 식사를 하는 사람은 반대로 속되지 않다.)

조조는 이에 고개를 끄덕이고 또 물었다: "그대는 지금 무슨 벼슬에 있소?"

그가 대답했다: "저는 효렴에 천거되어 처음에는 원소와 장양張楊의 밑에서 종사從事로 있었습니다. 이번에 천자께서 환도하셨다는 소식을 듣고 일부러 천자를 뵈러 왔다가 정의랑正議郞에 제수되었습니다. 제음濟陰 정도定陶 사람으로 성은 동董, 이름은 소昭, 자는 공인公仁이라고 합니다."

조조가 자리에서 일어나 말했다: "존함을 들은 지 오래 되었는데 다행히 여기서 이렇게 만나 뵙게 되어 반갑습니다."

곧 술을 내와서 막사 안에서 대접하고, 순욱을 한 번 만나보라고 했다.

그때 갑자기 한 사람이 들어와서 보고했다: "한 부대의 군사가 동쪽으로 갔는데, 어떤 사람들인지는 모르겠습니다."

조조는 급히 사람을 시켜서 누구인지 알아보라고 했다.

동소曰: "그것은 이각의 옛 장수 양봉과 백파수白波帥 한섬입니다. 명공께서 여기 오셨기 때문에 군사들을 이끌고 대량大梁으로 가려는 것입니다."

조조曰: "나를 의심해서 그러는 것인가요?"

동소曰: "그들은 무모한 자들이니 명공께서는 염려하실 필요 없습니다."

조조가 또 물었다: "이각과 곽사 두 도적이 이번에 도망을 갔는데, 앞으로 어떻게 할 것 같소?"

동소曰: "범에게 발톱이 없고 새에게 날개가 없는 격이어서(虎無爪, 鳥無翼) 머지않아 명공께 사로잡히고 말 테니 개의하실 필요 없습니다."

조조는 동소가 하는 말이 마음에 들어서 곧바로 조정의 대사에 대해 물어보았다.

동소曰: "명공께서 의병을 일으켜 포악한 반란의 무리들을 제거하시고 조정에 들어와 천자를 보좌하신다면 이는 곧 춘추시대의 다섯 패자(五覇)들이 이루었던 공로에 비견됩니다. 다만 여러 장수들이 각기 사람이 다르듯이 마음도 각기 다르므로 반드시 명공께 복종한다는 보장이 없습니다. 지금 만약 여기에 계속 머물러 계신다면 여러 가지 불편한 일들이 생길지도 모릅니다. 제 생각에는 어가를 모시고 허도(許都: 하남성 허창許昌 동쪽)로 옮겨가시는 것이 상책일 것 같습니다. (*이 계책은 조정을 위한 것이 아니라 전적으로 조조를 위한 것이다.)

그러나 조정이 정처 없이 떠돌아다니다가 이제야 겨우 서울로 돌아왔으므로 멀고 가까운 곳(遠近)의 모든 사람들은 이곳을 우러러보면서 하루라도 빨리 안정되기를 바라고 있는데 이제 다시 어가를 옮기려 한다면 많은 사람들이 불만을 품게 될 것입니다.

무릇 비상한 일을 해야만 비상한 공을 세울 수 있는 법이니(夫行非常之事, 乃有非常之功), 장군께서는 한번 결단을 내려 보십시오."

조조는 동소의 손을 잡고 웃으며 말했다: "나의 본래 뜻도 바로 그러하오. 그러나 양봉이 대량에 있고 대신들이 조정에 있는데 혹시 다른 변고가 생기지는 않을까요?"

동소曰: "그것은 쉬운 일입니다. 양봉에게 글을 보내서 먼저 그를 안심시켜 놓으십시오. 그리고 대신들에게는 분명히 말씀하십시오: 지금 서울에는 식량이 없으므로 어가를 모시고 허도로 가려고 하는데, 허도는 노양(魯陽: 하남성 노산현魯山縣)이 가까워서 먼 곳에서 식량을 운

반해 와야 할 염려도 없고 식량이 모자랄 걱정도 없다고. 대신들은 그
말을 들으면 흔쾌히 따를 것입니다."

조조는 크게 기뻐했다. 동소가 하직 인사를 올리자, 조조는 그의 손
을 잡고 말했다: "이 조조가 해야 할 일이 있으면 공께서 가르쳐 주시
기 바라오."

동소는 그에게 고맙다고 인사하고 돌아갔다. (*조조는 또 한 사람의
모사를 얻었다.)

조조는 이날부터 여러 모사들과 천도遷都 문제에 대해 은밀히 의논했
다.

〘 6 〙 이때 시중侍中 태사령太史令 왕립王立이 사석에서 종정(宗正: 황
실을 관리하는 최고관직) 유애劉艾에게 말했다: "제가 천문을 살펴보니 지
난봄부터 금성(太白星)이 북두성과 견우성 사이에 있으면서 토성(鎭星)
과 같은 위도에서 은하(天津)를 지나갔고, 화성(熒惑)이 또 거꾸로 움직
여서 금성과 천관(天關: 별이름. 남두南斗 여섯 개 별 중에서 두 번째 별 이름)에
서 만났습니다. 금성과 화성(金火)이 서로 만났으니 이는 반드시 새 천
자가 나타날 조짐입니다. 제가 보기에 대한大漢의 운세는 다해 가고 있
는데, 진晉과 위魏 땅(지금의 산서성과 하남성 일대)에서 반드시 새로 일어
날 자가 있을 것입니다."

(*주周나라 때에는 위풍魏風이라는 시詩가 있었다. 그러나 위魏가 진晉에
겸병되어 위의 땅은 마침내 진의 땅이 되었다. 진의 신하 위사(魏斯: 魏文侯)
가 제후가 되기 위해 한씨韓氏와 조씨趙氏와 더불어 진 나라를 삼분함으로써
위魏가 다시 부흥했다. 위魏는 천하의 중앙에 있었고, 중앙은 오행五行으로 말
하면 토土에 속하고, 토土의 색깔은 황색黃色이므로, 바로 황천黃天이 설 것이
라고 한 참언讖言에 응한 것이다.)

그는 또 헌제에게도 은밀히 아뢰었다: "천명은 본래 오고 가는 것이

며, 오행의 기운은 항상 왕성하지는 않습니다. 오행의 순환에서 화火를 대신하는 것은 토土입니다. 화火의 덕으로 일어난 한漢을 대신해서 천하를 차지하게 될 자는 반드시 위魏 땅에 있을 것입니다."

조조는 이 말을 전해 듣고 사람을 시켜서 왕립에게 고하도록 했다: "공이 조정에 충성을 바치고 있는 줄은 알지만, 그러나 천도天道는 심원深遠한 것이니 말을 많이 하지 않는 것이 좋을 것이오."

조조가 이 일을 순욱에게 말해주자, 순욱이 말했다: "한 나라는 오행으로 말하면 화火의 덕으로 왕이 되었고, 명공의 운명은 토土에 속합니다. 허도許都는 오행으로 치면 토土에 속하니 그곳으로 가시면 반드시 흥할 것입니다. 화火는 토土를 낳을 수 있고, 토土는 목木을 왕성하게 할 수 있으니, 이는 바로 동소와 왕립이 말한 바, 훗날 반드시 흥할 자가 있을 것이라는 말과 일치합니다."

조조의 뜻은 마침내 결정되었다. (*여기서는 비록 지리地利를 말하고 있으나 사실은 천시天時와 합치되는 것이다. 그래서 조조는 천시를 얻었다고 말하는 것이다.)

다음날, 조조는 궐내로 들어가서 황제를 뵙고 아뢰었다: "동도 낙양은 황폐해진 지 오래되어 수리할 수가 없습니다. 게다가 식량을 운반하기도 어렵고 힘듭니다. 허도로 말씀드리자면 땅은 노양魯陽에 가깝고 성곽과 궁실, 물자와 식량, 기타 백성들이 필요로 하는 물자(民物)들이 쓰기에 충분할 정도로 두루 다 갖추어져 있습니다. 신은 감히 어가를 허도로 옮기기를 청하오니, 폐하께서는 신의 청을 따라주시기 바라옵니다."

황제는 감히 그의 말을 듣지 않을 수 없었고, 많은 신하들도 모두 조조의 위세가 두려워서 감히 이의를 제기하는 자가 아무도 없었다. 마침내 날을 택해 어가를 출발시켰다. (*이때 황제는 단지 윷판의 윷(雙

陸)이나 장기판의 알(象棋)처럼 이리저리 사람들이 옮겨놓는 대로 옮겨 다녔다.) 조조는 군사를 이끌고 어가를 호위하고 갔고 백관들도 모두 따라 갔다.

〖 7 〗길을 여러 날 갔을 때 한 높은 언덕 앞에 이르렀다. 바로 그때 갑자기 함성이 크게 일어나더니 양봉과 한섬이 군사를 거느리고 와서 길을 가로막았다. 양봉의 부하 장수 서황徐晃이 앞으로 나서며 큰소리로 외쳤다: "조조는 어가를 납치해서 어디로 가려고 하느냐?"

조조가 말을 타고 나가서 보니 서황의 위풍이 늠름해서 속으로 은근히 기특하게 생각했다. 그리고는 곧바로 허저로 하여금 말을 타고 나가서 서황과 싸우도록 했다. 칼을 쓰는 허저와 도끼를 사용하는 서황이 서로 어우러져 50여 합을 싸웠으나 승부가 나지 않았다.

조조는 즉시 징을 쳐서 군사를 거둔 다음 모사들을 불러 모아 상의했다: "양봉과 한섬이야 말할 거리도 못 되지만 서황은 참으로 훌륭한 장수이다. 내 차마 그를 힘으로 대적하여 죽이지는 못하겠다. 계책을 써서 그를 항복시켜야겠다."(*조조는 재주 있는 사람을 보면 곧바로 그를 좋아했으니 어떻게 대업을 이룰 수 없었겠는가?)

행군종사行軍從事 만총滿寵이 말했다: "주공께서는 염려하지 마십시오. 저는 전에 서황과 사귄 적이 있습니다. 오늘 밤에 졸병으로 변장하고 그의 영채로 몰래 들어가서 말로 그를 설득하여 꼭 그가 마음을 바꾸어 제 발로 찾아와서 항복하도록 만들겠습니다."

조조는 흔쾌히 그의 말을 따랐다.

그날 밤, 만총은 졸병으로 변장하여 적군들 속으로 섞여 들어가서 몰래 서황의 막사 앞으로 가서 살펴보니 서황은 촛불을 밝혀놓고 갑옷을 입은 채 앉아 있었다.

만총은 그 앞으로 갑자기 가서 읍을 하고 말했다: "옛 친구는 그간

무고하셨는가?"

서황이 깜짝 놀라 일어나서 그를 찬찬히 살펴보더니 말했다: "자네는 산양山陽의 만백녕滿伯寧이 아닌가? 여기에는 어떻게 왔는가?"

만총曰: "나는 현재 조 장군의 종사從事로 있네. 오늘 진 앞에서 옛 친구를 보았기에 한 말 해주려고 이처럼 죽음을 무릅쓰고 찾아온 것일세."

서황은 곧 그에게 자리를 권하고 찾아온 뜻을 물었다.

만총曰: "자네와 같은 용맹과 지략(勇略)은 세상에 드문데 어찌하여 몸을 굽혀 양봉과 한섬 같은 무리를 섬기고 있는가? 조 장군으로 말하자면 당세의 영웅으로 그는 유능한 인사(賢士)들을 예로 대우하기를 좋아하는데, 이는 천하가 다 알고 있는 사실일세. 오늘 진 앞에서 자네의 용맹함을 보시고는 마음으로 매우 경애하시어, 차마 이쪽에서도 용맹한 장수를 보내서 죽기로써 싸우도록 하지 못하시고, 특별히 나를 보내서 자네를 불러오도록 하셨네. 자네는 어찌하여 어두운 주인을 버리고 밝은 주인에게 몸을 의탁해서 함께 대업을 이뤄보려 하지 않는가?"(*말이 매우 명쾌하다.)

서황은 한참 동안 생각에 잠겼다가 탄식하며 말했다 "나도 처음부터 양봉과 한섬이 대업을 이룰 만한 인물이 못 되는 줄 알고 있었지만, 그들을 따라다닌 지 오래 되었으니 어찌겠는가. 내 차마 그들을 버리고 떠날 수가 없네."

만총曰: "자네는 '좋은 새는 나무를 가려서 깃들고, 현명한 신하는 주인을 가려서 섬긴다(良禽擇木而棲, 賢臣擇主而事)'는 말도 들어보지 못했는가? 섬길 만한 주인을 만나고도 서로 어깨를 스치며 지나쳐버리고 만다면 대장부가 아니지."

서황이 일어나서 고맙다고 인사를 하고 말했다: "내 자네의 말대로 따르겠네."

만총曰: "당장 양봉과 한섬을 죽여서 그 수급首級을 가지고 가서 처음 만나 뵐 때 드리는 예물로 삼는 것이 어떻겠나?"

서황曰: "신하가 주인을 죽이는 것은 더없이 불의한 행동이네. 나는 그런 일은 절대로 하지 않겠네."(*여포가 정원丁原을 죽인 것과는 현격한 차이가 난다. 서황은 참으로 의로운 사람이다. 그래서 후에 그만이 관운장과 교분이 두터워졌던 것이다.)

만총曰: "자네는 참으로 의사義士일세."

서황은 그날 밤 휘하의 기병 수십 명을 이끌고 만총과 함께 조조한 테 찾아갔다. 그러나 진즉에 이 일을 양봉에게 알린 사람이 있었다. 양봉은 크게 화를 내며 직접 1천여 기騎를 이끌고 뒤를 쫓아오며 큰소리로 외쳤다: "서황, 이 배신자야! 달아나지 말라."

그가 한창 뒤를 쫓아가고 있을 때 갑자기 포성이 울리더니 산 위와 산 아래에서 횃불이 일제히 타오르며 복병들이 사방에서 짓쳐 나왔다. 조조가 직접 군사를 이끌고 앞에 서서 큰소리로 야단쳤다: "내 여기서 기다린 지 오래다. 저놈이 달아나지 못하도록 하라."

양봉은 깜짝 놀라서 급히 군사를 돌리려고 했으나 이미 조조 군사에게 포위당해 있었다. 바로 그때 한섬이 군사를 이끌고 구원하러 와서 양편 군사들이 서로 뒤엉켜 싸우는 바람에 양봉은 포위를 벗어나 달아났다. 조조는 적의 군사들이 혼란에 빠진 틈을 타서 공격했다. 한섬과 양봉의 군사들은 태반이 넘게 항복했다. 양봉과 한섬은 형세가 고단해지자 패잔병들을 거두어서 원술을 찾아갔다. (*후문의 복선이다.)

〘 8 〙 조조가 군사를 거두어 영채로 돌아가자, 만총이 서황을 데리고 들어와서 인사를 시켰다. 조조는 크게 기뻐하며 그를 후하게 대접했다.

이리하여 조조는 어가를 영접하여 허도에 도착한 후 궁실과 전당殿

堂을 짓고, 종묘와 사직을 세우고, 성대省臺와 사원司院·아문衙門 등 여러 관아들을 세우고, 성곽과 부고府庫를 수축했다. 그리고 동승 등 열세 사람을 열후列侯로 봉하고, 공로가 있는 사람에게 상을 내리고 죄가 있는 자에게 벌을 주는 등 모든 일이 조조의 처분에 따라 이루어졌다.

조조는 자기 스스로를 대장군·무평후武平侯에 봉하고, (*황제는 그를 사예교위司隸校尉·녹상서사錄尚書事로 임명했으나 결국 크게 마음에 들지 않았다. 그러므로 자기 스스로 봉해주고 나서는 기분이 좋았다. 이각과 곽사는 자기들이 원하는 직함을 써서 황제로 하여금 봉하도록 강요했는데, 지금 조조는 자기가 원하는 직함을 자기에게 스스로 봉하고 있으니, 천자로서는 더욱 신경 쓸 필요가 없어졌다. 갈수록 더 기이하다.) 순욱은 시중侍中·상서령尚書令에, 순유는 군사軍師에, 곽가郭嘉는 사마좨주(司馬祭酒: 군부 내에서의 수석 속관)에, 유엽劉曄은 사공창조연司空倉曹掾에, 모개毛玠와 임준任峻은 전농중랑장典農中郎將에 봉하여 돈과 식량의 징수재촉 및 감독을 맡아보도록 하고, 정욱은 동평상(東平相: 동평국(산동성 동평현 동쪽)의 최고 행정장관)에 봉하고, 범성范成과 동소董昭는 낙양령洛陽令에, 만총은 허도령許都令에 봉했다. 그리고 하후돈, 하후연, 조인, 조홍 등은 모두 장군에 봉하고, 여건, 이전, 악진, 우금, 서황 등은 교위校尉에 임명하고, 허저와 전위는 도위都尉에 임명했다. 나머지 장사들에게도 각각 관직을 내려주었다. 이로부터 대권이 전부 조조에게로 돌아갔다. 조정의 큰일들은 먼저 조조에게 보고하고, 그 다음에 비로소 천자에게 아뢰었다. (*이로부터 황제는 또 조조의 손 안에서 살아가게 되었다.)

〖 9 〗 조조는 커다란 일들을 다 처리한 다음 후당에 잔치를 벌여 여러 모사들을 모아놓고 함께 상의했다: "유비는 서주에 군사를 주둔시켜 놓고 자신이 직접 서주 일을 맡아보고 있다. 근래 여포는 싸움에 지자 유비를 찾아갔는데 유비는 그를 소패小沛에 머물러 있도록 했다.

만약 이 두 사람이 한 마음이 되어 군사를 이끌고 쳐들어온다면 이는 곧 우리의 심복지환(心腹之患)이 될 것이다. 공들에게는 저들을 쳐부술 어떤 묘한 계책이 있는가?"(*방금 허도에 정착하자마자 곧바로 서주徐州를 심복지환으로 여기는바, 이로써 서주는 조조가 반드시 다투어 차지하려는 곳임을 알 수 있다.)

허저曰: "저에게 정예병 5만 명만 빌려주시면 유비와 여포의 머리를 베어다가 승상께 바치겠습니다."

순욱曰: "허 장군은 용맹하기는 하나 계략을 쓸 줄 모릅니다. 우리도 지금 갓 허도에 정착한 처지인데 서둘러 군사를 움직여서는 안 됩니다. 제게 한 가지 계책이 있는데, 곧 '이호경식지계(二虎競食之計: 두 호랑이가 먹이를 서로 차지하려고 싸우는 것처럼 만드는 계략)' 라고 부르는 것입니다.

지금 유비는 비록 서주를 다스리고 있기는 하지만 그는 아직 천자의 조명詔命도 받지 못했습니다. 명공께서는 천자께 주청을 드려서 유비를 서주목에 임명하는 조명을 내리시도록 한 다음, 비밀리에 그에게 서신을 보내서 여포를 죽이라고 명하십시오. 이 일이 성공하면 유비는 자신을 도와줄 맹장 하나를 잃게 되는 것이니, 그렇게 되면 장차 유비를 도모할 수 있을 것입니다. 만약에 이 일이 성공하지 못한다면 여포가 반드시 유비를 죽이고 말 테니, 이것이 바로 '이호경식지계' 입니다."

조조는 그 말을 좇아서 즉시 천자에게 주청하여 사자를 유비에게 보내되 조명詔命을 가지고 서주로 가서 유비를 정동장군征東將軍·의성정후宜城亭侯·서주목徐州牧에 봉하도록 했다. 그리고 조명과 함께 밀서 하나를 전하도록 했다.

〖 10 〗 한편 유현덕은 서주에서 황제의 행차가 허도로 갔다는 소식을 듣고는 표문을 올려서 경하慶賀해 드리려고 했다. 그때 갑자기 천자

의 사자가 당도했다는 보고가 들어왔다. 그는 성 밖으로 나가서 그를 영접해 들였다. 현덕이 절을 하고 황제의 조명詔命을 받은 후 연석을 베풀어 사자를 대접했다.

사자曰: "군후君侯께서 천자의 이 은명恩命을 받게 된 것은 사실은 조 장군께서 황제께 추천하신 덕분입니다."

현덕은 고맙다고 인사를 했다. 사자는 곧 조조의 밀서를 꺼내서 현덕에게 주었다. 현덕은 다 보고 나서 말했다: "이 일은 일단 나중에 상의해 보겠습니다." (*벌써 계략을 간파했다.)

연석이 파하자 사자를 역관으로 보내서 편히 쉬도록 했다. 현덕은 그날 밤 여러 사람들과 이 일을 상의했다.

장비曰: "여포는 본래 의리 없는 놈이니 죽여 버린들 안 될 게 뭐 있습니까?" (*솔직한 마음에 시원시원히 내뱉은 말이다.)

현덕曰: "그는 궁지에 몰려서 나를 찾아왔는데, 내가 만약 그를 죽여 버린다면 나 역시 의롭지 못하다."

장비曰: "좋은 사람 되기 참으로 어렵군요."

현덕은 그의 말을 듣지 않았다.

다음날, 여포가 축하하러 오자 현덕은 그를 청해 들여 만났다.

여포曰: "공이 조정의 은명恩命을 받았다는 말을 듣고 일부러 축하 드리러 왔소이다."

현덕은 사양했다. 그때 문득 보니 장비가 칼을 뽑아들고 대청 위로 올라오며 여포를 죽이려고 했다. 현덕은 황망히 그를 가로막았다.

여포가 깜짝 놀라 말했다: "익덕은 왜 나만 보면 죽이려 하시오?"

장비가 큰소리로 외쳤다: "조조는 네가 의리 없는 놈이라고 했다. 그래서 우리 형님에게 너를 죽이라고 했다." (*조조의 밀서 내용을 그만 그의 입으로 터뜨리고 말았다.)

현덕은 연달아 야단쳐서 그를 물러가게 한 다음, 여포를 안내하여 함께 후당으로 들어가서 장비가 그런 말을 한 이유를 사실대로 다 이야기해주고, 조조가 보내온 밀서까지 여포에게 보여주었다. (*이는 현덕이 밀서를 신묘하게 이용한 것이다.)

여포는 밀서를 다 보고 나서 울면서 말했다: "이것은 조조 이 역적놈이 우리 두 사람을 서로 불화하도록 하려는 것이오."

현덕曰: "형께서는 걱정하지 마십시오. 유비는 맹세코 이런 불의한 짓은 하지 않을 것이오."

여포는 재삼 고맙다고 인사를 했다. 유비는 여포를 남아있도록 해서 함께 술을 마시고 날이 저물어서야 돌아갔다.

관우와 장비가 말했다: "형님은 왜 여포를 죽이지 않으십니까?"

현덕曰: "이것은 조맹덕(曹孟德: 조조)이 나와 여포가 공모해서 자기를 칠까봐 두려워서 이런 계책을 써서 우리 두 사람이 서로 싸우도록 해놓고 자기는 그 중간에서 이득을 취하려는 것이다. 그런데 내가 왜 그자가 시키는 대로 한단 말이냐?"(*순욱의 계략이 일찍감치 간파당했다. 이로써 현덕은 기지機智가 극히 뛰어나고 오로지 충후忠厚하기만 한 것이 아님을 알 수 있다.)

관우는 고개를 끄덕이면서 옳은 말이라고 했다.

장비曰: "나는 어떻게 해서든 이 도적놈을 죽여서 후환을 끊어버릴 것이오."(*장비가 여포를 죽이려고 했던 것은 자기 본심에서이지 조조가 보낸 서신 때문이 아니었다. 시원시원한 사람의 통쾌한 말이다.)

현덕曰: "그것은 대장부가 할 짓이 못 돼!"

〘 11 〙 다음날, 현덕은 허도로 돌아가는 사자를 배웅하러 가서 은명恩命에 사례를 표하는 표문表文을 바치면서 조조에게 보내는 회답의 글도 같이 주었는데, 그 일은 나중에 천천히 도모하겠다고만 말했다. 사자는 돌아가서 조조를 보고 현덕이 여포를 죽이지 않은 일을 말했다.

조조가 순욱에게 물었다: "이번 계책은 성공하지 못했는데, 앞으로 어떻게 하지?"

순욱曰: "또 한 가지 계책이 있는데 그것은, 곧 '구호탄랑지계(驅虎呑狼之計)'라고 부르는 것입니다."

조조曰: "그 계책은 어떤 것이오?"

순욱曰: "몰래 사람을 원술에게 보내서 안부를 물은 다음 이렇게 알려주는 것입니다: '유비가 비밀리에 표문을 올려 보냈는데 남군(南郡: 호북성 강릉江陵)을 치려고 한다는 내용이었다'라고. 원술은 그 말을 듣고 틀림없이 크게 화를 내면서 유비를 공격하려고 할 것입니다. 명공께서는 그때 유비에게 드러내놓고 원술을 치라는 내용의 조서를 내리십시오.

양편이 필사적으로 서로 싸우게 되면 여포는 틀림없이 딴 마음을 먹을 것입니다. 이것이 곧 '범을 몰아서 이리를 삼키도록 한다'는 뜻의 '구호탄랑지계'입니다."(*유비와 여포 두 사람이 서로 목숨을 걸고 싸우려고 하지 않자 또 다시 원술을 끌어들인다.)

조조는 크게 기뻐하며 먼저 사람을 원술에게로 보내고, 다음으로 천자의 조서를 가짜로 꾸며서 서주로 보냈다.

〖 12 〗한편 현덕은 서주에서 사자가 왔다는 말을 듣고 성 밖으로 나가서 맞이해 들였다. 조서를 꺼내 읽어보니 뜻밖에도 군사를 일으켜서 원술을 치라는 것이었다. 현덕은 명령대로 하겠다고 하고는 사자를 먼저 돌려보냈다.

미축曰: "이 또한 조조의 계략입니다."

현덕曰: "비록 계략이기는 하지만 왕명으로 왔으니 어길 수가 없구나."(*조조가 사람들을 부릴 수 있었던 것은 왕명에 가탁假託할 수 있었기 때문이다.)

마침내 군사들을 점검하여 서둘러 출발하기로 했다.

손건曰: "먼저 남아서 성을 지킬 사람부터 정해 놓으셔야 합니다."

현덕曰: "두 아우 중에 누가 남아서 성을 지킬 텐가?"

관우曰: "제가 남아서 이 성을 지키겠습니다."

현덕曰: "나는 아침저녁으로 자네와 일을 의논해야 하는데, 어떻게 서로 떨어져 있을 수 있단 말인가?"

장비曰: "작은 아우가 이 성을 지키겠습니다."

현덕曰: "자네는 이 성을 지켜낼 수 없어. 자네는, 첫째는 술만 먹으면 사나워져서 군사들을 매질하기 때문이고, (*다음 글에서 술주정을 하는 것의 복선이다.) 둘째는 일처리를 경솔히 하면서 남이 간諫하는 말을 듣지 않기 때문에, (*다음 글에서 진등의 간언을 듣지 않는 것의 복선이다.) 나는 마음을 놓을 수가 없어."

장비曰: "지금 이후부터는 술도 마시지 않고 군사도 때리지 않고 또 무슨 일이든 남이 권하고 간하는 대로 하면 될 것 아닙니까!"

미축曰: "다만 말과 마음이 따로 노는 것이 걱정이지요."

장비가 화를 내며 말했다: "내가 우리 형님을 여러 해 동안 따라다니면서 여태 한 번도 신용을 잃은 적이 없는데, 너는 어찌하여 나를 무시하는가?"

현덕曰: "아우가 말은 비록 그렇게 하지만 나는 끝내 마음을 놓을 수가 없네. 아무래도 진원룡(陳元龍: 진등陳登의 자字)이 아우를 도와주고, 아침저녁으로 그가 술을 적게 마시도록 해서 실수가 없도록 해줘야겠어."(*술을 마시지 말라고 말하지 않고, 적게 마시라고 말한 것은 장비가 틀림없이 술을 마시려고 할 것임을 알았기 때문이다.)

진등은 그렇게 하겠다고 대답했다. 현덕은 이처럼 단단히 분부해 놓고 곧 마보군 3만 명을 거느리고 서주를 떠나 남양으로 출발했다.

〖 13 〗한편 원술은 유비가 표문을 올려 자기 관할 하에 있는 주현州縣을 삼키려고 한다는 말을 듣고는 크게 화를 내며 말했다: "네놈은 본래 돗자리나 짜고 미투리나 삼던 놈인데 이제 문득 큰 군郡을 차지하더니 제후들과 동렬에 서겠다고 하다니, 참으로 가소롭구나. 내 마침 네놈을 치려던 참인데 네놈이 도리어 나를 치겠다고 덤비니, 참으로 괘씸하다."

이에 상장군 기령紀靈으로 하여금 군사 10만 명을 거느리고 서주로 쳐들어가도록 했다.

양쪽 군사들은 우이(盱眙: 강소성에 속한 현)에서 만났다. 현덕의 군사들은 그 수가 적어서 산을 의지하여 물가에다 영채를 세웠다. 기령은 본래 산동 사람으로, 그가 쓰는 무기는 무게가 50근이나 되는, 날이 세 가닥으로 뾰족한 삼첨도三尖刀였다. 이날 그는 군사를 이끌고 진 앞으로 나가서 큰소리로 욕을 했다: "유비 이 촌놈아, 네놈이 어찌 감히 우리 경계를 침범하느냐!"

현덕曰: "나는 천자의 조서를 받들고 역신逆臣을 치려는 것이다. 네가 지금 감히 항거하고 나온다면 죽어서도 그 죄를 다 씻을 수 없을 것이다."

기령이 크게 화를 내며 말에 박차를 가해 칼을 휘두르며 곧바로 현덕에게 달려들었다.

관우가 큰소리로 호통을 쳤다: "필부 주제에 우쭐대지 말라!"

관우가 말을 달려 나가 기령과 대판 싸웠는데 계속 30합을 싸웠으나 승부가 나지 않았다.

기령이 큰소리로 외쳤다: "잠깐 쉬었다가 싸우자!"

관우는 곧바로 말머리를 돌려 진으로 돌아와서 진 앞에 말을 세우고 그가 다시 나오기를 기다렸다. 그런데 기령은 이번에는 부장副將 순정荀正을 대신 내보냈다.

관우曰: "기령에게 나오라고 해라. 내 그와 자웅을 겨룰 테다."

순정曰: "이름도 없는 하찮은 장수 주제에, 네놈은 우리 기 장군의 적수가 못 된다."

관우는 크게 화를 내며 곧바로 순정에게 달려들어 단 한 합 만에 그를 베어서 말 아래로 떨어뜨렸다. 현덕은 군사를 몰아 짓쳐들어 갔다. 기령은 대패하여 군사들을 회음(淮陰: 강소성 회음현 서남)의 하구河口로 물려서 그곳을 지키고 있으면서 감히 다시 싸우려고 하지 않고 오로지 군사들로 하여금 몰래 현덕의 영채를 습격하도록 했으나, 그때마다 서주 군사들에게 패하여 달아났다. 이리하여 양쪽 군사들은 서로 대치하고 있게 되었는데, 이에 대한 이야기는 더 이상 하지 않기로 한다.

〖 14 〗 한편 장비는 현덕의 출발을 배웅한 후로 모든 잡무는 전부 진원룡陳元龍에게 맡겨서 관리하도록 하고, 군사와 관련된 중요한 일들만 자기가 알아서 처리했다.

하루는 연석을 베풀어 모든 관원들을 참석시켰다. 여러 사람들이 자리를 잡고 앉자 장비가 말했다: "우리 형님은 출발하실 때 내가 혹시 일을 그르칠까봐 나에게 술을 적게 마시라고 분부하셨다. 그러니 여러분들은 오늘 하루만 전부 취하도록 마시고 내일부터는 모두들 술을 끊고, (*자신은 술을 끊지 못하면서 여러 사람들에게는 자기를 따라 술을 끊으라고 하다니, 묘하다.) 나를 도와서 함께 성을 지키도록 합시다. 그러나 오늘은 다들 진탕 마셔야 하오."

말을 마치고는 자리에서 일어나 술잔을 잡고 여러 사람들에게 술을 권했다. 술잔이 돌아서 조표曹豹 앞에 이르자 그가 말했다: "저는 체질상 술을 마시지 못합니다."

장비曰: "이 죽일 놈의 새끼가 왜 술을 안 마시려고 해? 내 기어코 네게 한 잔 먹여야겠다."

조표는 겁이 나서 어쩔 수 없이 한 잔 받아 마셨다. (*체질을 어긴 것이다.) 장비는 모든 관원들에게 두루 잔을 다 돌리고 나서 자기는 커다란 술잔에다 술을 따라서 연거푸 수십 잔이나 마셔서 자기도 모르게 잔뜩 취했다. 그러고 나서 또 몸을 일으켜 여러 사람들에게 술잔을 돌렸다.

술잔이 다시 조표 앞에 이르자 조표가 말했다: "저는 정말로 술을 마실 줄 모릅니다."

장비曰: "방금 전에는 마셔 놓고 지금은 왜 안 마시려 하느냐?"

조표가 재삼 사양하면서 마시지 않으려고 하자 장비는 그만 취하여 술주정을 하면서 곧바로 화를 내며 말했다: "네가 나의 군령을 어겼으니 곧장 1백 대를 맞아야겠다."

그리고는 곧바로 군사에게 호령해서 조표를 끌어내라고 했다.

진원룡曰: "현덕공이 떠나실 때 장군께 뭐라고 분부하셨지요?"

장비曰: "너는 문관이니 문관이 할 일만 하고 내 일에는 간섭하지 마라!"(*장령을 어긴 일에 대해서는 본래 문관이 관여할 수 없다.)

조표는 별수 없이 통사정을 하는 수밖에 없었다: "익덕공翼德公, 제발 내 사위의 얼굴을 봐서라도 나를 용서해 주시오."

장비曰: "네 사위가 누구냐?"

조표曰: "여포가 내 사위입니다."(*바로 그의 원수를 끌어들였다.)

장비가 버럭 화를 내며 말했다: "내 본래 너를 때리지 않으려고 했는데 네가 여포를 들먹이면서 나를 겁주려고 하니 내 기어코 너를 때려야겠다. 내가 너를 때리는 것은 곧 여포를 때리는 것이다!"

여러 사람들이 계속 말렸으나 장비는 듣지 않고 조표에게 매질을 하도록 하여 50대나 때렸을 때 여러 사람들이 극력 용서를 빌어서 그제야 비로소 멈추게 했다.

술자리가 파하여 집으로 돌아간 조표는 생각할수록 장비의 소행이 몹시 분했다. 그날 밤 조표는 사람에게 한 통의 서신을 가지고 소패小沛로 가서 여포에게 전해 주도록 했는데, 그 편지에서 장비의 무례함을 자세히 설명했다. 그리고 말했다: "현덕은 이미 회남(淮南: 안휘성 수현 壽縣)으로 가고 없으니 오늘 밤 장비가 술에 취한 틈을 타서 군사를 이끌고 와서 서주를 습격하도록 하시게. 이 기회를 놓쳐서는 안 되네." 라고 했다.

〖 15 〗 여포는 편지를 받아보고 곧바로 진궁을 불러와서 상의했다.

진궁曰: "소패는 본래 오래 머물러 있을 곳이 못 됩니다. 지금 서주 성에는 이용해볼 만한 틈새가 생겼으니 이런 기회를 놓치고 서주를 취하지 않는다면 나중에 후회해도 늦습니다."(*두 영웅이 한 둥지에 같이 살 수 없는데다가 하물며 진궁은 서주를 취할 꾀를 내고 있고, 조조는 서주에 대해 원한을 품고 있다면, 비록 장비가 술주정을 부리지 않았다 하더라도 여포가 어찌 오래도록 소패에만 머물러 있으려 했겠는가? 술주정을 이유로 장비를 책망하는 것은 공연한 일이다.)

여포는 그 말을 좇아 즉시 갑옷과 투구를 걸치고 말에 올라 5백여 기병들을 거느리고 먼저 가면서 진궁으로 하여금 대군을 이끌고 뒤따라오도록 하고 고순高順 역시 뒤따라오도록 했다. (*조조가 서주를 공격한 것은 부친의 원수를 갚기 위해서였고, 여포가 서주를 공격한 것은 장인의 원수를 갚기 위해서였다.)

소패는 서주와 떨어진 거리가 불과 4,50리밖에 되지 않아서 말에 오르자 곧바로 도착했다. 여포가 성 아래에 도착했을 때는 시간이 마침 사경(四更: 새벽 1시에서 3시 사이) 무렵이어서 달이 휘영청 밝았는데도 성 위에서 지키는 군사들은 전혀 알아채지 못했다. 여포가 성문 가로 가서 외쳤다: "유劉 사군께서 전달할 기밀機密이 있어서 사람을 보내서 왔소."

성 위에 있던 조표의 수하 군사가 이를 조표에게 알리자, 조표가 성 위로 올라가서 살펴보고는 즉시 군사에게 성문을 열라고 명했다.

여포가 암호를 한 마디 말하자 군사들은 일제히 성내로 들어가면서 고함을 크게 질렀다. 장비는 이때 마침 술에 취해서 집에서 자고 있었는데, 좌우에 있던 사람들이 급히 그를 흔들어 깨우며 알렸다: "여포가 속임수로 성문을 열도록 해서 쳐들어 왔습니다!"

장비가 크게 화를 내며 부리나케 투구와 갑옷을 걸치고 장팔사모丈八蛇矛를 잡고 집 대문을 막 나가서 말에 올랐을 때엔 여포의 군사들이 이미 당도해서 서로 마주쳤다. 장비는 이때 아직 술이 덜 깨서 힘껏 싸울 수가 없었다.

여포도 평소 장비의 용맹을 알고 있었으므로 역시 감히 함부로 덤벼들지 못했다. 그때 18기騎의 측근 장수들이 장비를 보호하여 동문으로 짓쳐나갔다. 현덕의 가솔들은 모두 부중府中에 있었으나 아무도 그들을 돌볼 수가 없었다.

〖 16 〗 한편 조표는 장비를 호위하며 따르는 사람이 10여 명뿐인데다 또 장비가 술에 취해 있다고 무시하고는 곧바로 군사 1백10명을 이끌고 그 뒤를 쫓아갔다. 장비는 조표를 보자 버럭 화가 나서 말에 박차를 가해 달려가 그를 맞이해 싸웠다. 겨우 3합 싸우고 조표는 패하여 달아났다. 장비는 그를 성 밑 해자 가까지 쫓아가서 창으로 조표의 등 한복판을 찔렀다. 조표는 말과 함께 해자 속으로 떨어져서 죽고 말았다. (*살아 있을 때 술을 마시지 않겠다고 하자, 죽었을 때 그 벌로 물을 먹도록 하는구나.) 장비가 성 밖에서 군사들을 불러내자 성에서 나온 자들은 전부 장비를 따라 회남으로 찾아갔다.

여포는 성에 들어가서 주민들을 안심시켜 위로하고 군사 1백 명을 배치하여 현덕의 집 대문을 지키도록 하고, 어느 누구도 함부로 그 안

에 들어가지 못하도록 했다. (*이는 여포가 온정을 베풀어서가 아니라 현
덕이 그에게 조조의 조서를 보여준 정의情誼에 감동해서다.)

한편 장비는 수십 기를 이끌고 곧바로 우이盱眙로 가서 현덕에게 조
표가 여포와 안팎으로 호응하여 밤에 서주를 습격해 온 일을 자세히
이야기했다. 모두들 얼굴색이 하얗게 변했다.

현덕이 탄식하며 말했다: "얻었다고 어찌 기뻐하고 잃었다고 어찌
근심하겠는가(得何足喜, 失何足憂)."(*의젓하고 대범한 장부의 말이다.)

관우曰: "형수님들은 어디 계시는가?"

장비曰: "전부 성 안에 갇혀 있습니다."

현덕은 묵묵히 말이 없었다.

관우는 발을 구르며 장비를 원망했다: "네가 당초에 성을 지키겠다
고 했을 때 뭐라고 말했었나? 형님께서는 네게 뭐라고 분부하셨는가?
오늘 성도 잃어버리고 형수님들도 적의 손에 떨어지셨으니, 이 일을
어찌해야 좋단 말인가!"

장비는 그 말을 듣자 황공하여 어쩔 줄 몰라 하다가 칼을 쑥 빼어들
고 자기 목을 찌르려고 했다. 이야말로:

　　잔 들어 술 마실 땐 기분 얼마나 호방했나　　　舉杯暢飮情何放
　　칼 뽑아 목 찌르려니 후회해도 이미 늦네!　　　拔劍捐生悔已遲

그의 목숨이 결국 어찌될지 모르겠거든 다음 회를 읽어보도록 하라.

제 14 회 모종강 서시평序始評

(1). 조조가 황제를 허도許都로 옮긴 것과 동탁이 황제를 장안으
로 옮긴 것, 그리고 이각과 곽사가 황제를 미오郿塢로 옮긴 것에는
아무런 차이가 없다. 그러나 동탁과 이각 및 곽사의 명분은 반역이

었는데 반해 조조의 명분은 순리順理라고 한 것은 왕을 보위하려는 군사냐 황제를 겁박하려는 군사냐의 차이에 따른 것이다.

(2). 유비가 여포를 죽이지 않은 것은 그를 남겨두어 조조의 적으로 삼기 위해서였다. 뒤에 가서 백문루白門樓에서 조조에게 여포를 참수하라고 권한 것은 더 이상 살려두었다가는 그가 조조의 한쪽 날개가 될까봐 염려해서였다. 앞에서 여포를 죽이지 않은 것과 후에 가서 그를 죽이도록 권한 것에는 각기 깊은 뜻이 있었던 것이니, 영웅들의 소견은 범인들이 미칠 수 있는 바가 아니다.

(3). 조조는 자신을 위해 부친의 원수를 갚으려고 했지만 서주徐州는 끝내 조조에 의해 깨뜨려지지 않았다. 여포는 자기 처를 위해 그 부친의 원수를 갚으려고 했고 결국 서주는 여포에게 탈취당하는 바 되었다. 장인(曹豹)을 매질한 원한이 부친을 살해한 원한보다 더 심했다고 할 수 있는바, 부친을 사랑하는 마음이 처를 사랑하는 마음보다 못한 것이 인정人情이라니, 참으로 탄식할 노릇이다.

그러나 부친을 사랑하는 마음이 처를 사랑하는 마음보다 못하다면, 반드시 처를 사랑하는 마음은 첩을 사랑하는 마음보다 못할 것이다. 그런데 여포는 조표가 매를 맞자 곧바로 처를 위해 원수를 갚으려고 하였으면서 왕윤王允이 피살되었을 때엔 어찌하여 첩인 초선貂蟬을 위해 원수를 갚으려고 하지 않았는가? 결국 초선을 사랑하지 않았거나 아니면 자기 처가 무서웠기 때문일 것이니, 한 번 웃을 일이다.

제 15 회

태사자, 소패왕 손책과 싸우고
손책, 엄백호와 싸워 오군에 터를 잡다

〖 1 〗 한편 장비가 칼을 빼서 자기 목을 찌르려고 하자 현덕이 앞으로 나가서 그를 껴안고 칼을 빼앗아 땅에 내던지며 말했다: "옛사람이 말하기를 '형제는 손발과 같고 처자는 옷과 같다(兄弟如手足, 妻子如衣服)'고 하였다. 옷은 찢어지면 기울 수라도 있지만 손발이 끊어지면 어찌 다시 이을 수 있겠느냐? (*사람들에게 후처(繼妻)가 있다는 말은 들었어도 후형(繼兄), 후제(繼弟)가 있다는 말은 못 들었다.) 우리 세 사람이 복숭아밭에서 의형제를 맺을 때 한 날 한시에 태어나기를 바랐던 게 아니라 다만 한 날 한 시에 죽기를 바랐었다. 지금 비록 성(城池)과 가솔들은 잃었지만 어찌 차마 형제를 중도에 잃을 수 있겠느냐? 하물며 서주성은 본래 내 것이 아니었고, 가솔들도 지금은 비록 적의 수중에 떨어져 있다고 해도 여포는 틀림없이 해치지 않을 것이니 아직도 구해 낼

방도를 찾을 수 있을 것이다. 아우는 한때의 과오를 가지고 어찌 문득 목숨을 버리려 하는가!"(＊오늘날 여자 동서들끼리 불목함으로써 형제간에도 불목하게 된 사람들이 많다. 같은 어미 배속에서 태어난 형제간에도 이러할진대 하물며 성이 다른 형제들 간에야 어떠하겠는가? 현덕의 이 몇 마디 말을 살펴보는 것은 형제간의 우애를 노래한 시경詩經의 〈당체棠棣〉편을 읽는 것보다 낫다.)

말을 마치고 대성통곡을 했다. 관우와 장비도 감동해서 같이 울었다.

한편 원술은 여포가 서주를 습격했다는 소식을 듣고 그날 밤으로 사람을 여포에게 보내면서 군량 5만 섬과 말 5백 필, 금은 1만 냥兩과 채단綵緞 1천 필을 줄 테니 유비를 협공하자고 제안하도록 했다. (＊원술은 전에 이미 여포에게 약속했던 물품을 주지 않은 적이 있는데, 지금 또 여포와 내통하려고 하는바, 그 반복무상함이 가소롭다.)

여포는 기뻐하면서 고순高順으로 하여금 군사 5만 명을 거느리고 가서 현덕의 배후를 치도록 했다. 현덕은 이 소식을 듣고 궂은비가 내리는 틈을 타서 군사들을 거두어 우이肝眙를 버리고 달아나서 동으로 가서 광릉(廣陵: 서주군 광릉현. 강소성 양주揚州 북쪽)을 취하려고 했다. 그래서 고순이 군사를 거느리고 우이에 당도했을 때에는 현덕은 이미 떠나간 뒤였다. 고순이 원술의 장수 기령紀靈을 만나서 주겠다고 약속한 물건들을 달라고 했다.

기령曰: "공은 일단 군사를 돌려 가시오. 내가 주공을 만나보고 상의 드리도록 하겠소."

고순은 이에 기령과 작별한 다음 군사를 돌려 가서 여포를 보고 기령의 말을 모두 이야기했다. 여포가 한창 의심하면서 망설이고 있을 때, 갑자기 원술이 보낸 편지가 도착했다. 그 편지의 내용은 이러했다:

"(유비를 치기 위해) 비록 고순이 왔다고는 하지만 아직 유비를 제

거하지 못했소. 일단 유비를 잡을 때까지 기다렸다가 그때 가서 약
속한 물건들을 보내주겠소."

여포는 화가 나서 원술을 신용 없는 자라고 욕하면서 군사를 일으켜
그를 치려고 했다.

진궁曰: "안 됩니다. 원술은 수춘壽春을 차지하고 있는데다 군사도
많고 군량도 넉넉해서 가벼이 대적할 수 없습니다. 차라리 현덕으로
하여금 돌아와 소패성에 주둔하고 있도록 하여 우리의 날개로 삼는 것
이 좋겠습니다. 그래서 뒷날 현덕을 선봉으로 삼아 먼저 원술을 치고,
그 다음에 원소를 친다면 천하를 마음대로 누빌 수 있을 것입니다."

여포는 그 말을 듣고 사람을 시켜서 서신을 가지고 현덕에게 가서
돌아오도록 했다. (*홀연히 치려고 하고 홀연히 그를 맞이하려 하는바, 반
복무상함이 참으로 가소롭다.)

〖 2 〗 한편 현덕은 군사를 이끌고 동으로 가서 광릉을 쳤는데, 원술
이 급습을 하는 바람에 군사들을 태반이나 잃어버렸다. 돌아오는 길에
마침 여포가 보낸 사자를 만났다. 현덕은 사자가 바치는 서신을 보고
크게 기뻐했다.

관우와 장비가 말했다: "여포는 의리 없는 인간이므로 믿을 수 없습
니다."

현덕曰: "그가 이미 나를 호의로 대해 주는데 어찌 그를 의심하겠는
가?"

그리하여 마침내 서주로 갔다. 여포는 현덕이 혹시 의혹을 품고 있
는 것은 아닌지 염려되어 먼저 사람을 시켜서 현덕의 가솔들을 돌려보
내 주도록 했다.

감甘 부인과 미糜 부인이 현덕을 만나서, 그간 여포가 군사들을 시켜
서 집 대문을 단단히 지켜 주었고, 아무도 집 안에 들어오지 못하도록

했으며, 또 늘 시첩侍妾들을 시켜서 물건들을 보내주어 아무런 부족함도 느끼지 않도록 해주었다는 것을 자세히 말했다.

현덕은 관우와 장비에게 말했다: "나는 여포가 틀림없이 내 가솔들을 해치지 않을 줄 알았다."

그리고는 여포에게 고맙다고 인사를 하러 성 안으로 들어갔다. 그러나 장비는 여포에게 원한을 품고 있었으므로 따라 들어가려고 하지 않고 두 형수를 모시고 먼저 소패小沛로 가버렸다.

현덕이 성 안에 들어가서 여포를 보고 고맙다고 인사를 했다.

여포曰: "내가 성을 빼앗으려고 했던 것이 아니라 장비 아우님이 이곳에서 술에 취해 사람을 죽이기에 혹시 일을 그르치지나 않을까 염려해서 일부러 와서 지켜드리려고 했을 뿐이오."

현덕曰: "제가 형에게 서주를 양보하려고 한 지가 오래 됩니다."

여포는 짐짓 서주를 도로 현덕에게 양보하려는 체했다. 그러나 현덕은 극력 사양하고 소패로 돌아가서 군사를 주둔시켰다. (*본래는 여포가 유비에게 얹혀살았으나 지금은 반대로 유비가 여포에게 얹혀살게 되었다. 참말로 객은 주인이 되고, 주인은 반대로 객이 되었다.) 관우와 장비는 속이 영 편치 않았다.

현덕曰: "몸을 굽혀 자기 분수를 지키면서 천시天時를 기다려야지 운명과 다투어서는 안 된다(屈身守分, 以待天時, 不可與命爭也)."(*굽힐 줄 알아야만 뻗을 수 있다. 확실히 지언至言이다.)

여포는 사람을 시켜서 그에게 식량과 채단綵緞 등을 보내주었다. 이로부터 두 집안은 서로 화목하게 지냈는데, 이 이야기는 더 이상 하지 않겠다.

〖 3 〗 한편 원술은 수춘(壽春: 안휘성 수현)에서 부하 장사들을 위해 크게 잔치를 벌이고 있었다. 그때 손책孫策이 여강(廬江: 안휘성 여강현 서

남) 태수 육강陸康을 치러 갔다가 이기고 돌아왔다는 보고가 올라왔다. 원술은 손책을 오라고 불렀다. 손책은 들어와서 대청 아래에서 절을 했다. 원술이 그의 노고를 위로한 후 자기 곁에 앉도록 해서 같이 술을 마셨다. (*이곳에서 곧바로 이어서 손책에 대한 묘사를 하고 있다. 갑자기 그가 원술의 당하堂下에서 원술을 섬기며 절을 하고 앉는 것을 얘기함으로써 사람들로 하여금 그 까닭을 이해하지 못하도록 하고 있는데, 아래 글에 이르러 비로소 그 설명을 하고 있다. 필법이 심히 묘하다.)

원래 손책은 부친이 돌아가신 후 물러나 강남에 있으면서 유능한 인사들을 예로써 대우하여 인재들을 불러 모았다. 그러나 후에 서주자사 도겸陶謙과 그의 외숙인 단양(丹陽: 안휘성 선성宣城) 태수 오경吳景이 서로 사이가 나빠졌기 때문에, 손책은 모친과 가솔들을 곡아(曲阿: 강소성 단양현丹陽縣)로 옮겨서 살도록 하고 자신은 원술을 찾아가서 몸을 의탁하고 있었다. 원술은 그를 매우 아끼면서 늘 탄식하여 말했다: "만약 나에게 손랑孫郎과 같은 아들이 있다면 죽은들 무슨 한이 있겠는가!"

그리고는 그를 회의교위懷義校尉로 삼아 군사들을 이끌고 가서 경현 (涇縣: 안휘성 경현)의 도적 수괴 조랑祖郎을 치도록 했는데, 그가 싸움에 이기자 원술은 그의 용맹함을 보고 다시 육강을 치도록 했던 것인데, 그는 이번에도 싸워서 이기고 돌아왔다.

〖 4 〗 이날 잔치가 끝난 뒤 손책은 영채로 돌아왔다. 그는 원술이 잔치 자리에서 자기를 대하는 태도가 몹시 오만한 것을 보았기에, (*원술과 손책의 부친 손견은 동년배이다. 그가 손책을 오만하게 대한 것은 자신을 그의 부친의 친구로, 즉 손책을 자기 친구의 아들로 생각했기 때문이다. 그는 영웅은 본래 나이로 논해서는 안 된다는 것을 몰랐던 것이다. 손책은 비록 나이는 어렸지만 오히려 한 마리 호랑이와 같았고, 원술은 비록 반백의 나이가 되었으나 한 마리 늙은 소에 불과했던 것이다.) 마음이 울적했다.

그래서 마당에서 밝은 달을 바라보며 거닐다가 문득 생각했다: '아버님 손견孫堅께서는 그와 같은 영웅이셨는데, 나는 지금 이런 꼴이 되었구나.'

그래서 자신도 몰래 소리 내어 통곡했다.

그때 갑자기 한 사람이 밖에서 들어오더니 크게 웃으며 말했다: "백부(伯符: 손책)는 무슨 일로 그러고 계시오? 존공尊公께서 살아계실 때는 나를 여러 번 써주셨소. 그대가 만약 결단하지 못할 일이 있으면 왜 나한테 물어보지 않고 혼자서 울고 있단 말이오?"

손책이 보니 단양군 임장(臨鄣: 절강성 안길현安吉縣 서북) 사람으로 성은 주朱, 이름은 치治, 자는 군리君理라고 하는 사람이었다. 그는 옛날 손견 수하에서 종사관으로 일했었다.

손책이 눈물을 거두고 그를 자리에 앉도록 청한 다음 말했다: "제가 울었던 것은 선친의 뜻을 이어갈 수 없는 게 한스러워서입니다."

주치日: "그대는 왜 원술에게 오경吳璟을 구원하러 간다는 핑계를 대고 그의 군사를 빌려 강동으로 가서 대업을 도모하려고 하지 않고 오랫동안 남 밑에서 구차스럽게 얽매어 지내는 것이오?"

두 사람이 한창 상의하고 있을 때 한 사람이 갑자기 들어오며 말했다: "공들이 꾀하는 바를 내 이미 다 알고 있소. 내 수하에 정예 장사 1백 명이 있으니 백부伯符에게 잠시 작은 힘이나마 보태드릴 수 있소."

손책이 그 사람을 보니, 원술의 모사謀士로서 여남군 세양현(細陽縣: 안휘성 태화현太和縣 동쪽) 사람으로 성은 여呂, 이름은 범範, 자는 자형子衡이라고 하는 사람이었다. (*원술의 모사가 다른 사람을 위해 일하고 있으니, 원술은 아무것도 이룰 수 없는 자임을 알 수 있다.)

손책은 크게 기뻐하며 그를 자리에 앉도록 청한 다음 같이 상의했다.

여범曰: "다만 원술이 군사를 빌려주려고 하지 않을까봐 걱정이오."

손책曰: "내게 선친께서 남겨주신 전국옥새傳國玉璽가 있는데, (*자기 부친은 맹세까지 하면서 없다고 잡아뗐는데, 그 아들은 끝내 감추지 않는다.) 그것을 저당 잡힌다면 가능할 것입니다."(*쓸모없는 옥새를 쓸모 있는 군사들로 바꾸려는 것으로, 아주 훌륭한 계획이다.)

여범曰: "원술이 그것을 얻고자 한 지 오래 됐소! 그것을 저당 잡히면 틀림없이 군사를 내어줄 거요."

세 사람은 의논을 마쳤다.

〖 5 〗 다음날 손책은 들어가서 원술을 보고 울며 절을 하면서 말했다: "선친의 원수도 갚지 못했는데 지금 또 제 외숙 오경吳璟이 양주자사 유요劉繇의 핍박을 받고 있습니다. 제 노모와 가솔들은 다 곡아曲阿에 있는데 틀림없이 장차 해를 입게 될 것입니다. 저는 감히 웅병雄兵 수천 명을 빌려 강을 건너가서 외숙의 어려움을 구해 드리고 혈육들도 찾아보려고 합니다. 혹시 명공께서 저를 믿지 못하실까봐 염려되어 선친께서 남겨주신 전국옥새를 잠시 저당물로 맡겨놓겠습니다."

원술은 옥새를 가지고 있다는 말을 듣고는 가져오라고 해서 받아보고는 크게 기뻐하며 말했다: "내가 자네 옥새를 가지고 싶어서가 아니라, 자네 뜻이 그렇다니, 당분간 나에게 맡겨두게. (*후문에서 황제를 참칭하게 되는 계기가 된다.) 내 병사 3천 명과 말 5백 필을 자네에게 빌려줄 테니, 일을 끝낸 후에는 속히 돌아오게. 자네 직위가 낮아서 대권을 장악하기 어려울 테니 내가 천자께 표문을 올려 자네를 절충교위折衝校尉·진구장군殄寇將軍에 봉하도록 하겠네. (*군사들만 빌린 것이 아니라 큰 관직까지 얻었다.) 그러니 서둘러 군사들을 거느리고 곧바로 떠나도록 하게."

손책은 고맙다고 인사하고 군사들을 이끌고 주치와 여범, 그리고 부친의 옛 장수들인 정보, 황개, 한당 등을 데리고 날을 택하여 군사를 일으켰다.

〖 6 〗 손책 일행이 역양(歷陽: 안휘성 화현和縣)에 이르렀을 때 한 떼의 군사들이 오는 것이 보였다. 앞장 선 사람은 용모도 잘 생기고 풍채도 단정하고 빼어났는데, 그는 손책을 보더니 곧바로 말에서 내려 절을 했다. 손책이 보니 다름 아닌 주유周瑜였다. 주유는 여강 서성(舒城: 안휘성 여강 서남) 사람으로 자字를 공근公瑾이라고 했다.

전에 손견이 동탁을 치러 갈 때 집을 서성으로 옮겼기 때문에 손책과 주유는 동향인일 뿐만 아니라 둘은 동갑이어서 서로 정이 깊이 들어 형제의 의義를 맺었었다. 손책의 생일이 주유보다 두 달 빨랐으므로 주유는 손책을 형으로 섬겼었다. 주유의 숙부인 주상周尙이 이번에 단양태수가 되어서 문안을 드리러 가는 길이었는데, 뜻밖에 이곳에서 손책과 서로 만나게 되었던 것이다.

손책은 주유를 보고 크게 기뻐하며 그간의 속사정을 다 털어놓았다.

주유曰: "저도 견마지로犬馬之勞를 다해 형님과 함께 대사를 도모해 보겠습니다."

손책은 기뻐서 말했다: "내가 공근을 얻었으니 대사는 다 이룬 셈이야!"

그리고는 곧 주치, 여범 등을 주유에게 소개했다.

주유가 손책에게 말했다: "형님께서 대사를 이루려고 하신다면, 형님 역시 강동에 두 사람의 장씨張氏가 있다는 것은 알고 계시겠네요?"(*큰일을 이룰 수 있으려면 반드시 인재를 얻을 수 있어야 한다. 남이 큰일을 이루도록 도와줄 수 있으려면 반드시 훌륭한 인재를 천거할 수 있어야 한다.)

손책曰: "두 사람의 장씨란 누구를 말하는 것이냐?"

주유曰: "한 사람은 팽성(彭城: 강소성 동산현銅山縣)의 장소張昭로 자를 자포子布라 하고, 또 한 사람은 광릉廣陵의 장굉張紘으로 자를 자강子綱이라고 합니다. 두 사람 다 천하를 다스릴만한 큰 재능을 가진 인물들인데, 난리를 피하기 위해 이곳에 와서 숨어 지내고 있습니다. 형님께서는 어찌하여 그들을 빨리 초빙하시지 않습니까?"

손책이 기뻐하며 즉시 사람을 시켜서 예물을 가지고 가서 그들을 초빙해 오도록 했으나, 둘 다 사양하고 오지 않았다. (*훌륭한 사람으로 알려져 있으면서 부른다고 즉시 달려오는 그런 종류의 사람이라면 주유 역시 천거하지도 않았을 것이다.) 손책은 이에 직접 그들의 집으로 찾아가서 함께 이야기해 보고는 크게 기뻐하며 극력 초빙하자 그제야 두 사람도 허락했다. 손책은 곧바로 장소를 장사長史 겸 무군중랑장撫軍中郞將에 임명하고, 장굉은 참모정의교위參謀正議校尉에 임명해서 함께 유요를 칠 일을 상의했다.

〖 7 〗한편 유요劉繇는 자를 정례正禮라 하는데, 동래군 모평(牟平: 산동성 복선현福仙縣 서북) 사람으로 역시 한 황실의 종친이고 태위太尉 유총劉寵의 조카이자 연주兗州 자사 유대劉岱의 아우이다. 그는 전에 양주자사로서 수춘壽春에 군사를 주둔시키고 있다가 원술에게 쫓겨서 강동으로 건너와서 곡아曲阿에 있게 된 것이다.

이때 유요는 손책의 군사가 이르렀다는 말을 듣고 급히 여러 장수들을 모아놓고 상의했다.

부장部將 장영張英이 말했다: "제가 한 부대의 군사들을 거느리고 우저(牛渚: 안휘성 당도현當涂縣 서북 장강 변)로 가서 주둔하고 있으면 설령 백만 대군이라 하더라도 접근하지 못할 것입니다."

그의 말이 끝나기도 전에 휘하에 있던 한 사람이 큰소리로 외쳤

다: "제가 앞 부대의 선봉이 되고 싶습니다."

여러 사람들이 그를 보니 동래군 황현(黃縣: 산동성 황현 동쪽) 사람인 태사자太史慈였다. 태사자는 북해태수 공융孔融이 포위당하고 있는 것을 풀어준 후에 곧바로 유요를 찾아왔는데, 유요는 그를 자기 휘하에 머물러 있도록 했던 것이다. (*앞의 글을 보충 설명하고 있다.) 그는 이날 손책이 당도했다는 말을 듣고 앞 부대의 선봉이 되기를 자원했던 것이다.

유요曰: "자네는 아직 나이가 어려서 대장이 될 수 없으니, (*원술은 손책을 나이가 어리다고 무시했는데, 유요 역시 나이가 어리다고 태사자를 무시하고 있다. 원술과 유요는 같은 부류의 사람들이다.) 내 곁에 있으면서 내가 시키는 대로 하게."

태사자는 불쾌해 하면서 물러갔다.

장영은 군사를 거느리고 우저로 가서 군량 10만 섬을 창고에 쌓아 놓았다. 손책의 군사가 당도하자 장영이 맞이하러 나가서 양쪽 군사들은 우저의 모래톱에서 서로 만났다. 손책이 말을 타고 나가자 장영이 큰소리로 욕설을 퍼부었다. 그러자 곧바로 황개가 나가서 장영과 맞붙어 싸웠는데, 몇 합 싸우지도 않았을 때 갑자기 장영의 군중이 크게 어지러워지면서 영채 안에서 누군가가 불을 질렀다고 알려왔다. 장영은 급히 군사를 돌렸다. 그러자 손책이 군사를 이끌고 와 기세를 타고 그 뒤쪽을 들이쳤다. 장영은 우저를 버리고 깊은 산속으로 달아났다.

원래 장영의 영채에다 불을 지른 것은 두 명의 건장한 장수들이었는데, 한 사람은 구강九江 수춘 사람으로 성은 장蔣, 이름은 흠欽, 자는 공혁公奕이라 하는 자였고, 또 한 사람은 구강 하채(下蔡: 안휘성 봉대현鳳臺縣) 사람으로 성은 주周, 이름은 태泰, 자는 유평幼平이라고 하는 자였다.

이 두 사람은 난리를 만나자 사람들을 불러 모아서 양자강(洋子江: 양자강揚子江, 즉 장강長江)에서 노략질을 하며 지내왔는데, 손책이 강동의 호걸로서 천하의 인재들을 널리 구한다는 말을 들은 지 오래 되었는지라 이번에 특히 자신들의 도당 3백여 명을 이끌고 그를 찾아온 것이다. (*두 사람은 찾아온 다음에 공을 세우지 않고 먼저 공부터 세운 다음 찾아왔는데, 찾아온 방법이 매우 기이하다.)

손책은 크게 기뻐하며 그들 둘을 거전교위車前校尉로 삼았다. 이 싸움에서 손책은 우저의 창고에 쌓여 있던 양식과 무기들을 손에 넣었고 또 항복해온 군사 4천여 명을 거두어들였다. 그리고는 곧바로 신정(神亭: 강소성 금단시金壇市 북, 단양시 남)으로 진군했다.

〖 8 〗한편 장영은 싸움에 패하고 돌아가서 유요를 보자, 유요는 화가 나서 그의 목을 베려고 했다. 모사 착융笮融과 설례薛禮가 극력 만류하여, 그로 하여금 말릉성(秣陵城: 강소성 강녕현江寧縣 남쪽의 말릉관)에 군사를 주둔시켜 놓고 적을 막도록 했다. 유요는 자신이 직접 군사를 거느리고 신정神亭 고개 남쪽으로 가서 영채를 세웠고, 손책은 고개 북쪽에다 영채를 세웠다.

손책이 그곳 토박이에게 물었다: "이 근처 산에 한漢 광무제光武帝를 모시는 사당이 있느냐?"

토박이가 말했다: "고개 위에 사당이 있습니다."(*한 광무제의 사당은 당연히 낙양에 있어야지 어찌하여 신정 고개 위에 있는가? 생각건대, 낙양의 사당이 불타 없어지자 유요가 자신은 한 황실의 종친이라고 생각하여 이곳에 사당을 세워놓았을 것이다.)

손책曰: "내가 간밤에 광무제께서 나를 부르시어 만나보는 꿈을 꾸었으니 마땅히 가서 빌어야겠다."(*손책은 후에 가서 신선神仙도 믿지 않았는데, 유독 이날만은 몽조夢兆를 믿었던 까닭이 무엇일까?)

장사長史 장소張昭가 말했다: "안 됩니다. 고개 남쪽은 바로 유요의 영채입니다. 만약 복병이라도 있으면 어찌 하시렵니까?"

손책曰: "신령께서 나를 보우하시는데 내가 뭘 겁내겠소?"

그리고는 투구와 갑옷을 걸치고 창을 들고 말에 올라 정보, 황개, 한당, 장흠, 주태 등 모두 13명이 말을 타고 영채를 나서서 사당으로 가서 분향을 하기 위해 고개 위로 올라갔다.

말에서 내려 참배를 마친 후, 손책이 앞으로 나아가 무릎을 꿇고 빌었다: "만약 손책이 강동에서 대업을 이루고 돌아가신 아버님의 기업基業을 다시 일으킬 수 있게 된다면 곧바로 사당을 다시 세우고 계절마다 제사를 올리겠나이다."(*손가孫家의 기업基業을 일으키려고 하는 사람이 유가劉家와 무슨 상관이 있는가? 그리고 또 유가의 종친과 대적하려고 하면서 왜 반대로 한漢의 조상들에게 빈단 말인가? 소패왕(小霸王: 손책)이 신의 도움을 빌어 유씨를 공격하려고 한다면 마땅히 항우項羽의 사당을 찾아가서 빌어야 한다.)

빌기를 마치고 사당에서 나와서 말에 올라 여러 장수들을 돌아보고 말했다: "고개를 넘어가서 유요의 영채를 살펴보고 싶다."

여러 장수들은 모두 안 된다고 했다. 그러나 손책이 그 말을 듣지 않자 마침내 다 같이 고개로 올라가 남쪽의 마을과 숲을 바라보았다.

진즉에 길가에 매복해 있던 군사가 나는 듯이 달려가서 유요에게 보고했다.

유요曰: "이것은 틀림없이 손책이 우리를 꾀어내려는 계략일 것이니 쫓아가서는 안 된다."

태사자가 펄쩍 뛰면서 말했다: "이때 손책을 붙잡지 않고 다시 어느 때를 기다린단 말입니까?"

곧바로 유요의 명령도 기다리지 않고 끝내 혼자서 투구와 갑옷을 걸치고 말에 올라 창을 들고 영채를 나가면서 크게 외쳤다: "용기 있는 자는 모두 나를 따라오라!"

많은 장수들은 꼼짝하지 않고 가만히 있는데, 오직 젊은 장수 하나가 말했다: "태사자야말로 참으로 맹장이다! 내가 도와드려야겠다!"

그리고는 말에 박차를 가해 그와 같이 갔다. (*애석하게도 이 젊은 장수의 이름은 전해오지 않는다.) 모든 장수들은 다 그들을 비웃었다. (*연작燕雀이 홍곡鴻鵠을 비웃는 격이다.)

〖 9 〗 한편 손책은 유요의 영채를 한참 동안 살펴보고 나서야 비로소 말머리를 돌렸다. 한창 고개를 넘어가는데 문득 고개 위에서 외치는 소리가 들렸다: "손책은 달아나지 말라!"

손책이 고개를 돌려 보니 두 필의 말이 나는 듯이 달려서 고개를 내려오고 있었다. 손책은, 13기의 기마들을 일제히 가지런히 벌려 세운 다음, 자기는 고개 아래에서 창을 비껴들고 말을 세워놓고 그들을 기다렸다.

태사자가 큰소리로 물었다: "누가 손책이냐?"

손책曰: "너는 누구냐?"

그가 대답했다: "나는 동래東萊 사람 태사자太史慈다. 손책을 잡으러 일부러 왔다."

손책이 웃으면서 말했다: "내가 바로 손책이다. 너희 둘이 한꺼번에 나 하나한테 덤벼들어도 나는 겁 안 난다. 내가 만약 너희를 겁낸다면 손백부孫伯符가 아니다."

태사자曰: "너희들 여럿이 모두 덤벼들어도 나 역시 겁 안 난다!"

태사자는 창을 비껴들고 말을 달려서 곧바로 손책에게 덤벼들었다. 손책은 창을 꼬나들고 나가서 그를 맞았다. 두 필 말이 서로 엇갈리며 50합이나 싸웠지만 승부가 나지 않았다.

정보 등은 속으로 은근히 감탄했다. 태사자는 손책의 창법에 전혀 빈틈이 없는 것을 보고 짐짓 패한 척하고 달아나면서 손책이 쫓아오도록 유인했다. 태사자는 먼저 내려왔던 길로 해서 고개를 올라가지 않고 뜻밖에도 돌아서 산 뒤쪽으로 갔다. 손책은 그 뒤를 쫓아가며 큰소리로 꾸짖었다: "달아나는 자는 사나이가 아니다!"

태사자는 속으로 계산했다: "저 자식에겐 따르는 자들이 열둘이나 되지만 나에겐 단 하나밖에 없으니, 설령 내가 저놈을 산 채로 붙잡더라도 결국은 여러 놈들에게 빼앗기고 말 것이다. (*손책을 붙잡지 못할까봐 우려하지 않고 붙잡아도 다시 빼앗길까봐 우려하고 있다. 그의 안중에는 아예 손책이 없었다고 할 수 있다.) 한 마장(里) 더 유인해 가서 저놈들이 찾아오지 못할 으슥한 곳에서 손을 써야겠다."

이런 생각에서 태사자는 달아나다가 돌아서서 잠깐 싸우고, 다시 달아나다가 돌아서서 잠깐 싸우기를 되풀이했다. 손책은 끝내 그를 놓아주려고 하지 않고 길이 평탄한 곳에 이를 때까지 계속 쫓아갔다.

그때 태사자가 말을 빙 돌려서 또 다시 50합이나 싸웠다. 손책이 창을 들어 힘껏 찌르자 태사자는 재빨리 몸을 틀어 피하면서 손책의 창 자루를 붙잡아 겨드랑이에 끼었다. 그와 동시에 태사자 역시 창으로 힘껏 찌르자 손책 또한 재빨리 몸을 틀어 피하면서 그의 창 자루를 붙잡아 겨드랑이에 끼었다. 둘이서 서로 힘껏 끌어당기자 둘 다 그만 말에서 떨어지고 말았다. 그 사이 말들은 어디론가 달아나버려서 보이지 않았다. (*따르던 사람들만 흩어진 게 아니라 애마愛馬까지 잃어버렸다.)

둘은 창을 버리고 서로 꽉 잡고 맨주먹으로 치고받으며 싸웠다. 그 바람에 전포들은 갈가리 찢어졌다. 손책이 재빨리 손을 뻗어 태사자의 등 뒤에 달려 있는 단극短戟을 뽑아들자, 태사자 역시 손을 뻗어 손책의 머리 위에 있는 투구를 벗겨 들었다. 손책은 태사자의 단극을 잡고 태사자를 찌르고, 태사자는 손책의 투구를 잡고 손책의 공격을 막아냈다. (*손책은 태사자의 단극으로 태사자를 찌르고, 태사자 역시 손책의 투구로 손책의 공격을 막아내니, 다 같이 적의 무기로 적을 치는(以敵治敵) 격이고, 나의 무기로 나를 어렵게 하는 격이다.)

그때 갑자기 뒤쪽에서 함성이 일어나면서 유요의 후원군 약 1천여 명이 당도했다. 손책이 당황해 할 바로 그때 정보 등 열두 장수가 말을 타고 짓쳐왔다. 손책과 태사자는 그제야 서로 붙잡고 있던 손을 놓았다.

태사자가 자기 군사들 중에서 말 한 필과 창 한 자루를 취하여 말을 타고 다시 싸우러 나왔다. 손책의 말은 정보程普가 붙잡아서 끌고 왔으므로, 손책 역시 창을 잡고 자기 말에 올랐다. 유요의 1천여 명 후원군과 정보 등의 열두 기마가 한데 뒤섞여 어지러이 싸웠는데, 양 쪽은 서로 이리 밀고 저리 밀려가며 신정 고개 아래에 이르렀다.

바로 그때 함성이 일어나면서 주유가 군사를 거느리고 도착했다. (*다행히 이들 군사들의 후원이 있었기에 망정이지, 그렇지 않았더라면 손책 역시 몸을 가벼이 움직이다가 적의 함정에 빠질 뻔했다. 왜 그는 유독 자기 부친이 현산峴山에서 당한 일만은 기억하지 못하는 것일까?) 유요도 직접 대군을 거느리고 고개 아래로 짓쳐 내려왔다. 이때 시간은 이미 황혼 무렵이었는데, 그때 갑자기 비바람까지 몰아쳐서 양쪽에서는 각각 군사를 거두었다. (*만약 비바람이 아니었더라면 태사자와 손책은 다음날 날이 밝아올 때까지 밤새도록 싸웠을 것이다.)

〖 10 〗 다음날, 손책은 군사들을 이끌고 유요의 영채 앞으로 갔다. 유요도 군사를 이끌고 영채를 나와서 양쪽 군사들은 서로 마주보고 둥그렇게 진을 쳤다.

손책은 진 앞에서 창끝에다 태사자의 단극을 매달아 흔들면서 군사들에게 크게 외치도록 했다: "태사자가 만약 재빨리 뺑소니치지 않았더라면 이미 찔려 죽었을 것이다!"

태사자 역시 손책의 투구를 진 앞에다 걸어놓고, (*전에는 호뢰관에서 손견의 붉은 두건이 내걸렸는데, 지금은 신정 고개 아래에서 그 아들 손책의 투구가 내걸렸으니, 모자를 떨어뜨리는 집안이라고 할 만하다.) 마찬가지로 군사들에게 크게 외치도록 했다: "손책의 대가리가 이미 여기 있다!"

양쪽 군사들이 서로 고함을 지르면서 이편이 이겼다고 자랑하면 저편에서는 또 자기들이 강하다고 했다. 태사자가 말을 타고 나서며 손책에게 승부를 가리자고 했다. 손책이 막 나가려 하는데 정보가 말했다: "구태여 주공께서 수고하실 필요 없습니다. 제가 직접 저놈을 사로잡아 오겠습니다."

정보가 진 앞으로 나가자 태사자가 말했다: "너는 내 적수가 아니니 손책더러 나오라고 해라."

정보가 크게 화를 내며 창을 꼬나들고 곧바로 태사자에게 달려들었다. 두 필 말이 서로 엇갈리며 30합을 싸웠을 때, 유요가 갑자기 징을 쳐서 군사를 거두었다.

태사자曰: "제가 막 적장을 사로잡으려고 하는데 왜 군사를 거두셨습니까?"

유요曰: "주유가 군사를 거느리고 곡아曲阿를 습격하자 여강 송자(松滋: 안휘성 숙송현宿松縣 동북) 사람 진무(陳武: 자字는 자열子烈)가 주유를 성안으로 맞이해 들였다는 보고가 들어왔다. 우리 집안의 기업基業을 이미 잃어버렸으므로 이곳에 오래 머물러 있을 수가 없다. 속히 말릉秣陵으로 가서 설례薛禮, 착융笮融의 군사들과 합쳐서 급히 곡아를 구하러 가야겠다."

태사자는 유요를 따라서 군사를 물리었다. 손책은 그들을 쫓지 않고 군사를 거두었다.

장사長史 장소張昭가 말했다: "저쪽 군사들은 주유가 곡아를 습격하여 취하는 바람에 더 이상 싸울 생각이 없어졌을 것입니다. 오늘 밤에 적의 영채를 습격하는 것이 좋겠습니다."

손책은 그 말을 옳게 여기고 그날 밤 군사들을 다섯 방면으로 나누어 기세 좋게 쳐들어갔다. 유요의 군사들은 대패해서 뿔뿔이 흩어져버렸다. 태사자는 혼자 힘으로 당해내기 어렵게 되자 휘하 군사 10여 기를 이끌고 밤을 새워 경현(涇縣: 안휘성 경현)으로 가버렸다.

〖 11 〗 한편 손책은 또 자신을 보좌해 줄 진무陳武를 얻었는데, 이 사람은 키가 7척에 얼굴빛은 누렇고 눈동자는 붉었으며 용모가 아주 기괴했다. (*앞에서는 단지 유요의 입으로 그 사건을 서술했는데, 이번에는 도리어 손책의 눈에 보인 그 사람을 서술하고 있다. 보충 설명하는 방법이 아주 교묘하다.) 손책은 그를 매우 경애하여 교위校尉에 제수하고 선봉으로 삼아 설례를 치도록 했다. 진무는 10여 기만 이끌고 적진으로 돌진해 들어가 적의 머리를 50여 개나 베었다. (*불과 10여 기로 이처럼 많은 적의 머리를 베었는데, 이로써 그의 용맹함을 볼 수 있다.) 설례는 성문을 닫아걸고 감히 싸우러 나가지 못했다.

손책이 한창 성을 공격하고 있을 때 갑자기, 유요가 착융과 합쳐서 우저牛渚를 치러 갔다는 보고가 들어왔다. 손책은 크게 화를 내면서 자신이 직접 대군을 이끌고 곧장 우저로 달려갔다.

유요와 착융 두 사람이 말을 타고 싸우러 나왔다.

손책曰: "내가 지금 여기에 와 있는데 너희는 어찌하여 항복하지 않는 거냐?"

유요의 등 뒤로부터 한 사람이 창을 꼬나들고 말을 달려 나왔는데 곧 유요의 부장副將 우미于糜였다. 그는 손책과 세 합도 싸우지 않아 손책에게 생포당하고 말았다. 손책이 말머리를 돌려 진으로 돌아가는데, 유요의 장수 번능樊能이 우미가 사로잡혀 가는 것을 보고는 창을 꼬나들고 손책의 뒤를 쫓아왔다. 그가 창으로 손책의 등 한복판을 겨누고 막 찌르려고 할 때 손책의 진에서 군사들이 큰소리로 외쳤다:

"뒤에서 몰래 노리는 놈이 있습니다!"

손책이 머리를 돌려 언뜻 보니 번능의 말이 바짝 다가와 있었다. 손책이 큰소리로 야단을 치니, 번능은 천둥소리 같은 그의 고함소리에 그만 깜짝 놀라서 몸이 뒤로 벌렁 뒤집히면서 말 아래로 떨어져 머리가 깨져 죽고 말았다.

손책이 문기門旗 아래로 돌아와서 사로잡아온 우미를 땅에 내던졌는데, 그는 이미 옆구리에 끼여서 숨이 끊어져 있었다. 이처럼 삽시간에 한 장수는 옆구리에 끼어서 죽이고 한 장수는 고함을 쳐서 죽이니, 이때부터 사람들은 모두 손책을 작은 항우項羽라는 뜻으로 "소패왕小覇王"이라고 불렀다. (*옛날 패왕覇王 항우는 강동으로 돌아갈 면목이 없었으나, 지금 소패왕은 강동을 다시 평정했다. 혹자는 그를 항우의 후신으로 생각하는데, 그것 역시 알 수 없는 일이다.)

〖 12 〗 그날 유요의 군사는 크게 패하여 군사들 중 태반은 손책에게 항복했다. 손책의 군사들이 벤 수급만도 1만여 개나 되었다. 유요와 착융은 예장(豫章: 강서성 남창시南昌市)으로 달아나 몸을 의탁하러 유표를 찾아갔다. (*달아난다는 것이 또 손책의 원수한테로 갔다.) 손책은 군사를 돌려서 다시 말릉을 공격하러 갔다.

그가 직접 성 아래 해자 가로 가서 설례에게 투항하라고 권했다. 이때 성 위에서 몰래 숨어서 쏜 화살(暗箭) 하나가 날아와서 손책의 왼쪽 넓적다리에 꽂혀서 몸이 벌렁 뒤집혀지면서 말에서 떨어졌다. 여러 장수들이 급히 그를 구해서 영채로 돌아와 화살을 뽑고 금속으로 생긴 상처에 바르는 약, 즉 금창약金瘡藥을 붙였다.

손책은 군중軍中에, 주장主將이 화살에 맞아 죽었다고 거짓 소문을 내도록 했다. (*손견은 화살에 맞아 정말로 죽었으나 손책은 화살에 맞아 죽었다고 거짓말을 했다. 하나는 진짜이고 하나는 거짓이며, 하나는 죽었고 하나는 살았다.) 군사들은 큰소리로 곡을 하면서 영채를 거두어 일제히 퇴군했다. 설례는 손책이 이미 죽었다는 말을 듣고 그날 밤 성 안의 군사들을 전부 동원하여 효장 장영張英, 진횡陳橫과 함께 성을 뛰쳐나가서 그들을 추격했다. 그때 갑자기 사방에서 복병이 일어나더니 손책이 앞에서 말을 몰아 나오며 큰소리로 외쳤다: "손랑孫郎이 예 있다!"

군사들은 모두 놀라서 모조리 칼과 창을 내버리고 땅에 엎드렸다. 손책은 명령을 내려 한 사람도 죽이지 못하도록 했다. 장영은 말머리를 돌려 달아나다가 진무의 창에 찔려 죽었고, 진횡은 장흠이 쏜 화살에 맞아 죽었으며, 또 설례는 혼전 중에 목숨을 잃었다. 손책은 말릉에 들어가서 백성들을 안심시킨 다음 태사자를 사로잡으러 군사들을 경현涇縣으로 옮겼다.

〖 13 〗 한편 태사자는 이때 건장한 사내들 2천여 명을 불러 모아 원래 거느리고 있던 군사들과 합쳐서 유요의 원수를 갚으러 가려던 참이었다. 손책과 주유는 태사자를 사로잡을 계책을 상의했다.

주유는 군사들에게 경현을 세 방면에서 공격하고 동문 하나는 남겨두어 그들이 달아날 수 있도록 하고, 성에서 25리 떨어진 곳에다 세 방면으로 군사들을 매복시켜 두자고 했다. 태사자가 그곳에 이르렀을 때에는 사람과 말들이 전부 지쳐 있어서 틀림없이 사로잡히고 말 것이라는 것이었다. 원래 태사자가 불러 모은 군사들은 태반이 시골 농사꾼들이어서 기율이라고는 전혀 몰랐다. (*그렇다면 비록 2천 명이 있더라도 결국 태사자 한 사람뿐인 것과 같다.) 더군다나 경현의 성벽은 그다지 높지도 않았다.

그날 밤 손책은 진무로 하여금 가벼운 옷차림을 하고 칼을 들고 앞장서서 성 위로 기어 올라가 불을 지르도록 했다. 태사자는 성 위에 불길이 솟는 것을 보고 말에 올라 동문으로 달아났는데, 등 뒤에서 손책이 군사를 이끌고 쫓아왔다. 태사자가 한창 달아나고 있는데. 뒤를 쫓아오던 군사들은 30리까지 와서는 더 이상 쫓아오지 않았다. 태사자가 50리를 달아나고 나자 사람과 말이 다 지쳐 있었다.

그때 갈대숲 속으로부터 갑자기 함성이 일어났다. 태사자가 급히 달아나려고 하는데 양쪽에 매복해 있던 군사들이 좌우에서 반마삭(絆馬索: 땅에 늘어뜨려 놓았다가 양쪽에서 갑자기 잡아당겨 말의 다리를 걸어 넘어뜨리는 밧줄)을 일제히 잡아당겨서 말의 다리를 걸어 넘어뜨리고 태사자를 사로잡아 큰 영채(大寨)로 압송해 갔다.

손책은 태사자가 사로잡혀 압송되어 온 것을 알고 친히 영채를 나가서 군사들을 물러가도록 한 다음 손수 그 결박을 풀어주고 자기가 입고 있던 비단 전포를 벗어서 그에게 입혀주었다. (*손책이 소패왕小覇王이라면 태사자 역시 하나의 소영웅小英雄이다. 다만 항우는 자기 수하의 영웅 영포英布를 쓸 줄 몰랐으나 손책은 태사자를 쓸 줄 알았으니, 그가 항우보다 훨씬 뛰어났다고 할 수 있다.)

그리고는 영채 안으로 들어가도록 청하며 그에게 말했다: "나는 자의(子義: 태사자의 자字)가 진정한 대장부임을 알고 있소. 유요는 바보 멍청이여서 그대를 대장으로 쓸 줄 몰라 이런 패배를 당하게 된 것이오."(*유요를 깎아내림으로써 은연중에 자기 자신을 자랑하고 있다.)

태사자는 손책이 자기를 매우 후하게 대우해주는 것을 보고 마침내 항복하겠다고 했다. 손책은 그의 손을 잡고 웃으며 말했다: "신정에서 우리가 서로 싸울 때 만약 공이 나를 사로잡았더라도 역시 해치지 않았겠지?"

태사자는 웃으며 말했다: "그거야 알 수 없는 일이지요."

손책은 큰소리로 웃으면서 막사 안으로 들어가자고 해서 그를 상좌에다 앉히고 잔치를 베풀어 환대했다.

태사자曰: "유요는 방금 패해서 군사들의 마음이 그에게서 떠났습니다. 내가 직접 가서 남은 무리들을 거두어 가지고 와서 명공을 도와 드리고 싶은데, 나를 믿어주실지 모르겠습니다."

손책은 일어나 고맙다고 인사를 하고 말했다: "이야말로 내가 진심으로 원하던 바이오. 지금 공의 약조를 받아두고자 하오. 공은 내일 정오까지 돌아오기 바라오."

태사자는 그렇게 하겠다고 약속하고 떠나갔다.

여러 장수들이 말했다: "태사자는 이번에 가면 틀림없이 돌아오지 않을 것입니다."

손책曰: "자의子義는 신의 있는 사람인지라 틀림없이 나를 배반하지 않을 것이오."

그러나 모두들 믿지 않았다.

다음날, 영문에다 장대를 세워놓고 해 그림자를 관측하고 있는데, 해가 바로 중천에 이르려고 할 무렵 태사자가 1천여 명을 이끌고 영채로 돌아왔다. 손책은 크게 기뻐했고, 사람들은 모두 손책이 사람을 알아보는 것에 감복했다. (*손책이 태사자를 믿어준 일이 있었기에 후에 손책의 아우 손권孫權이 제갈근諸葛瑾을 믿어주는 일이 있게 된다. 아우는 바로 그형을 배우는 법이다.)

〖 14 〗이에 손책이 수만 명의 군사들을 모아 강동(江東: 무호蕪湖 이하의 장강 남안南岸 지구)으로 내려가서 백성들을 안심시키고 보살펴주자 그에게 몸을 의탁하러 찾아오는 자들이 헤아릴 수 없이 많았다. 강동의 백성들은 모두 손책을 "손랑孫郎"이라 불렀다. 손랑의 군사가 온다는 소리만 들어도 모두들 간담이 서늘해져 달아났다. 그러나 막상 손책의 군사가 온 뒤에는, 그가 어느 한 사람도 노략질하는 것을 절대 용납하지 않는다는 것을 알았기 때문에 닭들도 개들도 전혀 놀라지 않았다.

백성들은 모두 기뻐하면서 소를 몰고 술항아리를 들고 영채로 찾아와서 군사들을 위로했고, 손책은 돈이나 비단으로 그들에게 답례했으므로 환호성歡呼聲이 온 들판에 퍼졌다. (*항우는 죽이기를 좋아해서 성을 정복할 때마다 그 성 안의 백성들을 도륙했으나, 지금 소패왕은 이런 점에서 패왕보다 절대적으로 더 훌륭했다.)

손책은 유요 수하에 있던 군사들 중에서 계속 군사로 남아있기를 원하는 자는 그 소원대로 들어주고, 군사가 되기를 원하지 않는 자에게는 상금을 주어 고향으로 돌아가 농사를 짓도록 했다. 이리하여 강남의 백성으로 손책을 높이 우러러보고 그 덕을 칭송하지 않는 자가 없었다. (*용맹한 자가 반드시 어진 것은 아니지만, 손랑은 용맹하면서도 어질었는바, 이런 성품의 인물은 더욱 찾아보기 어렵다.) 이리하여 손책의 군사력은 크게 강성해졌다.

손책은 이에 모친과 숙부, 여러 아우들을 모두 맞이하여 곡아로 돌아가 살도록 하고, 아우 손권은 주태와 함께 선성(宣城: 안휘성 선성)을 지키도록 한 다음, 자기 자신은 군사를 거느리고 남쪽으로 오군(吳郡: 강소성 소주蘇州)을 치러 갔다.

〖 15 〗 이때 엄백호嚴白虎라는 자가 있었는데 자칭 '동오덕왕東吳德王'이라고 하면서 오군을 점거하고 자기 부장副將들을 보내서 오정(烏程: 절강성 오흥현吳興縣 호주시湖州市 남쪽)과 가흥(嘉興: 절강성 가흥시 남쪽)을 지키도록 하고 있었다.

이날 엄백호는 손책의 군사가 이르렀다는 말을 듣고 자기 아우 엄여嚴輿로 하여금 군사를 이끌고 나가 풍교(楓橋: 지명. 강소성 소주시蘇州市 서쪽)에서 적을 만나 싸우도록 했다. 엄여는 칼을 비껴들고 풍교의 다리 위에 말을 세워놓고 있었다.

이때 어떤 사람이 중군中軍에 이 소식을 전하자, 손책은 직접 곧바로 나가서 싸우려고 했다. (*한 장수의 용기로는 남음이 있지만 남의 임금이 될 자질로는 부족하다.) 장굉이 간했다: "무릇 주장主將이란 모든 군사들의 목숨이 걸려 있는 몸이므로 가벼이 작은 도적과 대적하려 해서는 안 됩니다. 부디 장군께서는 자중하십시오."

손책은 사과하면서 말했다: "선생의 말은 실로 청동기(金)와 비석(石)에 새겨져 있는 금언金言과 같소. 다만 내가 직접 나가서 화살과 돌을 무릅쓰고 싸우지 않으면 장사들이 명령을 받들지 않을까봐 걱정됩니다."

그리고는 즉시 한당韓當에게 말을 타고 나가서 싸우도록 했다.

한당이 풍교 위에 이르렀을 때에는 장흠과 진무가 이끄는 군사들이 이미 벌써 작은 배를 몰아 강기슭으로부터 다리로 쳐들어가면서 강기슭에 있는 적병들에게 활을 마구 쏘아대고 있었다. 그 틈에 두 사람은 몸을 날려 강기슭 위로 뛰어올라 닥치는 대로 쳐 죽이자 엄여는 후퇴하여 달아났다.

한당은 군사를 이끌고 곧바로 그 뒤를 짓쳐가서 오성(吳城: 강소성 소주성)의 창문閶門 아래까지 쫓아갔다. 적병들은 물러나 성 안으로 들어가 버렸다. 손책은 군사를 수륙 두 길로 나누어 나란히 쳐들어가도록 해서 오성을 포위했다. 내리 사흘 동안이나 포위하고 있었지만 싸우러 나오는 자가 하나도 없었다.

손책은 군사를 이끌고 창문 밖에 이르러 항복하기를 권했다. 이때 성 위에서 비장裨將 하나가 왼손으로는 들보를 짚고 오른손으로는 성 아래를 가리키며 욕설을 퍼부었다.

태사자가 말 위에서 시위에 화살을 메기고 장수들을 돌아보며 말했다: "내가 저 자식의 왼손을 맞출 테니 보시오."

말이 채 끝나기도 전에 시위를 떠난 화살은 과연 목표물을 정확히 맞혀서 그자의 왼손을 관통하여 들보에다 단단히 못 박아 버렸다. 성 위와 성 아래에서 그것을 보고 갈채를 보내지 않는 자가 없었다. (*성 아래에 있던 사람들이 기뻐서 갈채를 보내는 것이야 당연하지만, 성 위에 있던 사람들은 안타까워해야 마땅한데 어찌하여 갈채를 보낸단 말인가? 내 생각에는, 소주蘇州 사람들은 본래 훌륭한 솜씨를 보면 그것이 누구건 간에 칭찬해주는 이런 고상한 취미가 있는 것 같다.) 여러 사람들이 그 비장을 구해 가지고 성 위에서 내려갔다.

엄백호는 크게 놀라서 말했다: "저들 군사 중에 이런 사람이 있으니 어찌 대적할 수 있겠는가!"

마침내 둘은 상의하여 화해를 청하기로 했다.

다음날 엄백호는 아우 엄여로 하여금 성 밖으로 나가서 손책을 만나보도록 했다. 손책은 엄여를 막사 안으로 청해 들여 함께 술을 마셨다. 술이 거나하게 취한 후 엄여에게 물었다: "자네 형의 뜻은 어떻게 하겠다는 것인가?"

엄여曰: "장군과 강동을 반반씩 나눠 갖고자 합니다."

손책은 크게 화를 내며 말했다: "이 쥐새끼 같은 놈이 어디 감히 나와 맞먹으려 드느냐!"(*그는 자기 이름을 호랑이(虎)라고 지었지만, 손책의 눈에는 그는 쥐새끼(鼠)로 보였을 뿐이다.)

손책은 즉시 엄여의 목을 베라고 명했다. 엄여가 칼을 빼면서 일어나자 손책이 나는 듯이 칼을 휘둘러 그를 베었는데, 손책의 손이 멈춤과 동시에 그가 고꾸라졌다. 손책은 그 수급을 잘라서 사람을 시켜 성 안으로 들여보냈다. 엄백호는 도저히 대적할 수 없음을 깨닫고 성을 버리고 달아났다.

〖 16 〗 손책은 군사들을 진병시켜 그 뒤를 추격하도록 했다. 황개는 가흥을 쳐서 빼앗고, 태사자는 오정을 쳐서 빼앗으니 여러 주州들이 모두 평정되었다.

엄백호는 여항(餘杭: 절강성 항주시杭州市 서쪽)으로 달아나면서 길에서 노략질을 하다가 그곳 토박이 능조凌操가 마을 사람들을 데리고 나와서 싸우는 바람에 여지없이 패하고는 다시 회계(會稽: 절강성 소흥시紹興市)를 향해 달아났다. 능조 부자가 와서 손책을 맞아들였다. 손책은 그를 종정교위從征校尉로 임명하고, 곧바로 함께 군사를 이끌고 강을 건너갔다.

엄백호는 도적놈들을 모아서 서진西津 나루터에 흩어져 있었는데, 정보가 그와 싸워서 다시 크게 패배시키고 밤새도록 달아나는 적을 쫓아가서 마침내 회계에 당도했다.

회계태수 왕랑王朗은 군사를 이끌고 나가서 엄백호를 구해 주려고 했다. 그때 갑자기 한 사람이 나서서 말했다: "안 됩니다! 손책은 인의仁義의 군대를 거느리고 있지만 엄백호는 포학한 장수입니다. 차라리 엄백호를 사로잡아서 손책에게 갖다 바치는 것이 낫습니다."

왕랑이 그 사람을 보니 회계 여요현(餘姚縣: 절강성에 속한 현 이름) 사람 우번虞翻이었다. 그는 자를 중상仲翔이라고 하는데 당시 그는 군의 하급관리(郡吏)로 있었다. 왕랑은 화를 내며 그를 꾸짖었다. 우번은 길게 한숨을 쉬면서 밖으로 나갔다.

왕랑은 마침내 군사를 이끌고 가서 엄백호와 만나 군사를 합쳐서 산음현(山陰縣: 절강성 소흥) 들판에다 군사들을 벌여놓았다. 서로 마주보고 진陣을 벌인 다음 손책이 말을 타고 나가서 왕랑에게 말했다: "나는 인의의 군대를 일으켜 절강(浙江: 전당강錢塘江. 상류는 신안강新安江) 일대를 안정시키러 왔거늘, 그대는 무슨 이유로 도적을 돕고 있는 것이오?"

왕랑이 욕을 했다: "네 탐심은 끝이 없구나! 이미 오군吳郡을 손에 넣고도 또 내 지역까지 강제로 삼키려 하다니! 오늘은 특별히 엄씨의 원수를 갚아줄 것이다!"(*왕랑 역시 한 시대의 명사名士였는데, 어찌하여

옳고 그름을 알지 못하는 것이 이런 지경에까지 이르렀는가?)

손책이 크게 화를 내며 막 그와 싸우려 하는데 어느새 태사자가 달려 나갔다. 왕랑이 말에 박차를 가하며 칼을 휘두르고 나와서 태사자와 싸웠다. 몇 합 싸우지도 않았을 때 왕랑의 장수 주흔周昕이 싸움을 도우려고 뛰쳐나오자 손책의 진영에서는 황개가 주흔을 맞아 싸우러 나는 듯이 말을 달려 나갔다. 양편에서는 북소리를 크게 울리면서 서로 대판 싸웠다.

그때 갑자기 왕랑의 진 뒤쪽부터 먼저 어지러워지더니 한 떼의 군사들이 배후로부터 짓쳐 나왔다. 왕랑은 크게 놀라 급히 말을 돌려 그편을 맞이해 싸우러 갔다. 알고 보니 주유가 정보와 함께 군사를 이끌고 측면에서 쳐들어와서 (*손랑은 매번 주랑의 후원을 받았다. 손랑이 강동으로 내려갈 수 있었던 것은 주랑의 공이 크다.) 앞뒤로 협공한 것이었다. 왕랑은 적은 군사로 많은 적을 당해낼 수가 없어서 엄백호와 주흔과 함께 달아날 길을 열어 성 안으로 들어간 다음 조교弔橋를 끌어올리고는 성문을 굳게 닫아버렸다.

손책의 대군은 승세를 타고 성 아래까지 쫓아가서 군사들을 나누어 성문 네 개를 동시에 들이쳤다. 왕랑은 성 안에서 손책이 성을 매우 급박하게 공격하는 것을 보고 다시 군사를 이끌고 나가서 죽기 살기로 싸우려고 했다.

엄백호曰: "손책의 군사력이 매우 강하니 귀하께서는 다만 방비를 엄하게 하여 굳게 지키고만 계시고 싸우러 나가지 마십시오. 한 달이 못 되어 저들의 군량이 떨어질 것이고, 그리 되면 저절로 물러가고 말 것입니다. 그때 적의 빈틈을 타서 기습한다면 싸우지 않고도 적을 깨뜨릴 수 있을 것입니다."

왕랑은 그의 의견에 따라 회계성을 굳게 지키기만 하고 싸우러 나가지 않았다. 손책은 수일간 연달아 공격했으나 성공하지 못하여, 마침내 여러 장수들과 계책을 의논했다.

손정孫靜이 말했다: "왕랑이 성의 견고함을 믿고 지키고만 있으니 쉽게 함락시키지 못할 것이다. 회계의 돈과 식량은 태반이 사독(査瀆: 절강성 소산현蕭山縣 동남)에 쌓여 있는데, 그곳은 여기서 수십 리밖에 떨어져 있지 않다. 그러니 먼저 군사를 내서 그곳부터 점령하는 것이 상책이다. 이것이 소위 '적의 대비 없는 곳을 공격하고, 적이 예상 못한 곳을 친다(攻其不備, 出其不意)'는 계책이다."(*손정은 손권에게는 숙부가 되고 손견에게는 아우가 된다.)

손책은 크게 기뻐하며 말했다: "숙부님의 기발한 계책을 쓴다면 도적놈들을 충분히 깨뜨릴 수 있을 것입니다."

손책은 즉시 각 성문 앞에 불을 피우고 속임수로 깃발들을 두루 꽂아 놓아 마치 군사들이 많이 주둔하고 있는 것처럼 보이도록 해놓고는 그날 밤 성을 포위하고 있던 군사들을 철수해서 남쪽으로 갔다.

주유가 나서서 말했다: "주공의 대병력이 일단 움직이면 왕랑은 틀림없이 성에서 나와 쫓아올 것이니, 그때 우리 쪽에서 기습을 하면 이길 수 있습니다."

손책曰: "내 이미 준비를 다 해놓았네. 오늘밤에야말로 성을 우리 손에 넣게 될 것이야."

마침내 군사들에게 출발하라고 명했다. (*내세운 명분은 사독査瀆을 취한다는 것이었지만, 그 실제 의도는 회계성을 취하려는 것이었다. 손랑의 병법도 꽤나 절묘한데, 그는 단지 용맹하기만 한 사람은 아니었다.)

〖 17 〗 한편 왕랑은 손책의 군사들이 물러갔다는 말을 듣고 직접 여러 사람들을 이끌고 성벽 위 망루로 올라가서 바라보니 성 아래 여러 곳에서 불이 타고 있고 깃발들도 정연하게 꽂혀 있었다. 그래서 속으로 의심하고 있을 때 주흔周昕이 말했다: "손책은 달아나면서 이런 계

책으로 우리를 속이려고 한 것입니다. 군사를 내서 엄습해야 합니다."

엄백호曰: "손책이 이번에 떠나간 것은 혹시 사독査瀆으로 가려는 게 아닐까요? 제가 휘하 군사들을 이끌고 주 장군과 같이 적들을 쫓아가겠습니다."

왕랑曰: "사독은 우리가 군량을 쌓아둔 곳이므로 반드시 방비해야 한다. 그대가 군사를 이끌고 먼저 가면 내 곧 뒤따라가서 후원하겠네."

엄백호와 주흔은 군사 5천 명을 거느리고 성을 나가서 손책의 뒤를 쫓아갔다.

다음날 초저녁이 다 되어갈 무렵 성에서 20여 리 떨어진 곳에 이르렀는데, 갑자기 울창한 숲속에서 북소리가 한 번 울리더니 횃불이 일제히 밝혀졌다. 엄백호는 깜짝 놀라서 급히 말머리를 돌려서 달아나려고 했다. 그때 한 장수가 앞을 가로막았는데 불빛 속에서 보니 바로 손책이었다. 주흔이 칼을 휘두르며 달려들었으나 손책은 단 한 창에 그를 찔러서 죽였다. 남은 무리들은 다 항복했다. 엄백호는 싸우면서 간신히 길을 열어 여항餘杭 쪽으로 달아났다. 왕랑은 앞서 간 군사들이 이미 패했다는 말을 듣고 감히 성 안으로 들어가지 못하고 부하들을 이끌고 바닷가로 달아나버렸다.

손책은 다시 대군을 돌려서 승리한 기세를 타고 회계성을 빼앗고 백성들을 안정시켰다.

다음날 웬 사람 하나가 엄백호의 수급을 가지고 와서 손책의 군사들 앞에 바쳤다. 손책이 보니 그 사람의 키는 8척이나 되었고 얼굴은 모나고 입은 큼직했다. 손책이 그 이름을 물어보니, 회계 여요餘姚 사람으로 성은 동董, 이름은 습襲, 자는 원대元代라고 했다. (*이 사람 역시 먼저 공을 세우고 난 후에 그의 성명을 말하고 있는데, 앞의 문장과 동일한 필법이다.) 손책은 기뻐하며 그를 별부사마別部司馬로 삼았다.

이로부터 동방 일대는 모두 평정되었다. 손책은 자기 숙부 손정孫靜에게 이곳을 지키도록 하고, 주치朱治를 오군吳郡 태수로 삼은 다음, 군사를 거두어 강동으로 돌아갔다.

〖 18 〗 한편 손권은 주태周泰와 함께 선성宣城을 지키고 있었는데, 갑자기 산적 떼가 몰래 일어나서 사면으로 쳐들어왔다. 그때 마침 밤이 깊어서 막아낼 수 없게 되자 주태는 손권을 안고 말에 올랐다. 도적떼 수십 명이 칼을 휘두르며 달려들었다. 주태는 말이 없어서 걸어가면서 칼을 들고 도적들을 10여 명이나 베어 죽였다. 잠시 후 도적 하나가 말을 달려 창을 꼬나들고 곧장 주태에게 덤벼들었다. 주태는 그가 찌르는 창을 손으로 잡고 끌어당겨 그 자를 말 아래로 떨어뜨리고 창과 말을 빼앗아 달아날 길을 열어 손권을 구출해 냈다. 나머지 도적들은 멀리 달아나 숨어버렸다.

주태는 몸에 열두 군데나 창에 찔렸는데, (*이처럼 목숨을 바쳐가며 싸우는 장수들이 있는데 어찌 흥하지 않을 수 있는가?) 창에 찔린 상처마다 부풀어 올라서 목숨이 경각에 달려 있었다. 손책은 그 소식을 듣고 크게 놀랐다. 이때 휘하의 동습董襲이 말했다: "제가 전에 해적들과 싸우다가 몸 여러 곳을 창에 찔렸는데, 마침 회계군의 하급관리인 우번虞翻이 의원 하나를 추천해 주어서, 그에게 치료를 받고 반 달 만에 나은 적이 있습니다."

손책曰: "우번이라면 우중상虞仲翔을 말하는 것인가?"

동습曰: "그렇습니다."

손책曰: "그는 현사賢士이다. 내 마땅히 그를 등용해야겠다."

손책은 곧 장소에게 동습과 함께 가서 우번을 불러오라고 했다. 우번이 오자 손책은 그를 정중히 맞이하여 공조功曹라는 벼슬을 내렸다.

그리고는 지금 의원을 구하고 있음을 말했다. (*먼저 관직에 임명한 다음 의원에 관해 묻고 있는데, 이는 그가 현사賢士이기에 쓰는 것이지 전적으로 의원을 불러오도록 하기 위해 쓰는 것은 아니다.)

우번曰: "그 사람은 바로 패국沛國 초군(譙郡: 지금의 안휘성 박현亳縣. 조조의 장수 하후돈의 고향) 사람으로 성은 화華, 이름은 타他이고 자를 원화元化라고 하는데, 참으로 당세의 신의神醫입니다. 제가 그를 데려와서 만나 뵙도록 하겠습니다."

우번이 하루도 못 되어 그를 데리고 왔다. 손책이 그를 만나보니 동안童顔에다 머리카락은 학의 깃털처럼 하얘서(鶴髮) 이 세상을 벗어나 노니는 신선의 풍모였다. (*화타는 먼저 이곳에서 등장한다.)

이에 손책은 그를 귀한 손님上賓으로 대우하면서 주태의 상처를 치료해 달라고 부탁했다.

화타曰: "이것을 고치는 것은 쉬운 일입니다."

투약을 시작한 지 한 달 만에 상처가 다 나았다. 손책은 크게 기뻐하며 화타에게 후하게 사례했다. 그리고는 곧바로 군사를 진격시켜서 산적들을 소탕했다. 이로써 강남 지방도 다 평정되었다.

손책은 장수들을 나눠 보내서 각처의 요충지들을 지키도록 했다. 그리고 한편으로는 표문을 올려서 조정에 도적을 다 소탕했다고 보고하고, 한편으로는 조조와 교분을 맺고, 또 한편으로는 사람을 시켜서 원술에게 편지를 전해주고 옥새를 도로 찾아오도록 했다.

〖 19 〗 한편 원술은 황제가 되려는 생각을 속에 품고 있었으므로 손책에게 답장을 하면서 다른 핑계를 대고 옥새를 돌려주지 않았다. (*손견은 옥새를 숨기고 내놓지 않았고, 원술은 옥새를 잡아 떼먹고 돌려주지 않았다. 둘 다 이 옥새를 기이한 보물로 여겼기 때문이다. 그들은 일의 성공 여부가 사람에게 달려 있지 옥새에 있지 않음을 몰랐는데, 이는 마치 왕이 되는

것은 그 덕德에 있지 청동 솥(鼎)의 보유에 있지 않은 것과 같다.) 그리고는 급히 장사長史 양대장楊大將과 도독都督 장훈張勳·기령紀靈·교유橋蕤와 상장上將 뇌박雷薄·진란陳蘭 등 30여 명을 불러 모아놓고 상의했다:

"손책이 나의 군사들을 빌려 가지고 일을 시작해서 오늘날 강동의 땅을 모조리 차지하고서도 은혜를 갚을 생각은 하지 않고 도리어 옥새를 돌려달라고 사람을 보냈는데, 몹시 무례하다. 어떤 계책을 써서 그를 치는 게 좋겠는가?"

장사 양대장이 말했다: "손책은 지금 장강의 험한 지형을 의지하고 있는데다 군사들도 정예롭고 군량도 넉넉하므로 아직 쳐서는 안 됩니다. 지금으로서는 유비부터 먼저 쳐서 전에 아무 까닭 없이 그가 우리를 공격한 원한부터 갚아야 합니다. 그런 다음에 손책을 치더라도 늦지 않을 것입니다. 제가 계책 하나를 말씀드릴 테니, 이대로만 하신다면 당장 유비를 사로잡을 수 있습니다." 이야말로:

범을 잡으러 강동으로 가지 않고　　　　　不去江東圖虎豹

교룡과 싸우러 서군徐郡으로 가려고 하네.　　却來徐郡鬪蛟龍

그 계책이 어떤 것인지 모르겠거든 다음 회를 읽어보도록 하라.

제 15 회 모종강 서시평序始評

(1). 손책은 태사자를 믿었고 태사자 역시 손책을 속이지 않았으니 영웅들의 마음 씀은 마치 푸른 하늘의 밝은 해와 같다. 그러므로 서로 함께 하여 일을 이룰 수 있는 것이다. 유비는 여포를 죽이라는 조조의 말을 듣지 않았으나, 여포는 원술의 말을 듣고 유비를 공격하려고 하다가 원술에게 속고 나서야 유비를 불렀으니, 어찌 신의 없음이 이럴 수 있는가! 그래서 그를 죽여 버리고자 했던 장비는 사람을 알아보았다(知人)고 말할 수 있다. 장비는 결코 거칠고

경솔하기만 한 사람(莽人)이 아니었다.

(2). 옥새를 얻고 나서 손견은 죽임을 당했지만, 옥새를 잃어버린 손책은 패자가 되었으니 옥새는 일의 성공과 실패와는 아무 관련이 없다. 대업을 이루는 자는 인재를 거두어들이고 민심을 얻는 것을 보배로 여기지 옥새를 보배로 여기지는 않는다. 손견이 그것을 감추었던 것은 손책이 그것을 포기했던 것보다 못했는바, 손책의 훌륭함은 그 부친보다 뛰어났다.

(3). 혹자가 말했다: 손책이 이처럼 대단한 영웅이라면 왜 먼저 유표를 쳐서 부친의 원수를 갚지 않았는가?

내가 말했다: 발로 딛고 설 근거를 단단히 해놓지 않으면 원수를 갚을 수 없다. 근거를 방금 겨우 마련한 상태에서는 역시 원수를 갚을 수 없다. 조조가 처음 연주를 얻고 나서 문득 도겸을 공격했으므로 여포가 즉각 그 배후를 공격하려고 했던 것이고, 유비가 파촉巴蜀을 완전히 장악하기 전에 문득 조조를 공격했으므로 관우와 장비가 공을 세울 수 없었던 것이다. 근거가 단단해야만 계책을 성공시킬 수 있는 것이다.

(4). 앞의 회回에서는 조조가 나라를 세우기 시작한 것을 이야기했고, 본 회回에서는 손씨가 나라를 세우는 과정을 이야기하고 있다. 조씨와 손씨는 이미 각자 하나의 국면을 이루었으나 유비는 아직도 의지할 데 없는 외로운 처지에 있었다. 그러나 결국 한漢의 정통을 계승하게 되는 자는 유비이다. 그래서 전회에서는 유비의 이야기로 끝을 맺었고, 본회에서는 유비 이야기로 시작하고 조조와 손씨의 이야기를 하면서도 반드시 중간에 유비의 이야기를 끼

워 넣고 있는 것이다.

대개 유비를 정통으로 생각하기 때문에 비록 유비에 대해 말하는 글은 적더라도 그것이 정문正文이고, 조조와 손씨에 대해 말하는 글은 비록 많더라도 모두 방문旁文인 것이다. 방문 안에서 정문을 드러내 보이고 있는 것은 마치 풀 속에 있는 뱀(草中之蛇)과 같으니 저쪽에는 머리가 보이고 이쪽에서는 꼬리가 보이는 것과 같으며, 또한 공중의 용龍과 같으니, 저쪽에는 비늘이 보이고 이쪽에는 발톱이 보이는 것과 같다. 사건을 이보다 더 교묘하게 기록한 것은 없다. 지금 사람들은 〈삼국지〉를 읽으면서도 여전히 다른 이야기책을 읽으려고 하는데, 이는 〈삼국지〉를 제대로 읽어본 적이 없기 때문이다.